ポケットマスターピース04

# トルストイ

Лев Николаевич Толстой

加賀乙彦=編
編集協力=乗松亨平



集英社文庫ヘリテージシリーズ

❷

❶

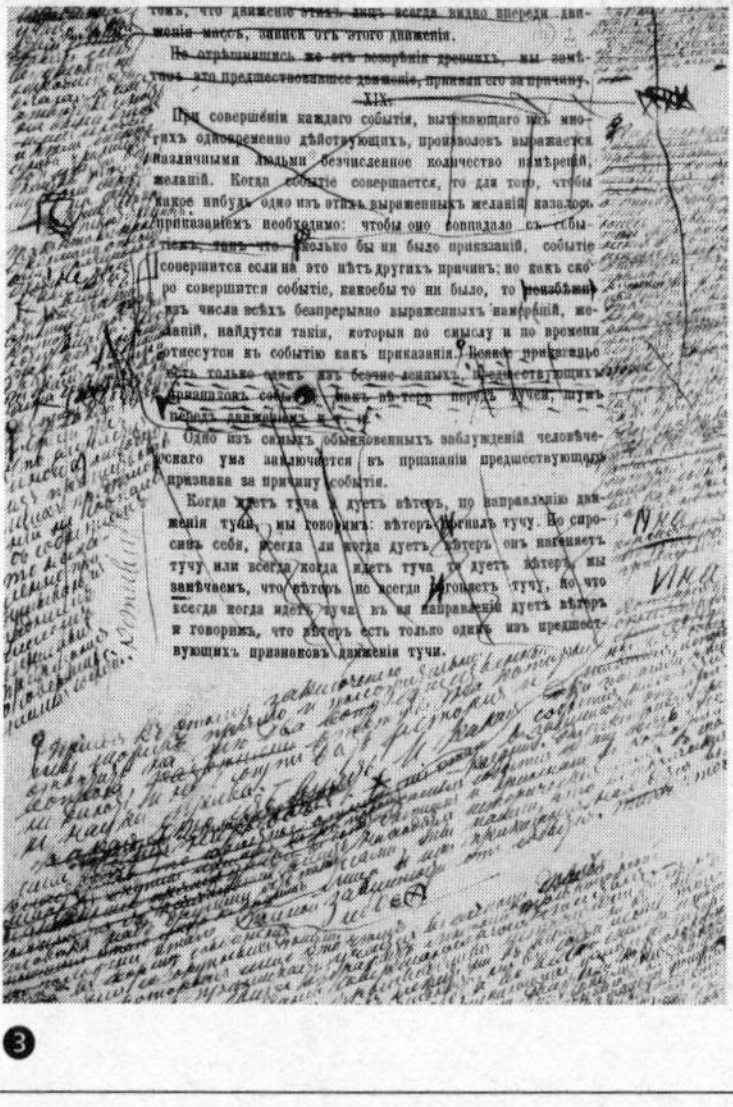

❸

❶軍隊勤務のころ(1854年) ❷妻ソフィヤ、結婚のころ(1862年) ❸『戦争と平和』の校正原稿

❹

❺

❼

❻

❹クラムスコイによる肖像画（1873年）❺レーピン「耕作するトルストイ」（1887年）❻家出の直前、結婚48周年の記念日に妻と（1910年）❼トルストイ葬送の列

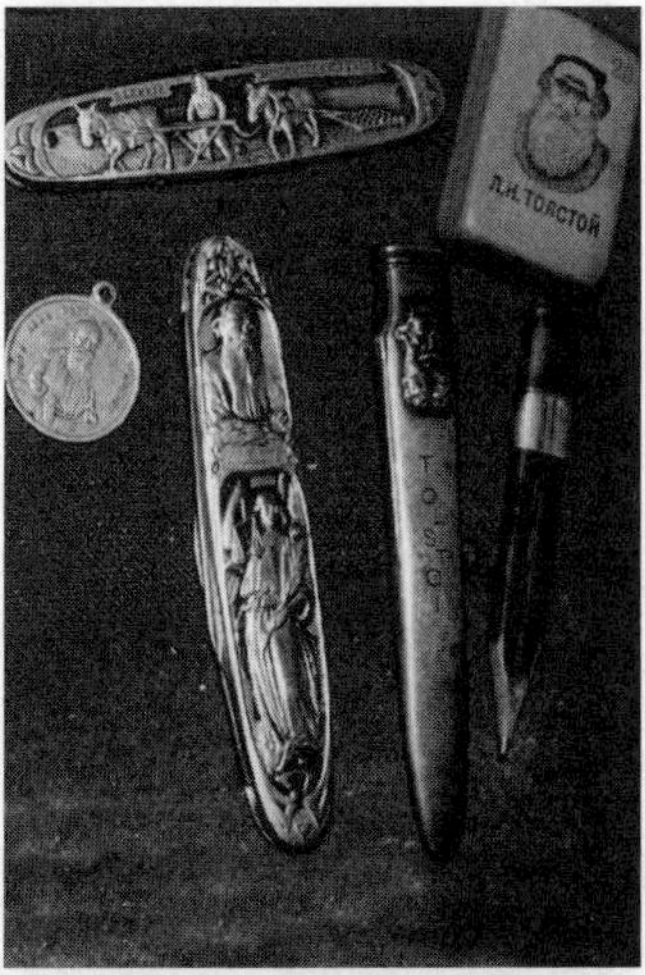


9

8

❽「トルストイ・キャンディ」のパッケージ ❾トルストイをかたどった文具・メダル類 ❿トルストイをあしらったタバコ

10

## 04 | トルストイ | 目次

# 戦争と平和

ダイジェストと抄訳

# 『戦争と平和』の構造

たいへんな長尺の大作である。なにしろ四百字詰原稿用紙約五千枚である。しかし、トルストイが十五回も書き直したと告白している冒頭の文章を数ページ進み行くうちに、作品の世界が興味深く面白いのに引き込まれてしまうだろう。登場人物の独特の会話、動作、性格の描写が素晴らしいのだ。トルストイは、天生の小説家なのだ。

この大作で中心となった、小説の核となるべき人物が出そろうかのように設定されたアンナ・シェーレルの夜会は、きわめて現実的で、ありうべき会話に充《み》ちている。そして、これらの人々が小説の先に行って示される人物の性格や思想の片鱗《へんりん》を鮮やかに示している。ヴァシーリイ公爵と娘のエレンの栄達と富を目指す通俗性、将来エレンの夫となるべきピエールの世間知らずな子供っぽさ、ピエールの親友アンドレイ公爵の冷やかな貴族性、純情だが無知であるために夫に馬鹿にされている公爵の妻リーザ。ここに欠けている人々がいる。モスクワに住むロストフ伯爵家のナターシャを中心とする賑《にぎ》やかな人々である。真打はまだ出番ではなく、そっと脇に置いてある。

この夜会が開かれたのは一八〇五年七月のペテルブルクにおいてである。しかし、作者トルストイが生れたのは一八二八年八月で、自分が生れる前、二十三年も昔の出来事を、まるで自分がその場に存在して観察しているかのように書いている。そこにトルストイの小説作法の卓越した描写法がある。それは遠い過去の出来事を、現在目の前で展開させてみせる強い筆力がトルストイには存分にあるからだ。

この大作は、従来のロシア小説とは異なり、主人公が大勢いる。その大勢が、それぞれ異なった人物の集団をつくり、中の何人かが別な集団にも出入りしている。原卓也はそれを「ポリフォニック・ロマン」と呼んで、ロシア近代小説史の画期的な出来事とみなしているが、私もそう思う。原はまた、状況により異なった文体を使い分ける新手法にも注目しているが、この文体の使い分けは、まさしく二十世紀の文学を先取りしていると言える。

ナポレオンの来襲という史実を描きつつ、想像された人物の構成するさまざまな集団が活躍するこの大作は、史実と想像とが、巧みに接続されていて、史実以上の迫力を持つという離れ業に成功している。ナポレオンが登場し、史実どおりの言動をしめすが、他方、想像の人物アンドレイ公爵が重傷であるのを認めて、野戦病院へと運べと命令する。これは史実にはないけれども、強い迫力でナポレオンの人物像を描ききっている。つまり歴史上の人物がフィクションの世界と緊密に手をむすんでいるのだ。ナポレオンに対抗するのがロシアのクトゥーゾフ将軍である。前者は六十万の大軍を率いておのれの意のままに殺戮《さつりく》と略奪を行う人物である。が、後者は作戦計画など度外視して、モスクワも捨てて逃げ、軍隊に充分休息を取らせて時期を待つ、まったく正反対の人物である。ロシアの冬で、略奪で疲れはてたフランス軍は総崩れになり、逃げていく。それを追いつつ殲滅《せんめつ》していくロシア軍の完璧な勝利であった。モスクワを占領し、勝利の喜びに浸っていたナポレオンは、命からがらパリに逃げ帰った。

ロシア軍は、完全な勝利を誇ってはいたが、死傷者の数も多かった。少年ペーチャ・ロストフは戦死した。アンドレイ公爵は瀕死《ひんし》の重傷を負い、ナターシャに看護されながら死んでいった。ニコライは無事に帰還したが、ドーロホフとカードの賭けで負け、莫大《ばくだい》な金額を失っていた。就職し、金持ち貴族と結婚するより事態を解決する方途はなかった。戦争は勝利をすれば終るけれども、人々の運命や生死や生活には、際限もなく込み入った事情が出てくるのだった。このあたりの物語もトルストイは巧みな筆致で仕上げている。

これらの人物を生み出すために、トルストイが自分の父、ニコライ・イリッチをなぞっていることは、今ではよく知られている。小説中のニコライ・ロストフと同じく、軽騎兵の将校として一八一二年の戦役で活躍した人であった。トルストイの母方の祖父ヴォルコンスキイ公爵は小説中のボルコンスキイ公爵である。その娘マリヤがニコライと結婚したように、トルストイの母は、父ニコライ・イリッチと結婚している。

ところでトルストイ自身の思想を体現している作中人物として、アンドレイ公爵とピエール・ベズウーホフがいる。アンドレイは鋭い貴族主義者で、人を見下しているが、その気持を他人に見せることはなく、上品で洗練された人物であり、死を恐れない勇気を持つ将校になる。ピエールのほうは、富裕な大貴族でありながら、特権階級意識がない。しかも、綿密に熱心に、当時の種々な思想を遍歴して、ついに体も性格も考え方も丸いプラトン・カラターエフという農夫に理想的な存在を見出すという天真爛漫《てんしんらんまん》な人物だ。

アンドレイとピエールの思想は正反対であるが、作者のトルストイ自身がそういう矛盾した性向を持つ人物であった。対立しながら無類の仲良しの二人の活動を作品に書いていくのは、トルストイにとって快い作業であったろう。

トルストイが目指す人生の喜びや生命の賛美を体現しているナターシャの創造がある。ナターシャは、アンドレイやピエールのように、議論などしない。ただ、おのれが感じるままに人生を左右していく。アンドレイ・ボルコンスキイ公爵に恋し、アナトーリ・クラーギン公爵に誘惑され、ピエール・ベズウーホフ伯爵に恋してその妻となる。期せずしてナターシャは、ロストフ伯爵グループから抜け出して、ボルコンスキイ公爵グループを搔き乱し、クラーギン公爵グループに誘惑され、ベズウーホフ伯爵グループに拾われる。トルストイの大作を緊密に組み立てているのは無思想だが豊かな感情の人、ナターシャなのである。

さて、『戦争と平和』を読もうと言われても、四百字詰め原稿用紙で約五千枚もある大長編を読むのは大変だ。そこで私は、『戦争と平和』のダイジェスト版をここに提供しようと思う。

私は大長編の中心にいるロストフ伯爵家の娘、ナターシャを中心として描くことによって、物語の中心とその変化を描き出せると思った。純粋で陽気で美しいナターシャを中心にして、律儀で男らしい兄のニコライ、まだ少年期の抜けきれぬかわいい末っ子のペーチャ、好人物の父伯爵、子煩悩な母伯爵夫人など、ロストフ伯爵家の人々が一応描けてくる。さらに、ナターシャを愛して、結婚の約束をしているアンドレイ公爵、その親友の人のよい肥《ふと》ったピエール、暴れ者ドーロホフなども相応に登場させることができる。

このナターシャを中心とするロストフ伯爵家の人々は、大長編ではどのように描かれているかの見本として、段落を低くした文章で、原久一郎・原卓也訳の『戦争と平和』の翻訳を挿入した。ニコライのドーロホフへの巨額な借金話、ロストフ一家の勇壮な狩猟の有様、戦う少年ペーチャが、それらである。

さて、まずは私のダイジェスト版『戦争と平和』をお読みください。そして興味を引かれたら、大長編を一気にお読みください。

（加賀乙彦）

# 主な登場人物

**アンドレイ・ボルコンスキイ公爵**　ロシアきっての名門貴族の長男。父公爵から、高い知性と強い意志力を受けついだ、良心的な青年将校。

**リーザ**　その妻。ペテルブルクでもっとも魅力的な、小柄な公爵夫人。

**ニコーレンカ**　アンドレイとリーザとの息子。痩せて病身らしい、利発な少年。

**マリヤ**　アンドレイの妹。美しくはないが、賢く、しっかりした女性。二十歳をすぎても、なおルイシエ・ゴールイにこもって、厳格な父老公爵につかえている。

**ボルコンスキイ老公爵**　その父。かつては「プロシア王」と綽名された陸軍大将だが、パーヴェル一世に追放されて以来、領地のルイシエ・ゴールイにひきこもる。怠惰を嫌い、勤勉と名誉を尊び、厳格な秩序をモットーとする、典型的な貴族。

**ブリエンヌ**　令嬢マリヤの侍女。髪の白っぽい、美しいフランス娘。

**イリヤ・ロストフ伯爵**　モスクワに住む中流貴族。好人物で、その家庭は、つねに生活の喜びにあふれ、和やかな雰囲気につつまれている。

**ヴェーラ**　その長女。美しく教養は高いが、どこか魅力に乏しい伯爵令嬢。

**ニコライ・ロストフ**　その長男。強い正義感と実行力をあわせもつ、まじめな青年将校。開戦とともに志願して、士官候補生として出征、勇敢な戦いぶりを認められて将校に昇進する。

ナターシャ　その次女。美しく生気にあふれた少女。自然のままに生き生きと成長してゆく。
ペーチャ　その次男。多感で無邪気な少年。
ソーニャ　その姪《めい》。幼いときからロストフ家で育てられた従順な少女。
ピエール・ベズウーホフ　前時代の富裕な高官ベズウーホフ伯爵の私生児。非凡な体力にナイーヴな心をもち、真理を求めて、つねに動揺する。アンドレイの親友。
ヴァシーリイ・クラーギン公爵　時の政界の有力者。
エレン　その長女。父公爵の希望でピエール・ベズウーホフと結婚する。無知で淫蕩な美人。
アナトーリ　その次男。姉に似て美貌の青年だが、放蕩者。
アンナ・ドルベツカーヤ　ロストフ家の親戚で、いまは零落した公爵夫人。
ボリース・ドルベツコーイ　その一人息子。ナターシャの幼なじみの世才にたけた青年。
ドーロホフ　アナトーリの友人の青年将校。残忍な暴れ者。
デニーソフ　ニコライの親友。
プラトン・カラターエフ　ピエールが捕虜になったときの同囚の一人。典型的なロシア農民で、素朴な人生観の体現者。
クトゥーゾフ　元帥。ロシア軍の総司令官。
アンナ・パーヴロヴナ・シェーレル　皇太后側近の女官。政界に勢力をもち、ペテルブルク社交界の中心人物。

※『世界文学全集　ベラージュ47―49　戦争と平和1―3』（集英社刊）月報を元に作成

【ダイジェスト】

## ナターシャ［第一部第一編10〜13］

一八〇五年、モスクワのロストフ伯爵家では、ナタリアという伯爵夫人と、二番目の娘ナターシャ、この二人の命名祝日で、広い邸宅にはお祝いを述べる馬車の群が朝からひきもきらずであった。

はげ頭にまばらな胡麻塩《ごましお》の毛をなでつけたロストフ伯爵は、客間でお祝いを述べる人たちを晩餐《ばんさん》に招待したり、大広間で夜の準備をしている給仕たちをはげましたり、忙しく歩きまわっていた。伯爵夫人のほうは、面《おも》やつれしてあまり元気がなく、来客の案内や話相手になっているのは、この家に寄宿しているドルベツカーヤ公爵夫人であった。

客たちの話題は、もっぱら、最近、外国から帰ってきた青年ピエール・ベズウーホフの行跡に集中していた。この肥った大柄で力持ちの青年は、世間知らずで、ペテルブルクの夜会では、いまロシアを脅《おびや》かしている張本人ナポレオンを擁護する発言をして人々の眉《まゆ》をひそめさせた。それればかりか、酒に酔ったピエールは、暴れ者のドーロホフ、ヴァシーリイ・クラーギン公爵の息子アナトーリと共謀し、熊に巡査をしばりつけて運河に突きおとした。しかし、そんな嫌われ者のピエールも、莫大な財産を持ち、いま重い病の床に臥《ふ》せっているベズウーホフ伯爵の庶子であることから、いくらか尊敬の念をもって見られてもいた。

大人たちがピエールの噂でもちきりのところへ、数人の男女の足音が聞え、十三歳ほどの女の子が駆《か》けこんできた。それと同時に、真っ赤な襟《えり》の制服を着た学生と、近衛士官と、十五歳になる少女と、頬っぺたの赤い丸々とした男の子が現われた。彼らは、ロストフ伯爵の次女ナターシャ、長男のニコライ、ドルベツカーヤ夫人の息子ボリース、伯爵の姪でロストフ家で育てられているソーニャ、末っ子のペーチャであった。

伯爵は一同にナターシャを紹介し、「これが、きょうのお祝いの本尊です」と叫んで抱き寄せた。目が黒く生きいきとした少女は、あまりに早く走ったためにコルサージュからとびだした子供っぽい肩をぴくぴくと上下させていた。大人たちの物々しい雰囲気とはちがい、若い人たちは体中に躍動している喜びを示したくて、おたがいに顔を見合わせては喜んでいた。ナターシャは客間から走り出し、花盛りの温室まで来ると、青年士官ボリースの出てくるのを待った。ボリースが来たが、彼女は、すこし探させてやろうといたずら気をおこし、隠れて通り過ぎさせてしまった。そこへニコライとソーニャが来た。ソーニャはほっそりとした小柄な黒い髪の美しい少女で、ニコライを恋していた。

「ソーニャ、ぼくは世界中をあげると言われても欲しくない。きみはぼくのすべてだよ」と言って、ニコライはソーニャに接吻した。

隠れて見ていたナターシャは、『本当に素敵だわ』と思い、ボリースを呼んできた。ナターシャは照れて、木桶の上にあった人形を取りあげ「これにキスしてちょうだい」と言った。ボリースは優しい目つきでナターシャを見たが何も言わなかった。

「いやなの。じゃこちらへいらっしゃい」ナターシャは咲き競う花をわけて奥へと行き、人形をほうりだして「もっとそばへ来てよ」とささやいた。彼女は両手で若い士官の袖口をつかまえた。泣きださんばかりになり、桶の上にとびあがると、ボリースを抱きしめ接吻した。

「ナターシャ」とボリースは言った。「ぼくはあなたを愛しています。けれど、いまみたいなことをしないで下さい。あと四年も経ったらぼくはあなたに結婚を申しこみますから」

ボリースは背の高い、亜麻色《あまいろ》の髪の毛をした青年であった。落ち着き払っていたが、財産のない男の常として、金持の令嬢との結婚をのぞんでいた。それにしても彼には、ナターシャがまだあまりにも子供っぽく思われた。

## ピエール ［第一部第一編16～24］

ロストフ邸で祝宴の準備が華々しくおこなわれている頃、ベズウーホフ伯爵邸では、主人の老伯爵が危篤《きとく》におちいっていた。警官を熊にしばりつけたかどでペテルブルクを退去させられたピエールは、モスクワに来るといつものように父の邸宅に滞在していたが、伯爵を看病している令嬢たちに冷たくあしらわれ、自室にひきこもっていた。

そこへロストフ邸からボリースが訪ねてきた。ボリースは、ベズウーホフ伯爵の見舞かたがた、ロストフ邸での今夜の祝宴にピエールを招待したいという言伝《ことづて》をもってきたのである。ピエールは、生来の迂闊《うかつ》さからボリースをロストフ伯爵と間違えたので、ボリースはたしなめるように言った。

「ぼくはボリースといって、ドルベツカーヤ公爵夫人の息子です」

「ほんとだ」ピエールは、蚊か蜂でもおそいかかったように太い手首をふり回した。「ぼくは何もかも一しょくたにしていたっけ。ところで、もしナポレオンが海峡を渡ったら、イギリスは苦しい破目《はめ》になるでしょうね」

「われわれモスクワの人間は、政治より晩餐や世間話でいそがしいのです」

「そうですね」ピエールは人のよい笑いを浮かべた。「まったくいやなことです」

ボリースはすこし顔を赤くしたが、声も姿勢も変えずに言った。

「みんなはベズウーホフ伯爵が誰に財産をゆずられるのかと、そればかり気にかけています。しかし、ぼくはあなたのお父さんが金持であるために、ここへ来てるんじゃないんです」

実はボリースは、母のドルベツカーヤ夫人が、ベズウーホフ伯爵の遺産目当てに自分と病気見舞に来たことを知っていたが、ピエールにそう思われるのがいやだったのだ。ピエールはそんなボリースの青年らしい真率さが気に入ってしまう。彼は、後刻、再会しようと約束して青年と別れた。

ピエールがロストフ邸に着いた時は、丁度食事の前で、お客たちが、長い会話も始められないけれど、食卓を待ちどおしがっていないことを見せるために、わざとざわめいているといった時刻であった。伯爵夫人は娘たちを連れて客間に坐《すわ》り、伯爵は男客を書斎に引っぱりこんでトルコ・パイプのコレクションを見せていた。

ピエールはゆきあたりばったりのソファに腰かけたが、それは部屋の真ん中で、人々の通り路の邪魔になった。例の熊の一件を知っている多くの客たちは、この大兵《だいひょう》の、人の良さそうな男を珍奇な動物のように眺めた。

その時、社交界の龍とよばれるアフロシーモワ夫人が入ってきた。五十ばかりの老婦人で、がさがさした男のような声で話した。彼女はピエールにずけずけと嫌味を言ってから、伯爵と腕を組んで真っ先に食堂に進んだ。客たちも次々に広間をぬっては列を作って食堂に入っていった。

男客の間では、きょう急便でもってモスクワ総督のもとに送られたという宣戦の詔勅が話題になった。

ピエールは、あまり多くを語らず、しきりに食べた。彼は自分の前に坐っているナターシャの方を時々見た。ナターシャはボリースをうっとりした目付きで眺め、どうかするとその目付きをそのままピエールに向けた。

大人たちが近い将来におこるナポレオンとの戦争に関心を奪われている時、不意にナターシャは立ちあがり、「お母さま」と子供らしい声を食卓全体に響き渡らせた。

「何ですか」伯爵夫人はぎょっとして問い返したが、娘の顔付きでいたずらだと知り、厳《いか》つい様子で片手を振った。

会話はぴたりとやんだ。

「お母さま。お菓子は何がでるの」ナターシャの声は前より大胆になって、とぎれずに響いた。

「コサック」とアフロシーモワ夫人がおどかすように叫んだ。ナターシャは、自分のしたことが好意的に解されるに違いないと確信して、もう一度同じことを聞き、「ほら聞いたじゃないの」とペーチャにささやくと、ピエールをちらと、いたずらっぽく見た。

「アイスクリーム、ただしお前さんにゃあげない」とアフロシーモワ夫人が言った。

「何のアイスクリーム、どんなのよ」

「にんじんですよ」

「そんなのないわ。何なのよう」

アフロシーモワ夫人と伯爵夫人は笑い出した。客一同もそれに続いた。みんなが笑ったのはアフロシーモワ夫人の答えがおかしかったからではなく、大胆にも社交界の龍に向かって、平気な態度をとりえた一少女の勇気と、巧みなやり方を面白がったのである。

食後の余興に、ニコライとナターシャとソーニャは歌を唄った。それは出征をひかえたニコライへのはなむけの歌でもあり、彼らの青春の喜びを示すものであった。

舞踏が始まると、ナターシャは真っ直ぐピエールに近づいてきた。

「お母さまが、あなたに踊っていただけって、申しました」

「ぼくは踊りが下手《へた》ですが、あなたが先生になって下さるなら」ピエールは自分の太い手を低くさげて、やせた少女を抱いた。

伯爵はアフロシーモワ夫人と踊った。伯爵はなかなか上手に踊ったが、相手のほうはまるきり上手に踊ろうとしなかった。彼女は手をだらりとたらし、大きな体を棒のようにして突っ立っているだけだった。しかし、これ以上見事な一組はいないくらいで、ほかの人々は踊りをやめ、伯爵とアフロシーモワ夫人に見とれていた。

ロストフ邸で舞踏のプログラムが進み、楽士たちが疲れて調子はずれの音を出している最中、ベズウーホフ伯爵は六回目の発作をおこし、医師たちはもはや回復の見込みがないと宣言した。ロストフ邸にピエールを迎える使者が来たとき、ドルベツカーヤ夫人は、自分もぜひいっしょに出かけたいと、ピエールと並んで馬車に乗りこんだ。

ベズウーホフ邸を充《み》たしている不安と動揺は、ピエールの気持を重く抑えつけ、彼はどうしていいかわからなかった。そんなピエールを引っぱって、ドルベツカーヤ夫人は円柱の列やアーチによって区切られた大部屋に入った。たった今取り替えたらしい白い枕をあてがった安楽椅子にベズウーホフ伯爵が横たわっていた。そばには僧侶たちが火のともった蠟燭《ろうそく》を手に持って静かに祈っていた。

実はこの時、ベズウーホフ伯爵の遺産を目当てにしているヴァシーリイ公爵が、伯爵の枕の下にかくされた遺言書と皇帝への上奏文を盗もうとたくらみ、ひそかに手を回していたのだが、その動きを察したドルベツカーヤ夫人によって阻止されたのだった。何も知らないピエールは、ドルベツカーヤ夫人のおかげで、遺言状どおり、莫大なベズウーホフ伯爵の遺産を相続し、ロシアでもっとも富裕な貴族の一人となった。

## マリヤ ［第一部第一編25〜28］

ニコライ・ボルコンスキイ公爵は、エカチェリーナ女帝の寵臣《ちょうしん》として元帥にまでなった人だが、その後ある事件で田舎へうつされて以来、領地のルイシエ・ゴールイに引きこもったきり、娘のマリヤとその学友のフランス娘ブリエンヌと暮していた。

公爵は自分でマリヤの教育にあたったが、二十歳の年まで代数と幾何の日課をさずけ、自分も整然とした秩序にしたがって生活していた。回想記を書いたり、高等数学の問題を解いてみたり、庭いじりをしたり、建築の監督をしたりであったが、極端に秩序を好むため、時や分まで正確にきめて食堂に出、娘や召使に対してきびしい要求をした。

マリヤが父の部屋で幾何を教わってから、日課のピアノで、むずかしいソナタの一節を一生懸命に繰り返しているとき、さやさやという衣《きぬ》ずれの音がして、兄嫁の小柄な公爵夫人リーザが入ってきた。マリヤの沈みがちなおびえたような顔付きが急に喜びの表情に変った。妊娠しているリーザはおもおもしい足取りで進んできた。二人の女が泣きながら接吻しあっているところに兄のアンドレイ公爵が入ってきた。アンドレイは、音楽の愛好者が調子はずれの音を聞きつけたときのような、苦々しげな顔をして、「マリヤ、お前はいつも泣き虫だね」と言った。マリヤは兄に、大きな輝かしい目を向けた。この輝かしい目が、美しくないマリヤの何ともいえない精神的な美を輝《て》らしだすのであった。

「じゃ、兄さん、どうしても戦争にいらっしゃるの」

「アンドレイはここにわたしを捨てていくつもりなんです。こんな体をしたわたしを」リーザは悲しげに言った。彼女には、夫がロシア軍総司令官クトゥーゾフ将軍の副官として出征する気持がどうしても理解できなかった。もうすぐ赤ん坊が生れるというのに、家庭を捨てて戦争にいく男の気持がよくつかめず、そのことでしばしば夫と口争いをしてきたのだった。

「ところでお父さんは相変らずかい」とアンドレイは妹に言った。

「ええ、相変らずですわ。同じ時間表をまもって、数学の研究をしたりわたしに幾何を教えたりなさいます」

アンドレイは妹の、父への尊敬と愛情のこもった言い方に対し、いささか皮肉をこめた表情を向けた。

定刻になるとボルコンスキイ老公爵は昔風に髪粉《かみこ》をつけ、几帳面《きちょうめん》にひげを剃《そ》って食堂へ出た。この家のすべての部屋と同じく、むやみに大きく天井の高い食堂には、アンドレイ、マリヤ、リーザ、ブリエンヌ、それから老公爵の気まぐれで陪食《ばいしょく》の栄をたまわった建築技師がいた。

老公爵は、一同の前に出るなり、嫁のリーザの脹《ふく》れた腹をみて、「ほう、いそぎすぎだな」と言い、独特のそっけない笑い方をした。「歩かなくちゃいかん、歩け。運動が第一だ」

若公爵夫人リーザは黙って間《ま》の悪そうな顔をしていた。が、老公爵がモスクワの知人の誰彼について話しだすと、頬笑《ほほえ》み始め、段々に生きいきとした口調で、会話に入っていった。

嫁が元気づくにしたがって老公爵はむずかしい顔をし、何だか嫁を研究しつくしたというようにそっぽを向き、アンドレイと時局談義を始めた。彼に言わせると現代の政治家はみんな青二才で、用兵の術を知らない、ナポレオンなど無能なフランス人にすぎないのであった。アンドレイは黙って聞いていたが、

「どうしてお父さんがボナパルトを酷評なさるのか合点がいきませんね。何といっても彼は偉大な将軍です」と言った。

老公爵はナポレオンの誤りを一つ一つ指摘しはじめた。アンドレイは、父にどんなに言われても自分の意見を変えようとしなかったが、もう幾十年もこの田舎に引っこみきりの老人が、現代の世界の動静を、これほど詳細に知り、批評できるのにびっくりした。

食事がおわると、小柄な公爵夫人リーザは義妹マリヤの手をとって次の間に行った。

「あなたのお父さまは、なんてご聡明な方なんでしょう。でも、そのために、わたしはお父さまがこわいのですわ」

「まあ、お父さまは本当にいい方なんですよ」と公爵令嬢マリヤは言った。

翌晩、アンドレイ公爵は出発することになって荷造りで忙しかった。そこへマリヤが来た。

「兄さん、リーザはいい奥さんですわ。でも、こんな田舎に暮すのをこわがっていらっしゃるんです」

「だが、お前だって田舎にいて、その生活が恐ろしいとは言わないじゃないか。しかし、お父さまのああした気性のため、辛《つら》いこともあるだろうな」

「アンドレイ、あなたは優しいお人だけれど、何かしら考え方に思いあがったところがおありよ。わたしは、お父さまのような立派な方と暮すのを幸福に思っています。ただ、わたしが辛いのは、宗教に対するお父さまのような考え方ですの。お父さまは神の真理をごらんにならないんです」

「だが、お前、その若さで、信心に凝《こ》り固まってるのが心配だよ」

マリヤは沈黙したのち臆病《おくびょう》そうにキリスト像を出し、接吻して兄に贈った。兄はいくらか冷笑して聖像に接吻するとそれを受けとった。

一時間後、アンドレイは父の書斎に暇を告げに行った。老公爵は何か書き物をしていたが、そのまま頰をさしだし、「ここに接吻しろ」と言った。それから、「ありがとう、ありがとう」と言った。

「お父さん、どうしてぼくに礼なんかおっしゃるのです」

「それはな、お前が出発を先にのばさないからだ」

アンドレイは、リーザが出産する時にモスクワから産科医を呼ぶように頼んだ。老公爵は、息子の気持がわからぬという風に無表情でいたが、やがて「承知した」とうなずいた。

「心配するな。リーザにはちゃんとしてやる。ところで、この手紙をクトゥーゾフに渡せ。なるべくお前を働きがいのある場所で使うように書いておいた。わしがあの男をよく覚え愛していると伝えてくれ。じゃ、さよなら」

老人は息子を抱きしめた。

「アンドレイ、もしお前が戦死したら、この年寄りは辛いぞ」彼はちょっと口をつぐんだが、不意に「もしお前がニコライ・ボルコンスキイの子としてあるまじき振舞をしたら、わしは恥ずかしいぞ」と叫んだ。

「大丈夫ですよ。お父さま」息子は頬笑みながら言った。

アンドレイが父の書斎から出てきた時、外で待っていたマリヤとリーザは老公爵の叫び声に驚いて「どうしたの」と尋ねた。アンドレイは返事をせずに妻に向かい、「さあ、行くよ」と言った。

「アンドレイ」蒼《あお》い顔をして恐ろしげに夫を見つめながら、リーザは言った。彼が妻を抱きしめると彼女はあっと一声さけび、そのまま感覚を失って夫の肩に倒れた。

アンドレイが去ったあと、老公爵は、「行ってしまったか。いや、それでいいのだ」と言い、気を失っている嫁を腹立たしげにちらりと見、非難するように首を振ると、ぱたんと扉をしめ切った。

# ピエールの結婚 ［第一部第三編1〜2］

ついこの間まで自由でのんきな身の上だったピエールは、財産家のベズウーホフ伯爵となってから、急に多くの人々に取りまかれる忙しい体になった。書類に署名したり、役所と交渉したり、総支配人に何かにつけて相談したり、大勢の人々を引見したりしなくてはならなかった。すべての人々が彼に対して親切なので、ピエールも段々に心底から、自分は人並すぐれた親切な男だと信ずるようになった。

ある晩、ピエールは、女官アンナ・シェーレルの夜会に招《よ》ばれ、そこでヴァシーリイ公爵の令嬢エレンに会った。美人のエレンには前から時々会い、人々はピエールとの関係をうわさしていたので、ピエール自身もそんな気になりかかっていた。その気持の奥には、エレンと一緒になると不幸になるという予感がかくされていた。けれども夜会から戻ると、大理石のようなエレンの上半身やあでやかな頰笑みが思い出され、一晩中興奮して寝られなかった。しかし結婚を申し込む決心はつかずにいた。

エレンの命名祝日に、ピエールはヴァシーリイ公爵邸に招待された。こちらの親戚や親友たちは、この日こそエレンの運命が決せられるのだ、と感じるようにしむけられた。ピエールは、自分が一座の中心だと感じ、『この人たちはみんなこの結婚を期待しているのだから、この人たちを失望させるわけにはいかない』と気づまりに思った。

晩餐がおわり客が散りはじめた。ピエールは、人々が客を送り出している間、長いことエレンと向きあって坐っていた。ピエールは、何か恋の話をしなくてはならぬと考えたが、いま一歩踏みだす決意ができなかった。

ヴァシーリイ公爵は夫人に向かって、「二人して何をしているか見て来てごらん」と言った。

公爵夫人は客間の入口に近より、何げなく通りかかるふりをして、中をうかがった。ピエールとエレンは前のとおりの姿勢でいた。

「やっぱり相変らずですよ」と彼女は夫に向いて答えた。

ヴァシーリイ公爵は、平べったい顔の中で眉をひそめ、口の片方へ皺《しわ》を寄せた。その頰は彼の特徴である粗野な表情を帯びながらぴくりと動いた。彼は決然とした足取りで客間に入った。

「ありがたいことだ」と彼はピエールと娘を両脇に抱き寄せた。「家内がすっかり話してくれました。エレン、わたしは嬉《うれ》しいよ。エレンはきみのために立派な妻になるだろう」

公爵夫人も出てきて、泣きながらピエールに接吻した。

しばらくの後、ピエールとエレンは差し向かいで取り残された。ピエールはエレンの手を取り、高低《たかひく》にゆれる美しい胸を見ていた。

「エレン」と呼びかけてから、『こういう場合何と言うんだっけなあ』と彼は考えた。するとエレンが彼にすり寄ってきた。

「ねえ、これを取ってください」と彼女は眼鏡を指さした。ピエールは眼鏡をはずしてエレンの手に接吻しようとしたが、彼女はす早く首を動かして、男の唇を自分の唇に合わせてしまった。

「Je vous aime」と彼はフランス語であなたを愛していますと言った。

一月半後に彼らは結婚し、ペテルブルクの広大な邸宅に移り住んだ。

## アナトーリとマリヤ［第一部第三編3〜5］

ボルコンスキイ老公爵は、一八〇五年十二月、ヴァシーリイ公爵から息子のアナトーリをつれて参上するむねの手紙を受けとった。

「ほら、わざわざ、マリヤさんを社交界に引っぱり出す必要はありません。おむこさんのほうからお出ましですもの」リーザが不用意に口をすべらせた。身持ちの悪いアナトーリを、金持の令嬢マリヤと結婚させるというヴァシーリイ公爵の意図は、ペテルブルクの社交界では知れわたっていたのである。が、リーザの一言を聞きつけた老公爵は眉をひそめ、不機嫌になった。

ヴァシーリイ公爵父子がルイシエ・ゴールイを来訪したのは夕方で、二人はさっそく用意の部屋に案内された。アナトーリは、めかし屋らしい細心の注意で、顔を剃って香水をつけ、美しい首を高くそらして父のそばに寄った。

「お父さん、冗談は抜きにして、マリヤは噂どおりに不器量なんですか」それは旅行中一度や二度でなく試みた会話のつづきといった具合であった。

「たくさんだよ。ばかなことをまた言う。それよりも、老公爵に向かって分別ありげに見せなくちゃならんぞ」

リーザとブリエンヌは、ヴァシーリイ公爵の息子が眉の黒い美青年だと小間使《こまづかい》の口から聞くと大急ぎで公爵令嬢の部屋に入った。そしてマリヤの着付けにとりかかった。マリヤは求婚者が来訪したときいただけですっかり気持が動揺し、顔一面に赤い染みをうかべて、二人の自由にまかせた。二人の女は、化粧は常に顔を美しくするという、女特有の無邪気な信念をもって、着替えにかかった。

「だめよ、これじゃ」リーザは遠くからマリヤを眺めて言った。「これじゃ地味すぎる。えび茶のあの服がいいわ」

だめなのは着物ではなく、マリヤの顔と姿であった。けれども、公爵夫人もブリエンヌもそれと気づかなかった。髪を上の方へまきあげ、空色のリボンをつけ、えび茶の服に空色のショールを垂らしたら、すっかり好《よ》くなるように思いこんでいたのである。

「これじゃだめ」リーザは手をたたき、きっぱりと言った。「やっぱりあの鼠色《ねずみいろ》の不断着がいいわ。もう一度着直しましょう」

「もう、うっちゃっといてくださいな」とマリヤは言った。「わたし、どうだってかまいませんから」と涙をこらえている声であった。

リーザとブリエンヌは、こんな恰好《かっこう》をしているマリヤの姿が、かえって不断より悪く、醜くなったのを心の中では認めざるをえなかった。が、いつもは無口なマリヤが一度、何かを言い出したらきかないのを二人は知っていて退出した。

マリヤは一人になると、言われた通りの変更を何一つせず、鏡すら見ずに思いに沈んでいた。『だめだわ。わたしはあまりに醜すぎる』そんな絶望だけが去来するのだった。

しばらくしてマリヤが客間に行くと、ヴァシーリイ公爵父子は、リーザとブリエンヌを相手に世間話をしていた。マリヤは、アナトーリを見分けることができず、何かしら大きなまばゆいものが自分に近よってきたのを感じたばかりであった。自分の手を握った華奢《きゃしゃ》な手の感触を感じただけで、彼女は白い額に接吻した。そして初めて男を見たとき、彼女はその美しさにうっとりした。アナトーリは鈍感で、話にも雄弁さを欠いたが、いつも落ち着きはらって、愉快そうな表情を続けているという、社交上尊重すべき能力をそなえていた。

リーザはヴァシーリイ公爵を相手に、愛想のいい、埒もない会話を続けていた。ブリエンヌは大胆にも、アナトーリに向かってパリの街について話した。アナトーリは、この可愛いフランス娘を見て、この田舎も退屈ではない、マリヤが嫁に来たとき、このベッピンを連れてきてもらいたい、などと考えていた。

老公爵が出てきて一同にちらと一瞥《いちべつ》をあたえた。そして、リーザとブリエンヌのおしゃれも、マリヤの醜い髪形も、ブリエンヌとアナトーリの仲好さそうな微笑も、一同から除《の》け者《もの》にされているマリヤの孤独も、一瞬で見てとった。父親同士の挨拶がすむと老公爵はアナトーリに勤務の様子をたずねた。

「ええと、ぼくの連隊はもう出征したんですが……お父さん、ぼくは何に任命されたんでしたっけ」アナトーリは笑いながら父に問いかけた。

「いや、見事な勤めぶりだ。ぼくは何に任命されたんでしたっけ、か。ははは」と老公爵は笑い出した。アナトーリも高い声で笑い出した。不意に老公爵は顔をしかめ「もう行ってもよろしい」と言った。


翌朝、マリヤは胸をおどらせながら父の書斎に行った。父は娘に対して非常に優しく、「お前の縁談を申しこまれた」と言った。

「わたし、お父さまのお考えどおりにしたいと、ただそればかり望んでいます」と彼女は答えた。

老公爵は叫んだ。

「いや、それでいい。あの男はお前を持参金つきでもらって、ついでにブリエンヌを連れてくだろうよ。しかも女房になるのはブリエンヌで、お前は……」老公爵は黙った。彼はこの言葉が娘に与えた印象に気がついたのである。マリヤは頭を垂れ、いまにも泣き出しそうだった。

「いや、冗談だよ。わしは、婦人の結婚について絶対の自由を認める。さあ部屋に帰ってよく考えろ。そして一時間経《た》ったら、わしの所へ来て、あの男のいる前で、応諾を返事しろ」

彼女の運命は幸福なほうに決せられた。が、父がブリエンヌについて言ったほのめかしはこわかった。彼女は何も見ずに冬の庭を突っ切って歩いた。ところが聞きおぼえのあるブリエンヌの声に目をあげて見ると、ほんの二歩ばかりしか離れていない所で、アナトーリがフランス娘を抱きしめて、何やらささやいている姿を見た。アナトーリは美しい顔にゆがんだ表情を浮かべながらマリヤを振り返ったが、最初の一刻、ブリエンヌの腰から手を離さなかった。マリヤは黙って二人を眺めていたけれども、この場の意味を理解できなかった。やっと気がついたブリエンヌがきゃっと叫んで駆けだした。アナトーリは愉快そうに笑いながらマリヤに一礼し、肩をすくめて姿を消した。

一時間後、老公爵の命令で召使がマリヤを呼びに行った時、マリヤは泣き入るブリエンヌをかかえて、そっとその顔を撫《な》でていた。

「いいえ、わたしは前よりずっとあなたを愛しています」

「けれども、あなたはわたしを軽蔑しておられるでしょう」とブリエンヌが言った。

「安心しなさい。わたし、お父さまのところへ行ってきます」こう言って、マリヤは部屋を出た。

彼女は父とヴァシーリイ公爵の前で、はっきりと、父と別れたくないから結婚はしたくないと言った。

「じゃ、これで終わったわけだ。じゃマリヤ帰ってよろしい」と老公爵はヴァシーリイ公爵を抱きながら言った。『わたしの使命は、他人の幸福によって、しあわせになることだわ。

ブリエンヌはあんなに後悔しているのだもの。あのひとの幸福のためにつくしてあげなくては』とマリヤは思った。

## アウステルリッツ［第一部第三編9、12、15〜16、19］

一八〇五年十一月十五日、ナポレオン戦争の山場の一つであるアウステルリッツの大会戦が始まる五日前、オーストリア帝国のオッルミューツでは、オーストリア、ロシア連合軍の作戦会議が開かれていた。ロシア軍の総司令官クトゥーゾフもオーストリアの総司令官も持久戦を主張したのだが、連合軍八万で向かえばナポレオン何するものぞという好戦派の意見が勝ちを占めた。

十九日の夜、すなわちアウステルリッツ大会戦の前の晩、クトゥーゾフの本営へ、各部隊の長官が集って、オーストリアの一将軍が作った作戦計画の朗読がおこなわれた。アンドレイ公爵は、クトゥーゾフの副官として会議に列席していた。

朗読されている作戦計画は綿密で、非のうちどころがなかった。しかし戦場では、実生活における人間の行動と同じく、軍隊の行動が計画どおりに実現しないことをはっきり承知していたクトゥーゾフは居眠りを始めた。もともと彼は、今度の決戦が不幸な結果におちいることを予感していた。明日の決戦も、大勢の人たちが要望して自然に機が熟したのではなく、少数の人たちが功名心や打算から強く主張したためにおこなわれる以上、軍の内発的な攻撃力に欠けていて、勝利をうることは不可能だ、と彼は思っていた。

一時間にわたる地理の教科書の朗読めいた行事がおわると討議が始まった。クトゥーゾフは目を開いたが、それは丁度子守唄である粉ひき車の音が跡絶えたときに目をさます水車場の主人のようだった。が、議論がつまらぬとみるとふたたび、一層低く頭を垂れた。しばらく興奮した議論がおこなわれた。クトゥーゾフは目をさまして重々しく咳《せき》ばらいをし、並いる将軍たちを見回した。

「みなさん、明日の、いや、いま一時だから、今日の作戦計画をいまさら変えるわけにはいかないです」と彼は言った。「いま、戦闘の前に大切なことは……ぐっすり寝ることです」

その夜、アンドレイ公爵は、明日の会戦に対する漠然とした不安をおぼえた。明日はやられるかもしれないと思うと同時に、父と、そして妻との最後の告別を思い出した。

十一月二十日午前八時、クトゥーゾフは縦隊の前方へ馬を進めた。プラーツ村付近まで来ると、彼は馬をとめた。総司令官の大勢の幕僚たちにまじって、アンドレイ公爵は総司令官の背中がわに立っていた。

左のまだ朝霧にうずもれた窪地《くぼち》では、両軍の交射の音が聞こえた。そこで激戦がおこなわれるとアンドレイ公爵には思われ、そこで軍旗を手にして先頭に立って戦う自分を思いえがいた。

右の方には地響きをたて銃剣をきらめかしながら近衛隊が霧の中へと踏み入っている。前にも後《あと》にも歩兵が動いていた。総司令官は村の入口に立って、そばを通りすぎる歩兵隊を眺めていた。この朝、クトゥーゾフは疲れていらいらし、歩兵隊が命令もないのに立ちどまると、その指揮をしている将官にくってかかった。将官が作戦計画によると敵はまだ遠いはずだと答えると、クトゥーゾフは「作戦計画なんかどうでもいい。わしの命令を実行せよ」と厳命した。

霧が晴れると、まだ二キロもむこうにいるはずのフランス軍が、すぐ近くに現われ、二人の将軍と副官たちは驚いて望遠鏡をのぞき始めた。

アンドレイ公爵が『いよいよ、運命の時が来た』と考え、クトゥーゾフの近くに馬で駆け寄った時、ぱっと煙がひろがり、近々と発射の音が響いた。「おい、みんなだめだ」と叫ぶ子供らしいおびえた声がした。この声はさながら号令のようで、一同は潰走《かいそう》しはじめた。この乱群を制止するのが困難なばかりでなく、自分自身この乱群におされて、退却しないでいることも不可能であった。アンドレイ公爵は人々におくれまいと努め、自分の眼前で何がおこったか合点がいかなかった。ふと気がつくとクトゥーゾフはハンカチで頰から流れる血を抑えていた。

「閣下、負傷なされたのですか」

「負傷はここじゃない、あそこだ」敗走する兵士の群を指しながらクトゥーゾフは言った。「あいつらを止めてくれ」と叫んだが、同時に、馬に拍車をくれて駆け出した。群衆の奔流を押しわけていくうちに、クトゥーゾフの幕僚はたった四人になってしまった。フランス軍はクトゥーゾフの姿を見ると一斉に銃口を向けた。連隊長は足をおさえ、いくたりかの兵卒が倒れ、軍旗を持っていた少尉補は柄を手からはなした。アンドレイ公爵は喉《のど》もとにあがってきた怒りと恥をおぼえ、馬からとびおりると軍旗の方へ走った。

「みいんな、進め」と彼は子供のような甲高い声で叫んだ。

『いよいよ念願の時が来たのだ』とアンドレイ公爵は、軍旗をつかみ、明らかに彼をねらっているらしい銃丸のうなりを喜びをもって聞きながらこう考えた。数人の兵卒が倒れた。

「ウラァ」アンドレイ公爵は、重い軍旗をやっと両手でささえながらこう叫ぶと、全大隊が自分につづくという確信をもって、駆けた。大隊全体が「ウラァ」の喊声《かんせい》とともに前方に動きだし、たちまち彼を追いこした。この瞬間、誰か一番近くにいた兵卒が、堅い棒か何かで力まかせに彼の頭をなぐりつけたような気がした。彼はすこし痛かったが、むしろ自分の運動がさまたげられたのが不愉快であった。

『これはどうしたのだ。おれは倒れかかっているのか。なんだか足がへなへなする』と彼は考えると、たちまちあおむけにぶっ倒れた。目を開いたが戦闘の場面は何も見えず、高い空とその面《おもて》をはっていく灰色の雲が眺められた。

『なんて静かで、おだやかで、荘厳なんだろう。おれが走ったり、わめいたり、戦っていたのとはまるで別だ。どうしておれは、いままでこの高い空を見なかったのだろう。そうだ、この無限の空以外は、すべて空《くう》だ、偽《いつわ》りだ……』

アンドレイ公爵は、プラーツェン高地の同じ場所に、血を流しながら横たわり、自分ではそれと知らないで、静かな哀れっぽいうなり声をあげていた。夕方になるとうなりやめ、ふたたび生きている自分を、ひき裂くような頭の痛みに悩んでいる自分を、感じた。ふと次第に近づいてくる馬蹄の響きと、フランス語の会話が耳に入った。彼は頭を動かすことができなかったので、自分のそばに立ちどまったらしい人々の顔を見るわけにはいかなかった。人々は、二人の副官を従えたナポレオンであった。

「おい立派な死にぶりだ」とナポレオンはアンドレイを見ながら言った。

アンドレイ公爵は、これが自分についての言葉であり、それがナポレオンであることを悟った。この言葉の主が「陛下」と呼ばれたのを、彼は耳にしていた。しかし、彼は蠅《はえ》のうなり声をきくようにこの言葉を聞いた。しかし、いま、自分の魂とはるかに流れる雲を浮べた青空との間に生れたものにくらべて、ナポレオンはあまりに小さく思われた。彼は自分を美しいものへさそう生活をしたく、声を出そうと、ありったけの力をふりしぼった。しかし、弱々しく足を動かし、あわれなうめき声を出したにすぎなかった。

「ああ、この男は生きている。さっそく包帯所へ連れていけ」とナポレオンは言い、また馬をすすめた。

アンドレイ公爵は、フランス軍の看護を受けたのち、回復の見込みのない負傷者たちとともに、このあたりの住民の世話にまかされることになった。

# ピエールの決闘［第二部第一編1〜6］

一八〇六年のはじめ、ニコライ・ロストフは休暇をとって帰国した。数度の戦いに参加して、砲弾の下をくぐってきたが、さいわい軽い傷を受けただけで、今では快活な騎兵隊中尉として友人たちからも敬愛されていた。

モスクワのわが家に一歩足をふみいれたとき、彼を歓喜の嵐がとりかこんだ。抱擁また抱擁、接吻また接吻、叫びと涙。父、ナターシャ、ペーチャ、とくにソーニャはもう十六歳で、非常に美しく、はれやかな顔を輝かしていた。最後に母が出てきた。伯爵夫人は泣きながら軍服の彼の胸に倒れかかった。

翌朝、九時すぎに目をさましたニコライは、ナターシャやソーニャの明るい笑い声を聞いた。彼が部屋着のまま寝室を出ると、ソーニャのあわてて逃げ出す姿が目に映った。

「なぜソーニャは逃げだしたんだい」とニコライは聞いた。

「ね、お兄さま」とナターシャが言った。「おぼえてるでしょう。出征する前に、お兄さまはソーニャに愛を誓ったわね。でも、ソーニャはあのことを忘れてもらいたいって言ってるのよ。わたしは一生あの人を愛するけれど、あの人には自由でいてほしいって」

「ぼくは、どんなことがあっても自分の言ったことを取り消したりはしない」

「お兄さまがそういうだろうと思ったわ。でも、そうすればお兄さま、仕方なしにソーニャと結婚することになるじゃないの」

ニコライは、二人の少女が彼をよく研究しているのに驚いた。たしかに彼は、いま、青春の楽しみのまっただなかにいて、当分自由でいたいと考えていた。

そのあと、ニコライは、ゲオルギイ勲章をつけた軽騎兵中尉として、うまい踊り手、またモスクワ屈指の花婿候補者の一人として、迎えられた。軍隊に戻るまでのこの短いモスクワ滞在中、ニコライはソーニャに接近しないで、かえって遠くなってしまった。

三月はじめ、イギリス・クラブで、こんどの戦争の英雄バグラチオン公爵歓迎晩餐会がひらかれ、老伯爵イリヤ・ロストフはその準備のために大わらわであった。それは何か余分な金の要るときに、この人ほど喜んで身銭を切る人がほかにいなかったからである。

歓迎会の前日、伯爵がイギリス・クラブで、料理や飾りつけのさしずでやきもきしているところへ、ドルベツカーヤ夫人が来て、妙な噂話を伝えた。去年、ピエールと一緒に巡査を熊にしばりつけて奪官されて一兵卒におとされた暴れ者のドーロホフが、戦地から帰ってきて、ピエールの妻エレンと情事を重ねている。それというのもピエールがあの男をペテルブルクのベズウーホフ邸に泊めたのがきっかけで、ピエールはあわれなコキュの位置におとされた。こんど、エレンがモスクワに来たので、ドーロホフとピエールもこちらに来ているという。

さて、歓迎会の当日、イギリス・クラブの広い食堂は、二百五十人のクラブ員とバグラチオン将軍を頭《かしら》とする五十人の来賓で充たされた。

ピエールは、ドーロホフとニコライ・ロストフの真向かいに坐っていた。シャンパンの栓をぬく音、にぎやかな楽の音、ウラァと乾杯する声と盃を床に打ちつける音、こういうさわぎのなかにあって、ピエールは放心の顔付きで、何かしら重苦しい想念のとりこになっていた。

彼を苦しめているのは、けさ受け取った無署名の手紙であった。それには卑劣なふざけた調子で、彼は眼鏡をかけているのでものがよく見えないらしい、彼の妻とドーロホフとの関係は、ただ彼一人のみが知らない、と書かれてあった。ピエールはこの手紙を信じはしなかったが、いま、こうして彼の目の前に腰をかけているドーロホフが恐ろしくてならなかった。

ニコライ・ロストフは新しい友人のドーロホフと並び愉快そうに話しながら、時々あざけるような目を向けて、この宴席で、ぼんやりした顔付きと巨大な姿で人目をひいているピエールのほうを見やった。人々が皇帝の万歳を祝して乾杯をはじめたとき、ピエールはそれに気がつかないで杯をとらなかった。ニコライは憤慨した声でとがめた。

「あなた、どうしたんです。皇帝陛下万歳ですよ」

ピエールは溜め息をついて、おとなしく立ちあがり杯を乾した。ニコライとドーロホフが顔を見合わせ、何か意味ありげに目くばせし合っているのを、ピエールは苦々しげに眺めた。ドーロホフの美男子ぶりと、自信ありげな様子がピエールを苦しめた。あの男は、人を苦しめるのが面白いのだと思えた。

この時、クトゥーゾフ作のカンタータをくばっていた給仕が、身分が上の客としてピエールの前に一枚を置いた。

彼がそれを取ろうとすると、ドーロホフが彼の手から紙片を奪って、読みはじめた。彼は肥満した体をテーブルごしにかがめ、「失礼なことをするな」と叫んだ。

ドーロホフは明るく楽しげな、しかも残忍なまなざしでピエールを見返し、「返しませんよ」と言った。

ピエールは真《ま》っ青《さお》な顔をして、わなわなと唇をふるわせながら、紙をひったくった。

「きみはごろつきだ。ぼくは……きみに……決闘を申しこむ」と言うとピエールは椅子をひいて立ちあがった。ニコライはドーロホフの介添人となり、ピエールの介添人と決闘の条件を打ち合わせた。

翌朝八時に、ピエールと介添人はモスクワ郊外ソーコリニキの森に着いた。ドーロホフとニコライ・ロストフは先に待っていた。ピエールは昨夜眠れなかったので、げっそりと頬のこけた黄色い顔をしていた。彼の結論はただ一つで、この件について悪いのは彼の妻でドーロホフには何の責任もないということだった。しかし、介添人がこういう場合のしきたりとして相手との和解をすすめたとき、彼はきっぱりことわった。

「そうです。こんなことは愚劣です。でも、もう始めましょう。しかし、ピストルはどうやって撃つのか教えてくれませんか」ピエールは今までピストルを手にした経験がなかったのである。

松林の中の空地がえらばれた。数日来の暖かみで雪がいくぶん溶けかかっていた。二人は四十歩の間隔で空地の端と端に立った。霧がかかり四十歩はなれると何も見えなかった。

「一、二、三」と介添人の声が響きわたると、二人は霧をすかして相手の姿を見分けながら進みはじめた。ドーロホフは、明るい目で相手を見つめながらゆっくりと進んだ。ピエールは、急いで前進し、雪の中に膝までもぐらせ、右手をいっぱいに伸ばして、六歩ばかり歩くと、教えられたとおり引き金をひいた。こんな強い音が出るとは思っていなかったので、自分の撃った銃声にぎくりとした。そして自分の驚きに苦笑して立ちどまった。やがて霧のなかからドーロホフの姿が現われたが、その顔は蒼白《そうはく》で、左手で脇腹をおさえ、ピストルをにぎった手を下に垂れていた。ついで彼は雪の上に突っ伏し、血みどろの手を服でふくと体をおこした。口に冷たい雪を含み、むさぼりながら、そろそろとピストルをあげ、引き金を引いた。ピエールは広い胸をまともに見せてぼんやり立っていた。

「やりそこなった」とドーロホフは、力なげに顔を雪に埋めて倒れた。

ピエールは、くるりとくびすを返すと、雪の中をめちゃくちゃに歩き回り、わけのわからぬことを口走った。

「愚劣だ、死……虚偽」と彼は顔をしかめて繰り返した。介添人がようやく彼を引きとめて家へ連れかえった。

ドーロホフは重傷を負ったけれど生命に別状はなかった。彼に付き添って家まで送りとどけたニコライ・ロストフは、この暴れ者のドーロホフが、老母と佝僂《くる》の妹といっしょに暮らしていて、やさしい息子であり兄であることを知って、そのあまりの意外さにびっくりしたのである。

このごろピエールは、妻とさし向かいになることはめったになかった。ペテルブルクでもモスクワでも、邸宅はいつも客で一杯だったからである。決闘の日の夜、彼は寝室に行かないで書斎に残り、ソファに横になって眠ろうとしたが眠れなかった。ついに、はねおきてせかせかと室内を歩きはじめた。

『いったいどうしたのだ。妻の情夫を殺すなんて、下卑《げび》たことじゃないか。それというのも、おれがあんな女と結婚したからだ。愛もないのにあの女にJe vous aime（あなたを愛しています）なんて言って、自分をも彼女をも欺いたからだ……』

彼は侍僕《じぼく》を呼んで、ペテルブルクへ立つための荷造りを命じた。妻には会わず、このまま出発し、永久に彼女と別れてしまう決心を手紙に書き残しておこうと思ったのである。そう決心すると彼は、ソファの上で眠りに落ちた。

翌朝、侍僕が入ってきて、奥さまのおいでを告げた。ピエールが考える暇もないうちに、白の繻子《しゅす》の服に、無造作な髪のまま、エレンが堂々たる足どりで入ってきた。大理石のような美しい額には憤怒《ふんぬ》の小さい皺が、ひとすじ刻まれているだけだった。

「いったい、これは何ごとですの。あなたはあの決闘で何を証明しようとなさったの」

ピエールはソファの上で口をもぐもぐさせた。

「あなたが、返事できないなら、わたしから言ってあげます」とエレンは続けた。「あなたはドーロホフがわたしの情夫だと言われたもんだから、それを本当にしたんです。つまりご自分のばかを証明なすっただけよ」

ピエールは不思議な目付きで妻を見た。彼はこのとき肉体的に苦しんでいた。胸を押しつけられるようで、呼吸ができなかったのである。

「ぼくたちは別れたほうがいい」彼はきれぎれの声で言った。

「別れる。ええ、けっこうですわ。ただし、わたしに財産を分けて下さるならばね」

ピエールはおどりあがり、妻にとびかかった。

「お前を殺してやる」彼はテーブルから大理石の板をつかむと、自分でも意外な怪力を出して、それをふりあげた。エレンの顔はさっと変った。彼女はきゃっと叫んで飛びすさった。ピエールは板を投げつけてそれを粉々にすると、恐ろしい声で「出ていけ」とわめいた。もしエレンが逃げださなかったら、彼は何をしでかしたかわからなかった。

一週間後、ピエールは財産の半分以上に当たる大ロシアの領地全部を妻の管理に委任して、ひとりペテルブルクへ発ってしまった。

## アンドレイの帰還 ［第二部第一編7〜9］

アウステルリッツの会戦とアンドレイ公爵の戦死についての報告がルイシエ・ゴールイに届いてから二か月たったが、いっさいの探索にもかかわらず彼の遺体は発見されなかったし、捕虜名簿にもその名はなかった。総司令官クトゥーゾフよりの手紙でその事実を知った老公爵はマリヤに向かって、「殺されたんだ」と突き刺すように叫んだ。

マリヤは卒倒もしないで、かえってその輝かしい目の中では何かが光をはなち始めた。さながらこの世の悲しみや喜びを超越した高い喜びがあふれ出たというようだった。彼女は父に対する恐怖を忘れて、そのひからびた、筋だらけの首を抱きしめた。

「お父さま、ごいっしょに泣きましょう」

「やくざ者が、卑怯者《ひきょうもの》が」老人は娘から顔をそむけてわめいた。「全軍をほろぼし、兵卒を殺す。行け、行って、行ってリーザに話してやれ」

マリヤは父の書斎から出ていきながら、兄の首にキリスト像をかけたときのことを思いだした。『兄さんは、いま、信仰をお持ちになったろうか。そして永遠の平安の棲《す》み家《か》にいるのかしら』と彼女は考えた。

リーザの部屋に入ってみると、小柄な公爵夫人は何か仕事に向かって坐っていて、ただ身重の女だけに特有な、幸福らしい表情で、「ちょっと、ここへ手を当ててごらんなさいな」と言って、マリヤの手を自分の腹へのせた。「ほら、ね、わかるでしょう。不思議な気持ですのよ。ね、マリヤ、わたし一生懸命にこの子をかわいがってやりますわ」リーザは幸福そうであった。

マリヤは、頭を兄嫁の着物にうずめて泣き出した。彼女はどうしてもこの人に恐ろしい知らせを話す勇気がなかった。そこで、父とはかって、無事に出産の日まで、兄の死をリーザに隠しておくことにした。

三月十九日の朝食のあと、リーザは急に腹痛を訴えはじめた。小間使が、あらかじめ町からルイシエ・ゴールイに呼んであった産婆をむかえに行こうとすると、リーザは、「あら、ちがいます、ちがいます」と訴えるように言った。その顔にはさけがたい苦痛に対する子供らしい恐怖が現われた。マリヤは産婆をむかえに部屋から走り出た。と、産婆がもう落ち着いた歩きぶりでこちらに歩いてきた。

「大丈夫でございますよ、お嬢さま。モスクワの先生などいらっしゃらなくても、うまくいりますから」

五分ののち、マリヤは自分の部屋にいて、邸内の物音を聞いていた。いつもだったら気を鎮めてくれる聖像への祈りも、きょうは効き目がなかった。産婦の苦しみを知る人が少なければ少ないほど、その苦しみは少なくなるという民間の言い伝えにより、一同はつとめてそ知らぬふりをしようとした。もうすぐ成就されようとしている、理解を絶した偉大な何事かを人々は待っていた。女中部屋では笑い声も聞こえず、老公爵は書斎を歩きまわっていた。宵がすぎて夜になった。

それは冬が、自分の権威を取りもどそうとして、名残の雪や嵐をまきちらしているような、三月の一夜であった。モスクワから来る産科医をむかえに、村道の曲り角まで数人の騎馬の者が出かけていった。マリヤが、風にあおられた窓を直そうとして外を見ると、幾つかの提灯《ちょうちん》がこちらに向かってくるのが目に入った。

「間に合ってよかった」と言うと、マリヤはロシア語を知らないドイツ人の医師をむかえに駆け出した。玄関の階段まで出ると、下からのぼってくる防寒長靴の足音が聞えてきた。なんだか聞きおぼえのある声が侍僕と話していた。

「あれは兄さんだ。でも、そんなことがあるはずがない」とマリヤは考えた。とこの瞬間、雪だらけの毛皮の外套《がいとう》をつけたアンドレイの姿が現われた。色は蒼ざめ、やせて、すっかり面やつれしていた。彼は階段をあがって妹を抱きしめた。

「お前は、ぼくの手紙を受けとらなかったのかね」と彼は尋ねたが、マリヤの返事を待たないで、彼のあとから入ってきた産科医といっしょに階段をのぼっていった。「なんという運命だろう」と彼は言って、妻の産室に入った。

リーザは白い室内帽をかぶって枕についていた。子供っぽく、きらきら光る目は、表情を変えないで彼の上にすわった。『わたしは誰にも悪いことはしませんでしたのに、どうしてこんなに苦しむんでしょう』とその目は言っていた。アンドレイはリーザの額に接吻した。「リーザ、かわいいやつ」かつて妻に口にしたことのない言葉を、彼はいま初めて口にした。けれども、彼女は夫が自分の目の前に現われた意味をはっきり理解できなかった。また陣痛がはじまった。アンドレイは産室の外へ出た。

産室の中からは、哀れな、たよりなげな、動物的なうめき声が聞えていた。アンドレイが思わず我をわすれて戸を開けようとすると、中からおびえた声で、「いけません。いけませんッ」と言われた。

やがて、うめき声がやんだ。まさに幾分かが過ぎた。突然、恐ろしい叫び声がして、しんとなった。赤ん坊の泣き声が聞えた。はじめアンドレイは、『なんだって、あんなところに赤ん坊なんかを連れてきたんだ』と考えたが、すぐにこの泣き声の喜ばしい意味のすべてを悟った。彼は子供のようにしゃくりあげて泣きはじめた。

不意に戸が開いて、産科医が蒼い顔をして出てきた。アンドレイはいきなり産室に飛びこんだ。妻は五分前に見たのと同じ姿勢であったが今はむなしい遺体となって横たわっていた。上唇にうすいひげの生えた、子供らしい顔付きは、さっきと同じように『わたしはあなた方を愛しているのにどうしてこんなに苦しむのでしょう』と語っているかのようだった。

部屋の隅《すみ》では、何かしら小さな赤いものが産婆の手の中で泣いていた。

二時間ののち、アンドレイは父の書斎に入っていった。老人はもう一切のできごとを知っていた。

三日後、リーザの葬儀がいとなまれた。さらに五日たって、若公爵ニコーレンカの洗礼が行なわれた。

【抄訳】

# 第二部第一編

## 10

ドーロホフとピエールの決闘にニコライが介添役をしたことは、父伯爵の奔走であまり知れ渡らないうちに、うまくもみ消されてしまった。そしてニコライは覚悟していた免官の代りに、モスクワ総督の副官に任命された。その結果、彼は家庭の人たちとともに田舎へ出かけてゆくわけにいかず、夏じゅうモスクワで今度の職務に従事した。ドーロホフの負傷はすっかり回復した。この療養期間中ニコライはとくにドーロホフと親密になった。ドーロホフは病中ずっと至れり尽くせりの看護をしてくれた母親のもとに臥《ふせ》ていた。母のマリヤ・イワーノヴナは、息子を親切にしてくれるニコライが気に入って、しばしば彼に息子のことを話して聞かせた。

「ねえ伯爵」と彼女は話しだすのであった。「まったくあの子は今日のような堕落した世の中にはもったいないほど心が上品で潔白でございますのよ。善事善行なぞというものは、だれも好くものじゃございません。煙たいような感じを与えますかられねえ。それはそうと、ねえ伯爵、わたしお聞きしたいんですけれど、せんだってのあのことでは、ベズウーホフさんのほうが正当で潔白なんでしょうかしら？　あの子はご覧のとおり見あげた心がけの子でございまして、あのかたを憎むなぞということはこれっぱかしもございませんし、今でも悪口など申したことは一言だってございません。ペテルブルクでお巡《まわ》りさんをからかって何かいたずらをしましたときだって、あのかたがご一緒だったじゃありませんか？　ところが、どうでしょう、あのかたのほうは何のお咎《とが》めもなくって、うちの子ばかりすっかり責任を背負わされて、あんまりじゃありませんか。ほんとうにあの子ばかり貧乏くじを引いているってもんですわ！　そりゃまあ復官したことは確かでございます。でも、復官しないってことがあるでしょうかしら？　あんな立派な子は、いくら世間が広いたって、そうざらにあるものではございません。ですのに、どうでしょう――あの決闘です！　一体全体、あの人たちには、感情だとか名誉だとかいうものがあるんでしょうか？　あの子が一人息子だってことを知ってるくせに、決闘を申しこむなんて、しかもあの通り本気になって射つなんて！　でも、ありがたいことに、神さまがお助けくだすったんです。いったい何のためだったのでしょう？　今の世の中で腹黒くない人なんぞありません。あの人がそんなに恐ろしいやきもち焼きだというなら、それでもかまいませんが、それならそれでねえ、あらかじめ事前に何とか言ってくれることができたはずじゃありませんか。なにしろ一年もつづいたことなんですもの。それだのに、どうでしょう、あの子があの人に借金があったもんですから、きっと敵手《あいて》になんぞならないだろうと見くびって、決闘を申しこんだのじゃありませんか。何て卑劣なんでしょう！　何という人でなしなんでしょう！　わたしはあなたがあの子の心をようく知っていてくださることを、見抜きましたから、それで心からあなたをお慕いいたしているのでございますよ、伯爵。まったくでございます。あの子の心がわかる人は幾たりもありはいたしません。ほんとにあの子は気高い、天使のような子でございますのよ！」

また当のドーロホフも、回復期のあいだじゅう、ときどきニコライに向かって、彼からはよもや聞かれまいと思われるようなことを物語るのであった。

「世間で僕のことを不良だなんて言っているのは、僕もよく知ってるよ」と彼は言うのだった。「世間のやつらなんぞ糞《くそ》を喰《く》らえだ。僕は元来、自分の好きな人以外は、知りたいとも思わんよ。その代り、自分の好きな人物なら、命を的《まと》にして平気なほど熱愛するがね。それ以外のやつが、もし僕の行く手に立ちふさがりやがったら、片っ端から叩《たた》き潰《つぶ》してやる。僕には尊敬する大事な大事な母上と、その他の二、三の友だち、――君もその一人だが、――まあこういう人々がある。そのほかのやつらなんぞにたいしては、有用か有害か、その程度に応じて、よろしくあしらうにすぎないんだ。しかもやつらときた日には、判で押したようにきまりきって有害の部に属してる――ことに女がそうだ。まったくねえ、君」と彼は語をついだ。「男のほうには愛すべき、高尚《こうしょう》な、潔白な人物も少なくはない。ところが女のほうときたら、——伯爵夫人だろうと下女だろうと——どれもこれも下らないやつばかりだよ。僕が女のなかに探し求めている天使のような清純な好ましい態度を恵まれたものになどは、まだ一度もお目にかかったことがない。もしそんな女に出会ったら、僕はそのために身命をなげうっても決して惜しいとは思わないよ。しかしあんな連中なんぞ糞を喰らえだ！」と彼は侮蔑的な態度をするのであった。「まあ君はどう思うかわからないが、もし僕がまだ命を大切にしているとすれば、それはただ僕を清浄潔白にし、向上させてくれるような、崇高な女性に出会うことができはしないかと、この一事を目あてにしているようなもんだ。しかしこんなことは君には得心がゆかないだろうなあ」

「いや、いや、よくわかるよ」新しくできた親友にすっかり魅了されているニコライはこう答えた。

---

秋になったのでロストフ伯爵家の一同はモスクワへもどってきた。冬にはいるとデニーソフも帰ってきて、ふたたびロストフ家に逗留した。モスクワで過ごした一八〇六年の初冬は、ニコライとその家族の者にとって、もっとも幸福な愉快な時代の一つであった。ニコライは多くの友だちを家へつれて来た。ヴェーラは二十歳の娘ざかり、ソーニャは芳紀まさに十六歳、咲きほころびたばかりの花の美しさ、ナ

ターシャはなかば小娘、なかば女になった令嬢といった感じで、ときには子供子供したあどけなさをしめし、ときにはもう一人前に成育した、娘らしい魅力を見せるのであった。

このころのロストフ伯爵家には、非常に美しい年ごろの娘たちをもった家庭によく見受けられる一種独特のなまめかしい空気が充ち満ちていた。これらのういういしい、感受性に富んだ、笑みを含んだ（おそらくは自分自身の幸福のためであろう）乙女たちの顔や、いきいきしたお祭り騒ぎや、とりとめのない、が、だれにも親しみのある、どんなことでもしてくれそうな、希望に輝く若い女たちのさざめきや、口から出まかせの歌や音楽などを見たり聞いたりしていると、ここへ顔を出す若い人ならみな一様に、恋を願っているような気持や、幸福を期待する気持をおぼえるのだった。こうした感情はまた、ロストフ家の若い人々自身も感じているのだった。

ニコライのつれて来る若い人たちのなかで、第一位に属すべき一人はドーロホフであった。彼はナターシャ以外の、家族一同の者から好かれた。が、ナターシャだけはドーロホフのことで、すんでのことに兄と喧嘩《けんか》するところだった。彼女のみは、ドーロホフは不良だ、あの決闘では何といってもピエールのほうが正しくドーロホフのほうが悪い、不愉快で不自然な人だ、と主張するのだった。

「わたし、なんにも理解する必要なんぞありませんわ」とナターシャは断固としたわがままらしい調子で叫んだ。「あのかたは意地悪で不人情です。わたし、デニーソフさんは好き。あのかたはそりゃお酒も召しあがるし、乱暴なまねもなさるけれど、それでも好感が持てるのよ。だから、わたしだって分からず屋じゃないつもりなの。さあ、何といったらいいでしょう……そうね、あの人のなさることは、みんなこう、どこか計画的なのね、わたしそれがきらいなの。ところがデニーソフさんのほうときたら……」

「いいや、デニーソフとはまったく別だ」ドーロホフと比べた日にはデニーソフなんぞてんから問題にならないということをほのめかすつもりで、ニコライは答えた。「ドーロホフがどんなに見あげた魂を持っているか、これは理解してやるべきだし、またお母さんにたいしてどんなであるかも見てやるべきだよ。じつに立派な心がけだ！」

「そんなこと、わたし知りませんわ。でも、わたしあの人と一緒にいると、何だか変に気づまりなの。ねえお兄さま、あの人がソーニャちゃんに恋しているのをご存じ？」

「何をくだらないこと！」

「あら、本当よ。いいわ、いまにわかるから」

ナターシャの予言は見事に的中した。今まで婦人の社会へ出入りすることを好まなかったドーロホフが、にわかに足しげくこの家を訪れるようになった。だれを目あてに来るのかという疑問は（だれ一人それを口に出したものはないが）ほどなく解決された。彼はソーニャを慕って来るのであった。一方ソーニャも、口に出してこそ言わないが、やはりそれを感づいて、ドーロホフの姿を見るたびに、いつも火のように赤くなった。

ドーロホフはしばしばロストフ家の人たちと一緒に食事をし、彼らの見に出かける興行物には一度もかかさず同道し、いつもロストフ家の人たちの行くヨゲールのもとで催される『若い男女のための』舞踏会へも、一緒に出かけた。彼はしょっちゅうソーニャにばかり気を配っていた。たまたま彼の視線にぶつかると、ソーニャだけが堪えられないで顔を赤らめるばかりでなく、伯爵夫人やナターシャさえ、つい赤くなってしまう有様であった。

見たところ、この異様なたけだけしい男も、自分を恋のとりこにしてしまった美しい少女の黒髪の、解くことのできない魅惑の呪縛《いましめ》に、悩み苦しんでいるもののようだった。

ニコライは、ドーロホフとソーニャのあいだに何か新しい関係の発生したことを認めた。が、この新しい関係が何ものであるか、はっきり決めることはできなかった。『あの連中は、みんなだれかに惚《ほ》れているんだ』と彼はソーニャとナターシャについて考えた。しかし、ソーニャとドーロホフにたいしては、以前のような平気さでいられなくなったので、だんだん家をあけることが多くなってきた。

一八〇六年の秋になると、ふたたびナポレオンとの戦争に関する問題が、昨年よりもいっそう熱をもって世間の噂にのぼりはじめた。千人にたいして十人の現役兵召集令が発せられたのみならず、さらに九人の国民兵募集が発布されたのである。いたるところにナポレオンを呪《のろ》う声が充ち満ちており、とくにモスクワでは寸前に迫った戦争の話で持ちきりであった。ロストフ家の人々にとって、この開戦準備にたいする関心の全部は、ニコライが、だれが何といってもモスクワに留まっていようとしないで、クリスマスがすむとすぐデニーソフの休暇が終わるので、そうしたら一緒に連隊へ帰ってゆくつもりでいる、という一事に集中されていた。間近に迫った出発は、彼の享楽を妨げるどころか、あおりたてたくらいだった。彼は連日連夜、晩餐会、宴会、舞踏会などに入りびたりで、毎日の大部分を、家庭の外で送るのだった。

II

クリスマス週の第三日目のことだったが、ニコライは自宅で食事をとった。最近の彼としては珍しいことであった。主顕節［キリストの出顕を祝う祭］がすんだら、デニーソフと一緒にすぐ連隊へ帰還することになったので、送別会が催されたのである。会食者は二十人ほどで、そのなかにはドーロホフもデニーソフも加わっていた。

ロストフ家に愛の空気、恋の雰囲気が、この祝祭の数日間ほどはっきりと強く感じられたことはかつてなかった。『幸福の瞬間をとらえよ、すすんで恋し、恋を得ることだ！　これすなわち人生における唯一の真実、ほかのものはすべて無意義である。現在われわれのなすべき唯一の仕事は、これ以外には何もないのだ』とこの雰囲気は物語っているかのようであった。

ニコライは例によって四頭立ての馬がへとへとになるまで馬車を乗りまわしたが、それでも予定していた場所や招待されていた家をすっかり回りきれず、晩餐会が開かれる間ぎわになってやっと帰ってきた。彼は到着するやいなや、家じゅうにみなぎっている恋の空気を認め、かつ感じ、さらに一座のうちの数人の者が妙なばつの悪さに陥っているのを感じた。とくにソーニャとドーロホフと老伯爵夫人の三人がとり乱したようすであり、ナターシャにもそれはある程度まで見受けられた。ソーニャとドーロホフのあいだに食事の前にきっと何かいきさつがあったなと見てとったので、ニコライは食事のあいだじゅうたえずこの二人にたいして、持ち前の感じやすい心で、非常にやさしく注意深く接した。今晩はまた、ダンス教師のヨゲールが門下生のためにいつも祭日中にやることになっている、恒例の舞踏会が催されるはずだった。

「お兄さま、ヨゲール先生のところへいらっしゃるんじゃなくって？　行ってらっしゃいませ、ねえ！」とナターシャが言った。「先生がねえ、お兄さまにぜひ来てくださいっておっしゃってよ。デニーソフさんもいらっしゃるって」

「お嬢さんのご命令とあれば、僕はどこへでも！」と、ロストフ家で冗談まじりにナターシャの騎士《ナイト》の役をつとめているデニーソフが答えた。「ヴェール舞踏でも何でも踊りますよ」

「ああ、僕ももし間があったら！」とニコライは答えた。「僕はアルハーロフさんのところへ行く約束があったんだ。今夜あすこに夜会があるんでね」そしてさらに、「君は？」とドーロホフにたずねた。が、この言葉を発すると同時に、それがまったく聞くだけ野暮な愚問だったことに気がついた。

「そうさな、もしかしたら……」と、ドーロホフはソーニャの顔をちらと見やって、冷然と腹だたしげに答えた。そして苦虫を嚙みつぶしたような仏頂面で、いつぞやクラブの宴会でピエールを見やったときと同一のいやな眼つきで、ニコライの顔をじろりと見かえした。

『何かあったな』とニコライは思った。そしてドーロホフが食事がすむとさっさと立ち去ったのを見て、さらにいっそうこの感を強くした。彼はナターシャを呼んで、一体どんなことがあったのかとたずねた。

「わたし、お兄さまを捜しましたのよ」ナターシャは彼のほうへ駆けよりながらこう言った。「わたしがそう言ってるのに、お兄さまったら、てんから本当になさらなかったじゃありませんか」とナターシャは勝ち誇ったように言った。「ドーロホフさんがソーニャちゃんに結婚を申しこみましたのよ」

最近、ほとんどソーニャのことを気にもとめていなかったけれども、これを聞くにおよんで、ニコライの心中には、ただならぬ波が立ちはじめた。これという持参金もない孤児のソーニャにとっては、ドーロホフは結構な、ある意味においては立派すぎるほどの配偶者と言わなければならない。それゆえ、老伯爵夫人や一般の眼から見たら、拒絶などすべき理由はどこにもないはずであった。これを聞いてニコライの心に最初におこった感情は、ソーニャにたいする怒りであった。そして彼は『結構じゃないか。もちろん、子供の時分の約束なんぞ忘れて、申し込みに応じるのが本当だよ』と危く口走ろうとしたが、それよりさきにナターシャが、

「ところがどうでしょう、ソーニャちゃんはお断わりしたのよ、きっぱりと！」こう言って、ちょっと言葉を切ってから、さらにつけたした。「ほかに愛してる人がございますから、とそう言ってね」

『そりゃ、そうだろうとも。あのソーニャに限って、そうよりほかに返事をするわけはありやしない！』とニコライは思った。

「お母さまがどんなにおすすめになっても、あの人はどうしてもきき入れませんのよ。わたしよく知ってますけど、あの人はね、いったん口に出したことは、どんなことがあっても変えないんですのよ……」

「お母さまがおすすめになったんだって！」ニコライは咎めるような口調で言った。

「ええ」ナターシャは言った。「だけどお兄さま――怒っちゃいやよ――でもね、あたし何だかお兄さまはソーニャちゃんと結婚なさらないような気がしてならないわ。わかってってよ、どうしてってことはわからないけれど、とにかくお兄さまはあの人と結婚なさらないと思いますわ、きっとよ」

「いいや、そんなことはお前にわかりっこないよ」ニコライは言った。「だけど、僕はソーニャに言わなくちゃならないことがある。ほんとうにソーニャは可愛い子だね！」とほほえみながら付言した。

「ほんとにねえ、なんて可愛らしい人なんでしょう！　わたしここへよこしたげますわ」ナターシャは兄に接吻すると、部屋を駆けだした。

一分ほどたつと、ソーニャが何か悪いことをしてそのとがめ立てをされたような、おどおどした困ったようなようすで入ってきた。ニコライは近よって彼女の手に接吻した。ニコライが今度の帰休中、二人きりでたがいの意中を語り合う最初であった。

「ソーニャさん」こう彼は、はじめは恥ずかしそうだったが、しだいに大胆に話しだした。「もしあなたがああいう立派な、のみならず有利な結婚の相手を断わってしまうお考えだとすると――たしかにあの男は美男で高尚な人物ですからね……それに僕の親友で……」

が、ソーニャは彼に先を言わせなかった。

「わたくしとうにお断わりしましたのよ」こう彼女は急いで言った。

「僕のためにお断わりになったのなら……ぼ……僕は……」

ソーニャはふたたび彼に先を言わせなかった。そして懇願するような、驚いたような眼つきで相手を見やった。

「ねえ、ニコーレンカさま、どうぞ、もうそんなことおっしゃらないで」と彼女は言った。

「いや、これは僕の義務だから、あえて言います。ひょっとしたら、僕のひとりよがりかもしれませんが、しかしやはり、言うほうがよいと思いますから、あえて僕は一言します。もしあなたが僕のためにお断わりになったのなら、僕のほうも本当のことを言わなくちゃならない。僕はあなたを愛しています。おそらくこの世のだれにもまして、僕は、ですね……」

「そのお言葉だけで、わたくしもう十分でございますわ」ソーニャは真っ赤になって言った。

「いいや、そうじゃありません。僕はこれまでに何度恋をしたかしれないし、これから先だって恋をしないとはいえない。そりゃ、あなたにたいして抱いているような友情と信頼と愛情とは、ほかの何人《なんぴと》にたいしても、一度だって抱いたことはありませんがね。しかし僕はまだこのとおり若い。それに母も快く思っておりませんし。……まあ、端的にいって、僕は約束しないことにします。だから、ドーロホフの申し込みをよく考えてみてください」こう彼はかろうじて友の名をあげながら言った。

「いいえ、そんなことおっしゃらないでくださいませ。なんにもわたくし要らないんですもの。あなたをお兄さまとしてつねにお慕いしているのですから、もう、それだけで十分でございますわ、わたくし」

「まったく、あなたは天使です。僕なんぞあなたを愛する資格はありません。僕はあなたを騙《だま》すような結果にならなければいいがと、それればかりが気がかりでなりません」ニコライはふたたび彼女の手に接吻した。

## 12

ヨゲールの家で催される舞踏会は、モスクワじゅうでもっとも楽しい舞踏会の一つであった。これは自分の子供たちがあぶなっかしい恰好で習いたてのステップをやっているのを見ている母親たちの言葉であった。が、またへとへとになって倒れるまで踊りぬく少女や少年たち自身もそう言ったし、さらにまた子供たちのレベルまでおりてやろうというつもりでこの舞踏会にくる、適齢期の男女までが、そこで意外にも非常な満足を発見し、しみじみとそう言うのだった。今年この舞踏会で二組の結婚が成立した。ゴルチャコフ公爵の美しい令嬢が、二人ともいい相手を見つけて結婚したので、この舞踏会の評判はさらに一段高まったのである。この舞踏会がほかのそれと一風変わった点は、リーダー格の主人公も女主人公もいないという一事であった。ただお人好しのヨゲールが教則どおり羽毛のように軽やかにふわりふわりと、足を床に擦《す》って飛びまわりながら、人々からチケットを受け取るだけであった。さらにもう一つ変わっている点は、この会へ集まってくる連中が、はじめて長い裾の衣裳を着たばかりの、踊り興じたい気持でうきうきした、十三、四の小娘ぞろいだという一事であった。ほんの幾たりかを除いて、みんなそろって美しかった。少なくとも美しく見えた。それほど一同は幸福の絶頂に達してほほえみかわし、愛くるしいつぶらな眼を輝かすのであった。ときどき、素質のいい連中がヴェール舞踏を踊ることがあったけれど、なかでもとくにナターシャは一段いいほうで、その優雅な容姿はずば抜けて素晴らしかった。しかし今晩の会ではエコセーズ［スコットランド舞踏］とアングレーズ［古代イギリス舞踏］と、最新流行のマズルカのみを踊りに踊った。ヨゲールは会場としてベズウーホフ家の大広間を使用したのであったが、この会は大成功だったと人々に言われた。会場には美しい女の子が大勢いたが、ロストフ家の令嬢たちはひときわ目だって美しかった。そして二人ともとくに仕合せらしく快活であった。今宵、ソーニャはドーロホフの申し込み、その拒絶、ニコライとの意中の語り合いなどのできごとのために、すっかり得意になってしまい、まだ家にいるうちから、あちらこちらへ跳ねまわって、髪の手入れをさせるのに小間使を手古ずらせたし、またこの舞踏会でも、こみあげてくる喜悦を、抑えきれない状態だった。

一方ナターシャは、今宵はじめて長いスカートの服をきて、一流の舞踏会へ出たことが少なからず得意で、さらにいっそう幸福を感じているのだった。二人とも薔薇色のリボンの飾りをつけた白いレースの服をきていた。

ナターシャはホールへはいるともうすぐ恋のとりこになってしまった。——といっても、ある一人をとくに恋するというわけではなく、ただもう無性にみんなにたいして恋しい気持を感じるのであった。だれかれの区別なく、瞬間瞬間に見受けるだれをでも見さかいなしに恋してしまうのだった。

「ああ、なんて素敵なんでしょう！」ナターシャはソーニャのそばへ走り寄ってはこう言い言いするのだった。

ニコライとデニーソフの二人は、広間をあちこち歩きまわりながら、保護者のような優しい眼ざしで、夢中になって踊っている連中をながめやった。

「なんて可愛らしいんだろう、きっと美人になるよ」デニーソフが言った。

「だれがだい？」

「伯爵令嬢ナターシャがさ」とデニーソフは答えた。「なんてうまく踊るんだろう！　じつに優美だね！」ちょっと間をおいてから、ふたたびデニーソフは言った。

「いったいだれのことを言ってるんだい、君は？」

「君の妹さんのことだよ」デニーソフは色をなして声をあらげた。

ニコライは微笑した。

「さあ伯爵、あなたはわたしの一番弟子ですから、ぜひひとつ踊っていただきましょう」小柄なヨゲールがニコライに近づきながら言った。「どうです、可愛い娘さんが大勢集まったじゃありませんか」ヨゲールはかつて自分の弟子であったデニーソフに向かっても、同じようにすすめた。

「どういたしまして、とんでもない。僕はあぶれ者みたいなもんですよ」デニーソフは答えた。「まったく、僕がどんなにだめだったか、ご存じじゃありませんか？」

「いいえ、そんなこと！」ヨゲールはあわてて彼をさえぎり、とりなすように言った。「ただあなたは少し不注意でいらっしゃった。あなたには十分才能がおありなんです。ほんとに、十分才能がおありなんですよ」

やがてバンドは近ごろ流行のマズルカを奏しはじめた。ニコライはヨゲールのすすめを断わりかねて、ソーニャに相手になってもらった。デニーソフは年輩の婦人たちのそばに腰かけ、サーベルによりかかって足拍子をとりつつ、ちらりちらりと踊っている若者たちを見やりながら、何やら面白そうな話しぶりでしきりに婦人たちを笑わせていた。まずヨゲールは自分の誇りにしている一番うまいナターシャと踊った。ヨゲールは短靴の小さな足をしなやかに優しく踏みながら、恥ずかしそうではあるが一生懸命にステップを合わせているナターシャとともに、真っ先に広間を飛びまわった。デニーソフはナターシャから眼を放さず見まもり、自分がいま踊らないのは踊れないからではなく、気が向かないからだといったような顔をして、サーベルでこつこつ拍子をとった。そして、ダンスが半ばごろまですすんだころ、そばを通りかかったニコライを招きよせた。

「これはいささか調子が違うじゃないかね」彼は言った。「これが一体ポーランドのマズルカかなあ？　それにしてもナターシャさんは達者に踊るねえ」

ニコライは、デニーソフがポーランドのマズルカにかけては相当有名だったことを知っているので、ナターシャのそばへつと近よって言った。

「さあ、デニーソフのところへ行って申しこんでやれよ。うまいんだよ！　素敵なんだよ！」

ふたたびナターシャの番が来たとき、彼女は立ちあがり、そしてリボンの飾りのついた靴を小きざみにせわしく動かして、デニーソフが控えている片隅《かたすみ》のほうへ、恥ずかしそうに広間を横切っていった。彼女は居合わせたすべての者が自分を注視し、彼女のこれから振舞うことを待ちかまえているのを知った。ニコライはデニーソフとナターシャがほほえみながら何か争っているのを見てとった。デニーソフはうれしそうに微笑を浮かべて辞退していた。ニコライは二人のそばへ走りよった。

「さあ、どうぞ、デニーソフさん」ナターシャがすすめていた。「いかがでございますか。踊りましょうよ」

「いや、ほんとにだめなんですよ。勘弁してください。どうか」デニーソフは答えていた。

「君、やりたまえよ、いいじゃありませんか」ニコライが言った。

「まるで子猫のワーシカが言いくるめられてるって図だな！」デニーソフは冗談まじりに言った。

「わたし一晩じゅうでもおすすめしますわ」

「この魔女さんにはどうもかないませんよ！」デニーソフは言って、サーベルをはずした。彼は椅子のあいだを通り抜けて前へ出ると、相手の手を固く握り、首をぐっと反らし、片足を突っぱるようにうしろへ引いて、合図を待ちかまえた。デニーソフは、馬にまたがったときと、マズルカを踊るときだけ、背の低いのが目だたず、また彼自身さえも自負しているような、立派な、すっきりした容姿に見えるのであった。合図の拍子で、彼はうれしそうな、勝ち誇ったような態度で、はすかいにナターシャの顔をちらりと見やって、すかさず片足で、とんと床を蹴り、あたかもまりがバウンドするような弾力で跳ねあがり、相手を振りまわしながら、ぐるぐる場内を回りだした。彼は片方の足で滑らかに音もなく広間を半分ほどよぎった。あたかもそれは眼前にならんでいる椅子が眼にはいらないもののように、一直線にそのほうへ突進するのであったが、にわかに拍車をちんと鳴らし、足をひろげて踵《かかと》で立ちどまり、一瞬間そのままの姿勢でいたあと、やにわに拍車のひびきとともに、両足で床を踏み、早いターンを行なった。そして左足をこつこつ打ち合わせながら、ふたたび円に沿ってぐるぐる回りはじめるのだった。ナターシャは彼が振舞おうとしていることをすっかり悟って、自分ではどう動けばいいのかわからぬまま、彼のリードにまかせて踊った。彼はまず右の手で、つぎに左の手で、彼女をくるくる回し、それから自分はひざまずいてナターシャに彼の周囲を回らせたかとおもうと、今度は飛びあがり、間髪を入れず、家じゅうの部屋を走り抜けようとでもするような猛烈な勢いで、前のほうへ突進しだしたかと見るや、またふいに立ちどまり、新しい思いがけぬターンをするのであった。やがて、彼女のもと坐っていた椅子の前へ来ると、彼は相手をくるくると回してから、両足を引きつけ、拍車を鳴らしてナターシャに会釈した。が、ナターシャのほうはその会釈に答えることすらできなかった。彼女は相手がだれなのか、それすらわからないようなようすで、いぶかしそうな顔つきで彼を見つめるのだった。

「これは何でございますの?」と彼女は言った。

ヨゲールはこのマズルカを正式なものとは認めなかったが、一同の者はデニーソフの美技にすっかり酔わされてしまい、つぎからつぎへと相手を申しこんできた。老人たちは微笑しながらポーランドのことや、若い楽しかったころのことを話しだした。デニーソフはこのダンスのためにほてった顔をハンカチで拭きながら、ナターシャの隣へ腰をおろした。そしてそれからのち、一晩じゅう彼女のそばを離れなかった。

## 13

その後二日間というもの、ニコライが心待ちにしていたにもかかわらず、ドーロホフはやってもこなかったし、こちらから訪ねていってみても外出中だった。やっと三日目になって、ドーロホフから便りがあった。

『僕は君も承知の一件のため、今後君の家へは行かないことに決心して、近日隊へ帰ることになった。それゆえ、今夜は親友諸君にお集まりを願って訣別《けつべつ》の宴を張ろうとおもう。どうかイギリス・ホテルへ来てくれたまえ』

ニコライはその晩九時すぎに、家族たちやデニーソフと一緒に見物に行った劇場からじかにイギリス・ホテルへやってきた。すぐに、このホテルで一番上等の部屋へ案内された。これはドーロホフが今晩の用意に借りておいた部屋であった。二十人ばかりの同勢がテーブルを囲んで集まっており、主人役のドーロホフは二本の蠟燭のあいだに陣どっていた。テーブルの上には金貨や紙幣が散らかっていた。今ドーロホフが銀行［トランプの賭けゲーム］をやっている最中であった。ドーロホフがソーニャに結婚を申しこみ、その拒絶にあって以後、ニコライはまだ彼と会っていなかったので、今日はじめて会うので、これから面と向き合うのが何だか気まずいように感じられた。

ドーロホフの澄んだ冷たい眼は、先ほどから待ち兼ねていたとでもいうように、ニコライが部屋へはいるやいなや彼に向けられた。

「やあ、しばらく」と彼は言った。「よく来てくれたね。もうちょっとでけりがつくから、待ってくれたまえ。もうすぐイリューシカがコーラスをつれてくるころだ」

「僕は何度か君の家へ行ってみたんだよ」ニコライは顔を赤らめながらこう言った。

ドーロホフは何とも答えなかった。

「君もやってもいいぜ」と彼は言った。

このとたんニコライは、かつてドーロホフと話し合ったことのある妙な会話をふと思いだした。『運を頼りに勝負するやつは愚の骨頂だ』こうそのときドーロホフは、言ったのだった。

「それとも、君は僕とやるのがこわいのかい？」とドーロホフは、今度は相手の心を見抜いているもののように、こう言って、にやりと薄笑いを洩《も》らした。ニコライはこの薄笑いの裏に、彼ドーロホフがクラブの宴会のときと同じような気持になっていることを見てとった。毎日の生活のすべてがいとわしく、飽き飽きしてしまい、その結果、何かしら変わった、それも主として残酷な行為をもって、そこから抜けだそうとしているときに抱くようなそれだった。

ニコライはきまりが悪かった。何かうまい冗談を見つけてドーロホフに答えてやろうとしたがそれができなかった。何とか答えようとしているニコライの顔を見すえながら、ゆっくりと、一座のだれにもよく聞こえるような調子で、こうはっきりとドーロホフは言った。

「ねえ君、忘れやしないだろう、いつだったか二人で勝負のことを話したことがあったろう……『運を頼りに勝負するやつは愚の骨頂だ、勝負は必勝の信念でやらなきゃだめだ』ってね。いま僕がそれをやってお目にかけるよ」

『運を頼りにやってみるか、それとも必勝の信念でやるか？』とニコライは考えた。

「まあ、やらないほうがいいよ」ドーロホフは言って、新しいカードの封を切りながらさらにつけたした。「諸君、勝負だ！」

彼は金を前へ押しやり、配りはじめた。ニコライはそのそばに腰をおろし、初めのうちは仲間にはいらないでいた。ドーロホフは彼をちらりちらりと盗み見た。

「どうしてやらないんだい？」とドーロホフは言った。

不思議なことに、ニコライは何となく自分も仲間に加わり、カードを手にし、多少の金を賭け、勝負をやらなければならないような気がしてきた。

「僕は金を持っていないんだよ」ニコライは言った。

「信用するからいいよ！」

ニコライはまず五ルーブル賭けて負けたので、また賭けた。が、それも負けてしまった。ドーロホフはたてつづけにニコライのカードを十枚殺した。つまり負かしてしまった。

「いいかね、諸君」幾勝負かすんだあとでドーロホフは言った。「どうか金はカードの上に置いといてくれたまえ。さもないと僕は勘定を間違えるかもしれないから」

　すると相手の一人が、信用してくれてもいいじゃないか、と言った。

「信用することはするよ、だが、間違いが起こるといけないと思うからさ。だから、どうか金はカードの上へ置いといてもらいたいね」ドーロホフは答えた。「いいからやりたまえ、君とはあとで勘定すればいいよ」彼はニコライに向かってつけたした。

　勝負は引きつづき行なわれた。給仕はしょっちゅうシャンペンを配ってまわった。ニコライのカードは片っ端から殺《や》られてしまい、負け高はとうとう八百ルーブルと記入されてしまった。彼はまたカードの上へ八百ルーブルと書きかけたが、そのとき給仕がシャンペンを注ぎにかかったので、ふと思いとどまって、普通の賭け高の二十ルーブルと書き改めてしまった。

「おい、いけないよ」ニコライのほうなぞてんで見ていないようだったドーロホフが、こう言った。「すぐ取り返せるじゃないか。僕はほかのやつのは生かしても、君のだけは殺してしまうんだ。それで、君は僕を恐れてるんだろう?」彼は同じことを繰り返した。

　ニコライは言われるままに、先ほど書いた八百ルーブルをそのままにして、片隅の破けたハートの七を拾いあげて、そのカードに賭けた。彼はその七をいつまでも覚えていた。そしてそれに白墨のかけらで、丸味をおびた数字で八百と書きつけた。差しだされるままに生暖かいシャンペンの杯をぐっと呑《の》みほし、ドーロホフの言葉に微笑しながら、心臓の凍ってしまうような思いで、ハートの七が出るのを待ちかまえながら、カードの束を握っているドーロホフの手もとを見つめていた。このハートの七の生き死にこそ、ニコライにとってはまさしく一大事件なのだ。この前の日曜日に、父イリヤ老伯爵はニコライに二千ルーブル与えたのだった。金銭上のくだくだしいことに、とやかく言うのを好まない父は、ただ簡単にこれは五月までの分のぎりぎりだから、今後は少し経済的にやってもらいたいと言っただけだった。それにたいしてニコライは、十分にいただいてまことにすまない、ですからどんなことがあっても誓って期限まではお願いしないと言ったのだった。もうその金も残るところ千二百ルーブルになってしまった。その矢先だったので、このハートの七が殺られてしまうことは、単に千六百の負けを意味するのみならず、父にたいする誓いの言葉にさえそむくことになってしまう。ニコライは心臓の凍るような思いで、ドーロホフの手もとをじっと見つめながら考えた。『さあ一刻も早く、おれにこのカードをよこしてくれ。そうすればおれは帽子をとって、大急ぎで家へ帰って、デニーソフやナターシャやソーニャたちと夜食を共にするんだ。そして、以後は決してカードなどを弄《もてあそ》ばないことにする』この瞬間、彼の家庭生活、つまりペーチャとの戯れ、ソーニャとの語らい、ナターシャとの合唱、父とのピケット［カルタ遊びの一種］、ポワルスカーヤ街の家の心地よい寝床――これらすべてのものが遠い過去の、二度と返らぬ幸福か何かのように、目のあたりにいきいきと輝かしく浮かんできた。彼にしてみれば、ほんのちょっとした馬鹿げた機会のために、七のカードを右へ置いて、左へ置かなかったために、現在新たに感知され、新たに一段と光彩を添えた自分の幸福が、根こそぎ台なしにされてしまい、いまだかつて味わったこともない、気味悪い不幸の淵《ふち》へ突き落とされるなどということは、とうてい想像することさえできなかった。そんなことは決してありえようはずはないのだ。そうは思うものの、ニコライは心臓の圧しつぶされるような思いで、ドーロホフの手の動くのを待ちかまえていた。シャツの袖口から見える毛むくじゃらの、骨太で血色のいい両手は、カードの束を下に置いて、給仕が差しだしたコップとパイプを取りあげた。

「じゃあ、君は僕と勝負をするのがこわくはないというんだね？」ドーロホフはさらに念を押した。そして、あたかもこれからいい話をして聞かせようとでもいうような態度で、カードをおいて椅子の背によりかかり、微笑を浮かべながら、一語一語ゆっくりと語りだした。

「いいかね、諸君、ある人から聞いた話なんだがね、僕がいかさま師だって噂がモスクワじゅうに伝わってるって話なんだ。だからここの勝負にだって、もちっと用心したほうがいいって忠告しとくぜ」

「さあ、やってくれ！」ニコライが叫んだ。

「まったくモスクワのゴシップ好きの連中め、何とでも勝手にほざきやがれ！」ドーロホフは言った。そして微笑しながらカードを取りあげた。

「ああっ！」ニコライは両手で頭をかかえて、ほとんど叫ぶような声で言った。彼に必要だった七は、何のことはない、もう束の一番上に出ているではないか。ニコライは自分の力ではどうにも払えないまで負けてしまった。

「だから言わんことじゃない、あんまり無鉄砲なことはしないほうがいいぜ」ちらりと横目でニコライを一瞥して、こう言いながら、ドーロホフは勝負をつづけて行った。

14

一時間半後には、もう仲間の大部分は、あまり真剣になって勝負をしていなかった。

勝負はすべてニコライ一人を鴨《かも》にしようとして行なわれていた。もう千六百ルーブルはとうに負けてしまい、長い数字の行列が彼の分として書きしるされてあった。つい今しがたの計算では、一万までだったのが、今ではもうざっと見積もっただけでも一万五千以上になっていそうに思われた。ところが本当の額はすでに二万を超していた。ドーロホフのほうではもう話を聴いてもいなければ、自分のほうから話そうともしないで、ただニコライの手の動くのを見つめながら、ときどきちらりと彼への貸し分の書付のほうに視線をやっていた。ニコライはこの書付が四万三千ルーブルになるまでやってやろうと決心した。こんな変な数を限ったわけは、彼とソーニャとの年を合わせると四十三になるからだった。ニコライは両手で頭をささえて、テーブルに向かっていた。そのテーブルはこぼれた酒でぬれ、数字が乱雑に書きつけられ、カードが一杯散らばっていた。一つのいまわしい想念が何としても彼の頭から去りやらなかった。それは例のシャツの袖口から見える骨太の、血色のいい、彼が愛してもいれば嫌ってもいる両手が、自分を掌中のものにしているという一事であった。

『エースに六百ルーブル、九に四分の一賭けるか……いいや、取り返すなんてことはできやしない……ああ、家にいたらどんなに愉快だったろう！……ジャックに倍賭だ……こんなべらぼうなことがあるもんか！……どうしてドーロホフはおれにたいしてこんなことをするんだろう？』ニコライは思いだしたり考えたりした。ときどき彼は捨鉢になって大きく賭けることがあったが、ドーロホフはそれを負かしてしまうのが気の毒になって、みずから賭け高を訂正してやるのであった。ニコライは彼の意志に従った。そしてかつて、アムシュテーテンの橋上でやったように、神に祈ってみたり、テーブルの下に棄《す》ててある、皺くちゃになったたくさんのカードのなかからとった、最初の一枚が自分の運命を開拓してくれるものだときめてみたり、上衣の飾り紐《ひも》の数をかぞえて、それと同じ点数のカードに今まで負けた総額を賭けようとしてみたり、だれか助けを求めるもののように仲間の者を見まわしてみたり、冷然たるドーロホフの顔をのぞきこんで、彼が何を考えているのか推察しようとしてみたりするのだった。

『この失敗の結果、おれがどうなるだろうってことは、君だって百も承知のはずだ。君はよもや僕の破滅を望んでいるわけじゃあるまい? おれの親友じゃないか。おれは君を愛さなかったかい?……だが何も君が悪いってのじゃない。君の運がいいってわけなんだ。しかしおれだって悪いわけじゃない』彼は考えた。『おれは一度だって悪いことをした覚えなんぞない。おれは人を殺したり、侮辱したり、傷つけようとしたりしたことが一度でもあったろうか? それだのに、何だってこんな恐ろしい不幸が起こったのだろう? 一体この不幸はいつから始まったんだろう? つい今しがた、おれは百ルーブル儲《もう》けて母上の命名日のお祝いに手箱を買って帰るつもりで、このテーブルへ来たのだった。おれはそのとき非常に幸福で、自由で、愉快だった! それなのに、おれはそのとき自分がいかに幸福であるかを知らなかったのだ! いつあの幸福が終わって、いつこの新奇の恐ろしい状態が始まったんだろう? この変化の現われは何だったろう? おれは相変らずこのテーブルで、ここのところに腰かけていて、今と同じようなやり方でカードをつまんでは捨てながら、この骨太のすばしっこい両手を見つめていたんだ。いつの間にこんなことになってしまい、どんなことが起こったというのだ？　おれはこの通り元気でしっかりしていて、先ほどと変わりない人間だし、先ほどと同じところにこうして坐っている。いいや、決してそんなことのあろうはずはない！　きっとこんなことは何でもないものとして終わってしまうにちがいないんだ』

室内はそれほど暑くもないのに、彼は真っ赤になって、身体《からだ》じゅう汗だくだった。そしてその沈痛な面持ちは、見るも哀れであった。ことに平安を装おうとしている空しい努力を見ると、いっそう悲惨なものがあった。

負けはついに四万三千という致命的な額に達した。ニコライは今勝った三千ルーブルの倍賭で、つぎのカードをとろうとした。と、そのとき、ドーロホフがカードの束でテーブルをたたいて、彼の束をわきへ押しやり、白墨を取りあげ、例のすばしこい逞《たくま》しい手に白墨を持ち、ニコライの負け高を白墨を折りながら書きつけにかかった。

「夜食だよ、もう夜食の時間だよ。やあ、ジプシイの連中もいいぐあいにやってきた！」たしかに、そのとき、髪が黒く皮膚の色の浅黒いジプシイの男女数人が、寒い戸外から入ってきて、何やらジプシイ訛《なまり》でしゃべり合っている。ニコライはもう何もかもおしまいだと思った。が、さりげない調子で言った。

「どうだい、もっとやろうじゃないか? おれは素敵なカードを持ってるんだが」

あたかも勝負そのものが彼にとってはほかの何ものよりも興味深いものであるかのような調子だった。

『万事休すだ、もう破滅だ!』と彼は思った。『こうなった以上、ドンと一発頭へ打ちこむよりほかに手はない』それと同時に彼は快活な口調でこう言った。

「さあ、もう一丁行こう」

「いいとも」とドーロホフは計算を終わって答えた。「いいかい、賭は二十一ルーブルだよ」ちょうど四万三千という額より余分な二十一という数字を指ししめしながら、彼はこう言って、カードを取りあげて切りにかかった。ニコライは言われるままにカードの隅を折って、賭けようと思っていた六千をやめて、二十一という数字を丁寧に書きしるした。

「どっちだってもう同じことだ」と彼は言った。「ただこの十を僕に勝たせるか、それとも君が殺ってしまうか、それが知りたいだけなんだよ」

ドーロホフは真剣にカードを切りだした。ああこの瞬間こそ、ニコライはあの血色のいい短い指、シャツの袖口から見える毛むくじゃらの赤味がかった手――彼の生死を支配しているこの手を、どんなに嫌悪《けんお》の眼をもって見つめたことだろう……

十のカードは彼の勝ちになった。

「君の勘定は四万三千になったよ、伯爵」とドーロホフは言って伸びをしながら、テーブルから立ちあがった。「こう長い時間坐りつづけていると、くたびれるね」彼はつけ加えた。

「うむ、僕もいささかくたびれたよ」ニコライは言った。

ドーロホフはこのさい冗談を言うどころの騒ぎじゃないということを相手に悟らせるように、急に彼をさえぎった。

「そりゃそうと勘定はいつもらえるでしょうね、伯爵?」

ニコライはかっと顔を赤らめて、ドーロホフをつぎの間へ呼んだ。

「今すぐ全部を払うことはとうていできないから、さしあたり手形を受け取っといてくれたまえ」彼は言った。

「いいかね、君」ドーロホフは晴れやかに微笑して、ニコライを見つめながら、言った。「諺《ことわざ》に『二足の草鞋《わらじ》ははけない』とあるのを知ってるだろう——恋に幸福な者は勝負に不幸だよ。君の従妹《いとこ》は君に惚れてるよ。僕は知ってる」

『おお、こんなやつに自由にされているってことを自覚するとは、じつに恐ろしいことの極みだ』ニコライは思った。この失敗を知らせたら両親がどんなに打撃を受けるだろうということを、ニコライは知っていた。この災難から逃れることができたら、どんなに幸福だろうということも十分承知していた。さらにこの屈辱と悲嘆のなかから自分を助けだしてくれるものが何であるかということをドーロホフは百も承知のくせに、あたかも猫が鼠をなぶるように自分をなぶっているということも、ニコライはよく知っていたのである。

「君の従妹は……」とドーロホフが言いだしたが、ニコライはあわててそれをさえぎった。

「僕の従妹なんぞ引き合いに出さなくたっていいじゃないか、何もとやかく言う必要はないだろう」彼は憤然としてこう叫んだ。

「じゃ、いついただけるだろうね?」ドーロホフはたずねた。

「明日!」こう答えてニコライは部屋を出た。

## 15

『明日』と答えて、とり乱すこともなく平静を保ったことは、さほどの困難ではなかった。が、ただ一人家へ帰り、弟妹や父母の顔を見、不始末を告白して金をもらいたいと言うことは、あの立派な誓いをたてた手前、何としても切りだせない恐ろしいことであった。

家の者はみんな起きていた。若い連中は芝居から帰ると夜食をすませ、ピアノのそばに集まってきた。ニコライは広間へ顔を出すやいなや、この冬になってロストフ家を包んでいる、あのなまめかしい詩的な雰囲気が満ちているのを知った。そして、さらにこの雰囲気は、ドーロホフの申し込みとヨゲールの舞踏会のために、雷雨の前の雨雲のように、いっそうソーニャとナターシャの身辺に濃度を加えたように見えた。ソーニャとナターシャは芝居に着ていった空色の服をまだつけており、何とも言えず美しく見えた。二人ともそれを意識して、いかにも幸福そうにほほえみながら、ピアノのわきに立っていた。ヴェーラは客間でシンシンを相手にチェスをさしている最中であった。老伯爵夫人は主人と息子の帰りを待ちながら、この家に寄食している身分ある老女とペーシェンス［カルタ遊びの一種］をしていた。デニーソフは眼を輝かせ、髪をもじゃもじゃに振りみだして、片方の足をうしろへ引いてピアノに向かい、短い指で鍵盤《けんばん》を叩いていた。彼は例の小さな嗄れてはいるが正確な声で、自作の詩『魔女』を、眼玉をぎょろぎょろさせながら歌い、それに適当な節をつけようとして苦吟している最中であった。

おお魔女よ、棄てられし琴糸に
われを引きよせるは何物ぞ、
わが胸に君が投ぜしは、そも何の火ぞ、
指々にみなぎる喜びは、そも何の喜びぞ！

彼は情熱をこめて歌いながら、その輝く瑪瑙《めのう》のような眼を、びっくりしたような、幸福そうな顔をしているナターシャの上に輝かしく注いでいた。

「いいわねえ！　素敵ですこと」とナターシャは叫んだ。「も一つ何か二部合唱をやって」兄には気がつかないで彼女は言った。

『この連中は相変らずだ』ヴェーラや母や老女がペーシェンスをやっている客間をのぞきこみながら、ニコライは思った。

「あら、お兄さまお帰り！」ナターシャは彼のそばへ駆けよった。

「お父さまはいらっしゃる？」彼はたずねた。

「お兄さまがお帰りになったので、わたしほんとによかったわ！」ナターシャは兄の質問に、答えもしないでこう言った。「わたしたちほんとにうれしくってたまらないのよ。デニーソフさんがねえ、わたしのために出発をもう一日延ばしてくだすったの。お兄さまご存じ？」

「いいえ、お父さまはまだですわ」ソーニャが言った。

「おお、お帰りなさい。さあ、こちらへおいで」伯爵夫人が客間から声をかけた。ニコライは母のところへ行ってその手に接吻し、無言でテーブルに向かって坐りながら、トランプをいじっている母の手もとを見つめた。広間からはひっきりなしに笑い声や、ナターシャに注文をつけている人々の楽しげな話し声が聞こえてきた。

「おお、結構、結構です」デニーソフが叫んだ。「もう言いわけは通用しませんよ。今度はあなたがバルカロール［舟歌に似た唱歌の一種］を歌う番ですよ。どうぞお願いです」

伯爵夫人は無言でいる息子を見やった。

「お前、どうかしたのかい？」母はニコライに向かってたずねた。

「いいえ、どうもいたしません」つづけざまの同じような質問にはもううんざりしたというようすで、彼は答えた。「お父さまはじきにお帰りになるでしょうか？」

「じき帰ってくださればいいがね」

『みんないつも通りだ。だれもまだあれを知らないでいる！　ああ、おれは一体どうしたらいいだろう！』ニコライは思いながら、またピアノの置いてある広間へと歩を運んだ。

ソーニャはピアノに向かって、デニーソフの一番好きなバルカロールの序曲を、いま弾こうとしているところだった。またナターシャはそれを歌おうとしているのだった。デニーソフはうっとりした眼ざしで彼女を見つめた。

ニコライは室内を行ったり来たりしはじめた。

『ナターシャに歌わせるなんて、馬鹿なこった！　何が歌えるものか？　面白いことなんぞありっこないじゃないか？』とニコライは思った。

ソーニャは序曲の第一音を鳴らした。

『ああ、このおれは堕落した、破廉恥漢だ。この頭に一発食らわせるよりほかに能のない人間だ。歌どころの騒ぎじゃない』と彼は考えつづけた。『逃げだそうか？　だがどこへ？　いや、どっちみち同じことだ——勝手に歌わしておけ！』

ニコライは部屋をあちこち歩きまわりながら、相手の視線を避けつつ、陰鬱《いんうつ》な眼つきでデニーソフや少女たちをうかがい見た。『ねえ、お兄さま、どうかなすったんでしょう?』ソーニャから直射される視線にはこういう意味が含まれているように見えた。彼女は彼の身の上に何か重大事が起こったのを、感知したのである。

ニコライは彼女から顔をそむけた。ナターシャもまたその敏感さからすぐに兄の気持をさとった。しかし、さとりはしたが、そのときの彼女はおそろしく上機嫌で、悲しみとか非難とかいった気持から、はるかにかけ離れていたので、若い者にはしばしば見受けられることだが、わざと自分自身を欺いているのだった。『いいえ、わたしはいま非常に幸福で、他人の悲しみに同情するために、自分の楽しみを犠牲にしたくはありません』と感じて、彼女は自分の心にこう言った。『そんなことはないわ、きっとわたしの思い違いだわ。きっとお兄さまもわたしみたいに幸福なんだわ』

「さあ、いらっしゃい、ソーニャちゃん」彼女はこう言って、広間の中央へ出た。彼女はそこをもっとも反響のいい場所としているのだった。ナターシャは踊子たちがするように、少し首をそらせ、気を失った人のように両腕はだらりとさせて、しかも元気のいい足どりで、爪先と踵で交互に床を踏みながら、部屋の真ん中へまかり出て、立ちどまった。

『どうです。これがわたしですのよ！』こう言っているような恰好だった。そしてさらに彼女は自分に眼を釘《くぎ》づけにしているデニーソフの熱心な眼ざしに、応《こた》えているもののようであった。

『一体何がそんなにうれしいんだろう？』ニコライは妹を見てこう思った。『よくまああれで退屈もしなければ、恥ずかしくもないもんだ！』ナターシャは歌いはじめた。咽喉《のど》は大きくなり、胸は張られ、眼には真剣な色が浮かんできた。この瞬間、周囲のあらゆる物ごとは彼女の念頭になかった。そして微笑にほころびた口もとからは、美しい音が綿々として流れでるのだった。それはだれでもが同じ音程、同じ拍子で、発することができるものだったが、しかも同時に、それは聴く者をしていくどとなく、胸凍る思いをさせたり、また慄然《りつぜん》とさせたり、さらに感泣させたりする音色だった。

ナターシャは今年の冬になってまじめに歌うようになった。というのは、デニーソフがとくに彼女の歌を喜んだのが、そのおもな原因であった。彼女の歌はもう子供子供してはいなかった。今までのようにおどけた、子供っぽい、一本調子なところが見受けられなかった。けれども、権威ある人たちが彼女の歌うのを聞いて、みな一様に言うように、彼女はまだ上手というほどのものではなかった。『まだ洗練されないが、じつにいい声だ。勉強すれば大したものになる』と人々から言われた。しかし、彼らがこう言うのは、いつでも彼女の歌が終わってしまってだいぶたってからのことであった。息つぎの不正確な、調子をかえるときに無理のある、転調のまだ洗練されない声が発せられているうちは、その道の人たちさえ何とも批評しかねて、この未完成の咽喉を楽しみ、繰り返し聞こうと思うのだった。彼女の声調には、いかにも処女らしい清新さと、自分の力量にたいする無自覚と、洗練されていないビロードのような滑らかさが多分にあった。これらのあらゆるものが歌の未熟といかにもよく融合しているので、この声を傷つけることなしに変えることは不可能だと思われるほどであった。

『一体これはどうしたことだ?』ニコライは妹の声を聴きつけて、眼を大きく見開きながら考えた。『どうかしているんじゃないだろうか? 今夜に限ってなんてうまく歌うんだろう?』突然、彼には全世界が、つぎの節つぎの句にたいする期待に集約したように思われた。その結果、世界じゅうのすべてのものが三拍子に分割されてしまったようだった。『あわれはかなきわが恋よ……一、二、三……一二三……一……あわれはかなきわが恋よ……一、二、三……一……ちぇっ! いまいましい、人生が何だ!』ニコライは考えた。『不幸が何だ、金がどうしたというんだ。ドーロホフも、憎しみも、名誉もくそもあるもんか! いや、あれが事実なんだ……おお、ナターシャ、おお、愛らしい! おお、いとしい!……いや、あのシの音をどんなあんばいにやるかな? うまくやりおったぞ! うまい!』そして彼はこのシを強めるために自分も無意識に高音で第二声を歌ったのだった。『うまいぞ、うまいぞ！　素敵だぞ、いや、今のはおれがやったのか？　なんて幸福な気分だろう！』と彼は思った。

おお、この高音がなんと美しくひびきわたり、ニコライの心のある物をかき鳴らしたことであろう！　そしてこのある物たるや、世のすべてのものからかけ離れ、世のあらゆるものからぬきんでていた。この場合、勝負の負けだの、ドーロホフだの、約束だのが何だというのか。すべてが無意味だ。人を殺そうが、盗みをしようが、やはり幸福でいることはできるのだ……

16

ニコライが、この日のように音楽によって快感を味わったのは、絶えて久しいことであった。けれども、ナターシャがバルカロールを歌いおわるやいなや、なまなましい現実はふたたび彼に襲いかかった。彼は無言のまま広間を去って階下の自室へ引きさがった。十五分ばかりすると、老伯爵が愉快な満足したようすでクラブから帰ってきた。ニコライは父の帰ったのを知ると、すぐその部屋へ行った。「うむ、どうだ、面白かったか？」老伯爵は喜ばしそうに、だが尊大にほほえみながら、息子に向かってこう言った。ニコライは『はい』と答えようと思ったが、どうしても答えることができなかった。彼は危く啜《すす》り泣きしそうになった。伯爵はパイプに火をつけ、くゆらしはじめたが、息子の態度には少しも気づかなかった。

『ああ、一思いに言ってしまおう！』ニコライは最初にして最後の決心をした。そしていきなりわれながらあきれるほどさりげない語調で、あたかもちょっと町へ出かけようとして馬車を用意させるようなぐあいに、父に向かってつぎのように言った。

「お父さま、ちょっと用事があって伺ったんですが、すんでのことに忘れるところでした。じつは金の入用なことがあるんですが」

「ふむ」特別上機嫌になっている父はこう言った。「だから、とてもあれでは足るまいと言うたのに。して、たくさん入用なのかな？」

「だいぶたくさんなんです」ニコライは心にもない愚かな薄笑いを浮かべ、顔を赤らめた。彼はこの薄笑いをながくのちのちまでも自分でも赦《ゆる》すことができなかった。「あのう、カードで少々ばかり負けたんです。いえ、相当です。つまりそのう、だいぶ負けたっていうわけなんです。四万三千ルーブルなんですが」

「何だと？　だれに？……冗談だろう！」老伯爵は叫んだ。世間一般の老人によく見受けられるように、首筋から後頭部のあたりへかけて、卒中患者のように真っ赤になった。

「それで、あした支払うって約束をしたんです」

「そうか……」老伯爵は両腕をひろげながら言ったまま、ぐったりとしてソファーへ腰をおろした。

「やむを得ません！　だれにだってあることですから！」と、彼は大胆に気軽に言ってのけた。が、しかし同時に、生涯罪を贖《あがな》うことのできぬやくざ者の破廉恥漢だと深く感じていたのである。彼は父の手に接吻し、ひざまずいて赦しを乞うつもりでいたにもかかわらず、このように軽薄な、むしろぞんざいな調子で、だれにだってあることだと言い放ってしまったのである。

　老伯爵は、息子からこの言葉を聞くにおよんで、眼を伏せてしまい、何ものかを探し求めるようにそわそわしはじめた。

「そう、そうだな」と老伯爵はつぶやいた。「しかし、これはなかなかむずかしいな。どうも、なまやさしい問題じゃないわい……だれにだってあること！　そうさ、だれにだってあることだのう……」老伯爵はちらりと息子の顔をぬすみ見て、それなり部屋を出ていこうとした。……ニコライはきっと何か一悶着《ひともんちゃく》起こるだろうと覚悟していたが、それほどのことでもなかった。

「お父さま！　お父さま！」彼は啜り泣きながら父のあとから叫んだ。「赦してください！」父の手にすがりつき、唇を押しあてながら、声をたてて泣きだした。


---

　父と子のあいだに、こうした打明け話が行なわれていたとき、母と娘のあいだにも、これに劣らぬ重大な打明け話が行なわれていた。ナターシャはひどく興奮して

母の居間へ駆けこんできた。

「お母さま！……お母さま！……あのかたがあたしに……」

「どうしたっていうんですか？」

「プロポーズを、プロポーズをなさったのよ。お母さま！　お母さま！」彼女は叫んだ。

伯爵夫人はどうしても自分の耳が信じられなかった。デニーソフが結婚の申し込みをした……その相手たるや、一体だれだというのだろう？　こともあろうに、ついこのあいだまで人形をおもちゃにしていた、今でも家庭教師に就いている、ほんとうにねんねえのナターシャに申しこむとは！

「まあ、お前、何言ってるの！　そんな馬鹿らしいことを！」そんなことは冗談であってくれるようにと念じながら、母は言った。

「いいえ、ほんとなんですの！　馬鹿らしいなんてことありませんわ！　あたし本気で言ってますのよ」ナターシャはむっとして言った。「あたしどうしたらいいか伺いに来たのに、お母さまったら、頭から馬鹿らしいなんておっしゃるのですもの……」

伯爵夫人は肩をすくめた。

「もしあのデニーソフさんが本気でお前に申し込みをなすったのなら、あの人は馬鹿の骨頂です、それだけのこと」

言った。

「いいえ、あの人は馬鹿じゃありませんわ」ナターシャはむっとして真剣になって
「じゃ、お前は一体どうしようというの？　お前さんたちときたら、近ごろみんな色恋に迷ってばかりいるじゃないの。ええ、結構ですね。あの人のことがお好きなら、お好きなように結婚なさい！」と母は腹だたしそうに笑って言った。「結構でしょうよ！」

「いいえ、お母さま、そうじゃないのよ。そんなんじゃないのよ」

「そんならそうと、あの人に言っておやりなさい」

「お母さま、お怒りになったの？　ねえ、怒らないでちょうだい、お母さま！　一体あたしのどこが悪いんですの？」

「いいえ、決してどこも悪いわけじゃありません、ナターシャ。何ならわたしが行ってお断わりしてあげようかね？」母は微笑しながら言った。

「いいの、あたし言いますわ。ただ何と言ったらいいのか教えてよ。お母さまは何でもご存じなんだから」母の微笑に答えながら、ナターシャはつけたした。「あの人がどんな恰好であたしに申しこんだか、お母さまがいらっしったらねえ！　あの人は、そんなこと言う気じゃなかったのに、ふとした出来心で言ってしまったんだわ」

「そうかもしれません。それにしてもお前、お断わりしなくちゃいけませんよ」

「だめ、できませんわ。そんなこと、とてもお気の毒でできませんわ！　あの人はそれはいい人なんですもの」

「そう、それなら申し込みを承知したらいいじゃないか。お前だってもう結婚しなくちゃならない年ごろだからね」母は怒ったような調子で皮肉に言った。

「そうじゃないのよ、お母さまったら。あたしあの人がお気の毒でならないの。何と返答したらいいか、わからないのよ」

「だからさ、お前はなんにも言う必要はないんですよ。わたしが言ってあげましょうよ」母は言った。こんな子供っぽいナターシャを、もう一人前の娘として相手にされたのを不満に思うのであった。

「いいのよ、かまわなくってよ、あたし自分で立派に言うわ。いいから、お母さまは戸のそばで立ち聞きしていてちょうだい」ナターシャは言って、いきなり駆けだして、客間を横切り、広間へ入っていった。そこにはデニーソフが先ほどと同じように、ピアノのそばの椅子に腰をおろし、両手で顔をおおっていた。ナターシャの軽やかな足音を耳にすると、彼ははっとして立ちあがった。

「どうぞ」と彼は足早にすすみ寄って言った。「僕の運命をきめてください。運命はあなたの掌中にあるのです」

「デニーソフさん、わたしお気の毒ですわ！……いいえ、あなたはとても素敵な方で……けど、だめですわ……あれは……でも……わたしいつまでもあなたを愛しますわ」

デニーソフはナターシャの手の上にかがみ込んだ。すると、彼女はかつて聞いたことのない奇妙な音を聞いた。彼女は、もじゃもじゃに渦巻いている彼の黒い髪に接吻した。と、このとき伯爵夫人の忙しそうな衣《きぬ》ずれの音がしてきた。夫人は二人のそばへ近づいた。

「デニーソフさん、ご好意はまことにありがとうございますけれど」夫人はおずおずしたような声でまずこう切りだした。デニーソフには、その声が何ともいえぬ深刻さをもって身にこたえた。「この娘《こ》はまだ何分にも子供でございましてねえ。それにあなたさまは、息子のお仲間でもございますから、まずもってこのわたくしにご相談くださることとばっかり思っておりましたの。それですと、こうしてわたくしもお断わり申しあげなければならないような、苦しい立場に立たないでもすんだのでございましょうにねえ」

「でも奥さま！……」デニーソフは俯《うつむ》いたまま、恥じ入ったもののように言った。もっと言おうとしたが、そのままつまずいてしまった。

ナターシャはデニーソフのこうした気の毒な有様を見るにしのびなかった。彼女はついに声を立てて泣きだしてしまった。

「奥さま。何ともじつに、申し訳ありません」デニーソフはとぎれがちの声でつづけた。「どうぞ、これだけは信用していただきたいと思います。僕は、お嬢さまはもちろんのこと、ご家族のみなさまにたいして、一方ならぬ尊敬を払っているものです。ですから、あなたがたのために、喜んで身命を投げだそうと、かねがね思っております……」彼はちらりと夫人を見た。と、そのきっとした顔が眼にはいったので、「どうもとんだ失礼をいたしました、奥さま」と言って、夫人の手に接吻して、ナターシャのほうへは眼もくれずに決然たる足どりで、急いで部屋を出てしまった。

---

翌日、ニコライはデニーソフの出発を見送った。彼はこのうえ一日たりともモスクワにとどまることを欲しなかった。モスクワじゅうのデニーソフの友人は例のジプシイのところで彼の送別会を催した。その結果、彼はどうして橇《そり》へ乗せられたか、またはじめの三つの宿駅をどうして通過したか、少しも知らなかった。

デニーソフが去ってから二週間というもの、ニコライは老伯爵が苦心して集めかねている金を待ちながら、一歩も外出しないで、おもに妹たちの部屋に籠《こも》っていた。ソーニャは前にもましてやさしく、心から彼のために尽くすようになった。それはちょうど彼の失敗がかえって役に立って、さらにいっそう彼を好くようになったということを、知らせようとするもののようだった。が、ニコライのほうでは自分のようなやくざ者は彼女の愛に値しない存在だと思うのであった。

彼は妹たちのアルバムを、詩や楽譜を一面に書きつけてよごしてしまった。そしてとうとうドーロホフに四万三千ルーブルの金を一文も残さず送りつけ、彼から受領証をもらうと、親戚知友のだれにも別れを告げることなく、十一月下旬、もっかポーランドに駐屯《ちゅうとん》している彼の連隊に参加するために出発した。

**【ダイジェスト】**

## 大舞踏会 ［第二部第三編1～2、14～17、22～24］

妻エレンと別居生活をする話をつけてしまったピエールは秘密結社フリーメイソンに入会し、神秘思想にかぶれた。ロシア各地を遍歴していく途中、ルイシエ・ゴールイへ行きアンドレイ公爵に会って旧交を温めた。

アンドレイ公爵は二年間、田舎から一歩も出ずに暮らしていた。読書に没頭していたが、そのかたわら領地改革にも手をそめて、農奴を自由農民にしたり、苦役を人頭税にかえたりした。陸軍の軍制や規定にも改正の余地があると研究してみたりした。こうして、一時はすっかり失っていた社会活動への興味が、すこしずつ彼の心に芽生えてきた。

一八〇九年の五月半ば、アンドレイ公爵は、亡妻リーザの遺子ニコーレンカの名義になっている遠方の領地に用があって旅にのぼり、途中、某郡の貴族団長をしているロストフ老伯爵に会うため、ロストフ家領のオトラードノエ村へ向かった。

春ではあったが、すでに暑い時期だった。アンドレイ公爵が並木道に幌馬車《ほろばしゃ》を進めていると、木立のかげから陽気な女の叫び声が聞え、幌馬車の前を駆けて横切る少女たちの一群が目についた。その先頭を駆けていたのは、いかにもほっそりとした髪の黒い、目も黒い少女で、見知らぬ人に気がつくと、笑い声をあげながら、もと来た方へ駆け去った。

アンドレイ公爵は、何だか急に痛いような気持になった。こんなにもよい日よりで、あたりは楽しげなのに、あのほっそりした可愛い女の子は、彼の存在など知りもしなければ、また知ろうともしない。『あの子は何が嬉しいんだろう。何を考えているんだろう』と、彼は好奇心にかられて自問した。

この年、ロストフ老伯爵は、相変らず狩猟や宴会をしながら派手な生活を続けていた。彼はアンドレイ公爵の来訪を喜んで、なかば強制的に引きとめてしまった。

その晩、ひとりきりになると、新しい土地へ来たため寝つくことができなかったので、彼は起きあがって窓に近づき、鎧戸《よろいど》を開いた。すがすがしい、ひっそりとした、明るい夜であった。木立の上には満月に近い月が、ほとんど星のない明るい空にかかっていた。

アンドレイ公爵の部屋は二階にあったが、その頭上の部屋にも人がいて、やはり眠っていなかった。

「ナターシャ、早くおやすみなさいよ」と女の声が言うと、別な女の声が答えた。

「ソーニャ、こんな美しい晩にどうして眠ったりできるの。まあ、ごらんなさいよ。なんて月でしょう。こんなふうに膝をかかえて、ひと思いに飛んでみようかしら」

「よしなさい。落っこちるわよ」

「あなたはいつも人の夢をこわしちゃうんだから。いいから行って、行って」

ふたたびすべては静かになったが、アンドレイ公爵は、少女がいぜんとしてそこに坐っていることを知っていた。彼はときどき、静かな身動きの音、溜め息の気配を聞きつけた。

彼の心に、突然、彼の合理的な生活に矛盾する若々しい思想と希望の、思いがけない混乱がおきたので、彼はこの気持を自分ではっきりさせることはできないと感じながらも、まもなく寝入ってしまった。


十二月三十一日、つまり新しい一八一〇年の元旦の前夜に、エカチェリーナ女帝時代の貴族の邸宅で、大舞踏会がもよおされた。その席には外交団のほか、皇帝も来ることになっていた。ロストフ一家も招待されていた。

これはナターシャにとって生れて初めての大舞踏会であった。彼女は朝八時に起きだしてから一んち、熱病にでもとりつかれたように活動していた。彼女の願いは、自分と母とソーニャの化粧をこの上もなく立派にしようということだけであった。いよいよ、夜の十一時に馬車にのってロストフ家の一同は会場にでかけた。

車寄せの緋《ひ》ラシャを踏んで、煌々《こうこう》と照らしだされた階段の花のあいだを進んだとき、ナターシャは、舞踏会における令嬢として必要だと彼女の考えた上品な態度をとろうとつとめた。しかし、彼女の目はきょろきょろ動きまわって、何一つはっきりと見ることができず、血は心臓のあたりで早鐘をつきはじめた。で、ナターシャは上品ぶった様子をとることができず、かえってこっけいに見えずにすんだ。階段の鏡をのぞいたが、その映像のなかでは、自分とほかの人を見分けることが不可能だった。

広間には客たちが、皇帝を待ち受けながら、入口にかたまっていた。ナターシャは、いくつかの声が、自分のことをたずね、自分を見ているのを、耳にしたり目に見たりしていた。自分に注意をはらってくれる人には自分が気に入ったのだと考え、いくらか心が落ち着いてきた。そばにいた老婦人が彼女に人々の名前を教えてくれた。エレン・ベズウーホフ、その兄のアナトーリがいた。

そのとき、ピエールの巨体がナターシャの目に映った。彼は肥った体をゆすぶるようにして群衆を押し分けながら、まるで市場の人込みでも歩くように、好人物らしい態度で歩いていた。

しかしピエールはナターシャのそばまで行き着く前に、一人の男の前で立ちどまった。男は白い軍服を着てあまり背は高くなかった。いつかオトラードノエ村で会ったアンドレイ・ボルコンスキイであった。ナターシャの目にはアンドレイが、いちだんと男らしく美しくなったように思われた。

けれどもこのとき、すべてのものが動きだし、群衆はさっと四方へひらいた。音楽につれて皇帝が入ってきた。奉迎の式がおわると、男たちは婦人に近寄ってポロネーズの組をつくり、婦人の半数以上は舞踏をはじめた。ナターシャは、自分もソーニャも壁に押しつけられて、売れ残った少数の婦人の仲間になったのを感じた。皇帝も並みいる名士たちも彼女の興味をひかなかった。彼女の心にある想念はただ一つで『いったい誰もわたしと組んでくれないのだろうか。わたしがどんなに上手に踊るのか、みんなは知ってなくちゃならないのに』。

かなり長く続いたポロネーズの陽気な響きが、いま、ナターシャの耳にもの悲しく、追憶のように聞え、泣き出したくなった。

アンドレイ公爵は、生きいきした楽しげな様子で、ロストフ一家からさほど遠からぬところに立っていた。彼は皇帝の前でびくびくしている男たちや、踊りに誘われたくてうずうずしている婦人たちを、冷たい目でじっと観察していた。

ピエールはアンドレイ公爵のそばへ歩み寄って、その手をとった。

「あそこにぼくの被保護者のロストフの娘がいます。ひとつあの人を誘ってやってください」

「どこに」

アンドレイ公爵は、ピエールの指さした方向を、前のほうに出ていった。ナターシャの気を失いそうな絶望的な顔色は、すぐ彼の目に入った。彼女が社交界の新参ものだということを見てとり、いつか月夜の窓の会話を思い出した。彼はナターシャの方へ手をさしのべながら、ワルツを申し込んだ。ナターシャの表情は、たちまち幸福な、感謝に充ちた、子供らしい頰笑みに照らしだされた。

『わたしは前からあなたを待っていたの』彼女は今にもこぼれそうな涙のかげから微笑をのぞかせ、こう言った。アンドレイはひところすぐれた踊り手の一人であったし、ナターシャはすばらしい踊り上手であった。繻子の舞踏靴をはいた彼女のかわいい足は、彼女自身から独立して、すばしこく軽々と動いた。

アンドレイ公爵が、ナターシャの華奢でしなやかな体を抱くと、また彼女が自分の身近で動いたり、頬笑んだりしだすと、美の酒は一時に彼の頭にのぼった。ナターシャと別れて、息をついでいると、彼は急に若がえった自分を感じた。

夜食前のにぎやかな曲のとき、アンドレイ公爵はまたナターシャと踊った。彼はナターシャに向かって、オトラードノエの並木道で出会ったこと、月夜の窓の盗み聞きなどを話した。ナターシャは顔を赤らめながら、彼に盗み聞かれたのが悪いことでもあるように、しきりに言いわけにつとめた。

この舞踏会のあと、アンドレイ公爵は時々ロストフ家を訪問するようになった。若いナターシャは、彼の心をとりこにした。ナターシャなしでは何もかも憂愁と暗黒であるような気がした。自分の気持をピエールに打ち明けると、ピエールは言った。

「あの娘《こ》は、すばらしい宝物です。きみ、お願いだから理屈をこねたり疑ったりしないで結婚なさい。そうしたら、きみほど幸福な人はありませんよ」

アンドレイはナターシャに結婚の申し込みをしようと決心した。しかし、そのためには父の同意が必要だった。彼は父のもとに馬車を駆った。老公爵は表面は落ち着いていたが内心憤怒をもって息子の報告を聞いた。彼は、自分にとって生活はもう終っているのに、他人が何か新しいものを持ちこむのが腹にすえかねたのだ。息子に対して彼は、例の外交手段をつかった。つまり事件全体を外側から批評したのである。

第一にこの結婚は門地、財産、地位などの点からみて立派とはいわれない。第二に、アンドレイは青春期をすぎて体が弱いのに相手の年が若すぎる。第三に、小娘に渡すのが不便《ふびん》なニコーレンカがいる。

老公爵はあざけるように息子を見て言った。

「わしの頼みだ。この話を一年のばして、外国に療養にいってこい。そして、お前がかねて望んでいたようにニコーレンカのために家庭教師をやとってこい。その上で、もし愛というか、情熱というか、強情というか、名前はどうでもいいが、そういうものが、いぜんとして大きかったら、その時こそ結婚したらよかろう」

アンドレイ公爵は、これ以上さからっても無駄だとさとったので、父の意志に従うことにした。

ひそかにアンドレイ公爵を愛しはじめていたナターシャは最近彼が来訪しないので失望し、なすこともなく打ちしおれ、夜になるとみんなに隠れて、こっそり泣いていた。毎日、毎日、アンドレイを待って三週間がすぎた。

ところがある朝、思いがけなくアンドレイ公爵が訪ねてきた。彼は、不安そうな、深刻な顔をして伯爵夫人とナターシャのいる客間へ入ってきたが、ナターシャを見たとたん、ぱっと顔を輝かした。そして自分が長くごぶさたしたのは、ごく重大な用件で、父のところへ行ってきたからだとわびたのち、「じつは、奥さま、あなたにだけお話ししたいことがあるんですが」と言った。

「ちょっとあちらへいってください、ナターシャ」と伯爵夫人が言った。

ナターシャは、おびえたような祈る目で、アンドレイと母をちらりと見やると、出ていった。

「奥さま、わたしはお嬢さまに結婚を申し込みにまいりました」とアンドレイ公爵は言いきった。伯爵夫人はさっと真っ赤になって、もじもじしていたが、「あなたのお申し込みは、うれしいことで、主人も異存ないと存じますが、何ごともご本人の心次第でございますから」と答えた。

アンドレイ公爵は、ナターシャに直接話したいからと許しをこうた。伯爵夫人と入れちがいにナターシャが入ってきた。

「ぼくは初めてお目にかかった瞬間から、あなたを思うようになりました。あなたの愛をいただけるでしょうか」

彼はちらとナターシャを眺めた。

「ええ、ええ」とナターシャはじれったそうな調子で言って、大きく溜め息をついて、とうとう啜り泣きを始めた。

「なにを泣くんです。どうなすったのです」

「ああわたし、ほんとうに幸福ですわ」彼女はこう答えて、涙のひまからにっこり笑い、彼に身を寄せて、いきなり接吻した。アンドレイ公爵は一年後でなければ、式をあげるわけにはいかない事情を話した。しかし、自分におとずれた生活の変化と幸福に酔った彼女は彼の言うことを理解していなかった。彼が「一年のあいだ、あなたは自由ですよ。二人の婚約は秘密にしておきましょう」と言ったとき、はじめて結婚が一年先へ延ばされたことを知って、彼女は叫んだ。

「一年……まあ一年なんて、どうして。どうして一年なんて、一年も待っているうちに、わたし死んでしまいます。それは恐ろしいことです」

彼女は未来の夫の顔を眺めた。そこには同情とためらいの色があった。

「いいえ、いいえ、わたし、なんでもいたしますわ」彼女は急に涙を止めて言った。

父と母とが部屋へ入ってきて、花婿花嫁を祝福した。

この日からアンドレイ公爵は、許婚者として、ロストフ家へ出入りすることになった。

二人の間には、今までとまるで違った、親しい隔てのない関係が結ばれた。二人は今までおたがい同士がよくわかっていなかった気がした。

別離の当日、ナターシャは赤い顔をしてそわそわしながら、家じゅうをぶらぶらしていた。アンドレイ公爵が手に接吻したときも泣き出さないで、「行かないでくださいな」とただこう言ったばかりだった。彼が発ってしまった時にも、やはり泣かなかったが、しかし、幾日かのあいだ、自分の部屋に引きこもり、何事にも興味を持たないで、時々こうつぶやいた。

「ああ、なぜ、あの人は行ってしまったのかしら」

【抄訳】

# 第二部第四編

## 3

もう初雪の降ってきそうな季節で、朝の寒気が秋雨にぐしょぐしょになった土を固く凍らせ、冬麦ははや繁り、家畜の蹄《ひづめ》に踏み荒らされた暗褐《あんかつしょく》色に枯れた秋蒔《ま》きの畑や、春蒔きの蕎麦《そば》の根が赤い縞をなしている淡黄色の刈り跡などから、鮮かな青さでくっきりと自分を浮きだたせている。まだ八月の末ごろには黒々とした秋蒔きの畑や刈り麦のあいだに緑の縞をなしていた高地や林も、今や明るい緑色の秋蒔きの麦のただなかに、金色と鮮紅色の縞に変わっていた。野兎《のうさぎ》はもう半ば毛が生えかわったし、狐《きつね》の子は思い思いに四散しはじめた。今年生まれた狼《おおかみ》の子も、犬より大きく成長した。猟にはもってこいの季節であった。若い熱心な狩猟家ニコライの猟犬どもは、狩猟にうってつけの肉体的コンディションに達したばかりか、きりりと四肢がしまってきた。そこで狩猟家たちの総会が催されたとき、犬に三日休養を与えたあとで、九月の十六日に、まだ一度も狩りたてたことのない狼の巣のある槲《かしわ》の森を皮切りに、狩猟に出ようという相談がまとまったのである。

九月の十四日は、そうした状況だった。

猟犬どもは終日家にいた。霜の深い刺すような寒気の立ちこめた日であったが、夕方から空が曇って、霜がとけてきた。九月十五日の朝、ニコライが寝巻姿で窓外をのぞいてみると、じつに絶好の猟日和であった。まるでこう、空そのものが融解して、風もないのに大地へ垂れさがってくるような感じだった。空中に見られる唯一の動きは、たえず降りしく靄《もや》か霧のような細かな雫《しずく》のそれであった。葉が落ちつくして露出した庭木の枝々には、透明な水玉の雫がかかり、散りしいたばかりの木の葉の上へ、ぽたりぽたりと落ちていた。菜園の土壌は、まるで罌粟《けし》の実の粒のように、つややかに湿った黒褐色を呈しており、ちょっと離れたあたりはもう、おぼろに煙って、しっとりと水気をふくんだ霧の衣に包まれていた。ニコライは泥のこびりついている湿っぽい入口の階段に出た。朽葉のにおいと猟犬どもの体臭とが、ぷうんとただよった。大きな黒い眼玉の飛びでた、臀部《でんぶ》の偉大なミールカと呼ぶ黒《くろ》斑《ぶち》の牝犬《めすいぬ》が、主人の姿を見るとつと立ちあがり、うんと後肢を突っぱって、伸びをして、またもや兎よろしくの恰好に坐ったが、やがてまた、ふいに跳ねおきて、真正面に主人の鼻や口髭《くちひげ》をなめにかかった。と、ボルゾイ種のもう一匹の猟犬が、花壇の小径《こみち》から主人を見つけ、背を丸くして、まっしぐらに階段のほうへ飛んできた。そして、尻尾《しっぽ》をぴんと立て、ニコライの足に身体をすりつけはじめた。

「オ、ホイ！」というきわめて太いバスとおそろしく細いテノールとをつきまぜた、猟師特有の、あの模しがたい呼び声がこのとき聞こえ、そして家の角から、狩猟頭と猟犬の仕付け係とを兼ねているダニーロが立ち現われた。ダニーロは小ロシア風に白髪頭をおかっぱに刈りこんだ皺だらけの猟師で、湾曲した狩猟専用の長靴を持ち、猟人《かりゅうど》たちにのみ見られる、世界じゅうのすべての人すべての物にたいする侮蔑と、独立不羈《ふき》の気迫とのうかがわれる表情を、その顔に漂わせていた。彼はニコライの前まで来ると、かぶっていたチェルケス帽を脱いで、蔑むような一瞥を主人の顔にさっと投げた。が、この侮蔑の表情は、ニコライにとって、癪の種にならなかった。ニコライは、すべてを侮蔑しすべてより自分を高きにおこうとするダニーロも、要するに一個の猟師であり、自分の使用人にすぎないことを、承知していたからである。

「おい、ダニーロ！」この絶好の猟日和、この猟犬、この猟師、——これらのものを見ると同時に、まるで恋する女の前へ出た男のように、今までのあらゆる決心を忘却させてしまう、あの抑えがたい狩猟心にとらえられるのをおぼえながら、ニコライはおそるおそる切りだした。

「はあ、何でございますね？」とダニーロは、いつも大声で猟犬どもを呼ぶためにしわがれた、助祭よろしくのバスでたずねた。爛々《らんらん》と光る黒い二つの眼は、沈黙におちた主人の顔へ、額ごしにじっと釘づけにされた。『どうでがす、うちに辛抱しておれましねえがね』二つの眼はまるでこう囁くもののようだった。

「だっていい天気じゃないか、ええおい？　獲物を狩って駆けめぐるには、じつにうってつけじゃないか、え、おい？」と、ミールカの耳のうしろを掻いてやりながら、ニコライは言った。

　ダニーロは返事をせずに、両眼をぱちくりさせた。

「今朝、明け方に、ようすを探りにウワールカのやつを差し向けてみたんですが」ちょっと口をつぐんだあとで、彼はバスでこう答えた。「そうしたら、オトラードノエの禁猟林へつれて行っちもうたそうでな、そっちの方角で吠《ほ》えてけつかったそうでがす」『つれて行っちもうた』というのは、彼ら二人のよく知っている一匹の牝狼が、家から二キロばかりの地点にある、大きくはないが、独立したオトラードノエの禁猟林へ、子狼を連れて移動したという意味である。

「それじゃ、むろん、繰り出さなくちゃならんなあ？」とニコライは言った。「ウワールカと一緒に僕の部屋へ来てくれ」

「へい、かしこまりやした！」

「それから犬に餌をやるのもちょっと待ってくれよ」

「へえ」

　それから五分ばかりたつと、ダニーロはウワールカと肩をならべて、ニコライの大きな書斎に立っていた。ダニーロはべつに背が高いほうでもなかったが、それにもかかわらず、室内で見ると、まるで馬か熊を、椅子テーブルやその他人間生活の条件に囲まれた、床の上へ立たせたといったような印象を受けるのだった。当のダニーロもそれを感づき、例によって、扉のすぐそばにたたずんで、ふとした拍子で主人の部屋をいためたりしないように、なるたけ身動きをしないように努め、また精一杯低声で口をきくように努力した。そして彼は、できるだけ早く言うべきことを言いおえて、この天井の重圧から広い大空の下へ出ようとしていた。

いろんな質問を発しおわり、猟犬どもが張りきっているというダニーロの本音をひきだすと（ダニーロ自身も繰り出したいと思っていたのだ！）、ニコライは馬に鞍を置けと命じた。が、ダニーロが出てゆこうとしたその途端に、まだ髪上《くしあ》げもしなければ着替えもしない寝巻姿のナターシャが、乳母のかぶる大きな頭巾をかぶって、ばたばたと急ぎ足で入ってきた。ペーチャも一緒だった。

「お兄さま、お出かけになりますのね」ナターシャは言った。「ほうらね、あたしちゃんとわかりましたわ！　ソーニャちゃんはお出かけにならないなんて言ってましたけれど。あたしにはちゃんとわかりましたわ。だって、今日はこんなに素晴らしいお天気で、どうしたって出かけないわけにはいきませんものね」

「ああ、出かけるよ」とニコライは渋々答えた。今日の彼は、真剣な狩猟をやろうと意図していたので、ナターシャやペーチャをつれて行きたくなかったのである。

「そりゃ出かけてゆくけどね、今日のは狼狩りだぜ。お前には退屈なばかりだよ」

「あらいやだ、狼狩りは何より大きな楽しみなんじゃありませんか、わたしの」と、ナターシャは言った。「いけませんわよ、そんなの。――わたしたちに何ともおっしゃらずに、さっさと鞍を置かせて、お兄さまだけお出かけになるなんて」

「ロシア男子《おのこ》のゆくところ、百の障害みな空《むな》し、だ。では繰り出そう」とペーチャが叫ぶように言った。

「でも、お前はむろんいけませんよ。お前は猟になど出かけちゃいけないって、お母さまがそうおっしゃったんだからね」とナターシャのほうを向いてニコライは言った。

「いやよ、わたしもお伴《とも》しますわ、ぜひわたしもお伴するわ」きっぱりとした語調でナターシャは言った。「ダニーロ、わたしたちにも馬の支度をしてちょうだい。それからミハイロにね、わたしの猟犬をつれて来るようにって、そう言っておくれ」

ダニーロにはこうして室内にいるのさえ、無作法な居づらいことに思われたのだが、令嬢と何らかの交渉を持つ、などという段にいたっては、もはや自分にとって許すべからざる事柄のように考えられた。そこで彼は伏目になり、ふとしたはずみで令嬢に何か気にさわることを言ったりしたりしては大変だと、案じ恐れる心から、まるで自分に何の関係もない事柄のように装いながら、あたふたと室外へ退出した。

4

老伯爵は日ごろからおびただしい頭数の猟犬を飼育していたが、今度それを全部息子の管理下に一任してしまい、そしてこの日、つまり九月の十五日には、うきうきとはしゃぎだして、自分も同行する身支度をととのえた。

それから一時間ほどたつと、猟犬は全部玄関の階段近くに勢ぞろいした。ニコライは、目下くだらぬことにかかずらっている暇がないといった気持をしめす厳然とした真剣な顔つきで、何やら話しかけるナターシャとペーチャのわきを通りぬけた。彼は精密に狩猟隊のあらゆる部分を点検すると、犬と猟師の一群を、迂回させるために先発させ、赤毛のドネッツにひらりとまたがり、ピリピリと口笛を吹き鳴らして自分の猟犬どもを呼び集め、脱穀場を突っきってオトラードノエ村の禁猟林へ通ずる原野へ乗りだした。老伯爵乗用のヴィフリャンカという栗毛《くりげ》の去勢馬は、老伯爵の猟犬番がひいて行った。当の老伯爵は小型の馬車に乗って、自分のために残されている獣《けもの》の抜け路をさして、直行する手はずになっていた。

狩り出し係の犬は全部で五十四頭つれ出され、それには六名の猟犬係と勢子とがついていた。主人側の人々以外に射手が八名おり、そのあとから、四十頭以上のボルゾイが疾走した。したがって主人側の猟犬とあわせて、百三十頭ほどの犬と、二十名ほどの騎馬の猟師とが、原野へ乗りだしたわけである。

どの犬もみなそれぞれに、主人とその呼び声を知っていた。猟師たちもまた、各自の仕事と持ち場と任務とを心得ていた。囲いの外へ出ると同時に、一同はぴたりと話もやめ、音もたてずに粛々と、オトラードノエの森へ通ずる道路や原野を、一糸みだれぬ縦列ですすんだ。

ほんのときたま、道路を横断したりするときに、水溜りをぱちゃぱちゃ鳴らすことがあるだけで、馬はふわふわした毛氈《もうせん》の上を歩むように音もなく原野をすすんで行った。大空は相変らず霧にとざされて見えず、ゆるゆると大地に垂れさがるような印象を与えた。静かで、暖かで、コトリとの物音もなかった。ただ時折、猟師の吹き鳴らす口笛の音や、馬の鼻嵐や、長鞭の唸《うな》りや、自分の場所から脱線した犬の甲高い叫び声などが、まばらに聞こえてくるばかりであった。

一キロばかりやってくると、さらにまた、馬にまたがり猟犬どもをひきつれた五人の者が霧のなかからひょっこりと、ロストフ家の狩猟の一隊の前に立ち現われた。先頭に立っているのは、白ひげを長々とたくわえたいきいきとした美しい顔の老人であった。

「いよう、伯父さん、これはこれは」老人がそばへ来たとき、ニコライは言った。

「いや、みんなお揃《そろ》いで、結構ですな！……たぶんそんなことだろうと思ってました」伯父さんは答えた（これはロストフ伯爵家の遠縁にあたる、あまり裕福でない隣村の地主であった）。「これじゃとても辛抱しきれないだろうと思うてましたわい。よう繰り出してきなすったなあ。結構なことで！（結構結構というのがこの伯父さんのお題目だった）すぐ禁猟林を占領してしまいなされ。それでないと、うちのギルチックの知らせによると、イラーギンの連中が猟犬をうんと連れてからに、コールニキへ乗り込んできとるそうだで、あの徒輩《てあい》が、あんたらの眼の前で獲物を失敬してしまいますぞ。――いやしかし、よう繰り出してきなすった、結構結構！」

「じつはあそこへゆくところなんで。どうでしょうね、猟犬を一緒にしますかね？」とニコライはたずねた。「一緒に、ですね？……」

狩り出し係の犬は一群れにまとめられた。そして伯父さんとニコライは、轡《くつわ》をならべて乗りすすんだ。ナターシャが深々と頭巾をかぶって、そのあいだからいきいきと両眼の輝く快活な顔をのぞかせながら、二人のそばへ馬をよせた。そのあとから、片時もそばを離れずに、ペーチャとミハイロとがついて来た。ミハイロは猟師と調馬師の兼帯で、同時にナターシャのお付きとして、つけてよこされた次第だった。ペーチャは何がおかしいのかしきりに笑いながら、馬を打ったり、手綱《たづな》を引きしぼったりした。ナターシャはアラープチックと呼ばれる黒馬《あお》の背に、自信たっぷりの腰つきで巧みにまたがり、確かな手さばきで、猛進する馬を何の苦もなく制御した。

伯父さんはどうも困ったものだなといった顔つきで、ペーチャとナターシャのほうを振り向いた。彼は狩猟という真剣な仕事に、茶目っぽいふざけ気分の介入することを好まなかったのである。

「伯父さん、お早う、僕たちも行きますよ！」とペーチャが叫ぶような声で言った。

「お早うもさることながら、犬を踏んじゃいけませんぜ」と、伯父さんは、きびしい語調で言った。

「お兄さま、トルニーラは素晴らしい犬でございますわね！　ちゃんとわたしを見分けましたわ！」とナターシャはハウンド種の愛犬のことを吹聴した。

『まず第一に、トルニーラは、単なる「犬」じゃなくて狩狼犬《ウルフハウンド》だい』ニコライはこう思い、この瞬間に二人を当然へだてているはずの距離を感づかせようと努めながら、きびしい眼ざしを妹の顔に投げつけた。ナターシャはそれをさとった。

「ねえ伯父さま、わたしたちがだれかのじゃまになるなんて、そんなふうにお考えにならないでちょうだい」とナターシャは言った。「わたしたちは自分の場所に、じっと動かずにおりますからね」

「ほう、そりゃ結構ですのう、お嬢さん」と伯父さんは言った。「ただし、馬からおっこっちゃいけませんぞ」こう彼は付言した。「でないと、つかまるところがありませんからな」

オトラードノエ村の島のような禁猟の森が、二百メートルばかり向うに見えてきた。そして猟犬係の連中はもうそちらへ歩みすすんでいた。ニコライは狩り出し係の犬どもをどこから放したらよいかという問題を伯父さんと決定的に解決し、それからさらに、ナターシャに、彼女の立っているべき場所と、絶対に走ったりしちゃならぬ場所とを教えると、峡谷の上の迂回路に向かった。

「さあ、若旦那、母狼を狙うんですぞ」伯父さんは言った。「気をつけてな、逃がしなさんな」

「出たとこ勝負ですよ」とニコライは答えた。「それ、ゆけっ、カラーイ！」伯父さんへの返事代りにこう彼は叫んだ。カラーイというのは頬の肉のだらりと垂れさがった、醜い牡《おす》の老犬ではあったけれど、たった一匹だけで母狼を取ったことで有名だった。一同は各自の部署についた。

老伯爵は息子の猛烈な狩猟熱を知っていたので、遅刻しないように道を急ぎ、猟犬係が目的地へ達しないうちに、もう快活な血色のいい顔をして、だぶだぶした左右の頬をふるわせながら、黒馬の曳《ひ》く快走馬車におさまって、冬麦の青々としている畑づたいに、自分のために残されてある狼の通り道へやってきた。毛皮の外套の着くずれを直し、猟具をつけると、伯爵は、自分の頭髪と同じく霜をおいた、毛並みのすべすべした、栄養のいい、温順で善良な、ヴィフリャンカにとび乗った。馬車は送り返された。老伯爵は心底からの狩猟家ではなかったけれど、猟の掟《おきて》を熟知していたので、自分の立っていた地点からつい目と鼻の、藪《やぶ》の入口へ馬を乗り入れ、手綱をさばき、鞍上で居住いをただし、全部用意ができた気持で、微笑を浮かべながら周囲を見まわした。

　昔仕込みの騎手ではあるが、もう肥満して重たくなっている、侍僕のセミョーン・チェクマーリが、彼のわきに立っていた。チェクマーリは、精悍《せいかん》ではあるが主人やその愛馬と同様肥りきった狩狼犬を、三頭一緒につないで引いていた。そのほか賢そうな老犬が二匹、曳綱なしに寝そべっていた。百歩ばかり先の森のへりには、もう一人、向う見ずな騎手で猛烈な狩猟狂の、ミーチカと呼ばれる老伯爵おかかえの猟師がたたずんでいた。老伯爵は古くからの習慣で、猟に出てくる前に、狩猟家が常用する香料入りのウォトカを銀杯に一杯ひっかけ、前菜《ザクースカ》を食し、さらに好物のボルドーを半壜《はんびん》たいらげて来たのである。

　老伯爵は酒と乗馬にほんのりと赤く面を染め、その両眼はうるみをおびて、一種特別な光を放った。深々と毛皮の外套にくるまって鞍に乗っていた彼の姿は、散歩につれ出された子供といった趣を呈していた。

　痩せて頰の落ちこんだチェクマーリは、自分の仕事を処理しおわると、三十年もずっと仲睦まじく仕えてきた主人の顔をうかがった。そして主人が上機嫌なことをさとったので愉快な会話ができることと期待した。そこへ、また一人別な男が、そっと用心深い足どりで（あらかじめ教えこまれたとおぼしく）林のなかから騎馬で近づき、老伯爵の背後に立ちどまった。顎鬚《あごひげ》が雪白を呈した老人のくせに、婦人用の上衣にくるまり、深々とナイトキャップをかぶっている。これはナスターシャ・

イワーノヴナなどという女名前を名乗る道化男であった。

「なあんだ、ナスターシャ・イワーノヴナか」老伯爵は彼にウインクを与えながら、ひそひそ声でこう言った。「おい、獲物を追い返さないようにな、これだけは気をつけにゃいかんぞ、ダニーロに眼のくり玉の飛びでる目にあわされるからな」

「ええ、もう、そんなところにぬかりのあるナスターシャさんではありません……こう見えても、お髭の旦那でげすからな」ナスターシャ・イワーノヴナは言った。

「しっ！　しっ」老伯爵はこう制して、チェクマーリのほうへ向き直った。「ナターシャを見かけなかったかい？」と老伯爵はたずねた。「娘はどこにいるんか？」

「お嬢さまはペーチャさまとご一緒で、ジャーロフの原にお立ちになっていらっしゃいます」とチェクマーリは笑顔で答えた。「ご婦人ではいらっしゃいますが、ずいぶんお好きでいらっしゃいますな、猟が」

「そりゃそうと、おい、チェクマーリ、きさまびっくりしたろうな、娘があんまり乗馬がうまいので……あん？」と老伯爵は言った。「まったく男にしてもよいくらいだ！」

「いやまったく驚き入りました、じつに大胆、軽妙でいらっしゃいますなあ」

「ニコライはどこにいる？　リャドフスキイの峡谷の上か？　え、おい？」相変らずひそひそ声で老伯爵はたずねた。

「へえ、まさに仰せの通りでございます。若旦那さまなどはもう、どこに立ったらよいかということを、先刻ご存じでいらっしゃいます。それにまた、馬のこなし方をじつに詳しく知っておいでになりましてな、まったくわたくしもダニーロも、ただただ驚嘆申しあげているしだいでございます」主人のご機嫌を取り結ぶこつを心得ているところから、チェクマーリはこうお世辞を言った。

「馬のこなし方がうまいだろう、あん？　あの黒馬《あお》に乗った恰好など、じつに素晴らしいじゃないか、え、おい？」

「まったく絵にしたいようでございますなあ！　こないだザワルジンスキイの原で狐狩りをいたしましたときも、若旦那さまは広い原野を疾駆なさいましたが、それはもう、じつにご立派でございました！――馬は千ルーブル、跨《また》がっておいで遊ばす若旦那は、万金を積んでも得がたい宝物でございます。いやまったく、ああいう素晴らしいおかたは、容易に求めがとうござります！」

「容易に求めがたい、か……」チェクマーリの弁舌がこんなに早々と終りになったことが、まさしく名残り惜しいらしく、老伯爵はこう繰り返した。「なるほどなあ、容易に求めがたい、か……」それから彼は毛皮の外套の裾をはぐって、嗅《か》ぎ煙草《たばこ》入れを出した。

「このあいだも祈禱《きとう》式がすみますと、ご盛装で退出あそばしましたが、あのときもミハイル・シドールイチなんざ……」チェクマーリは、みなまで言わずにやめてしまった。静まりかえった空中に、二、三頭の狩り出し係の犬が、咆哮《ほうこう》しながら獲物を追ってゆく物音を、はっきりと耳にしたからである。チェクマーリは小首を傾けて、じっと聴き耳を立てた。そして無言で主人に威嚇《いかく》するようなまねをして見せた。

「隠れている場所を嗅ぎあてて、そこへ肉薄しましたなあ……」こう彼はひそひそ声で言った。「真っ直ぐに、リャドフスキイの丘へ追ってゆきますわい、こりゃ、やつらは」

伯爵は手にした嗅ぎ煙草をかごうともせず、顔の微笑を拭《ぬぐ》いとるのも忘れて、自分の前方にひらけている森林中の通路を眺めていた。犬どもの吠え声につづいて、ダニーロがバスの角笛で吹き鳴らす、狼の吼《ほ》え声をまねた声が聞こえた。猟犬の全群が先発の三頭と合一した。狼を狩りたてていることの標識になる狩り出し係の犬どもの、一種特別なうなりを持った吠え声が聞こえた。猟師たちの掛け声ももはや『追え』から『おそえ』に変わっていた。分厚な低音にひろがったり、衣をさくような鋭い声に圧搾されたりするダニーロの声が、みんなの声のなかではっきりと耳にはいった。ダニーロの声は、森全体にひろがり、森からあふれ出て、遠く原野の果てまでひびいてゆくように思われた。

しばらく無言で耳をすました結果、老伯爵と侍僕とは、ハウンド種の猟犬の群れが二組に分かれることを確かめた。頭数の多いほうの一組は、とくにはげしく吠えながら、しだいに遠ざかりはじめた。が、ほかの一組は森のへりに沿って老伯爵のそばを駆けぬけた。そしてこの群れのなかに、犬をけしかけるダニーロの声がそれと聞かれた。この組のたてる音響は一つに融合し、波紋を描いて揺れただよった。が、やがて両者とも遠ざかった。チェクマーリはほっと溜息をつき、かがみこんで、若い牡犬が肢をとられている『つなぎ紐』〔数頭の猟犬を一つなぎにする革紐〕のもつれを直しにかかった。老伯爵も溜息をついた。と同時に、嗅ぎ煙草入れを手にしていることに気がついたので、蓋をあけて、一つまみつまみ出した。

「もどれ！」草藪の外へ飛びだしてきた牡犬に向かって、チェクマーリは、こう号令をかけた。老伯爵ははっとなって嗅ぎ煙草入れをぽろりと落とした。ナスターシャ・イワーノヴナが、馬から下りて、拾いにかかった。

老伯爵とチェクマーリはそれを観察した。突然、猟にはよくある現象で、狩猟隊の物音が、一瞬のうちに間近に迫った。まるで彼らのすぐ前に猟犬どもの無数の口と、さかんにけしかけるダニーロの顔とが、現出したかと思われた。

老伯爵は右手を振り返り、そしてそこにミーチカの姿を発見した。ミーチカは両眼を大きく開いて主人を見つめ、それから帽子をもたげて、前方の、別な方角を指ししめした。

「ご用心！」と彼は叫んだ。これらの言葉がとうから口外へ出してくれと地団駄ふんで切願していたことが、おのずから察知されるような声であった。

老伯爵とチェクマーリとは森のなかの藪かげから飛びだし、そして自分たちの左手に、一匹の狼を見いだした。狼は柔軟に身を揺すりながら、静かな足どりで、彼らのたたずんでいる茂みをさして、やや左手から駆けよるのだった。いきりたった猟犬どもは叫び声を爆発させ、『つなぎ紐』を引きちぎり、馬の脚をかすめて、その狼に向かい突進した。

狼は駆けるのをやめて立ちどまり、喉頭炎症にでもかかったように不器用に、おでこの偉大なその首を犬どものほうへねじ向けた。そして相変らず柔軟に身を揺すり、ぴょんぴょんと二度跳躍すると、尻尾を振って、藪のなかへ逃げこんだ。と、その途端に、向う側の藪のなかから、号泣に似た吠え声をたてながら、一頭、二頭、三頭と、ボルゾイの群れが度を失ったしどろもどろの姿でぞくぞくと躍りだし、狼が駆けぬけた場所を伝って疾走した。ボルゾイの群れが飛びだすと、すぐそのあとで、胡桃《くるみ》の茂みがさっと分かれ、ダニーロの汗で黒光りする栗毛の馬が現われた。その長い背中に、ダニーロがこちょこちょと一塊になって、前のほうへのめるような腰つきで乗っており、帽子がないので、白髪が乱れ、汗だくの赤く上気した顔の上に乱れかかった。

「おそえ！　おそえ！……」と彼は犬をけしかけた。老伯爵の姿を認めると同時に、彼の眼に稲妻が光った。

「ええい！」鞭を振りあげて、老伯爵に嚇《おど》すような恰好を見せながら、こう彼は叫んだ。

「せっかくの狼を逃がしちもうた！……いやはやあきれた猟師たちだて！」びっくりしてまごまごしている老伯爵にこれ以上言葉をかけるにあたらないといった態度で、彼は老伯爵にたいする怒りを残らず傾注して、汗でぐしょぐしょになっている栗毛の駒《こま》のへこんだ横腹をビシリとひっぱたき、犬どものあとを追って疾駆しさった。老伯爵は処罰された罪人のように、茫然《ぼうぜん》と立ち、きょろきょろと周囲を見まわし、微笑を浮かべ、それによって、自分の立場にたいする同情を、チェクマーリの胸に湧きたたせようと考えた。が、チェクマーリはもういなかった。彼は狼を禁猟林へ逃げこませないように藪を迂回して駆けぬけにかかったのである。両側からも同様に、ボルゾイ種の猟犬を駆使する射手たちが、狼の血路を遮断しようとした。が、狼は茂みを潜《くぐ》って走りさり、だれにも捕獲されなかった。

5

一方ニコライはその間、自分の持ち場にたたずんで、獣の立ち現われるのを待ち受けていた。近づいたり遠のいたりする犬の吠え声や、同じく遠くはなれ去ったり、間近く迫ったり、どっと一時に高まったりする猟師たちの掛け声によって、この森のなかに起こりつつある出来事をニコライは直感した。彼はこの孤島のような森の一画内に、若い狼や年寄った狼どものたくさんいることを知っていた。彼はまたハウンド種の犬どもが二手に分かれたことも、どこやらで獲物を狩りたてていることも、何やらへまのあったことも知っていた。彼は獣が自分の持ち場に出てくるのを、今か今かと待ちかまえていた。狼がどの方角からどんな姿で出現するか、どんな要領で自分がそれを狩りたてるようになるか、といった点で、さまざまの想像を数限りもなくめぐらした。希望が絶望に座席を奪われがちだった。いくどか彼は、狼を自分の前に現出させてくださいと神に祈った。くだらないことが原因で烈しい興奮に駆られた場合、われわれはよく熱烈な、同時にうしろめたいような、妙な感情を抱きながら祈るものだが、彼の祈りもまさしくそうした祈りであった。『神さま、わたしのためにそれくらいのことをしてくだすったって、あなたにとっては、べつに何のお骨折でもないじゃありませんか！』こう彼は神に向かって話しかけた。『わたしはよく知っています。あなたは偉大でいらっしゃいます。その偉大なあなたにこんなことをお願いするのは、罪悪です。が、しかし、どうか、後生ですから、親狼がわたしの持ち場に出てくるようにしてください。そしてわたしのカラーイが、あそこで眺めている伯父さんの眼の前で、急所をあやまたずに猛然と喉頭笛へ咬《か》みつくようにしてください』ニコライはこの三十分間に幾十度となく、執拗《しつよう》な、緊張した、不安な眼ざしを、やまならしの若木の林の上に珍しくも二本だけ樫《かし》の木が首を出している森のはずれや、ふちを洗い削られた峡谷や、右手の叢林《そうりん》からわずかにのぞいている伯父さんの帽子などの上に投げた。

『だめだ、この幸福は恵まれないだろう』とニコライは思った。『神さまにとってべつに何でもないことだと思うんだが、どうも、この幸福は恵まれそうもない！おれはいつも、トランプを戦わす場合でも、またほんとうの戦争でも、——どんな場合にも運の悪い人間なのだ』アウステルリッツの戦いとドーロホフの顔とが、鮮明に急速に入り替わり立ち替わりしながら、彼の想像のなかに明滅した。『人生にたった一度でよいが、親狼を狩りたててみたいなあ、それ以上は望まんがなあ！』聴覚と視覚を緊張させて、左手を顧み、ふたたび右手へ眼を移し、猟師や猟犬のたてるほんのわずかな音にも聴き耳をたてながら、ニコライは考えた。彼はまた右手へ瞳を移した。と、その途端、荒涼たる野面を何ものかがこちらへまっしぐらに疾走してくるのを発見した。『いや、そんなはずはない！』久しく待望したことが実現された場合にわれわれが発するような、深い重たい吐息をつきながら、ニコライはこう思った。最大の幸福が実現された——しかも、こんなに無造作に、何の騒音もなく、華々しい閃光《せんこう》もなく、前兆もなしに、いきなり実現を見たのである。ニコライは自分の眼を信じえなかった。夢ではないかと疑う気持がしばしつづいた。狼は前進をつづけ、途中に横たわる溝を飛びこえた。背の部分だけ毛が白くなっており、腹の部分の薄赤い、肥った老狼だった。だれも自分を見つけている者がないと確信するかのように、悠揚せまらない足どりで、狼は駆けた。ニコライは息を殺して犬どものほうを顧みた。犬どもは寝そべったりたたずんだりしているが、狼の姿を見つけない。全然事態をさとらない。老犬カラーイは首を折り曲げ、黄色い歯並みをあらわして、腹だたしそうに蚤《のみ》を探しながら、尻のあたりでかちかちと歯を打ち鳴らしている。

「おそえ！　おそえ！　おそえ！……」ニコライは口を突きだし、ひそひそ声でけしかけた。犬どもはきっとなり、鎖を鳴らし、さっと耳をたてて起きあがった。カラーイも尻を掻きおえると、耳をそばだてて立ちあがり、もじゃもじゃと房毛の垂れさがっている尾を、軽く一振りした。

『犬を放したらいいかな――それとも、まだ早いかしら？』狼が森をはなれて自分のほうへ接近したとき、ニコライは心のなかでこう言った。狼の形相《ぎょうそう》が急にさっと一変した。たぶん一度も見かけたことがないだろう人間の凝視が、依然として自分の上に釘づけにされているのを発見して、狼はびくりとふるえ、ニコライのほうへちょっと首をねじ向けるようにして、立ちどまった。『退《ひ》こうか、すすもうか？　えい、糞、かまうもんか、すすんでやれ！　あとはあとだ……』まるでこうわれとわが心にささやいたかのごとく、狼は、もうきょろきょろと周囲を見まわさずに、柔軟な、大股《おおまた》の、自由闊達《かったつ》な、けれども毅然《きぜん》たる足どりで、まっしぐらにこちらへ突進してきた。

「おそえ！　おそえ！　おそえ！……」別人のような声でニコライは叫びだした。と、善良な彼の乗馬は、自発的に山裾へと一目散に駆けくだり、狼の進路を遮断するため細谷を躍りこえた。犬どもはそれよりもさらに早く、馬を追い越してすっ飛んだ。ニコライは自分の叫び声も耳にはいらず、自分が疾駆していることにも気づかず、猟犬どもの姿も、自分の疾駆しつつある地点も、眼にはいらなかった。眼底に焼きついているのは、ますます速度を加えながら方向を変えずまっしぐらに凹地《おうち》を伝って突っ走る、狼の姿だけであった。尻の偉大な黒斑のミールカが、第一番に狼の近くに立ち現われた、そしてじりじりと詰めよった。ミールカはますます近くに迫った……おお、ついに追いついた。が、狼がちょいと軽く横眼で睨《にら》むと、ミールカはいつものようにさっと躍りかかろうとせず、急に尾をたてて、前肢を突っぱりはじめた。

「おそえ！　おそえ！」ニコライはけしかけた。

声に応じて赤毛のリュビームが、さっとミールカの背後から躍りだし、真一文字に狼に向かって突進し、がぶり太股のあたりへ咬みついた。が、同時に彼は、恐怖に駆られて、ふたたびさっと反対の側へ飛びすさった。狼はちょっとうずくまり、ガチガチと牙《きば》を打ち鳴らしたと思うと、またもや立ちあがり、それ以上迫りえない多くの猟犬どもに、一メートルたらずの間隔で跡をつけられながら前進しはじめた。『逃げてしまう！　いや、そんな馬鹿なことがあるものか！』相変らずしわがれ声で叫びつづけながら、ニコライはこう思った。

「カラーイ！　おそえ！　おそえ！……」自分の唯一の希望である牡の老犬を眼

で探しながら、ニコライは叫んだ。カラーイは老いたる身内に残っている精力を傾注して、精一杯しゃんと身をのばし、狼の上へ両眼を釘《くぎ》づけにして、その行く手を遮断しようと、横合いからかろうじて進出した。が、狼の足が迅速で犬の足がのろいところからいって、カラーイの胸算用の誤っていることは明瞭だった。ニコライはもう行く手間近に林を認めた。そこまで駆けつけたら、狼はきっと逃げおおせるにちがいないと思われた。すると、このとき、行く手にあたって、数頭の犬と一人の猟師とが立ち現われた。猟師はまっしぐらにこちらのほうへ走ってくる。まだ一縷《いちる》の望みがあった。ニコライの見知らぬ、よその組に属している、胴長の、虎毛《とらげ》の房々と渦巻いた牡犬が、真一文字に狼に向かって躍りかかり、ほとんどこれを転倒させた。が、狼は、予想しがたいほど敏速に起きなおり、牙を鳴らして、虎毛の牡に飛びかかった。——たちまち犬は横腹を破られ、血みどろになって、けたたましい悲鳴をあげ、へたへたと大地へ突っ伏してしまった。

「カラーイ！　しっかりやってくれよ！……」ニコライは泣き声で言った。

今の格闘で一時逃げ足のとまったのを幸い、老犬カラーイは、股のあたりの房々した毛を揺すりながら、狼の行く手を遮断すべく、早くも五歩ばかりの間隔に迫った。と、まるで危険を予感したかのように、狼はいっそう深く尻尾を股間《こかん》へ押し隠し、カラーイを横眼でじろりと睨んで、足を早めた。がその途端——ニコライはカラーイの身に何やら変化の起こったのをそれと認めただけだったが、——はっと思うまに、カラーイはもう狼に飛びかかっていた。そして、二つの獣は一つになって、ころころと前面の細谷へ、こまのように転がり落ちた。

一瞬間、ニコライは細谷のなかで狼と一塊になって揉《も》みあっている犬どもと、そのかげから見える狼の灰色の背中と、棒のように突っぱった一本の後肢と、ぴたりと両耳をねせ恐怖に駆られて喘《あえ》いでいる首とを発見した(カラーイが狼の喉頭笛《のどぶえ》をくわえたのだ!)――ニコライがこれらのものを発見した一瞬間は、彼の生涯のもっとも幸福な瞬間であった。下馬して狼を屠《ほふ》ろうと思って彼は鞍橋に手をかけた。と、そのとき、突然、一塊になった猟犬のあいだから、狼の頭部がぬっと突きいで、つづいて前肢が細流のふちにかかった。狼はカチカチと牙を打ち鳴らし(カラーイはもう狼の喉頭笛をくわえていなかった!)、後肢を踏んばって流れから飛びあがり、股間に固く尾をはさんで、ふたたび猟犬どもの追跡を脱し、前へ前へと逃げてゆく。カラーイは毛並みを逆立てたぶん打撲傷か咬傷を受けたのだろう、へとへとになって、かろうじて細流のなかから這《は》いあがった。

「ああ、困ったな! どうしたんだろう?……」ニコライは声に絶望のひびきをこめてこう叫んだ。

伯父さんの猟師が反対の側から、狼の進路を遮断しようと駆けよった。伯父さんの猟犬がふたたび狼の足をとめた。狼はまた包囲された。

ニコライ、その猟師、伯父さん、その猟師たちが、古狼の身辺を堂々めぐりしながら、おそえ！　おそえ！　と犬をけしかけたり、喚《わめ》き叫んだりした。そして彼らは、狼が歩みをとめてうずくまるごとに、待ってましたとばかり下馬しようとし、狼が武者ぶるいをして立ちあがり、自分を救ってくれるにちがいない禁猟林のほうへ歩み出すたびに、あわててそのあとを追うのだった。

まだ猟が始まったばかりのころ、ダニーロは犬をけしかける声を聞きつけたので、森のはずれへ飛びだしてみた。カラーイが狼に咬みついたのを目撃すると、もう万事終わったものと考えて、彼はそこに馬をとめた。が、猟師たちが下馬せず、狼が武者ぶるいしてまた脱走を試みるにおよんで、ダニーロはついに栗毛の乗馬に鞭をあてた。けれども彼は逃げてゆく狼に向かってではなく、やはりカラーイと同じように、狼の行く手を遮断しようと、まっしぐらに禁猟林のほうへ馬をすすめた。この方向をとったおかげで、狼が伯父さんの猟犬どもにふたたび進路をせきとめられたとき、彼はそのそばへ駆けつけることができた。

ダニーロは短刀の鞘《さや》を払って左手に持ち、鞭を脱穀棒のように振りまわして、栗毛の乗馬の波うつ横腹をピシリピシリと打ちながら、黙々として疾駆した。ニコライは栗毛の馬が自分のすぐわきを、苦しそうな息づかいをしながら、掠《かす》めるように駆けぬけるまで、ダニーロの姿も見ず、またその声も聞かなかった。が、ふいにどっと何ものかのぶっ倒れる音響が耳にはいった。同時に彼は、ダニーロがもういち早く、無数の猟犬に囲まれた狼の背にへばりついて、その両耳を鷲《わし》づかみにしようとあせっているのを発見した。猟犬にとっても、猟師たちにとっても、また狼そのものにとっても、もう万事終りを告げたことは明瞭だった。狼は恐怖に駆られ、両耳をぴたりとねせて起きあがろうと努めた。が、猟犬どもは所きらわずこれに咬みついてはなれない。ダニーロは軽く身を起こし、ぐいと一足踏んばりを入れて、まるでころ、ちょっと横になって骨休めでもするかのように、全身の重みを狼の上へのしかけて、その両耳を鷲づかみにした。で、ニコライは突き刺そうと思った。が、ダニーロがささやくような声で制した。

「それには及びましねえ。縛りあげてしめえやしょう」そして彼は姿勢をあらため、片足で狼の頸部《けいぶ》を踏まえた。狼は口中へ棒切れを差しこまれ、まるで轡をかまされたように犬のつなぎ紐で縛りあげられ、四肢《しし》もゆわえられた。そしてダニーロは狼を二、三度ころころと押し転がした。

幸福そうな、同時にへとへとに疲れはてた顔をして、一同は生きた古狼を、鼻嵐をたてて突進しようと足搔《あが》く馬の背につけ、鋭い声で獲物に吠えかかろうとする猟犬どもに護衛されながら、みんなの落ち合うことになっている地点へ引きあげた。猟犬が若い狼を二匹、ボルゾイが三匹捕えた。猟師たちはそれぞれ獲物や自慢話をみやげに落ち合い、みんなが親狼を見によって来た。狼は口に棒切れの差しこまれている、額の偉大な首を垂れて、自分をとり囲む猟犬や猟師たちの群れを、ガラスのように生気のない巨大な眼で白々と見ている。そして身体にさわられると、そのつど縛られた四肢をぴくぴくとふるわせながら、狂暴な、同時に単純な眼つきで、一同をきっと睨むのだ。老伯爵も馬をとばしてやってきて、ちょっと狼にさわってみた。

「ほう、えらくでっかいやつじゃのう！」と老伯爵は言った。「こりゃよほどの古狼じゃのう、え、おい？」こう彼はそばに立っているダニーロにたずねた。

「へえ、さようでございますなあ、御前さま」あわてて脱帽しながら、ダニーロは答えた。

老伯爵は自分が狼をとり逃がしたこと、そしてダニーロと衝突したことを思いだした。

「そりゃそうと、お前はずいぶん怒りっぽい男じゃのう、おい、ダニーロ！」と老伯爵は言った。ダニーロはべつに何とも答えなかった。彼はただ子供らしく、柔和な気持のいい微笑をおそるおそる見せただけである。

6

老伯爵は帰館した。ナターシャとペーチャもじきに帰ると約した。が、まだ時刻が早かったので、そのまま狩猟はつづけられた。正午ごろ、彼らは若木の繁茂している谷間へハウンド種の猟犬どもを放ちやった。ニコライは刈入れ後の畑中に立って、配下の猟師たちの活動ぶりを眺めていた。

ニコライの真向いに青々とした冬麦の畑がひらけており、ぬっと枝を張りひろげているそこの胡桃のかげの穴のなかに、彼の猟師の一人がたたずんでいる。彼らがハウンド種の猟犬どもを放つやいなや、ニコライは馴染《なじ》みの深い一頭の犬ヴォルトルンの吠え声が、ぽつりぽつりと間《ま》をおいて起こるのを耳にした。ほかの猟犬もこれに和して、ぴたりと口をつぐんだり、急にまた吠えだしたりしはじめた。一、二分すると、森のなかから、狐の狩りだされたことを知らせる叫び声が聞こえてきた。と、猟犬の群れは全部一塊になって、ニコライのそばを離れ、森のへりに沿って青々とした冬麦の畑のほうへと、獲物を狩りたてながら突進した。

ニコライは赤い帽子をかぶった幾人もの猟犬係が、鬱蒼《うっそう》たる叢林におおわれた峡谷のふちを、ひた走りに走ってゆくのを見た。猟犬どもの姿までが手にとるように眺められた。そこで彼は、向う側の畑に狐の現われるのを、今か今かと待ち受けた。穴のなかに張りこんでいた猟師がすすみ出て、犬を放した。ニコライは、背の低い、赤っ毛の、異様な姿の狐が尾を房々ともたげて、青々とした冬麦の畑を急いで走っているのを発見した。猟犬の群れは狐のほうへ突進した。ついに猟犬の群れは狐の身近に迫った。狐は輪を描いて犬どものあいだを旋回しはじめた。その回転が刻一刻目まぐるしくなった。そして狐は毛の房々した尾を、くるりくるりと振りまわす。と、だれのかわからないけれど一頭の白犬が、さっと狐に躍りかかり、さらに黒犬がこれにつづいた。すべてがごちゃごちゃと一塊になってしまった。犬どもは個々別々に、いろんな方向に尻を向け、狐を中心に星形を形づくって、ごくかすかにうごめき始めた。猟犬どものほうへ二人の猟師が馬をとばしてよって来た。一人は赤い帽子をかぶっており、いま一人の、見知らぬ男は、緑色の上衣を着ていた。『一体どうしたんだろう?』とニコライは思った。『一体あの猟師は、どこからとび出してきたのかしら? 伯父さんのところの猟師でもないが』

二人の猟師は狐を手に入れたが、鞍のうしろへ繋《つな》ぎもせずに、ややしばらく徒歩のままで立っていた。彼らの身辺にはその乗馬が、高々とした鞍を見せながら立っており、猟犬どもも伏せている。二人の猟師は手を振りまわして、何やら狐にたいして処置を講じていた。やがて彼らのところから争いが起こったときの合図の角笛が鳴りひびいた。

「イラーギンの猟師がうちのイワーンと何やら悶着を起こしているんでございます」とニコライの猟師が説明した。

ニコライは妹と弟を呼びに猟師を向けてやり、猟犬係が猟犬を集めている地点をさして、並足で馬をすすめた。幾人かの猟師が喧嘩の現場へすっ飛んだ。

ニコライは馬をおり、駆けつけてきた妹や弟と一緒に猟犬のそばにたたずんで、喧嘩がどんなふうに結末を告げるかしらと、その知らせの来るのを待ち受けた。と、森のはずれから、喧嘩をした当の猟師が、捕獲した狐を鞍の鞦《しりがい》に結わえつけて、ぬっと現われ、若主人のほうへやってきた。猟師は遠い先から脱帽して、恭順な態度で口をきこうと努力した。けれども彼は蒼白な顔をし、息づかいも荒々しかった。顔は憎悪にゆがんでいた。片眼をしたたか殴られていたけれども、たぶん本人はそれに気づいていないのだろう。

「お前たちは今あそこで何をしたのだ？」とニコライはたずねた。

「だって、あんた、あん畜生め、こちとらの犬を出しぬいてからに、獲物をせしめ取ろうとしやがるんですからねえ！　ほら、うちのあの鼠色の牝犬ですがね、――あいつがとっちめたんでがすのになあ。へん、どこへでも恐れながらと出かけていって、勝手に裁判してもらいやがれだ！　人の狐をちょろまかそうとなんかしやがって！　だからわたしもあの野郎を、狐のようにおっ転ばしてやったのでがんす。野郎、さあ、若旦那、見ておくんなせい。狐は鞍の鞦に繋いでめえりやした。野郎、土手っ腹へ風穴をあけてやるぞ、いいか！……」たぶんまだ敵手と問答をつづけている気持がしたのだろう、猟師は刀を指さしてこう言った。

ニコライはこの猟師と口をきかずに、妹と弟にしばらく待ってくれと言いおいて、憎むべきイラーギンの猟師たち一行のいる場所へ馬をとばした。

勝ちを制した猟師は、ほかの猟師たちの群がるなかへ馬を乗り入れ、そしてそこで、同情と好奇心とに駆られた人々にとりまかれながら、手柄話をやりだした。

ことの起こりはほかでもないが、かねがねロストフ家と不和の仲で、もっか訴訟中のイラーギンが、古くからのしきたりからロストフ家に属している猟場で狩猟を試みていたのだが、この日もまるで故意のように、ロストフ家の人々の猟をやっている森へ猟師たちを差し向けて、他家の猟犬を出しぬいて、こっそり狐を捕獲させた、それが原因だったのだ。

ニコライは一度もイラーギンという男に会ったことはなかったが、しかし、自己の理性と感情の分野で中庸を知らぬ人の常で、この地主の乱暴ぶりわがままぶりを聞いただけで、もう心から彼を憎み、呪わしい仇敵《きゅうてき》と考えていた。で、彼は今、憎悪に胸をわくわくさせながら、ぎゅっと折れるように鞭を握りしめ、この仇敵にたいしてどんな思いきった危険な振舞をもしかねない意気ごみで、馬を乗りすすめた。

ニコライは森の窪みから馬を乗りだすかださないうちに、海狸《かいり》の帽子をかぶった太鼓腹の紳士が、見事な黒馬にまたがって、猟師を二人引き連れて、真っ向うからやってくるのを発見した。

同時にニコライはイラーギンが仇敵どころか、自分と近づきになることをとくに希望している、慇懃な、立派な紳士であることに気づいた。ニコライのそばまでやってくると、イラーギンは、海狸の帽子を軽くあげ、今の不祥事をはなはだ遺憾《いかん》に思っている、他家の猟犬を出しぬいてこっそり猟をするなどという不届きな了見をおこした猟師は、早速処罰するように命じた、と言った。そしてこれを機会にお近づきの栄を得たいということを付言し、自分の猟場を彼に提供したのである。

ナターシャは、兄が何か恐ろしいことをやりはせぬかと案じ恐れて、胸をわくわくさせながら、少し離れてついて来た。が、敵同士のはずの二人が睦まじそうに会釈し合っているのを目撃すると、彼らのそばへ馬をよせた。イラーギンはナターシャにたいしていっそう高々と海狸の帽子をかしげ、気持のいい微笑を見せて、お嬢さんは大そう狩猟がお好きでいらっしゃる点からいっても、また名だたるそのご器量からいっても、まさしくローマ神話のダイアナ［貞潔と狩猟の女神］でいらっしゃいますなあ、と嘆賞した。

イラーギンは、配下の猟師の罪の埋め合せに、一キロほどはなれた山裾にあるわたしのとっておきの猟場へ、ぜひ来てほしいと、ニコライを誘った。イラーギンの言うところによると、そこには兎が箒《ほうき》で掃くほどうようよしているとのことであった。ニコライは承諾した。そこで二倍の人数に増大した狩猟の一隊が、ぞろぞろ前進を開始した。

イラーギンのとっておきの猟場である丘へ行くには、野や畑を通らなければならなかった。猟師たちは列を作って行進した。主人側の連中は一団になってすすんだ。伯父さんとニコライとイラーギンは、一生懸命でほかの連中に気づかれないように、こっそり他人の犬をぬすみ見て、不安な気持をおぼえながら各自の猟犬と張り合う相手を、それらの犬のあいだに探し求めた。

イラーギンの飼育している猟犬どものなかで眼のさめるような美しさでとくにニコライに驚嘆の眼を見はらせたのは、スピッツ型に鼻が尖《とが》っておりながらも、鋼鉄のように肉のしまった、黒い眼のぎょろりと飛びだした、あまり大きくない、細作りの純ロシア種の赤斑の牝犬であった。ニコライはかねがねイラーギンの猟犬が快速なことを聞いていた。そして、今、この美しい牝犬に、自家のミールカの競争者を見いだしたわけである。

　イラーギンは上下《かみしも》をつけたような端正な態度で今年の収穫のことを話しだしたが、その鹿爪らしい談話の中途で、ニコライは例の赤斑の牝犬を指さして彼に言った。

「お宅のこの牝犬は素敵ですなあ！」さりげない語調でこう言った。「敏捷でしょう？」

「こいつですか？　ええ、こいつはなかなかいい犬です。ずいぶんこまめに捕りますなあ」とイラーギンは一年前、三家族の農奴を隣地の地主に売却して購《あがな》いえたこの赤斑エルザのことを、わざと無関心な調子で吹聴した。「それじゃなんですか、伯爵、お宅の脱穀量はあまり感心できないんですか？」こう彼はやりかけた会話の先をつづけた。が、ロストフ伯爵家のこの若主人にも、同じような賞《ほ》め言葉のお返しをすることが礼儀にかなうと考えたので、イラーギンは相手の犬を点検して、幅広い体格が眼にとまった例のミールカを選《え》りだして、

「お宅のあの黒斑もいいじゃありませんか——よく均斉がとれていますなあ！」と

彼は言った。

「はあ、あいつはなかなかいいんです、よく走ります」とニコライは答えた。『ああ、親兎が野原を走ってさえくれれば、この犬の真価をこの男に見せてやれるんだがなあ！』と彼は思った。彼は猟師のほうへ身をねじ向けて、嗅ぎつけた者、つまり、ひそんでいる兎を見つけた者——には、一ルーブルやると布告した。

「どうも僕には解《げ》せないんですがねえ、伯爵」とイラーギンは語をついだ。「多くの狩猟家は獲物や猟犬の素晴らしいのを羨ましがりますが、僕には合点がいきません。端的に自分のことを申しますとね、伯爵、わたしにとっては馬上の散策を試みるのが快適なんですなあ。あなたがたのようなかたがたと轡をならべて散策する……もうこれに越した楽しみはありません（彼はまたナターシャにたいして、例の海狸の帽子を脱いで敬意を表した！）。獲物をどれほど持ってきたか数えるなどということは、——わたしにはどう転んだってかまわないんです！」

「ははあ、なるほど！」

「獲物をつかまえたのがわたしの犬でなくて、他人の犬だったにせよ、そんなことはどっちへどう転んだって、わたしには何でもありません。——わたしにはただ狩猟の光景を見るのが面白いだけなんですからねえ。そうじゃありませんか、伯爵？ですから、わたしの考えるところじゃ……」

「あ、いた、いたあ！」ちょうどこのとき歩みをとめた射手の一人が、長く引っぱるような叫び声をたてた。その射手は刈入れあとの小高いところにたたずんで、鞭を振りあげ、そしてもう一度、同じ叫びを長く引っぱった。「ああ、いた、いたあ！……」この叫び声と鞭を振りかざした構えとが、眼前にひそんでいる野兎の発見されたことを意味した。

「ああ、嗅ぎつけたようですね」とイラーギンは無造作に言った。「どうです、兎狩りをしてみようじゃありませんか、伯爵！」

「ええ、とにかくそばへ行ってみなければなりませんね……そりゃそうと、どうなんです、一緒にやるんですか？」例のエルザと伯父さんの赤犬ルガーイ――まだ一度も自分の犬と比べてみたことのない二匹の競争者！――を見つめながら、ニコライはこう答えた。『そうか、ではひとつ、うちのミールカがどんなぐあいにへこまされるか、見物させてもらうかな！』伯父さんとイラーギンと轡をそろえて野兎のほうへ近づきながら、ニコライはこう思った。

「野兎か」イラーギンは嗅ぎつけた猟師のほうへ近よりながらこうたずね、多少興奮の色を見せて周囲を見まわし、ピリピリと口笛を吹いてエルザを呼んだ。

「そりゃそうと、ミハイル・ニカノールイチさん、あなたはどうなさる？」とイラーギンは伯父さんのほうを向いてたずねた。

伯父さんは眉根に皺をよせて、すたすた馬を駆りすすめている。

「いやいや、こちとらの出る幕じゃないですよ。だって、あんたらの犬は、――実際の話が、どこへ突きだしたって立派なもので、——一匹手に入れるのに、農奴ぐるみ村を一つ手放したっていう代物で、何千ルーブルもするんですからなあ。まあひとつ、あんたがた同士で、めいめいの犬をためしてみなせえ、こちとらは高みの見物といきますでな!」

「ルガーイ! 来い来い! 来い来い!」と老人は叫んだ。「おい、ルガーユシカ!」軽く扱ったような呼び方によって、自分の赤犬にたいするやさしい愛情と希望とを無意識のうちに表明しながら、彼はこうつけ加えた。ナターシャは、この二人の老人と自分の兄とが、そろいもそろって興奮をおし隠していることを発見し、また感知して、自分もいつか興奮の渦に巻きこまれた。

例の猟師は小高いところに立って、高々と鞭を振りかざしている。主人側の連中は並足でそのそばへ馬をよせた。地平線の真上のあたりを疾走していたハウンド種の猟犬どもは、突然、兎からあらぬほうへ方向を転換した。猟師たちも遠ざかりはじめた。一同は整然とした姿でゆっくりすすんだ。

「どっちへ首を向けてねているのだ?」獲物を嗅ぎつけた猟師のたたずんでいる高みまで百歩ほどしかないところへ近づくと、ニコライはたずねた。が、猟師がまだ返事もしないうちに、もう兎はひしひしと身にせまる危険を感知し、いたたまらなくなって跳ねおきた。革紐で繋がれているハウンド種の猟犬の群れは、唸り声をたてながら、兎を追って山裾へと馳《は》せくだった。革紐をつけていないボルゾイ種の猟犬どもが、八方から、ハウンドと兎を目がけてすっ飛んだ。それまで徐行していた狩猟家の一隊も、原野を疾駆しはじめた。——猟犬係の連中は、『ストップ！』という叫び声を発して犬どもをまごつかせ、ボルゾイを駆使する射手の面々は、『おそえ！』という叫び声によって、獲物のほうへ向かわせた。悠然と落ち着いたイラーギンも、ニコライも、ナターシャも、伯父さんも、どこにどう突進するのか、自分でもわからぬままに、ただただ犬と兎とに両眼を釘づけにして、瞬時も猟の経過を見落とさないようにとただもう一生懸命で、夢中にすっ飛んだ。兎は親兎の敏捷《びんしょう》なやつであった。兎は跳ねおきても、すぐには逃げださず、長い耳を回転させてふいに八方からおこった叫び声と馬蹄《ばてい》の音とに聴き入った。兎はあえて急がずに十回ほど、ぴょこんぴょこんと躍りはね、その間、猟犬どもの近づくにまかせた。が、わずかに方角を見定め、迫りくる危険を感知すると、とたんに両耳をぴたりと寝せて、全速力で疾駆しはじめた。兎の寝ていたところは刈入れあとの畑であったが、行く手は冬麦の畑で、ぐしょぐしょとぬかる泥土だった。獲物を嗅ぎつけた猟師のつれていた二匹の犬は、だれよりも位置が近かったので、真っ先にそれと気づいて兎に向かった。が、まだその距離をあまりせばめないうちに、もうイラーギンの赤斑のエルザがトップをきり、犬一匹の間隔しかあまさぬ近距離に迫って、兎の尻尾《こま》のあたりを狙い、恐ろしいスピードで躍りかかった。つかまえたぞ！　エルザは独楽《こま》のように転がりながらこう思った。が、兎は背を丸々と折り曲げ、いっそう速度をましてすっ飛んだ。と、エルザの背後から、尻の偉大な黒斑のミールカが飛びだして、電光石火の早さで兎にせまった。

「ミールカ！　でかしたぞ！」というニコライの勝ち誇ったような叫び声が聞こえた。もうじきミールカが躍りかかって、兎を捕獲すると思われた。が、ミールカはせっかく追いついたと思ったら、先のほうへ駆けぬけてしまった。兎にひらりと体をかわされたのである。目鼻だちの美しいエルザはふたたび立ちなおり、今度は失策をしたくないものだと、まるで狙いをつけるような恰好をして、その太股のあたりに食らいつこうと、兎の尻尾の真上にせまった。「エルザ！　たのむぞ！」という今にも泣きだしそうな、まるで別人のようなイラーギンの声が聞こえた。が、エルザは彼の哀願に耳をかさなかった。たしかに咬みついたと期待していい瞬間に、兎はさっと身をかわして、冬麦の畑と刈入れあとの深田との境界へまろびでた。ふたたびエルザとミールカとは、轅《ながえ》に繋がれた二頭の馬のように、首をそろえて、同時に兎を追いはじめた。境界の畦路《あぜみち》では、兎のほうが勝手がよかったので、二頭の犬は容易に近づきえなかった。

「ルガーイ！　さあかかれ！　たのんだぞ！」このとき、新しい別人の声がさらにこう叫びだした。声に応じて伯父さんの飼育している背の丸い牡の赤犬ルガーイが、背をぎくしゃくと折り曲げながら突進し、先頭の二匹に追いついたと思うと、見る見るうちにこれをリードし、恐ろしい猛スピードでどっと兎に躍りかかり、畦路から冬麦の畑へ追いだして、前よりいっそうすさまじい勢いで、泥んこの冬麦畑を、膝まで没しながら突きすすんだ。あとはもう彼が背を泥だらけにして、兎と一緒に独楽のようにころころと転がったのが見えただけであった。数匹の犬が星形になってこれを囲んだ。一分後、一同はもう群がる猟犬のそばに立っていた。幸福の寵児《ちようじ》となった伯父さんだけが馬から下りて、兎の肢を切り落とした。そして彼はすっかり血をきってしまうために、屠られた兎を振りながら、手足の置き所がないかのように、きょろきょろと不安げに周囲を見まわし、だれを相手にどんなことを言っているのか、われながらわからぬままに、「いや、でかした、でかした……いい犬だ……数千ルーブルもする犬をみんな抜いてしもうたてば……いやまったく、でかした！　でかした！」と喘ぎながらつぶやき、まるでこう、お前たちはみんな仇敵だ、お前たちはさんざんおれを辱めてきたが、今はじめておれは恥をそそぐことができたぞと、一同を罵るような態度で、憎々しげに周囲を見まわした。「へへん、千ルーブルもする犬ってのはそんなものか、いやはや！……」

「ルガーイ、ほらよ、足首を一つくれてやるぞ！」こう言いながら、彼は切りはなされた足首の泥だらけになったやつを投げ与えた。「いや、それぐらいの褒美はあたりまえだ、大出来、大出来！」

「ミールカは精根の限りをつくしたのだ、三度まで体当りを食わせたんだがなあ！」ニコライもまただれの言葉にも耳をかさず、自分の言葉を他人が聞く聞かないに頓着《とんじゃく》しないで、こう言った。

「いやはや、驚いたなあ、こりゃあ、まるであべこべじゃあねえか！」イラーギンの猟師が言った。

「なあに、こちらの犬が、さんざっぱら狩りたてて、今一息というところで打ちもらしたあとだもの、どんなお粗末な番犬だってつかまえるさ」疾走と興奮の結果苦しそうに息をつきながら、赤く上気した顔のイラーギンが、声に応じてこう言った。その途端、ナターシャが息さえつかずに、耳のなかがきーんというほど甲高い声で、有頂天の喜びの叫びを発した。ほかの猟師たちがそれぞれ発した言葉によって表現したものを、彼女はこの甲高い有頂天の叫び声で、すべて表現したのである。それはじつに異様な叫び声であった。したがってほかの場合に発せられたなら、当の彼女がまずこの粗野な声を恥ずかしく思ったにちがいないし、またほかの一同もびっくりしたに相違ない。伯父さんは元気のいい敏捷な手つきで兎をぽんと馬の尻へほうりあげ、そのあてつけがましい動作によって、一同を難ずるような態度をしめしながら、ぎりぎりと獲物を鞍の鞦に結わえつけ、だれと口をきくのもいやだといった顔つきで、例の栗毛に飛びのって、そのまますたすたと乗りすすめた。伯父さんを除くほかの一同は、こっぴどく侮辱されたような、妙に浮かない顔つきで、てんでんばらばらに馬を駆った。そして、それからややしばらくたってのち、はじめて彼らは今までの、平静を装った態度にかえることができたのである。彼らはその後なおしばらく、赤毛のルガーイを見つづけた。赤犬は泥だらけの背中を丸くして、鎖をガチャガチャいわせながら、いかにも勝利者らしい悠然たる態度で、伯父さんの馬のすぐあとについている。

『なあに、獲物を狩りたてる場合でもなけりゃ、おいらだって、ほかの犬と変わりねえんだよ。しかし、いざ鎌倉というときにゃ、ふんどしをしめてかからにゃだめさ！』ニコライにはこの犬と顔つきが、こう言っているように思われた。

その後しばらくたってから、伯父さんがそばへ寄って話しかけたとき、ニコライは伯父さんがああいう場面を展開したあとだのに、すすんで自分に言葉をかけてくれたことにたいして、たまらなくうれしい気持になった。

## 7

夕方イラーギンが別れを告げたとき、ニコライは自宅からひどく遠いところへ来ていることに気がついた。そこで彼は、伯父さんが勧めるままに、猟を切りあげて伯父さんの所有するミハイロフカ村で夜食をご馳走《ちそう》になることにした。

「これであんたたちがちっと寄っていっておくんなさると、それこそほんとに素敵なんだけどなあ！」と伯父さんは言った。「ほら、見なさい、妙にじめじめする天気でがしょうがな」伯父さんは語をついだ。「だによって、拙宅《うち》でちょっと一服してさ、そしてお嬢さんを馬車で送りとどけるほうが上分別だてば」伯父さんの提議は入れられた。一人の猟師がオトラードノエ村まで馬車を回させにつかわされた。そしてニコライは、ナターシャとともに、伯父さんの家へ寄った。

大小とりまぜ五人ばかりの下僕が、正面玄関へ走りでて主人を迎えた。同時に、老若大小とりまぜて、何十人もの下婢《かひ》が裏口から立ち現われ、馬を乗りつけた客人たちを見物しはじめた。ナターシャという女性――騎馬の令嬢――のいることが、召使どもの好奇心を極度にあおり、その結果、多くの連中が、彼女に気がねもせずに、ずかずかとそばへ近よって、じろじろと顔をのぞきこみ、そして何と批評されても馬耳東風、理解しえない、人間ではない奇妙な見世物かなんぞのように、彼女の鼻の先で、しゃあしゃあと当人の批評をやってのけるまでになった。

「アリーンカ、見てみなよ。横向きに乗っていっから！　ちょこなんと乗っている、そして服の裳裾《もすそ》がひらひらしてるよ！……あれ、角笛まで持っているてば！」

「まあ、短刀まで……」

「まるでタタールの女だねし！」

「お前さん、よくでんぐり返らなかったねし！」なかでもいちばん勇壮活発な女が、臆面もなくナターシャに向かってこう言った。

伯父さんは鬱蒼とした庭木に囲まれたちんまりとした木造家屋の玄関わきで馬をおり、召使どもを見まわして、用のないやつらはここをどいて、お客さまがたや猟犬どもを迎えるのに必要な手配をしろと、押しかぶせるような態度で命令した。僕婢《ぼくひ》たち一同は四散した。伯父さんはナターシャを馬からおろし、手を引いて、入口のぐらぐら揺れる板張りの階段をあがった。——漆喰《しっくい》の塗られてない、丸太を組んだままの四壁のむき出しになった屋内は、あまり清潔とは言われなかった。……ここに居住する人たちの目的が家を汚さないことにあると思われなかったが、しかし、そうかといって、やりっ放しというふうにも見えなかった。玄関内には瑞々しい林檎《りんご》の香りがただよい、狼や狐の毛皮が壁に掛かっていた。

伯父さんはまず玄関わきの控室を通りすぎて、折り畳み式のテーブルとマホガニイの椅子とを配置した、ちんまりとした応接室に客人たちを導き、それからさらに、白樺《しらかば》の円テーブルとソファーとのある客間を通り、そして最後に、破れたソファーや、すりきれた絨毯や、スヴォーロフ将軍の肖像や、この家の主人の父母の肖像や、主人公自身の軍服姿の肖像などを飾った書斎へ招じ入れた。書斎へはいると、煙草の香りと犬のにおいが猛烈に鼻をうった。伯父さんは客人たちを書斎へ招じ入れると、さあどうかお掛けくだされ、お宅にいらっしゃるように自由にくつろいでくださいと言って、自分はそのまま引き退った。まだブラシをかけてもらわないルガーイが書斎へ入ってきて、ソファーの上へ寝そべり、舌と歯を働かせて、汚れた身体の掃除をやりだした。この部屋の出口は廊下に通じており、張り絹の破れた衝立《ついたて》が置かれてあった。衝立の向うから女の笑い声と、ひそひそささやきかわす声とがもれ聞こえた。ナターシャ、ニコライ、ペーチャの三人は、上衣を脱いで、ソファーに腰をおろした。ペーチャはそこに頰杖《ほおづえ》をつき、そしてすぐに寝入ってしまった。ナターシャとニコライは黙々として坐っていた。二人の顔は燃えていた。二人とも猛烈にひもじかったが、同時に素晴らしく愉快だった。二人は顔を見合わせた。狩猟を終え、室内へはいったあとなので、ニコライはもう妹にたいして、男性としての自己の優越を見せつける必要を認めなかったのである。ナターシャは兄にウインクして見せた。そして二人の兄妹は、ふき出すきっかけを考えつく暇もなく、もうがまんがしきれなくなって、大声をたてて笑いだした。

ほどなく伯父さんが、コサック服に水色のズボン、半長靴《はんちょうか》という服装でやってきた。同時にナターシャは、伯父さんがオトラードノエ村へやってきたとき、驚きと嘲笑の眼で自分が見おろしたこの服装を、燕尾服にもフロックにも一点劣るところのない、立派な服装だと感じたのである。伯父さんも上機嫌だった。彼は兄妹二人の高笑いに気を悪くしないばかりか（自分の生活を笑う者がありうるなんて、思いもよらぬことだったので）、いわれのないその笑いに、自分も仲間入りをしたのである。

「いよう、さすがは伯爵家の若いお嬢さんだけある――豪気《ごうき》なもんだねい！　こんげな豪気なお嬢さんは、かつて見たことがありませんわい！」吸口の長いパイプをニコライにわたし、短くずばりと切り落とされたいま一本のほうを、馴れた手つきで三本指のあいだにはさみながら伯父さんはお世辞を言った。

「いやまったく、終日馬を乗りまわしてからに、男にもまさるような働きをしていながら、どこを風が吹くというように、平然としていなさるところなんか、まったく見あげたもんだて！」

伯父さんが入ってくるとまもなく、また何者かが戸をあけた。足音から判ずるに、どうもはだしの娘らしく思われたが、しかしいろんなご馳走を並べたお盆を捧げて入ってきたのは、丸々と肥えた、林檎のような頬をした、器量のいい、顎が二重にくくれて赤い唇のふくよかに盛りあがった、四十前後の女であった。彼女は眼つきや動作の一つ一つにいかにも客あしらいのよさそうな感じの鷹揚《おうよう》さと魅力とをたたえて、客人たちを一わたり見まわし、にこやかな笑みを浮かべてうやうやしく会釈した。十人なみ以上に肥満しているために、胸と腹とが自然前のほうへ張りだして、首がうしろのほうへ引かれ気味になっているのだが、それにもかかわらず、この婦人（伯父さんの家政婦）は、素晴らしく軽快に歩を運んだ。彼女はずかずかとテーブルのわきへ歩みよって、盆を置き、白いぽちゃぽちゃと肉のついた両手で、酒壜や酒の肴《さかな》やいろんな馳走を取りだして、卓上へ並べたてた。それがすむと、彼女は食卓をはなれ、微笑を浮かべて戸口に立った。『はい、ここにいるわたし、このわたしは伯父さんの彼女なんですよ！　こう言ったら、伯父さんって人がおわかりになったでしょ？』この婦人の出現はニコライにこう告げたも同然であった。事実、わからずにはいられなかった。ひとりニコライのみならず、ナターシャまでが、この家の伯父さんの人となりを解し、このアニーシャ・フョードロヴナが入ってきたときに伯父さんが眉をしかめて得意そうな微笑に口辺をゆがめた意味も悟ったのである。盆の上には薬草酒、果実酒、きのこ、ミルクをふんだんに使ったライ麦粉のビスケット、巣にはいったままの蜂蜜、とっくりと煮こんだふつふつと泡の立つ蜜、林檎、生のと焙《あぶ》ったのと二種の胡桃、蜜につけた胡桃、などが載せられてあった。それからさらにアニーシャは、蜜と砂糖を台にした二種のジャム、ハム、焼きたてのほやほやの鶏肉などを持ちこんだ。

これらはすべてアニーシャが材料を集めて煮たり焼いたりした料理だった。どの品物にもアニーシャの息がかかっており、どの品物もアニーシャの匂いと味とを持っていた。何から何まで豊饒《ほうじょう》な汁気と、清潔さと、むっちりとした白い感じと、気持のいい微笑の気分とを発散した。

「さあ、お嬢さま、どうかおあがりなすってくださいませ」ナターシャにあれやこれやといろんな馳走をすすめながら、彼女は言った。ナターシャは出された品を全部たいらげた。こんな素敵なビスケット、こんなおいしいジャム、こんな素晴らしい胡桃の蜜《みつ》漬《づ》け、こんなおいしい鶏《とり》の焼肉は、いまだかつてどこでも食べたことがないばかりか、見たことさえもないように思われた。やがてアニーシャは出ていった。ニコライと伯父さんとは、桜桃酒をちびりちびりやり、晩餐を喫しながら、過去や将来の猟のこと、ルガーイのこと、イラーギンの猟犬のことを話し合った。ナターシャはいきいきと眼を輝かせながら、ソファーの上に正坐して、二人の話を聴いていた。彼女は何か食べさせようと思って、何度もペーチャを揺り起こしにかかった。が、ペーチャはどうしても眼がさめないとみえて、何やらわけのわからぬことをつぶやくばかりだった。ナターシャはひどく気が浮き浮きした。自分にとって新しいこうした環境に身をおくことが、たまらなく面白かった。そこで彼女は、あんまり早く迎えの馬車など来てくれなければいいと思い、ひたすらその一事が気がかりだった。はじめて自宅へ知人を招待した場合、ほとんどいつも彼らのあいだに見られる慣《なら》わしで、このときにもやはり、ひょいと沈黙が訪れた。そのあとで、伯父さんは、客人たちの心に浮かんだ思いに答えて、こう言った。

「まあわしはな、わしはこういう行き方で一生を送りますわい……ころりと死ぬ……あとには何にも残らない——いや、それで結構さ。いやまったく、罪を犯すにはあたりませんて！」

こう言ったときの伯父さんの顔はじつに無量の意味をたたえ、美しくさえ眺められた。ニコライはそれと同時に、父や近所の人たちから日ごろきかされているこの老人のいい評判を、すっかり思いおこさずにはいられなかった。伯父さんはこの近郷近在で、きわめて上品な、無欲の変り者という、評判をとっていたのである。人々は彼を招待して家庭内のごたごたを裁いてもらったり、遺言の執行者に選定したり、いろんな秘密をきいてもらったり、判事その他の官公職に選挙したりした。けれども彼は公職を固辞し、春と秋とは例の栗毛に乗って野で過ごし、冬は屋内にとじこもり、夏はぼうぼうと草の生い茂った自宅の庭で、青天井を仰ぎながら寝てくらすのであった。

「なぜ官途におつきにならないんです、伯父さんは?」

「官途についてもみましたけんどな、わしゃやめてしもうたんです。わしらには不向きですよ。いや、まったくの話が、わしらには全然埒があかねえ。ああいうのはありゃ、あんたらの仕事で、わしらは知恵がかったるいのでね。しかし、話は別だが、猟ときたら、こりゃまったく別問題でな、——こいつはふるいつきたいような楽しい仕事だ! おい、戸をあけなさい」と彼は叫んだ。「何でしめたんだ?」廊下(伯父さんはこれをこの辺の百姓流におうかと発音した)のはずれにある戸口は、『狩猟の間』へ通じていた。猟師たちの溜《たま》りをこう呼んでいるのであった。ぱたぱたという忙しげなはだしの足音がして、眼に見えないだれかの手が、狩猟の間の扉をあけた。あきらかにその道の名手とおぼしい人の奏《かな》でるバラライカの音が、廊下からはっきり流れてきた。ナターシャはとうからこの音に耳を傾けていたのだが、もっとはっきり聴くために、このとき廊下へ出ていった。

「うちのミーチカが、あの馭者《ぎょしゃ》のやつが、弾いているんですよ……上等のバラライカを買《こ》うてやったでがす。じつに好きですけんな、あの音色が」と伯父さんは説明した。伯父さんのところでは伯父さんが猟からもどってくると、狩猟の間でミーチカがバラライカを弾くというしきたりになっていた。伯父さんがこの楽の音をきくのを好んだからである。

「じつにいいですね、まったく素敵だ」この楽の音の自分にとってたまらなく快適なことを白状するのが、まるできまり悪くでも感じられるかのように、知らずしらずいくぶんぞんざいな態度になって、ニコライは言った。

「どんなに素敵だとおっしゃるの？」兄が今いった言葉の調子を早くも感知して、なじるような態度でナターシャはきき返した。「素敵だなんて言っただけじゃ足りませんわ。たましいが中天に舞うような美妙さですわ」ナターシャには、伯父さんの家のきのこや蜂蜜や果実酒が、この世の最上の美味と思われたように、このバラライカの歌曲もまた、音楽美の極致と感じられたのである。

「もっとやってよ、たのむからもっとやってちょうだい」バラライカの音がやむやいなや、ナターシャは戸口に向かってこう言った。ミーチカは調子をととのえ、ふたたび巧みに、緩急自在に音波をたてながら、『奥さま』［有名なロシア民謡］の歌曲をやりだした。伯父さんはあるかないかの微笑を浮かべながら、首をかしげて、じっと端坐して聴き入った。『奥さま』の歌曲は百遍も繰り返された。ミーチカは何度も調子を直した。そしてまた同じ曲節が奏された。しかも聴き手のほうはあきないばかりか、もっともっと聴き入りたい気持になるのであった。アニーシヤが入ってきて、ぽちゃぽちゃと肥ったからだを戸口の柱にもたせるようにした。

「お聴きになっていなさいますの？」と伯父さんのそれに生き写しの微笑を見せて、彼女はナターシャに言った。「うちのあの男は、そりゃバラライカがうまいんでございますの」こう彼女は付言した。

「おっとと、あそこのところがどうも違うな」ふいに力強いジェスチュアを見せて、伯父さんが言った。「あそこは波の砕けるような音色でなけりゃならん――いやまったく――波の砕け散るような……」

「まあ、おどろいた、伯父さんもおできになるんですか？」とナターシャがたずねた。伯父さんは返事をせずに、にっこりと笑った。

「おい、アニーシヤ、ギターの弦がだいじょうぶかどうか見て来てくれや。もう手にしなくなってからだいぶたつからなあ――いやまったく！　おれはふっつりとやめていたで」

アニーシヤは重ね返事で歩みも軽く主人の命を果たしに出てゆき、まもなくギターを抱えてもどって来た。

と、伯父さんは、だれの顔にも眼をやらずに、ふっと埃《ほこり》を吹き払い、骨ばった指でギターの胴をポンポンとたたき、調子をととのえると、肘掛け椅子の上で居住いをただした。そして多少芝居がかった身振りよろしく、ぐいと左の肘をうしろへ引き、ギターの首より上のあたりを持ち、アニーシヤにウインクして、では始めますという意を伝え、さておもむろに弾きだした。けれどもそれは『奥さま』ではなかった。彼はよくひびく澄みに澄んだ和音をたてると、やがて正確な、落ち着いた、しっかりとした調子で、静かなテンポで、有名な『舗装道路を行く』の歌曲を弾きはじめた。と、この歌曲は、アニーシャの全存在が発散しつつあったあの端正な節度をわきまえた喜悦感とぴったり一つに拍子をあわせて、ニコライとナターシャのたましいの奥でも高鳴りはじめた。アニーシャは赤く上気して、ハンカチで顔を隠し、笑いながら部屋を出た。伯父さんはアニーシャが去ったあとの空席を、まるで別人のように一変した霊感にみちた眼ざしで見つめながら、純一な、一生懸命な、力のこもったしっかりした態度で弾きつづけた。白髪でおおわれたその顔の一部が、かすかにかすかに笑っていた。ことに歌曲が調子づき、タクトが急テンポになり、急霰《きゅうあられ》の降下するような曲節の部分で、何ものかがプツリと切れるような感じになるときには、笑いはとくに明るさをました。

「まあ素敵だこと、素晴らしいわ、伯父さん、もっとよ、もっとやってよ！」伯父さんが弾きおさめるやいなや、ナターシャは大声でこう促した。彼女は腰掛けから飛びおり、伯父さんを抱きすくめて、接吻した。「お兄さま、お兄さま！」兄のほうを顧みて、まあ、一体どうしたんでしょう？　とたずねるような色を見せながら、彼女はさらにこう叫んだ。

ニコライもやはり伯父さんのギターが大変好ましく思われた。伯父さんはあらためてまた今の歌曲を弾奏した。微笑にほころびたアニーシャの顔がふたたび戸口に現われた。彼女の背後からさらに第二、第三の顔が咲きそろった……『冷たい泉の向う側で、待って、と娘が呼びかける』と伯父さんは弾きつづけ、または急霰の降下するような、もしくは早瀬の流下するような、美妙な曲節を生みだして、ぴたりとやめて、肩を揺すった。

「もっとやってよ、伯父さん、もっと弾いてきかせてよ!」まるで自分の生命がこのギターの音に左右されているかのように、哀願するような語調でナターシャは言った。伯父さんは立ちあがった。まるで彼の内部に二人の人間が宿り住んでいるようだった。――その一人はいま一人の剽軽者《ひょうきんもの》を見おろして、まじめな笑顔を見せている。そして当の剽軽者は、ダンスの前の下準備らしい、無邪気ながらも正確な、身振りをするのである。

「さあ、それじゃお嬢さん!」と伯父さんはギターを弾くのをぷつりとやめ、その手を、ナターシャのほうへさっと振って促した。

ナターシャは肩にかけていたスカーフを脱ぎ捨て、伯父さんのほうへ駆けだして、両手を腰にあてがい、左右の肩を軽く揺すると、しゃんとダンスの姿勢に立った。

フランス移民の女家庭教師に教育されたこの伯爵令嬢は、自分の呼吸しているロシアの空気のなかから、いつ、どこで、どんな要領でこの気合いを会得したのだろう? もうとうの昔に『ヴェール踊り』に追い出されてしまったはずのこうした態度を、彼女はどこから体得したのか？　が、こうした気合いや態度は、模倣することも、習得することもできない、純ロシア的のものであった。そして伯父さんは、彼女にこれをひたすら期待していたのである。彼女がしゃんと立ち、勝ち誇るような、傲然とした、いくぶん狡猾《こうかつ》そうな感じのする快活さの横溢《おういつ》した微笑に顔をほころばせると同時に、それまで、つねにニコライをはじめ、そこに居合わせた一同をとらえかけていた不安――何かヘマなことをしやしないかという不安――は、跡形もなく消えさった、そして彼らはもう、彼女の姿に陶然と見惚《みほ》れたのである。

彼女は伯父さんはじめ一同の期待したことを、じつに正確に、寸分の狂いなくなし遂げた。その手のうちがあまりにも正確だったので、彼女の所作に必要なスカーフをすぐに差しだしたアニーシヤのごときは、楚々とした優美な令嬢の姿を眺めながら、笑い泣きの涙を見せたほどだった。自分などとは別世界の住人にひとしい、絹布ずくめビロードずくめで生いたったこの伯爵家の令嬢が、自分にも、自分の父にも、伯母にも、母にも、――その他あらゆるロシア人の内部にあるものを、全部ぴたりと理解してくれたこと、――アニーシヤにはそれがうれしくてうれしくてたまらなかったからである。

「いや、お嬢さん、こりゃまったく大出来、大出来！」踊りおえると、伯父さんは、うれしそうに笑いながら言った。「いやまったく、素晴らしい姪ごさまだ！　もうこの上は、立派な殿さまをお婿どのにさがして進ぜるだけのことだ――いやまったく！」

「もうそれは選定ずみです」とにこにこ顔でニコライが横合いから口を出した。

「おお！」伯父さんは意外そうな声を放ちながら、ほんとかね、と言いたげな眼つきでナターシャを見つめた。ナターシャは、幸福そのもののような微笑をたたえて首を縦に振った。

「おまけにそれは素晴らしいおかたよ！」と彼女は言ったが、こう言ったとたんに、さらに別の新しい一連の思想感情が、彼女の胸にむくむくと湧きおこった。『もう選定ずみです！と言ったときに、お兄さまはお笑いになったけれど、あれはどういう意味かしら？お兄さまは喜んでいらっしゃるのだろうか、それともそうじゃないのかしら？お前のアンドレイはわれわれのこうした喜びを解さないだろう、認めようとしないにちがいない。――なんだかお兄さまは、そんなことをお考えになっていらっしゃるようだ。でも、そんなことはありやしない、あのかたはすっかり理解してくださるにちがいない。今ごろはどこにどうしていらっしゃるかしら！』とナターシャは思った。彼女の顔はふいに厳粛になった。けれどもそれはほんの一瞬間持続したにすぎなかった。『ああ、そんなこと考えちゃいけない、そんなふうにお兄さまを思ったりしちゃ罰があたる』こう彼女はわれとわが心に言って、ふたたび微笑を浮かべながら伯父さんのそばに腰をおろして、もっと何か弾いてくれと所望した。

伯父さんはさらに民謡とワルツを弾奏した。それから、しばらく口をつぐんだあとで、ごほんごほんと咳払いをして、さておもむろに、十八番の猟師の唄をうたいだした。

昨日の晩から粉雪が
ああら、目出度や、降ったので……

伯父さんはうたった。一般大衆は、俚謡《りよう》の価値は全部唄の文句に含まれているので、節まわしなどというものはひとりでに湧いてくるものだ、節まわしなどというものが独立して存在するわけがない、そんなものは調子をよくするためのものにすぎないといったような、罪のない確信を十分に抱いてうたうのだが、伯父さんもまさにそれと同じだった。じつにこれがあるために、そうした無意識の節まわしが、伯父さんの口をついて出た場合にも、小鳥の唄と同じように、異常な美妙さを見せるのだった。ナターシャは伯父さんの唄をきいて魂のとろけるような感激の波にまかれた。もうハープなどお稽古《けいこ》するのはよしちまって、ギターだけ専心に弾くことにしよう。ナターシャはこう思い決めた。彼女は伯父さんにねだってギターを借り、そしてすぐ、唄にあわせて弦をかき鳴らした。

十時近いころ、若主人の一行をさがし出すためにつかわされた乗馬の男三名と、有蓋《ゆうがい》の大型馬車と、一頭立ての小型の馬車とが、ナターシャとペーチャを迎えに到着した。使いの男の話によると、老伯爵夫妻は子供たちがどこにいるか見当がつかないので、ひどく案じているとのことであった。

ペーチャはまるで死骸のように正体なく、大型馬車のなかへ運びこまれた。ナターシャとニコライは小型の馬車に乗った。伯父さんはナターシャに暖かく外套や何かを着せかけてやり、まったく新しい優しさをこめて、彼女と別れの挨拶をかわした。伯父さんは徒歩で一行を橋のたもとまで見送った。その橋は狭くて馬車の一行は渡ることができず、回り道して浅瀬を渡らなければならなかったので、彼は自分の猟師たちに、提灯を持って、先に立って道案内をせよと命じた。

「そんじゃさいなら、お嬢さん!」暗闇のなかから彼の声――ナターシャが前から知っていたそれではなく、『昨日の晩から粉雪が』をうたったあの声――が、こう叫ぶように大気を裂いた。

一行の乗りすすむ村内には、赤い灯影《ほかげ》がちらほらと見え、楽しげな感じに煙がにおった。

「なんていい人でしょうね、あの伯父さんは!」一行が本街道へ出たところで、ナターシャは言った。

「そうだね」とニコライは言った。「そりゃそうと、寒くないかね?」

「いいえ、ちっとも。あたしなんとも言えないいい気持、たまらなくいい気持よ、お兄さま。ほんとにいい幸福な気持ですのよ」自分ながら不思議だといった調子でナターシャは言った。二人はしばらく黙しつづけた。

妙に湿っぽい暗い夜であった。馬の姿さえ見えなかった。眼に見えぬ泥濘《ぬかるみ》をぴちゃぴちゃと踏む馬蹄の音が聞こえるのみだった。

人生におけるさまざまのあらゆる印象をとらえて貪《むさぼ》るように吸収する、この感受性のつよい無邪気な乙女の魂に、どんな現象が起こったのだろう？　かくも多種多様の印象が、どうして全部彼女の胸に、たたみ込まれてしまったのだろう？　が、とにかく彼女は幸福だった。じつにじつに幸福だった。もう自宅間近まで来たところで、彼女はふいに『昨日の晩から粉雪が』をうたいだした。――彼女はその節を道中ずっと心のなかでたどりつづけ、そしてついに会得したのである。

「いよう、憶えたね？」とニコライは言った。

「ねえ、お兄さま、お兄さまは今どんなことをお考えになっていらしたの？」とナターシャはふいにたずねた。彼ら兄妹はこういう質問を発し合うのが好きだった。

「僕かい？」とニコライは、はて、どんなことを考えていたっけと思いながら、こう言った。「うん、そうそう、あのね、僕はなんだよ、まずあの赤犬のルガーイのやつが、伯父さんによく似ているなあと思ったのだ。あれがもし人間なら、きっといつまでもあの伯父さんを飼っておくにちがいない。猟をさせることが目的でなくとも、あのギター一つで、きっと自分のところに引きとめておくに相違ない。――

まあこんなことを考えていた。だって、じつに円満な好人物だからねえ、あの伯父さんは！　そうじゃないか。そりゃそうと、お前はどんなことを考えていたの？」

「あたくし？　そうね。ちょっと待ってちょうだい。ああ、そうそう、わたしははじめしばらくのあいだ、こんなことを考えていましたの、あたしたちは今こうやって馬車に乗って、家へ帰ってゆくつもりでいるけれど、その実こんな真っ暗闇だもの、どこに行くのかわかりやしない、とっとと馬車を駆ったあげく、いよいよ着いてみたところが、そこはあたしたちのオトラードノエ村じゃなく、魔法の国だった、なんてことになるんじゃないかしら？——そんなことを考えていましたのよ。それからまだほかにも、あたしこんなことを考えましたわ……あら、いいえ、もうあたし、ほかには何にも考えませんでしたわ」

「わかっているよ。大方、なんだろう、彼のことを考えていたんだろう？」とニコライは、ナターシャが語調によって知ったところによると、微笑に顔の相好を崩しながら、こう言った。

「嘘、嘘、嘘よ、お兄さま」実を言うと、今言ったようなことと同時に、アンドレイ公爵のこと、あの伯父さんがあのかたに好感を持ってくれるといいがなあ、ということだのを、しきりと考えていたくせに、ナターシャはこう答えた。「ああ、それからさらに、道中ずっと、あたくし心のなかで繰り返していましたのよ。あのアニーシャの態度はじつに立派だった、ほんとによかった、——たえずこう繰り返していましたわ」とナターシャは言った。ニコライは彼女のよくひびく、故知れぬ、幸福そのもののような笑い声を聞いた。

「ねえお兄さま」ふいに彼女は言いだした。「あたしちゃんと承知してますの。もうあたくしこれから先、今のような落ち着いた、幸福な姿になることはない、そう思いますのよ、あたくし」

「何だ、くだらない。他愛もないことを、馬鹿言っちゃいかんよ」とニコライは言った。そして心のなかで、『このナターシャっていう妹は、じつに可愛らしいやつだなあ！ 僕はこんな親友を一人も持たないし、これから先だってこんな親友はできないにきまっている。ああ、ほんとに、なぜ、妹はお嫁になど行かなければならないのだろう？ こうしてずっといつまでも、一緒に馬車に乗っていたいがなあ』とこう思った。

『なんて素晴らしいおかただろう、あたしのお兄さまは！』とナターシャも思った。「あら！ まだお客間に明りがついていますわ」と彼女は言った、しっとりと湿ったビロードのような夜の闇に美しく光る、わが家の窓を指さしながら。

## 【ダイジェスト】

### 大舞踏会（承前）［第二部第四編8〜11］

ロストフ老伯爵は貴族団長を辞めた。それはこの名誉職があまりにも厖大《ぼうだい》な出費をともなうからだった。が、そうしたところで、財政はすこしも楽にならなかった。生活はすこし地味になったけれども、オトラードノエの邸宅も離れも相も変らず来訪者で一杯で、以前と同じく、数えきれぬほどの猟犬、五十頭の馬と十五人の馭者、はなばなしい宴会、カルタ会がひらかれた。こういうものを除いた生活を伯爵夫妻は考えることができなかったのである。

伯爵夫人の考えでは、家の財政を回復するただ一つの方法は、ニコライが裕福な令嬢と結婚することであった。そして、わが子とソーニャの間に、ちかごろはっきり認められるようになった仲の好さを、悲しみをもって、どうかすると強い怒りをもって見ていた。夫人は、皮肉な言葉で、身寄りのない孤児をいじめずにはおれなかった。夫人がソーニャに腹を立てる第一の理由は、この黒目の美しい娘が、いたっておとなしく、伯爵夫妻に心底からの感謝の念をもっていること、つまり非難のしようがなかったからである。

クリスマスの夜、ロストフ家の若い人たちは、思い思いに仮装して橇にのりこんだ。別な橇には仮装した召使たちがのって続いた。

ふくらませたスカートをはいた老婦人はニコライ、トルコ少女はペーチャ、軽騎兵はナターシャ、そしてチェルケス人はソーニャで、彼女はコルクの焼いたので口ひげや眉をかいていた。一同は明るい月光に照らされて明るい雪の平野に、楽しげな鈴の音をひびきわたらせ、追いつ追われつ橇を走らせた。

ついさっきまでアンドレイの不在から来る退屈のために「わたしあの人がいるの、いますぐいるの」と母の前で泣いていたナターシャが、一番最初にお祭らしいうかれ調子になった。その陽気さはたちまち次から次へと伝わりながら、若い人たち全部をさわがしくした。ニコライは、時々ソーニャの方を振り返って、その顔を見分けようとかがみこんだ。コルクでかいたひげや眉が、よく似合い、彼女に新しい美しさを与えていた。『今夜をのがしたら自分の運命が決せられる時はない』と内心の声がささやいたので、いつも臆病で遠慮がちのソーニャが、今夜は、誰よりも生きいきとしていた。

隣り村の女地主の家で、娘たちと踊ったり、ルーブル銀貨遊びをやったり、料理を食べたりした。あるオールド・ミスがクリスマスに納屋《なや》でする占いの話をした。納屋のそばへ行き、じっと耳をすまし、釘をうつ音がしたら凶で、穀物をまく音がしたら吉だというのだ。ソーニャは立って、ひとり外へ出ていった。ニコライはいそいで先まわりした。

納屋の丸太も屋根も、まるで何かの宝石できざまれたように、月光の下にきらめいていた。むこうからソーニャが歩いてきた。華奢な靴が雪を鳴らしている。ニコライは顔じゅうに月光を浴びている彼女の外套の下に手をいれ、強く抱きしめながら唇に接吻した。

「ソーニャ」「ニコライ」二人はただこう言ったばかりであった。

クリスマスがすむとニコライはソーニャへの愛を両親に打ち明けた。

## 駆け落ち ［第二部第四編13、第五編6〜22］

母は、前から予期していたことで驚きはしなかったが、そんな結婚には反対だし祝福をあたえるわけにはいかないと言った。父は、思いきりわるく決心をひるがえすようにとすすめた。ニコライは、一度誓った言葉を曲げることはできぬと言い、父伯爵は、息子に裕福な嫁をという自分の希望が、そもそも自分のだらしなさから家政が乱れたためと考えていたので、わが子を責める気になれなかった。

二、三日たって、伯爵夫人はソーニャを呼び、息子をそそのかした恩知らずといって、夫人自身も思いがけなかった残忍な調子でなじりたてた。ニコライは母と喧嘩になり、ナターシャが間に入って双方をなだめた。けっきょく、ニコライは母からソーニャをいじめないという約束を、母はニコライから隠れて何もしない約束をとって、一応の和解ができた。

老伯爵は、乱れきった家政の整理のためにモスクワに行く用事があり、ナターシャとソーニャを連れて立った。モスクワのロストフ邸は暖炉を焚《た》いていなかったので、例のモスクワ社交界の龍といわれるアフロシーモワ夫人の家に一同は泊ることにした。

アフロシーモワは、無骨だが愛想よく一同をむかえいれた。彼女はナターシャの嫁入り衣装の注文を一手に引き受けた。モスクワの一流の洋裁店は、この社交界の龍をおそれていたので、少しでも早く店から出てもらいたい一心で、いつも損をしてまで値をまけるのだった。

彼女は、折からモスクワに来ている「ボルコンスキイの頑固爺《じい》さん」に敬意を表するようにと、老伯爵に言った。

翌日ロストフ伯爵はナターシャを連れて、ボルコンスキイ公爵邸に出かけた。親子が公爵邸の玄関で取り次ぎをこうたとき、召使のあいだで何かごたごたがおこった。侍僕らが何度も出たり入ったりしたのち、やっと老公爵は面会できないけれども、令嬢が居間でお目にかかるからという返事をもってきた。

マリヤは興奮した顔面に赤いしみをうかべ、重々しく足をならしながら駆けだしてきた。一目で彼女はナターシャが気に入らなかった。あまりに派手で、軽薄なほど快活で、虚栄心の強い女に思われたのである。マリヤは、未来の兄嫁を見ぬ前から、その美しさや、若さや、幸福に対する心にもない羨望と、兄の恋に対する嫉妬《しっと》のために、自分がナターシャに反感をいだいていることを知らなかった。それればかりでなく、ロストフ親子来訪の取りつぎを聞いたとき、老公爵が、「そんなものに用はない、マリヤが会いたいならそれは勝手だが、自分の部屋に通すことはならぬ」とどなったので、父がどんなとっぴな行動に出るかと、余計気持が落ち着かなかったのである。

ロストフ伯爵が席をはずしたので、ナターシャはマリヤとブリエンヌと向かい合った。ナターシャは玄関で長く待たされたことや、マリヤの不自然な調子に侮辱を感じて、何もかも不愉快であった。

そこへ足ばやな靴音とともに、寝巻姿の老公爵が入ってきた。

「ああ、お嬢さん、伯爵令嬢……ロストフ伯爵令嬢、たしかそうでしたな……いや、ごめんください。じつはご来訪の栄をたまわったことを知らなかったものですから、こんな恰好で失礼しました」そして、ナターシャを頭のてっぺんから足の爪先まで、じろじろと見まわしたのち、ぷいと出て行った。

ナターシャとマリヤは、無言でにらみ合っていた。二人が言うべきことを言わず、無言で眺め合っていればいるほど、相手をきらう心がつのってきた。ナターシャは、自分をこんなばつの悪い立場に立たせて、アンドレイ公爵のことを一言も言わずに、苦しい三十分をすごさせた、このかさかさとした老嬢をほとんど憎んでいた。

『だって、こんなフランス女のいる前で、わたしの方から、先にあの人のことを言い出せるはずがないじゃないの』とナターシャは考えるのだった。

やがて伯爵が帰ってきて、親子は暇《いとま》を告げた。マリヤは急ぎ足でナターシャに近づき、その手を取った。

「ナターシャさん、わたしは兄がこういう幸福を発見したのを、嬉しく思っています……」

マリヤは自分が嘘を言ったと感じ、言葉をとめた。ナターシャはこれに気がついて、その原因を察した。

「わたし、今はそんなお話をする時でないと思いますの」ナターシャは喉《のど》もとに涙がこみあげるのを感じた。

この晩、ロストフ一家は、アフロシーモワ夫人が手に入れてくれた切符で、オペラに出かけた。

ナターシャは行きたくなかったけれど、とくに彼女のためにはからってくれたアフロシーモワ夫人の好意を無にするわけにはいかなかった。着替えをすまして、大きな鏡にむかいながら、自分の美しさを見て、強いさびしさをおぼえた。そのさびしさには甘美な恋心がまじっていた。

『あの人の、お父さまや妹さまなどに何の用があるものか。わたしはあの人が好きだけれども、あの人のことはしばらく忘れよう。この待ち遠しさはとてもやりきれないわ』彼女は泣くまいと努力しながら、鏡の前を離れた。『それにしても、どうしてソーニャは、あんなに静かに、ニコライを愛することができるのかしら』ソーニャを眺めながら、ナターシャは考えた。『いや、あの人はまるっきり別なんだ。わたしにはとてもできやしない』

ロストフ家の三人は一階桟敷《さじき》に入った。ソーニャはしきりに見物席を見ながらナターシャの注意をうながしていた。その中に金持の令嬢ジューリイ・カラーギナと坐っているボリースの姿も見えた。要領のよいボリースはかつてナターシャに約束したことなどさっぱり忘れ、ジューリイとの有利な結婚のほうをえらんだのだった。

土間の真ん前には、暴れ者のドーロホフがペルシャ服姿で立っていた。彼はピエールとの決闘後ペルシャの方へ亡命していたが、こんどロシアに帰ってきて、アナトーリ・クラーギンと並んで、モスクワえりぬきの若紳士たちの中心になっていた。

隣の桟敷に、髪を大きく束ねた、背の高い美しい婦人が入ってきた。ナターシャは思わずその肩や真珠や髪に見とれてしまった。それはピエールの妻エレンだった。社交界の人々を残らず知っているロストフ伯爵は、エレンに話しかけた。ナターシャは、自分自身も美しく、人々の関心をひいているのを知っていたがエレンにはかなわないと思った。

もう幕が開いてから、ロストフ家の桟敷に近い土間の戸がきしんで、男の足音がした。それはエレンの兄、アナトーリであった。彼は妹の桟敷の縁に手をかけ、ナターシャをちらとみて、何やらエレンに尋ねた。

「実にかわいい」と彼はささやいた。

ナターシャはその声を聞かなかったが、唇の動きを見て、自分のことを言ったのだなとさとった。やがて、彼は前のほうに進み、ドーロホフのそばに腰をかけた。

序幕が終り、ボリースがロストフ家の桟敷へやってきた。彼は結婚式に列してもらいたいというジューリイの頼みを伝えて、出ていった。アナトーリはこの幕間《まくあい》のあいだ、ドーロホフとともに舞台はしに立ち、ナターシャの方を眺めていた。自分のことを話していると思うとナターシャは嬉しかった。

二幕目の始まる前、ピエールが姿を平土間に現わした。彼はうかぬ顔をしていたが、ナターシャを見ると急に元気づいて、椅子のあいだをいそいそとやって来た。

二幕目が終ったとき、エレンはロストフ伯爵に向かって、ナターシャと近づきになりたいから自分の桟敷へよこしてくれと、愛想よく頼んだ。ナターシャは、席を立って、まぶしいようなベズウーホフ夫人のそばに腰をおろした。彼女はこの美しい貴夫人の讃美がうれしくて、真っ赤な顔になった。

その次の幕間に、アナトーリがエレンの桟敷に入ってきた。

「ちょっと兄をご紹介させていただきます」とエレンが言った。

近くでも、遠くからと同じように美しかったアナトーリは、もうとうからお近づきになりたいと思っていた、と言った。彼は大胆な、単純な口のきき方をしたので、ナターシャは、アナトーリが、しごく無邪気で、ほがらかな、人のいい微笑の持ち主であることがこころよかった。そして、いつも男の前で感じる羞恥《しゅうち》の念が、アナトーリに対してはわいてこないのでびっくりした。

あとのオペラ劇をナターシャはほとんど見ずにアナトーリを想っていた。

ロストフ家の三人が劇場から出たとき、アナトーリがそばへ寄ってきて、彼らの馬車を呼び、みんなを助け乗せた。ナターシャを乗せながら彼は、腕の肘より上のところを強く握った。ナターシャは興奮して赤くなり、彼の方を振りむいた。彼は目を輝かし、やさしく頰笑みながら、彼女を見つめていた。

家へ帰ってから、ナターシャは自分の身に生じたすべてのことをはっきり考えた。アンドレイ公爵のことを思いだすと、彼女ははっとした。

『ああどうしよう。わたしはもうだめだわ』と彼女はひとりごちた。『いや何もなかったのだ』と思いかえして彼女はちょっとの間安心したが、すぐその後からある本能が口を出して、じっさい何もありはしなかった、けれどもアンドレイ公爵に対する彼女の愛は、すっかり以前の純潔さを失ったとささやくのであった。

二、三日たって、アフロシーモワ夫人がボルコンスキイ老公爵のところへ、ロストフ親子の件について話しに出かけた留守に、エレンが訪ねてきて、ナターシャの美しさをほめながら、夜会に招待した。ナターシャは、社交界一流の貴夫人から言われた最大級のほめ言葉にすっかり酔わされて、招待を受けてしまった。ボルコンスキイ老公爵のもとで敗北を喫し、無口な様子で帰ってきたアフロシーモワ夫人は、エレンの来訪と招待とを聞いて、顔をしかめたが、もう約束したあとなので、仕方がない、いってらっしゃいと言った。

その夜、ロストフ伯爵は二人の令嬢を連れて、ベズウーホフ邸へでかけた。アナトーリは戸口に立って、待っていた。彼は伯爵に挨拶すると、いきなりナターシャに近よって、そのあとから歩きだした。

やがて、有名なフランス女優の詩の朗読がはじまったが、ナターシャは自分の前でおこなわれていることは何ひとつ聞かず、見ず、また理解していなかった。自分のうしろにはアナトーリが坐っている。彼女はその距離の近さを感じ、おびえたような気持で、何かを待ち望んでいた。

フランス女優の朗読が終ったので、老伯爵は辞去しようとした。彼はこの一座が、主として放埒《ほうらつ》な身持ちで知られた男女から成り立っていることを知って不安になったのである。しかし、急に思いついた舞踏会の気分をこわさないでくれとエレンが頼み、ロストフ一家は残ることにした。

アナトーリはナターシャをワルツに誘い、踊りながら彼女の胴や腕をしめつけながら、あなたはすばらしい、ぼくはあなたを愛しています、と言った。

「どうぞ、もう、そんなことはおっしゃらないでください。わたしは許婚《いいなずけ》の身で、ほかの方を愛しております」こう彼女は早口に言った。

「それがぼくにとってなんの関係があるんです。あなたがそんなに魅力のある方だからって、いったいそれがぼくの責任でしょうか」

ナターシャはこの晩のことを、何にも覚えていなかった。ただ、服のみだれをなおそうと化粧室へ行くとエレンがついていきて、笑いながら兄の恋について話し、そのあとアナトーリと二人きりになったとき、いきなり唇に接吻されたことは思い出すことができた。

「ぼくはお宅へうかがうことはできません。しかし、いったい、これきりで、あなたにお目にかかれないのでしょうか」と男が言った。きらきら光る大きな男らしい目よりほか、彼女は何も見ることができなかった。


翌朝、アフロシーモワ夫人は、ナターシャと老伯爵をそばへ招き、ボルコンスキイ老公爵を説得する自分の試みも失敗に終ったから、ひとまず用事を片付けて、オトラードノエに引きあげるようにすすめた。

「あら、いやだわ」とナターシャは叫んだ。

「いいえ、帰るんです」とアフロシーモワ夫人は言った。アンドレイ公爵が帰ってきて父親と話をつけるまで、気ながに田舎で待っている方がいいと主張した。そして手提げ袋の中から一通の手紙を出してナターシャにわたした。それは公爵令嬢マリヤからあずかってきたものだった。

「かわいそうに。あの子は、お前さんを嫌ってるように思われやしないかと、それを気にかけてるんだよ」

「ええ、あの人はわたしを嫌っているわ」とナターシャは言った。

アフロシーモワ夫人がたしなめるのもきかず、ナターシャは立った。別室でマリヤの手紙を読んで返事を書こうとしたが、昨夜の思い出が、手をにぶらせた。『そうだ。あれはみんな本当にあったことなのだ。こうなった以上、あの人の方は断らなくちゃならない』

食後ナターシャは居間にこもって、またもやマリヤの手紙を取りあげた。『本当にすっかり、おしまいになったのかしら』彼女は、以前と同じ強い力でアンドレイ公爵に対する自分の愛を思いおこしたが、同時に自分がアナトーリを愛していることも感じないではいられなかった。彼女はアンドレイ公爵の妻としての自分をまざまざ胸にえがきながら、同時に昨夜のアナトーリとの出会いを、興奮に燃える思いでもって、こまかいところまで思い浮べた。『どうしてこの二つがいっしょに得られないのかしら。二人のうち、どちらが欠けても、わたしは幸福になれない……』

このとき、一人の小間使が来て、ささやいた。

「お嬢さま、どこかの男の人が、これをお渡ししてくれと申しました」と小間使は手紙を差し出した。

ナターシャは、なんにも考えないで機械的に封を切り、アナトーリの恋文を読みはじめた。それはドーロホフが代作したもので熱烈な調子でつらぬかれていた。

「……自分はあなたを奪って世界の果てまでも連れていく」

ナターシャは二十度も手紙を読み返し、その一言一言に深い意味をもとめ、そうだ、わたしはあの人を愛していると考えた。

この夜、アフロシーモワ夫人はソーニャを連れて夜会に出かけたが、ナターシャは頭痛を口実にして家に残った。


夜おそくもどってきて、ソーニャはナターシャの部屋に入った。すると驚いたことに、ナターシャは着替えもしないで長椅子の上で眠っていた。そばのテーブルにはアナトーリの手紙がひろげてあった。ソーニャは取り上げて読みはじめた。読みおわると恐怖と気のたかぶりから真っ青になって、涙にくれ始めた。

『どうしてわたしは何にも気がつかなかったのだろう。どうしてここまで来てしまったんだろう』

ソーニャは涙をふいて、ナターシャを呼んだ。ナターシャはソーニャのただならぬ顔色を見て、「あなた手紙読んだの」とたずねた。

「ええ」とソーニャは低い声で言った。

「ソーニャ、わたしもう隠してはいられないわ。あなたもわかるでしょう。わたしたちお互いに愛し合ってるのよ。わたしがどんなに幸福だか」

「だって、どうするの。アンドレイ公爵をことわるつもり」

「そんなことどうでもいいの。この三日間でもう百年もあの人を愛してる気がするの」

「あなた、自分で何をしてるか考えてるか考えてごらんなさいよ。高潔な男の人がこんな秘密の手紙なんか寄こすかしら。わたしお父さまに申し上げてよ」ソーニャはきっぱりと言った。

「そんなことしたら、あなたはわたしの敵よ。あなたはわたしの不幸を望むのよ。もうあっちへ行って、わたし、あなたと喧嘩したくないから」ナターシャは、やけな声で腹だたしげに叫んだ。ソーニャはわっと泣き声をあげて、部屋を駆けだした。

　ナターシャはテーブルの方へ歩みより、そして一分間も考えず、朝中かかって書けなかった、公爵令嬢マリヤへの返事を書きだした。

　自分は、アンドレイ公爵が出発のさいに自由を与えてくれた、その寛大さを利用して、一切を忘れてもらいたく思う。自分はもはや彼の妻となることはできない――この瞬間、彼女には、以上のことが、いかにも簡単明瞭な、容易なことに思われたのだった。

　金曜日には、ロストフ一家は田舎へ帰ることになった。老伯爵は水曜日に買い手と一緒にモスクワ在の領地へ出向いた。その留守中ソーニャは、ナターシャの身におかしな事態がおとずれぬよう胸を痛めながら、ナターシャから目を離さないようにした。木曜日に、ソーニャは、ナターシャが朝のうちずっと客間の窓ぎわにかけて、何かを待ち受けるようにしていたことと、通りすがりの軍人に合図をしたことに気がついた。軍人はアナトーリらしかった。お茶のあとでソーニャは、ナターシャの部屋の戸口で、妙におどおどした小間使の娘をみとめた。それは手紙の取りつぎと思われた。日暮れてからナターシャの不自然な状態——とんちんかんな返事や笑ってばかりいる——から、ソーニャは、今夜何か恐ろしい計画のもくろまれていることに気がついた。

『ナターシャはあの男と逃げようとしてるんだ。ああ、どうしたらいいだろう。でも、この時をはずしたら、この一家の恩にむくいる時は、二度とまた来やしない』

この家の女主人アフロシーモワ夫人は、廊下で泣きくずれていたソーニャを見つけると、何もかも白状させてしまった。ナターシャの手紙を横取りして目を通すと、ナターシャの部屋へ入っていった。

「けがらわしい娘、恥知らず。もう何にも聞きたくない」と彼女は叫びながら、びっくりした目で彼女を見つめているナターシャを突きとばすと、ドアに鍵をかけて、閉じこめてしまい、門番には、今夜来る人たちを門内へ入れて出さないようにと言いつけ、侍僕には、その連中を自分の部屋へ通すように命じると、彼女は客間に坐って、誘拐犯を待ち受けた。

最近ピエールの家からドーロホフの宿に引っ越していたアナトーリは、ドーロホフと計ってナターシャを誘拐しようとしていた。この夜十時を合図に、ナターシャは裏口の階段から出てアナトーリの馬橇《トロイカ》にのる手はずであった。彼はナターシャを、モスクワから六十キロへだてた村へ連れていき、そこで前から頼んであった破門僧に、結婚の式をあげてもらう計画であった。アナトーリはワルシャワ駐在当時に、あるポーランド娘を誘惑して、その娘の父から強制的に結婚させられていた。したがってナターシャとの結婚は何の効力もない欺瞞《ぎまん》にすぎなかった。外国へ高飛びするつもりで旅行免状も二万ルーブルの金も用意していた。

ドーロホフや友人たちと二台の馬橇に分乗したアナトーリは、十時前にドーロホフの宿を乗り出した。アフロシーモワの邸宅に近い四つ角で橇から飛びおりると、アナトーリとドーロホフは歩道を歩いていった。門に近づくと、ドーロホフは口笛を吹いた。と、口笛がそれに答え、つづいて、一人の小間使が走り出た。

「お庭へお入りくださいまし」と彼女は言った。ドーロホフは門のそばに立っていた。アナトーリは小間使について庭に入った。すると屈強な体をした下男がアナトーリを出迎えた。

「奥様のところへ、どうぞ」と彼は道をふさぎながらだみ声で言った。そのとき、

「アナトーリ、帰れ」とドーロホフが叫んだ。「裏切りだ。帰れ」

表に立っていたドーロホフは、アナトーリを締めこもうとした門番と、必死になって争っていた。彼は最後の力で門番を突きとばし、駆け出してきたアナトーリの手をつかんで、外へ引っぱり出すと、そのまま一散に橇に引き返した。

下男が、曲者《くせもの》が逃亡したことを告げると、アフロシーモワ夫人は顔をしかめて立ちあがり、思案にくれて一時間ほど歩きまわっていたが、決然たる足どりでナターシャの部屋に入っていった。ナターシャは両手で頭をかかえて、長椅子に横たわったまま、身動きもしなかった。

「いい子だよ。ひとの家で情夫とあいびきの約束をするなんて。もしこのことがお父さんに知られたら、兄さんや許婚の夫がきいたらどうするのさ」彼女は、その大きな手をナターシャの顔の下へ差し入れて、自分の方にねじまげた。

「わたしには夫なんかありません。うっちゃっといてください。婚約はことわりました」ナターシャは、憎々しげに相手を見ながら叫んだ。「なんだってあなたは邪魔をするんです。あの人はあなた方の誰よりも立派な人ですわ……」

アフロシーモワ夫人は、すこし粗野なやり方ではあったが、辛抱づよくナターシャを説きさとし、このことはどうでも老伯爵に隠さねばならない、ただナターシャさえ何事もなかったようにすれば、誰ひとり知る者はいないからと言いきかせた。けれども、ナターシャは答えなかった。もう泣きもしなかったが、そのかわりに悪寒《おかん》と震えが始まった。アフロシーモワ夫人は「まあ、寝かせておこう」と言いながら部屋を出ていった。

その夜ナターシャは眠らなかった。蒼ざめた顔に、目を見開いたままで、いくども起き出してそばに寄ってくるソーニャとも口をきかなかった。

ピエールはアフロシーモワ夫人から、アンドレイ・ボルコンスキイとその許婚に関するきわめて重大な用件によって、すぐ来てくれという手紙を受け取った。最近ピエールはナターシャを避けていたが、それは既婚の男が親友の許婚に対して、当然抱くものより、もっと強い感情をこの娘に対して抱いているように思われたからである。

アフロシーモワ邸へ行く途中、誰か呼びかけるものがあるのでピエールが頭をあげると、おしゃれ軍人のアナトーリが、何の苦労もない晴ればれとした顔付きで、二頭立ての橇を走らせていた。現在目の前の快楽以外には何も見ずにいるこの男がピエールにはうらやましくてならなかった。

アフロシーモワの家につくと、一切沈黙を守るという約束で、駆け落ち事件のすべてを告げられたピエールは、自分の耳を信ずることができなかった。子供の折より知っているナターシャの清純な印象と、今度の愚劣ではしたない行為は、彼の心の中で一致することができなかった。彼はエレンのことを思い出し、女はみんなこんなものだと考えた。それにしても裏切られたアンドレイ公爵が涙がこぼれるほど気の毒であった。

「だって、どうして結婚するのです」とピエールは女主人の言葉を聞きとがめて言った。「あの男は結婚するわけにはいきませんよ。だってもう妻がいるんですもの」彼はアナトーリの結婚した事情をくわしく物語った。

彼女は、アナトーリを激しくののしったのち、ピエールを呼んだわけを話した。彼女は、アンドレイ公爵がこの話をかぎつけ、アナトーリに決闘を申し込みはしないかと心配していたので、無理にアナトーリをモスクワから立ちのかせてくれと、ピエールに頼んだ。

ピエールは女主人の居間から客間に出たところで、老伯爵に行き合った。彼は当惑して取り乱していた。ナターシャはアンドレイ公爵に破談を申し込んだことを、けさ父に打ち明けたのである。そこへソーニャがピエールを呼びにきた。アナトーリが有妻の身だということをアフロシーモワ夫人がナターシャに告げたのだが、彼女は信じないので当のピエールからじかに聞きたいと言ったのである。

ナターシャは蒼ざめたきびしい顔をして女主人のそばに立っていた。彼女はにこりともしなければ、会釈ひとつしようともせず、じっと彼を見つめるばかりであった。それは追いつめられた野獣が、近づく犬や猟師を睨んでいるようであった。

「じゃ、あのひとには奥さんがあったんですか、ずっと前から」と彼女は聞いた。

「ええ、そのことは本当です」とピエールは彼女に誓った。

アフロシーモワ夫人の家を出ると、ピエールはアナトーリを探して市中を乗り回したが、いまは彼のことを考えると全身の血が心臓に逆流して、息をつぐにさえ困難なほどであった。もう社交界ではロストフ嬢誘拐のうわさがひろまっていたが彼は一生懸命それを否定した。どこを探しても、見当らないので失望して帰宅すると、アナトーリが来ていた。彼はナターシャとのあいびきの方法を相談するために、妹エレンのところへ来ていたのである。

「ああ、ピエール」夫人は夫に近づきながら言った。「あなた、ご存知ないでしょう。いま、うちのアナトーリがどんな具合でいるか……」言いさしてエレンは口をつぐんだ。いつかドーロホフとの決闘のあと彼女が知り、かつわが身に経験した狂憤と力との、ものすごい形相に気がついたからであった。

「お前という人間のいるところでは、かならず堕落と罪悪がある。アナトーリ、あっちへ行こう。ぼくはちょっと話したいことがある」

自分の書斎へ入ると、彼はアナトーリからナターシャの手紙を取りあげ、一切の事件を決して口外しないことを誓わせ、明日にもモスクワを立ちのくように要求した。アナトーリは言い争おうとしたが、相手の気違いじみた怒りの顔と、振りまわされるたくましい拳《こぶし》を見ると、たちまち意気地なく承知した。

「もし旅費が入用なら金はいくらでも……」とピエールが言いそえたとき、アナトーリはにやりと笑った。妻の顔ですでになじみのあったこの臆病で卑《いや》しい表情がピエールを爆発させた。

「ええ、卑しい、なさけない一族だなあ」といって、彼は部屋から出ていってしまった。

翌日アナトーリはペテルブルクへ出発した。

ピエールはびくびくしながらアンドレイ公爵の帰国を待っていた。そして毎日のように老公爵のもとに立ち寄った。老公爵は、ブリエンヌを通じて、市中のうわさ話をすっかり知っていたし、ナターシャが婚約を破棄した令嬢マリヤへの手紙も読んでいた。彼はいつもより元気で、息子の帰国を待ちわびていた。

アナトーリの出発後、二、三日経って、ピエールはアンドレイ公爵から、その帰国を知らせるとともに会いたいと書いた手紙を受け取った。

アンドレイ公爵がさぞや落胆しているだろうと思っていたピエールは、書斎から聞えてくるアンドレイ公爵の高い声を耳にして一驚した。彼は生きいきした調子で客を相手に政界の様子を論じていた。客が去ると、アンドレイ公爵はピエールの腕をとって、自分の居間へ連れていった。

「ぼくはロストーワ嬢から拒絶をうけた。そしてきみの義兄があの人に結婚を申し込んだ、とかいううわさが耳に入った。それは本当かね」彼は、きっぱりとした、ひびきの高い、しかし不愉快な声で言葉を続けた。

「本当でもあり、本当でもなしだ」とピエールは言いかけたが、アンドレイはそれをさえぎり、

「ここにあの人の手紙と写真があるから、あの人に返してくれたまえ」と言った。

ピエールはナターシャの加減が悪いことを話した。

「それは、ぼくも非常に気の毒に思っている。まああの人に言ってくれたまえ。あの人はぜんぜん自由であったし、今でもやはりそうだって」

ピエールは、老公爵とマリヤのもとにおもむいた。老公爵はいつもより元気であった。マリヤは不断と変りはなかったが、兄に対して同情を示すかげから、結婚の破れたのを喜ぶ色がのぞいていた。

その晩、ピエールは、頼まれた用件を果すために、アフロシーモワ夫人邸をおとずれた。彼は手紙をソーニャに渡して、アンドレイ公爵の様子を知りたがっていた女主人のもとに行った。十分ののち、ソーニャが入ってきて、ナターシャがピエールに会いたがっていると告げた。

げっそりやせ、蒼白いきびしい顔をしたナターシャが客間の真ん中に立っていた。ピエー

ルはその顔を見て、黙って鼻をすすった。それまで心中では彼女を非難し軽蔑しようとしていたのが、今は、何とも言えぬほど可哀相になっていた。

「あの人は、いま、モスクワにいらっしゃるのね。どうぞわたしを許してくださるように、おっしゃって……」とナターシャは切れ切れに言った。

「ええ……言いましょう」とピエールは言った。「しかし……」彼は言うべき言葉を知らなかった。

「もう何もかもおしまいになったのは、わたし、ようく承知しています。ただあの人に悪いことをしたのが苦しくって。どうか許してくださいと、おっしゃってください……」彼女は全身をふるわせ、椅子にくずおれた。かつて経験したことのない憐《あわ》れみの情が、ピエールの胸を一杯にした。

「そう伝えます。だけど……一つだけうかがいたいのは……本当にあなたはあの……悪ものを愛してらしたんですか」

「わたし、何にもわかりません」彼女はふたたび泣きだした。すると憐れみと愛がピエールをおそった。彼は眼鏡の下に涙が流れるのを感じた。

「もう何にも言わないことにしましょう。ところでお願いがあります。もしあなたに、助力とか忠告とかが必要でしたら、どうかぼくのことを思い出して下さい」彼はナターシャの手を取って接吻した。「ぼくに何かすることができたら、本当に幸福です」

「そんな言い方をなさらないで。わたしにはそれだけの値うちがありません」ナターシャはそう叫んで部屋から出て行こうとしたが、ピエールはその手をとって引き止めた。「とんでもない、あなたの生涯はすべてこれからです。もしぼくが今のぼくじゃなくて、世界中でもっとも美しい賢い立派な人間で、そして自由な身であったなら、ぼくは今すぐここにひざまずいて、あなたのお手と愛を求めたでしょう」彼は夢中でこう言ったが、自分で自分の言葉に驚いた。

ピエールはほとんど走るように外へ出た。橇に乗ってアルバート広場にさしかかった時、ふと空を見ると、無数にまき散らされた星に八方から取りかこまれながら、巨大な彗星《すいせい》が、長い尾を上のほうにあげて、じっとひとところに坐っていた。一八一二年の彗星である。彼は涙に濡れた目で、この明るい星を嬉しげに眺めた。

## 侵攻するフランス軍［第三部第二編5、8～13］

一八一一年の終りから、西ヨーロッパ諸国の武装と兵力の集中がおこり、一八一二年には八十万という人々が西から東へと、ロシアの国境さして移動した。六月十二日、西ヨーロッパの兵力は、ロシアの国境を越え、戦端が開かれた。ナポレオンは幌馬車に乗って軍隊を追いこし、ネマン河に近づくと対岸にひろがる茫々《ぼうぼう》とした平野を見た。彼は軍略上の考慮も、外交上のそれも無視して、進軍を命じた。

アンドレイ公爵は六月の末に大本営に着いた。皇帝が身をおいていた第一軍は、ドリッサ河畔の堅固な陣地に配置されていた。フランス軍はポーランドを通過して、スモレンスクの市街の安全さえ疑われていた。

アンドレイ公爵が到着したとき、決闘の相手として会えると思っていたアナトーリは、いちはやくペテルブルクに帰っていた。けれどもアンドレイは、迫っている大戦への興味にまぎれて、苛立《いらだ》たしい復讐の念から自由でいられるのを、かえって喜んでいた。そして自分の地位と数多くの知人を通じて、わが軍の一般状況を観察してみた。

いくつもの党派が、それぞれ勝手な意見をのべては、相手を傷つけようとあせっていた。彼らの議論や予想や計画には意味がなかった。彼は司令部付きの勤務がばかばかしくなり、せっかく皇帝の侍従武官となる機会があったにもかかわらず、実戦隊付きをすすんで志願した。

ロシア軍は指揮官たちの反目や嫉妬のために、行動の不活発と戦闘回避の有様となり、ついにロシア内地の一大中心地であるスモレンスクが放棄され、住民たちの手によって焼き払われた。そして郷里を荒らされた住民は自分の損害ばかり考えながら、モスクワにのがれ、いたるところで敵愾心《てきがいしん》をあおりたてた。

軍隊はスモレンスクからさらに退却をつづけ、フランス軍はその後を追って進んだ。八月十日、アンドレイ公爵の指揮する連隊は、街道づたいにルイシエ・ゴールイへ通ずる大道にさしかかった。炎暑と旱魃《かんばつ》がすでに三週間以上もつづき、軍隊の荒らしのこした畑の穀物も焼けて実を落し、沼という沼は乾からびてしまった。家畜は餌を見つけかねて、飢えのためにないていた。

アンドレイ公爵は、父老公爵とニコーレンカとマリヤがモスクワに去ったという官辺からの通知を受けとっていた。ルイシエ・ゴールイは、スモレンスクの後方六十露里（六十四キロ）で、おっつけ戦乱にまきこまれるおそれがあった。

入口の石門のそばには誰もいなくて、戸は開放され、庭の小道にも草が生え、牛や馬がイギリス式の庭園を歩き回っていた。何もかも荒廃していた。年とった召使頭が残っていて状況を説明した。高価な貴重品は、すべてボグチャーロヴォ村へ移されていた。

「お父さんと妹とはいつ立った」これはモスクワへいつ立ったかという意味だった。しかし召使頭は、ボグチャーロヴォへ移った日のことをきかれたのだと思い、七日に発ったと答えた。

「だがお前はどうするつもりだね。敵に占領されても残っている気かね」

「神さまがわたくしの保護者でございます」老人は両手を空へあげながら、重々しく言った。

「じゃあ気をつけてな」とアンドレイ公爵は言った。「お前も逃げるがいいぞ」

老人は彼の足にひしと抱きついて、すすり泣きを始めた。

アンドレイ公爵は、ルイシエ・ゴールイを出て、ふたたび街道を進んだ。連隊は池のほとりで休息していた。午後の一時すぎであった。埃をすかして真っ赤な太陽は、耐えがたいほどに照りつけて、背中を焼いた。もうどんな汚い水でもかまわないから水浴びをしたくなった。彼は、叫び声や笑い声の聞えてくる池の方を振りかえった。青苔《あおごけ》の浮いた、濁った小さい池は、どうやら四十センチほど水かさが増して、堤からあふれそうになっていたが、それは池が、水の中で騒いでいる裸の兵隊の白い肉体や、煉瓦《れんが》色に日焼けした手や、顔や首で、一杯になっていたからである。一人の将校が、堤の上でタオルで体をふいていて、きまり悪そうにしながら、入って見ないかとすすめた。

「きたない」とアンドレイ公爵は、眉をひそめながら言った。

「すぐきれいにしてあげますよ」こういって将校は、池から兵隊どもを追い出そうとした。アンドレイ公爵はやっとのことで、あわて騒ぐ兵卒たちを落ち着かすことができた。

「肉、肉体、大砲の餌食《えじき》」こう彼はつぶやいた。そのあと彼は納屋のなかで、ひとりで水浴びした。

マリヤは、アンドレイ公爵が考えていたように、モスクワへ避難して、危険区域外に出ているのではなかった。

スモレンスク陥落の報知が伝わるとともに、老公爵は、村々から民兵を徴集して、武装させるように命じ、軍の総司令官あてに手紙を書き、自分は最後までルイシエ・ゴールイに踏みとどまり、ここを守る決意だと伝えた。そして家族の者にむかっては、自分だけルイシエ・ゴールイに残って、令嬢と小公爵ニコーレンカをボグチャーロヴォ村へおくり、そこからモスクワへ避難させるつもりだと申し渡した。マリヤはこの言葉にびっくりした。彼女は父をひとり残していく気にはどうしてもなれなかったので、生れて初めて父の言葉に従わないで、出発をこばんだ。

すると老公爵の癇癪《かんしやく》はものすごい雷のように彼女の上に落ちた。お前は、おれを苦しめるばかりか、息子と仲たがいさせたうえ、父に対してけがらわしい疑いをいだき、親の生活を傷つけるのを生涯の目的としているなどと放言し、彼女を書斎から追い出した。

ニコーレンカが出発した翌日、老公爵は朝のうちに正装をととのえて、総司令官を訪問する支度をした。彼が武装した百姓や召使を検閲するために、庭の方へ出ていくと突然脳出血の発作がおこり、書斎へかつぎこまれた。娘の顔を見ると、彼は力なく唇を動かして、しわがれた音を出したが、何を言おうとするのか聞きわけられなかった。

ルイシエ・ゴールイにとどまっているのは、ますます危険になった。で、発作の翌日、老公爵は、ボグチャーロヴォへ移された。一行がこの地に到着した時、小公爵はすでにモスクワに立っていた。老公爵は、質素な家に三週間ばかり寝ていた。

父の意識のない屍《しかばね》のような様子を見るにつけ、マリヤは、これでお終いになったほうがいいと思った。彼女にとって恐ろしかったのは、眠って忘れられていた人間的な欲望や希望が、急に目ざめたことだった。幾年ものあいだ、彼女の頭には浮かばなかった想念――父という恐怖のない自由な生活、いやそれどころか恋や家庭の幸福を思う心が、まるで悪魔の誘惑のように、たえず彼女の内側をかけめぐるのであった。

ボグチャーロヴォにいるのは危険になってきた。フランス軍接近のうわさが聞え、十五、六露里へだたった或る村では、一軒の地主邸がフランス軍の略奪によって、むざんに荒らされたとのことであった。医師も警察署長もすすめるのでマリヤは十五日を出発の日ときめた。

その前夜、マリヤは父の寝室の隣で夜を過した。目を覚ますたびに、老公爵のうめき声が聞えたが、彼女は父のそばに行ってみる決心がつかなかった。

翌朝、マリヤが出発の指図をしているとき、老公爵がマリヤを呼んだ。父は全体にやせほそって、小さく、痛々しい様子をしていた。マリヤはそばに寄り、手に接吻した。彼は娘の手を引きはじめ、その眉と唇とは、腹立たしげに動きだした。一種の音が舌先から出たが、何を言っているのかマリヤには分らなかった。マリヤはあるだけの注意力を集め、父の発する音を繰り返すうちに、とうとう謎を解くことができた。

「胸が痛い……」と言う父の目を彼女は見た。父はうなずき、娘の手を自分の胸へ押し当てた。

「いつも思っていた……お前のことを……思っていた」自分の言葉を理解してもらえるという自信がついたので、彼は前よりも明瞭に言った。「夜通し……お前を呼んでいた」

「ああ、そうと知ったら」マリヤは父の手に頭を押しつけて、涙のあいまに言った。

「かわいい娘……許してくれ……」

老公爵は、アンドレイを呼んだが、自分でも不可能を知っているとうなずき、「ロシアは亡びてしまった」と言った。

こうして二度目の最後の発作が来た。その日の午前、老公爵は息を引き取った。

父の埋葬をすますとマリヤは居間に閉じこもって誰もそばに近寄らせなかった。ルイシエ・ゴールイに残って、アンドレイ公爵に会った召使頭が来た。彼は早く出発したほうがいいと進言し、マリヤに出発についての指図を聞きに来たが、マリヤは自分はどこにも行かないから、かまわないでくれと答えるばかりであった。

そこへブリエンヌが来た。彼女はマリヤのそばから遠ざけられていたが、それでも老公爵の死後は令嬢の世話になって暮らさねばならなかった。マリヤは彼女が可哀相になってきたので黙って手を差し出した。ブリエンヌはいきなり泣き出しながら、二人に降りかかってきた不幸を歎《なげ》いたりしていたが、やがて調子を変えてこう言いだした。

「お嬢さま、わたしたちは危いのでございます。フランス人に囲まれているのですからね。もし、いま出かけたら捕虜になってしまいます。わたし、ここに残っていたほうがよくはないかと思います」

ブリエンヌは手提袋から、フランスの将軍ラモーの布告を取り出した。それには住民が自分の家を棄《す》てないでいれば、フランス軍の保護を受けるだろう、という意味が書いてあった。彼女はそれを渡しながら「わたしこの将軍に頼むのが一番だと思いますわ」と言った。マリヤは布告を一読すると、急に顔をしかめた。

「あなたこれを誰からもらったの」

「たぶん、わたしの名前からフランス人だということを知ったのでございましょう」と赤くなりながら、ブリエンヌ嬢は言った。

マリヤは、『わたしがフランス人の勢力内にいることをアンドレイが聞いたら何というだろう。いやしくもボルコンスキイの娘がラモー将軍に保護を願い出て恩恵をうけるなんて』彼女は恐怖のあまり、顔を赤くし、まだ経験したことのない憤怒と誇りを感じた。

父の死とともに亡びたと思っていた生活の要求が、新しい力をもって、突然、彼女をとらえてしまった。彼女は興奮して真っ赤な顔をしながら、主だった召使を呼びつけ、出発の用意に取りかからせた。が、ここに困った事態がおこった。

というのは、このボグチャーロヴォはルイシエ・ゴールイから遠い所にあって、十分に監督が行きとどきかねたので、百姓の気風も平野の住民らしい野育ちなところがあり、何かというと彼らの間に不穏な動きがあった。今しも彼らはフランス軍の布告を手に入れて、もし村にとどまれば、決して住民に危害を加えないし、徴発した物に対しては代金を支払うという、敵の約束を信じてしまった。彼らは、仲間の一人が軍用乾し草の手つけとしてもらってきた百ルーブル紙幣が、贋札《にせさつ》だということを知らなかった。

そこで、マリヤから十二頭の馬と、十八台の荷馬車を準備するようにと命令された時、彼らは村の車が全部運送のほうに徴発されてしまい、一台も用立てできないと答えた。マリヤがやさしく説いて聞かせても、召使頭がおどしても、彼らを動かすことはできなかった。

## ボグチャーロヴォで［第三部第二編13〜14］

八月十七日、ニコライ・ロストフはイリンという部下の青年将校と従卒をつれて、ボグチャーロヴォから十五露里ほどはなれた宿営地を出発した。それは馬の糧秣《りょうまつ》があるかどうか調査するためだった。ボグチャーロヴォは両軍の間にはさまれているので、ニコライはそこに残っている糧食を、フランス軍より先に利用しようと思ったのである。彼は自分の向かっている村が、妹の許婚であったボルコンスキイの領地だとはまったく知らなかった。

村へ入って穀物倉のそばへ来ると、そこに大勢の百姓が群れていた。彼らは将校の姿を見ると、

「あんた方はどちら側ですね」と聞いた。若いイリンは笑いながら、フランス側だと答えた。

「これがナポレオンさ」と彼は従卒を指さした。

そこへマリヤの小間使が来て、「わたしどものお嬢さまが、あなた方は何連隊の方で、名は何とおっしゃるか、うかがってこいとおっしゃいました」と話しかけた。イリンが自分たちの名を伝えると召使頭が会釈しながらニコライに近づいた。

「旦那さま。失礼ながら、わたしどものご主人は、今月十五日におなくなりになりました前陸軍大将ニコライ・ボルコンスキイ公爵のお嬢さまでいらっしゃいますが、この土地の無法な百姓どもが、主人を領地から出すまいとして、馬車をよこそうとしませんので、朝から荷物の準備はできておりますのに、出発できんような始末でございます」

「そんなばかなことが」ニコライは叫んだ。彼は馬よりおり、手綱を従卒にわたすと、なお詳しい事情をたずねながら召使頭といっしょに地主邸のほうへ足を運んだ。

マリヤは途方にくれて、ぐったり広間で腰かけていた。彼女は彼が何者か、何のために来

たのか、自分はいったいどうなるのか、一切わからなかった。が、彼のロシア人らしい顔を見、その態度を見ると、自分と同じ社会の人だということがわかり、例の輝かしい目付きで客を眺めながら、とぎれがちの話を始めた。ニコライ・ロストフはこの出会いに、なにかロマンチックなものを感じた。

『悲しみにうちひしがれた頼りない娘。しかし顔付きといい表情といい何というけだかさだ』彼は一種の感激をおぼえながら、こう考えた。

「令嬢、わたしが偶然ここに来て、あなたのお役に立つのを、どんなに幸福に思っているか申しつくす言葉もありません」ニコライは立ちあがりながらこう言った。

「わたしは自分の名誉にかけて、決して誰にも無礼を働かさないように誓います」

彼がこういううやうやしい態度をとったのは、マリヤの不幸を好い機会として、接近をはかるようなことをしたくないからだった。彼女も、これをさとって、心ひそかに感謝した。

ニコライ・ロストフはマリヤの部屋から出ると、怒りのこもった目で、「やつら、いまに思い知らせてくれるぞ、強盗め、こっぴどい目にあわせてやるから」とつぶやき、足早に村の方へ急いだ。

召使頭がやっとニコライに追いつき、「どうご決心がつきましたでしょうか」と言うと、

「決心とはなんだ、老いぼれ」とニコライは恐ろしい剣幕でどなりつけた。「きさま、何をぼんやりしてたんだ。百姓どもが一揆《いっき》をおこしてるのにその裁きもつけられんのは、きさまも

裏切者だ」

　召使頭はじっと侮辱をがまんし、百姓たちはすっかりひねくれているから、軍隊を呼んだほうがいいと言った。

「おれはやつらに、その軍隊を見せてやるんだ」ニコライは、憤怒に息をはずませて叫んだ。彼は何をどうしようという考えもなしに、断乎《だんこ》とした歩き方で群衆の方へ近づいた。

　ニコライが公爵令嬢のところへ行ったのち、群衆の間には動揺と分裂がおこった。ある者は、いま来た兵隊が真相を知って立腹しなければいいがと言った。村老もその意見であった。これに反対したのは百姓頭である。百姓頭は暴動の首唱者となっていた。

　ニコライはイリンと従卒と召使頭をつれて、百姓たちのそばへ近よると、いきなり「おい、お前たちの村老は誰だ」と叫んだ。百姓頭が帯に指をはさんでにやにや笑いながら進み出ると、「村老になんの御用かね」と言った。けれども彼がまだ言い終らないうちに、帽子がその頭からけし飛んで、頭はげんこつをくらって傾いた。

「謀叛人《むほんにん》めら、帽子をとれ」ニコライは、多血質の声で叫んだ。

「村老はどこだ」と彼は言い、百姓頭がまだ言い訳めいたことを言おうとしたとき、ニコライはいきなりその襟首《えりくび》をひっつかんで、「こいつをふん縛れ」と言った。そばには従卒と召使頭しか縛り手がいなかった。それでも従卒は、百姓頭のそばへ駆け寄り、うしろからその両手をつかみ「丘のふもとの軍隊を呼びますか」と気転をきかせて言った。

「村老はどこにいる」とニコライは叫んだ。村老は蒼い顔をゆがめながら群衆から出てきた。

いるもののように、ニコライは叫んだ。はたして二人の百姓が村老を縛りはじめた。「きさまが村老か、こいつを縛れ」この命令は何の妨害も受けるはずがないと信じきっていかめしく言った。「きさまたちはみんな、おれの言うことをきいて、家へ帰るんだ」ニコライは百姓たちに

百姓たちの間には、「ちょっとでも口答えしたら承知しないぞ」「だからおれがそう言ったでねえか、そんなことをすると謀叛になるってよ……」とおたがいに罪をなすりつけあう声がした。縛られた二人の百姓は、地主邸へひかれていった。二時間ののち、幾台かの荷馬車が、邸《やしき》前の庭に並べられた。百姓たちは元気よく主人の荷物を運んで、馬車に積んだ。令嬢の希望によって納屋から出された村老は、庭に立って百姓たちの指図をしていた。

ロストフは公爵令嬢に友情を押しつけたくなかったので、彼女のところへは行かないで、その出発を待ちながら村に残っていた。マリヤの馬車が邸から出ると、ロシア軍の駐屯《ちゆうとん》している道路まで、騎馬で彼女を見送った。しきりに礼を言うマリヤにニコライは、誰だってこれぐらいのことはする、敵をこんなに奥地まで侵入させたのは自分たちの責任だと言った。彼と別れて一人になった時、マリヤは不意に目に涙が浮んできたのに気づいた。『わたし、あの方を恋しているのかしら』という奇妙な疑問が、彼女の脳裡《のうり》に浮んできた。ニコライ・ロストフがマリヤから受けた印象も、こころよいものであった。彼女のことを

思い出すと、彼はいつも愉快になってきた。同僚たちはボグチャーロヴォの冒険を知ると、乾し草を探しに出て、ロシア一の金持の花嫁を釣りあげたとからかったが、そういう時ニコライはひどく立腹した。彼が腹を立てたのは、自分に好感をあたえた、しとやかな、しかも財産家の公爵令嬢と、もしも自分が結婚したらという考えが、しばしば自分の意志に反して頭にのぼってきたからである。

しかし、ソーニャは、彼女と交わした約束は、と考え直す。そういう二律背反のために、ニコライはからかわれるとなおさら立腹したのである。

## ボロジノの会戦 ［第三部第二編18〜25、30〜32、36〜37］

ロシア軍はスモレンスク敗退ののち、さらに後方の町々を一戦もまじえずして放棄した。この調子で押していったらモスクワへフランス軍が侵入するおそれがあると人々は危ぶみだした。そこで軍の最高司令官として、アウステルリッツの会戦を指導したクトゥーゾフ将軍を起用せよという声があがってきた。あの会戦のあと、クトゥーゾフは皇帝の信任を失い、軍の高級幹部からは無能者とあざけられていたのである。しかしクトゥーゾフの任命も、戦局を急転させるだけの力はなかった。モスクワの町からは、近い将来の不幸を予想して、官庁は他市へうつされ、富裕な貴族たちはほとんど全部、この町から引きあげてしまった。

ピエールは、切迫した戦争を感じさせる出来事がつぎつぎにおこるのを見て迷っていた。

『軍務について戦場へ行こうか、それとも機会の到来を待つか』彼はもう百ぺんも自分にこの疑問を課した。あるとき彼は、カルタを取って独り占いを始めた。もし、この占いができたら、戦争にいかなくてはならぬ、と彼は一人言を言った。しかし、占いは成功したにもかかわらず、ピエールは軍隊へ行かないで、がらんとしたモスクワに踏みとどまり、いぜんとして不安と不決断と、また奇妙な期待の念のうちに、恐ろしい何ものかの到来を待っていた。

八月二十三日、ピエールは馬車である広場にさしかかった時、人だかりがしているのを見て、馬をとめて車からおりた。それはスパイという罪名による、一フランス料理人の笞刑《ちけい》であった。刑は終ったばかりで、執行人は、哀れっぽくうなっている肥った男を、台から解きはなしていた。そばにもう一人、やせたフランス人が立っていたがその蒼白い顔には病的な驚きの色があった。ピエールは執行人に服をぬがされているやせたフランス人を、おびえたように見つめていたが、不意に身をひるがえすと馬車の方へ歩き出した。歩いている間も、馬車に乗ってからも、彼はたえず身ぶるいしては大声で何かわめいていた。

「お前、どこへやるつもりだ」と彼は馭者にむかってどなった。

「総司令官のとこへ行けとおっしゃいましたんで」

「ばか、畜生」ピエールは叫びだしたが、こんなに馭者をののしることは、彼には珍しいことだった。「家へやれと言ったじゃないか。早く行け。のろま」

ピエールは、処罰されたフランス人とそれを面白そうに眺めている人々を見ているうちに、もうこれ以上モスクワにぼんやりしているわけにはいかない、と決心したのである。

二十四日の午後、彼はモスクワを出発した。そして目的地に着いたのは、翌日の明け方であった。昨夜この付近で戦闘があったとかで、モジャイスクの人家はすべて軍隊の宿舎にあてられていた。

モジャイスクの先でも、いたるところに軍隊が駐屯したり、行軍したりしていた。ピエールは軍隊の海の中へ分け入るにしたがって、不安にとらわれたが、同時に、かつて経験したことのない喜びにも打たれた。それは何かしなければならぬ、何かに犠牲を捧げねばならぬ、という感じであった。

二十五日の朝、ピエールはモジャイスクを出発した。とあるけわしい下り坂で馬車からおりて歩き出した。騎兵連隊や負傷兵をのせた荷馬車が通った。負傷兵たちは、唇をかみしめ、眉をひそめながら、馬車の中ではねあがったり、ぶつかりあったりした。彼らは無邪気な子供らしい好奇の色をうかべて、ピエールの白い帽子と、緑色の燕尾服《えんびふく》をながめていた。

四露里行ったところで、彼ははじめて知人に会い、うれしそうに声をかけた。その知人は、隊づきの軍医長の一人であった。彼は若い軍医とならんで幌馬車に乗り、ピエールを見かけると、馬車を止めさせた。

「伯爵、どうしてあなたはこんなところへ」

「いや、ただちょっと見たいと思って……」

「はあなるほど、見るものならいろいろありますね……」

ピエールは馬車からおりて戦争に参加したいという自分の希望を、軍医長に打ち明けた。

それなら、総司令官閣下に直接願った方がよかろうと、ピエールにすすめた。

「わたしは、ご案内したいんですが、いまとても手が放せないんです。明日はかならず戦争があります。十万の軍に対して、少なくとも二万の負傷者を見こんでおかなければなりません。ところが準備しているのは六千人分やっとなんですからねえ」

ピエールは、先ほどの騎兵隊の兵卒たちを、ふと思いだした。あの健康で元気のいい兵士らの中から、死んだり負傷する者が二万人もでるのだ。

『彼らは明日死ぬかも知れないのだ。それなのに、どうしてみんな死よりほかのことを考えられるのだろう』

街道のわきにある地主邸には、馬車や従卒の群や哨兵《しょうへい》などが集っていた。それはクトゥーゾフの宿舎であった。が、ピエールが乗りつけたとき、クトゥーゾフも参謀も誰もいなかった。

ピエールは馬車からおり、帽子に十字架を着け白いルパーシカを着た民兵たちのわきを通り、塚の上にのぼった。そこからは、戦場が一目で見渡された。

明日大会戦のあるボロジノを中心とする平野の大パノラマが、澄んだ大気を通して、真昼の太陽に鮮やかに照らしだされていた。どこを見ても彼が予期したような戦場ではなく、畑、草原、林、焚火《たきび》の煙、村落、塚、小川、そういった平和そのものの田園風景であった。ただあちらこちらに散在する軍隊だけが風景の美を傷つけていた。

やがて、そこに来あわせた幕僚の中に、二、三の知人を見つけたので、一緒に陣地をめぐった末、クトゥーゾフの宿舎へ来た。

この八月二十五日の晴れた夕方、アンドレイ公爵は、自分の連隊駐屯地の一番はずれにある小村のこわれた納屋の中で、肘枕をして横になっていた。いま、彼には、自分の生活がどんなに窮屈で、重苦しく、誰にも用のないものに思われていようとも、それでも七年前のアウステルリッツ会戦の前夜と同じく、興奮したような、いら立たしい感じをおぼえていた。

明日の戦闘に関する命令の授受はもはや終っていた。もう何もすることがなかった。彼は明日の戦闘が、それまでに参加した多くの戦闘の中ではもっとも恐ろしいものに相違ないと知っていた。今度こそ死ぬかもしれぬという想念が彼の心にわきおこっていた。彼は夕日に輝く白樺《しらかば》の木立を見つめながら考えた。『ここいらのものはみんなあるのに、おれ一人だけがいなくなる』彼は自分のいないこの世をさまざまに想像してみた。と、これらの白樺も、この光と影も、ちぢれたような雲も、あの焚火の煙も、周囲の一切が、彼のために姿を変えて、何やら恐ろしい、威嚇的なものに思われだした。

納屋のかげに人声が聞えた。のぞいてみると、こちらに近づいて来るピエールの姿が目に入った。彼はその辺にころがっている棒につまずいて、危く倒れようとしたのである。アンドレイは全体として、同じ階層の人間を見るのが不愉快だったが、特にナターシャに対する苦々しい記憶をよびさまされるピエールとの面会は、いっそう不愉快なのであった。

「やあ、あなたか」と彼は言った。「どうしためぐり合わせだろう、実に奇遇だ」こう言った彼の顔には、冷淡というより、むしろ敵意が現われていた。ピエールはその顔を見ると同時に、何となく窮屈な、間の悪い気持になった。

「ぼくが来たのは……その……興味があったので」

「なるほど、ときにモスクワはどうだね。家のものはどうしているだろう」とアンドレイは真面目に尋ねた。

「ぼく、お訪ねしたけれど会えなかったんです。モスクワ在の田舎へ行ってしまわれたあとだったのでね」そしてピエールは自分の見てきた陣地の模様を話しだした。アンドレイは気むずかしげに話を聞いていたが、だしぬけに口をはさんだ。

「あなたは、味方の陣地は、左翼が弱くて、右翼は伸びきっていると言うけれど、そういったことはどうでもいいんだ。明日、われわれの眼前にひかえているのは幾十億という偶然だ」

「じゃ、あなたは明日勝つと思いますか」

「ああ、ただね、もしもぼくに権利があって、実現したいと思うのは、捕虜をこしらえないことだ。戦争の性質を一変させて、残酷性を少なくするのは、ただこれ一つだけなんだ。さあ、ぼくはもう寝る時間だ」

ピエールは居残ったものか帰ったものか、しばらく決しかねていたが『二人が会うのもこれでおしまいだ』と思い、重々しく溜め息をつきながら納屋を出ていった。

アンドレイは横になって目をつぶった。彼はナターシャの夢を見た。森へきのこ狩りに行って、道に迷ったときのさびしさや、その時に体験した神秘な感激を物語ろうとして、しきりにもどかしがっているナターシャであった。

『おれには、彼女の心持がはっきり分っていた。あの魂の力、あの真剣さ、あの心、それにおれは恋したのだ。ところがあの男、アナトーリにはそんなものはまるで必要がなかった。あいつは彼女を、可愛い、よく成熟した娘としか見ていなかったんだ。しかも、あいつは、今でも楽しく日を送っているのに、おれは……』

アンドレイ公爵は誰かに火でも押しつけられたように、ぱっとはね起き、ふたたび歩き回り始めた。

翌朝ピエールが目をさました時、部屋の中にはもう誰もいなかった。小窓のガラスがピリピリ震えていた。彼は急いで外へ出た。どこからともなく響いてくる大砲の轟《とどろ》きがはっきりと聞えた。一人の副官がコサック兵を連れて往来を駆けていきながら「始まりましたよ。伯爵」と叫んだ。

ピエールはきのう戦場を見回した塚へいった。そこには一団の軍人がいて、肥った肩の間に沈みそうな首をのせたクトゥーゾフもいた。彼は望遠鏡で前方の大街道を眺めていた。ピエールは情景の美しさにうっとりとなった。目の前に展開しているのは昨日と同じパノラマであったけれど、いまは全体が軍隊と砲煙におおわれた上、さしのぼったばかりの明るい朝日が、金色とばら色の陰影を帯びた光と、黒く長い影を投げかけていた。そして林にも、野にも、低地にも、高地にも、砲煙の塊が、無の中からひとりでに生れ出ていた。時々砲煙をすかして、キラキラ光る銃剣の列が、野を走った。

ピエールはあの煙や銃剣や運動や音響のある所へ行ってみたくなった。で、一人の将官がクトゥーゾフの命令を受けて、戦場さして馬を進めるのを見ると、自分も一番おとなしい馬をえらんで、人々の微笑をまねきながら、眼鏡がはずれそうになるのを感じながら、将官のうしろを走っていった。

けれども塚をおりると、将官の姿を見失って歩兵の列へ乗り入れてしまった。彼はそこから抜け出ようと前後へ進んでみたが、どちらへ行っても兵士ばかりであった。彼らは一様に、不満げな目付きをして、何のためか自分たちを馬で踏んづけようとする、この奇妙なフトッチョを見つめていた。

ピエールは負傷者が続出している戦場を、兵卒たちには邪魔者あつかいされ、知人の副官にはたしなめられながら、うろついた。彼の馬も負傷して、とびはねながら進むのだった。とある塚にある砲台へピエールはのぼった。その塚は、のちに〝運命の多面堡《ためんぽう》〟とよばれた激戦地で、その周囲では数万の兵が倒れることになる。そこは三方に壕《ごう》を掘りめぐらし、そこから十門の砲が射撃中であった。ピエールはこの小さな塚が、戦闘のもっとも重要な場所であろうとは考えも及ばなかった。

彼は壕の片端に腰をおろし、心にもないうれしげな微笑をうかべて、周囲を眺めた。大砲を装塡《そうてん》したり、動かしたり、袋や弾薬を持って、彼のまわりを駆けている兵の障害にならぬようにして、砲台の中を移動した。

兵士らはピエールを見て、うろんらしく、頭を振った。しかし白い帽子のこの男は、何も悪いことをしないばかりか、ただ歩きまわっているにすぎないと知ると、彼を犬や山羊《やぎ》のような動物のように思って、冗談まじりのやさしい同情をもって見るようになった。

大砲や小銃の雷のような音は、戦場全体にわたって激しくなってきた。十時ごろまでには、早くも二十名ばかりの兵卒が砲台から運び出された。砲台にはいよいよ頻繁《ひんぱん》に砲弾が落下し、遠い銃丸も、シュウシュウ鳴りながら高く飛んできた。けれども砲台にいる人たちは、それにも気づかぬ風で、あちらこちらから、陽気な話し声や冗談が聞えた。砲弾の落下のたびに、また死傷者が出るたびに、全員の活気は、ますます燃えさかってくるようだった。

戦闘はますます激しくなり、砲弾は相ついでうなりをたてて飛来し、兵や大砲などに命中した。砲台の右手には、兵たちが「ウラァ」と叫びながら走っていたが、それは前進ではなく退却のように思われた。

「予備隊へ走って、弾薬箱をとってこい」と一人の古参将校が、真っ赤に汗ばんだ顔で言った。命令をうけた兵卒はピエールにぶつかって、腹立たしげに叫びながら下の方へ駆け出した。ピエールは何のためか自分でもわからずに兵卒のあとを追った。

一つ、二つ、三つの砲弾が、彼の頭上を飛びすぎ、前後左右に落ちた。緑色をした弾薬箱のそばへ駆けつけたとき、恐ろしい衝撃が、彼を地面にたたきつけた。この刹那《せつな》、大きな火の閃光が彼を貫くように照らし、同時に耳をつんざく轟音《ごうおん》がした。

我に返ると、ピエールは地面に両手をついたまま、坐っていた。そばにあった弾薬箱はもう無くなっていて、焦げた緑色の板とぼろ切れが散らばっているだけだった。

砲台の射撃の音が消えてしまい、何人かの人々が何かをしていた。彼は、自分のほうに背を向けて、堡塁《ほうるい》の上に横たわり、何か下の方角を見ている古参将校の姿をみとめた。一人の兵卒が、つかまれている手をふりきって「兄弟」と叫んでいるのを目にした。いま一人の兵卒は、背中から銃剣をさし通された。と、青い軍服の黄色い汗まみれの男が、剣を手にして、何か叫びながら、ピエールに襲いかかってきた。ピエールは本能的に身を防ぎながら、両手をのばしてこの男の喉をつかんだ。将校も剣を投げだし、ピエールの襟をつかまえた。

数秒間、二人は、おびえたような目で、相手の顔を見つめていた。彼らはどちらが捕虜になったのか分らないような気がしたのである。けれども、どうやらフランス将校のほうが、余計に捕虜になった気がしたらしい。というのは、ピエールのたくましい腕が、心にもない恐怖に駆られて、ますます強く彼の喉を締めつけたからである。その時、二人の頭上を弾丸が、ものすごいうなりをあげて飛び去った。フランス人は手をはなし、ピエールも両手をはなし、二人はあべこべの方向へ駆け出した。ピエールが死傷者につまずきながら塚をおりると、下までいかないうちに、ロシア軍の密集部隊が現われ、砲台を占領していたフランス軍は逃げだした。

アンドレイ公爵の連隊は予備のほうにまわされ、猛烈な砲火を浴びながら、なすこともなく時をすごしていた。連隊は一時過ぎ、塚砲台に近い燕麦畑《えんばく》へ進出を命ぜられた。そこは、この日数千名の戦死者を出したところで、午後一時すぎには数百門の敵砲が、集中砲火を浴びせていた。

連隊は、さらに兵員の三分の一を失った。あらたに砲弾が飛来するたびに、まだ殺されない者の生き残る可能性がますます少なくなった。誰も彼もが、一様に、無口で陰鬱であった。すでに八時間以上、食物もなく仕事もなく、絶えざる死の恐怖の前に立ちつくしていたので、一同の蒼ざめた顔には深い皺がきざまれていた。

同じく蒼白い顔に立て皺を刻んだアンドレイ公爵は、両手をうしろに組んで頭を垂れながら、燕麦畑を長靴で踏みながら歩いていた。

「気をつけろ」こういう兵のおびえた声が聞えたと思うと、鳴きながら飛ぶ小鳥のような榴弾《りゅうだん》が、一二歩ばかりの地面にずしりと落ちた。

アンドレイ公爵は「伏せっ」と叫ぶ副官の声を聞きながら、ためらうように立っていた。榴弾は、畑と草地の境の茂みのあたりで独楽のようにまわっていた。

『ほんとうに、これが死なのだろうか』彼は草や畑や独楽のようにまわる黒いものを見ながら考えた。『おれは死ぬことはできない。死にたくない。おれは生活を愛している。この草と土と空気とを愛している……』彼がこう考えるか考えないかに、爆音と、破片のうなる音がし、火薬の臭いがむっと鼻をついた。彼は、わきのほうに吹き飛ばされ、片手をあげ、うつぶせに倒れてしまった。

幾人かの将校がそばへ駆け寄った。右の脇腹からは大きな血の染みが草の上に流れた。呼ばれて担架を持ってきた民兵たちは、公爵の肩と足に手をかけた。けれども彼が訴えるようにうめき出したので、また下におろしてしまった。

「さあ乗せろ、どうせ同じことじゃないか」と誰かが叫んだ。アンドレイは担架に乗せられた。

「ああ、何てこった。腹をやられるとは、こりゃたすからん」という声が将校たちの間でした。民兵たちは担架を肩にかつぐと、林の中の包帯所に運びこんだ。

包帯所では、テントのまわり二ヘクタールほどの広さにわたって、服装もさまざまな、血まみれの人々が、立ったり坐ったり、寝たりしていた。鴉《からす》の群が血のにおいを嗅ぎつけて、待ち遠しそうに鳴きながら白樺の上を飛んでいた。テントの中からは、高い号泣や哀れっぽいうめき声がかわるがわる聞えた。アンドレイ公爵はテントの中に運ばれた。彼は周囲のものを見たが、しばらくの間、周囲でおこっている事態を理解できなかった。あたりに充ちた、憐れっぽいうめき声と腹や背中の激痛が、注意をかき乱したのである。すべては、血まみれになった肉体という総括的な印象にとけ合ってしまった。このあらわな肉体は、あの暑い八月の日に、スモレンスク街道のきたない池を充たしてたとおり、今もこの低いテントの中にあふれているように思われた。そうだ、これはあの時の肉体だ、あれと同じ〝大砲の餌食〟

なのだ。

テントの中にはテーブルが三つあった。二つはふさがっていて、アンドレイは三つめのに乗せられた。二つめの台には、大柄な肥った男が、あおむけに寝ていた。ちぢれ髪や頭の形などが見覚えがあるように思われた。幾人かの看護兵がのしかかって、男をおさえつけていた。二人の軍医が、真っ赤になったその片足をどうかしていた。男は、しゃくりあげたり、むせび泣いたりしていた。

やがて、アンドレイのそばにも軍医が来た。彼は、アンドレイの顔をちらと見て、急いで目をそらした。看護兵が上着をとった。軍医は傷にさわってみて、重い溜め息をついた。腹の内部の痛みが、アンドレイの意識を失わせた。彼がわれに返ったとき、折れた大腿骨《だいたいこつ》は抜き取られ、肉の小片は切りはなされて、傷口には包帯がほどこされていた。苦痛に耐えたあとで、アンドレイ公爵は、久しく味わったことのない幸福感をおぼえていた。生涯の美しい幸福な時期――遠い昔の幼年時代が、現実のものとして、頭に浮びあがってきた。

と、隣のテーブルで、こらえ性のない、おびえたうめき声が聞えた。

「見せてください……おお、おお、おお……」これは、さっきの頭の形に見覚えがあると思われた負傷者であった。

このうめき声を聞いているうち、アンドレイ公爵は泣き出したくなった。

看護兵は血のこびりついていた、靴をはいたまま切り離された片足を、負傷者に見せた。

「おお、おお」彼は、女のようにしゃくりあげて、泣きだした。

「何ということだ。どうしてあの男がこんな所にいるのだ」とアンドレイはつぶやいた。この片足を切断されて泣いている、弱りはてた不幸な男は、アナトーリであった。『そうだ、これはあの男だ。あの男とおれとは、何かの因縁で、重苦しく結びつけられているのだ』とアンドレイは思った。

ふとアンドレイ公爵は、いま一つの新しい追憶にふけった。一八一〇年の舞踏会で見た、首も手もほっそりして、すぐにも歓喜にとびうつりそうな、幸福な顔をしたナターシャであった。そして彼女に対する愛と優しさが、いつかよりはるかに生きいきと、力強く、彼の胸に甦《よみがえ》った。

## モスクワ炎上［第三部第三編12〜17］

八月二十六日の夕方には、クトゥーゾフも、ロシア全軍も、ボロジノ戦は勝ったものと信じていた。クトゥーゾフはその旨を、書面で皇帝に報告した。ところが、その晩から翌日にかけて、損害は未曾有《みぞう》の程度であり、軍の大半は失われたという報告が続々もたらされたので、新しい戦闘をこれからするのは不可能だとわかった。

翌朝、同じく大損害をうけたフランス軍は、いままでの余勢でロシア軍の方に押し寄せてきた。ロシア軍は一行程だけ退却した。続いてまた同じように第二、第三行程と退却を余儀なくされ、ついに九月一日、軍がモスクワに近づいたときには、軍の内部に大いに士気があがっていたのにもかかわらず、モスクワを越えて退却することが要求された。こうして、ロシア軍は、モスクワを敵にわたしたのである。

ロストフ一家は九月一日、つまり敵のモスクワ侵入の前日まで、市中に踏みとどまっていた。

八月二十八日から三十一日にかけて、モスクワ全市は混雑と動乱の渦中《かちゅう》にあった。西の門からは毎日のように、ボロジノ戦の負傷兵が、幾千となく運びこまれるし、反対側の門からは、住民や家財を山のように積みあげた荷馬車が、ひっきりなしに出て行った。

ロストフ一家は、出発の準備や、家財道具の荷造りに忙殺されていた。すでに、知人たちは全部、モスクワを立ちのいてしまったし、一家のものも一刻も早く立ちのくよう伯爵夫人を説いたにもかかわらず、末の息子ペーチャがコサック隊で出征しその帰還を待っていた夫人は、てんで耳に入れようとしなかった。八月二十八日に十六歳の将校ペーチャが帰ってきた。急に出発しようと一同はあわてだしたわけである。

荷造りに忙殺といっても、本当の指図をしているのはソーニャ一人であった。ソーニャは近頃ふさぎ勝ちだったが、それというのも、公爵令嬢マリヤのことを書いたニコライの手紙がとどき、伯爵夫人から、ニコライとマリヤの結婚こそ神さまの手引きだと言われたからである。こうした悲しみもあって、ソーニャは、品物の片付けや荷造りなど、骨の折れる仕事を全部引き受けて、朝から晩まで忙しそうに働き詰めていた。

八月三十一日のロストフ邸は、ひっくり返るような騒ぎであった。戸という戸はみんな開けはなされ、部屋部屋には、トランクが立っていたり、乾し草、包み紙、縄がちらばっていた。庭には、百姓式の荷馬車がひしめきあっていたが、それには荷物を積みあげて縄かけのおわったものもあれば、まだ空のままのもあった。

ナターシャは自分だけ何もしないでいるのが心苦しいので、ちょっと仕事に取りかかってみたが、何をしても気がのらなかった。彼女は心の底から全力をあげてするようなことでなければ、何一つできないし、する気にもなれない性分だった。彼女は、陶器の荷造りをしているソーニャのそばに立って、ちょっと手伝おうとしかけたが、すぐ投げ出して、自分の持ち物を片付けに部屋へもどった。ふと、騒がしい人声や足音に、窓の外を見ると、往来には負傷者をのせたおびただしい荷車が並んでいた。ナターシャは小間使や下男たちといっしょに門の前へ出た。

婆やが、むしろを幌がわりにかけた荷車に近づき、その中に寝ていた蒼い顔の将校と話をしていた。将校にはモスクワに一人も知人がないときいて、邸内で休息したらとすすめた。ナターシャは、隊長の許可を受けると、家の中へ走り入り、母の許可も受けた。負傷した将校の車は邸内に入った。

そのあいだにもモスクワ市中の不安と動揺についてのいろいろな情報がもたらされた。食後、ロストフ家の人々は、一種の興奮をともなったあわただしい気持で、荷造りと出発の準備にかかった。不意に火がついたようにナターシャは熱心になった。はじめ彼女が口を出すと、召使たちは疑わしげにしていたが、彼女が泣き出さんばかりなので、とうとうみんなに自分の熱意を信じさせてしまった。荷馬車に縄をかけてよいかどうか、もう積むのはたくさんだろうか、というようなことを、みんなはナターシャの所へ行って聞くようになった。ナターシャのおかげで、仕事はずんずん進んだ。不要のものは残されて、もっとも重要なものだけが荷造りされた。

けれども、みんながどんなに努めても、夜おそくまで全部の荷造りはできなかった。伯爵は出発を朝にのばすことにして寝に行った。

ソーニャとナターシャは、着のみ着のまま、長椅子で眠った。

その夜、また一人の新しい負傷者が、ロストフ家の門前へ馬車で運ばれて来た。門のそばに立っていた婆やはその車を邸内へ入れさせた。よほど身分のある人らしく、四輪馬車で幌がきっちり降ろしてあった。負傷者は、ロストフ家の離れに運ばれた。この負傷者はアンドレイ・ボルコンスキイ公爵であった。

モスクワの最後の日が来た。晴れあがった陽気な秋日和《あきびより》で、ちょうど日曜日だったので、どこの会堂でも祈禱式の鐘が鳴っていた。それはどんな運命がこの市を待ちうけているか知らないかのようだった。ただこの日の諸物価が、モスクワの状態を物語っていた。武器、金、荷馬車、馬の値はどんどんあがっていくのに、紙幣や都会用品の価値はさがるばかりであった。

ロストフ家では田舎から来た三十台の荷馬車が、非常な富となって人々よりうらやましがられた。大金を出して、譲り受けたいと申し込む人もあった。その上、負傷者をのせるために荷馬車が欲しいという人もあり、人のよい伯爵は気の毒な負傷者の顔を見ると、つい断わりきれなくなって、一、二台あけわたすように執事に命じてしまった。

せっかく積んだ荷物がおろされると聞き、伯爵夫人は伯爵に文句を言った。それを知ったナターシャは、母を説いて、負傷者をのせることに成功した。

召使たちはナターシャのまわりに集った。しかし、伯爵自身が、馬車をのこらず負傷者に渡し、トランクを物置に戻せと命令するまでナターシャの奇妙な言いつけを本当にしなかった。しかし一度納得がいくと、召使たちは、まるで前にしたことの罪ほろぼしのように、新しい仕事に取りついた。ナターシャは、できるだけ荷物をおろして負傷者にゆずることに、勝ち誇ったような幸福をおぼえた。

ソーニャもひっきりなしに働いた。けれども彼女の目的はナターシャの目的と正反対で、品物を片付け、できるだけ余計に持って行こうと気を配るのであった。

一時すぎには、すっかり荷物を積んで、用意のできたロストフ家の馬車が四台、車寄せのそばに立っていた。負傷者をのせた荷馬車は、一台一台と庭から出ていった。

アンドレイ公爵を乗せた幌馬車が、玄関口を通りすぎるとき、ふとソーニャはそれに注意をひかれた。

「あれ、だれの馬車かしら」とソーニャは小間使に尋ねた。ボルコンスキイ公爵という答えを聞くと、ソーニャはいきなり伯爵夫人のもとへ駆けつけた。アンドレイ公爵と聞くと、伯爵夫人はぎょっとしたように目を開き、「ナターシャは」と尋ねた。

「ナターシャはまだ知りませんけど、何分あの方はわたしたちと一緒に旅をするんですから」

「公爵は危篤《きとく》だっていうのですね」伯爵夫人はソーニャを抱いて泣きだした。そこへナターシャが来た。

「どうしたの。何かあったの」敏感なナターシャはこう言った。ソーニャは溜め息をついただけで、何とも答えなかった。

やがて一同は客間に集り聖像に向かって十字を切り、出立の祈りをした。ナターシャは伯爵夫人とならんで箱馬車に腰をかけ、見捨てられたモスクワの城壁を眺めながら、妙に喜ばしい気分にひたっていた。彼女は、自分の家の馬車の列を見わたし、先頭にあるアンドレイ公爵の馬車を見た。そのなかに誰がいるかは知らなかったが、何となく見ずにはおれなかった。

ある街に来かかったところで、ナターシャはピエールの姿を見つけた。馭者の服装をして、黄色い顔の小柄な老人といっしょに歩いていた。頭を垂れているが堂々とした歩きぶりは、一見して変装した貴族であることが明らかであった。ナターシャに話しかけられても、ピエールはぼんやりしていて、うわの空で答えるだけであった。

「どうしたの。モスクワにお残りになるの」とナターシャ。

「モスクワに」とピエールはいぶかしげに言った。「ええ、モスクワに、では、さようなら」

「あなた戦争にいらっしたの」

「戦争……ええ行きました」

「どうなさったの。いつものあなたとまるで違いますことよ」

「ああ、聞かないでください。実に恐ろしい時が来ました。さようなら」こう言うとピエールは馬車から離れて行ってしまった。

## ピエールの冒険［第三部第三編6〜11、18〜20、31〜34、第四部第一編4〜16］

ボロジノの砲台から駆けおりたピエールは、兵卒たちの群とともにどことも知れず目茶苦茶に歩き続けた。彼は、この恐怖の戦場から離れて、いつもの生活にもどりたいと思った。が、どこを見ても同じ血、同じ軍服、同じ砲声、それに蒸すような暑さと埃しかなかった。その夜は兵卒たちと一緒に寝、翌日総退却をはじめたロシア軍とともに彼はモスクワに帰った。途中で彼は、義兄アナトーリの死とアンドレイ公爵の戦死を知った。

帰りついてみるとベズウーホフ邸では何もかもが乱れていてピエールは頭がぼうっとしてしまった。総督からは一日も早く退去するように要求されるし、執事とか支配人とから用を持ちこまれるし、何をどう片付けてよいか分らぬ状態に追いこまれた。夜、たった一人になってから、彼はやっと妻から届いた離婚請求の手紙を開封した。

エレンは最近、国政の大事を取りあつかっている一人の老大官と外国の親王の二人に愛され、彼らのどちらかとの結婚を考えていた。まず彼女はカトリック教に改宗し「こうして本当の宗教に入ったのですから、にせの宗教のおきてに縛られる必要はありません」と言い、離婚の下地をつくった。ペテルブルクの社交界にひろがったうわさは、エレンが存命中の夫との離婚をくわだてているというのではなくて、不幸なエレンが、二人のうちどちらと結婚しようかと、思い悩んでいるというのであった。エレンはまず老大官と結婚をし、老人が死んでから親王と結婚すればよいと気がついた。こうして彼女はピエール宛てに、離婚に必要な処置をしてくれと手紙を書いた。

この手紙はピエールにとっては、願ってもないことだった。が、いまの彼には家庭内のごたごたよりも、もっと自分にとって大事だと思われる行為に心を奪われていた。彼は、馭者の服を着てモスクワの市中を歩き回り出し、そこでロストフ家の一行に出会ったのである。

九月一日夜、モスクワを通過しリャザン街道へ退却せよという、ロシア軍総司令官クトゥーゾフの命令が出た。

九月二日の朝十時、ナポレオンは麾下《きか》軍隊のあいだに立ち、朝のかがやきのもと、魔法のように美しいモスクワの町を眺めていた。川や庭や会堂をみせて、ひろがっている見なれない町の姿を見て、ナポレオンは、他人の未知の生活様式を目にした場合に感ずる、うらやましさの混った、不安定な好奇心をおぼえた。

「ついに来たるべき時が来た」ナポレオンはこう言って馬からおりると、通訳官を召し寄せ、地図を見ながら、ロシアの貴族たちに言うべきことを考えていた。続いて、「貴族たちを連れてこい」と従者に言った。はなやかな随員をしたがえた一人の将軍が、さっそく貴族たちを呼びに馬を飛ばした。

二時間が過ぎた。使者の将軍が帰ってきて、モスクワは空《から》になっている、住民は町を立ちのいてしまったと報告した。ナポレオンは仕方がなく、フランス軍を市内へ進ませた。

本当に、モスクワは空であった。もっとも住民の五十分の一は残っていたが、それにしても空には違いなかった。フランス軍の兵士らは、砂上にこぼれた水のように、住民のないモスクワ市内に吸い込まれてしまった。そうして制止できぬ勢いでもって、クレムリンから四方へひろがり、彼らは誰も彼も同時に幾軒もの家を占領して、自分の名前を白墨で書いた。貴重品のありそうな場所へ走っていった。

富は限りないように思われた。どこへ行ってもフランス兵の占領地付近には誰も知らない、誰も手をつけていない場所があり、そこにはもっともっとたくさんの富があるように思われた。こうしてモスクワはますますフランス軍を吸い込んでいった。あたかも乾いた地面に水がこぼれると、地面も水も消えてしまうように、空虚な町へ飢えた軍隊が入ったために、富裕な町も軍隊もなくなってしまった。そしてぬかるみと火事と掠奪《りゃくだつ》がこれにとって代ったのである。こうして最後にモスクワの町は焦土と化してしまった。

モスクワにあがった火事の空あかりを、徒歩や乗りもので避難していく住民や退却中の軍隊は、思い思いの道から思い思いの感じをいだきながら眺めた。

九月二日の夜、ロストフ家の馬車隊は、モスクワから二十露里のムイチーシチの大きな百姓家に泊っていた。モスクワ炎上の報告を聞くと老伯爵は、ガウンを着て見物に出た。伯爵夫人は泣きだしたが、ナターシャは蒼白な顔に目をすえて、人々の驚きさわぐ声にまるで注意を向けなかった。この朝、ソーニャはうっかりと、アンドレイ公爵が負傷して、ロストフ家の馬車隊にまじっていることを、ナターシャにもらしてしまった。それ以来ナターシャは茫然自失の状態になってしまったのだった。

その朝、アンドレイ公爵が重傷の身で自分たちといっしょに旅をしていると教えられてから、ナターシャは、傷は重いか、会ってもいいかと、いろいろ尋ねたが、会ってはならぬ、傷は重いが命に別条はないと聞かされた。それからは、もう言われることを信用しない様子で、それ以上何も尋ねなかった。

伯爵夫人に、寝台で寝るように言われてもナターシャは、床の上で寝ると言いはり、乾し草の上に横になった。やがてあたりが静まり返るとナターシャは素足で冷たい床におり、外へ出た。そして小猫のようにすばやくアンドレイ公爵の寝ている小屋のドアをあけた。小屋の中は暗かった。むこうの隅《すみ》の寝台の上に、何やら横たわっていた。そばには、大きな燃えかすをつけて消えかかっている蠟燭が点《とも》っていた。

彼女は今日一日、夜になればあの人に会えるという希望だけで生きていた。ところがその瞬間が来てみると、これから見ようとするものの得体の知れなさが、彼女をおびやかした。あの人はどんなに醜くなっているだろう。どんなにひどい姿になっているだろう。彼女は、一歩一歩、抗《あらが》いがたい力に押されて、寝台へ近づいた。と、燃え切った蠟燭の芯《しん》がおちると、アンドレイ公爵を、昔見なれている姿のまま、はっきりと見た。

彼は、昔の彼であった。しかし、上気したような赤い顔色と、彼女に注がれた喜びに充ちた輝かしい目と、ひろげたシャツの襟から出ている子供らしい首とは、彼に無邪気な、幼児のような面影をあたえていたが、それは彼女が今まで一度もアンドレイ公爵に見たことのない表情であった。彼女は彼のそばへ寄り、膝をついた。

彼はにっこりして、彼女の方へ手を差し出した。

アンドレイ公爵が、ボロジノの包帯所で気がついてから、もう七日の日が経っていた。その間、彼はずっと意識を失っていた。しかし、七日目の朝、ふと意識を回復し、お茶といっしょにパンを一切れ、いかにもおいしそうに食べた。彼は福音書をほしいと言ったが、包帯を取り替えるときに、またもや意識を失った。こうして、三度目に意識を取り戻したのは、真夜中であった。彼はナターシャに一度会いたいと思った。すべての人の中であの女ほど激しく愛し、また憎んだ人はいないとも思った。

この時、ふとナターシャの姿が彼の目に映った。これは本物の生きたナターシャで、幻影ではないと、彼はすぐ認めたが、驚きはしないで、かえって静かな喜びを感じた。ナターシャは、ひざまずいたまま、すすり泣きをこらえて、彼を見ていた。

「あなたですか。なんという幸福だろう」と彼は言った。

ナターシャは、すばしこい、しかし慎重な動作で、彼の方へいざり、その手を取ると唇をつけた。

「お許し下さい。わたしを許して下さい」と彼女はささやいた。

「ぼくはあなたを愛しています」とアンドレイ公爵は言った。「何を許すのです。ぼくはね、前よりももっと深く、あなたを愛しています」

ナターシャの幸福の涙にあふれた目は、喜びと愛にみちた表情で、彼を見ていた。

この日以来、どこの休憩所でも、宿泊所でも、ナターシャは負傷したアンドレイのそばを離れなかった。そして軍医も、この若い娘に、これほどまでの強い意志と、こうまで行き届いた負傷者看護の心得があろうとは意外だったと言った。

ピエールは、九月三日の朝おそく目をさました。馭者用の長衣《カフタン》を着て、ピストルを持って出かけようとしたが、大きな旧式の武器は、カフタンの下にかくすことができなかった。おんなじことだ、短刀だ、と彼はつぶやき、刃のこぼれた短刀を取り、帽子をまぶかにかぶって表へ出た。

火事は一夜のうちに巨大な火の海となり、モスクワはもうあらゆる方角から燃えていた。川の上の艀《はしけ》や薪《まき》市場まで燃えていた。ピエールは前から計画遂行の場所と想像していたアルバートの広場をさして行った。通りも横丁もがらんとして、空中にきなくさい煙の香がただよっていた。彼はナポレオンを暗殺しようと熱病のように思っていたのである。けれど彼の計画は、もはや実現は不可能であった。ナポレオンはもう四時間も前に、クレムリン宮殿の皇帝の間に座を作っていたからである。

煙はますます濃くなって、火のためにあたりは暖かいくらいであった。時々、家の屋根の下から、炎の舌がちょろちょろとのぞいて見えた。ふと、自分のすぐそばで、絶望的な女の泣き声を聞きつけた。

路ばたの枯れ草の上に家財道具の山があった。トランクのそばでやせた女がしゃくりあげていた。十ぐらいの女の子が、おびえた顔で母親を見つめていた。ピエールを見つけると女は飛ぶように足もとに身を投げた。

「旦那さま、お助けくださいまし、小さい女の子が……娘が……わたしの小さい女の子が残っているのでございます」女は、かたわらの夫が「もうたくさんだ」と言うのを夢中で「自分の子が可愛くないのか、ばか」とののしった。

ピエールは女の子の案内で屋根の片側が焼け始めたばかりの大きな木造の家の前へ来た。フランス人たちが群れていて、家の中からしきりと箪笥《たんす》や家財を運び出していた。通りがかりの百姓の狐皮の外套をはいでいるのもいた。ピエールは、この家の中に赤ん坊がいないかとフランス人に尋ねたが、彼らは自分たちの略奪を邪魔されたといった風な目付きで見た。その中の一人に気のいい男がいて、赤ん坊の泣き声を聞いたと言って中庭に連れていってくれた。ベンチの下に、三つばかりの女の子が寝ていた。ピエールが女の子を抱いて、元の所に帰ってみると、女も夫もいなかった。彼はすこしでも早く娘を母親の手にわたして、まだほかのものを助けたかった。火事と熱気と運動のために体が燃えるように熱く、若々しい活気が湧きたってきた。

この時、ふとアルメニアの娘と、その年とった両親を取り囲んだフランス兵の一群に気がついた。彼らは娘の首筋をつかんで、首飾りを引きちぎろうとした。ピエールは抱いていた女の子を群集に渡すと、フランス兵を突きとばし「この女を放してやりたまえ」と言った。そのとき、フランス槍騎兵《そうきへい》の騎馬巡邏《じゅんら》隊が町角から現われ、ピエールに襲いかかり、両手を縛りあげた。

「中尉殿、こいつは短刀を持っております」これがピエールの耳に入った最初の言葉であった。

「おれが何者かということは、お前たちには言わない。おれはお前たちの捕虜だ。連れていけ」いきなりフランス語で、ピエールは言った。

彼は、放火犯の被疑者として逮捕された五人のロシア人といっしょに営倉に送られた。しかし、被疑者のうちで一番疑わしく思われたのはピエールであった。彼ひとりは厳重な監視のもとに独房に収容された。

こんな動乱の間にも、平和なペテルブルクの生活は昔ながらに流れていた。八月二十六日、すなわち、ボロジノ会戦の当日、ペテルブルクの社交界を驚かしたのはエレン・ベズウーホフ伯爵夫人の病気であった。噂によると、彼女は誰にも会わず、かかりつけの名医の診察もうけず、いかがわしいイタリア人の山師を信用して、奇妙な治療を受けているということであった。しばらくして、ボロジノの敗報がとどき、それと前後してエレンの急死が伝えられた。

ニコライ・ロストフは、師団の馬を補充するために田舎に出張を命ぜられ、知事邸の舞踏会で、かつて自分が助けた公爵令嬢マリヤの叔母に会った。そこで彼は、この叔母のもとに滞在しているマリヤを訪ねることになった。

マリヤはこの知らせを聞いてから二日間、どんな態度でむかえたらよいか思い悩んだ。まだ父の喪中に客をむかえるのは不謹慎だと考えたり、あれほどの恩を受けながら、会わないのも失礼だと思った。

けれども、日曜日に、ニコライ・ロストフ伯爵が来訪したとき、彼女は品位と優美さに充ちた物腰で、喜ばしげな微笑をうかべ、女らしい声で話しはじめた。それは、どんな女でも、気に入られたいと思う男にあった時、これ以上たくみな態度はとれまいと思われるくらいであった。

ニコライも、まるで彼女の生活を全部知ってでもいるように、マリヤの女らしいよさを見てとった。彼は、今自分の目の前のものこそ、それまでに会ったすべての人に優れた、別な存在、彼よりもはるかに優れた存在だ、と感じていた。

やがてニコライは帰っていったが、彼もマリヤもたがいに相手の感情が、何か不思議なものに誘われて理解できるような気がした。

九月の中旬、ボロジノの敗戦とモスクワ放棄の恐ろしい報道が、マリヤのいる田舎にもとどいた。マリヤは新聞で兄アンドレイの負傷を知っただけで、はっきりした細部の情報が得られないので、自分で兄を捜しに出向く決心をした。

と、ソーニャからニコライに手紙が来て、負傷者の中にアンドレイ公爵がいることが知らされた。彼女は、伯爵夫人がニコライとマリヤの結婚を望んでいるうえ、ニコライが何の手紙もくれないで冷淡な態度をとるため、自分は昔の約束をあきらめ、ニコライを自由にする、と書いていた。

「わたしが望むのは、愛する人の幸福よりありません」と結んであった。

じつは、この手紙は、マリヤと息子の結婚を望む伯爵夫人が、ソーニャに無理に書かしたものだったが、ニコライは、にわかに自分がソーニャの約束から自由になったような安らぎを覚えた。

翌日、彼はこの手紙を持って、マリヤを訪れた。マリヤは叔母がとめるのもきかず、すぐに兄のところへと出立した。ニコライはマリヤを途中まで送っていき、それから数日後、自分も連隊へ向けて立った。

営倉の独房内で一夜を過したピエールは、翌日、被疑者たちといっしょに、ある一軒の家へひっぱっていかれ、一人のフランス将官と二人の大佐から訊問《じんもん》された。四日目に営倉の近くで火事があったため、ピエールは、ほかの者とともに、ある商家の馬小屋へ移された。

九月八日、一同は、一箇中隊の兵に監視されて郊外の野原へ引いていかれた。雨上がりの晴れた日で、ここかしこに火事の煙が立ちのぼっていた。捕虜たちは野原の近くの大きな白い家へ連れていかれた。訊問者は残忍をもって名高いダヴー将軍であった。しかし、ダヴーとピエールは、話しているうちに人間同士の関係をむすぶことができ、このことが彼を救った。

ピエールは白い家を出て、一本の柱の立っている菜園へ連れて行かれた。柱のむこうには大きな穴が掘られ、周囲を人群れがかこみ、柱の左右にはフランス兵が列をつくって並んでいた。

犯人は名簿に記載された一定の順序によって並べられ（ピエールは六番目であった）、柱のそばへ連れて行かれた。太鼓が両側で鳴り始めた。

フランス兵は、まず二人の囚人をつかまえ、袋をすっぽり頭からかぶせると柱へ縛りつけた。銃を持った十二人の狙撃兵が、柱から八歩の位置に来た。ピエールは、その先におこることを見まいとして顔をそむけた。はぜるような銃声がした。振り返ると、煙がたちこめて、悪いことをして震えているような若いフランス兵たちが、穴のそばで何かしていた。次の二名が引かれていった。また、すさまじい銃声が耳をつんざいた。

三度目に、ピエールと並んでいた五番目の男が、一人だけ連れて行かれた。ピエールは自分の助かったことを知らなかった。職工らしい五番目の男は、飛びのくとピエールにしがみついた。ピエールは思わず身震いして、身をもぎはなした。職工は歩くことができなかった。腋《わき》の下をかかえられ、引きずられていきながら何やら叫んでいた。男は殺された。

このあと、ピエールはほかの被疑者たちから引き離され、焼け残った汚らしい教会の中に一人取り残された。夕方まえ、二人の兵卒をつれた下士官が来て、お前は無罪になったから、今後は、捕虜を収容するバラックへやられる、と言った。

大勢の人々がバラックの暗闇の中に立っていた。彼らはひどくピエールに興味を感じたらしく、四方から話しかけてきた。ピエールは、壁ぎわの藁《わら》の上に、黙ったままじっと坐って、目を閉じたが、すぐ殺された職工の顔と、心にもない殺人を働いたフランス兵たちのおどおどとした動きが思い出されてきた。彼は、あわてて目を開き、闇をすかして無意味にあたりを見回した。

彼の隣に、小柄な兵卒が背中をかがめて坐っていた。その男が体を動かすたびに発散する強烈な汗の臭《にお》いにピエールはとうから気がついていた。

「ねえ旦那、お前さん、ずいぶん不自由な目にあいなすったことだろうね」とだしぬけに男は言い出した。男の歌うような声音《こわね》は、やさしさと素朴のひびきがあったので、ピエールは、急に涙のこみあげてくるのを感じた。「なあに旦那、くよくよなさることたあねえ。苦労は一っ時、暮しは一生だからなあ。え、旦那、現にわしらもこうして暮らしてるが、おかげで何もいやなこたあねえ」それは年とったロシアの農夫によく見られる、優しい情のこもった口調であった。「まあ、旦那、これでも一つ食ってごらん」彼は包みの中から焼いたジャガイモを出して、ピエールに差し出した。

ピエールは一日ものを食べていなかったので、イモの匂いがとてつもなくおいしそうに思われた。彼は、兵卒に礼を言って食べにかかった。

「お前さん、こうして食うもんさ」兵卒は、にこにこして、折りたたみナイフを出し、手の上でイモを真っ二つにし、塩をふりかけピエールにすすめた。ピエールは、今まで、こんなにうまいものを食べたことがないように思った。

いろいろ話しているうちに小柄な兵卒は「わしはアプシュロン連隊で、プラトン・カラターエフといいまさ。熱病でモスクワの病院に入院中にふんづかまっただよ」と言った。彼はにこにこしながら自分の身の上話を始めた。彼はもと百姓で、何不自由なく暮らしていたが、あるとき他人の森へ木を伐《き》りに行き、番人に見つかってぶんなぐられ、裁判のすえ軍隊にやられたのである。彼の語り口には、ロシアの百姓によく見られる素朴な楽天性と話術の妙があり、ピエールは聞いているうちに、いつのまにか話にひきこまれ、また心慰められる思いがした。彼は逆境にいる自分を忘れ、何か新しい美に飾られるような気がした。

「もう眠いやな」と、カラターエフは言い、十字を切って祈りをとなえた。「さあ、これでよしと、神様、石ころのように寝て、パンのように起してくださいまし」彼は外套をかぶって横になった。外ではどこかで泣いたり叫んだりする声が聞えた。バラックの隙間から火事の火明りが赤く見えていた。

ピエールが捕らえられてから四週間たった。フランス人たちは、兵隊のバラックから将校のほうへ移るようにとすすめたが、彼は、最初のバラックに残っていた。

荒らされたうえに焼き払われたモスクワで、ピエールは人間の忍ぶことのできる極限の窮乏を体験したが、それまでそうとは意識しなかった強靭な体力のおかげで、自分の境遇をたえ忍び、むしろ、喜びをもってむかえることができた。バラックには二十三人の兵卒と、三人の将校と、二人の官吏が捕虜として監禁されていたが、中でプラトン・カラターエフだけは、ピエールの心に強烈な、貴重な思い出として、またロシア的な善良さの好例として生き残った。

最初の夜、カラターエフを見た時、何かまるいものという印象だったが、翌朝、彼と顔をあわせて、この印象が本当だったと気づいた。フランス外套に縄の帯をしめ、軍帽をかぶって木の皮靴をはいたプラトン・カラターエフの姿は、全体的にまるまるとしていた。頭は完全にまるかったし、背中も、胸も、肩も、いつも何かを抱こうとするような恰好をした腕までが、まるかった。気持のいい微笑も、大きな褐色《かっしょく》の目も、まるかった。

昔の戦争に参加したという話から察すると、カラターエフはもう五十を越しているはずだったが、自分ではいくつになるのか知りもしなかった。歯は、輝くばかりに白く丈夫そうだったし、声も気持のいい歌うような声であった。

彼はよく、前に言ったことと正反対のことを口にしたが、しかし、どちらも正しかった。話すのが好きで、自分の話を諺で飾り、聞き手をあきさせぬ話術をそなえていた。ピエールがカラターエフの言葉に驚嘆して、もう一度繰り返してくれと頼んでも、彼はたった今言った言葉が思い出せなかった。彼の言葉や動作は、自分でもわからぬ活動のあらわれであり、その活動こそ彼の生命であった。もっとも、彼によると、自分の生命は、一個の生命としては何の意味も持たないもので、全体として感じられる大いなるものの一部として初めて意味を持つのであった。

公爵令嬢マリヤは、甥《おい》のニコーレンカとブリエンヌを連れて、二週間ばかり困難な馬車旅行をしたすえ、当時、ロストフ家の人たちの滞在していたヤロスラーヴリに着いた。ロストフ家の宿となっているのは、富裕な商人の家で、出迎えたのは、黒い髪で赤い顔の娘であった。マリヤには娘が、わざとらしく不愉快な微笑を浮べているように思われた。それは、マリヤの恋の競争者というべきソーニャだったとあとでわかった。

続いて現われたのは、伯爵夫人であった。彼女はマリヤを抱いて「わが子よ。わたしはあなたを愛しています」と言って接吻しはじめた。

その時、ほとんど走るようにしてナターシャが入ってきた。マリヤは、以前モスクワで会った際、あれほど不快に思ったナターシャが、いま、自分の悲しみもわかちあう誠実な友、したがって自分の親友であることを悟った。

「さあ、まいりましょう」とナターシャが言った。マリヤは顔をあげ、涙をぬぐって、「どんなですの……」と問いかけた。

「それは……いま、すぐお分りになりますわ」とナターシャはやっと言った。

病室の前で二人は涙を拭い、面会の準備をした。ナターシャは、アンドレイの経過をぼつぼつ話し出した。最初の危険は高熱と痛みだったが、それも無事に過ぎて、医者は脱疽《だっそ》だけを恐れていた。ヤロスラーヴリに来たとき、傷が化膿《かのう》しかけたが、それも順調だった。

「けれど二日前に様子が変ったんですの、マリヤ、あの人はあんまり立派すぎるんですわ。それで駄目なんです……」

ナターシャが病室のドアをあけたとき、マリヤは、早くも自分の喉にこみあげてくる嗚咽《おえつ》を感じていた。どんなに心構えをし、気をたしかにしようと努めても、涙なしに兄を見られないと彼女には分っていた。

二日前に様子が変ったという言葉でナターシャが何を意味したか、マリヤは理解していた。それは兄の気持が急に和らいだことを意味し、こうした和らぎや感動が死の徴候であることを、彼女は知っていた。

マリヤがすすり泣きを抑えて病室に入ったとき、アンドレイ公爵は自分の内部ばかり見つめているような表情で、冷ややかに妹を見た。

「ご機嫌よう、マリヤ、よく無事に来られたね」彼は、抑揚のない、よそよそしい声で言った。

「そう、じつに不思議な運命の糸のおかげでね」とアンドレイはナターシャを指さしながら言った。「この人が、ずっとぼくの看病をしてくれてね」

公爵令嬢マリヤは、聞いていながら、兄の言っていることがよく理解できなかった。敏感でやさしいアンドレイ公爵が、愛し愛されている女の前で、どうしてこんなに冷たい侮辱的な調子で話すことができるのだろう。しかし、もはやアンドレイは、生に関係した事柄に無関心になっていたのである。

「アンドレイ、あのニコーレンカに会いたくありませんか」とマリヤはふるえる声で言った。

アンドレイ公爵は、やっとわかるほどの微笑をもらしたが、それは喜びの微笑でも、わが子に対する優しさのそれでもなく、マリヤの言ったことに対する嘲笑であった。

ニコーレンカは、病室に連れてこられると、脅えたように父を見ていたが、誰も泣いていなかったので、泣きはしなかった。アンドレイはニコーレンカに接吻した。が、わが子に何と言っていいか分らない様子だった。少年が連れ去られると、マリヤはもう一度兄に近づき、接吻したが、もう抑える力がなくて泣き出してしまった。

それから幾日かののち、アンドレイ公爵は、静かに、この世を去っていった。魂に見捨てられる肉体の、最期の痙攣《けいれん》がおこったとき、マリヤとナターシャはそこに居あわせた。

「おしまいですね」とマリヤは、兄の肉体が、すでに数分動かず、次第に冷えていきながら横たわっているのを見て、言った。ナターシャは歩み寄り、アンドレイの目を閉ざし、唇をつけた。

『あの人はどこへ行ってしまったのだろう。いまはどこにいるのだろう』

湯灌《ゆかん》をして着替えをすました遺骸が棺におさめられたとき、一同はそのそばへ、告別に近づき、みんな泣いた。

【抄訳】

# 第四部第三編

## 4

暖かい雨もよいの秋の日であった。空も地平線も一様に濁水のような色を呈していた。霧のようなものが降るかと思うと、にわかに大粒の雨が、パラパラと横なぐりに落ちてきた。

デニーソフは雨の流れおちるコーカサス・マントに毛皮帽をかぶり、きりりと胴の引きしまった、痩せ型の、サラブレッドの馬に乗っていた。馬は首を横に向け、ぴたりと耳を伏せていた。主人も馬と同じく、横なぐりの雨に顔をしかめ、心配そうに前方を見透かしていた。短い黒い顎鬚を一面に濃く生やした、やつれた顔は、何だか怒ってでもいるように見えた。

やはりコーカサス・マントに毛皮の帽子といういでたちで、肥った逞しいドン産の馬にまたがったコサック大尉、――これがデニーソフの相棒であった。

これもコーカサス・マントに毛皮帽をかぶった、第三人目のコサック大尉ロワイスキイは、背がひょろ長く、胸部が板のように平べったい男であった。白い顔、ブロンドの髪、細長く明るい眼の持主で、顔の表情にも、乗りこなす風姿にも、落ち着きはらった自己満足の色がみなぎっていた。馬と乗り手の特徴がどこにあるのかわからなかったが、コサック大尉とデニーソフとを一目見くらべただけで、デニーソフのほうはずぶ濡《ぬ》れになっており、いかにもぐあい悪そうで、馬に乗った人間だという感が露骨にしたが、それに引き換え、コサック大尉のほうを見ると、こちらはいつもの通り、ぐあいよさそうに悠然と落ち着きはらっているので、馬に乗った人間というよりも、むしろ馬と人とが一体になり、二重の力で拡大された存在という感じだった。

彼らの少し先には、灰色の長上衣を着て、白頭巾をかぶった道案内の百姓が、びしょ濡れになって歩いていた。

少しうしろからは、水色のフランス外套を着た若い将校が、痩せた、ひょろひょろした、キルギス産の馬に乗ってすすんでいた。尾と鬣《たてがみ》の偉大な馬で、唇が破れて血みどろになっている。

この将校とならんで、一人の驃騎兵が馬をすすめており、それにつづいて、ところどころ裂けたフランス軍服をつけ、水色の頭巾をかぶった、一人の少年が乗りすすむ。少年は寒さにかじかみ赤くなった手で、驃騎兵の身体にしがみつき、むき出しの両足を温めようと思って、もぞもぞと動かしたり、眉をつりあげてびっくりしたようにあたりを見まわしたりした。これは今朝捕虜になったフランスの鼓手であった。

彼らのうしろから、馬蹄にこねかえされてどろどろになった林間の道を、驃騎兵が三、四人ずつつづいてゆく。さらにそのあとから、コーカサス・マントを着たり、フランス兵の外套を着こんだり、頭からすっぽりと馬衣をかぶったりという、思い思いのいでたちで、コサックの兵士がすすんだ。馬は赤毛も栗毛も、滝のように流れ落ちる雨滴のために、みんな黒馬《あお》のように見えた。そして頸部が、鬣の濡れた結果、変に細く見えた。どの馬も身体からぽっぽっと湯気が立っていた。服も、鞍も、手綱も、何から何まで道路の土や落葉と同じく、ぐしょぐしょに濡れ、ずるずるとすべり、腐ったようになっていた。人々は身体のほうまで流れこんだ水を温めて乾かすため、さらにまた臀部や膝下や首すじへ新たに侵入した冷たい水を、奥へ入れないように防ぐため、身動きもしまいと努め、じっと身体をすくめ固くなっていた。蜿蜒《えんえん》とのびたコサックの隊列の中ほどで、フランスの軍馬と、鞍をつけたコサックの馬に曳かれた二台の荷馬車とが、切り株や枝にぶつかってがたがた鳴ったり、轍《わだち》の跡の水溜りでジャボジャボ音をたてたりした。

デニーソフの馬は、行く手の水溜りを迂回しようとして、横のほうへそれた拍子に、乗り手の膝を樹の幹へいやというほどぶつけた。

「えい、こん畜生！」とデニーソフは例のなまり言葉で憎々しげに叫び、歯をむき出し、鞭《むち》で三つばかり馬を叩き、そのはずみに自分にも仲間にも泥水を跳ねかけた。デニーソフは不機嫌だった。雨と空腹のせいもあったが（全員朝から何も食べていなかった！）、何よりもおもな原因は、今にいたるまでドーロホフから全然報告がないことと、『舌』をとりに行った部下が帰ってこないことであった。『輸送隊を襲うのに、今日のような好機会は、ふたたび来るかどうか怪しいものだ。が、おれ一人で襲撃するのは冒険すぎるし、かといって、次回に延ばしたりなどすると、だれかの大きなパルチザン隊が、おれの鼻先で獲物をせしめてしまうだろうしなあ』待ちに待たれるドーロホフの使者を見つけようと、たえず前方を見透かしながら、デニーソフはこう思った。

右のほうが遠く見渡せる伐木した跡の空地へ出ると、デニーソフは馬をとめた。「だれか来るぞ」と彼は言った。

コサック大尉はデニーソフの指さす方角を見た。

「二人まいります――将校とコサック兵と。しかし、ドーロホフ少佐ご自身だとは、予見することができません」コサックの大尉は言った。彼は部下にわからない言葉を使うのが好きだった。

二人の騎馬兵は坂をおりて姿を消した。が、幾分かたつと、ふたたび姿を現わした。長い鞭で馬を追いながら、疲れきった生気のない駆け足で先頭に立ってすすむのは将校であった。将校は頭をくしゃくしゃにし、身体じゅうびしょ濡れに濡れしよぼたれ、ズボンを膝の上までずりあがらせてはいていた。将校のあとから一人のコサックが、鐙《あぶみ》の上に立ちあがりながら馬をとばしてきた。まだ若々しい少年で、幅の広い薔薇色の顔をにおわせ、快活な眼を敏捷に動かしていたが、デニーソフのそばへ駆けよると、雨に濡れた封書を渡した。

「閣下からのお手紙であります」と将校は言った。「申しわけありません。少し濡らしました……」

デニーソフは顔をしかめ、書状を受け取り、封を開いた。

「みんなが危険だ危険だと言っていました」紅顔の青年将校は、デニーソフが渡された封書を読んでいる間に、コサックの大尉に話しかけた。「しかし、僕はコマローフと二人で」彼は連れのコサックを指さした。「ちゃんと支度をいたしました。二人とも二梃《にちょう》ずつピストル……あれ、これはどうしたんです？」フランスの鼓手を目にとめて、彼はたずねた。「捕虜ですか？　あなたがたはもう戦争をなすったんですね？　あれと話をしてもいいですか？」

「ロストフ！　ペーチャ！」渡された封書を走り読みしたデニーソフが、その途端に、例のなまりでこう叫んだ。「いったいどうして君は名を名乗らなかったのだ、姓名を？」デニーソフはにこにこ顔で向きなおって、紅顔の将校に片手を差しのべた。

この将校はロストフ伯爵家の次男ペーチャであった。

ペーチャはここへ来る途中ずっと、デニーソフに会ったとき以前からの知合いであることをほのめかさないで、一人前の将校として恥ずかしくないような、立派な応対をしようと期していた。が、デニーソフがにこやかな微笑を見せると同時に、ペーチャはすぐ喜びに光り輝き、ぱっと両頬に紅葉を散らし、あらかじめ用意したよそ行きの態度を忘れてしまい、フランス軍のすぐそばを通りぬけてきたことや、こういう任務を受けたのがうれしいということや、もう自分もヴャージマで実戦に参加したことや、その際、一人の驃騎兵が殊勲をたてたこと、などを話しはじめた。

「いや、僕も君《ちみ》に会うてうれしいよ」と例のなまりでデニーソフがさえぎった。その顔はふたたび不安そうな色を浮かべた。「おい、ミハイル大尉！」と彼はコサックの大尉に話しかけた。「これはやはりあのドイツ人のところから来た書面だ。この人はあの先生についているんだよ」

それからデニーソフは、いま受け取った手紙の内容が、輸送隊襲撃のために合併せよという、ドイツ将軍の再度の要請であるということを、コサック大尉に話して聞かせた。「もし明日じゅうに鹵獲《ろかく》しないと、われわれは自分の鼻先から、大きな獲物をさらわれてしまう」こう彼は言葉を結んだ。

デニーソフがコサックの大尉と話しているあいだに、デニーソフの冷淡な調子に照れくさくなったペーチャは、ずりあがったズボンの位置がそうした不体裁の原因になっているものと思いこみ、そっとだれにも気づかれぬように、外套の下でズボンの位置を直し、できるだけ男らしい態度をしめそうと努力した。「デニーソフ少佐殿、どういうご命令をいただけますでしょうか？」帽子の庇《ひさし》へ片手をあて、挙手注目の礼をして、あらかじめ用意してきた副官と将軍との『紋切り型の演技』に返りながら、ペーチャは言った。「それとも、わたくしは、デニーソフ少佐殿のおそばに、残っているべきでありますか？」

「命令？……」とデニーソフは深く物を考えるような眼つきで言った。「君は明日までこちらに残っていられるのかね？」

「ああ、どうぞ……じゃ、僕、あなたのそばにいてもいいですね？」とペーチャは叫んだ。

「そりゃそうと、いったい君は将軍から、どんな命令を受けてきたのかね？　すぐ帰れって言われたのかね」とデニーソフはたずねた。ペーチャは赤い顔をした。

「いいえ、すぐ帰れとも、何とも命令はありませんでした。だから僕、かまわないんですけど」と彼は窺《うかが》うような眼つきで言った。

「それじゃ、よろしい」とデニーソフは言った。それから彼は部下一同のほうを向き、部隊は林中の見張り場付近にある指定の休憩地へ行けと命じ、キルギス産の馬に乗った将校に向かっては（この将校は副官の役を務めていた）、ドーロホフを捜しに行き、今どこにいるか、晩に来るかどうか、確かめてこいと命じた。そしてデニーソフ自身は、コサックの大尉とペーチャを伴い、シャームシェヴォに面した林の一端に近づき、あす襲撃する予定になっているフランス軍の陣地を、視察しようと考えた。

「おい、ひげ」こう彼は案内の百姓に声をかけた。「シャームシェヴォへ案内しろ」

デニーソフとペーチャとコサック大尉は、幾人かのコサックと、捕虜をうしろに同乗させている驃騎兵とを伴って、窪地を越え、左方の森の一端へすすんだ。

5

雨はやんだ。霧がおり、梢《こずえ》から雫がしたたるだけになった。デニーソフも、コサックの大尉も、ペーチャも、黙々として百姓のあとからついて行った。頭巾をかぶった百姓は、木の皮の靴をはいたがに股の足で、軽々と音もたてずに、木々の根や濡れた落葉を踏みながら、彼らを林のへりへと案内した。

そのうちに傾斜地へ出た。と、百姓は歩みをとめ、あたりを見まわし、木立の壁のややまばらになっている方向へ向かった。まだ葉の落ちつくしていない大きな樫の木のそばまで行くと、百姓はまた足をとめ、由々しい秘密事でも行なうような態度で手招きした。

デニーソフとペーチャは百姓のそばへ近づいた。百姓の立ちどまったところへ行くと、フランス軍が見渡された。林の出はずれからは、すぐに春蒔きの畑がだらだら坂をなして傾斜していた。右手には険しい谷を越えた向うに、小さな村と屋根の崩れた地主邸とが見えた。この村にも、地主邸にも、傾斜地全体にも、庭にも、井戸や池のそばにも、橋から村までの四百メートルばかりの坂路全体にも――いたるところに、揺れうごく霧を通して、群衆が見えた。荷車を曳く馬を坂へ追いあげるかけ声や、たがいに呼びかわす叫び声などが、手にとるようにはっきり聞こえた。

「捕虜をここへつれて来い」と、デニーソフはフランス軍から目を離さずに、低い声で言った。

コサックは下馬し、捕虜の少年を抱きおろすと、一緒にデニーソフのそばへ来た。デニーソフはフランス軍を指さし、あれはどういう隊か、これはどういう隊かという風に、畳みかけてたずねた。少年はかじかんだ両手をポケットへ突っこみ、眉をあげて、怯えたようにデニーソフを眺めた。そして明らかに、知っていることを残らず言ってしまおうと望んでいるらしかったけれど、にもかかわらず、返事の言葉にまごついて、ただデニーソフのたずねることを、いちいち是認するだけであった。デニーソフは眉をしかめて、少年から顔をそむけ、コサックの大尉のほうを振り向いて、自分の考察した内容を告げた。

ペーチャは忙しげに首を動かして、鼓手やデニーソフやコサックの大尉をかわるがわる見たり、またときには村や道路にいるフランス兵に眼をやったりしながら、重大事を見逃すまいと努めていた。

「ドーロホフの来る来ないにかかわらじ、あいはぜひ取らんけやならん……なあ、おい？」デニーソフは愉快そうに眼を輝かしながら、例のなまり言葉でこう言った。

「それにはちょうど打ってつけの地点ですからな」とコサックの大尉は言った。

「歩兵を低地づたい──沼地づたい──に向けてやろう」とデニーソフは語をついだ。「そして、庭へ忍びよらせる。一方で、君はコサックの一隊を引率して、あっちのほうから」デニーソフは村はずれの林を指さした。「おれは部下の驃騎兵を引率して、こっちから出かける。そして一発の銃声を合図に……」

「低地づたいには行けません……泥濘ですから」とコサックの大尉は言った。「馬が泥にはまりこんでしまいます。もう少し左のほうから回らなけりゃなりません……」


二人が低声で話をしていると、とたんに下方の池に近い低地で、ドーンと一発銃声がひびき、一塊の白い煙がぱっとひろがった。さらに一発。つづいて、丘の上にいる数百のフランス兵の、愉快そうに思われるほどよく揃った叫び声が聞こえた。最初の一瞬間、デニーソフとコサック大尉は、思わずうしろへ身をひいた。あまり敵陣に接近していたので、自分たちがこの射撃と叫喚の原因のように思われたのである。が、射撃と叫喚は、彼らと関係を持たなかった。下の泥地を何やら赤いものを着た男が走っていた。どうやらフランス兵たちはその男を狙撃し、その男に向かって罵り叫んでいるらしかった。

「ああ、あれは隊のチーホンです」とコサックの大尉は言った。

「そうだ！　あいつだ、まさしくあいつだ！」

「いやはや、どうもしようのないやつだなあ！」とデニーソフは言った。

「大丈夫、逃げおおせますよ！」コサックの大尉は眼をほそめながら言った。

彼らがチーホンと呼んだ男は、小川のそばへ走りつくと、ざんぶと水中へ飛びこんだ。ぱっと水しぶきが散り、一瞬姿が見えなくなったが、すぐまた全身くろぐろと、濡れ鼠のようになって、四つんばいで岸へ這いあがり、ふたたび先へ先へと駆けだした。追跡していたフランス兵たちは立ちどまった。

「ほう、すばしっこいやつだ」とコサックの大尉は言った。「悪いやつだ、ほんとうに！」デニーソフは相変らずいまいましげな表情で、こう言った。「まったく今までどこに何していやがったんだろう？」

「あれはだれです？」とペーチャはたずねた。

「あれは隊の斥候だ。『舌』をとりにやったやつだよ」

「ああ、そうですか」ペーチャはデニーソフの発した最初の一言で、何もかもすっかり合点が行ったようにうなずいた。が、そのくせ彼は、一言もわからなかったのだ。


---

チーホン・シチェルバートゥイは、パルチザン隊内でもっとも必要な人物の一人

であった。彼はグジャーチに近いポクロフスコエ村の百姓だった。デニーソフは活動を開始するさい、ポクロフスコエへ行って、例の通り小作頭を呼びだし、フランス軍について何か知っていることはないかとたずねた。すると小作頭は、すべての小作頭の例にたがわず、まるで後難をでも恐れるかのように、フランスのことなどいっさい知らぬ存ぜぬの一点ばりであった。けれどもデニーソフが、フランス兵をやっつけることだけが自分の目的なのだからと説明したのち、フランス兵がこの村へ迷いこみはしなかったか、とあらためてきくにおよび、小作頭は、たしかにそういう村荒しが村へやってきたにはきたが、しかし、村でそういうことに関係しているのは、チーホンだけだと告げた。デニーソフはチーホンを呼んで来させた。そしてその活動ぶりを賞めちぎったのち、小作頭の前で、皇帝と祖国に忠義を尽くすべき義務や、ロシア男子がフランス軍にたいして抱くべき敵愾心などについて、さらに数言費やした。

「わしらはフランス人に悪いことなんぞしやしません」デニーソフの言葉に怯《お》じ気《け》づいたらしく、チーホンはこう言った。「わしらあ若え衆《わけ》と、ほんの少しばかりわるさしただけです。もっとも、村荒しを、二十人ばかり殺したことは殺しましたけれど、そのほかには、何も悪いことなんぞしませんでした……」翌日、もうこの百姓のことなどけろりと忘れて、ポクロフスコエ村を出発するにおよび、デニーソフは、チーホンがパルチザン隊のだれ彼にうるさくつきまつわり、ぜひ仲間に入れてくれとせがんでいるという報告に接した。で、デニーソフはその乞いを容《い》れてやれと命じた。

はじめしばらくチーホンは、焚火を用意したり、水を汲《く》んだり、馬の皮を剝《は》いだりなどという、もっぱら雑用をつとめていたが、まもなくパルチザン戦に非常な興味と手腕をもっていることがわかった。彼は毎夜のように獲物を捜しに出かけていき、いつもかならずフランス兵の服や武器をとって来た。いや、それどころか、言いつけられたら、捕虜さえつれて来るのだった。そこでデニーソフは、チーホンに雑用を課すことを免除し、斥候につれて行くようになった。そして彼をコサックの一員に加えたのである。

チーホンは馬に乗るのが嫌いで、いつも徒歩だが、それでも決して騎兵に遅れるようなことはなかった。彼の武器というのは、むしろお笑い草に持っている火縄銃と、それから槍《やり》と斧《おの》とであった。彼はこの斧を自由自在に操った。それはちょうど、狼がたくみにその歯を使って、毛のなかの虱《しらみ》もとれば、大きな骨も嚙み砕くのと一つであった。チーホンはまた同じ程度の正確さで、この斧を力一杯に振りあげて丸太も割れば、峰を握って細い串も削るし、匙《さじ》なども器用に作るのであった。デニーソフの隊のなかで、チーホンは類のない特殊な地位を占めていた。何でも骨の折れる汚ない仕事——たとえば、泥濘にはまっている荷車を肩で押しだすとか、尻尾をつかまえて馬を泥沼から引き揚げるとか、馬の皮を剝ぐとか、フランス軍のまっただ中へ忍びこむとか、一日に五十キロずつ歩くとか、そういうこと——をしなければならぬ場合には、いつもみんなで笑いながらチーホンを指さした。

「あの野郎は、どんな目にあっても平気でいやがる。まるでがんじょうな去勢馬そっくりだ」一同は彼のことをこう評した。

あるときチーホンは、一人のフランス兵をつかまえようとして、拳銃で背中を射ちぬかれたことがある。チーホンは内用にも外用にも、ただウォトカを用いただけで、このときの傷を癒《いや》していたが、それが隊内で何よりも愉快な談笑の種となった。チーホンもその冗談に、快く調子を合わせた。

「どうだい兄弟、もうやらないかい？　骨身にこたえたかい」とコサックたちは冷やかした。チーホンはわざと身をすくめ、怒ったふりをして、しかめっ面を作りあげながら、思いきり滑稽な言葉で、フランス兵を罵る。このできごとがチーホンに与えた影響について言おうなら、この負傷以来、あまり捕虜をつれて来なくなった、ただそれだけのことである。

チーホンは隊のなかで、一番役にたつ勇敢な男であった。一人として、彼以上に襲撃の機会を発見する者もなければ、だれ一人彼以上に、フランス兵を捕虜にしたり、殺したりすることのできる者もなかった。しかも彼はじつにそのために、すべてのコサックや驃騎兵の道化役にされていたし、また自分でも喜んでこの役割を引き受けているのであった。この日もチーホンは、まだ暗いうちから、デニーソフの命令で、『舌』をとって来るために、シャームシェヴォへやられたのだが、一人二人のフランス兵を捕虜にするのでは満足しなかったためか、それともうっかり寝過ごしたためか、日中に藪をくぐって、フランス軍の真ん中へ入りこんだ。そして、デニーソフが上から見たとおり、フランス兵の発見するところとなったのである。

## 6

デニーソフはフランス兵を間近に見、いよいよその決心を固めたらしく、なおしばらくのあいだ、明日の攻撃についてコサックの大尉と打ち合せをしたのち、馬首を転じて引っ返した。

「さあ、君、もう帰って、服でも乾かそうじゃないか」こう彼はペーチャに言った。

林中の見張所に近づくと、デニーソフは林の奥を見透かしながら、立ちどまった。木立のあいだを縫って、短い上衣・木の皮靴・カザン帽といういでたちで、銃を肩にし斧を腰に差した一人の男が、長い両手をぶらぶらさせながら、同じく長い両足で、軽々と大股に歩いてきた。この男はデニーソフを見ると、急いで灌木《かんぼく》のなかへ何か投げこんだ。そして、鍔《つば》のだらりと垂れたぐしょぬれの帽子をとって、上官のほうへ近づいてきた。チーホンであった。あばたと皺で一面におおわれたなかに細い小さな眼の二つ据《す》わっている顔は、いかにも得意げな喜びに笑み輝いていた。彼は高く頭を反らせ、笑いたいのをこらえてでもいるかのように、ぴったりとデニーソフの顔を見つめた。

「おい、どこへ失せていたのだ？」とデニーソフは言った。

「どこへ失《う》せたねえ？　フランスの兵隊をつかまえに行ったんです」嗄れてはいるが歌うようななめらかなバスで、チーホンは臆《おく》する色なく早口に答えた。

「なぜきさま、昼の日中に、のこのこ出かけたのだ？　この野郎！　おい、どうした、つかまらなかったのか、捕虜は？……」

「つかまえるこたあ、つかまえやした」とチーホンは言った。

「どこにいる？」

「へえ、夜が明けるが早いか、真っ先に一人とっつかまえましてな」チーホンは木の皮靴をはいた扁平足《へんぺいそく》でがに股の両足をいっそう大股に踏みかわしながら、語をついだ。「そして林のなかへ引っぱりこんだのですがね、どうも見ると、あまりぞっとしねえ野郎だもんですからね、それでその、なんです、もう一遍出かけていって、もっと気のきいたやつをとっつかまえてやろうと思いやしてね」

「ええ、この野郎、案の定そうだ」とデニーソフはコサックの大尉に言った。「なぜその最初につかまえたやつを、しょっぴいてこなかったのだ？」

「だって、あんげなやつをつれて来ても始まりませんよ」チーホンは腹だたしげに急いでさえぎった。「何の役にも立ちやしません。わたしだって、あなた、どんなやつが旦那にお入用か、それくらいはわかりますからね」

「しようのないやつだな、この野郎……で、それからどうした？」

「別のやつをとっつかまえに行きました」とチーホンはさらにつづけた。「わたしゃこういう塩梅《あんばい》に、林のなかを這っていって、こんなぐあいに臥せりました」チーホンはどんなぐあいにやったかを、実地にやって見せるために、突然、しなやかな身のこなしで腹ばいになった。「するとそこへ、ひょっこり一人やってきたものだから」と彼はつづけた。「わしゃそいつを、こういう塩梅にひっつかんで（チーホンは身軽にひらりと立ちあがった）、連隊長のところへ来いと言ってやりました。するとそいつが、どえらい声で喚きたてました。ところが、よくしらべると、やつは四人組でしてね、みんな刀を抜いて、斬《き》ってかかる始末です。そこでわしも、斧をこういうふうに振りまわして、何だ、この野郎、覚悟しろ、って言ってやりました」チーホンは両手を振りかざし、物凄く顔をしかめ、胸を突きだして、こう叫んだ。

「そうか、道理で、おれたちは丘の上から、お前が溝川《どぶがわ》のなかへざんぶととびこむのを見たわけだ」コサックの大尉は輝かしい眼を細くしながら言った。

ペーチャは笑いたくてたまらなかったが、みんなが笑いをおし殺しているのを見ると、チーホンの顔からコサック大尉とデニーソフのほうへ、すばやくその視線を移した。彼はこの場の意味が呑みこめないのだった。

「馬鹿らすい芸当をさらすない」腹だたしそうに咳払いしながら、デニーソフは例のなまり言葉で言った。「なぜはずめのやつをつれて来なかったのだ？」

チーホンは片手で背中、片手で頭を掻きはじめた。ふいにその顔全体が、晴ればれした愚かしい微笑にほころびて、一本ぬけた歯をあらわに見せた（そのために歯っかけ《シチェルバートゥイ》と呼ばれているのだった）。デニーソフはにやりとした。ペーチャも愉快そうに声をたてて笑いだした。当のチーホンも二人の笑いにつりこまれた。

「そんでも、まるで役にたたねえやつだったもんですからね」とチーホンは言った。「それに、ひどい服を着てましたからね。どこへつれて行けるもんですか、あんげな野郎。おまけに手のつけられねえ無作法もんでね、旦那、『おれは大将の伜《せがれ》だぞ、つかまえられてなんか行くもんか』なんてぬかすんですからねえ」

「ええ、馬鹿なやつだなあ！」とデニーソフは言った。「おれのほうで訊問《ずんもん》すなきゃならんのじゃないか。……」

「わしのほうでその訊問はしましたがね」とチーホンは言った。「ところが、野郎、『よく知らねえ』ってぬかすんです。自分たちのほうは、人数は多いが、碌《ろく》なやつがいねえ、ただ名前がご大層なだけなんだから、ひとつ大きな声で怒鳴りつければ、残らずつかまってしまいますってね、こう言うんです」とチーホンは愉快そうに、じっとデニーソフの眼をまともに見つめて、言葉を結んだ。

「野郎、ぴりりときく鞭で百叩きを喰わせてやろう。そすたら少すはこりてそんげな馬鹿な芸当をすなくなるだろう」デニーソフは厳然とした声で言った。

「何もそんげに腹をたてるこたあねえてば」とチーホンは言った。「フランスの兵隊を見たことがねえわけじゃあるまいし。なあに、今に暗くなりさえすりゃ、どんなやつでもお望みしだい、三人でも四人でもつかめえて来てご覧に入れますよ」

「まあ、いい。じゃ出かけよう」とデニーソフは言った。そして、見張所のそばへ着くまで、腹だたしげにおし黙ったまま、彼は顔をしかめていた。

チーホンはうしろからついて行った。チーホンが藪のなかへ長靴を投げこんだというので、それを槍玉にあげてコサックたちの笑ったりからかったりしているのが、ペーチャの耳にはいった。

チーホンの言葉や微笑に誘発された笑いが収まると同時に、ペーチャはこのチーホンが人殺しをしたのだということをはっと悟った。妙にきまりが悪くなった。彼は捕虜になった鼓手をかえり見た。何かちくりと彼の心を刺すものがあった。が、このばつの悪さ、きまり悪さは、ほんの一瞬間しかつづかなかった。ペーチャは新たにはいった仲間の一人として恥ずかしくないように、いっそう高く頭をもたげ、いっそう勇気をふるい起こし、仔細《しさい》らしく、明日の計画をコサックの大尉にきかねばならぬ、その必要を感じたのである。

派遣された将校は途中でデニーソフを迎えた。その報告によれば、ドーロホフは自身すぐやってくる。彼のほうも万事万端都合よく運んでいるとのことであった。

デニーソフは急に活気づき、ペーチャをそばへ呼びよせた。
「さあ、君、そいじゃひとつ、君の身の上話を聞かせてくれたまえ」と彼は言った。

7

ペーチャはモスクワを立ちのくにあたって、家族と別れ、連隊に加わり、その後まもなく大きなパルチザン隊を指揮している将軍の伝令に採用された。彼は任官以来——ことに実戦隊へはいり、ヴァージマの戦闘に参加以後はなおのこと、自分はもう大人になったのだという不断の喜ばしい幸福な感激と、真の勇気をしめす機会を逸しないようにしようという慌しい興奮とを、たえず感じているのだった。彼は軍隊内で見たり経験したりする事柄で有頂天になったが、それと同時に、いま自分のいないところで正真正銘のほんとうに勇ましい活動が行なわれているのだという気持が、たえず胸に去来した。そこで彼はいま自分が身をおいていないところへ遅れぬように駆けつけようと、しきりにあせっているのだった。

十月二十一日に将軍がデニーソフのパルチザン隊へだれかやりたいという希望を表明したとき、ペーチャはぜひ自分をやってくださいと、憐れっぽい調子で訴えたので、将軍もしいて拒むことができなかった。将軍はペーチャを送りだすとき、彼がヴァージマの戦いで、気違いじみた行動をとったことを思いだした。その戦いのときペーチャは、道路づたいに命令された方角へ行かないで、戦場へ出て、フランス軍の砲火を浴びながら二度ピストルを発射したのである。で、将軍はペーチャを送りだすとき、どんな性質のものであろうとも決してデニーソフの行動に加わってはならぬと、厳重に禁じた。残っても差支えないかとデニーソフにきかれたとき、ペーチャが顔を赤くしてどぎまぎしたのは、つまりそのためにほかならなかった。林のふちへ出るまでは、ペーチャも自分の義務を厳重に履行し、早く帰らなければならぬと思っていた。が、フランス兵やチーホンを見て、今夜かならず攻撃があると知ると、若者の常で、とたんに考えががらりと変わった。これまで非常に尊敬していた将軍などは、やくざなドイツ人にすぎないが、デニーソフは勇士である、コサックの大尉も勇士である、チーホンも勇士である、そしてこういう困難に際して、彼らのもとを去るのは恥ずべきことであると、彼はそう決めてしまった。

デニーソフがペーチャやコサックの大尉と一緒に見張所へ近づいた時分には、もう暮れかけていた。薄闇の帷《とばり》を通して鞍をつけた馬や、コサックの姿が見えた。空地に小舎を建てたり、フランス兵に煙を見られないように林の窪地に赤々と火を焚いたりしている驃騎兵たちの姿も見えた。小さな百姓家の玄関口では、一人のコサックが上衣の袖をたくしあげて、せっせと羊肉を刻んでいた。百姓家のなかでは、デニーソフの部下の将校が三人、戸板で急造の食卓をこしらえていた。ペーチャは濡れた服を乾かしてくれといって兵卒に渡すと、すぐに食卓の用意をしている将校たちの手伝いをやりだした。

十分ほどたつと、ナフキンでおおわれた食卓ができあがった。食卓の上にはウォトカと、小壜にはいったラム酒と、白パンと、羊肉の塩焼きがならべられた。ペーチャは将校たちと一緒に食卓につき、香ばしい匂いのする脂っこい羊肉を、ぬるぬるする手で裂いているうちに、すべての人にたいする優しい子供らしい感激にみちた愛を感じた。で、その結果、ほかの人も自分にたいして、同じような愛を抱いてくれるものと、固く信ずる気持になった。

「デニーソフ少佐殿、少佐殿はどうお考えになりますか」と彼はデニーソフに話しかけた。「僕が一日くらい少佐殿の隊にいたって、べつにかまやしないでしょう？」それから彼は答えも待たないで、自分で自分に返答した。「だって僕は、ようすを見てこいと言いつかって来たのですからねえ。だから、今こうやって僕はようすを見てるわけなんです……ただ、どうか僕を……その、一番重要なところへやってください……僕、行賞なんぞほしくはありませんが……ただ何となく……」ペーチャは固く歯を結び、毅然と肩をそびやかし、顎をぐいと引くようにして、片手を振りまわしながら、あたりを見まわした。

「いちばん重要なところへか……」デニーソフは、微笑みながら繰り返した。

「ただ、どうかひとつ、僕に部下を任せてください。僕に指揮ができるように」とペーチャはつづけた。「それくらいのことは、あなたにとって、べつに何でもないじゃありませんか？　ああ、ナイフですか？」羊肉を切りたそうにしている一人の将校に向かって、彼はこう言った。ペーチャは折畳み式のナイフを出して渡した。将校はその小刀を賞めた。

「じゃ、進呈しましょう。僕そういうんだったらたくさん持っていますから……」とペーチャは顔を赤くして言った。「ああ、そうだ！　僕すっかり忘れていた」こう彼はふいに叫んだ。「僕乾し葡萄《ぶどう》を持ってるんです。素晴らしいやつでしてね、たねが全然ないんです。僕のほうは酒保が新しいもんですから、いろんないい品があるんですよ。僕十斤買いました。甘い物を食べる癖がついてしまいましたのでね。いかがです？……」ペーチャはこう言いながら、廊下にいる自分のコサックのほうへ走っていって、五斤ばかり乾し葡萄のはいっている袋を持ってきた。「おつまみになってください。みなさん、つまんでください。……それから、と、コーヒー沸しは要りませんか？」彼はコサック大尉のほうを向いて言った。「僕、隊の酒保で、素敵なやつを求めましたよ！　うちの酒保にはなかなかいいものがあるんです。それに、うちの酒保は、人間がじつに正直だ。これが何より肝心な点です。僕きっとあなたのところへ送ってあげます。ときに、ピストルの火打ち石が切れていやしませんか。たぶんもう減ってしまったでしょう――よくあることですからね、そういうことは。僕、火打ち石も用意してきました。そこにあります……（彼は袋を指さした）百個ばかりあります。非常に安く買ったんですよ。どうかいるだけお取りください。なんならみなお取りになっても……」ペーチャは調子にのってばかなことを言いはしなかったかと、ふいに反省して言葉をきった。そして顔を真っ赤にした。

彼はまだ何かほかに、愚かなまねをしなかったかと、反省しはじめた。そして、この日の記憶を繰りひろげているうちに、フランス人の鼓手のことを思い浮かべた。『われわれはこんなに愉快にしているが、あいつはどんな気持だろう？　一体どこへやられたかしら？　食べ物を貰ったろうか、ひどい目に遇《あ》わされはしなかったかしら？』と彼は考えた。が、火打ち石などというばかなことまで言ってのけたのに気がつくと、彼は妙に気がひけてきた。

『きいてもいいかしら？』と彼は思った。『だけど、自分が子供なもんだから、子供を可哀そうに思うのだなんて、そんな風に言われやしないかしら、なあに、明日になれば、僕が子供か子供でないか、みんなに見せてやるからいい！　だけど、そんなことをきいたら、恥ずかしくなりはしないかしら！』とペーチャは考えた。『なあに、かまうもんか、どうだって！』彼は顔を赤くして、将校たちの顔に嘲笑の色が浮かんでいはせぬかと、おそるおそる一同を見まわしながら、切りだした。

「あの捕虜になった少年を呼んでもいいでしょうか？　何か食べさせてやりたいと思うんですけど……ことによったら……」

「そう、可哀そうな小僧だ」この言葉に別段恥ずべきことも見いだされらしく、デニーソフはこう言った。「あいつをここへ呼べ。ヴァンサン・ボッスっていうんだ。

あれを呼んでこい」

「僕が呼んできましょう」とペーチャは言った。

「呼んでこい、呼んでこい。可哀そうな小僧だ」とデニーソフは繰り返した。

デニーソフがこう言ったときには、ペーチャはもう戸口に立っていた。ペーチャは将校たちのあいだをくぐるようにして通りぬけて、デニーソフのそばへ、近々と寄ってきた。

「お願いします。接吻をさせてください」彼は言った。「ああ、素敵だ！　じつにいい、愉快だ！」デニーソフに接吻すると、ペーチャは戸外に向かって駆けだした。

「おい、ボッス！　ヴァンサン！」ペーチャは戸口に立ちどまって、こう叫んだ。

「だれをお呼びですか？」暗闇のなかでだれかの声がした。きょう捕虜にしたフランスの少年だ、とペーチャは答えた。

「ああ！　あのヴェセンニイですか？」とコサックが言った。

ヴァンサンという彼の名を、コサックはもうヴェセンニイと作りかえ、百姓や兵卒はヴィセーニャと作り変えていた、この作り変えは、どちらもヴェスナア、すなわち『春』を意味する言葉で、うら若い少年にたいする観念と、ぴったり合っているのだった。

「あいつはあちらで、焚火にあたっておりましたっけ、おい、ヴィセーニャ！　ヴィセーニャ！　ヴェセンニイ！」という叫び声と笑い声が、闇のなかで交錯した。

「はて、どこへ行ったかな、いやはや、なかなかすばしっこい小僧だ」ペーチャのそばに立っていた一人の驃騎兵が、こう言った。「先ほどわたしたちで少しばかり食べさせてやりました。ひどく腹をへらしておりましたので！」

闇のなかに足音が聞こえた。そして、はだしで泥濘をぴちゃぴちゃ踏みながら、鼓手が戸口のほうへ近づいた。

「ああ、君か！」とフランス語でペーチャは言った。「何か食べたい？　心配したもうな、だれも君に悪いことなんぞしないからね」臆しがちながらも愛想よく、鼓手の手に触りながら、彼はつけたした。「さあ、はいりたまえ、はいりたまえ」

「どうもありがとうございます」ほとんど子供のそれに近い慄え声でこう答え、鼓手は泥足をしきいにこすりつけて拭きはじめた。ペーチャはこの鼓手に、いろいろ言いたいことがあったけれど、思いきって言いだすだけの勇気がなかった。彼は足をもじもじさせながら、鼓手のそばに立っていた。が、やがて、闇の廊下でその手をとって握りしめた。

「はいりたまえ、はいりたまえ」彼はただ優しく囁くような声で、こう繰り返すのみだった。

『ああ、この少年に何かしてやれるといいがなあ！』とペーチャは心のなかで言った。そして戸を開けると、自分より先に少年を部屋へ通した。

鼓手が部屋へはいると、ペーチャはやや離れて腰をかけた。鼓手ふぜいに気を留めるのが、自分の価値を傷つけるように思われたのだ。彼はただポケットのなかで金をさぐりながら、これを鼓手にやったりしたら、きまり悪い思いをしはせぬかと、思いまどっているのだった。

## 8

デニーソフの命令で、捕虜の鼓手に、ウォトカと羊肉が与えられた。またデニーソフは彼にロシア風の長上衣を着せ、ほかの捕虜と一緒に後方へ送らずに隊へ留めておけと命じた。鼓手にたいするペーチャの注意は、ドーロホフの来着でそらされた。ペーチャは隊にいたとき、ドーロホフのなみなみならぬ勇気と、フランス人にたいする残虐な行為とについて、いろんな噂話をたくさん聞いていた。で、ペーチャはドーロホフが部屋へ入ってきたときから、片時も目を離さずに彼を見守り、ぐっと肩をそびやかし、顎をしゃくるようにして、ドーロホフのような人物と同席しても恥ずかしくないようにしようと、ますます力み返るのだった。

ペーチャはドーロホフの外貌の単純なのに、一種異様な驚きをおぼえた。

デニーソフはコサック風の上衣をつけ、顎鬚をたくわえ、胸間に霊験あらたかな聖ニコライの聖像をかけ、話しぶりにもすべての態度にも、自分の特別な地位を現わしていた。が、ドーロホフはそれとまるきり正反対で、以前モスクワではペルシャ風の衣裳をつけていたくせに、今は思いきりきざな近衛将校らしい風采をしていた。顔はてらてらに剃《そ》りあげてあった。着ているのも綿を入れた近衛の制服で、ボタン孔《あな》にゲオルギイ勲章をさげ、平凡な軍帽を真っ直ぐにかぶっていた。彼は片隅に濡れた粗ラシャの外套を脱ぎ捨てると、デニーソフのそばに近づき、だれにも挨拶せずいきなり状況をききだした。デニーソフはフランスの輸送隊にたいして大部隊が抱いている奇襲計画やペーチャの派遣や、両将軍にたいする自分の答えなどをドーロホフに語った。つぎにデニーソフは、フランス部隊の状況について、知っているだけのことを残らず話した。

「それはそうだろうが、しかし、どんな種類の軍隊で、兵隊がどのくらいあるかだね、それを知る必要がある」とドーロホフは言った。「ひとつ繰りださにゃなるまい。兵数も正確にわからないうちに、実行にとりかかるなんてわけにはいかないからね。おれは物事をきちんとするのが好きなんだ。どうだ、だれか君らのうちで、僕と一緒に敵陣へ行きたいものはないか？　軍服も一着余分にあるんだけど」

「僕、僕……僕ご一緒します！」とペーチャが叫んだ。

「君があらためて行ってみる必要なんぞありゃせんよ」デニーソフはドーロホフに向かってこう言った。「それにこの少年士官だが、おれはこの先生を決してやらないからね」

「いや、面白い！　ぜひ行ってみたい！」とペーチャは叫んだ。「どうして僕が行っちゃいけないんですぅ？……」

「行ったって始まらないからさ」

「どうかそればかりは堪忍してください、だって……だって……僕行きますよ、それだけです、僕の答えは。あなた」とペーチャはドーロホフのほうを向いて、「僕をつれてってくださるでしょう？」

「そりゃお安いご用だが……」とドーロホフはフランスの鼓手の顔を見入りながら、気のない調子で返事をした。「この少年は前から君のところにいるんかね？」こう彼はデニーソフにたずねた。

「今日つかまえて来たのさ。まだなんにも知らないのだ。おれは自分のそばに置くことにしたよ」

「なるほどね。だが、ほかのやつらはどこへやる？」とドーロホフはたずねた。

「どこへどうやるもんか！　受取証と引き換えに送ってやるさ！」ふいに顔を真っ赤にして、デニーソフは叫んだ。「おれはあえて断言する。ただの一人だって、良心の咎めるような扱いをしたおぼえはないよ。率直に言うがね、軍人としての名誉をけがすよりは、三十人だろうと三百人だろうと、護衛をつけて町へ送ってしまうほうがはるかに楽だろうじゃないか」

「おいおい、ここにおられる十六、七の小伯爵なら、そんな優しい口をきくのも板についているかしらんが」冷やかな嘲《あざけ》るような笑みを浮かべてドーロホフは言った。

「君なんかは、もういいかげん、そんな芸当はよしていい時分だぜ」

「いえ、僕はべつに何もむずかしいことなんぞ言いやしません。ぜひあなたとご同道したいと言っただけです」とペーチャはおそるおそる言った。

「いやまったくだ、実際君などはおたがいに、そんなセンチな了見なんぞ棄てるべきときだよ」デニーソフをいらいらさせるこの問題にふれることが、かくべつ愉快でもあるかのように、ドーロホフは語をついだ。「おい、どうして君はこの子供を、自分のそばへ置くんだ？」と頭を振りながら彼は言った。「つまり、可哀そうだからだろう？　君がいう受取証なんざ、こちとらにはもうわかりきっているよ。君が百人送ったって、先方へは三十人しか着きやしません。餓死するか殺されるかだ。そんなくらいなら、はじめからつかまえないほうがましだろうじゃないか」

コサックの大尉は碧眼《へきがん》をほそめながら賛成だといったようにうなずいた。

「そんげえことはどうでもいい。何も議論《じろん》なんかしることはありゃせん。とにかくおれは、良心の咎めるようなことをしたくない。どうせみんな死んでしまうと君は言うが、それでもいいさ。自分で手をくだしさえしなけりゃそれでいいんだ」

ドーロホフは吹きだした。

「しかし君、そんなことを言うけれど、やつらだっておれたちを、二十遍でも、三十遍でも、とっつかまえろと命令されているんだからね。つかまえたが最後、相手がおれだろうと、騎士道一点張りの君だろうと、変わりはありゃせん。同じように、白楊《ポプラ》の樹に吊りさげられるんだからねえ」彼はしばらく黙っていた。「そりゃそうと、仕事にかからなければならん。おれのコサックに荷を持って来させてくれたまえ。フランスの軍服を二着もって来ているんだ。おい、君、どうだ、一緒に行くかね？」こう彼はペーチャにたずねた。

「僕ですか？　ええ、ぜひ、ぜひおともします」ペーチャは涙の出るほど赤い顔をして、デニーソフを顧みながらこう叫んだ。

ドーロホフとデニーソフが捕虜の処分法について議論しているあいだ、ペーチャはまたばつの悪いせかせかした落ち着かない気持に駆られていた。が、またもや彼は、彼らの話している事柄を、よく理解する余裕を持たなかった。『名の聞こえた大人の人がそういう風に考えている以上、そうしなければならないのだ。そうしたほうがいいのだ』と彼は思った。『しかし、何よりもいちばん大事なのは、僕がデニーソフに服従するなどという考えを、当人に起こさせないようにすることだ。デニーソフに僕を指揮する資格なんぞあるものか。僕はぜひドーロホフと一緒に、フランスの陣地へ行ってみる。ドーロホフにできることだもの、僕にだってできるさ！』

デニーソフが行くなと言葉を尽くしてさとしたけれど、それにたいしてペーチャは、自分もやはり物事をきちんと処理する習慣がついていて、いい加減なことをしたくないし、また自分の危険などということは、てんから考えていないと答えた。

「なぜって、そうじゃありませんか――あなたもご同意なさると思うけど――敵方に何人いるか、それを正確に知らなければ……そのために、何百という人命が失われるかもしれないでしょう。ところが、今なら、僕たち二人ですむことですからねえ。それにまた、僕非常に行きたいんです。どうしても僕は、ぜひ行きます。もうどうか引きとめないでください」と彼は言った。「かえって悪い結果が来るばかりですから……」

## 9

ペーチャとドーロホフはフランスの外套をまとい、軍帽をかぶり、この日の夕方デニーソフがたたずんで敵の陣地を見おろした、林のなかの例の空地をさして出発した。二人は暗闇のなかを林から窪地へおりた。下までおりると、ドーロホフは供のコサックたちにここで待っていろと命じ、大股に馬をとばして、道路づたいに橋畔《きょうはん》へと向かった。ペーチャも興奮にわくわくしながら、ドーロホフと轡をならべて馬をすすめた。

「もしつかまったら、僕は生きていません。僕ピストルを持っていますから」とペーチャは囁いた。

「ロシア語を使っちゃいかん」とドーロホフは早口にささやいて制止した。が、その瞬間、闇のなかで、「だれだ、そこへ行くのは？」というフランス語の叫び声と、銃をがちゃりといわせる音とが聞こえた。

ペーチャの顔はさっと充血した。彼はピストルに手をかけた。

「第六連隊の槍騎兵」馬の歩度を緩めもしなければ速めもせずに、ドーロホフはこう答えた。歩哨の黒い姿が橋の上に立っていた。

「合言葉は？」

ドーロホフは手綱を引きしめ、並み足で歩きだした。

「ジェラール大佐はここにおられるかね？」彼はたずねた。

「合言葉は？」哨兵は返事をせずに、路をさえぎりながらこう言った。

「将校の戦線巡察に、哨兵が合言葉をきくという法はない」ドーロホフは急にかっとなって、哨兵に馬を乗りかけるようにしながら怒鳴りつけた。「大佐はここにおられるかというに！」

そしてドーロホフは、わきへとびのいた哨兵の返事を待たずに、並み足で丘へ上りはじめた。

路を横ぎる黒い人影を見つけると、ドーロホフはこれを呼びとめ、連隊長や将校たちのいどころをたずねた。肩に袋をのせたこの男——一兵卒——は立ちどまり、ドーロホフの馬に近よって、片手でこれを撫でながら、朴訥《ぼくとつ》な親しげな調子で、連隊長と将校たちが丘を少し上った右側の農舎《フェルム》（彼は地主邸をこう呼んだ）の庭にいるむねを告げた。

両側の焚火のそばから湧きおこるフランス語の話し声を聞きながら、ドーロホフは道路づたいにしばらくすすみ、それから地主邸のほうへ馬首を転じた。彼は門をはいると、馬からおりて、燃えさかる大きな焚火のそばへ近づいた。焚火のまわりに、幾人かの人が坐って、大きな声で話し合っていた。はしのほうにかけた鍋のなかで、何やらぐつぐつ煮えていた。兜帽子《かぶと》をいただき水色の外套を着た一人の兵卒が、両膝ついた姿をあかあかと焚火の光に照らされながら、銃の槊杖《さくじょう》で鍋のなかを掻きまわしている。

「いやはや、こいつは固い、とても煮えやせん」と、焚火の向う側のかげになったところに坐っている将校の一人が言った。

「狼でも歯が立たないっていう代物だ……」とほかの一人が笑いながらはやした。馬を引いて焚火に近づくドーロホフとペーチャの足音に、二人とも闇を見透かしながら口をつぐんだ。

「諸君、今晩は」とドーロホフは大声にはっきりと言った。

将校たちは焚火のかげでもぞくさ動きだした。頸の長い背高のっぽの将校が、焚火を回ってドーロホフのそばへやってきた。

「おい、君、君はクレマンだろう？」と彼は言った。「この野郎、どこから降って湧いたのだ？……」けれども彼は、しまいまで言いきらないうちに、人違いだと気がついたので、ちょっと顔をしかめ、あらためて未知の人としてドーロホフに挨拶して、何の用かとたずねた。それにたいしてドーロホフは、同僚と二人で自分の連隊のあとを追っているのだと説明し、それからさらに一同に向かって、何か第六連隊のことを知っている人はいないかとたずねた。知っているものは一人としていなかった。ペーチャは、将校たちが敵意をもって、胡散《うさん》くさそうに、自分とドーロホフとを眺めだしたような気持がした。数秒のあいだ、一同は沈黙していた。

「晩飯をあてにして来たのなら、すこし遅うござんしたなあ」焚火のかげから、だれかの声が、笑いを抑えてこう言った。

ドーロホフはそれにたいして、自分たちはひもじくないし、それに夜道をして先へ行かねばならないから、食事の暇もないと答えた。

ドーロホフは鍋のなかを掻きまわしている兵卒に馬を渡し、頸のひょろ長い将校とならんで、焚火のそばにしゃがみこんだ。頸の長い将校は、じっと眼を離さずにドーロホフを見つめ、何連隊付きかと、もう一度ききなおした。ドーロホフはまるでその問いが聞こえなかったかのように、何とも返事をしなかった。彼は短いフランス・パイプをポケットから出して、すぱりすぱりとやりながら、この先の道はどの程度までコサックに襲撃される危険があるかと、将校たちに質問した。

「あの強盗どもはどこにだっておりますよ」と焚火のかげから一人の将校が答えた。

それにたいしてドーロホフは、コサックが恐ろしいのは、自分たちのような落伍《らくご》者《しゃ》だけの話で、大部隊に向かっては、彼らもたぶん襲撃できぬだろうと、さぐるような調子でつけたした。だれも何とも答えなかった。

『さあ、もうこの辺であの人は出かけるだろうな』ペーチャは焚火の前にたたずんで、ドーロホフの話を聞きながら、一分ごとにそう思った。

が、ドーロホフはいったんとぎれた話をまたやりだし、この大隊には幾名いるかとか、みんなで何個大隊あるかとか、捕虜はどのくらいあるかということを、端的にききはじめた。そしてこの部隊にいるロシアの捕虜のことをたずねながら、ドーロホフは言った。

「あんな死骸同様なやつらを引きずって歩くなんて、じつにいやなことだ。あんなやつらは一思いに射殺してしまうほうがいいんだがなあ」こう言って、じつに異様な、甲高い声で笑いだした。ペーチャは今にもフランス人が自分たちの偽りを看破しそうな気がしてならず、思わず焚火から一歩あとずさりした。ドーロホフの笑いにたいして、だれも一言も答えなかった。と、今まで見えなかった（外套をかぶって横になっていたので）一人のフランス将校が、半ば身を起こして、何やら同僚に囁いた。ドーロホフも立ちあがり、馬を預けておいた兵卒を呼んだ。

『馬をよこすかしら、どうだろう？』思わずドーロホフにより添うようにしながら、ペーチャはこう思った。

馬は牽《ひ》かれてきた。「諸君、ではご機嫌よう」とドーロホフは言った。

ペーチャも『さようなら《ボン・ソワール》』と言おうとしたが、この一言を言いきることができなかった。将校たちはたがいに何やら囁き合っていた。馬がじっとしていないので、ドーロホフはしばらく乗るのに手間どった。が、やがて悠然と、門の外へ乗りだした。ペーチャもドーロホフと轡をならべて馬をすすめた。彼はうしろからフランス兵が追っかけてくるかどうかと思い、振り返って確かめてみようとしたが、思いきってそうする勇気が出なかった。

道路へ出ると、ドーロホフはもとの原のほうへは帰らないで、村づたいにずんずんすすんだ。あるところでは、わざわざ馬をとめて聴き耳を立てた。

「聞こえるかね？」と彼は言った。ペーチャはロシア人の声を聞き分け、焚火のそばにいるロシアの捕虜たちの黒い姿を認めた。橋のほとりまで下りてくると、ペーチャとドーロホフは、一言も口をきかないで陰鬱に橋の上を往復している歩哨のそばを通りぬけ、コサックたちの待っている窪地へ出た。

「じゃ、さよなら、デニーソフ君にそう言ってくれたまえ。夜明けに一発の銃声が合図だからってね」こう言うと、ドーロホフはそのまま行こうとした。が、ペーチャは手を伸ばして引きとめた。

「ああ、たまらない！」こう叫んだ。「あなたはじつに英雄ですねえ。ああ、なんていい気持でしょう！　なんて痛快なことでしょう！　僕あなたが好きで好きでたまらないです！」

「そう。よしよし」とドーロホフは言った。が、ペーチャは放さなかった。ドーロホフは闇のなかで、ペーチャが自分のほうへ身体を折り曲げているのを見た。ペーチャは接吻してもらいたかったのだ。ドーロホフは彼に接吻を与え、朗らかに笑い、馬首を転じて闇のなかへ姿を没した。

## 10

ペーチャが哨所へ帰ったとき、デニーソフは廊下に出ていた。彼はペーチャを手放したあとで、興奮と不安と後悔のうちに、今か今かと帰りを待っていたのである。

「ああ、よかった！」と彼は叫ぶように言った。「いや、じつによかった！」ペーチャの感激にみちた話を聞きながら、彼はこう繰り返した。「憎らすい、君のおかげで寝られなかったぞ！」とデニーソフは言った。「だが、実際よかった。さあ、では寝だまえ。朝までにまだ一寝入りする時間があっからね」

「そうですね……でも、だめです」とペーチャは言った。「僕まだちっとも眠くないんです。それに、僕、自分でよく知っているんですけど、いったん眠ったら、もうだめなんです。それからさらに、僕、戦闘に出る前には、眠らない習慣がつきましたので」

ペーチャは今夜の偵察を、こまかいところまでうれしい気持で思いだしたり、明日の光景をまざまざと想像したりしながら、しばらく屋内にじっとしていた。が、やがてデニーソフが寝入ったのを認めると、起きあがって戸外《おもて》へ出た。

戸外はまだ真っ暗だった。雨はあがったけれど、雫がまだぽたりぽたりと、樹々の枝から落ちていた。哨所の近くには、コサックの天幕や、一緒に繋ぎあわせた馬の姿が、黒々と見えた。農家の向うに二台の輜重車《しちょうしゃ》が黒ずんで見え、そのわきに幾頭もの馬が立っていた。窪地には、消えかけた火が赤々と見えた。コサック騎兵や驃騎兵も、みんな眠っているわけではなかった。雨だれの落ちる音や、近くで馬の草を嚙む音などと一緒に、高くない囁くような声が聞こえた。

ペーチャは玄関を出て、闇のなかを見まわし、輜重車のほうへ近づいた。だれやら車の下でいびきをかいており、鞍をつけた馬が、燕麦を嚙みながらそのまわりに立っていた。ペーチャは闇のなかで、自分の馬をそれと見分けると、ずかずかとそばへよって行った。小ロシア産の馬だったが、それでも彼はカラバーフ〔コーカサス産の馬の意〕と呼んでいた。

「おい、カラバーフ、あすはひとつご奉公しようぜ」馬の鼻孔《びこう》を嗅いだり、接吻したりしながら、ペーチャは言った。

「おや、どうなさいました、旦那、まだおやすみにならないんですか?」輜重車の下に坐っていたコサックが言った。

「ああ、まだだ。しかし……だね、リハチョーフ、お前はたしかそういう名前だったな？　しかしリハチョーフ、僕はたった今帰ってきたばかりなんだぜ。僕たちはフランス軍の陣地へ行ってきたのだ」ペーチャはコサックに向かって、自分の偵察してきた話ばかりでなく、何のために出かけていったかという目的や、なぜ出ためなまねをするよりも、生命《いのち》がけの冒険を試みるほうをましだと思うかというわけなどをも、同時に詳しく説明した。

「そうですか、それはそれは。でもどうです、ちょいと一寝入りなさったほうがようがしょう」とコサックは言った。

「だいじょうぶ。僕馴れてるから」とペーチャは答えた。「そりゃそうと、おい、どうだ、お前のほうのピストルの火打ち石はまだ使えなくなっていないかね？　僕うんと持ってきてあるぜ。いらないか？　取っておきたまえ」

コサックはもっとよくペーチャを見ようと思って、輜重車の下から首を突きだした。

「僕は万事几帳面《きちょうめん》にしつけているもんだからね」とペーチャは言った。「世間にはよく、ろくろく準備もしないでいい加減にやっつけて、後悔する連中があるが、僕そういうことが嫌いなもんでね」

「いや大きに。ごもっともです」とコサックは言った。

「あ、それからね、おい、すまないが、僕の剣を研《と》いでくれないか。刃がなまくらに……（そう言いかけたが、ペーチャは嘘をつくのを恐れて、言いなおした）いや、そうじゃない、僕の剣はまだじつは、一度も研いだことがないんだよ。研いでもらえるかね？」

「研いで進ぜますとも、お安いご用です」

リハチョーフは起きあがり、袋のなかを掻きまわしはじめた。まもなくペーチャは、鋼と砥石《といし》のすれあう勇ましい音を聞いた。彼は輜重車の上へ這いあがって、その一端に腰をかけた。コサックは車の下で剣を研いでいる。

「おい、みんな寝てるのかね？」とペーチャはたずねた。

「寝てる者もあるし、こんな風にしてる者もあります」

「なるほどね。ときにあの少年はどうしてる？」

「ヴェセンニイですか？　あいつは玄関口に寝ています。恐い目にあったあとは、かえってよく寝られるもんです。ひどく喜んでおりやしたっけ」

その後ややしばらく、ペーチャは砥石の音に聴き入りながら、じっと黙っていた。闇のなかに足音が聞こえ、黒い姿が現われた。

「何を研いでるんだ？」闇の男は車に近づきながらこうたずねた。

「この旦那に剣を研いであげているんだ」

「そりゃ結構だ」と男は言った。ペーチャにはその男が驃騎兵のように思われた。

「そりゃそうと、お前のとこに茶碗が置いてありやしなかったかい？」

「うん、あすこの車軸のそばにある」驃騎兵は置き忘れた茶碗をとった。

「あ、あ、あ……もうじき夜が明けるな」欠伸《あくび》をしながらこう言って、彼はどこかへ行ってしまった。

ペーチャは道路から一キロほどはなれた林のなかで、デニーソフの隊にまじっていることも、フランス軍から奪った輜重車に乗っていることも、そのそばに馬が縛りつけられていることも、コサックのリハチョーフが車の下に坐って、自分の剣を研いでくれていることも、右手に見える大きな黒い点が哨所で、左の低地に見える鮮やかな赤い点が、消えかけた焚火だということも、茶碗をとりに来た男が水を飲みたくなった驃騎兵だということも、すべて知っていなければならないはずであった。だのに彼は、そんなことを何にも知らなかったし、また知ろうともしなかった。彼は現実に似かよった要素の少しもない魔法の国に住んでいた。大きな黒い点はたしかに見張所かもしれない。が、あるいは地底に通じる洞穴《ほらあな》かもしれない。赤い点は焚火の火かもしれないが、また同時に、大きな怪物の眼かもしれない。彼は今たしかに、輜重車の上に坐っているのかもしれない。が、あるいはまた、車の上でなく、高い恐ろしい塔の上にいるのかもしれぬ。この塔の上から落ちたら、まるまる一日、いや、ことによったらまる一月飛びつづけても、いつまで飛んでも、地面につかないのかもしれない。また車の下に坐っている男だって、ただのコサックのリハチョーフかもしれないが、あるいはまただれも知る人はないがこの上なく善良で勇敢な、世界じゅうで一番立派な、一番偉い人間かもしれない。あの驃騎兵はたしかに水を飲みに窪地へ行ったのかもしれない。が、あるいはたった今いなくなったまま、それきり姿をくらまして、いなくなってしまったのかもしれない。そんな風に思われた。

今のペーチャはどんな物を見せられても、決してびっくりしなかったにちがいない。彼は何でもできないことのない、魔法の国に住んでいるのであった。

彼は空を眺めた。と、空もやはり、地上と同じく魔法めいていた。空は晴れかかり、木々の梢の上のあたりにはまるで星を隠していた帷のあくような感じで、非常な速力で雲が走っていた。ところどころ雲切れがして、黒く澄みわたった空が現われるように思われることもあり、これらの黒い斑紋《はんもん》が、かえって雲のように思われることもあり、空が頭上高く昇ってゆくように思われることもあった。またときには、空がずっと下がってきて、手がとどきそうに思われることもあった。

ペーチャは眼を閉じて、うとうとと舟を漕ぎはじめた。

雨だれがぽたりぽたりと落ちた。低い話し声がつづいていた。馬がいなないてちょっと暴れた。だれやらいびきをかいている者がある。

「ごしっ、ごしっ、ごしっ……」剣を研ぐ音。ふいにペーチャは、調和した楽の音を耳にした。荘厳な、気持のいい、かつて聞いたことのない頌歌《しょうか》を奏しているのだった。ペーチャはニコライ以上、ナターシャと同じくらい、音楽的素質をもっていた。しかし彼は、一度も音楽を習ったことがなく、音楽について考えたためしもなかった。で、今ふいに彼の頭に浮かんだ主題は、彼にとってことに珍しく、魅力に富んでいた。音楽はだんだんはっきり聞こえてきた。旋律はいよいよ大きくなり、一つの楽器から別の楽器へと移っていった。それはフーガと名づけられるものであった。そのくせペーチャは、フーガが何やら、全然知らないのだった。ヴァイオリンやトランペットよりずっと美しい澄んだ音をだす楽器が、それぞれ自分勝手に演奏していた。そして一つの主題が終わらないうちに、ほとんど同じような主題をはじめるほかの楽器に融け合ったかとおもうと、さらにまたそれからそれへと、ほかの楽器と融け合うのだ。そしてしまいには、すべての楽器が、一つに融け合ったり、ばらばらに別れたり、ふたたび荘厳な聖楽になったり、明るく華やかな凱歌《がいか》になったりするのだった。

『ああ、これは夢なんだな！』ペーチャはがくりと一つお辞儀をして、心のなかで言った。『僕の耳が鳴ってるんだ。でも、ことによったら、これが僕の音楽かもしれない。さあ、またやれ。はじめろ、はじめろ、おれの音楽だ！　さあ、やったりやったり！……』

ペーチャは眼を閉じた。すると、まるで遠くのほうから来るように、四方八方から、さまざまな音が顫《ふる》えながら湧きおこった。そして調子を合わせたり、ばらばらになったり、一つに融け合ったりしたとおもううちに、またもや例のこころよい荘厳な頌歌に合一した。『ああ、じつに何て素敵なんだろう！　いくらでも、なんでも、望みしだいだ』ペーチャは心に言った。彼はこの大オーケストラの指揮を試みた。
『さあ、静かに、静かに、だんだん音を消す』楽の音は彼の命令に従った。『さあ、今度はもっと張って、もっとにぎやかに、もっと、ずっと面白く』どこか底しれぬ深みから、荘厳な楽の音がおこり、しだいに強くなってきた。『さあ、今度は声楽もはいるんだ！』とペーチャは号令をかけた。すると、遠くから、まず男の声、つづいて女の声が聞こえた。声は規則ただしく、荘厳に、力をました。ペーチャはその異常な美しさに注意を払うのが、恐ろしくもあれば、愉快でもあった。

荘厳な凱旋の行進曲に歌声は融け合った。ぽたりぽたりと雨だれはたえずしたたり、剣を研ぐ音は『ごしっ、ごしっ、……』と鳴った。と、またぞろ馬がいがみ合ったりいななないたりした。が、それらがすべて、合唱の妨げをしないばかりか、かえってそのなかへいみじくも甘く溶けこむのであった。

これがどのくらいつづいたか、ペーチャは知らなかった。彼はただじっと快感にひたっていた。彼はたえず自分の快感に驚きを感じ、その快感をだれにも分けることのできないのを悲しんだ。が、リハチョーフの優しい声が彼を呼びおこした。

「さあ、旦那、できあがりました。これならフランス人を真っ二つにできますよ」

ペーチャは眼をさました。

「もう夜が明けてきたねえ、ほんとに夜が明けてきた！」と彼は叫んだ。

先ほどまで見えなかった馬が、もう尻尾まで見分けられた。葉の落ちつくした木々の枝を通して、水気をふくんだ朝の光がさしてきた。ペーチャはぶるぶると身顫いして跳びおき、ポケットから一ルーブル紙幣をとり出して、リハチョーフに与えた。彼は剣を一振りふって、鞘に納めた。コサックたちは馬を轅から解きはなし、腹帯を締めてやっていた。

「ああ、隊長殿もおいでになった」とリハチョーフは言った。

哨所からデニーソフが出てきた。そしてペーチャを呼び、支度せよと命じた。

II

兵士たちは薄暗がりで敏速に馬を選《え》り分け、きりりと腹帯を締めてやり、みなそれぞれの部署についた。デニーソフはいろいろと最後の命令を発しながら、哨所のそばに立っていた。歩兵部隊は数百本の足で水溜りをばちゃばちゃいわせながら、道路づたいに進出し、たちまち暁の霧につつまれた木々のあいだに姿を消した。例のコサック大尉は、部下に何やら命令していた。ペーチャは馬の手綱をとって、乗馬の命令を耐えがたく待ち遠しい気持で待っていた。冷たい水で洗った顔――とくに眼――が火のように燃え、背筋を悪寒が走って、何ものかが総身に、ぴりぴりと規則正しく顫えるのだった。

「おい、全部支度はできたかね？」とデニーソフは言った。「馬をもて」

馬が引き出された。デニーソフは腹帯がゆるいと言って、猛烈に従卒のコサックをしかった。さんざん怒鳴りつけてから、彼は馬にまたがった。ペーチャも鐙に手をかけた。馬はいつもの癖で足を嚙もうとした。が、ペーチャは体の重みを感じないで、ひらりと鞍上に飛びのると、うしろの闇のなかで動きだした驃騎兵たちを振り返りながら、デニーソフのほうへ馬をすすめた。

「デニーソフ少佐殿、何か僕に命じてください……どうぞ……お願いです……」こう彼は言った。

デニーソフはペーチャの存在を忘れていたらしかった。彼は声のするほうを振り向いた。

「よし、たった一つ君に頼んでおく」と彼は厳然たる調子で言った。「僕の言うことをよく聴いで、どこへも出しゃばらないようにしてくれい」

それからずっと行軍のあいだ、デニーソフはもうペーチャに一言も口をきかないで、ただ黙々と馬をすすめた。林のはずれへ出た時分には、野はもういちじるしく明るくなっていた。デニーソフはコサックの大尉と何ごとか囁きあった。とコサックたちは、ペーチャとデニーソフのそばを通りぬけはじめた。コサックが全部通過すると、デニーソフは馬をすすめ、丘をくだった。馬はみな騎手を乗せて尻を突っぱり、ずるずる滑りながら、窪地へおりた。ペーチャはデニーソフと轡をならべてすすんだ。総身に伝わる武者ぶるいは、ますますはげしくなった。あたりはしだいに明るくなり、今はただ霧が遠くのものを隠しているだけであった。斜面の下までおりきると、デニーソフはあとを振り返り、そばにいる一人のコサックに、軽く顎をしゃくって見せた。

「信号！」こう彼は言った。コサックは片手をあげた。銃声が一発鳴りひびいた。とたんに、前方で、どっと駆けだす馬蹄の音と、四方からおこる叫び声と、さらに数発の銃声がおこった。

はじめて馬の足音と叫び声が響きわたった瞬間、ペーチャは自分の馬腹を一蹴りけって、手綱を緩め、デニーソフの怒鳴る声には耳もかさず、真っ直ぐに前方へ飛びだした。ペーチャは今の一発の銃声が鳴りわたった瞬間、ふいにあたりが真昼のように煌々と、明るくなったような気持がした。彼は橋を目ざして駆けだした。前方には、道路づたいに、コサックの群れが疾駆していた。彼は橋上で、駆けおくれたコサックにぶつかったけれど、委細かまわず、先へ先へとなおも走りつづけた。前方にはだれか知らぬが一群の人が――まさしくフランス兵とおぼしい――道路の右側から左側へ駆けぬけていた。そのうちの一人が、ペーチャの馬の足もとで、泥濘のなかへばたりと倒れた。

ある百姓家のそばで、一群のコサックが何ごとかやっていた。群衆のあいだに恐ろしい叫び声が炸裂《さくれつ》した。ペーチャはこの群衆のそばへ馬を駆けつけた。彼が最初に目撃したのは、下顎をがたがた顫わせている、フランス兵の蒼ざめた顔であった。フランス兵は自分に突きつけられた槍の柄をしっかとつかんでいた。

「ウラー！……みんな来い……味方だ……」とペーチャは叫んで、はやりにはやる馬の手綱を緩めると、街道づたいに先へ先へと駆けだした。

前方で銃声がした。コサックや驃騎兵やぼろぼろの服を着たロシアの俘虜《ふりょ》などが、道路の両側から馳せよりながら、大声で何ごとかをまちまちに叫んでいた。帽子をすっとばしてしまい、水色の外套だけになった、元気らしい一人のフランス兵が、赤ら顔をしかめながら、銃剣で驃騎兵たちを防いでいたが、ペーチャが駆けつけたときには、もうばったりと倒れてしまった。『また遅れた』という考えがペーチャの頭に閃《ひらめ》いた。で、彼はひんぱんに銃声のする方へ馬をとばした。銃声の鳴りひびいているのは、昨夜ドーロホフと一緒に行った地主邸の庭であった。フランス兵は灌木の生い茂った庭のなかで、生垣《いけがき》のかげに身を隠し、門のあたりに群がっているコサックを目がけて射撃していた。門のそばまで行きつくと、ペーチャは硝煙のなかにドーロホフを見つけた。ドーロホフは緑に近く見えるほど蒼い顔をして、何やら部下の将兵に叫んでいた。「迂回しろ！　歩兵を待て！」ペーチャが近づいたとき、彼はこう叫んでいた。

「待ってたってだめだ！……ウラー！……」とペーチャは叫んだ。そして一分の猶予もなく、銃声がとどろき硝煙の濃くたちこめている方角へ突進した。一斉射撃の音が聞こえた。外《そ》れ弾が唸り声をたてて通っては、何かにあたった。コサック兵とドーロホフも、ペーチャにつづいて門内へ突入した。揺れ動く濃い硝煙につつまれたフランス兵のなかには、武器をかなぐり棄て、灌木のかげからコサックのほうへ躍りだす者もあれば、坂をおりて池のほうへ逃げてゆく者もあった。ペーチャは騎馬姿勇ましく地主邸の庭を疾駆した。そして、手綱を抑えているべき両手を、不思議なほど早く振りまわしながら、しだいに鞍の一方へかしいだ。朝の光のなかに消えしぼまんとしている焚火に行きあたったので、馬は急に前足を突っぱった。ペーチャは湿った地面へどたりと落ちた。コサックたちはペーチャの頭が動かないのに、手足ばかりぴくぴく痙攣しはじめたのを見た。弾丸が頭部を貫通したのである。刀の先に白旗代りのハンカチをつけて家のかげから立ち現われ、投降の意を表明したフランスの古参将校と交渉を終えると、ドーロホフは馬からおり、両手を投げだしじっと倒れているペーチャのほうへ近づいた。

「やられちゃったか！」彼は顔をしかめてこう言った。そして向うから来るデニーソフを迎えに門のほうへ行った。

「戦死したな？」遠く離れているうちからすでに見馴れた例の姿勢――疑いもなく生の通っていないペーチャの姿勢をそれと見て、デニーソフはこう叫んだ。

「やられちゃった」この言葉を発するのが、満足をもたらすかのように、かさねてこう繰り返しながら、ドーロホフは急ぎ足で俘虜たちのほうへ行った。俘虜たちは下馬したコサックにとり囲まれていた。「収容しないことにしよう！」と彼はデニーソフに向かって大声で言った。

デニーソフは返事しなかった。彼はペーチャに近よって馬をおり、血と泥に汚れもう真っ蒼になったペーチャの顔を、顫える手で自分のほうへ向けなおした。

『僕は甘い物を食べる癖がついてしまいましてねえ。素敵にうまい乾し葡萄です。さあ、みんな食べてください』といった彼の言葉が、ふと思いだされた。コサックたちは犬の吠えるような声が耳にはいったので、びっくりしてデニーソフのほうを振り向いた。デニーソフは声とともにさっとペーチャのそばを離れ、籬《まがき》に近づいて両手をかけた。

デニーソフとドーロホフが奪い返したロシア兵の俘虜のなかには、ピエール・ベズウーホフもまじっていた。

## 【ダイジェスト】

### ナポレオンの敗走［第四部第三編12～15、第四編1～3、12～20］

ナポレオンはボロジノの勝利のあとモスクワにのりこんだ。糧食、武器、弾薬と無限の富を蔵したモスクワはその手中にあった。彼が勝利を保持するためには、ごく簡単なことをすればよかった。つまり、軍隊に略奪を許さないこと、モスクワで十分間にあった軍隊全員の冬服を用意すること、モスクワにあった全軍を半年以上まかなうだけの食糧を集めること、これだけをすればよかった。ところが天才中の天才といわれたナポレオンは、そのひとつもしなかった。

彼は、むしろ反対に、あらゆる方法の中から、もっとも愚かな方法をえらんだ。すなわち、市中を軍隊の略奪にまかせながら十月までモスクワに便々《べんべん》ととどまり、急にモスクワを見捨てて、食糧の豊富な道を通らず、もうさんざんに荒らしつくされた元のスモレンスク街道を退却しはじめたのである。しかも、この軍隊は、自分たちの略奪したものを全部携行していた。ナポレオンも同様、自分の獲物を持っていた。軍の足を重くしている行李《こうり》の列を見たとき、ナポレオンは慄然とした。しかし、あれほどの戦争経験をもちながら、彼は余計な行李の焼却を命じなかった。

十月六日から七日にかかる夜間に、フランス軍の退却が始まった。捕虜の収容されているバラックも取りこわされた。ロシア軍のパルチザンの活動が始まり、冬はきびしく襲いかかり、身重なフランス軍はすこしずつ潰滅《かいめつ》していった。敗走は加速度を加えてきた。

十月二十二日には、ピエールの捕虜隊は、すでに軍隊や輜重隊といっしょにいなかった。最初の幾行程かのあいだは彼らのあとについて来た、乾パンを積んだ輜重隊も、半分はコサックに襲撃され、半分は先に行ってしまった。

彼らの通っていった道の両側には、馬の死骸がいたるところに転がっていた。ぼろぼろの服をつけた各部隊の落伍者は、のべつ入れ替りながら、進んでいく縦隊に合したり、また遅れたりした。軍隊の規律紊乱《ぶんらん》は極まっていた。捕虜ははじめ三百三十人いたのが、今は百人に足りなかった。彼らはフランス人にとって一番荷やっかいであった。途中で凍えて落伍するものは、どしどし銃殺された。

モスクワを出て三日目に、カラターエフは、以前の熱病が再発した。カラターエフが衰弱していくにしたがって、ピエールは彼から遠ざかった。なぜだかはっきりしなかったが、カラターエフの体から激しく発散する臭気を感じると、ピエールはなるべく遠く離れて、彼のことを思わないように努めた。

ピエールはかさぶただらけの素足で歩いていた。びっこをひいて歩き、夜自分の足を見ると恐ろしいほどに腫《は》れあがっていた。で、足を見ないで、別なことを考えた。彼は今度の行軍中に、一つの喜ばしい真理を発見した。それは世の中に、決して恐ろしいものはないということであった。この世界には、人間が絶対に幸福で自由になりうる状態もないが、また絶対に不幸とか不自由とかという状態もない。苦痛にも限度があり、自由にも限界があるということだ。以前、やわらかい夜会靴をはいて歩いていたときも、いま、かさぶただらけの素足で歩いているのも、大して違いはない、と彼は思った。

ある日、フランス軍の元帥が箱馬車に乗ってピエールのそばを通りすぎた。捕虜たちはひとかたまりになったので、ピエールはそこに朝から見ないでいたカラターエフを見つけた。例の外套を着た姿で、白樺の木にもたれて力無く坐っていた。

カラターエフは善良な、丸い目でピエールを見た。その目は涙にうるんでいた。しかしピエールはその目を見なかった振りをして、その場を離れた。行進がはじまったとき、ピエールはうしろを振り返って見た。カラターエフのそばにフランス兵が二人いて何か言っていた。ピエールはそれっきり、後ろを振り向かなかった。

と、カラターエフの坐っていたあたりから一発の銃声が聞えてきた。フランス兵が二人、一人は片手にまだ煙の出ている銃をさげたまま、ピエールのそばを駆けぬけた。彼らの表情には、かつて死刑の現場で若い兵にみられたと同じ、悪いことをしたときの震えるような表情があった。

ある村で捕虜隊も元帥の箱馬車も停止した。一切が焚火のまわりに、ひとかたまりになった。ピエールは火のそばへ寄り、馬肉の焼いたのを食べ、横になるとすぐ寝入ってしまった。日の出まえに、彼は銃声がしきりにし、人が叫ぶので目をさました。そばをフランス兵が走りすぎた。

「コサックだ」とその一人が叫び、一分後にはロシア人の一団がピエールを取りまいた。長いことピエールは、自分の身に何がおきたのか理解できなかった。あたり一帯に、彼は仲間の者の、うれし泣きを聞いた。

「兄弟、みなの衆、なつかしい兄弟」と年とった兵士らは、コサックや驃騎兵たちを抱きしめて、泣きながら叫んでいた。

驃騎兵とコサックは、捕虜たちを取りかこみ、大いそぎで、ある者は衣服、ある者は長靴、ある者はパンをすすめていた。ピエールは人々の中心に坐って泣きじゃくるだけで、一言も口をきけなかった。

アンドレイ公爵の死後、ナターシャとマリヤは、生活をまともに見る勇気をなくしてしまった。二人は悲しみに沈んで、二人きりでいることが多かった。

とはいえ、純粋な充実した悲しみは、純粋な充実した喜びと同様に、ありうるものではない。マリヤは、幼い甥の後見人である境遇によって、真っ先に生活によって呼びだされた。親戚からの手紙に返事を出さねばならなかった。支配人と会計簿をしらべたり、ニコーレンカの家庭教師と相談したり、モスクワ移転の支度を始めたりしなくてはならなかった。

マリヤは伯爵夫人に、ナターシャを自分といっしょにモスクワへ出すように提案し、両親も、娘の体力が日ごとにおとろえるのを心配し、その申し出に賛成した。しかし、ナターシャは「わたし、どこへも行きません」と言い、部屋から走り出てしまった。

ナターシャは、マリヤに見棄てられ、ただ一人自分の悲しみに閉じこもって以来、一日の大部分を居間ですごした。彼女はじっとひと所に坐ったまま、ドアの片隅を見つめていた。彼女はアンドレイ公爵を見、彼と話をするような気持で時をすごしていた。

けれども思いがけない事件がこの現実ばなれした状態から彼女を呼びさました。ある日小間使が、おびえた顔付きで、ばたばたと駆けこんできた。

「どうか、お父さまの所へいらして下さいまし」と聞くと、ナターシャは、家族の者に自分よりひどい不幸などありえないと思い、しぶしぶ部屋を出た。

彼女が広間に入ったとき、父が足ばやに夫人の部屋から出てきた。その顔は皺くちゃで、涙に濡れていた。

「ぺ、ペーチャが……行きなさい。お母さんが呼んでいる」と言いながら、彼はそばの椅子に身を投げて、すすり泣いた。パルチザンに入って戦っていた弟が戦死したという知らせが入ったのだった。

不意に電流のようなものがナターシャの全身を貫いた。何かが恐ろしい力で彼女の心臓を打った。彼女は、たちまち自分の悲しみを忘れ、母の部屋へ飛びこんだ。伯爵夫人は長椅子に横たわり、頭で壁をたたくようにしていた。ソーニャと小間使とが、その両手をおさえていた。

「ナターシャを、ナターシャを……」と伯爵夫人は叫んでいた。「嘘です。殺されたって、いい加減なことばかり……」

ナターシャは、じっと母を抱きしめながら、思いがけぬ力で抱きあげ、顔を自分に向けさせると、母にぴったり体を押しあてた。

「お母さま、お母さま、わたしここにいてよ、お母さま」ナターシャは一瞬の休みもなく、母の耳にささやいた。

ナターシャは、この日とこの夜、また次の日と次の夜が、どういうふうに過ぎたやら、まるで覚えていなかった。彼女はまんじりともせず、狂乱におちいった母のそばから離れなかった。根気よく、忍耐強いナターシャの愛は、説明や慰藉《いしゃ》としてでなく、生にまねきよせる呼び声となって、伯爵夫人を抱えていた。

三日目の夜、伯爵夫人は、いっとき落ち着きを取り戻した。

「ナターシャ、あの子はもういないのよ、もう帰ってこない」こう言いながら、娘を抱きしめると、はじめて伯爵夫人は泣き出したのだった。


三週間というもの、ナターシャは、母に付きっきりで、母の居間のソファに眠り、母に飲ませたり食べさせたりした。ナターシャのやさしい撫《な》でるような声よりほかに、伯爵夫人を落ち着かすものがなかったのである。母の心の傷手《いたで》は、なんとしても癒えなかった。まだみずみずしい五十女であった彼女が、一月たって居間から出て来たときには、生活に何の関係も持たぬ女、老婆になっていた。しかし伯爵夫人をなかば殺したような同じ傷、この新しい傷が、ナターシャを生へ呼びもどしたのであった。

アンドレイ公爵の死は、ナターシャとマリヤを結びつけたが、新しい不幸はさらに二人を接近させた。マリヤは出発をのばし、この三週間というもの、病気の子供でも看取るように、ナターシャの世話をした。母の看護がナターシャを疲れ果てさせたのである。二人は、決してアンドレイのことを話さなかった。それは胸の中の崇高な感じを、言葉でもってくずさないためであった。けれども、亡き人に対するこの沈黙は、二人が自覚しない間に、だんだんと彼のことを忘れさせたのである。

一月の末に、マリヤはモスクワへ出た。ナターシャもそのすすめに従って、医者にみてもらうことを承知した。

ピエールは、捕虜の生活から救いだされると、南方の領地へおもむいたが、長い間の心労と疲れがたまって、三か月ばかり寝込んでしまった。すこしずつ健康を回復するにつれて、彼は、自由な新しい境遇になれていった。それでも夢のなかではフランス兵に迫害される自分を見て、どきりとすることがよくあった。アンドレイの死、妻の死、フランス軍の潰滅などの意味も、追い追いに理解できるようになってきた。

一月の末にピエールはモスクワに帰って、無事に残っている離れに落ち着いた。誰も彼もが勝利を祝っており、いったん荒廃して甦りつつあった首都では、いたるところで生命がわきたっていた。ピエールはあらゆる人に歓迎された。みんなは、彼の体験したことについて、根掘り葉掘り尋ねるのであった。

モスクワに来て三日目に、彼は公爵令嬢マリヤがここに来ていることをボリースから聞いたので、さっそくその晩、焼け残ったボルコンスキイ邸へ行った。道すがら、ピエールは、アンドレイ公爵のこと、彼との友情、とくに最後のボロジノの邂逅《かいこう》について考え続け、厳粛な気持になった。

天井の低い、一本の蠟燭で照らされた部屋にマリヤは坐っていて、ほかに一人黒衣の婦人がいた。ピエールは、令嬢のそばにいた学友の一人だろうと思った。

「あなたがお助かりになったと聞いて、どんなに嬉しかったでしょう」とマリヤは彼に手を差しのべながら言った。

「ぼくは、お兄さんは戦死したものと思っていたんです。ぼくの聞いたことはまた聞きですからね。しかし、お兄さんはロストフ家の人たちといっしょになったそうですね、何と不思議なめぐり合わせでしょう」とピエールは早口に言った。とマリヤは、当惑の色を示しながら黒衣の婦人の方へ目を走らせた。

「あなた、本当にお気がつきませんの」と彼女は尋ねた。

ピエールはあらためて、黒い目に異様な口もとをした学友の蒼白い、痩せた顔をちらりと見やった。と、その黒い目には、親しみのある、もう久しく忘れていた、愛らしい以上の何ものかがあって、じっと彼を見つめていた。

『いや、ちがう、そんなはずはない』と彼は考えるのだった。『この厳つい、痩せた、蒼白い、ふけた顔があのひとであるはずはない』

けれども、マリヤは「ナターシャですよ」と言った。すると痩せた厳つい顔が、さながら錆《さ》びついたドアが開くように、にっこりとした。そしてこの開かれたドアから、急に、久しく忘れられていた幸福、ことに今は考えてもいなかった幸福が、さっとほとばしり出て、ピエールの全身を包んだ。それはナターシャであった。そしてピエールは彼女を愛している。

彼は顔を真っ赤にした。

「いや、世の中には、それぞれの不幸を持たぬ家庭はありませんね」とピエールはナターシャの方を向いて言った。「ペーチャが亡くなられたとか、いったいどう言ったら、お慰めできるでしょう」

ナターシャは目を大きく開いて、何か言おうとしたが、急に口を閉じてしまった。ピエールは急いで顔をそむけ、マリヤに向かって親友の臨終の様子を尋ねた。ナターシャは一部始終を語った。

「ああ、そうだったんですね」とピエールは、全身を前へ、マリヤの上へのしかかるようにして、むさぼるように彼女の話に聞き入っていた。「じゃ、あの人は落ち着いたんですね、なごやかな気持になったんですね。よかった、それで安心しました。しかし」と彼は急にナターシャを振り向いた。「あなたがあの人に会ったのは、何という幸福であったのでしょう」彼の目には涙が一杯にたまっていた。

「そうですわ、本当に幸福でしたわ」と彼女は、胸から沁み出るような静かな声で言い出した。「わたしにとっては確かに幸福でしたわ」彼女はちょっと黙った。「あの人も、わたしがそばへ行ったとき、わたしの来るのを待っていたとおっしゃいました」ナターシャの声は跡《と》切《ぎ》れた。が、自分をはげますように、早口で、三週間の旅行とヤロスラーヴリ滞在中の体験を、残らず物語った。

ピエールは、涙に充ちた目を離さずに、彼女の物語を聞いていた。彼は、アンドレイ公爵のことも、死のことも、彼女が話していることも、何も考えてはいなかった。ただ、彼女が、今、話しながら胸を痛めている苦悩のために、彼女を憐れんでいた。

その夜、ピエールはボルコンスキイ邸で夕食をとり、そこに一泊した。彼はいつまでも寝つかれず、アンドレイ公爵に恋した過去のナターシャに嫉妬したり、そうする自分を責めたりした。朝の六時頃、彼はまだ部屋の中を歩き回っていた。

ピエールは、数日前から、ペテルブルク行きを金曜日ときめていたが、木曜日の朝はそんなことをまるで忘れていた。その日の夕方、彼はマリヤのところに晩餐に呼ばれた。公爵令嬢マリヤの邸宅に入るときになって、ピエールは、自分が昨日ここに来て、ナターシャに会い、彼女と話したことが、はたして事実だったろうかと疑いはじめた。しかし、部屋に入る前に、彼は体全体でナターシャの存在を感じた。彼女は昨日と同じやわらかい髮のある黒衣姿で、昨日と同じ髪形をしていたが、彼女自身はすっかり変っていた。もし昨日彼が部屋に入ったときに、彼女がこんなふうだったら、決して彼女を見違えることはなかったはずだ。

彼女は元の彼女であった。その目には、楽しげな、もの問いたげな輝きがあり、顔にはやさしい、妙にいたずらっぽい表情があった。

翌日、ピエールは早くからマリヤを訪問し、一晩中遊んでいった。別れを告げてマリヤが立ちあがったとき、ピエールは何か言いたげにまごついた。ナターシャが出ていったとき、彼は、混乱と気づまりから解放され、わくわくするような生気に変った。

「公爵令嬢、どうか助けて下さい。ぼくには望みがあるでしょうか。自分が、あの人に価しないことを知っています。また今はそんな話のできないことも知っています。でも、あの人ひとりを愛していました。今もずっと愛しています。あの人のいない生活は想像することもできません。ぼくは結婚したいのですが、今すぐできないことも知っています」

「そのことはわたしも考えていました」とマリヤは答えた。「今あの人に愛情のことなど話すことは、いけません」

「じゃ、ぼくはどうしたらいいでしょう」

「それ、わたしにおまかせ下さいませんか」とマリヤは言った。「わたしにはね、あの人があなたを愛している……いいえ、愛するようになることが、ちゃんと分っております」

ピエールは、飛びあがりマリヤの手をつかんだ。

「どうしてそうお考えになるんです。じゃ、あなたはぼくに、望みがあるとお考えなんですね」

「ええ、考えていますわ」と笑顔になって、令嬢マリヤは言った。

翌日、ペテルブルクに立つことにしたピエールは暇《いとま》ごいに寄った。ナターシャに別れを告げながら、そのほっそりした手を握ったとき、彼はつい少し長く、その手を自分の掌《てのひら》の中におさえていた。

『本当に、この手、この顔、この目、おれにとって他人であるこの女性美の宝が、おれのものになるのだろうか。いや、それはありうべからざることだ』

「さようなら、伯爵」とナターシャは大きな声で言った。「わたし、心からお待ちしてます」

この単純な言葉は、そう言った時の表情やまなざしとともにピエールにとって、汲めどもつきぬ思い出と、親切と、幸福と、空想の種になったのである。

ナターシャはピエールに会ってからあと、すっかり変ってしまった。彼女にとっても思いがけなかった生の力と、幸福に対する希望とが、表面に出て、満足を要求するのであった。彼女はもう過去のことは一言も口にしないで、早くも将来に対して楽しい計画を描くことを恐れなかった。

ナターシャにおこった変化は、はじめ公爵令嬢マリヤを驚かしたが、やがてその意味を知ると、この変化は彼女を悲しませた。『この人は、ほんとうは兄を愛していなかったんじゃないかしら。こんなに早く忘れることができるとすると』と彼女は考えた。けれどもナターシャといっしょにいるときには、腹も立てなければ非難もしなかった。ナターシャをつかんだ生の力の目ざめは、明らかに彼女自身にとっても思いがけない、否応ないものだったので、マリヤも、ナターシャを非難する権利が自分にないと感じるのであった。

「わたし、実は戸口で聞いていたかったのよ。でも、あなたがあとで話して下さることが分っていたから」

こう言ったナターシャの顔は、マリヤに一種の侮辱感をあたえた。彼女は兄のこと、兄の愛を思い出さずにはいられなかった。『でも仕方がないわ。この人には、こうよりなにもできないのだから』とマリヤは考えた。そして、物悲しげに、かなりきびしい顔で、ピエールの言ったままを伝えた。ピエールがペテルブルクへ行こうとしていると聞くと、ナターシャはびっくりした。

「ペテルブルクですって」彼女は納得しかねるように繰り返した。けれどもマリヤの悲しげな表情を見ているうち、その悲しみの原因を察して、にわかに泣き出した。

「マリヤ、わたし、どうしたらいいんでしょう。わたし悪い人間になりそうで怖いの。あなたのおっしゃることなら、わたし何でもその通りにしますわ。どうぞ教えて下さいな」

「あなたはあの方を愛していて」

「ええ」ナターシャはささやいた。

「では、あなた、何を泣いてらっしゃるの。わたし、あなたのために喜んでるのよ」マリヤはこの涙で、もうすっかりナターシャの喜びを許しながら言った。

「こういうことは、そう早くはいかないから、いずれ先のことだけど、わたしがあの方の妻になり、あなたがニコライのところへいらっしゃるようになったら、どんなに幸福でしょうね」

「ナターシャ、そんなこと言わないでちょうだいってお願いしておいたでしょう。それよりあなたのことをお話ししましょうよ」

二人はしばらく黙っていた。

「でも、何のためにペテルブルクへいらっしゃるんでしょう」と突然、ナターシャはこう言ったが、いそいで自分の言葉を打ち消した。「いいえ、いいえ、そうしなくちゃならないんだわ……ねえ、マリヤ、そうしなくちゃならないんだわ」

# エピローグ ［エピローグ第一編5〜10、16］

一八一三年ピエール・ベズウーホフに嫁したナターシャの結婚は、ロストフ家における最後の喜ばしい事件であった。その年に、老伯爵が死んだ。そして彼の死とともに、以前の家庭はこわれてしまった。ニコライは父の訃報に接したとき、ロシア軍にしたがってパリにいた。彼はすぐ、休暇をとってモスクワに帰ってきた。伯爵の死後一か月で、その財政状態がはっきりしたが、負債は莫大で、財産の二倍以上に達していた。

ニコライが考えた方法は一つとして成功しなかった。領地は半値で競売に付されたが、負債の大半は未払で残った。ニコライは義弟ピエールから提供された三万ルーブルを受け、一部の債務をうずめた。そして残額を何とか始末するために、モスクワで文官となった。母が息子と離れたがらなかったため軍務にもどることができなかったのである。彼は、母とソーニャを連れて、とある小さな借家へ移った。

冬のはじめに公爵令嬢マリヤは、モスクワへ出てきた。彼女は市中の噂によって、ニコライが母のために自分を犠牲にしていることを知った。ロストフ一家に対する自分の親しい、ほとんど親戚同様の関係を思い出して、彼女は彼らを訪ねるのを義務と考え、あるとき出かけてみた。

けれども、ニコライは、マリヤが予期していた喜びを現わさないで、前に見たこともない、傲慢《ごうまん》な、そっけない態度を示した。ニコライは彼女の健康を尋ねてから、母の部屋へ案内し、五分ばかり腰かけていたのち、そのまま部屋から出て行ってしまった。

マリヤの訪問以来、伯爵夫人は、毎日マリヤの話を持ち出して、賞めそやし、ニコライにも訪問を返すようにと要求した。ニコライは黙っていた。

ロストフ家を訪れたところ、ニコライから思いがけない冷淡な待遇を受けたマリヤは、自分から出かけて行ったことをしみじみ後悔した。彼女はもう二度と、ロストフ家へ足を運ぶまい、何もかも忘れてしまおうと堅く決心したが、何か不安な状態に自分が置かれていると感じた。ニコライの冷たい態度は、自分に対する感情からきたのではなく、何かがその裏に隠れているようだった。この何かをはっきりさせないと落ち着けなかった。

冬の中頃、マリヤがニコーレンカの日課を見てやっているとき、ニコライの来訪が取り次がれた。マリヤはニコライの顔を一目見るなり、この訪問がただ社交の儀礼にすぎないのを見て取ったので、相手と同じ態度をとることにした。彼らはブリエンヌと三人で、知人の噂や戦況などを話し合い、そして礼儀の要求する十分間が過ぎ、ニコライが暇を告げて立ちあがった。

ブリエンヌは伯爵夫人に贈るクッションを取りに出ていった。二人はおたがいに相手を見ながら、沈黙していた。

「ねえ、公爵令嬢」とニコライが悲しそうな微笑をみせて言った。「わたしたちが、初めてボグチャーロヴォで会ったあの頃は、みんなこれ以上の不幸はないと思っていましたが、もしあの時をもう一度呼び返すことができたら、どんな代価でも払いたいと思いますね」

「ええ、そうですわ」と彼女は言った。彼女は彼の言葉のほのめかしが、自分に対する感情を示すように思えた。

「でも、伯爵、あなたは過去をお惜しみなさることはありませんわ。そりゃ、わたしもあなたの生活をお察ししています。でも、今あなたの送ってらっしゃる自己犠牲の生活は……」

「そんなほめ言葉は当たってません」彼は急いでさえぎった。「それどころか、ぼくは、たえず自分を責めているのです……」

「わたし、あなたと……あなたのご家族のみなさまと、あんなに親しくさせていただいたものですから、わたしの差し出口も、出すぎたこととはお思いになるまいと、こう考えていましたの。けれどもそれは間違いでした」彼女の声は震えた。「あなたは、まるで別人のようにおなりになりました。そして……」

「それには理由があります」

マリヤの内心の声が言った。『そうだったのか。わたしは、この人の快活で、親切で、あけっぱなしな美しい外観だけを愛したのじゃないわ。この人の気高い、しっかりした、自己犠牲の心を見抜いていたのだわ。そうだ、この人は、今は貧乏で、わたしがお金持だから……そう、これだけが理由だわ』

「なぜですの、伯爵、なぜですの」マリヤは、思わずニコライのそばに寄りながら、叫ぶように言った。「どうか聞かせて下さい。わたし、あなたのおっしゃる理由が分りません。わたし本当に辛《つろ》うございます。あなたは、なぜか、いぜんの友情をわたしから取りあげようとしていらっしゃいます。わたしにはそれが悲しいのです。わたしの生涯には、幸福があまりに少なかったものですから、どのようなものでもなくすのが、たまりませんの。ご免あそばせ」彼女は不意に泣き出しながら部屋を出て行こうとした。

「公爵令嬢、ちょっとお待ちください。お願いです」ニコライは叫んだ。

彼女は振り返った。数秒間、二人は無言で向かい合っていた。すると、はるかむこうに遠のいていた不可能なことが、にわかに身近な、可能な、避けがたいことになったのである。

一八一四年の秋、ニコライは公爵令嬢マリヤと結婚して、妻と母とソーニャをともない、ルイシエ・ゴールイに引っ越した。

三年の間に、彼は妻の領地を手放すようなことはせず、負債を無くし、ピエールにも借金を返した。

彼は最初は、必要にせまられたため農村経営を始めたのだが、間もなくそれに熱中してしまった。やがてそれが、彼にとってお気に入りのたった一つの仕事になってしまった。

ソーニャは、ニコライの結婚以来彼の家で暮していた。まだ結婚前にニコライは、自分とソーニャとのあいだの出来事を、何もかも妻に物語った。マリヤ夫人は、ソーニャに対する夫の罪を感じると同時に、自分の罪をも痛感した。ソーニャには一点の非のうちどころがなかったので、何とか彼女を愛したいと思った。しかし実際には、ソーニャに対する意地悪い感情がおこってくるのを抑えられなかった。

一度彼女は、親友のナターシャと、ソーニャのことについて話し合った。

「聖書にあるでしょう――持てるものは与えられ、持たざるものはその持てるものをも奪わるべしって。ソーニャはその持たざるものなんだわ。奪われる人よ。わたし、あの人が気の毒でたまらないことがあるわ。あの人、あだ花よ」

たしかに、ソーニャは自分の境遇を苦にしないで、全くあだ花の運命に安んじているとも思えた。彼女は、猫のように、人でなく家に馴れてしまったのである。老伯爵夫人の世話をしたり、子供たちを可愛がったり、他人のためにばかりつくすのだが、それらの行為は、あまりにも薄い感謝で受けられるのだった。

ナターシャは、一八一三年の早春に結婚して、一八二〇年にはすでに、三人の娘と一人の男の子を持っていた。かねてから望んでいた男の子に、彼女は自分で乳をやることに決めた。大分肥って幅が出てきており、この健康な母親が、以前の華奢で、ぴちぴちしたナターシャだとは考えられぬくらいであった。その顔には、以前の彼女の魅力であった、不断に燃える生きいきとした火がなかった。今はただ丈夫で美しい、多産な牝が感じられるばかりだった。しかし今でも時たま、以前のように火が燃えあがることがあった。夫が帰ってきたときとか、子供の病気がなおったときとか、ごくまれに声楽にひきこまれるときとかがそれだった。

ナターシャは社交界に顔を出さなくなった。妊娠、哺乳《ほにゅう》、育児、夫の身のまわり、こういう家事が、そんな余裕を与えなかったためである。まるっきり身なりをかまわず、寝巻すがたに髪を振りみだしたまま、子供部屋から大股に駆け出してきたりした。ピエールは妻の臀《しり》に敷かれていると噂されていた。彼は、ほかの女の機嫌をとることはむろん、暇つぶしにクラブへ食事にいくこともできず、仕事のため（それはナターシャが分らぬながら大きな重要性を与えた学問の勉強をふくむ）以外には、長期間家をあけることもできなかった。そのかわり、ピエールは、家庭内では、全家族を思うままにする完全な権利を持っていた。ナターシャも、ピエールが勉強している時は、家中を爪先立ちで歩くほどだった。

ナターシャは、ピエールが偉い人間だということを疑ってはいなかったが、こんな偉い有用な人物が、現在自分の夫だということが夢のようで信じられなかった。彼女は他人からピエールの偉さを証明してもらいたかった。で、彼女は、ピエールの心から尊敬している人を胸の中で選り出してみた。彼の言葉からすると、プラトン・カラターエフほど彼が尊敬している人はいなかった。

ある日、ペテルブルクの政治集会から帰ってきたピエールに、彼女は尋ねた。

「ねえ、あのカラターエフね。あの人がもし生きていたら、今のあなたの考えに賛成するかしら」

「カラターエフ。あの男には政治はわからんだろうよ。だが、事によったら賛成したかも知れない。いや、多分、賛成しないよ。あの男が賛成するのは、われわれの家庭生活だ。整頓、幸福、安静が好きだった」

「わたし、あなたが大好き」とナターシャは言い、「あなたは坊や（彼女は自分の息子をこう呼んでいた）とそっくりよ。ああ、わたし、あの子のところへ行ってやらなくちゃ……」こう言って彼女は足ばやに部屋を出て行った。

（加賀乙彦＝ダイジェスト）

（原久一郎／原卓也＝訳）

# 五月のセヴァストーポリ

I

セヴァストーポリ［ロシアがオスマン帝国・イギリス・フランスの連合軍と戦い敗れたクリミア戦争（一八五三―五六）最大の激戦地］の稜堡《りようほ》から最初の砲弾がうなりをあげ、敵の作業場の地面を穿《うが》ってから早くも六か月が過ぎ、以来、何千という榴弾《りゆうだん》や砲丸、弾丸が、稜堡から塹壕《ざんごう》へ、塹壕から稜堡へとやむことなく飛び交い、死の天使が上空を舞いつづけた。

その間、何千もの人間の自尊心が傷つけられ、また何千ものそれが満たされ膨れあがり、そして何千ものそれが――死に抱かれ安らいだ。どれほどの徽章《きしよう》が身を飾っては外されたことか、アンナ勲章、ヴラジーミル勲章、そしてバラ色の棺《ひつぎ》とリネンの覆《おお》いはどれほどの数に及んだことか！　しかし稜堡から轟《とどろ》く響きに変わりはない。晴れた日の夕方、自陣のフランス兵たちが――知らずしらずに身震いし、迷信めいた恐怖を覚えながら――、セヴァストーポリの稜堡の黄ばんだ穴だらけの地面や、そこを行き交うわが軍の水兵たちの黒い姿を見つめ、鋳鉄《ちゅうてつ》の大砲が怒りに満ちて突き出している砲眼を数えあげるのも変わりはない。腕木通信塔の海軍下士官が、フランス兵たちの色とりどりの姿や、砲列、テント、ゼリョーナヤ山を進む隊伍、塹壕にぱっと舞う煙を眺めまわしているのも相変わらずだし、世界のあちらこちらからさまざまな人々が群れをなし、千差万別の望みを抱いてこの宿命的な場所を目指してくる熱意も変わらぬままだ。

しかし外交官の解決できなかった問題が、火薬と血で解決されるわけもない。ある奇妙な考えが私の頭にしばしば浮かんだ。戦っている一方が、他方にもしこんなことを提案したらどうだろう――それぞれの陣営から兵士を一人ずつ立ち退《の》かせよう、と。おかしな要望に思えるかもしれないが、叶《かな》えてやらぬ理由もあるまい。それからおのおのの側からまた一人立ち退かせ、さらに三人目、四人目と、両陣営の兵士が一人きりになるまで続けるのだ(両者が同等の兵力で、数は質で補われるものと仮定して)。その期《ご》に及んでも、理性的生物の理性的代表のあいだで紛糾した政治問題が腕力で解決されるべきだと考えるなら、この二人の兵士に喧嘩《けんか》をさせたらいい――一人が街を攻撃し、もう一人が守るとか。

こんな議論は荒唐無稽と思われるだろうが、間違ってはいない。実際、一人のロシア人が十人の連合軍代表と戦うのと、八万人が八万人と戦うのと、どんな違いがあるというのか。十三万五千人と十三万五千人ではいけないのか? 二万人と二万人では? 二十人と二十人では? 一人と一人では? 論理的にはどれがほかより優れているということはない。いやむしろ、いちばん最後のケースこそ人間的で、それゆえにずっと論理的だ。戦争が狂っているのか、あるいはこんな狂ったことをする以上、人間は私たちが思いこんでいるような理性的生物ではないのか、そのどちらかなのである。

## 2

包囲下のセヴァストーポリの街では、並木通りの四阿《あずまや》のそばで軍楽隊が演奏し、軍人と女たちの人ごみがお祭り気分で小径《こみち》を行き来していた。

朝、イギリス軍の陣地に昇った明るい春の太陽は、稜堡のほうへ移動して、さらに街へ――ニコラエフスカヤ兵舎へと、万人を等しく楽しげに照らしてゆき、いまは遠くの青い海へと傾いて、規則正しく揺れる海面が銀色の光に輝いていた。

長身でやや猫背ぎみの歩兵士官が、真っ白とはいかないが清潔な手袋をはめながら、海軍通りの左側にならんだ小さな水兵宿舎のひとつのドアから出てくると、物思わしげに自分の足下に目を落としつつ、高台の並木通りのほうへ向かった。額が小さく美形とはいいがたいこの士官の顔は、知力の鈍さをありありと伝える表情を浮かべていたが、同時に分別や誠実さや生真面目な性格も窺《うかが》えた。スタイルもよくない――足がひょろ長くてぎこちなく、しゃちほこばった身のこなしである。真新しい鍔《つば》つき帽をかぶって、薄手のいささか奇妙な藤色がかったコートのへりから時計の金鎖を覗《のぞ》かせている。足紐《あしひも》つきのズボンを穿《は》き、仔牛革《こうしがわ》のブーツは踵《かかと》があちこちくたびれかけてはいるものの、清潔でぴかぴかだった。しかし経験豊富な軍人の目にかかれば、歩兵士官にはあまり見られないこうした身のまわりの品々よりも、彼の相貌が表しているもの全体から、この男がありきたりの歩兵士官ではなく、もうすこし上の階級であることがすぐに見抜かれるだろう。その顔の端々《はしばし》にロシア生粋《きっすい》の血筋があらわでなかったら、ドイツ人かと思わせるところだ。あるいは副官か、陸軍の設営給養係か（だがそれなら拍車をつけているはずだ）、戦役に際して騎兵隊か、もしかすると近衛隊から移ってきた士官か。彼は事実、騎兵隊から移ってきた士官だった。いまは並木通りのほうへ登りながら、かつての同僚ですでに退役したT県の地主とその妻──青い目をした色白のナターシャ、大切な女友だち──から受けとったばかりの手紙について考えていた。元同僚が書いてきた手紙のくだりを思い起こしていたのだ。

「『インヴァリード』紙が届くと、プープカ（この退役した軽騎兵は妻をそう呼んでいた）は玄関へまっしぐらに飛んでいって新聞をつかみ、四阿のS字シートかリビング、リビング（連隊がうちの街にいたころ、ぼくらといっしょに素晴らしい冬の夜を過ごしたリビングを覚えているだろう）へ駆けこんで、きみには想像もつかないような熱意をこめて、きみたちの英雄的偉業を読みあげるんだ。よくきみのことを話しているよ。『もう、ミハイロフって』と彼女は言うのだ、『ほんとに最高の人だわ、今度会ったらキスを浴びせかけてしまいそう。だって、稜堡で戦っているのよ、きっとゲオルギー十字勲章をもらって新聞に載るわ』云々《うんぬん》かんぬん。おかげでぼくは断然きみに嫉妬しだしたよ」

またべつの箇所にはこうあった。

「うちの街に新聞が届くのはひどく遅くてね、噂《うわさ》ではさまざまなニュースが流れてくるが、信用できるものばかりじゃない。たとえばきみもご存知の音楽大好き少女たちが昨日、ナポレオン三世はもうわが軍のコサックに捕まってペテルブルグへ送られたなんて話していたが、ぼくがそんな話をどの程度信じるか、きみも察しがつくだろう。それからペテルブルグから来たある人が言うには(特別な任務で大臣のところにいたとても感じのいい人で、いま街にはだれもいないものだから、きみには思いも及ばないほど貴重なソースになっているのだ)——その人が確信をこめて言うには、わが軍がエフパトリア[クリミア半島北西岸の町]を占領したため、フランス軍にはもはやバラクラヴァ[クリミア半島南岸の町。セヴァストーポリは両者のあいだにある]との連絡路がない、その際、わが軍には二百人の犠牲者が出たが、フランス軍は一万五千に及んだという。この出来事に妻は有頂天になって、ひと晩中どんちゃん騒ぎをしてね、きみはきっとその戦いに加わって手柄をあげたにちがいない、そんな予感がすると言うんだ……」

一部の言葉や表現に私は傍点を振っておいた。気位の高い読者はきっと、この手紙全体のトーンに対し、正しくも好ましくない印象を抱いたことだろう。くたびれたブーツを履《は》いた元同僚も、ミハイロフ二等大尉も、「ソース」などという言葉を使い、珍妙な地理認識をしているミハイロフ二等大尉も、S字シートの色白の女友だちも(このナターシャとやらはきっと汚らしい爪をしているはずだという想像もあながち的はずれではあるまい)、浮かれた薄汚れた田舎の軽蔑すべきサークルの雰囲気全体も、いかにも品を欠いている。にもかかわらず、ミハイロフ二等大尉はいいがたい悲哀に満ちた甘い気持ちで、田舎の色白の女友だちのことや、夜ごと四阿に腰を据えて感情についてしゃべったこと、人のよい元軽騎兵の同僚のことを思いだした——書斎でやったコペイカ単位のトランプ勝負で、元同僚はぷりぷりしながら取札不足の罰金を払い、妻に笑われたのだった——、この人たちが自分に示してくれた友情を思いだした(色白の女友だちからは友情以上のものを感じたかもしれない)。これらの顔ぶれと彼らのいた環境とが、彼の想像のうちでびっくりするほど甘く悦《よろこ》ばしいバラ色に包まれて明滅し、彼は思い出に微笑《ほほえ》んで、愛しい手紙がしまってあるポケットに手を伸ばした。いま歩兵連隊で身をおくことになった仲間うちが、騎兵として、ご婦人のお相手として、T市のいたるところで歓迎を受けたころ出入りしていたものよりはるかに下等なだけに、これらの思い出はミハイロフ二等大尉にとっていっそう魅力的だった。

以前の環境と現在の落差はあまりにも大きなもので、胸襟《きょうきん》をひらいた折などには、自家用のオープン馬車をもっていたことや、知事邸の舞踏会でのダンスや高級官僚とのトランプのことを歩兵の同僚に話してみるのだが、疑わしげに冷やかに、いちいち突っかかって反対意見を述べるのも嫌だから、『まあ言わせておけ』といわんばかりの態度で受けとめられるのだった。同僚たちのウォッカでの酒盛りや、五ルーブル賭けのトランプ勝負、全般に粗暴な態度に対して彼が軽蔑をあらわにしないのは、ひとえに温厚で順応性と分別に富んだ性格のおかげである。

ミハイロフ二等大尉は、思い出から知らぬまに夢想と希望に移っていった。『ナターシャの驚きと喜びはどれほどだろう』くたびれたブーツで狭い横町を歩きながら彼は考えた。『ぼくが敵の砲台にいちばん乗りしてゲオルギー勲章をもらったなんて記事を、「インヴァリード」で読むことがあったら。以前の推賞にしたがって、ぼくは大尉に昇進するはずだ。それから今年中には順送りであっさりと少佐に上がるだろう、なにぶんこの戦役ではたくさんやられているし、これからもきっとたくさんの同胞がやられるだろうから。それからまた作戦があって、名の聞こえたぼくに連隊が任せられる……中佐……アンナ勲章を首にかけて……大佐……』そして彼はもはや将軍となり、未亡人になったナターシャを訪問してやるのだ、彼の夢想のなかではそのころには元同僚は死んでいた。するとそのとき、並木通りの音楽がはっきりと彼の耳に届いて人ごみが目に飛びこんできたため、彼はわれに返って、元どおりのぎこちなくおどおどした、取るに足らない歩兵二等大尉の自分を並木通りに見出したのだった。

3

彼はまず四阿のほうへ近づいた。そばには楽隊がいて、譜面台の代わりに連隊のほかの兵士たちが楽譜をひらいて支えており、まわりでは書記や士官補、子どもを連れた乳母、旧式のコートを着た士官たちが輪をなして、聴くというよりは見物していた。四阿の周囲で立ったり座ったり歩きまわったりしているのはおもに、白い手袋と新しいコートを身につけた水兵や副官、士官たちである。並木通りの広い遊歩道には、あらゆる種類の士官とあらゆる種類の女たちが歩いている。帽子をかぶっている女はまれで、多くはスカーフを頭に巻いていたが（帽子もスカーフもない者もいた）、年寄りは一人もおらず若者だけなのが目についた。白いアカシヤが遊歩道に香りを漂わせ影を投げかけており、若者たちはいくつかのグループに分かれて三々五々過ごしていた。

並木通りでミハイロフ二等大尉に出くわし喜んでくれた相手ときたら、同じ連隊のオブジョゴフ大尉とススリコフ大尉くらいだった。熱烈な握手を交わしはしたものの、前者はラクダ革のズボンで手袋もはめず、コートはおんぼろのうえ顔を真っ赤にして大汗をかいており、後者は大声で馴《な》れなれしくがなりたてるので、いっしょに歩くのが恥ずかしくてならない。白い手袋をはめた士官たちが見ているとなればなおさらである（そのなかの一人――ある副官――にはミハイロフ二等大尉は会釈をしたし、またべつの一人――ある佐官――にも、共通の知人のもとで二度顔を合わせたことがあったから、会釈しようと思えばできたのだ）。そもそもオブジョゴフとかススリコフなどというお歴々と、なにが楽しくていま歩きまわらねばならないのか、そうでなくとも一日に六回も出会って握手しているというのに。こんなことのために音楽へやって来たのではないのだ。

彼は会釈した副官に近寄って、あの人たちとしゃべりたいと思っていた――なにもオブジョゴフ大尉やススリコフ大尉、パシテツキー中尉などにその様子を見せつけたいからではない。彼らが気持ちのよい人たちで、いろいろなニュースを知っていて――話してくれそうだからというだけのことで……。

しかしなぜミハイロフ二等大尉は、彼らに近づくのを恐れ躊躇《ためら》っているのだろうか。『万一、会釈を返してもらえなかったらどうしよう』と彼は考えるのだった。『あるいは会釈はしてくれても、ぼくなんていないかのように内輪話を続けられたら、あるいはさっさと離れていってしまって、一流の人たちのあいだにひとり取り残されたら？』この一流の人という言葉（身分にかかわりなく、つぶ選《よ》りの高級な人々のサークルを意味する）は、そんな言いかたは存在しなかったはずのわがロシアにおいて、あるときからたいへんな人気を博し、虚栄心の忍びこみうるあらゆる場所と社会階層に浸透した（この忌まわしい情熱が忍びこまない時代や環境などありえるだろうか）――商人のあいだ、役人のあいだ、書記、士官、サラトフで、ママディシュで、ヴィーンヌィツャで、人間のいるいたるところで。包囲下のセヴァストーポリの街にはたくさんの人間がいるから、虚栄心も、つまり一流の人もたくさんということになる。すべての人――一流の人の頭上にも一流でない人の頭上にも、たえず死が迫っているというのに。

オブジョゴフ大尉にとってミハイロフ二等大尉は、清潔なコートと手袋を身につけているがゆえに一流の人であり、だからこそ鼻もちならない人物だったが、いくらか尊敬してもいた。ミハイロフ二等大尉にとってはカルーギン副官が、副官という身分と、ほかの副官たちを「きみ」呼ばわりしているがゆえに一流の人であり、だからこそなにか引っかかるものを感じていたが、同時に恐れてもいた。カルーギン副官にとってはノルドフ伯爵が一流の人で、彼が侍従武官であるがゆえに、心のなかでは罵《ののし》り、ばかにしてばかりいた。一流の人というのは恐ろしい言葉だ。佐官のまわりに腰かけた同僚たちのそばを通りすぎる際、なんの可笑《おか》しいこともないのに、ゾーボフ少尉が無理に笑ってみせるのはなぜだろう？　自分は一流の人ではないけれど、だからといって貴様らに劣るわけではまったくないんだということを、見せつけようとしてである。佐官がたいへん弱々しい、面倒くさげで陰鬱な、ふだんとは違う声で話しているのはなぜだろう？　自分は一流の人であるから、少尉と話してやるなんてじつに慈悲深いことなのだ、と相手に見せつけるためである。士官補が初めて見かけた良家の婦人のあとをつけ、話しかける気もないのに腕を振りまわし、ウインクしているのはなぜだろう？　あんたらに帽子をとって挨拶する身分ではあるが、自分はやはり一流の人で、たいへん楽しい気分でいるのだ、とまわりの士官に見せつけるためである。愛想のよい伝令将校たちに、砲兵大尉がひどく粗暴な態度をとっているのはなぜだろう？　自分はおもねったりしないし、一流の人など必要としていないのだ、と見せつけるためである、などなど。

　虚栄心、虚栄心、いたるところに虚栄心――棺桶《かんおけ》に片足突っこんで、高邁《こうまい》な信念を抱き死に向かおうという人々にしてすらこうなのだ。虚栄心！　おそらくこれは、私たちの世紀の特徴であり宿痾《しゅくあ》なのだろう。むかしの人々にとって、天然痘《てんねんとう》やコレラとならんでこの情熱が問題とならなかったのはどういうわけか。私たちの世紀に三種類の人間しかいないのはどういうわけか。第一に、虚栄心の原理は不可避の事実で、だから正しいものなのだと受けとめて、思うさまそれに従う人間。第二に、それは不幸ではあるが克服しがたい条件だと受けとめている人間。第三に、無意識のまま、奴隷のごとくその影響下に行動する人間。ホメロスやシェイクスピアは愛や栄光や苦しみについて語ったというのに、私たちの世紀の文学ときたら、俗物とか虚栄とかの小説ばかり無数に生んでいるのはどういうわけか。

ミハイロフ二等大尉は、仲間うちの一流の人たちの輪のそばを二回うじうじと通りすぎたが、三回目に勇気をふりしぼって近づいた。その輪は四人の士官から成っていた。ミハイロフの知りあいのカルーギン副官、カルーギンにとってもいくらか一流の人にあたる副官のガリツィン公爵、いわゆる百二十二人の社交界人の一人であるネフェルドフ中佐（いくらかは愛国心、いくらかは功名心にあてられて、そしてなにより、みんなそうしているからという理由で、退役から復帰してこの戦役に加わった人々。ネフェルドフはモスクワのクラブでは古参の独身男で、ここでは不満だらけでなにもせずなにも理解せず、司令部の指示を片端から批判してばかりいる派閥に加わっていた）、そしてやはり百二十二人の英雄の一人であるプラスクーヒン騎兵大尉。ミハイロフにとって幸運なことに、カルーギンは機嫌がよく（先ほど将軍が非常に信頼を寄せる調子で話しかけてくれたし、ペテルブルグから来たガリツィン公爵が彼のところに泊まっていたので）――ミハイロフ二等大尉に手を差しだすのを恥とはみなさなかったが、しかし稜堡でミハイロフとしょっちゅう顔を合わせていて、彼のおごりでワインやウォッカを飲んだことも一度ならずあり、トランプ賭博で十二ルーブル半の借金すらあるプラスクーヒンは手を出すのを躊躇った。ガリツィン公爵をまだよく知らない状態で、歩兵二等大尉ごときと知りあいであるのをさらしたくなかったのだ。彼はわずかに頭を下げた。

「どうです、大尉」カルーギンは言った。「次の稜堡行きはいつですか？　シュヴァルツ角《かく》面堡《めんほう》で会ったときのことを覚えてます？――暑かったですね？」

「ええ、暑かったですね」と答えたミハイロフは、あの夜、塹壕のなかで身をすくめて稜堡へ向かった自分の無様な姿を、忸怩《じくじ》として思いだした。そこで出会ったカルーギンは恐れ知らずな様子で、サーベルを盛んにがちゃがちゃと鳴らしていた。

「ほんとうは明日行くことになっていたんですが、隊で病人が出まして」とミハイロフは続けた。「ある士官なんですが、それで……」つまり自分の番ではなかったのだが、第八中隊の指揮官が健康を崩し、中隊に准尉《じゅんい》しかいなくなってしまったので、ネプシトシェツキー中尉の代理を買って出るのが義務だと考え、自分がいまから稜堡へ向かうのだ、ということを話したかったのである。カルーギンには最後まで聞く気はなかった。

「数日中になにかありそうな感じがするね」彼はガリツィン公爵に言った。

「では、今日はなにも起きないでしょうか？」カルーギンとガリツィンを代わるがわる見やってミハイロフはおずおずと尋ねた。答える者はいなかった。ガリツィン公爵はわずかに眉をひそめて視線をミハイロフの帽子のわきへそらし、しばらく黙りこんでから言った。

「そこの赤いスカーフの女の子はすごくいいね。知りませんか、大尉？」

「私の宿舎のそばに住んでいる水兵の娘です」二等大尉は答えた。

「ちょっとじっくり見に行こうじゃないですか」

そしてガリツィン公爵は、片やカルーギン、片や二等大尉の腕をとったが、こうすれば二等大尉が大いに喜ぶだろうとわかったうえでのことで、実際そのとおりだったのである。二等大尉は迷信家で、戦場へ出る前に女と関わるのは非常によくないことだと考えていたのだが、このときばかりはひどく軟派な男のふりをした。もっともガリツィン公爵とカルーギンはそんなふりは見破ったようだし、赤いスカーフの娘は、家の窓辺を通りかかった二等大尉が顔を赤らめるのを何度も目にとめていたから、今日の彼の様子にぎょっとしていた。

プラスクーヒンは後ろについて歩きながら、しじゅうガリツィン公爵の腕をつついては、フランス語であれやこれやと発言した。しかし四人並んで歩けるほど道幅がなかったため、彼は一人で歩かざるをえなくなり、ようやく二つ目のロータリーで、勇猛で鳴らす海軍士官セルヴァーギンが、やはり一流の人たちのサークルに加わろうと近寄り、話しかけてきたその腕をとった。すると名うての勇者はその筋肉質で高潔な腕を、好ましからざる人物としてみなに知られ、セルヴァーギン自身も承知していたプラスクーヒンの肘《ひじ》に差し入れたのである。しかしプラスクーヒンがガリツィン公爵に、自分はこの水兵と知りあいなのですと説明し、名うての勇者ですよと耳打ちしても、昨日、第四稜堡で、わずか二十歩先で破裂した爆弾を見たばかりのガリツィン公爵は、自分もこの男にひけをとらない勇者だし、名声などたいてい根拠なく得られたものなのだと決めつけて、セルヴァーギンを一顧だにしようとしなかった。

ミハイロフ二等大尉はこの仲間と練り歩くのが楽しくてたまらず、T県からの愛しい手紙のことも、稜堡への出発を控え襲いかかってきた陰鬱な思いのことも忘れてしまった。彼がいつまでもくっついているので彼らは自分たちだけで会話を始め、彼の視線を避けてもう行っていいよと身振りで示し、そしてとうとう離れていった。それでも二等大尉は満足だった。士官補のペスト男爵とすれちがった際、昨日、第五稜堡の壕舎で初めて夜を明かし、それで自分は英雄だと思いこみすっかり天狗になったこの士官補が、胡散臭《うさんくさ》そうな尊大な表情で気をつけして帽子をとっても、すこしも嫌な気分にはならなかった。

4

しかし宿舎の敷居を跨《また》いだ途端、二等大尉はまったくべつの思いに捉われた。小さな部屋の剝《む》きだしででこぼこの床、紙を貼った傾《かし》いだ窓、古いベッド、その上には女騎士を描いたタペストリーにかかった二丁のトゥーラ製ピストル、同室の士官補の更紗《さらさ》の布団がのった汚らしい寝床。地べたに寝ていた召使のニキータが、ぼさぼさの脂ぎった髪のまま、身体を掻《か》きながら起きあがってくる。そして自分の古いコートと私物のブーツ、稜堡へ携えるよう準備された包みから突きだしている、石鹼《せっけん》みたいなチーズのかけらとウォッカを入れたビール瓶の首。これらを目にした彼はとつぜん恐怖に似た感情とともに、自分はこれから中隊を率いて前線壕で夜を明かしに行くのだと思いだした。

『ぼくはきっと今日死ぬ』と二等大尉は思った。『そんな感じがする。問題は、自分の番でもないのにみずから買って出たことだ。いつも志願者にかぎってやられるんだ。あの忌々《いまいま》しいネプシトシェツキーめ、なんの病気だっていうんだ。おおかた仮病だろう、おかげで人ひとり死ぬことになる、かならず死ぬ。でも、もし死ななかったら推賞されるな。ネプシトシェツキー中尉が病気なら私に行かせてください、ってぼくが言ったら、連隊長はずいぶん喜んでいたからなあ。少佐昇進は無理だとしても、ヴラジーミル勲章はまちがいない。これで稜堡に行くのは十三回目なんだから。ああ、十三回か！　縁起の悪い数字だ。きっとやられる、感じるんだ、やられるって。しかしだれかが行かなきゃならなかった、准尉に中隊を任せるわけにはいかないからな。それでもしなにかあったら、連隊の名誉、陸軍の名誉に関わることだ。行くのがぼくの義務なんだ……そう、神聖な義務なんだ。でも予感がする』

この手の予感は多かれ少なかれ、これまでも稜堡へ行くたびに襲ってきたことを二等大尉は忘れていたし、戦場へ赴く者はすべて、多かれ少なかれ同じような予感を味わうのだということを知らなかった。彼は義務感に訴えて自分を慰めたが、二等大尉を含め、物事を深く考えない人は、たいてい義務感がよく発達していて強固なのである。そして彼は机に向かい、このところ金銭的な問題であまりうまくいっていなかった父親に、別れの手紙を書きだした。十分後、手紙を書きおえた彼は目に涙をためて机を離れ、知っているかぎりのお祈りを心のなかで唱えてから(召使の前で神に祈るのはきまり悪かったので)、着替えを始めた。亡き母の形見で、深く信仰している聖ミトロファン像にキスしたい気持ちでいっぱいだったが、ニキータの前ではばかられ、フロックコートのボタンを外さなくても通りでとりだせるよう、聖像を内ポケットから出しておいた。

酔っぱらったがさつな召使が、新しいフロックコートを面倒くさそうに差しだした（二等大尉が稜堡へ行くときにいつも着ていた古いコートは、繕《つくろ》いが済んでいなかった）。

「なんでコートを繕ってないんだ？　いつもそんなふうに寝てればいいと思っているのか」腹立たしげにミハイロフは言った。

「寝てるですって？」ニキータがぶつぶつ言う。「日がな一日、犬みたいに駆けどおしですよ。こんだけくたびれ果ててもまだ寝るなっていうんですかい」

「また飲んでるな、わかってるぞ」

「あんたさまのお金で飲んだわけじゃねえもの、文句を言われる筋合いはねえです」

「黙れ、役立たずが！」二等大尉は怒鳴って召使を殴ろうとした。その前から気分は滅入っていたのだが、十二年もいっしょに暮らしてきて愛着があり、甘やかしてすらいたニキータのがさつさにがっかりし、堪忍袋《かんにんぶくろ》の緒《お》を切らしたのである。

「役立たず？　役立たずですって？」召使はくりかえした。「なんで役立たずだなんてひどいことをおっしゃるんです、ご主人さま？　こんなときだっていうのに、人を罵るのはよくないですよ」

ミハイロフは自分がどこへ赴こうとしているかを思いだし、恥ずかしくなった。

「しかしおまえ相手じゃ、だれだって堪忍袋の緒を切らすよ、ニキータ」彼は優しい声で言った。「机の上の手紙は父さん宛てだ、そのまま触らずにおけ」顔を赤らめて彼は付け加えた。「承知いたしました」『自分の金で』飲んだという酒の影響で感じやすくなっていたニキータは、いまにも泣きだしかねない様子で目をしばたたかせた。

玄関で二等大尉が「じゃあな、ニキータ」と言うと、ニキータはここぞとばかりに無理やりな泣き声をあげ、主人の手にキスしようとして飛びついた。「さらばです、ご主人さま!」しゃくりあげながら彼は言った。玄関に立っていた水夫の老未亡人が、こうした感動的場面にはくちばしを挟まずにおれない女のならいで、薄汚れた袖で目を拭い、殿方はなんのためにこれほどの苦しみを身に受けるのか、自分はかわいそうに未亡人になってしまったなどと言いはじめ、酔っぱらったニキータにもう百回は話したわが身の悲しみを物語るのだった。最初のズドンで夫が殺され、家は全壊し(いま住んでいる家は彼女のものではなかった)、云々かんぬん。主人が去るとニキータはパイプに火をつけ、おかみの娘にウォッカを買いにやらせ、あっというまに泣きやんだどころか、老婆が手桶かなにかを壊したといって口げんかを始めた。

『でも、怪我だけで済むかもしれない』すでに宵闇のなかを中隊とともに稜堡へ向かいながら、二等大尉はひとり考えつらねた。『しかしどこを? ここか? それともここか?』心のなかで腹やら胸やらを指して彼は思った。『もしここに食らったら』と彼は太もものあたりを考えた。『ほかは助かるだろう。それでも痛いだろうけれど。でもここに破片が飛んだら——お陀仏《だぶつ》だな!』

しかし二等大尉は身を屈めて塹壕を進んで、ぶじ前線壕まで辿《たど》りつき、真っ暗闇のなか、工兵士官とともに人員に仕事を割りあて、胸墻《きょうしょう》の下の壕に腰を下ろした。撃ちあいは少なかった。ごくまれに、あるときはわが軍で、またあるときにはあちらで砲火が閃《ひらめ》き、砲弾の信管が光を放って暗い星空に火の弧を描いた。だが砲弾はどれも、二等大尉が腰を据えている壕のはるか後方か右方に着弾したので、彼はいくらか安心し、ウォッカを飲み、チーズをかじり、煙草を吸って、神に祈りを捧げひと寝入りしようと思った。

## 5

ガリツィン公爵、ネフェルドフ中佐、並木通りで彼らに出会った士官補のペスト男爵、そしてだれに呼ばれたわけでもだれに話しかけられるわけでもないのに離れようとしないプラスクーヒンは、そろって並木通りからカルーギンのところへ茶を飲みに出かけた。

「それで、ワーシカ・メンデルの話の続きだけど」コートを脱いだカルーギンは、窓辺のやわらかい安楽椅子に腰かけてそう言うと、糊《のり》のきいた清潔なオランダ製シャツの袖のボタンを外した。「あいつはなんだって結婚したんだい?」

「傑作なんだよ、きみ、実のところ、ペテルブルグは一時その話ばかりでね《ジュ・ヴ・ディ・イリアヴェ・アン・タン・ウ・オン・ヌ・パルレ・ク・ドゥ・サ・ア・ペテルスブール》」ガリツィン公爵がピアノの前の椅子から飛びあがって笑いながら言い、窓辺のカルーギンのそばに腰を下ろした。「まったく傑作なんだ。ぼくは詳しい事情を知っていて……」そして彼は陽気に言葉巧みに生きいきと、ある恋愛の経緯《いきさつ》を物語りだしたのだが、私たちには関わりのないことであるから割愛しよう。

それにしても目を引くのは、ガリツィン公爵だけでなく、あるいは窓辺に腰かけ、あるいは足を上げ、あるいはピアノの前に座を占めているほかの紳士連もみな、並木通りにいたときとはまるで別人のようだったことである。彼らが歩兵士官たちに見せつけていた、滑稽なほどのもったいぶりや高慢さはここにはなかった。内輪の集まりで素に戻り、とりわけカルーギンとガリツィン公爵は、たいへん感じのいい、陽気で善意ある若者となっていた。話題はペテルブルグの同僚や知人のことだった。

「マスロフスキーはどう?」

「どのマスロフスキーさ?　近衛軽騎兵の、近衛騎兵の?」

「どちちも知っているけどね。近衛騎兵のほうは学校を出たばかりの小僧だったな。年上のほうは騎兵大尉だっけ?」

「そうそう!　だいぶ前の話だけど」

「相変わらずジプシー女と付き合ってるのかな」

「いや、捨てたんだよ……」といった具合である。

それからガリツィン公爵はピアノに向かって、ジプシーの小唄をみごとに歌った。プラスクーヒンが頼まれもしないのに伴唱を始めたが、じつに上手だったので伴唱を乞われるようになりご満悦だった。

クリームつきの紅茶とビスケットを銀の盆にのせ、召使が入ってきた。

「公爵にお出ししろ」カルーギンが言った。

「考えてみれば不思議なことだね」ガリツィンはカップをとり、窓辺に移りながら言った。「ここが包囲下の街だなんて。ピアノ遊び、クリームつきの紅茶、この部屋なんて実際ペテルブルグにあったら住みたいくらいだよ」

「いや、せめてこんなことでもないとね」なににつけても不満げな年寄りの中佐が言った。「まったくやっておれんよ——ひたすらなにかを待つばかりじゃないか……、毎日撃ちつづけて果てしがない。そのうえ汚らしいところで不便な暮らしをさせられちゃあ」

「そんなことを言ったら、歩兵士官たちはどうなります」カルーギンが言った。「稜堡で兵士たちと寝起きして、壕舎では兵士と同じボルシチを食べてるんですよ——どんな気分でしょうね？」

「それだよ、ぼくが理解できないのは。正直、信じられないんだよね」ガリツィンが言った。「汚れた下着でシラミまみれで手も洗えずに、勇気なんか出るものかね。そんなんじゃあ、貴族の麗しき勇気《セット・ベル・ブラヴール・ドゥ・ジャンティオム》なんてありえないね」

「ええ、あいつらはそんな勇気なんて理解していませんよ」プラスクーヒンが言った。

「なにばかなことを言ってるんだ」腹立たしげにカルーギンが遮《さえぎ》った。「ここできみよりもたくさんの歩兵士官たちを見てきたがね、一人の例外もなく言えるのは、わが軍の歩兵士官たちはたしかにシラミまみれで十日も下着を替えないけれども、英雄だ——驚くべき人々だってことさ」

　ちょうどそのとき、部屋に歩兵士官が入ってきた。

「わたくしは……命令を受けたのですが……将……いや閣下に拝謁《はいえつ》できますでしょうか、N将軍からの伝令です」おどおどと頭を下げながら彼は尋ねた。

カルーギンは立ちあがったが士官の会釈には答えず、慇懃《いんぎん》無礼な感じでよそ行きの微笑を浮かべ、お待ちいただけますかと訊《き》いただけで席も勧めぬまま、もはや士官を無視してガリツィンのほうを振りかえりフランス語で話しはじめたため、かわいそうな士官は部屋のまんなかに立ちつくし、どんな顔つきをしたものか、手袋をしていない手をぶらぶらともてあましていた。

「緊急を要する件なのですが」しばらくの沈黙ののち、士官は言った。

「ああ！　ではこちらへ」やはりばかにしたような微笑を浮かべてカルーギンは言い、コートをはおって士官を戸口へ導いた。

「いやはや、みんな、今夜は熱いことになりそうだね《エ・ビアン・メッシュー・ジュ・クロワ・ク・スラ・ショフラ・セット・ニュイ》」将軍のもとから戻ってきてカルーギンは言った。

「それでなにごとだね？　いったい？　出撃かい？」みなが口々に尋ねる。

「知らないよ――じきにわかるさ」秘密めかして微笑みながらカルーギンは答えた。

「いや、ぼくには教えてくれよ」ペスト男爵が言った。「なにかあるんなら、ぼくはT連隊で出撃しなきゃいけないんだ」

「それじゃあ無事を祈ってるよ」

「上官が稜堡に出てるんですが、こうなるとぼくも行かざるをえませんね」プラスクーヒンがそう言ってサーベルを帯びた。だが答える者はいなかった。行くか行かないかは自分で決めろ、というわけだ。

「なにもないさ、そんな感じがする」と言いつつも、ペスト男爵はこのあとの戦闘を思い心臓がどきどきしていたのだが、威勢よく帽子を斜《はす》にかぶって足音を高鳴らせ、やはり重苦しい恐怖感を抱いたプラスクーヒンやネフェルドフともども、自分の部隊へ急いだ。「それじゃあな、みんな」――「さよなら、みんな！　今夜また会おう！」カルーギンが窓からそう声をあげた先では、プラスクーヒンとネフェルドフがコサックふうの鞍《くら》の枠に上体を屈め、おそらく自分がコサックになったような気分で馬をだく足に走らせていた。

コサック馬のひづめの音は、すぐに暗い通りのなかに消えた。

「いや、教えてくれよ、ほんとうに今夜なにかあるのかい《ノン・ディト・モワ・エス・キリオラ・ヴェリタブルマン・ケルク・ショーズ・セット・ニュイ》」カルーギンといっしょに窓辺に身を横たえたガリツィンが、稜堡の上空へ飛んでゆく砲弾を眺めながら言った。

「きみになら教えるよ、ほら、稜堡には行っただろう？（ガリツィンは首肯したが、第四稜堡に一度行ったことがあるきりだった）わが軍の眼鏡堡の対面に、こんなふうに塹壕があったろう」カルーギンは自分の軍事的判断力を確かなものだと自負していたが実際には素人で、いくぶん混乱して築城学の用語を誤用しつつ、わが軍と敵軍の作業場の配置とこのあとの作戦プランを語った。

「しかし前線壕のあたりでドンパチしだしたね。おおっと！　これはうちかな、あちらさんかな？　爆発したぜ」そんな会話をしながら彼らは窓辺に身を伸ばし、上空を砲弾の曳光が行き交うさまや、暗青色の空と火薬の白い煙とが砲火の閃きに一瞬照らしだされるさまを眺めたり、刻々と高まってゆく銃撃音に聞きいったりした。

「なんとも魅力的な光景だね《ケル・シャルマン・クー・ドイユ》！　だろう？」とカルーギンが言い、実際美しいその光景に客人の注意を促した。「ときどき星か砲弾かわからなくなるよ」

「ああ、いま星だと思ったのが落ちて爆発したよ。あの大きな星も——なんて名前だろう——砲弾みたいだ」

「砲弾にすっかり慣れてしまったもんだから、これからはロシアで星空を見たら、きっと砲弾だと思うだろうよ。慣れるって怖いな」

「しかしぼくは出撃に加わらなくていいんだろうか」しばらく沈黙が続いたあとでガリツィン公爵は言い、このように猛烈な砲撃時にあそこにいることを考えただけで慄《おのの》くと同時に、自分は夜にあそこへ送られたりなどするはずがないと安心して思った。

「たくさんだよ、きみ、そんなことは考えなくていい、ぼくが行かさないよ」カルーギンはそう答えたが、ガリツィンがあそこへ出かけることなどありえないのは重々承知していた。

「また機会があるさ、きみ」

「そうかな？　行かなくていいと思うかい？　え？」

　そのときこの紳士連が見物していた方角で、砲弾の響きに続いて激しい銃撃音が聞こえ、何千という細かな銃火が続けざまに閃いて全戦線を照らした。

「いよいよ本番が始まったな！」カルーギンは言った。「この銃声を聞くと落ち着いていられないよ、なんだか心が揺さぶられるんだ。ほら、『進めっ！』だ」彼は続けてそう言うと、何百もの声が遠くで「あああ！」と長く轟くのに耳を傾けた——稜堡から彼のもとまで届いたのだ。

「どっちの『進めっ！』だろう。やつらかな、うちかな？」

「さあね、でももう白兵戦が始まってるぜ、銃声がやんだから」

そのとき窓の下の玄関に伝令将校がコサックを連れて駆けつけ、馬を下りた。

「どこからです？」

「稜堡です。将軍にご用が」

「行きましょう。どうしたんです？」

「前線壕が敵襲に遭い……占領されました……フランス軍め、すごい兵数をかけてきたんです……わが軍は襲撃され……二個大隊しかいなかったのです」喘《あえ》ぎながら話したのは夕方に来たのと同じ士官で、息もたえだえのありさまだったが、なんの遠慮もみせずに戸口へ向かった。

「なんだ、退却したんですか？」ガリツィンが尋ねた。

「いいえ」士官はかっとして答えた。「大隊が駆けつけて撃退しました。しかし連隊長は亡くなりましたし、士官も大勢やられました、援軍要請の命令です……」

そう言いおいて彼はカルーギンに連れられ将軍のもとへ向かったが、私たちはこれ以上あとを追わないことにしよう。五分後にはカルーギンはもうコサック馬に乗り（またもやコサックもどきの乗りかたで。なぜだか副官たちはこの乗りかたがたいへん心地よいらしい）、軽いだく足で稜堡へ向かっていた。あちらへいくつかの命令を伝えるとともに、戦闘の最終結果の報告を待つためである。一方、ガリツィン公爵は、身近な戦闘の気配がそれに参加しない傍観者にきまって引き起こす重苦しい興奮にあてられて、通りに出ると目的もなくあちこちをうろつきまわった。

## 6

兵士の群れが負傷者を担架に乗せたり抱えたりして運んでいた。通りは真っ暗だった。ほんの時折、病院や夜更かししている士官の宿舎の窓に、ところどころ明かりが点《とも》るだけである。稜堡からは変わることなく大砲と鉄砲の撃ちあいの轟きが聞こえ、暗い空には依然として砲火が閃いていた。伝令将校が走らせる馬のひづめの音、負傷者のうめき、担架兵の足音と話し声、砲撃を見に玄関へ出てきた女たちの怯《おび》えた声などがときどき響く。

玄関へ出てきた住人たちのなかには、私たちにはすでにおなじみのニキータ、彼と仲直りを済ました水兵の老未亡人、十歳になるその娘もいた。

「神さま、聖母さま」火の玉のようにたえまなく一方から他方へ飛び交う砲弾を眺め、老婆は呟《つぶや》いてため息を吐《つ》いた。「ああ恐ろしい、恐ろしい！　なんてこと！　最初のズドンのときもここまでじゃなかったよ。ほら、あんなところで爆発した、忌々しい——村の私たちん家《ち》のとこだ」

「ううん、もっと向こうよ、アリンカおばちゃん家《ち》の庭にいつも落ちるのよ」娘が言った。

「いったいどこさ、うちの旦那はいまどこさ？」節回しをつけるように言ったニキータはまだすこし酔っている。「まったくあの旦那がどれほど好きか、自分でも見当つかねえよ。殴られたって好きでたまらねえんだ。縁起でもないけど、もし災難があって旦那がやられちまったら、あとを追ってなにをしでかしちまうかわからねえ、それくらい好きだよ、ほんとさ、おばさん。おお神さま！　そんな旦那さ、要するに！　あの人と、そこでトランプをやってる連中と、とりかえたりなんてできるかよ？　あんな連中——ぺっぺっだよ！　要するに！」言いおえたニキータは主人の部屋の明るい窓を指差したが、そのなかでは二等大尉の留守をいいことに、士官補のジヴァドチェスキーが客を呼び、十字勲章拝受を祝って酒盛りをやっていた。その客というのは、ウグロヴィチ少尉と、稜堡へ行くはずだったのに歯肉炎を患って休んだ当のネプシトシェツキー中尉であった。

「お星さま、お星さまがいっぱい流れてるわ」ニキータの言葉のあとに続いた沈黙を、空を眺めていた娘が破った。「ほら、ほらまた流れた！　どうしたのいったい？　ねえ、ママ？」

「うちの家がばらばらにされちまったよ」娘の問いには答えず、老婆はため息を吐いて言った。

「今日、おじちゃんとあっちに行ったらね、ママ」歌うような声で娘は話しつづけた。「こんな、すっごく大きい弾が、お部屋のタンスのすぐ横に転がってたわ。きっと玄関を突き破って、それでお部屋に飛びこんできたのよ……もちあがらないくらい、すっごく大きかった」

「亭主がいて金のある連中はさっさと出ていったよ」老婆は言いつのる。「残ったもんは、ひどい、ひどいね、最後の家まで壊されちまった。ほらごらん、ほら、ぶっぱなしまくってやがる、悪党め！　神さま、神さま！」

「それでおそとに出た途端に、爆弾がひとつ、びゅーんって飛んできて、どかーんって爆発して、ばあーって土をまきちらしたのよ、でもおじちゃんと私たちには、ぎりぎりでひとつの破片もあたらなかったの」

「そりゃ十字勲章ものだな」ちょうど士官たちと砲撃を見に玄関へ出てきた士官補が言った。

「将軍に報告してこいよ、婆《ばあ》さん」ネプシトシェツキー中尉が老婆の肩をたたいて言う。

「ほんとにさ！」

「あっちでなにかあったか、通りに出て聞いてこよう《ブィデン・ナ・ウリッツェン・ゾバチチ・ツォ・タム・ノヴェゴ》」彼は続けてそう言うと階段を下りた。

「じゃあおれたちはそのあいだウォッカを一杯やろう、おっかなくてかなわん《ア・ムイ・ティム・チャセム・ナピームイ・シエン・ヴトキ・ボ・ツォシ・ドゥシャ・フ・ピエンティ・ウチェカ》」陽気な士官補のジヴァドチェスキーが笑いながら言った。

# 7

担架に乗せられたり、たがいを支えて歩きながら大声で話しあったりしている負傷兵を、ガリツィン公爵は次々と見かけるようになった。

「やつら、えらい勢いだったなあ、みんな」肩に鉄砲を二丁抱えた長身の兵士が低い声で言った。「えらい勢いでえらい大声で、『アラー、アラー！』〔トルコ軍との戦いで敵兵のこの雄叫びを聞き慣れたわが軍の兵士たちは、いまではフランス兵まで「アラー！」と雄叫びをあげるかのようにいつも話している〔作者注〕〕ってさ。あんな押しあいへしあいじゃなあ。一人をやっつけたら次のがのしかかってくる――どうしようもねえ。やぶれかぶれさ……」

しかし話の途中でガリツィンが割って入った。

「稜堡からか？」

「そうであります、上官どの」

「それであっちはどうだ？　聞かせてくれ」

「どうとは？　やつらの勢力に侵入されまして、上官どの、土塁によじのぼられて、もはやそれまでです。すっかりやられました、上官どの！」

「やられた？　撃退したんだろう？」

「撃退だなんてとんでもない、やつらの全勢力が迫ってこっちはみな殺しにされたうえ、救援もないんですから」（この兵士の言っていることは誤りで、塹壕はわが軍の手にあった。これはだれもが気づく奇妙な現象である。戦闘で負傷した兵士はきまって、自分たちの側が破れ大損害を受けたように思いこむのだ）

「撃退したという話はなんだったんだ」腹立たしげにガリツィンは言った。

そのときネプシトシェツキー中尉が、暗闇に浮かんだ白い帽子でガリツィン公爵を見分け、この権勢ある人物と話すチャンスを利用しようと近づいてきた。

「戦況を教えていただけますか？」帽子の鍔に手をやり彼は慇懃に尋ねた。

「私もそれを訊いているんだ」ガリツィン公爵はそう言って、鉄砲を二丁抱えた兵士のほうをふたたび向いた。「もしかして、貴様が立ち去ったあとで撃退したんじゃないか？　だいぶ前に出たのか？」

「ついさっきです、上官どの」兵士は答えた。「それはありえないかと。塹壕はやつらの手のなかのはずです……すっかりやられました」

「よくも恥ずかしくないな――塹壕を明け渡して。ひどいものだ」気のない返事に落胆してガリツィンは言った。「よくも恥ずかしくないな」兵士から顔を背けてくりかえす。

「ああ、こいつらはとんでもない連中ですよ！　あなたはご存知ないのです」ネプシトシェツキー中尉が尻馬に乗った。「言わせていただきますが、この連中に、プライドも愛国心もいかなる感情も期待なさってはいけません。ほら、ご覧ください、この大勢のなかで負傷者は十分の一もいません、残りはみんな補助です、戦場から逃げだしたいだけの。卑劣な連中です！　恥さらしだぞ、貴様らの振舞いは、恥さらし！　われらの塹壕を明け渡すなど！」兵士たちのほうを振りむき彼は付け加えた。

「そうはいってもあの勢力じゃあね」兵士はぶつぶつ言った。

「いや！　上官どの」そのとき通りかかった担架の上から兵士が口を出した。「明け渡さざるをえませんよ、ほとんど全員やられたっていうのに。こちらに勢力があれば、命に懸けても渡さなかったでしょう。いったいどうしろというんです？　私も一人突き刺しましたが、すぐにやられました……。ああっ、そっとやってくれ、なあ、平らにさ、な、平らにしてくれ……ああああ！」負傷兵はうめいた。

「だが実際のところ、余計な連中が多いようだな」鉄砲を二丁抱えた長身の兵士をまた引きとめて、ガリツィンは言った。「貴様はなにしに行くんだ？　おい、貴様、止まらんか！」

兵士は立ち止まり、左手で脱帽した。

「どこへなんの用だ？」ガリツィンは厳しい口調で怒鳴りつけた。「貴様……」しかしそのとき、兵士のすぐそばまで近づいた彼は、袖の折りかえしに隠れたその右腕が肘の上まで出血しているのに気がついた。

「負傷しました、上官どの！」

「なんの負傷だ？」

「ここはおそらく弾丸でしょう」兵士はそう言って腕を指した。「頭のほうはなんで怪我したのか、自分でもわかりません」そして頭を屈め、後頭部にひっついた血まみれの髪の毛を見せた。

「もうひとつの鉄砲はだれのものだ?」

「フランス兵のカービン銃を、上官どの、奪いました。それでも、この兵隊を連れてくるのでなかったら自分は残ったのですが、いまにも倒れそうでして」彼はそう付け加え、すこし前方で鉄砲を杖がわりにし、左足をつらそうに引きずっている兵士を指した。

「じゃあ貴様はどこだ、ろくでなし!」ネプシトシェツキー中尉が、たまたま鉢合わせたべつの兵士に怒鳴った。権勢ある公爵のお役に立とうとする熱意を見せたかったのである。その兵士も負傷していた。

ガリツィン公爵はとつぜんネプシトシェツキーが、そしてそれ以上に自分が、恥ずかしくてたまらなくなった。自分の頬が赤らむのを感じ——めったにないことだ——、中尉から顔を背けると、もはや負傷者を問いただすこともじろじろ見ることもやめて、包帯所のほうへ向かった。

歩いている負傷者や、負傷者を運びいれたり死者を運びだしたりしている担架兵のあいだをかきわけ、ガリツィンは包帯所のポーチに辿りついた。そして最初の部屋に足を踏みいれたが、ひと目見るなり思わず背を向けて、そのまま通りに逃げだした。それはあまりにもむごい光景だった!

## 8

天井の高い広いホールは、医師が負傷者を診察しにいく四、五本の蠟燭《ろうそく》に照らされているだけで薄暗く、文字どおり満杯だった。担架兵がひっきりなしに負傷者を運びこみ、隣りあわせに床に下ろしてはまた新たな負傷者のもとへ向かうのだが、すでにすし詰め状態で、怪我人たちはぶつかりあってたがいの血にまみれていた。空いたスペースには血だまりが見え、数百の人間が吐きだす熱っぽい息と、担架をかついだ作業員の発する汗とがなにか独特の重く濃厚な鼻をつく悪臭をつくりだし、そのなかで蠟燭がぼんやりとホールのあちらこちらに点っている。うめきや嘆息やあえぎの入り混じった声が、ときどきつんざくような叫びに遮られつつ部屋全体に響いた。看護婦たちは穏やかな顔つきで、女にありがちな中身のない病的な涙をためた憐れみの表情ではなく、実務に即した意味ある思いやりのある表情を浮かべ、そこここで負傷者をかきわけながら、薬や水、包帯、古布をほぐした糸などを抱え、血だらけのコートとシャツのあいだを縫って歩いていた。医師たちは陰鬱な顔つきで腕まくりをして負傷者の前に膝をつき、看護医の掲げる蠟燭のもと、怪我人のたてる恐ろしいうめきや祈りの声をものともせずに、銃創に指を差しいれまさぐったり、折れてぶら下がっている手足をひねくりまわしたりした。一人の医師がドアのそばの机に向かい、ガリツィンが部屋に入ってきたときは、すでに五百三十二番目の患者の記録をつけているところだった。

「イワン・ボガーエフ、兵卒、S連隊第三中隊、大腿部複雑骨折《フラクトゥラ・フェモリス・コンプリカタ》」ホールの隅のべつの医師が、砕けた足をまさぐりながら声をあげた。「この患者の向きを変えてくれ」

「おお、お願いです、お願いですから！」と兵士は叫び、触らないでくれと哀願した。

「頭蓋骨穿孔《ペルフォラティオ・カピティス》。セミョーン・ネフェルドフ、中佐、N歩兵連隊。すこし我慢してください、中佐、これではできません、お手上げですよ」またべつの医師が、フックのようなもので不幸な中佐の頭をほじくりながら言った。

「ああ、もういい！　おお、どうか早く、早く、どうか……あああ！」

「胸腔穿孔《ペルフォラティオ・ペクトリス》……。セヴァスチャン・セレダ、兵卒……なに連隊だ……？　いや、書かなくていい、臨終《モリトゥル》だ。運びだしてくれ」そう言って医師に見捨てられた兵士は、すでに白目を剝いてあえいでいた……。

四十人ほどの担架兵が入口に立って、応急手当の済んだ者を病院へ運ぶか死者を礼拝堂へ運ぶために待機し、ときどき重いため息を吐いては、黙ったままこの光景に目をやるのだった……。

……………………………………

## 9

稜堡への途上でカルーギンは多数の負傷者に出会った。しかし経験上、負傷者のありさまが戦場で人間の精神にもたらす悪影響を知っていたので、彼は馬を止めて話を聞こうとはせず、それどころかいささかの注意も払わないように努めた。山のふもとで彼は、早駆けで稜堡から来た伝令将校に鉢合わせた。

「ゾプキン！　ゾプキン！　ちょっと待ってください」

「なんです？」

「どこから？」

「前線壕です」

「あそこはどうです？　激しいですか？」

「地獄です、ひどいですよ！」

そして伝令将校は先を急いだ。

実際、銃撃はわずかだったとはいえ、砲撃はいっそう激しく猛烈に再開していた。

「ああ、嫌だな！」とカルーギンは思い、なにやら不快な感情が湧いてきた。彼にも予感が、つまりはまったくありふれた、死をめぐる想念が訪れたのだ。しかしカルーギンは自己愛が強く、無神経という、世のなかではたんに勇気と呼ばれている才能に恵まれていた。彼は萌《きざ》した感情には屈せずにおのれを鼓舞した。たしかナポレオンの副官で、命令を伝えたあと、早駆けで頭から血を流しながらナポレオンの前に馳《は》せ参じたという男のことを思いだした。

「負傷したのかね？《ヴゼット・ブレセ》」ナポレオンは尋ねた。

「申し訳ございません、陛下、私は死んでおります《ジュ・ヴ・ドゥマンド・パルドン・シール・ジュ・スイ・チュエ》」そして副官は馬から落ち、その場で死んだという。

これはじつに素晴らしい逸話だとあらためて思い、彼は自分をその副官におきかえてすこし想像してみたりもした。それから馬に鞭《むち》をくれ、いっそう勇ましいコサック乗りをすると、だく足であとについてくるコサックがあぶみに立っているのを一瞥《いちべつ》して、馬を下りる地点までひどく勢いづいて駆けつけた。そこで彼は、石に腰かけパイプをふかしている四人の兵士を見つけた。

「ここでなにをしている？」彼は怒鳴りつけた。

「負傷者を運びだしたところでして、上官どの、それでひと休みしております」一人が答えてパイプを背中に隠し、脱帽した。

「なにがひと休みだ！　持場に急行しろ、連隊長に報告するからな」

そして彼らといっしょに山へ向かう塹壕を進んだが、一歩ごとに負傷者に出くわした。山に登って左の塹壕へ折れ、しばらく進むと一人きりになっていた。すぐそばを砲弾の破片がびゅっと飛び、塹壕に突き刺さる。新たな砲弾が上がって、まっすぐ彼のほうへ飛んでくるように見えた。彼はとつぜん恐ろしくなった。五歩ばかり早足で駆けて地面に伏せた。砲弾が爆発してみるとそれは遠く離れたところで、彼は自分にひどく腹を立てて立ちあがり、伏せたのをだれかに見られなかったか確認したが、あたりにはだれもいなかった。

いったん心に忍びこむと、恐怖はなかなかほかの感情に場所を譲らない。一度も身を屈めたことがないとつねづね自慢していた彼が、いまは早足で這《は》わんばかりにして塹壕を進んだ。

『ああ、まずいぞ！』つまずいて彼は思った。『きっとやられる』そして呼吸が苦しくなり、全身から汗が噴きだしているのを感じてわれながら驚いたが、もはやおのれの感情に打ち勝とうという気も起こらなかった。

急にだれかの足音が前方で聞こえた。彼はにわかに背を伸ばして頭を上げ、サーベルを勇ましくがちゃがちゃ鳴らし、先ほどまでの早足をやめた。自分でもこれが自分がやっていることとは思えなかった。向こうから来た工兵士官と水兵に顔をつきあわせるなり、工兵士官が「伏せてください！」と叫んで砲弾の光点を指した。光点はぐんぐんと輝きを増し、速度を増して近づき塹壕のそばに落下したが、彼は怯えた叫び声につられて思わずわずかに首をすくめただけで先へ向かった。

「おい、すごい度胸だな」落ちた砲弾を冷静に見届け、破片が塹壕に達することはないとベテランの目ですばやく判断して水兵が言った。「伏せようともしないなんて」

稜堡の司令官のいる壕舎まであと一区画、数歩ばかりというところで、カルーギンはふたたび頭が真っ白になり愚かしい恐怖に襲われた。心臓の鼓動が高まって血がどっと頭に流れこみ、壕舎まで走りだしたい気持ちを懸命に抑えこまねばならなかった。

「ひどく息を切らしているじゃないか」彼が命令を伝えると、将軍は言った。

「急いで参りました、閣下！」

「一杯やらんかね？」

カルーギンはワインを一杯飲み、煙草を吸った。白兵戦は中断し、激しい砲撃だけが双方から続いていた。壕舎には稜堡の司令官であるN将軍と六人ほどの士官がおり、そのなかの一人がプラスクーヒンで、戦闘の細部にわたってあれこれ話を交わしていた。空色の壁紙、ソファー、ベッド、書類の載ったテーブル、壁時計、灯明に照らされた聖像――そんなものを具《そな》えた心地よい部屋にいて、こうした生活のしるしや、七十センチほどもある太い梁《はり》が天井に渡してあるのを眺め、壕舎のなかでは弱々しく思える砲撃の音を聞いていると、どうして自分が二度もあのような許しがたい弱さに負けたのか、カルーギンはまったく理解できなかった。彼は自分に腹を立て、もう一度、危険に身をさらしおのれを試したくなった。

「これはよかった、あなたがこっちに来てくれて、大尉」佐官のコートをまとって大きな口ひげをはやし、ゲオルギー勲章を帯びた海軍士官に彼は言った。埋まってしまった二つの砲門を直すため、砲台に作業員を出してほしいと将軍に頼みに壕舎へ現れたのだ。「将軍から報告を命じられまして」砲台の指揮官であるこの男が将軍と話しおえるとカルーギンは続けた。「あなたのところの大砲で、塹壕に榴散弾は撃ちこめますか?」

「撃てるのは一台だけですな」大尉は陰鬱に答えた。

「ともかく見にいきましょう」

大尉は顔をしかめて腹立たしげに喉を鳴らした。

「私はあそこでひと晩中勤めて、ようやくひと息入れに来たんですよ」彼は言った。「お一人で行っていただけませんか。私の副官のカルツ中尉がいますから、すべてご案内しますよ」

大尉は最も危険な砲台のひとつをすでに六か月も指揮しており、包囲が始まって以来――壕舎などなかったころから――稜堡を離れることなく暮らして、水兵どものあいだで勇者として称えられていた。それゆえに彼の拒絶はカルーギンの意表をつき驚かせた。

『しょせんは評判だな！』と彼は思った。

「そうですか、では一人で行きます、そうお望みならね」いくぶん嘲笑《あざわら》うような口調で彼は大尉に言ったが、大尉はそんな言い草はまるで相手にしなかった。

しかしカルーギンがわかっていないのは、彼はとびとびの滞在を合わせてもせいぜい五十時間ほどを稜堡で過ごしただけだが、大尉は六か月のあいだ寝起きしてきたということだ。カルーギンはいまだ虚栄心に動かされていた――目立ちたいという欲望、褒賞や名声、危険が放つ魅力への期待。大尉はそんなものはみなすでに通りすぎてしまった――最初は虚栄心に駆られて勇気を奮い、危険を冒し、褒賞や名声を望んで実際に手に入れもしたが、いまではそんな興奮剤はどれも効き目を失い、彼は戦闘に対してべつの見方をするようになった。おのれの義務はきっちりと果たしていたが、自分の生き残るチャンスがいかに限られているかをわきまえて、六か月の稜堡暮らしを経たいまでは、どうしてもやむをえない場合を除きそのチャンスを危険にさらそうとはしなかった。そのため一週間前に砲台に赴任したばかりで、カルーギンを案内しながら、意味もなく代わるがわる砲門に頭を突っこんだり、足場によじ登ったりしている若い中尉のほうが、大尉の十倍も勇敢にみえるのだった。

砲台を視察して壕舎に引きかえしたカルーギンは、途中の暗闇のなかで、伝令将校を連れて櫓《やぐら》へ向かう将軍に出くわした。

「プラスクーヒン騎兵大尉！」将軍は言った。「右翼の前線壕へ行って、あそこで作業についているM連隊第二大隊に、作業をやめて静かに持場を離れ、山のふもとで待機中の連隊に合流するよう伝えてくれ……。わかったか？　そのまま連隊へ引率するように」

「かしこまりました」

そしてプラスクーヒンは早足で前線壕へ走りだした。

砲撃は間遠《まどお》になりつつあった。

IO

「M連隊第二大隊か？」指示された場所に駆けつけたプラスクーヒンは、土嚢《どのう》を運んでいる兵士たちに出会い尋ねた。

「そうであります」

「指揮官はどこだ？」

中隊長を探しているのだと察したミハイロフが籠《こも》っていた壕から這い出ると、プラスクーヒンを上官と勘違いして敬礼し、近づいてきた。

「将軍のご命令で……諸君に……向かってもらいたいと……至急……そしてなにより、静かに……退却、いや退却ではなくて、待機」敵軍の明かりのほうを横目でちらちら見ながらプラスクーヒンは言った。

プラスクーヒンとわかって手を下ろしたミハイロフが事の次第を呑みこんで命令を伝えると、大隊は陽気にざわめいて、鉄砲をつかみコートをまとい出発した。

前線壕のような危険な場所で三時間も砲弾を受けたあと、その場を離れる人間が味わう安堵の気持ちは、それを経験した者にしか想像できない。ミハイロフはこの三時間のあいだ、おだぶつは免れまいとすでに幾度も考えたがそれも無理からぬことだったし、身につけた聖像には全部すでに幾度も口づけしたあげく、自分はきっとやられるのだからこの世にはもう属していないのだ、と得心することでいくらか心を落ち着かせていた。それでもやはり、プラスクーヒンとならんで中隊の先頭に立ち前線壕を出たときに、ひとりでに駆けだそうとする足を抑えつけるのは生半《なまなか》なことではなかった。

「それではまた」べつの大隊の指揮官である少佐がミハイロフに言った。胸墻のそばの壕でともに石鹼のようなチーズをかじった二人だが、少佐のほうは前線壕に残るのである。「幸運を祈る」

「ぶじに守りぬかれますよう。どうやら収まったようですな」

だが彼がそう口にするやいなや、おそらく前線壕での動きに気がついたのだろう、敵が次々と撃ちはじめた。わがほうもそれに応じ、激しい撃ちあいが再開された。星々が空の高みにあったが輝きは鈍い。暗い夜だ——まるで見通しがきかず、発射と着弾の火が一瞬、物を照らすだけである。兵士たちは黙々と足早に歩を運び、知らぬまに先を争った。たえまない砲撃の轟きの合間に、乾いた道を進む彼らの単調な足音や、軍刀のぶつかりあう音、臆病な兵隊がため息を吐いて呟く「神さま、神さま！　なんてことだ！」という祈りが聞こえるだけだ。ときには負傷した者のうめきと「担架！」という叫びも聞こえた（ミハイロフの指揮する中隊はその夜、砲撃だけで二十六人を失った）。暗い遥かな地平線で光が閃き、稜堡の見張りが「砲撃ィ！」と叫ぶと、砲弾が中隊の上でうなりをあげて地面を穿ち、石をはね飛ばす。

『ちくしょう！　なにをのろのろ進んでいやがる』ミハイロフとならんで行くプラスクーヒンは、ひっきりなしに後ろを振りかえりながら思った。『実際、命令はもう伝えたんだから、先に走って帰っていいはずなんだが……。いやだめだ、このろくでなしがあとで、ぼくは弱虫だと触れまわりかねないからな、昨日、ぼくがこいつのことを触れまわったみたいに。なるようになれ——いっしょに行こう』

『こいつはなんだってつきまとうんだ』ミハイロフのほうではそう考えていた。『どんなに注意しても、いつも面倒ばかりもちこんでくる。ほら、こっちにまっすぐ飛んできてるぞ』

数百歩進んだところで彼らはカルーギンに出くわした。作業の進捗《しんちょく》を確認せよと将軍に命じられ、元気よくサーベルをがちゃがちゃ鳴らして前線壕へ向かう最中だった。しかしミハイロフに出会って彼が考えたのは、この猛烈な砲火の下、自分がわざわざ前線壕まで出向く必要があるだろうか、自分の目で見てこいと命じられたわけではない、現場にいた士官に詳細を問いただせばよいではないか、ということだった。果たしてミハイロフは、作業について詳しく話してくれた。ただ、話のあいだに着弾のあるたび、ときには相当遠くに落ちた場合でも、ミハイロフがいちいち膝を屈めて首をすくめ、「まっすぐこっちに来る」と言いつのるのが、砲撃など気にしない体《てい》でいたカルーギンには少なからず滑稽であった。「見たまえ、大尉、まっすぐこっちに来るぞ」カルーギンはふざけて言ってプラスクーヒンを小突いた。彼らとしばらく歩いてから、彼は壕舎へ続く塹壕のほうに曲がった。『あまり勇敢だとは言えないな、あの大尉は』壕舎のドアをくぐりながら彼は思った。

「ああ、なにかニュースは？」一人で部屋に残って夕食をとっていた士官が訊いた。

「いいえ、なにも。戦闘はもうないんじゃないですか」

「ないことはないでしょう？ それどころか将軍がさっきまた櫓へ向かいましたよ。また一個連隊が到着しました。ああ、ほら……聞こえますか？ また銃撃だ。いや、行かなくていいですよ。なんであなたが？」カルーギンが出ていこうとするのを見て、士官は付け加えた。

『ほんとうはなんとしても櫓へ行かなきゃならない』カルーギンは思った。『しかし今日は散々自分を危険にさらしたからな。大砲《シェーラ・カノン》の的になるだけじゃかなわん』

「たしかにここで待ったほうがいいですね」彼は言った。

実際、二十分もすると将軍はおつきの士官たちと戻ってきた。そのなかには士官補のペスト男爵がいたが、プラスクーヒンはいなかった。前線壕から敵は撃退され、わが軍の手中に戻った。

戦闘について詳しい情報を得て、カルーギンはペストとともに壕舎を出た。

## 11

「コートが血だらけじゃないか、まさか白兵戦に加わったのかい?」カルーギンは彼に尋ねた。

「ああ、聞いてくれよ、ひどいもんさ! わかるかな……」そう言ってペストは、自分が中隊を率いたこと、中隊長が死んだこと、フランス兵を突き殺したこと、自分でなければ戦いは敗北に終わっていただろうことを物語った。

この話の元——中隊長が死んだこと、ペストがフランス兵を殺したこと——はほんとうだった。しかし細部はつくり話と自慢で固められていた。

自慢は無自覚なものだった。というのも戦いのあいだじゅう、彼はなんだか霧に包まれたみたいにぼうっとしてしまい、すべての出来事がどこかでいつかだれかに生じたことのような気がして、そのためおのずと細部を自分勝手に再現することになったのである。とはいえ事実は以下のとおりだった。

士官補が出撃に加わるよう派遣された大隊は、どこかの防壁のそばで二時間にわたり砲火にさらされた。それから前方の大隊長がなにか言い——各中隊長が腰を上げて大隊は出発し、胸墻の陰から出て百歩ほど進んだところで止まり、中隊ごとに列をつくった。ペストは二列目の右翼に加わるように言われた。

自分がどこになんのためにいるのか皆目見当もつかぬまま士官補は持場につき、思わず息を殺して背中に走る冷たい震えを感じつつ、無意識に前方のはるか暗闇を見つめて恐ろしいなにごとかを待ちうけていた。もっとも砲撃はやんでいたから、彼は怖いというよりも、自分が要塞の外の戦場にいるなんて、とあっけにとられたり不思議だったりであった。ふたたび前方の大隊長がなにか言った。ふたたび士官たちが囁《ささや》き声で命令を伝達し、とつぜん一列目の暗い壁が崩れた。伏せが命じられたのだ。二列目も伏せ、ペストは伏せる際に手をなにか尖《とが》ったものに刺してしまった。伏せていないのは第二中隊長だけだった。背の低いその姿が剣を抜いて振りまわし、倦《う》まずしゃべりながら中隊の前を行き来していた。

「おまえら! いいか、おれの下で漢《おとこ》をみせろ! 鉄砲は撃つんじゃない、銃剣でやるんだ、あのペテン師どもを。おれが『進めっ!』と怒鳴ったら——あとに続け、後れをとるな……足並が大事だ……目にものみせてくれよう、生き恥さらすんじゃないぞ……え、おまえら? 父なる皇帝陛下のためだ……」悪態をちりばめ、恐ろしく両腕を振りまわしながら彼は話した。

「中隊長はなんて名前です?」ペストは隣に伏せていた士官補に訊いた。「すごい勢いですね!」

「ええ、戦いになると——いつものぼせてしまうんですよ」士官補が答えた。「リシンコフスキーという名前です」

そのとき中隊の目の前で炎がぱっと上がり、全中隊の耳をつんざくような爆音が響くと、空中に高く舞いあがった石や破片がひゅうひゅう鳴った（少なくとも、五十秒ほどのちに上空から石がひとつ落下して、兵士の片足を切断した）。これは高角砲台からの砲弾で、この砲弾が中隊に命中したということは、フランス軍がこちらの隊列に気づいた証《あかし》である。「撃つがいい！　くそ野郎ども……。顔を合わせたら最後、ロシアの三角剣を味わうことになるぞ、死にぞこない！」そんな中隊長の声があまりに大きいので、口を閉じて大騒ぎをやめろと大隊長が命じねばならなかった。

そのあと一列目が立ちあがり、二列目も続いた。構《かま》え銃《つつ》の命令が出て、大隊は前進を開始した。ペストは恐慌状態で、それがどのくらい続いたか、どこへ、だれが、なにを——まったく記憶になかった。彼は酔っぱらったように歩いていた。しかしとつぜん、あらゆる方向から百万もの火が輝き、なにかがうなり爆発する音が聞こえた。彼は叫びをあげてどこかへ駆けだした、みな駆けていたし、みな叫んでいたからだ。それから彼はなにかにつまずいて転んだ。それは中隊長だった（中隊の先頭で負傷し、士官補をフランス兵と勘違いして足をつかんだのである）。彼がやっと足を引っこ抜いて起きあがると、暗闇のなかでだれかが背中にぶつかり、また足をすくわれそうになった。べつの者が叫んだ。「突き刺せ！　ぼけっとするな！」だれかが鉄砲をとり、軟らかいなにかに銃剣を刺した。「ああ、神《ア》さ《ー・》ま《デュー》！」だれかがつんざくような恐ろしい叫びをあげ、そしてようやくペストは、自分がフランス兵を突き刺したのだと理解した。全身から冷たい汗が噴きだして、彼は熱病にかかったように震えだし鉄砲を投げ捨てた。しかしそれはほんの一瞬のことだった。自分は英雄だ、という考えがすぐに頭に浮かんだ。彼は鉄砲をつかむと人ごみに混じって「進めっ！」と怒鳴り、死んだフランス兵からさっそく兵士がブーツを剝《は》ぎとろうとしているのを残して駆けだした。二十歩も走ると塹壕に辿りつく。そこには味方と大隊長がいた。

「一人やっつけました！」彼は大隊長に言った。

「よくやったぞ、男爵！」……………………

12

「そうそう、プラスクーヒンが死んだよ」帰営するカルーギンを見送ってペストが言った。

「まさか！」

「ほんとうさ、この目で見たから」

「けどここで別れよう、急ぐものでね」

『じつに満足だ』帰営の途上、カルーギンは考えた。『初めて勤務で幸運が舞いこんだな。素晴らしい戦いだった。怪我もなく生き残ったし、最高の推賞をしてもらって、きっと金のサーベルを授与されるぞ。そりゃそうさ、ぼくにはその価値がある』

将軍に必要事項をすべて伝えて自宅へ戻ると、とっくに帰って彼を待ちかねていたガリツィン公爵が、カルーギンの机で見つけた『浮《う》かれ女《め》盛衰記』［最近、膨大な部数が出回り、わが国の若者のあいだでなぜかたいへんな人気を博している楽しい本のひとつである〔作者注〕］を読んでいた。

自分がもう家にいて危険とは無縁なのだと思うとカルーギンは驚くほどの安堵に包まれ、寝巻を着てベッドに横たわりガリツィンに戦闘の詳細を物語ったが、それらの詳細はこぞって――ごくごく当然ながら――カルーギンがきわめて有能で勇敢な士官であることを証明するよう構成されていた。私が思うにそんなほのめかしは余計であって、というのもそれは衆人承知のことで、疑う権利や理由をもつ者などいるはずもないからだが、もっとも死んだプラスクーヒン騎兵大尉だけはべつだったかもしれない。カルーギンと腕を組めて喜んでいたにもかかわらず、彼は昨日こっそりとある友人に、カルーギンはとてもいい人だが、ここだけの話、稜堡へ行くのをひどく嫌がるのだと洩《も》らしていた。

ミハイロフと同道するプラスクーヒンは、カルーギンと別れて危険の少ない場所に近づくにつれ、いくらか元気を取り戻したのだったが、その途端、背後でぴかっと光が閃いたのが見え、見張りが「臼砲《きゅうほう》!」と怒鳴り、後ろを進む兵士の一人が「大隊に直撃するぞ!」と口にするのが聞こえた。

ミハイロフは振りかえった。砲弾の光点が、放物線の頂点で停止しているように見えた――どちらへ向かうのかはっきりしないまま。だがそれは一瞬だった。砲弾はぐんぐん近づいてきて、信管の火花が目に映り、破滅をもたらすうなりが迫って、大隊のどまんなかに着弾した。

「伏せ!」だれかの怯えた声が怒鳴った。

ミハイロフは腹ばいに倒れ、プラスクーヒンは思わず地面に屈みこんで目を細めた。どこか間近で砲弾が固い地面にガツンとぶつかる音だけが聞こえた。一時間にも思える一秒が過ぎた――砲弾は爆発しない。プラスクーヒンはびっくりして、自分はいたずらに臆病風に吹かれたのではないかと思った。砲弾が落ちたのはじつは遠くで、信管がそばでしゅうしゅう鳴っているのはただの気のせいかもしれない。彼は目をひらき、足下でミハイロフがじっと地面に伏せているのを見て自己満足を覚えた。だが次の瞬間、彼の目に飛びこんできたのは、自分から七十センチばかりのところで回転している砲弾の信管の火花であった。

恐怖――ほかのあらゆる思考と感情を押しのける冷たい恐怖――が彼の全存在を捉えた。彼は手で顔を覆って膝から倒れこんだ。

さらに一秒が過ぎた――感情、思考、希望、記憶の一大世界が彼の想像のうちに展開した一秒だった。

『どちらがやられるかな――ぼくか、ミハイロフか？　あるいはどっちもか？　ぼくだとしたらどこにあたる？　頭だと――もうおしまいだ。足なら切断だ、ぜったいにクロロホルムを嗅がせてもらおう――それなら生きていられる。でもたぶん、ミハイロフだけやられるんじゃないか、そうしたらみんなに話そう、いっしょに歩いてたんだ、あいつがやられた、血しぶきを浴びたって。だめだ、ぼくのほうが近い……ぼくだ！』

ここで彼は、ミハイロフに借りている十二ルーブルのことを思いだした、さらにペテルブルグにいたころの、とっくに返していなければならない借金も思いだした。夕方に歌ったジプシーの小唄が頭に浮かんだ。好きだった女が藤色のリボンのついた帽子をかぶり想像に現れた。五年前に侮辱を受け、仕返しをしそびれた男が思いだされた。これらやその他何千というさまざまな記憶と渾然一体《こんぜんいったい》ではあったが、現在の感情――死を前にした恐怖――は片時も彼を離れなかった。『でもひょっとすると、不発かもしれないぞ』そう思い、彼は絶望的な決意をこめて目を開けようとした。だがその瞬間、まだ閉じたままの瞼《まぶた》をとおして赤い火が目を撃ち、恐ろしい爆音とともになにかが胸のまんなかにぶつかった。彼はどこかへ駆けだしたが、足にサーベルが引っかかってつまずき脇から倒れた。

『助かった！ ただの打撲だ』というのが彼の最初に考えたことで、手で胸に触れてみようとした。しかし手は縛られたかのようで、なにかが頭を締めつけてくる。兵士たちが目に映り、彼は無意識に彼らを数えた。『兵士が一人、二人、三人、あのコートの裾をからげたのは士官』と彼は考えた。それから目のうちでぱっと光が閃き、なにを発射したのだろうと彼は思った。臼砲か、大砲か？ きっと大砲だろう。するとさらに発射され、さらに兵士が――五人、六人、七人とそばを通りすぎた。押しつぶされるのではないか、という恐怖が彼をにわかに襲った。打撲を負っているだけだと叫びたかったが、口がからからで舌が口蓋《こうがい》にくっつき、ひどい渇きに苛《さいな》まれた。胸のまわりが湿っているのを感じた――その湿った感覚が水を想起させ、胸を湿らせているものを飲みほしたいとさえ思った。『きっと倒れたときに怪我して血が出たんだ』と彼は思い、そばを通りすぎてゆく兵士に押しつぶされる恐怖が膨れあがって、ありったけの力で『助けてくれ！』と叫ぼうとした。しかし代わりに口をついたのは恐ろしいうめき声で、彼は自分でそれを聞いて恐くなった。それからなにか赤い火が目のうちで舞いはじめ——兵士たちによって身体に石を積まれたような気がした。舞いあがる火の数は減ってゆき、積まれた石の重みは増してゆく。石を押しのけようと努めて身体を伸ばしたが、もはやなにも見えず聞こえず、思いも感じもしなかった。胸のまんなかに受けた破片で彼は即死していた。

13

ミハイロフは砲弾を見て地面に倒れこんだまま、プラスクーヒンと同じように、目を細め二度ばかり開けてみてはまた閉じて、砲弾が爆発するまでの二秒間、膨大な思考と感情を経験した。彼は心のなかで神に祈りを捧げ、こうくりかえしつづけた。『御心《みこころ》のままに！』また、こんなことも考えた。『なんだってぼくは軍隊なんぞに入ったんだろう。あげくに歩兵へ移って戦役に加わるなんて。軽騎兵連隊でT市に残って、ナターシャと楽しく過ごしていたほうがよかったんじゃないか……。おかげでこのざまだ！』そして一、二、三、四と数をかぞえはじめた。もし偶数で爆発したら助かる、奇数なら死ぬ。『だめだ。やられる』砲弾が爆発したときに彼は思い（偶数か奇数かは覚えていなかった）、頭に衝撃と激痛を感じた。『神さま、罪深き私をお許しください！』そう呟いて手を打ちあわせ、起きあがるなり感覚を失って仰《あお》むけに倒れた。

われに返った彼が最初に感じたのは、鼻を伝って流れる血と、だいぶ収まってきた頭の痛みだった。『魂が脱け出るところだな』と彼は思った。『あっちはどうなっているんだろう。神さま！　わが魂をどうか慈悲深くお迎えください。ただ、妙だな』彼は考えをめぐらせた。『死ぬっていうのに、兵士の足音や砲撃の音がいやにはっきりと聞こえる』

「担架をよこせ……おい！　中隊長がやられた！」頭上で怒鳴った声は、鼓手《こしゅ》のイグナチエフのものだと無意識のうちに判断がついた。

だれかが肩をつかんだ。彼は目を開けてみて、頭上の暗青色の空と群星、追いつ追われつ飛んでいる二つの砲弾を見出した。また、イグナチエフと、担架や鉄砲を運んでいる兵士たち、塹壕の土塁を見出して、自分はまだあの世には行っていないのだとふいにわかった。

彼は石で頭に軽傷を負ったのだった。最初に心を訪れたのは、いわば残念な思いである。じつにいい気持ちで穏やかにあっちへ移ろうとしていたので、砲弾や塹壕、兵士や血に満ちた現実に戻るのは不愉快だった。次に心を訪れたのは、助かったという無意識の喜びで、その次は恐怖と、早く稜堡を離れたいという願望だった。鼓手が隊長の頭をハンカチで縛り、手をとり包帯所へ連れていくことになった。

『しかしぼくは、どこへなにをしに向かっているんだ？』意識がいくらかはっきりすると二等大尉は考えた。『中隊にとどまることがぼくの義務だ、先に帰ることじゃない。そのうえ中隊ももうじき砲火を浴びているあたりを脱けるし』なにかの声が彼に囁いた。『それに怪我を押して戦場にとどまったとなれば――褒賞まちがいなしだ』

「かまわない、平気だ」ここを早くあとにしたい一心で世話を焼いてくれる鼓手から腕をもぎ離し、彼は言った。「包帯所には行かない、中隊に残る」

そして彼は踵《きびす》を返した。

「ちゃんと包帯したほうがいいですよ、上官どの」臆病者のイグナチエフが言う。「興奮しているからなんでもないような気がするだけで、最悪のことになりますよ、ほら、えらいドンパチだ……ほんとに、上官どの」

ミハイロフはしばらく立ち止まって逡巡《しゆんじゆん》し、イグナチエフの忠告に従う気になりかけたが、そのとき包帯所で最近目にした光景が思いだされた。腕にかすり傷を負った士官が治療にやってきて、それを見た医師たちが薄笑いを浮かべ、あまつさえ一人は――頬ひげの医師だった――、こんな傷で死ぬことは決してないし、フォークで刺したほうがひどい怪我になりますよ、とのたまったのである。『もしかするとぼくの傷も、あんなふうにまともに扱われずに笑われて、さらになにか言われるかもしれない』二等大尉はそう考え、鼓手の言い分には耳を貸さずに、覚悟を決めて中隊へ戻った。

「ぼくといっしょにいた伝令将校のプラスクーヒンはどこだ?」中隊を率いていた准尉に会うと彼は尋ねた。

「わかりません、やられたようです」言いたくなさそうに准尉は答えた。ついでながら彼は二等大尉が戻ってきて、自分が中隊に残った唯一の士官だと吹聴する満足を奪われたことにたいそう不満だった。

「死んだのか、負傷か？　なんでわからないんだ、いっしょにいたじゃないか。それになんで運びださなかったんだ」

「あのひどい砲撃でどう運びだせというんです」

「ああ、本気で言っているのか、ミハイル・イワーヌイチ」ミハイロフは腹を立てて言った。「もし生きていたなら見捨てていいわけがない。死んだとしたって遺体は収容しないといかん――なんにしろ彼は将軍の伝令将校なんだし、生きているかもしれないんだからね……」

「生きてなんて……。言わせていただきますが、近寄ってこの目で見たんですから」准尉は言った。「勘弁してくださいよ！　うちの者を運びだすのもやっとなのに。あっ、ちくしょう！　今度は砲丸を撃ちだしやがった」彼はそう付け加えてうずくまった。ミハイロフもうずくまり、動いてひどく痛みはじめた頭を抱えた。

「いや、なんとしても運びださなければ。もしかしたらまだ生きているかもしれない」ミハイロフは言った。「これはぼくたちの義務だよ、ミハイル・イワーヌイチ！」

ミハイル・イワーヌイチは答えようとしなかった。

『こいつが優秀な士官だったらその場で運びだしただろうに、いまさら兵士だけで行かせなきゃならない。なんと言って行かせるんだ――この猛烈な砲火の下を。無駄死にするかもしれないのに』ミハイロフは考えた。

「おまえたち！　引きかえして、あっちの塹壕で負傷した士官を運びださねばならない」彼は声を張らずに、あまり押しつけがましくないように言った。この命令を果たすのが、兵士にとっていかに不快なことかはわかっていた――そして実際、だれにむかって言われたともつかない命令を果たそうと、名乗りをあげる者はいなかった。

「下士官！　こっちへ来い」

下士官は聞こえなかったかのごとく歩を進めつづけた。

『たしかに彼はもう死んでいて、配下の者たちを無用な危険にさらす必要はないかもしれない。指示しなかったぼくが悪いんだ。彼が生きているか、自分で確かめてこよう。これはぼくの義務だ』ミハイロフは自分に言い聞かせた。

「ミハイル・イワーヌイチ！　中隊の指揮をとれ、あとから追いつく」そう言って彼は、片手でコートの裾《すそ》をからげ、片手で深く信仰している聖ミトロファン像をたえずまさぐりながら、恐怖で震えつつ、ほとんど這うような格好で塹壕を早足に駆けだした。

プラスクーヒンが死んでいるのを確認すると、ミハイロフは息をあえがせたまま腰を屈め、外れた包帯と激しく痛みだした頭を手で押さえながら引きかえした。ミハイロフが追いついたときには大隊はすでに山のふもとの持場についており、砲撃の範囲をほぼ脱け出ていた。ほぼ脱け出ていたというのは、まれにはここにも砲弾が流れてきたからである（この夜の戦闘中、水兵の壕舎で休んでいるところを破片でやられた大尉がいた）。

『しかし明日、包帯所へ行って怪我人に加えてもらわなきゃならないな』看護医が来て包帯をしてくれたとき、二等大尉は考えた。『推賞に有利になるから』

14

まだ新しい血にまみれた何百もの人々の身体が、ほんの二時間前には、高貴なものから些細なものまでさまざまな希望と欲望に満たされていたというのに、いまは手足をこわばらせ、露がおり花咲きほこる稜堡と塹壕のあいだの谷間や、セヴァストーポリの霊安所の平らな床に横たわっていた。何百もの人々が、乾いた唇に呪いや祈りの言葉をのせながら、這いまわり転がりうめいていた——ある者は花咲く谷間の死体のあいだで、またある者は担架や簡易ベッドや包帯所の血だらけの床で。それでも昨日までとなんら変わることなく、明けの明星はサプン山の上に輝き、星々の瞬きはかすみ、ざわめく暗い海から白い霧が流れこみ、真っ赤な朝焼けが東を染め、淡い瑠璃《るり》色の地平線に茜色《あかねいろ》の雲が長くたなびき、そして昨日までとなんら変わることなく、目を覚ました全世界に歓喜と愛と幸福を約束しながら、力強く美しい太陽が浮かびあがる。

15

翌日の夕方にはまた並木通りで狙撃部隊の軍楽隊が演奏をおこない、士官や士官補、兵士、若い女たちがまたお祭り気分で、四阿のまわりや、アカシヤの白い花が咲き匂う坂の下の小径を散歩していた。

カルーギンとガリツィン公爵、それにだれか大佐が手をとりあって四阿のそばを歩き、昨日の戦闘について話していた。こうした場合にありがちなように、もっぱら話の種となっているのは戦闘自体ではなく、話し手がいかに戦闘に関わったか、そこでいかなる勇気を発揮したかであった。彼らの顔や声音は厳粛で悲しげといってよいほどで、昨日の戦闘の損失にひどく傷つき落胆したかのようだったが、実際のところはいずれもさして親しい人を失ったわけでもなく、その悲しみの表情はただ義務と考えて装っているだけのお仕着せにすぎない。それどころかカルーギンや大佐は、たしかに素晴らしい人物ではあるのだが、戦闘のたびに金のサーベルや少将の位を手に入れるためなら、このような戦闘が毎日であっても歓迎するだろう。おのれの功名心のために何百万もの人間を滅ぼすような征服者は、たんに暴君と呼ばれるにふさわしい。ペトルショフ准尉、アントーノフ少尉、みな本心を語ってみたまえ――私たちはすべて小さなナポレオン、小さな暴君ではないのか、要りもしない勲章や三分の一の昇給を得るためだけに、進んで斬りあい百人を殺すのではないのか。

「いや、お言葉だけどね」大佐が言う。「先に左翼で始まったんだよ。ぼくはあそこにいたんだから」

「そうかもしれないが」カルーギンが言いかえした。「ぼくはもっぱら右翼にいたからね。二回行ったんだよ。一度は将軍を探しに、二度目は前線壕の様子を見に。猛烈だったぜ」

「そうそう、カルーギンはもう知ってるだろうけど」ガリツィン公爵が大佐に言った。「今日Vがぼくに、きみが勇敢だったと言っていたよ」

「とにかく損害が、恐ろしい損害だったからね」大佐はお仕着せの悲しみの口調で言った。

「うちの連隊は四百の人間を失ったんだ。ぼくがあそこから生きて出られたのが驚きだよ」

そのときこの紳士連にむかって反対の並木通りの端に、くたびれたブーツを履いて頭に包帯を巻いた、ミハイロフの藤色がかった姿が現れた。彼らを目にしてミハイロフはひどく困惑した。昨日、カルーギンの前でうずくまったことを思いだし、負傷も見せかけだと思われるのではないかと危ぶんだのである。だから、この紳士連が彼に視線を向けなかったなら、彼は坂を駆けおりて家へ逃げ帰り、包帯がとれるまで外出しないようにしたことだろう。

「昨日、砲火の下で出会ったときの彼といったら《イル・ファレ・ヴォワール・ダン・ケレタ・ジュ・レ・ランコントレ・イエール・ス・ル・フ》、それは見ものだったよ」近づいていきながら、カルーギンは薄笑いを浮かべて言った。

「どうしたんです、負傷ですか、大尉？」そんなカルーギンの薄笑いが意味するところはこうだった。『どうです、昨日のぼくを見たでしょう？　どうでしたか、ぼくは？』

「ええ、軽傷ですが、石で」顔を赤らめて答えたミハイロフの表情の意味するところはこうだ。『見ました、認めますよ、あなたが勇敢で、ぼくがまるでだらしなかったってことは』

「旗はまだ下げられていませんね？《エス・ク・ル・パヴィヨン・エ・ベセ・デジャ》」ガリツィンがまた高慢な表情で二等大尉の帽子に目をやり、だれにともなく尋ねた。

「ええ、まだです《ノン・パザンコール》」フランス語の知識があって話せるということを見せたくて、ミハイロフは答えた。

「休戦がまだ続いているわけですかね？」ガリツィンは彼にむかって丁寧にロシア語で言ったが、その意味するところは――と二等大尉には思えた――、あなたにフランス語会話は重荷だろうから、あっさりこうしたほうが楽でしょう、ということだった……。そしてそれきり副官たちは離れていった。

昨日と同様、二等大尉はひしひしと孤独を感じ、いろいろな人たちに会釈したが――ある者たちとは話をする気になれず、またある者たちには近づいてゆく勇気が出ず――、カザルスキーの記念碑のそばに腰を下ろして煙草を吸いはじめた。

ペスト男爵も並木通りへやってきた。休戦協議の場に居あわせて、フランスの士官たちと話をしたが、その一人がこう言ってきたのだという。「もう半時間、夜が明けるのが遅かっ《シル・ナヴェ・パ・フェ・クレール・アンコール・パンダン・ユヌ・》たら、前線壕を再占領したんですがね《ドゥミウール・レザンビュスカード・オレ・エテ・ルプリーズ》」彼は答えたという。「そうですな《ムッシュー》！　ありえないと《ジュ・ヌ・ディ・パ・》は申しませんよ、いちいち反論するのもなんですから《ノン・プール・ヌ・パ・ヴ・ドネ・アン・デマンティ》」――みごとなしっぺ返しだろう、云々。

実をいえば、彼はたしかに休戦協議に居あわせたとはいえ、なんら気の利いたことも言えぬまま、フランス人たちと口をききたくてうずうずしていたのである（フランス人と話すのはひどく心昂ぶることだから）。士官補のペスト男爵は、長いあいだ前線をぶらぶらして、通りがかりのフランス人に声をかけまくった。「どちらの連隊ですか？《ドゥ・ケル・レジマン・エトヴ》」彼は返事をもらい――それきりだった。彼があまり前線の向こうへ入りこむと、彼がフランス語を知っているとは思いもせずに、フランス軍の見張りが彼について三人称で罵った。「こいつ、こっちの《イル・ヴィ・ファン・》仕事を見にきやがったな、このろくでなしが《ルガルデ・ノ・トラヴォ・ス・サクレ・コ》」そのせいで休戦協議に興味を失って、士官補のペスト男爵は帰営の途につき、いま話したフランス語の台詞《せりふ》を道々思いついたのだった。

並木通りではゾーボフ大尉が大声で話しており、オブジョゴフ大尉はぼろぼろの格好で、だれにもへつらおうとしない砲兵大尉や、恋愛に浮かれている士官補など、昨日と同じ面々がそろい踏みして、相変わらず嘘と虚栄心と浅薄な思考に際限なく駆り立てられていた。ただプラスクーヒンやネフェルドフ、さらにだれかが欠けてはいたが、ここではほとんどだれに思いだされも偲《しの》ばれもしないまま、その身体はいまだ洗われも安置されも埋葬されもせず、一か月経てば父にも母にも妻にも子どもたちにも同様に忘れられてしまうのだ。しかもそれとて、まだ忘れられていなければの話である。

「あ、爺《じい》さんか、わからなかった」遺体安置所で兵士がそう言って死体を肩にかついだ。「死体は胸をたたき折られて頭がぱんぱんに膨れ、顔は黒光りして眼球が飛びでていた。「背中の下をもてよ、モロスカ、でないとばらばらになっちまいそうだ。うわ、ひでえ臭いだ！」『うわ、ひでえ臭いだ！』――この人間が世のなかに残したものはそれだけだった……。

## 16

われらが稜堡とフランス軍の塹壕に白旗が掲げられ、そのあいだの花咲く谷間には、ブーツを失くし灰色や青の服をつけている損傷した遺体が山となって横たわり、作業員の手で運ばれ馬車に積みこまれていた。辺りは死体のひどく重苦しい臭いが充満している。セヴァストーポリからもフランス軍の陣営からも、この光景を眺めに人群れが溢《あふ》れだし、悪意のない好奇心に駆り立てられて顔をつきあわせた。

この人々が交わしている会話を聞いてみよう。

ロシア人とフランス人の輪の中心に年若い士官がいて、下手くそだが意思疎通には十分なフランス語でしゃべりながら、近衛兵のもつ袋をじろじろ眺めていた。

「エ・セシ・プルクワ・セ・ウアゾー・イシ（なぜここに鳥がついてるんです）？」彼は言った。

「これは近衛隊の弾薬袋なんですよ、だから皇帝の鷲の紋章があるんです《パルス・ク・セチュヌ・ジベルヌ・ダン・レジマン・ドゥ・ラ・ガルド・ムッシュー・キ・ポルト・レグル・アンペリアル》」

「エ・ヴ・ドゥ・ラ・ガルド（あなたは近衛兵なんですか）？」

「残念ながら違いますよ、第六前線部隊です《パルドン・ムッシュー・デュ・シジエム・ドゥ・リーニュ》」

「エ・セシ・ウ・アシュテ（これはどこで買ったんです）？」フランス兵が煙草を吸っている黄色い木のシガレットホルダーを指して士官は尋ねた。

「バラクラヴァですよ！《ア・バラクラヴァ・ムッシュー》たいしたもんじゃありません《セ・トゥ・サン・プル》——パーム材です《アン・ボワ・ドゥ・パルム》」

「ジョリ（素敵だ）！」そう言った士官は、自分の話したいことというより、自分の知っている単語にしたがって会話を進めていた。

「お近づきのしるしにこれを受けとってもらえるとありがたいですね《シ・ヴ・ヴレ・ビアン・ガルデ・スラ・コム・スヴニール・ドゥ・セット・ランコントル・ヴ・モブリジュレ》」礼儀正しいフランス兵は煙草を吹き消し、士官に小さく一礼してシガレットホルダーを渡した。士官も自分のシガレットホルダーを渡すと、輪に加わっていた者たちはだれしも、フランス人もロシア人も、満たされた気分になり微笑んだ。

後ろ手を組み、明るい好奇心を顔に浮かべて見物していた兵士たちのなかから、ピンクのシャツを着てコートを肩にはおった元気のいい歩兵が近づいてきて、パイプに火をくれとフランス兵に頼んだ。フランス兵は自分のパイプの火を熾《おこ》してほじくり、ロシア兵に分けてやった。

「煙草、ブン（いいね）」とピンクのシャツを着た兵士が言い、見物人たちは微笑んだ。

「ええ、いい煙草です、トルコ製ですよ《ウイ・ボン・タバ・タバ・チュルク》」フランス兵は言った。「あなたのところでは《エ・シェヴ》どうです、ロシア製の煙草を？《オートル・タバ・リュス》　いいですか《ボン》？」

「ルス・ブン（ロシア、いいよ）」ピンクのシャツの兵士が言うと、まわりの者たちは笑いころげた。「フランセ・ブン（フランス、よく）ない、ボンジュール、ムッシュー」ピンクのシャツの兵士は知っている単語のストックをあっというまに放出してしまい、フランス兵の腹をぽんぽんとたたいて笑った。フランス兵も笑った。

「みすぼらしい連中だな、ロシアのごろつきどもが《イル・ヌ・ソン・パ・ジョリ・セ・ベットゥ・ドゥ・リュス》」フランス人の群れのなかでアルジェリア兵が言った。

「いったいなんだって笑ってるんだ？《ドゥ・クワ・ドゥ・ス・キル・リ・ドンク》」イタリア訛りのあるべつの黒人が、わがほうへ近づいてきて言う。

「上着、ブン（いいね）」元気のいい兵士はアルジェリア兵の刺繍《ししゅう》をほどこした服の裾を眺めまわして言い、また笑った。

「前線を出るんじゃない、持場に戻れ、ばかもの《ヌ・ソルテ・パ・ドゥ・ラ・リーニュ・ア・ヴォ・プラス・サクレ・ノム》……」フランス軍の伍長が怒鳴り、兵士たちは不満の色もあらわに散っていった。

またべつのフランス軍の士官たちの輪のなかでは、わが軍の若い騎兵士官がフランスの美容用語を振りまいていた。サゾノフ伯爵とかいう人物が話題になっている。「サゾノフ伯爵《コント・サゾノフ》ならぼくもよく知っていますよ《ク・ジェ・ボークー・コニュ・ムッシュー》」肩章をひとつつけているフランスの士官が言った。

「愛すべき真のロシアの伯爵ですね《セタン・ドゥ・セ・ヴレ・コント・リュス・コム・ヌ・レゼモン》」

「ぼくもサゾノフというのを知っていますが《イリア・アン・サゾノフ・ク・ジェ・コニュ》」騎兵士官が言う。「でも伯爵ではなくて、《メジル・ネ・パ・コント・ア・ムワン》ぼくの知るかぎりじゃ、あなたと同じくらいの歳で背が低くて、髪は茶色ですよ《ク・ジュ・サシュ・アン・プティ・ブラン・ドゥ・ヴォートル・アージュ・ア・プ・プレ》」

「そうそう、その人です《セ・サ・ムッシュー・セ・リュイ》。ああ、懐かしい伯爵に会いたいですね。もし彼に会ったら、《オー・ク・ジュ・ヴドレ・ル・ヴォワール・ス・シェール・コント・シ・ヴ・ル・ヴォワイエ》どうぞぼくからよろしく伝えてください《ジュ・ヴ・プリ・ビアン・ドゥ・リュイ・フェール・メ・コンプリマン》。ラトゥール大尉です《キャピテーヌ・ラトゥール》」彼はそう言ってお辞儀した。

「ぼくたちがやっているこの悲しむべき仕事は、じつに恐ろしいことじゃありませんか？《ネ・パ・テリーブル・ラ・トリスト・ブゾーニュ・ク・ヌ・フゾン》昨夜は激しかったでしょう？《サ・ショフェ・セット・ニュイ・ネス・パ》」会話を続けるために騎兵士官は言い、死体を指差した。

「ああもう、ひどいものです！《オー・ムッシュー・セタフル》それにしてもおたくの兵士は士気が高いですね、なんとも士気が高い！《メ・ケル・ガイヤール・ヴォ・ソルダ・ケル・ガイヤール》このような士気の高い相手と矛をまじえるのは喜びですよ《セタン・プレジール・ク・ドゥ・ス・バットル・コントル・デ・ガイヤール・コム・ウ》」

「おたくの兵士も意気軒昂ですな《イル・フォ・アヴエ・ク・レ・ヴォートル・ヌ・ス・ムシュ・パ・デュ・ピエ・ノン・プリュ》」自分がじつに気の利いたことを言ったと思いながら騎兵士官はお辞儀した。

だがもう十分だ。

こちらの十歳ほどの男の子を見たほうがいい。父親のものとおぼしき古い帽子をかぶり、素足に靴をつっかけ、南京木綿《なんきんもめん》のズボンは片方だけのサスペンダーで吊られている。休戦が始まったときから土塁の向こうの谷に出てきて歩きまわり、フランス兵や地面に横たわる死体をぼんやりとした好奇心をこめて見やっては、この破滅の谷間を覆う青い野の花を摘んでいた。やがて大きな花束を抱え家へ戻ろうとした彼は、風が運んできた臭いに鼻をつまんで、集められた遺体の山のそばに立ち止まると、頭部のない恐ろしい死体を間近で長いあいだ見つめた。ずいぶん長いこと立ちつくしてから、彼は一歩近づいて、死体のだらりと伸びて硬直した腕に足で触った。腕はすこしだけ揺れた。彼はもう一度、前よりも強く触ってみた。腕は揺れ、そして元の場所に戻った。少年はとつぜん叫び声をあげ、顔を花束にうずめると、要塞のほうへ全速力で駆けだした。

そう、稜堡と塹壕には白旗が掲げられ、花咲く谷間は死体に埋まり、美しい太陽は青い海へと傾いて、揺らめく青い海は太陽の黄金の光に輝いている。何千という人間が群れをなし、たがいを見ては言葉を交わし、微笑みあう。この人々——愛と自己犠牲という同じ偉大な掟を信奉するキリスト教徒たちが、自分たちの所業を目にしてふいに後悔に駆られ、自分たちに命を与えてくれた神、万人の心に死の恐怖とともに善と美への愛を吹きこんでくれた神の前に膝をつき、喜びと幸せの涙にくれて兄弟のように抱きあわないものだろうか？　いいや！　白旗が引っこめば——ふたたび死と苦しみの大砲がうなりをあげ、ふたたび罪なき血が流れ、うめきと呪詛《じゅそ》が響くことになる。

これで今回語りたかったことは語りつくした。しかし重苦しい思いが私を苛む。ひょっとすると、こんなことは語らなくてもよかったのではないか、ひょっとすると、私の語ったことはすべての人の心に無意識に潜んでいる悪しき真実の類で、ワインの澱《おり》をかきまぜて全体をだめにしてしまう必要などないように、わざわざ言葉にして害を広めるべきことではなかったのではないか。

この物語のどこに、忌むべき悪が描かれているだろう。どこに見習うべき善が描かれているだろう。だれが悪役で、だれが主人公だというのだろう。すべての者が善く、すべての者が悪いのである。

輝かしい勇気（貴族の勇気《ブラヴール・ドゥ・ジャンティオム》）と虚栄心——あらゆる行為の原動力——をもったカルーギン、信仰と皇帝と祖国のために戦って倒れた害のない空っぽな人間プラスクーヒン、臆病で視野の狭いミハイロフ、堅固な信念も原則もなく子どもっぽいペスト、いずれもこの物語の悪役でも主人公でもありえない。

私の物語の主人公は——私が魂の全力をもって愛し、その美しさを余さず再現しようと努め、これまでもいまもこれからもつねに変わらずに美しい主人公は——真実である。

（乗松亨平＝訳）

# 吹雪

# I

夕方の六時過ぎ、私は茶を飲みほして宿駅を出た。駅名はもう忘れてしまったが、ドン軍領［ロシア南西部、ドン・コサックが伝統的に支配していた黒海北東のドン川下流域に設けられた行政区域］のどこか、ノヴォチェルカッスク［ドン軍領の中心都市］のあたりだったことは覚えている。毛皮のコートと膝掛けにくるまり、アリョーシカとならんで橇《そり》に腰を落ち着けたときには、すでに日が暮れていた。駅舎のかげは暖かで静かだった。雪は降っていないものの、頭上には星ひとつ瞬《またた》かず、空がひどく低く垂れこめ、前方に広がるまっさらな雪の平原と対照的に黒々として見えた。

風車の暗い影が立ちならぶなか、ひとつだけガタガタと大きな羽根を回しているそばを通りすぎ、コサック村の外へ出た途端、道が重たく雪深くなったのに私は気づいた。左方から吹きつける風が強まって、馬の尻尾《しっぽ》やたてがみをなびかせ、橇の滑り木《すべぎ》やひづめで掘りかえされた雪を一気に吹きあげ運び去る。鈴の音は途切れがちになり、袖口のちょっとした隙間から冷たい空気の流れが入りこみ、背中へ抜けてゆく。行かないほうがいい、ひと晩中さまよって道で凍え死ぬことになりますよ、という駅長の忠告が頭をよぎった。

「迷ったりしないよな」私は御者に言った。しかし答えがないので質問を明確にする。「なあ、あんた、次の駅まで辿《たど》りつけるだろう？　迷わないよな？」

「そりゃなんともね」顔も振りむけずに彼は答えた。「まあ、えらい荒れた地吹雪で。道なんか見えやしません。くわばらくわばら！」

「おい、ちゃんと言ってくれ、駅に辿りつく見込みはあるのかないのか？」私は重ねて尋ねた。「辿りつけるのか？」

「辿りつくはずですがね」御者はそう言ってまだなにか呟《つぶや》いていたが、風にかき消され私にはもう聞きとれなかった。

引きかえすのは気が進まなかった。とはいえドン軍領のそのあたりときたらなにひとつない裸の曠野《こうや》で、そんなところで酷寒と吹雪のなか、ひと晩中さまようのもぞっとしない。加えて、暗闇でよく見えなかったというのに、私はその御者がなぜか気に入らなくて、信用する気が起こらなかった。彼はわきに寄るでもなく、御者台のど真ん中にあぐらをかき、背がひょろっと高くて声は気だるげ、帽子はなんだか御者らしくなく——ぶかぶかであちらこちらへ跳ねていた。さらに馬の御《ぎょ》しかたもなっておらず、手綱《たづな》を両手で握って、屋敷の召使が御者代わりを務めているかのようだった。だがなにより、私がどうしてかこの男を信用できなかったのは、耳元に結わえたスカーフのせいである。要するに、眼前に突き出されたこの生まじめで丸まった背中が気に食わず、不吉な予兆のように思えたのだ。

「引きかえしたほうがいいと思いますがね」アリョーシカが言った。「迷ったらとんだことで！」

「くわばらくわばら！　ええい、なんちゅうドカ雪だ！　道がなんも見えねえ、視界が遮《さえぎ》られて……。くわばらくわばら！」御者がぶつぶつ言った。

十五分も経たないうちに御者は馬を止め、手綱をアリョーシカに預けると、足を御者台からぎこちなく下ろし、大きなブーツで雪をざくざくかきわけて道を探しに出かけた。

「どうした？　どこへ行くんだ。道を外れたのか」私は訊《き》こうとした。だが御者は答えずに、目に刺さる風から顔を背けて橇のそばを離れていった。

「それでどうだ？　見つかったか」彼が戻ってくると私はまた尋ねた。

「お手上げでさ」道を外れたのは私のせいだとでもいうかのように、彼はにわかに苛立《いらだ》った様子で腹立たしげに答え、大きなブーツをのろのろと御者台に戻すと、強ばった手袋で手綱をさばきはじめた。

「どうするんだ」馬車がふたたび動きだすと私は訊いた。

「どうするって！　行きあたりばったりでさ」

馬は相変わらず小刻みなだく足で、もはや明らかに道を外れて進みだした。二十センチほど積もった雪が舞いあがり、かと思えば、剝《む》き出しの凍った地面がバリバリ音を立てる。

寒くはあったが、襟《えり》にたまった雪はあっというまに融《と》けた。地吹雪はひどくなる一方だったが、上空から降る雪はまばらで乾いていた。

やみくもに進んでいるのは明白だった。十五分経《た》っても、里程標ひとつ目に入らないのだから。

「なあ、どうなんだ」私はまた御者に尋ねた。「駅まで辿りつけるか？」

「どの駅のことです？　引きかえすんなら、馬を好きに走らせたら行けるでしょう。勝手に連れてってくれますよ。でも進むとなるとね……お陀仏《だぶつ》かもしれんですて」

「ええい、それなら戻ろう」私は言った。「まったく……」

「それじゃあ引きかえすんですね？」御者が確認する。

「ああ、そうだ、引きかえせ！」

御者は手綱を緩めた。馬が速度を上げて駆けだし、引きかえしているのかどうか自分では見当つかなかったものの、風向きが変わってまもなく雪の合間から風車が見えた。御者は元気になっておしゃべりを始めた。

「まえにも吹雪いてるなか、こんなふうに、あっちの駅から戻ってきたことがありましてね」彼は言った。「干草の山んなかで夜を凌《しの》いで、朝方にようやく帰れましたよ。干草山に出くわしたおかげで助かったけど、でなきゃ完璧に凍え死んでたな――冷えこんだんでね。それでも足が一本、凍傷になっちまって――そのせいで三週間死にかけてましたよ」

「でもなんだか寒くないし、収まったんじゃないか」私は言った。「行けないかな？」

「暖かいことは暖かいですがね、吹雪いてますから。背中に風を受けてるんで、たいしたことない気がするでしょうが、吹雪はひどくなってますよ。急行便かなんかなら行くかもしれませんが、好きこのんでねえ。お客さんを凍え死にさせちまったら冗談じゃすまねえ。あとでなんと申しひらきすりゃいいんです？」

## 2

そのとき後ろから鈴の音が聞こえ、三頭立ての橇が何台かまっしぐらに追いついてきた。

「急行便の鈴だな」御者が言った。「うちの駅には、ほかにあんなのはねえから」

実際、風に運ばれてはっきり耳元に届いた先頭の橇の鈴の音は、きわだって素晴らしかった。澄みきってよく響き、音は低くてすこしビブラートがかかっている。あとで知ったのだが、この鈴は狩人に伝わるものだった。鈴は三つあり、真ん中の大きなのはいわゆる玲瓏《れいろう》たる音色で、小さな二つはミの音に合わせてある。このミの音とビブラートのかかったソの音が大気にこだまし、がらんとした無音の曠野のなかで、はっと心打たれるほど不思議に快かった。

「郵便ですよ」三台の橇の先頭が横にならぶと御者は言った。「道はどうだい？　行けるかい？」彼はしんがりの御者に叫んだ。しかし相手は馬にむかって声を張りあげるだけで答えようとしない。

郵便の橇が通りすぎると、鈴の音はあっというまに風にかき消されてしまった。

おそらく御者は恥ずかしくなったのだろう。

「いや、行きましょう、旦那！」彼は私に言った。「やつらが来たんだから――いまなら轍《わだち》が残ってますわ」

私が賛成すると、橇はまた風に逆らって取ってかえし、深い雪のなかをのっそりと進みはじめた。郵便の橇が残した轍から外れないよう、私は道を横目で見ていた。二キロばかりは轍がはっきりしていた。その後は滑り木の下にわずかなくぼみが目につくだけになり、まもなくそれは轍なのか、たんに雪が吹き寄せられた層なのか、判然としなくなってしまった。滑り木の下を単調に走り去る雪を見つめるうちに目がかすみ、私は前方に視線を向けた。三つ目の里程標までは目にしたのだが、四つ目がどうしても見つからない。先ほどと同様、向かい風になったり追い風になったり右へ左へと進んだあげく、どうやら右にそれたようだと御者が言いだし、左だろうと私が言い、逆戻りしているのだとアリョーシカが言い立てた。私たちはまた何度か停《と》まり、御者が大きな足を下ろして道を探しに這《は》い出たものの無駄に終わった。

私も一度、道のように見えたものを確かめに行こうとした。しかし向かい風のなか、やっとのことで六歩と進まぬうちに、どこもかしこも一面、変わりばえのない白雪が積もっているばかりで、道のように見えたものは気のせいにすぎなかったのだと得心した――そのときにはもう橇の姿はなかった。私は叫んだ。「御者！　アリョーシカ！」だが声は口元から風にさらわれ、一瞬でどこか遠くへ運び去られてしまうように感じた。私は橇があったほうへ歩いた——橇はない。右のほうへ行った——やはりない。そのとき自分がふたたびあげた、ばかでかくて甲高《かんだか》い、いくらか絶望的ですらあった叫び声を思い出すと恥ずかしくなる。

「御者ア！」ところが彼は、私から二歩のところにいたのである。鞭《むち》をもち、ぶかぶかの帽子を斜《はす》にずらした黒い人影が、とつぜん眼前にぬっと現れた。彼は私を橇まで連れていった。

「暖かいのがせめてもの救いでさ」彼は言った。「寒さに襲われたらまずいですぜ！……くわばらくわばら！」

「馬を自由にして引きかえそう」橇に腰を下ろして私は言った。「馬が連れかえってくれるよな、どうだ、あんた？」

「連れてってくれるでしょう」

彼が手綱を投げ出し、軸馬の鞍敷《くらしき》を三度ほど鞭でたたくと、橇はまたどこかへ動きだした。私たちは三十分ばかり進んだ。とつぜん前方で、聞きおぼえのある狩人の鈴がふたたび響き、さらに二つの鈴が続いた。だが今回はむかいから近づいてくる。例の三台の橇が、郵便を積んで後ろに帰りの馬を繋《つな》ぎ、駅に戻るところだった。大きな馬に曳《ひ》かれた急行便の橇が、狩人の鈴をつけ、先頭を切って飛ばしている。御者が台に腰かけて、威勢よく怒鳴っていた。後ろの空っぽの橇のなかには御者が二人ずつ座っており、楽しげにしゃべっている大きな声が聞こえた。そのうちのひとりはパイプをふかしていて、風に燃えあがる火がその顔の一部を照らしだした。

彼らを見ていると、進むのを怖がったことが私は恥ずかしくなった。御者も同じ思いを抱いたのだろう、私たちは異口同音に言った。「ついて行ってみよう」

3

しんがりの橇とまだすれちがわないうちに、私の御者は下手くそなUターンをしたものだから、むこうの橇に繋がれた馬にながいえをぶつけてしまった。一台の橇の馬たちがわきに飛びすさって手綱をちぎり、あらぬほうへ駆けだした。

「うわ、ばかやろう、ちゃんと見ろよ、どこへ行こうってんだ――ぶつけやがって！　ばかやろう！」ひとりの背の低い御者が、ひび割れた嗄《しゃが》れ声で罵《のの》しった。声と体つきから判断すると老人のようだったが、座っていた後ろの橇からぱっと飛びおりると、馬のあとを追いかけながらも、私の御者を激しく口汚く罵倒《ばとう》しつづける。

だが馬は捕まらない。その御者は馬を追いかけて、またたくまに馬ともども、吹雪の白い暗がりのなかに消えてしまった。

「ワシーリーィ！　月毛をよこしてくれ、でないと捕まえられねえぞォ」彼の声だけが聞こえた。

非常に背の高い御者がひとり、橇から降りて黙ったまま自分の橇の手綱をほどき、一頭の馬の革帯をつかんで乗ると、雪をざくざくかきわけ、もつれたギャロップで同じ方向へと消えた。

鈴をかき鳴らしながら全速のだく足で疾駆してゆく急行便のあとを追い、私たちはほかの二台の橇とともに、道なき道を進みはじめた。

「へん！　捕まえるだと！」馬を追いかけて駆けだした男にむかい、私の御者は言った。「ほかの馬についてこねえようじゃ、どうしようもない暴れ馬さ。どっかに迷いこんでよ……帰ってこられなくなるぜ」

急行便のあとについて行きだしてから、御者は機嫌を直したようで、私以上におしゃべりになった。私もまだ眠くはなかったから、この機をむろん逃しはしない。どこからどうしてここへ来たのか、いまは何をしているのか、根掘り葉掘り訊きだして、彼が私と同郷のトゥーラの者であること、キルピチュノエ村の農奴だったが、土地が削られたうえ、コレラが流行《は》行《や》って以来、まったく収穫がなくなってしまったこと、家には彼と弟がいて、三人目は兵隊に行ったこと、クリスマスまで過ごすだけの麦もないので賃仕事で暮らしていること、嫁のいる弟が家ではわがもの顔で、彼自身は妻を亡くしたことなどをまもなく知った。さらに、彼らの村からは毎年、御者の組合がここの駅へ出稼ぎに来ること、彼は御者はやっていなかったのだが、弟を養うため駅へやってきたこと、おかげさまでここでは年に紙幣で百二十ルーブルの稼ぎがあり、そのうち百ルーブルを仕送りしていること、「急行便の連中がごろつきで、界隈のやつらの柄《がら》が悪くさえなきゃ」いい暮らしであること……。

「ほらね、あの御者のやつも、悪態をつくこたあねえでしょうが？　くわばらくわばら！

私だって、わざとあいつの馬の綱をちぎったわけじゃねえんだから。それで悪党呼ばわりはねえでしょう。それになんだって追いかけてくんです！　勝手に戻ってくるでしょうよ。それがだめでも馬がくたばるだけなのに、あれじゃあ自分まで帰ってこられなくなる」生《き》まじめな農民らしく、彼はくりかえした。

「ところであの黒いのは何だ？」前方にいくつかの黒い物体を見つけて私は尋ねた。

「荷馬車の列ですよ。ありゃあ楽な仕事でしてね！」筵《むしろ》で覆った大きな荷馬車が連なっているのに追いつくと、御者は話を続けた。「ほら、人間の姿がないでしょう――みんな眠ってるんです。馬は賢いからわかるんでさ。道から外れっこありません。私らもああいう仕事を出稼ぎでやったからね」彼は付け加えた。「それで知ってるんで」

筵のてっぺんから車輪まで雪をかぶった大きな荷馬車が、人の手を借りずに動いてゆくこの光景は、実際、不思議なものだった。ただ、私たち一行の鈴の音が近くに迫ると、先頭の馬車の雪に覆われた筵が指二本ばかりもちあがり、一瞬、帽子が突き出された。首を伸ばして背中を張りつめた大きな斑馬が、雪一面の道をぽくぽくと歩み、白くなった頸木《くびき》の下で毛深い頭を単調に振っていたが、私たちが追いつくと、雪をかぶった一方の耳をそばだてた。

三十分ほどさらに無言で進んだあと、御者がまた私に話しかけてきた。

「それでね、どう思いますか、旦那、道は合ってますかね？」

「さあ」私は答えた。

「さっきまで風がえらい吹いていたのが、まるっきりいい天気じゃないですか。いや、方向を間違えたんでさ、やっぱり迷ったんです」落ち着きはらって彼は結論を下した。

この男はひどい臆病者ではあったのだが、いっしょに死ぬなら恐くないというやつで、道づれができ、自分が人を導いて責任を負う必要がなくなった途端、すっかり落ち着いたのが見てとれた。先頭の橇の御者の間違いを、まるで自分とはなんら関わりがないことのように、彼はきわめて冷静に指摘するのだった。実際、私も気がついたのだが、先頭の橇は左の側面を見せたかと思えば、右の側面を見せたりもする。ごく狭い範囲をぐるぐる回っているような気すらした。しかしこれは錯覚かもしれない。曠野はどこまでも平らなはずなのに、先頭の橇が山を登っていったり、山腹を進んだり下ったりしているようにも私には思えたからだ。

さらにしばらく進むと、気のせいかもしれないが、遠くの地平線上に、黒くて長い帯状のものが動いているのが見えた。ほどなくして明らかとなったが、それは先ほど追い抜いた荷馬車の列であった。ぎいぎいと軋《きし》む車輪に雪がかぶさっているのも相変わらずで、なかには回っていない車輪もある。人間は変わらず筵の下で寝入っていた。そして変わらず先頭の斑馬は、鼻息を吹かして道を嗅ぎまわり、耳をそばだてていた。

「ありゃあ、ぐるっと一周して、また同じ荷馬車に出会っちまった！」御者が不満げな口調で言った。「急行便の馬に罪はねえ。あの野郎がむやみに追い立てるからですよ。こんなふうに一晩中走りつづけたら、こっちの馬は動けなくなっちまいます」

彼は空咳《からぜき》をした。

「引きかえしましょうや、旦那、災難に巻きこまれるまえに」

「どうして？　どこかには行き着くだろう」

「どこへです？　曠野で夜を明かすことになりますよ。こんな吹雪で……。くわばらくわばら！」

先頭の橇の御者が、もはや道も方角も見失っているのは明白なのに、道を探そうともせず、陽気な叫び声をあげながら全速のだく足を続けているさまに私も呆《あき》れてはいたのだが、いまさらこの一行と別れるのも気が進まなかった。

「ついていこう」私は言った。

御者は進んだものの、まえにも増していかにも嫌々ながらに馬を追い、それ以上私と口をきこうとしなかった。

4

吹雪はひどくなる一方で、上空から落ちてくる雪は乾いた細かなものになった。凍てついてきたようだ。鼻と頬はますますかじかみ、毛皮のコートの下に頻々《ひんぴん》と冷たい隙間風が吹きこむので、襟をかきあわさねばならない。雪が吹きはらわれて剝き出しになった地表の氷に、ときどき橇がぶつかる。私はどこにも泊まらずに五百キロ以上走破したあとだったから、この迷走の結末がおおいに気になってはいたのだが、つい目を閉じてまどろんだ。ふと目を開けた瞬間、白い平原を煌々《こうこう》と照らし出すように見える光に私は心打たれた。地平線がはるかに広がり、低く垂れこめた黒雲はふいに消え、斜めに降る雪の曳くいくつもの白い線が四方に見えた。前を行く橇の姿も明瞭になり、上空に目をやると最初、雲が散って雪だけが空を覆っているような気がした。私がまどろむと同時に月が昇り、薄い雲と雪をとおして、冷たくも眩《まぶ》しい光を投げかけたのだった。

私がはっきりと目に収めたのは、自分の橇と馬、御者、それに前を進む三台の橇。先頭は急行便で、相変わらず御者が台に腰かけ、高速のだく足で馬を追っている。二台目に乗った二人の御者は、手綱を投げ出し、農民ふうのコートで風よけをつくってパイプをふかしつづけていた。火の粉があがるのでわかるのだ。三台目にはだれの姿もなかったが、なかで御者が寝ているのだろうと推測された。それでも先頭の御者は、私が目を覚ましたあとには、ときおり馬を止め、道を探すようになっていた。馬車が止まった途端に、風の吼《ほ》える音が耳につき、ぎょっとするほど大量の雪が宙を舞うのが目に映る。吹雪に遮られた月明かりのなか、背の低い御者が手にした鞭の柄で前方の雪をかきわけ、白んだ暗がりを前へ後ろへとうごめいては、橇のところに戻ってきて横身で前部に跳び乗るのが見えた。するとふたたび、ひゅーひゅーいう単調な風の音にまじって、きびきびとした太いかけ声と鈴の響きが聞こえてくる。先頭の御者が道の跡や干草の山を探しに橇を降りるたび、二台目の橇から片方の御者が、自信ありげな精力的な声で怒鳴るのが耳に届いた。

「おい、イグナシカ！　すっかり左にそれちまったよ。右のほうへ行こうや、天気を見ろよ」あるいは、「なにをやみくもにぐるぐる回ってるんだ？　雪の方向に沿って進めよ、積もってる雪に合わせて――すぐ脱出できるぜ」あるいは、「右だ、右へ行けよ、相棒！　おっ、なんだあの黒いのは、里程標だな、どうも」あるいは、「なにを迷ってんだ、なにをよ？　斑を離して先に行かせろよ、そしたらすぐに道に連れ出してくれるさ。そのほうがましだ！」

忠告をする当人のほうは、副馬《そえうま》の手綱を解こうとも、雪のなか道を探しにいこうともせず、それどころか農民ふうのコートから鼻先すら出そうとしなかった。説教を食らったイグナシカが、どちらへ行ったらいいのか知っているならおまえが先を走れよ、と声を張りあげると、自分が急行便の橇を預かっていたのなら先頭切って道へ連れ出してやるんだが、と言いかえすのだった。

「あいにくこっちの馬は、吹雪のなかで先頭は走れないんでね！」彼は怒鳴った。「そんな上等な馬じゃねえのさ！」

「だったらごちゃごちゃ言うなよ！」馬にむかって楽しげに口笛を吹きながらイグナシカは答えた。

口うるさい御者と同じ橇のもうひとりは、イグナシカに話しかけはせず、この件に鼻を突っこむ気はなさそうだったが、パイプの火は消えていなかったし、橇が止まると拍子をとるような休みない話し声が聞こえてきたから、まだ眠ってはいないものと思われた。民話を語り聞かせているのだった。ただ、イグナシカが六回目か七回目に馬を止めたときに一度だけ、心地よい道行きが中断されるのを腹に据えかねたらしく、イグナシカを怒鳴りつけた。

「おい、なんでまた止まるんだ？　道を探すってか！　わかるだろ、吹雪なんだよ！　これじゃあ測量技師だって、道を見つけられやしないぜ。馬が運んでくれるところまで行きゃあいい。まさか凍え死ぬこともねえだろう……出せよ、わかってんのか！」

「なにをばかな！　たしか去年、郵便のやつが凍え死んだじゃねえか！」私の御者が言いかえした。

三台目の橇の御者は決して目を覚まそうとしなかった。ただ一度、橇が止まっているときに、口うるさい御者が声をかけた。

「フィリップ！　フィリップ！」しかし返事がないので言った。「ひょっとして凍えてねえか？　おい、イグナシカ、見てやったらどうだ」

イグナシカはなんでも進んでする男で、橇に近づき眠っている男を揺さぶった。

「ちぇっ、ウォッカの小瓶を飲んでぐでんぐでんだ！　凍えたか、ほら、なんか言えよ！」男を揺さぶりながら彼は言った。

眠っている男はなにごとかぶつぶつ呟いて悪態をついた。

「生きてるぞ、みんな！」イグナシカは言って、また前のほうへ走っていった。私たちはまた進んだが、スピードがあまり速いので、私の橇では尻を打たれつづけた小さな栗毛の副馬が、慣れないギャロップで何度も飛び跳ねたほどだった。

## 5

もはや夜半と思われるころ、逃げ出した馬を追いかけていった老人とワシーリーが、私たちの前に現れた。馬を捕まえたあと、私たちを見つけて追いついたのだった。闇夜で吹雪のために視界もきかぬ裸の曠野のなか、どうしてそんなことが可能だったのかは永遠の謎である。老人は肘と足を振りまわしながら、軸馬をだく足で駆っていた（残る二頭は軸馬の首輪に繋いでいた。吹雪のときに馬を放すわけにはいかない）。私の橇の隣にくると、彼はまた私の御者を罵りだした。

「おい、ろくでなしのでくの坊！　いったい……」

「よう、ミートリチのおっさん！」二台目の橇から、民話を語り聞かせていた御者が声をかけた。「生きてたのか？　こっちに乗れよ」

だが老人はそれには答えず、悪態をつきつづけた。ようやく気が済んだところで、彼は二台目の橇のほうに向かった。

「ぜんぶ捕まえたのか？」橇のなかから質問が飛ぶ。

「そりゃそうよ！」

そして小柄なその体軀が、だく足のまま馬の背に腹這いになり、それから雪上に飛びおりると、間髪入れずに橇のあとを追い、両足を横木から高くはねあげて跳び乗った。長身のワシーリーのほうは、以前と同様、黙ったままイグナシカのいる先頭の橇に乗り、いっしょに道を探しはじめた。

「なんちゅう口の悪い……。くわばらくわばら！」私の御者がぶつくさ言う。

そのあとはずっと、冷たく澄んで揺らめく吹雪の光のなか、真っ白い平原を休みなく進んだ。ふと目を開くと――不格好な帽子と背中が、相変わらず雪をかぶって眼前に突き出されている。低い頸木をのせた軸馬の頭が、轡《くつわ》の革紐《かわひも》をぴんと張ってゆらゆらと振れ、黒いたてがみが風でリズミカルに一方向へなびいているのも、変わらず同じ距離に見えていた。御者の背中の右側からは、尻尾を短く結ばれた例の栗毛の副馬が、ときおり橇の横木にながえをぶつけるのが見えた。足下に目をやると――相変わらず滑り木のはねちらかした粉雪が、風に一気に吹きあげられ、ひと息にさらわれてゆく。前方には、距離を保って先行の橇が疾駆する。左右はすべてぼんやりと白んでいた。目はなにか変化を求めるがそれもむなしい。里程標も、干草山も、塀も――なにひとつ見あたらない。ひたすらに一面の白、白が動きつづけていた。地平線がはるかかなたに見えたかと思えば、四方わずか二歩ばかりまで縮まってきたりもする。ふいに右側に高い白い壁が現れ、橇と並走しだしたかと思えば、ふいに消え去って前方に移り、みるみる遠ざかってふたたび消えてなくなる。上空に目をやると――はじめのうちは明るくて、雲をとおして星が見えるような気がする。だが星々はまなざしから高くたかく離れてゆき、やがて目に入るのは、睫毛《まつげ》をかすめて顔やコートの襟口に落ちる雪ばかりになる。どこまで行っても空は明るいまま、白いままで、色もなく一様でありながらたえず動いていた。

風向きがしょっちゅう変わるらしく、正面から吹いて目を雪でふさぐかと思えば、横から意地悪くコートの襟をまくれあがらせ、嘲笑《あざわら》うように私の顔をはたいたり、後ろから隙間風を唸らせたりする。ひづめと滑り木が雪をかきわける音は弱々しいながらやむことなく、鈴の音も、雪の深いところを進むときには途切れがちに聞こえた。ときおり、向かい風のなか、地表に張った剝き出しの氷の上を走るときにだけ、イグナシカのエネルギッシュな口笛と、ビブラートのかかったソの音を反響させる高い鈴の音が、はっきり耳に届いた。歓喜に満ちたその響きが物憂げな平原の雰囲気をふいに打ち破ると、そのあとも同じ調子の鈴の音が続き、変わらない節回しを嫌になるほど堅実に奏でるので、私は思わず知らず、頭のなかでそれをくりかえしていた。片方の足が凍えだし、もっとしっかり身をくるもうと身体の向きを変えた拍子に、襟と帽子に積もっていた雪が首筋に入りこんで震えあがった。とはいえぬくぬくとした毛皮のコートの下はまだおおむね暖かく、私はまどろみに引きこまれていった。

## 6

回想と空想が頭のなかでくるくる入れ替わり、スピードを増していった。

『二台目の橇から怒鳴ってばかりいる口うるさいやつ、あれはどんな男だろう？　きっと赤毛で、がっしりしていて、短足だな』私は思った。『うちの食器係の爺《じい》さんの、フョードル・フィリップィチみたいなさ』すると瞼《まぶた》にわが家の大きな階段が浮かんできた。よたよたした足取りの召使が五人がかりで、ピアノを布地にのせて離れから引きずってくるところだ。南京木綿《なんきんもめん》のコートの袖をまくりあげ、ペダルをひとつ抱えたフョードル・フィリップィチが、先回りして閂《かんぬき》をはずしたり、布地を押したり引いたり、脚のあいだに潜りこんだり、みなの邪魔ばかりしては倦《う》まず心配そうな声を張りあげていた。「引っ張れ、前のほう、前のほうだ！　そう、後ろは高く、高く、高くして、ドアをくぐらせろ！　そうだ」

「もう大丈夫ですよ、フョードル・フィリップィチ！　おれたちだけで」手すりぎわに押しつけられた庭師がおずおずと言う。真っ赤になるほど力んで、最後の力をふりしぼりピアノの角を支えている。

しかしフョードル・フィリップィチは口を閉じない。

『これはどうしたことだろう』私は考えた。『自分が役に立っている、自分ぬきじゃ共同作業などできっこないとでもいうつもりか。それともたんに、得々として人を説き伏せる弁舌の才を鼻にかけて、夢中で披露しているのかな。きっとそうだろう』すると瞼にはなぜか池が浮かび、疲れ果てた召使たちが、膝まで水に浸かって漁網を引いているのだった。またしてもフョードル・フィリップィチが、みなを怒鳴りつけながら、今度は柄杓《ひしゃく》を手にして岸を駆けまわり、ときどき水辺に近づいては、光沢のあるフナを手で押さえつけ、濁った水をきれいなものに入れ替えている。

次に浮かんだのは七月の真昼だ。私は草刈りしたばかりの庭で、焼けるような直射日光を浴びてどこかへ歩いていた。まだ年若い私はなにかが物足りなくて、なにかを求めている。野イバラの花壇と白樺の小径《こみち》に挟まれた、池のほとりのお気に入りの場所に寝転がった。横になり、赤い刺《とげ》の生えた野イバラの茎越しに、乾いて粉を吹いた黒い地面や、鮮やかな空色に輝く池の水面を目にしたときの感情は、いまも覚えている。どこかナイーヴな自己満足と悲哀の感情だった。周囲のすべてがあまりに素晴らしく、その美しさに強く感化された私は、自分自身が優れているかのように思いこんで、自分に感嘆する者がだれもいないことだけが不満であった。暑い。私は眠りに慰めを求めようとした。だがハエが、我慢のならないハエがここですら安らぎを与えてくれず、耳元に集まってきては、なにかの種子を弾《はじ》くみたいにしつこく額から腕へ飛びうつる。近くの日なたで蜜蜂がブンブンいう。ぐったりした様子の黄色い蝶《ちょう》が、草から草へと渡ってゆく。

私は上空に目をやった。目が痛む――白樺《しらかば》が頭上で高い枝を静かに揺らし、茂ったその葉を貫いて太陽がぎらぎら輝く――さらに暑くなったようだ。ハンカチで顔を覆《おお》う。むっとして、汗の噴き出した腕にハエが引っついてくるみたいだ。野イバラの茂みのただなかでスズメがさえずりはじめた。そのうちの一羽が七十センチばかり離れたところに飛びおりて、二度ほど勢いよく地面をついばむような真似をした。それから枝をがさごそいわせて陽気にさえずり、花壇から飛び立つ。もう一羽、やはり地面に飛びおりて尾をひょこひょこ動かすと、まわりを見渡し、さえずりながら矢のごとく一羽目を追ってゆく。洗った下着を棒でたたく音が池から聞こえてきて、心なしか低空で、池の水面を這うように響きわたる。水浴びをしている者たちが、笑ったりしゃべったり水をはね散らかすのが聞こえた。遠くでは突風が吹きつけ、白樺の梢《こずえ》をざわめかせる。今度は近くだ、風が草をそよがせ、花壇の野イバラの葉が揺れて枝にぶつかる。ハンカチの隅をもちあげ、汗をかいた顔を撫でると、さわやかな空気がここまで流れてきた。もちあげたハンカチの隙間からハエが飛びこみ、濡れた口辺でびっくりしてもがきだす。乾いた木の枝のようなものが背中にあたった。だめだ、寝ていられない。ひと浴びしに行こう。だがそのとき、花壇のすぐそばでばたばたと足音がし、怯《おび》えた女の声が聞こえた。

「ああ、どうしよう！　なんてこと！　男の人はだれもいないし！」

「どうした、なんだ？」私は日なたに走り出て、悲鳴をあげながら傍《かたわ》らを走りぬけてゆく召使の女に尋ねようとした。彼女は振りかえり両手を振りまわすだけで、先へ行ってしまう。すると今度はよぼよぼのマトリョーナ婆《ばあ》さんが、頭からずり落ちそうになるスカーフを手で押さえ、毛糸の靴下をはいた片足を引きずって、ぴょんぴょん池のほうへ走ってゆく。二人の少女が手をとりあって駆けぬけ、そのあとには父親のフロックコートを羽織った十歳ほどの少年が、少女の麻布のスカートを握って続いていた。

「なにがあったんだ？」彼らに訊いた。

「男の人が溺れたんです」

「どこで？」

「池です」

「だれだ？　うちの者か？」

「いいえ、よそから来た人です」

御者のイワンは刈りたての草にどた靴をすくわれながら、太った管理人のヤコフはふうふう息を切らせながら、二人して池のほうへ走ってゆく。そのあとを私も走った。

そのときの心の声はいまでも覚えている。『さあ飛びこめ、男を引っ張りだして助けてやれ、みんなが驚くぞ』それこそ私の求めるものだった。

「どこだ、どこなんだ」岸に集まっている召使たちに私は尋ねた。

「あそこですよ、深みのとこで、向こう岸のサウナの近く」濡れた下着を竿《さお》にかけながら洗濯女が言った。「浮いたり沈んだりしてましたよ、浮いたと思ったらまた沈んで、そしたらまた浮かんで叫ぶんですよ、『溺れる、助けてくれ！』それからまた沈んで、もう泡が上がるだけで。それではっとしたんです、人が溺れてるんだって。大声あげましたよ、『助けて、人が溺れてる！』って」

そう言って洗濯女は竿を肩に背負い、身体を左右に揺すりながら、小径を歩いて池から離れていった。

「ああ、なんてこった！」管理人のヤコフ・イワノフが絶望的な声で言う。「すぐに郡裁判所と面倒なことになるぞ——どうしようもねえ」

鎌を手にしたどこかの農民が、向こう岸に群がっている女子供と老人たちをかきわけ現れると、柳の大きな枝に鎌を引っかけ、ゆっくりと靴を脱ぎだした。

「どこだ、どこで溺れたんだ？」その場に身を躍らせ、なにか途轍《とてつ》もないことをしたいという一心で、私は尋ねまわった。

しかし人々が指差してみせる池の水面は滑《なめ》らかで、ときおり風が吹きわたりさざ波を立てるばかりである。人ひとり溺れたというのに、その水面はなにごともなく滑らかで美しく、無関心を決めこんで、真昼の太陽に金色に輝いているのが不思議だった。自分にできることなどなにもなく、みなを驚かせることもできない気がした。自分はろくに泳げないのだからなおさらだ。農民のほうは首からシャツを脱いで、いまにも飛びこまんとする。みなが期待をこめ、息を呑んで見守っていた。しかし肩まで水に浸かったところで、農民はゆっくりと引きかえしてシャツを着た。カナヅチだったのである。

やじ馬がどんどん寄ってきて人だかりが大きくなり、女たちは手に手をとりあっていた。だが助けようとする者はいない。駆けつけてきた者たちも、こうしたらいいと言ったり、ため息を吐《つ》いたり、怯えた絶望の表情を浮かべたりするだけである。まえからいた者のなかには、疲れて草に腰を下ろしたり、帰ってゆく者も出はじめた。マトリョーナ婆さんは娘に、かまどの蓋を閉めたか訊いている。父親のフロックコートを羽織った少年は、しきりに小石を水に投げこんでいた。

だがそのとき屋敷から、フョードル・フィリップフィチの飼い犬トレゾルカが、吠えたて、きょろきょろ振りかえりながら駆けおりてきた。さらには飼い主本人が、なにごとか怒鳴りちらしつつ駆けつけて、野イバラの花壇のむこうから姿を現す。

「なにを突っ立ってるんだ？」走りながらコートを脱ぎ捨て、彼は怒鳴りつけた。「人が溺れたってのに突っ立ってやがる！　ロープをよこせ！」

期待と怯えのこもった視線を浴びて、フォードル・フィリップフィチは気の利く召使の肩につかまり、靴下だけになった左足で、右足の靴の踵《かかと》をずりおろした。

「あそこです、人だかりができてるでしょう、柳のちょっと右手に、フォードル・フィリップフィチ、あそこですよ」だれかが言う。

「わかっとる！」そう答えて彼は、女たちが示した恥じらいの色への応答なのだろう、眉をしかめてみせると、シャツを脱ぎ、十字架を外して、媚《こ》びるように前に控えている庭師の息子にまとめて渡し、刈りたての草を力強く踏みつけて池の端《はた》に近づいた。

主人がなんでこんなにせかせか動きまわっているのか解《げ》せないトレゾルカは、人ごみのそばで立ち止まり、舌を鳴らして岸辺の草をすこしむしると、もの問いたげに彼を見つめていたが、ふいに楽しそうに甲高く吠え、主人にくっついて水へ飛びこんだ。はじめは水泡としぶきが私たちのところまではね散るだけで、なにも見えなかった。しかしフォードル・フィリップフィチが浮きあがったかと思うと、優雅に水をかき、規則正しく二メートルおきに白い背中を浮き沈みさせ、元気よく向こう岸へ泳いでゆく。トレゾルカのほうはむせかえり、慌てて取ってかえして人ごみのそばでしずくを飛ばし、背中を岸辺にこすりつけた。フォードル・フィリップフィチが向こう岸に泳ぎつくと同時に、棒に巻きつけた漁網をもって、二人の御者が柳のほうへ駆けつける。フョードル・フィリップフィチはなんのためか両手を掲げ、一度、二度、三度と水に潜って、そのたびに口からぴゅっと水を吐き、格好よく髪をひと振りしたが、四方から浴びせられる質問には答えようとしなかった。ようやく岸に上がった彼は、こちらから見るかぎり、漁網を張るよう指示を出しているらしい。網が引き揚げられたが、緑藻のなかにはヘドロとそのあいだではねている小さなフナしかいない。ふたたび網が引っ張られているあいだに、私は向こう岸へ移動した。

聞こえるのは、指示を出すフョードル・フィリップフィチの声と、濡れたロープが水をはねる音、そして怯えた嘆息だけだった。網の右辺にくくりつけられた濡れたロープが、草に絡みながらすこしずつ水中から出てくる。

「よし、一斉に引くんだ、力を合わせろ、それ!」フョードル・フィリップフィチが声を張りあげた。水に浸かった網の柄《え》が姿を現す。

「なにかかかってるぞ、いやに重てえ、なあみんな」だれかの声が言った。

そうこうするうちに、二、三匹のフナがはねている網の両辺が、草を水浸しにして押しひしぎながら岸辺に引きずりだされた。ぴんと張った網のなかには濁った水が揺れており、その薄い層をとおしてなにか白いものが仄見《ほのみ》える。張りつめた静寂を破って、小さな、しかし耳を打つ怯えたため息が人ごみを伝わった。

「引っ張れ、せーの、陸まで、引っ張れ!」フョードル・フィリップフィチの気張った声が聞こえ、刈りとったゴボウやフキの茎の上を、溺死者がずるずると柳の下へ引きずられてゆく。

そのとき私は、絹のドレスを着た、優しい年老いた叔母の姿を目にした。縁取りのついた彼女の藤色の傘は、恐ろしいまでに飾り気のないこの死の光景とどこかちぐはぐだった。叔母の顔はいまにも泣きだしそうだ。もうお薬をつけても駄目よね、とでもいいたげな絶望の表情が、その顔に浮かんでいたのを覚えている。子どもっぽい愛情のエゴイズムをあらわにして彼女に話しかけられたとき、自分が味わった重苦しく痛ましい思いもまた覚えている。

「もう行きましょう、いい子だから。ああ、恐ろしいこと！　おまえもしょっちゅう、ひとりで水浴びや水泳をしているじゃないの」

足下の乾いてもろくなった地面を眩しくじりじりと焼く太陽が、池の水面に乱反射していたこと、岸の近くでは大きなコイがはね、穏やかな水面の真ん中を魚の群れが波立たせたこと、タカが空高くくるくる舞い、ガーガーと水をはねちらかして葦《あし》のあいだから池の真ん中に出てきた小鴨《こがも》に狙いを定めていたこと、地平線上に白い雷雲がもくもく集まってきたこと、漁網に引きずられて岸に打ちあげられた泥がすこしずつ流れていったこと、土手ぎわを歩いていると、洗濯物を棒でたたく音がまた池に響きわたったこと、すべてを覚えている。

だがその棒の音はどうも、二本の棒がいっしょにミの音を出しているようで、この音が私を苦しめ苛《さいな》むのだった。ましてや棒はじつは鈴で、フョードル・フィリップィチが止めてくれるわけでもないのだから。拷問道具のように棒が足を締めつける、凍えた足を――私はまどろんでいた。

夢は覚めた。どうやら、橇がたいへんなスピードで飛ばしているのと、すぐそばでしゃべっている二つの人声のためらしかった。

「おい、イグナシカ、イグナシカ!」私の御者の声が言っていた。「客を引きとってくれよ——おまえはどのみち行くんだから。おれは走らせ損だ! 引きとってくれ!」

イグナシカの声がすぐわきで答えた。

「なにを好きこのんで客の世話なんかするかよ? ……ウォッカの中瓶よこすか?」

「なに、中瓶だと! ……小瓶だろ——それが相場だ」

「おいおい、小瓶だって!」別の声が叫んだ。「小瓶のために馬をいじめるのかよ!」

私は目を開けた。相変わらず、猛烈に行きかう雪が目の前をちらつき、御者と馬も変わりはなかったが、横になにか橇が見える。私の橇がイグナシカの橇にならび、もう長いこと並走しているのだった。ほかの橇から聞こえてくる声は、中瓶より安く引き受けるなと忠告したのだが、イグナシカは橇を急停止させた。

「荷物を移しな、しかたない、特別だぞ。小瓶を用意しとけよ、明日行くから。荷物は多いか、どうだ?」

御者はいつになく機敏な動きで雪上に飛び出し、一礼して、イグナシカの橇に移るよう私に頼んだ。こちらも望むところである。だがどうやらこの生まじめな農民は、満足のあまり、感謝と喜びの念をだれかに浴びせたくなったらしい。頭を下げて、私とアリョーシカ、イグナシカに礼を言った。

「いや、ありがたいことで！　まさにくわばらくわばらでさ！　自分でもどこへ向かってるのかわからずに、夜半まで乗りまわしたんですから。あいつが連れてってくれますよ、旦那さま、こっちの馬はすっかり足が止まっちまって」

そして彼はせっせと荷物を運び出した。

荷物が積み替えられているあいだ、私は風に押し流されるように後ろの橇へ向かった。二人の御者が頭の上でコートを風よけにしている側は、橇の四分の一まで雪に埋まっている。コートのかげは静かで心地よかった。老人は相変わらず足を投げ出して寝転がっており、民話を語り聞かせていた男が話のつづきを始めた。

「ちょうどそのとき、将軍が王様のところから、つまり、お使いでな、来たわけだ、つまり、マリヤの牢屋にな。ちょうどそのとき、マリヤは将軍に言ったのさ。『将軍！　私はあなたを求めてはいません、あなたを愛するわけにはいきません、つまり、あなたは想い人ではありません。私の想い人はほかならぬ王子なのです……』ちょうどそのとき……」彼はさらに続けようとしたが、私を見るとさっと口を閉じ、パイプをふかしだした。

「どうしたんです、旦那、おとぎ話を聞きにきたんで？」別の、私が口うるさいやつと呼んでいた男が言った。

「ああ、ここは極楽だね、楽しくて！」私は言った。

「なにをおっしゃる！　退屈しのぎでさ――少なくとも、余計なことを考えないで済みますから」

「ところで、いまいるところはわかっているのか？」

この質問は、どうやら御者たちの気に入らなかったようだ。

「いるところなんてわかるもんかね？　カルムイク［ドン軍領東方、カルムイク人の居住地域］まで来ちまったかもしれないですぜ」口うるさい男が答える。

「それじゃあどうするんだ？」私は訊いた。

「どうするって？　進むんでさ、ひょっとしたら行きつくかもしれません」不満げな声音で彼は言った。

「おいおい、行きつけなくて、雪のなかで馬が止まってしまったら、そのときはどうなる？」

「どうもしませんよ！　たいしたことじゃねえ」

「凍え死ぬかもしれないだろう」

「そりゃ、かもしれませんがね。干草も見あたらなくなっちまったし。これはつまり、カルムイクのほうまで来ちまったってことですよ。まずは雪をよく見ねえと」

「なんだ、どうやら凍え死ぬのが怖いんですね、旦那？」老人が震える声で言った。彼の口調は私を小ばかにするようだったが、じつは自分も骨の髄《ずい》まで凍えているのが見てとれた。

「ああ、ひどく冷えてきた」私は言った。

「そりゃいけねえ、旦那！　おれを見習って、ちょっくら走ってくるといいです――温まりますよ」

「とりあえず、橇のあとについて走ったらどうです」口うるさい男が言った。

7

「どうぞ、準備完了です！」先頭の橇からアリョーシカが声を張りあげた。

吹雪の勢いは猛烈で、私はぐっと前屈みになり、両手でコートの裾をつかんで、風で足下から吹きはらわれ舞いあがる雪のなか、橇とのあいだを隔てるほんの数歩をやっとのことで進んだ。私を乗せてきた御者は空っぽの橇のなかですでに膝立ちになっていたが、私を見るとぶかぶかの帽子をとり、吹き荒れる風に髪の毛を逆立てながら酒代をせびった。駄目でもともとと思っていたようで、私が断っても落胆の色はまるでない。それでも彼は礼を述べ、帽子を目深にかぶって言った。「へえ、どうぞご無事で、旦那……」そして手綱を引き、唇を震わすと、私たちのもとを立ち去った。続いてイグナシカも背中をぶるっと揺すり、馬に声をかける。停まっているととりわけ耳につく風の唸りに、ひづめが雪を踏む音とかけ声、鈴の音がまた取って代わった。

橇を移ってから十五分ばかりは、私は眠らずに、新しい御者や橇の姿をためつすがめつしていた。イグナシカは小粋に座を占めて、たえず腰を浮かせては、垂れ下がった鞭を馬に振りあげ、怒鳴っては足を打ちあわせ、軸馬の尻帯がしょっちゅう右にずれるのを身を乗りだして直している。背は高くないものの体格はよいように見えた。毛皮のハーフコートの上に農民ふうのコートをはおっていたが、襟元はほとんどはだけており首が剝き出しである。ブーツはフェルト製ではなく革で、小さな帽子をひっきりなしに手にとり整えていた。耳を覆うものは髪の毛だけだ。そのいちいちの動きに活気がみなぎって見えるという以上に、みずから活気をかきたてるべく努めているようだった。しかし先へ進めば進むほど、帽子を直したり御者台で腰を浮かしたり、足を打ちあわせたりする頻度が増してゆき、私やアリョーシカに話しかけるようになった。気分が沈むのを恐れているのではないかと思えた。それも無理からぬことである。いい馬を繋いではいたが、一歩ごとに雪深くなる道に馬が辟易《へきえき》しているのは明らかだった。そうなると鞭をあてるほかない。大柄な毛むくじゃらの軸馬は二度ほどつまずき、そのたびにびくっとして前へつっかけ、たてがみを乱した頭を鈴の下くらいまで押し下げた。私はなんとなく右の副馬を見ていたのだが、房のついた長い革の尻帯が震えて外側に跳ねあがり、首輪の綱をたわめるのが目立つので、やはり鞭をあてねばならなかった。しかし優れた、血気盛んといってもよい馬にはよくあるように、自分のふがいなさに腹を立てるかのごとく、いらいらと頭を上下させ興奮していた。実際、吹雪と寒さはひどくなる一方で、馬は弱ってゆき、道は悪くなってゆくというのに、どこにいてどこへ向かっているのか、次の宿駅はおろかどこか落ち着ける場所へ向かっているのかも、さっぱりわからないという状況は恐ろしいものだった――そんななか、鈴が高らかに陽気に鳴り響き、イグナシカが威勢よく美声を張りあげるのを耳にすると、滑稽であり奇妙な気持ちがした。まるで、よく晴れた神現祭《しんげんさい》［正教で一月に祝われる祭り］のころの昼間に、村の通りをお祝いに向かっているようではないか――そしてなにより奇妙に思われたのは、自分たちがただひたすらに、いまいる場所から遠ざかろうと疾駆していることだった。イグナシカがなにかの歌を始める。ひどく耳障りな裏声だったのだが、あまりに大きな声で、ときおり口笛を挟んだりするものだから、それを聞きながら怯えているのも変だという気にさせられた。

「おいおい！　なにをぎゃあぎゃあ喚《わめ》いてるんだ、イグナシカ！」口うるさい男の声が聞こえた。「ちょっと止まれよ！」

「なんだって？」

「と・ま・れ・え！」

イグナシカは口をつぐんだ。静寂が戻って、風が甲高い声で唸りだし、舞い踊る雪はいっそう密になり橇を埋める。口うるさい男がやってきた。

「どうしたんだ？」

「なにがどうしただ！　どこへ向かってんだよ？」

「そんなこと知るかい！」

「なんだ、足が凍えたのか、なんだよ、ばたばたやってんのは？」

「すっかり痺《しび》れちまった」

「ちょっと行ってこいよ。ほら、見えるだろ――たぶんカルムイクの遊牧民だ。足を温めさせてもらえ」

「そうだな。馬を頼むよ……そら」

そしてイグナシカは言われた方向へ駆けていった。

「よく見ることと足を使うことですよ。そしたら道は見つかる。でないとやみくもに走りまわるだけでね！」口うるさい男は言った。「見なせえ、馬が汗だくじゃねえですか！」

　イグナシカが留守にしていたあいだじゅう——あまり長いこと帰ってこないものだから、彼が迷ったのではないかと心配したほどだった——口うるさい男は自信たっぷりの落ち着いた口調で、吹雪のときにはどのように行動すべきか講釈を垂れた。いちばんよいのは馬をはずして放してやり、神さまみたいに導いてもらうことで、ときには星を見るのもよい、もし自分が先導していたら、とっくに宿駅に着いていただろう、云々《うんぬん》。

「おう、どうだ、いたか？」戻ってきたイグナシカに彼は訊いた。ほとんど膝まで雪に埋まって、苦労して歩を進めている。

「いるにはいたさ、遊牧民だね、見たよ」ぜいぜいいいながらイグナシカは答えた。「だが知らねえ連中だな。おれたち、なあ、どうも、プロルゴフスキーの森のほうに来ちまったみたいだ。左に行かねえと」

「なにをばかな！　ありゃどう見ても、うちらのところの遊牧民だ、コサック村のむこうのさ」口うるさい男が反論する。

「違うって言ってるだろ」

「おれは見たんだから知ってるよ。うちらのだって。でなきゃタムィシェフスコだ。とにかく右に向かわなきゃならねえ。そしたら大橋に出る——八つ目の里程標のところさ」

「だから違うっての！　見たんだよ！」イグナシカが怒って言いかえした。

「あきれたな！　それでも御者かよ！」

「もちろん御者だよ！　自分で行ってくるといいさ」

「行く必要なんかねえ！　おれはわかってるんだ」

イグナシカはすっかり腹を立てたようで、返事もせずに御者台に飛び乗り、馬を出した。

「ええい、足が痺れちまって。さっぱり温まりませんや」アリョーシカにそう言うと、彼はますます頻々と足を打ちあわせ、ブーツの胴に入りこんでくる雪を掻き出して散らした。

私は眠くてたまらなくなってきた。

8

『まさか凍え死にかけてるのか』うつらうつらしながら私は思った。『凍え死ぬまえにはかならず眠たくなるっていうからな。凍え死ぬくらいなら溺れ死ぬほうがいい、網で引っ張りあげてもらえる。といってもどうでもいいな——溺死だろうと凍死だろうと。ただ背中を押してくるこの棒みたいなものがなければ、眠ってしまえるのに』

私は一瞬まどろんだ。

『しかしどういう顛末《てんまつ》を迎えるんだ』急に私は心のなかで言い、しばらく目を開いて真っ白な空間に見入った。『どういう顛末を迎えるんだ。干草山が見つからなくて、馬の足が止まってしまったら。じきにそうなりそうじゃないか――そうしたら全員凍死だ』たしかにいささか怖気《おじけ》づいてはいたのだが、自分たちになにか異常な、少々悲劇的なことが起こってほしいという願望のほうが、ちっぽけな怖れを凌駕《りょうが》していた。朝方にどこか遠くの見知らぬ村へ、馬に引っ張られ、凍え死にかけた状態で辿りつくというのも悪くない、なんなら幾人かはこと切れているのでもよいという気がした。

夢はこのようなかたちで、いやにはっきりと目まぐるしく眼前を通りすぎた。馬の足が止まって、雪はますます降り積もり、馬はもはや頸木と耳しか見えない。ところがイグナシカがふいに橇に乗って頭上に現れ、私たちをおいていってしまう。連れていってくれと彼に懇願する、叫ぶ、しかし声は風に吹き消されて届かない。イグナシカは笑って馬に声をかけ、口笛を吹くなり、雪に埋もれた深い窪地のなかに姿を消す。老人が馬に飛び乗り、肘を振りまわして馬を出そうとするものの、その場から動けない。私の元の御者がぶかぶかの帽子をかぶって現れ、老人に飛びかかると地面に引きずり倒し、足で雪に押しつける。「このまじない師め！」御者は叫んだ。「人の悪口ばかり言いやがって！　おまえも道づれだ」老人は頭から雪だまりに突っこむ。いや、それは老人ではなくウサギで、ぴょんぴょん跳びはね去ってゆく。犬たちが一斉にあとを追う。口うるさい男がフョードル・フィリップィチになり、みんな輪になって座れ、そうすれば温まって、雪に埋もれても大丈夫だと述べる。実際、暖かくて心地よい。ただ一杯やりたい。私は酒の入ったトランクをとり、砂糖入りのラム酒をみなに振舞い、自分も上々の気分で飲む。民話の男がなにか、虹にまつわる話をする――すると頭上には雪の天井と虹が現れる。『そろそろみんな、かまくらをそれぞれつくって眠ろうじゃないか！』私は言う。雪は毛皮のように柔らかくて暖かい。私は自分のかまくらをつくって入ろうとする。しかし私のトランクにお金を見つけたフョードル・フィリップフィチが言う。『待て！　金をよこせ。どのみち死ぬんだからな！』そして私の足をひっつかむ。私はお金を渡して、頼むから放してくれと言う。しかしこれが有り金すべてだと信じてもらえず、殺されそうになる。私は老人の腕をつかみ、言いようもなくうっとりしてそれにキスする。老人の腕は柔らかで甘い。彼ははじめ腕を引こうとしたが、思いなおして私に預け、もう一方の手で私を愛撫してくれるようになる。しかしフョードル・フィリップフィチが近づいてきて脅《おど》しをかける。私は自分のかまくらへ逃げこんだ。だがそれはかまくらではなく、長くて白い廊下で、だれかが私の足を押さえて放さない。足を振りほどく。つかんでいた者の手のなかに、私の服と皮膚の一部が残ってしまう。だが私は寒くて恥ずかしいだけだ――傘と同種療法《ホメオパシー》の薬箱をもった叔母が、溺れた男の手をとってこちらに向かってくるのでなおさら恥ずかしい。彼らは微笑むだけで、私が送る合図に気づいてくれない。私は橇に駆け寄ろうとするが、足は雪の上をのろのろと進む。老人が肘を振りまわしながら追いすがる。老人がすぐそばに迫る、しかし前方から二つの鐘の音が聞こえる、あそこまで行けば助かるのだ。鐘の音はどんどん大きくなる。しかし老人が追いつき、腹を私の顔に覆いかぶせてきて、鐘はほとんど聞こえなくなる。私はまた彼の腕をつかんでキスしだすが、老人は老人ではなく溺れた男だ……そして男が叫ぶ。「イグナシカ！　止まれ、あそこ、アフメートクの干草山だ、そうじゃねえか！　行って見てこいよ！」これはもうあまりに恐ろしい。駄目だ！　目を覚ましたほうがいい……。

私は目を開いた。風にあおられたアリョーシカのコートの裾が顔をたたき、膝を覆うものもなく、橇は剝き出しの凍った雪原を走っていた。鈴のミの音がビブラートのソの音とともにかすかに鳴り響いている。

干草山はどこだろうと私は目を凝らした。しかし私の見開いた目に飛びこんできたのは、干草山ではなく、バルコニーのあるなにかの建物と、ぎざぎざの城壁であった。この建物と城をよく見たいという気にはならなかった。そんなことより私は、自分が逃げまわっていた白い廊下を目にし、教会の鐘の音を耳にし、老人の腕にキスしたかったのだ。私はふたたび目を閉じて寝入った。

9

私はぐっすり眠っていた。しかし鈴のミの音はずっと聞こえていて、吠えかかってくる犬の姿や、私がパイプのうちの一本と化したオルガンや、みずから書いたフランス語の詩となって夢に現れた。あるいはこのミの音は、たえず私の右の踵を締めつける拷問道具にも思えていた。あまりひどく締めつけるので、私ははっと目を開いて足をこすった。凍傷にかかりだしている。夜は相変わらず明るくて視界がきかず、真っ白い。私と橇を突きあげる動きも変わらない。イグナシカも斜に構えた姿勢のまま、ときどき足を打ちあわせていた。副馬が首をのばして、脚を高くは上げずに深い雪のなかをだく足で進み、尻帯の房飾りがときどき跳ねて馬の腹をたたくのも相変わらずだ。たてがみを翻《ひるがえ》した軸馬の頭が、頸木の手綱を引っ張ったり緩めたりしてリズミカルに揺れている。だがこのすべてを、以前よりも分厚く雪が覆い、埋めていた。雪は前から横から吹きつけて滑り木に積もり、馬の膝まで達して、上からも襟や帽子に落ちてくる。左右からの風が、襟やイグナシカのコートの裾や副馬のたてがみをもてあそび、頸木やながえにあたってびゅうびゅう吠えた。

恐ろしく寒くなった。ちょっとでも襟口から顔を出すと、冷たい乾いた雪が吹きつけて、睫毛や鼻、口に入りこみ、首筋に飛びこんでくる。まわりを見やると——一面の白、明るい雪、ぼんやりした光と雪のほかはなにひとつない。私は心底、怖くなってきた。アリョーシカはあぐらをかいたまま、橇のいちばん奥で眠っている。その背中はすべて、分厚い雪の層で覆われていた。イグナシカは挫《くじ》けていない。たえず手綱を引いては声を張り、足を打ちあわせている。鈴の音も変わらず妙なるものだ。馬は鼻を鳴らしつつ駆けているが、つまずく頻度が上がり、いくらかおとなしい。イグナシカがまた腰を浮かせ、手袋を振りまわして、細い張りつめた声で歌を始めた。それを歌い終わらないうちに彼は橇を止め、御者台に手綱を放って橇を降りた。風が猛烈な唸りを立てる。雪はスコップで掻き出しているみたいにコートの裾に降り注ぐ。私はまわりを見渡した。三台目の橇はすでに後ろにいない（どこかで遅れたのだ）。二台目の橇のそばには、雪煙のなか、老人が足を替えながら飛び跳ねているのが見える。イグナシカは橇から三歩ばかり離れたかと思うと、雪に腰を下ろしてベルトをほどき、ブーツを脱ぎはじめた。

「なにをしてるんだ？」私は尋ねた。

「靴を替えなきゃならんです。でないと完全に凍傷になっちまう」彼はそう答えて作業を続けた。

その様子を見るために首を襟口から出すのは寒かった。私はまっすぐ座って副馬を眺めていた。脚を一本ずらし、病気にかかったようにぐったりとして、雪だらけの、短く結んだ尻尾を振っている。イグナシカが御者台に跳び乗った衝撃で私は目覚めた。

「なあ、いまどこにいるんだ」私は訊いた。「せめて明け方までには着くかな？」

「大丈夫ですよ。ちゃんとお届けします」彼は答えた。「いま大事なのは足を温めることでね、靴を替えましたから」

そして彼は出発し、鈴が鳴りだして、橇はふたたび揺れ、滑り木の下で風がひゅーひゅー唸りだす。果てなき雪の海の航行がまた始まった。

## 10

私はぐっすり眠りこんだ。アリョーシカに足で小突いて起こされ、目を開いたときには、もう朝になっていた。夜よりもさらに寒い気がする。上空に雪はない。しかし乾いた強風が、粉雪を野に巻きあげつづけていた。馬のひづめと滑り木の下はとりわけ激しい。右方の東の空は重苦しく、暗青色をしている。だが、明るい朱色の斜めの帯が、次第にはっきりと浮かびあがってきた。頭上では、白い、わずかに色を帯びた雪雲が流れてゆくむこうに、くすんだ空色が覗く。左方の雲は明るく軽やかで、動きが速い。視線の及ぶかぎり、周囲いたるところの野は白い雪に深く覆われ、ところどころ鋭い層が切り立っている。そこここに見える灰色の丘越しに、細かな乾いた粉雪がびゅうびゅうと吹きつける。橇も人間も獣も、いかなるものの痕跡ひとつ見あたらない。御者の背中と馬の輪郭や色彩が、白を背景にしてさえ明るく際立って見える……。イグナシカの暗青色の帽子の縁、襟、髪、ブーツまでもが白かった。橇はすっぽり雪の下だ。葦毛の軸馬は、頭と背の右半分すべてに雪が張りついている。私が目をかけていた副馬は、膝まで雪にまみれ、汗をかいてすっかり毛並みの乱れた尻の右側に雪がこびりついていた。尻帯の房飾りは相変わらず、どんな節回しでもつけられそうなリズムで揺れ、副馬自身も変わらず走っていたが、ただ落ちくぼんだ腹が頻繁に上下し、垂れ下がった耳に濃い疲労の色が見てとれた。

唯一の新しい物体が注意を引く。それは里程標で、風がその頭から地面に払い落とした雪が右側から吹き寄せられて山をなし、いまだに一方の側から他方へと、粉雪を吹き散らしては移しかえていた。ひと晩中、同じ馬で十二時間もどこへとも知れずぶっとおしで走りつづけて、それでもなんとか街道に辿りついたのはまったく驚きだった。鈴の音がいっそう楽しげに思えた。イグナシカが鞭を大きく振りあげ声を張る。後ろで馬がいななき、老人と口うるさい男の橇の鈴が鳴った。だが、すっかり眠りこんでいた男は曠野ではぐれてしまった。半キロほど進んだところで、新しい、わずかに雪をかぶったばかりの橇の跡に出くわした。脚を絡ませたらしい馬のピンクの血痕も、ときおり混じっている。

「こりゃフィリップだな！　なんだよ、抜け駆けしやがって」イグナシカが言った。

しかしもう、看板を掲げた建物が雪のなかの街道沿いに現れた。ほとんど屋根と窓まで雪に埋もれている。居酒屋の前には橇が停まっており、灰色の馬が汗まみれで毛並みを乱し、脚を崩して頭を垂れていた。入口のまわりは雪かきがしてあって、シャベルが立てかけられている。しかし屋根からはいまだに、唸りをあげながら風が雪を巻きあげ吹き飛ばすのだった。

私たちの鈴の音を聞きつけて、大柄で赤ら顔をした赤毛の御者が、酒の入ったコップを手に出てきてなにか叫んだ。イグナシカが振りかえり、ここで止まってよいか許しを求めてくる。彼の顔を目にしたのはそれが初めてだった。

それは髪と体格から私が予想していたような、痩せて浅黒い、鼻筋の通った顔ではなかった。真ん丸で陽気な獅子鼻の顔で、口が大きく、澄んだ明るい水色の丸い目をしている。頰と首はラシャでこすったように赤い。眉と長い睫毛、顔の下半分を均一に覆う和毛《にこげ》には、雪が張りついていて真っ白だ。宿駅まで半キロほどを残すばかりのところで、私たちは橇を止めた。

「ただ、早く頼むよ」私は言った。

「すぐです」イグナシカは答えて御者台を飛び降り、フィリップのほうへ向かった。

「よし、やろうぜ」彼はそう言うと、右手から鞭のくっついた手袋をとって雪上に放り、顔を仰向《あおむ》け、渡されたコップのウォッカをひと息に飲みほした。

退役したコサックと思われる酒場の主人が、中瓶を手にしてドアから出てくる。

「どなたに注《つ》ぎましょうか？」彼は言った。

亜麻色《あまいろ》の髪をした痩せぎすの農民で、山羊のような髭を生やした長身のワシーリーと、太っており髪は白茶けて、白く濃い顎《あご》ひげが赤ら顔を覆っている口うるさい男とが、やはり歩み寄ってきてコップを飲みほす。老人も飲んでいる連中のところへ行きかけたのだが、酒を分けてもらえなかったので、後ろで繫がれている馬のほうに離れてゆき、そのうちの一頭の背と尻の毛を梳《と》かしはじめた。

老人は私が想像していたままだった。小柄で痩せて、皺《しわ》だらけの青い顔に薄い顎ひげを生やし、鼻は尖《とが》って、虫食いだらけの黄色い歯をしている。郵便馬車の制帽はおろしたての新品だったが、ハーフコートは擦り切れてタール染みがあり、肩口と裾は破れて膝までも届かず、麻布のズボンをぶかぶかのフェルトのブーツに突っこんでいた。すっかり背中が曲がって皺だらけの彼は、顔と膝を震わせながら、身体を温めようとするらしく、橇のまわりを動きまわっている。

「どうしたよ、ミートリチ、小瓶でも奢《おご》ってくれよ。温《ぬく》もらないとな」口うるさい男が彼に言った。

ミートリチはびくっとした。彼は馬の尻帯を直し、頸木を直すと、私のもとに近寄ってきた。

「あのですな、旦那」彼はそう言って白髪頭から帽子をとり、深くおじぎをした。「ひと晩ごいっしょにあちこちさまよって、道を探しまわりましたなあ。小瓶だけでも恵んでもらえねえですか。ほんと、旦那さま、お願いしますよ！　でないと温もりようがねえんで」へつらうような笑みを浮かべて彼は言いつのった。

私は彼に二十五コペイカ銀貨を与えた。酒場の主人が小瓶をもってきて老人に給仕する。老人は鞭のついた手袋を脱ぎ、小さくて黒くてごつごつした、やや青ざめた手をコップにのばした。ところが彼の親指は、他人の指であるかのように言うことを聞かず、老人はコップをもっておれずに酒をこぼし、雪の上にぶちまけてしまった。

御者たちは一斉に腹を抱えて笑った。

「見ろよ、ミートリチときたら凍えちまって！　酒ももてねえのかよ」

ミートリチのほうは酒をこぼして意気消沈していた。

しかし彼には別のコップが注がれ、口元に運ばれた。たちまち彼は陽気になって居酒屋に駆けこみ、パイプに火をつけると、黄色い虫食いだらけの歯を剝き出して悪口をならべだす。最後の小瓶を飲みきって、御者たちはそれぞれの橇に分かれて出発した。

雪は白さと輝きを増し、見ていると目を傷めるほどである。橙色《だいだいいろ》や朱色の帯が、空の高みへと明るさを加えながら昇ってゆく。ついには太陽の赤い輪郭が、灰青色の雪雲をとおして地平線上に現れた。瑠璃色《るりいろ》の空は明るく濃くなってゆく。コサック村に近づくと、道についた轍がはっきりしてきて黄色みを帯び、窪みも多くなる。凍てついて引き締まった空気のなかに、どこか快い安堵《あんど》と爽やかさが感じられた。

橇は猛烈な勢いで疾駆した。軸馬の頭と首が、頸木のまわりにたてがみをたなびかせながら、狩人の鈴の下の定位置で小刻みに揺れている。鈴の舌は震えるというより、鈴の内側をこそげんばかりだ。気のいい副馬たちは、凍って捻《ねじ》れた引き革を仲良く引っ張り、勢いよく跳ねるので、房飾りが腹と尻帯の下で揺れていた。副馬は轍のついた道をときどきそれて雪だまりに突っこみ、目の前に雪を撒《ま》きちらしてから元気よく脱け出してくる。イグナシカは陽気なテノールを張りあげていた。乾いた酷寒が滑り木の下で軋む。後ろでは二つの鈴が高らかに晴れがましく鳴りわたり、御者たちの酔っぱらった怒鳴り声が聞こえた。私は後ろを振りむいた。毛並みの乱れた灰毛の副馬が、首をのばして呼吸を規則正しく保ちつつ、轡のずれたまま雪の上を跳ねている。フィリップが鞭を振りまわすと帽子を直した。老人は足を上げて、先ほどまでと同じように橇のなかに寝そべっている。

ものの二分で橇は、雪のとりのけられた宿駅の車寄せにキュッと止まり、イグナシカが顔をこちらに向けた。雪にまみれ、凍てついた空気を吸いこんでいる陽気な顔だ。

「お届けしましたよ、旦那!」彼は言った。

(乗松亨平=訳)

# イワンのばか

イワンのばかと二人の兄、戦士セミョーンと太鼓腹のタラス、口のきけない妹マラーニヤに老悪魔と三人の小悪魔の物語

# I

昔々ある国ある所に裕福な百姓が暮らしていた。この裕福な百姓には、戦士セミョーン、太鼓腹のタラス、イワンのばかという三人の息子と、口のきけない未婚の娘マラーニヤがいた。戦士セミョーンは、王様に仕えるため戦場に向かった。太鼓腹のタラスは、商売をするため町の商人のもとに出かけて行った。イワンのばかは、妹と共に家に残り、額に汗して働いた。戦士セミョーンは、高い地位と領地を得るまで勤め上げ、地主の娘と結婚した。彼の収入はなかなかのもので、領地も大きかったが、それでも生活のやりくりはうまくいかなかった。というのも、旦那が得た実入りを妻が浪費してしまうからで、いつもお金が足りなかったのだ。そこで、戦士セミョーンは、お金を徴集しようと領地にやって来た。ところが、管理人の言うことには、「徴集するにもその出所《でどころ》がないんですよ。ここには、家畜も農具も、馬も牝牛《めうし》も、犂《すき》も馬鍬《まぐわ》もありゃしません。まずは全部揃《そろ》えなくてはなりませんよ。お金が入るのはそれからですな」と。

戦士セミョーンは、父親のもとにやって来て言った。

「父さんは金持ちだというのに、僕には何もくれなかっただろう。財産の三分の一を分けてくれないかい？　それを僕の領地に回すから」

父親は答えて言った。

「お前は家に何も入れてくれなかっただろう。どうして三分の一もやらにゃあかんのだ。イワンと娘だって腹を立てるだろうよ」

これに対してセミョーンは、「イワンはばかだし、マラーニヤは口がきけないし、嫁にも行かないだろう。一体何が必要だっていうんだ」と答える。

そこで老人は「イワンにきいてみよう」と言った。

イワンの言うことには、「いいですとも、持って行くがいいですよ」と。

戦士セミョーンは、実家からもらった財産を自分の領地に回し、再び王様に仕えるべく旅立った。

太鼓腹のタラスも、しこたまお金を稼いで商人の娘と結婚したが、それでも足りないとばかりに父親のもとにやって来て言った。

「僕の分け前をもらえないかい」

老人は、タラスにも分け前を与えたいとは思わなかった。

「お前は私たちに何もくれなかっただろう。家にあるものはすべてイワンが稼いだんだ。それに、イワンとマラーニヤの気を悪くするのは嫌だからね」

タラスは答えて言った。「イワンはばかなんだから、使い道もないじゃないか。結婚はできないだろうし、誰も嫁になど来やしないさ。口のきけない妹だって何もいらないだろうし。なあイワン、穀物を半分おくれよ。農具はいらないから、あし毛の種馬だけもらっていくよ。どうせ、この馬は耕すのにも使えないだろう」

イワンは笑い出して言った。「いいですよ。端綱《はづな》をつけてきますね」

タラスにも分け前が与えられた。タラスは穀物を携え、あし毛の種馬を連れて町に帰った。イワンのもとには老いた牝牛が一頭残っただけだったが、彼はそれまで通り農作業を続け、父親と母親を養っていった。

## 2

老悪魔は、三兄弟が財産分割をめぐって争わず、仲良く別れたことをいまいましく思っていた。そこで三人の小悪魔を呼んだ。

「ほら、あそこに戦士セミョーンと太鼓腹のタラス、イワンのばかの三兄弟がいるだろう。奴らを仲違《なかたが》いさせなきゃいかんのだが、仲良く平和に暮らしておる。あのばかがわしの仕事を台無しにしてしまったのだ。お前たち三人で奴らのもとに行って、互いの目をむしり取ってやりたくなるよう仕掛けてきてくれ。できるか」

「できますとも」と小悪魔たち。

「で、どうやるんだ？」

「それはですね」と小悪魔たちは答えて言う。「まず奴らを食うに困るまでに落ちぶれさせてやるんですよ。それから三人寄せ集めれば、殴り合いの喧嘩《けんか》になることでしょうよ」

「いいだろう。やり方は心得ているようだな。行くがよい。三人が仲違いしないうちは、帰って来るんじゃないぞ。でないとお前ら三人とも皮を引っぺがしてやるからな」

小悪魔たちは沼地に行って、どう事に着手すべきか、あれやこれやと話し合った。だが、いくら議論しても一向に埒《らち》があかない。各々が、簡単な仕事で楽をしようと考えていたからだ。そこで、くじ引きで役割を決めることになった。そして、早く仕事が片づいた者は、他の者たちを手伝うということになった。小悪魔たちはくじを引き、また沼地に集まる日取りを決めた。その時に誰が仕事を片づけたのか、誰を手伝うべきか確認するのだ。

その期日がやって来た。小悪魔たちは、申し合わせた通り沼地で落ち合い、それぞれの状況について話し始めた。戦士セミョーンのもとから帰って来た小悪魔が、まず話し始めた。

「僕の方はうまくいっているよ。明日になれば、奴は父親の家に戻って来るさ」

他の小悪魔たちは尋ねて言う。

「一体どうやったんだい？」

「僕はまず、ありったけの勇気をセミョーンに吹き込んでやったんだ。そしたらこいつが王様に全世界を制圧すると約束したわけさ。そこで、王様はセミョーンを司令官に任命して、インドの王様を倒すべく送り出したんだ。戦闘の準備が整うと、僕は夜のうちにセミョーン軍の火薬を全部濡《ぬ》らしてやった。それからインドの王様のもとへ行って、わらから兵隊をしこたま作ったってわけよ。セミョーンの兵たちは、わらで作った兵隊が四方八方から攻めて来るのを見て怖気《おじけ》づいたんだ。戦士セミョーンは、『撃て』と命じたが、大砲からも鉄砲からも弾が出ない。セミョーンの兵たちは怖くなって羊のように逃げ出しちまった。インドの王様が奴らを打ち負かしたんだ。戦士セミョーンは赤っ恥をかいた上に領地は没収され、明日処刑されることになっている。奴が家に帰れるよう牢屋《ろうや》から出してやるのにあと一日だけかかるってわけだ。明日で僕の仕事は片づくけど、あとはどっちを手伝ったらいいんだい？」

タラスのもとからやって来た小悪魔も、自分の状況について話し始めた。

「僕の方は手伝わなくてもいいよ。こちらもうまくいきそうなんだ。タラスは一週間と持ちこたえないだろうよ。僕はまず、タラスの太鼓腹をふくらませて、羨望の念を吹き込んでやったんだ。ひとの財産を見るとうらやましくてたまらなくなっちまったものだから、何を見ても欲しくなるありさまだ。何でもかんでも手当たり次第に金を払っては手に入れ、まだまだ買い続けているんだよ。そして今度は借金してまで買うようになった。それで、もうどうにもならないほど首が回らなくなっちまったんだ。支払い期限は一週間後だが、その時には僕が奴の買った物を全部がらくたに変えちまうつもりだ。そうすれば借金も返せないから父親のもとに戻って来るさ」

今度はイワンのもとからやって来た三人目の小悪魔が質問される番だった。

「君の方はどうなっているんだい？」

「それがね、僕の方はうまくいっていないんだ。まずは、奴のお腹《なか》を痛めてやろうとクワス畑［ライ麦と麦芽で作る微アルコール性清涼飲料］の入った水差しに唾《つば》を吐いてやった。それから畑にに行って土を石みたいに固めてやった。奴がどうにもこうにも鋤《す》き起こせないようにね。それから鋤き起こせるわけがないと思っていたけど、あのばか、犂をもって来て土を引《ひ》っ掻《か》き出したんだ。お腹が痛くてうめき声をあげてるのに、それでも耕し続けている。そこで、奴の犂を折ってやったら、あのばか、家に帰って別の犂を整えると、新しい縄で縛りつけ、また耕し始めたんだ。僕は土の中に入って刃を止めようとしたが、無理なんだ。奴は犂に体重をかけてくるし、刃が鋭いから手が傷だらけになっちまった。奴はもうほとんど耕しちまったんだけど、あと一畝《うね》だけ耕されずに残ってる。なあ兄弟、僕のことを助けに来ておくれよ。奴に勝てなければ、皆の努力も水の泡になっちまう。イワンのばかがこのまま農作業を続ければ、兄貴たちを食わせてやるだろうし、誰も生活に困らなくなっちまうんだ」

戦士セミョーンのもとからやって来た小悪魔は、明日手伝いに来ることを約束した。そこでひとまず小悪魔たちは別れた。

3

イワンは休閑地を全部耕し、残るはあと一畝だけとなった。最後まで耕そうとイワンはやって来た。お腹は痛いが、それでも耕さないわけにはいかない。引《ひ》き革《がわ》をぴしゃりと鳴らして犂を返し、耕し始めた。ただ、一鋤き終えて引き返そうとすると、何かが根っこに引っ掛かったかのように動かなくなった。小悪魔が、犂の二股部分に足で絡みついて押さえていたのだ。

「一体どうしたことだ――とイワンは考えた――ここに根っこなどなかったはずなのに。でも根っこみたいだな」

イワンが手を鋤《す》き路《みち》に突っ込んでみると、何だか柔らかいものに触れた。それをつかんで引っ張り上げてみると、根っこのように黒かったが、その根っこの上では何やら動いている。よく見ると、それは生きた小悪魔だった。

「おや、汚らわしい奴め！」こう言って、イワンは手を振り上げ、犂の頭に小悪魔を打ちつけようとした。が、小悪魔がそこで泣きわめいて言った。

「打ちつけないで下さい。何でも言う通りにしますから」

「僕に何をしてくれるって言うんだい」

「望むことを言ってくれさえすればいいんですよ」

イワンは頭を掻いた。

「お腹が痛いんだが、治すことはできるかい？」

「できますとも」

「じゃあ治しておくれ」

小悪魔は鋤き路に屈《かが》み込み、爪を立てて何か探っていたが、三つ叉《みまた》の根っこをつかんでイワンに差し出した。

「ほら、この根っこを一つ飲み込みさえすれば、どんな痛みだって治りますよ」

イワンは根っこを受け取って引き裂くと、一つ飲み込んだ。腹痛はすぐに消えた。

小悪魔はまた許しを乞い始めた。

「もう僕を放して下さいよ。そしたら土の中にもぐり込んで、二度とうろついたりしませんから」

「分かったよ。神様の御加護あれ！」

イワンが神様と言うや否や、小悪魔は、まるで水に落ちる石のような勢いで大地の中に消え去った。あとには穴だけが残った。イワンは残った二本の根っこを帽子に突っ込み、また耕し始めた。最後の一畝も耕し終えると、犂を返して家に帰った。馬をはずして家に入ると、戦士セミョーンとその奥方が夕食を食べていた。領地を奪われ、命からがら刑務所から父親のもとに逃げ出して来たのだ。

セミョーンはイワンを見て言った。

「僕はお前の厄介になろうと思ってやって来たんだよ。新しい職が見つかるまで、僕と女房を養ってくれないか」

「いいですとも、ここで暮らすがいいですよ」

ただ、イワンが長椅子に座ろうとすると、奥方には彼の臭いが不快に思われ、夫に言った。

「こんな臭い百姓と一緒に食事をするなんて嫌ですわ」

そこで戦士セミョーンの言うことには、「女房はお前の臭いが嫌だと言っている。玄関の間で食べてもらうわけにはいかないかね」

「いいですとも。実際、夜の放牧に出てもいい頃です。牝馬に食わせてやらなくちゃいけないし」

イワンはパンと上着《カフタン》を取って放牧に出かけて行った。

4

この夜、戦士セミョーンの仕事を片づけた小悪魔は、約束通りイワンの小悪魔を探しにやって来た。ばかをいじめる仕事を手伝うためだ。だが、畑にやって来て仲間を探しに探したが、どこにもいない。ただ穴が見つかったばかりだった。そこでこの小悪魔は考えた。「どうやら仲間が災難に遭ったようだ。僕が代わりに務めを果たさないと。畑は最後まで耕されちゃったから、刈り取りの邪魔をしてやらないとな」

小悪魔は草地に行き、イワンの草刈り場を水浸しにしたので、辺り一面泥だらけになった。朝方、イワンは放牧から帰って来ると、大鎌の刃を打ち直して草刈りに出かけて行った。草刈り場に着くと、イワンは早速仕事に取りかかった。だが、一回、二回と振り下ろしたら刃はすぐに鈍《なま》ってしまい、全く刈れそうもない。研ぐ必要があったが、それでもイワンは踏ん張り続けた。

「これじゃあ駄目だ。家に帰って砥石《といし》を持って来なくちゃ。飯には大きな丸パンが必要だな。一週間かかったとしても、刈り終えない限り、帰らないぞ」とイワンは言った。

これを聞いた小悪魔は考え込んだ。「この石頭め。このばか者は何をしても動じやしない。別の方法でいくしかないな」

イワンは戻って来て大鎌を打ち直し、草を刈り始めた。小悪魔は草むらに隠れ、鎌の尻をつかみ、先端を土に突っ込み始めた。骨の折れる仕事ではあったが、イワンはどうにかこうにか草刈り場の仕事を終え、あとは沼地の一区画を刈るだけとなった。小悪魔は沼地に忍び込んで考えた。「たとえ手を切られたとしても、絶対に刈り終えさせないぞ」

イワンが沼地に入ってきた。見たところ、草はそれほど生い茂っているわけでもないのに、大鎌がなかなか進まない。怒ったイワンは力の限り大鎌を振り始めた。小悪魔はへばってきて、跳《と》び退《の》くにも間に合わない。形勢不利だと見てとった小悪魔は茂みの中に身を潜めた。イワンは鎌を勢いよく振り上げ、茂みに下ろしたが、その拍子に小悪魔の尻尾を半分ちょん切ってしまった。イワンは最後まで刈り終え、妹に草を掻き集めるように言って、自分はライ麦を刈り取りに行った。

鉤鎌《かぎかま》を持って出て来たが、尻尾をちょん切られた小悪魔がすでにライ麦を絡ませておいたので、鉤鎌では仕事が進まない。イワンは別の鎌を取りに戻ってから仕事に取りかかり、ライ麦もすべて刈り終えた。

「今度はカラス麦を刈り取らないと」

これを聞いて、尻尾の短い小悪魔は考えた。「ライ麦畑では奴を止められなかったから、カラス麦の方では何とかうまくやっつけないと。あとは朝まで待つだけだ」朝、小悪魔がカラス麦畑まで来てみると、麦はもう刈り取られていた。イワンは、穂こぼれがしないように夜のうちに刈り取ってしまったのだ。小悪魔は憤慨して言った。

「このばか、切りつけた上にここまで苦しめやがって。戦争でもこんな酷《ひど》いことは見たことがない。いまいましい奴め、寝ないで働くもんだから、こっちが間に合わないじゃないか。今度は麦の山を全部台無しにしてやる」

小悪魔はライ麦が山と積まれた所にやって来て、束と束の間に入り込み、腐らせ始めた。そこでライ麦を温めているうちに自分も温《ぬく》まってしまい、まどろみ始めた。

一方、イワンは牝馬を荷車につけ、妹と一緒にライ麦を運ぼうとやって来た。山のそばにやって来て、ライ麦を荷馬車に投げ込み始めた。二束投げ込んでから熊手を山に突っ込むと、ちょうど小悪魔のお尻に当たった。持ち上げて見てみると、熊手に生きた小悪魔がのっていた。それも尻尾が短くちょん切られた奴で、何とか飛び降りようともがいたり、身を縮こめたりしていた。

「おやおや。汚らわしい奴め。またお前か？」

「違いますよ。この前のは僕の兄弟です。僕はあんたの兄貴セミョーンの所にいたんですよ」

「そうかい。だが、お前が誰だとしても、同じようにしてやるからな」こう言ってイワンが荷車の横木に打ちつけようとすると、小悪魔が懇願し始めた。

「放して下さいよ。もうしませんから。あなたの望みを何でも叶《かな》えてあげますよ」

「一体何ができるんだい」

「僕はどんなものからでも兵隊をたくさん作ることができるんです」

「兵隊が何の役に立つんだい？」

「何でも望み通りに使えますよ。彼らは何でもできるんですから」

「歌は歌えるかい？」

「歌えますとも」

「だったら作っておくれ」

そこで小悪魔は言った。

「このライ麦の束を持って、刈り口を地面に向けて揺すってごらんなさい。あとはこう言うだけですよ。我が忠実な下僕が命ずる。この束からわらの数だけ、兵を出しておくれ」

イワンは束を取って地面の上で揺すり、小悪魔の指示通りに言った。すると、束が飛び散って兵隊が現われた。前列では鼓手とラッパ吹きが演奏している。イワンは笑い出した。

「すごいなあ！　うまいもんだ。いいじゃないか。娘たちを楽しませることもできるしね」

「じゃあ、もう僕のことは放して下さいよ」と小悪魔が言った。

「いや——とイワンは言った——兵隊は脱穀の済んだわらから作るよ。でないと、穀物が無駄になっちまう。どうやって束に戻すのか教えておくれ。脱穀しないといけないんだから」

小悪魔は言う。

「こう言うんですよ。兵の数だけわらを出してくれ。我が忠実な下僕が命ずる。またわら束に戻るように」

イワンがその通りに言うと、またわら束に戻った。

小悪魔はまたもや許しを乞い始めた。

「今度こそもう放して下さいよ」

「分かったよ」

イワンは小悪魔を畝に引っ掛け、軽く手で押さえて熊手から外してやった。

「神様の御加護あれ」こう、イワンが神様と口にするや否や、小悪魔は、まるで水に落ちる石のような勢いで大地の中に消えてしまった。後には穴だけが残った。

イワンが家に帰ると、もう一人の兄タラスが奥さんと一緒に夕飯を食べていた。太鼓腹のタラスは借金を返せずに父親のもとに逃げ帰って来たのだ。

イワンを見るや、「なあイワン、商売がうまくいくまで、僕と女房を養ってくれないか」と。

「いいですとも、ここで暮らすがいいですよ」

イワンは上着《カフタン》を脱ぎ、食卓についた。

すると商人の妻が言う。

「私はばかと一緒に食事なんてできないわ。汗臭いんだもの」

太鼓腹のタラスも言った。

「お前は嫌な臭いがするから、玄関の間に行って食べてくれないかね」

「分かりましたよ」とイワンは答え、パンを持って外に出た。

「ちょうど、夜の放牧に出てもいい頃だ。牝馬に食わせてやらなくちゃいけないし」

5

タラスについていた小悪魔も、今晩その仕事を終え、約束通り仲間を助けに、イワンのばかを困らせるためにやって来た。耕地にやって来たものの、探せど探せど仲間は見つからない。誰もいないのだ。見つかったものといえば穴だけだった。草地に行ってみると、沼地で尻尾が見つかった。ライ麦の刈り跡では、穴がもう一つ見つかった。そこで彼は考えた。

「どうやら仲間たちに災難が降りかかったようだ。彼らの代わりに務めを果たさなくっちゃ。ばかを片づけなくちゃいけない」

小悪魔はイワンを探しに行った。一方イワンは畑仕事を終えて、森で木を伐っているところだった。

兄弟で一緒に住むには家が狭くなったので、木を伐って新しい家を建てるようイワンが言いつけられたのだ。

小悪魔は森にやって来て枝によじ登り、イワンが木を伐り倒すのを邪魔し始めた。イワンは、木が何もない場所に倒れるよう然《しか》るべく下から伐り込んでいった。ところが伐り始めるや、木は全く思わぬ方向に倒れ、枝に引っ掛かってしまった。イワンは梃子《てこ》を作り、木の向きを変えながら力ずくで倒した。イワンは別の木も伐ろうとしたが、同じことだった。格闘の末、何とか片づけた。三本目に取りかかったが、やはり同じことだ。イワンは材木を五十本ぐらいは伐採できると考えていたが、十本も伐れないうちに夜中になってしまった。イワンはへとへとに疲れてしまった。彼の体からは湯気が立ち上り、霧のように森の中を漂い始めた。それでも彼は仕事を投げ出さなかった。彼は木をもう一本根元から伐り込んだが、その時背中を痛めてしまったので、もう我慢できなくなった。斧《おの》を根元に突き刺して、休もうと腰をおろした。小悪魔は、イワンがおとなしくなったので喜んだ。「もう力尽きたから、休むに違いない。僕も休まなくっちゃ」枝にまたがって座り、喜んでいた。ところがイワンは立ち上がって斧を抜き取り、勢いよく振り上げて反対側から打ちつけた。木はすぐにみしみし音を立て始め、ドスーンと音を立てて倒れた。不意打ちをくらった小悪魔が足を抜き出す間もなく枝は折れ、足を挟まれてしまった。イワンが木から枝を払おうとすると、生きた小悪魔がいるではないか。イワンは驚いて言った。

「おやまあ！　なんと汚らわしい奴め！　またお前か？」

「僕は別の悪魔ですよ。あなたの兄貴タラスの所にいたんです」

「お前が誰にしたって、同じ目に遭わせてやるからな」

イワンは斧を勢いよく振り上げ、その峰で殴り殺そうとした。そこで小悪魔が懇願し始めた。

「殴らないで下さい。何でも言う通りにしますから」

「一体何ができるっていうんだい？」

「欲しいだけお金を作って差し上げますよ」

「じゃあやってごらん」

そこで、小悪魔はやり方をイワンに教えた。

「この楢《なら》の木から葉っぱを取って両手でちょっと擦《こす》るんです。そうすれば、地面に金貨が落ちてきますよ」

イワンが葉っぱを何枚か取って擦ってみると、金貨がぱらぱらと落ちてきた。

「これはお祭りで仲間たちと遊ぶ時に使えるな」

「もう放して下さいよ」と小悪魔。

「いいとも」イワンは梃子を取って小悪魔を取り出してやった。

「神様の御加護あれ！」こうイワンが神様という言葉を口にすると、小悪魔はまるで水に落ちる石のような勢いで大地の中に消えてしまい、後には穴だけが残った。

# 6

兄たちは家を建て、別々に暮らし始めた。イワンは畑仕事を終え、ビールを十分に造ると、兄たちを宴に招待した。だが、兄たちは「百姓の宴など見たこともない」と言ってイワンの家には行かなかった。

イワンは百姓や農婦たちにご馳走《ちそう》をして、自分も酒を飲んでほろ酔い加減になり、踊りの輪に加わろうと出かけて行った。イワンは踊りの輪に近づくと、農婦たちに祝い歌を歌ってくれと言った。

「そしたら僕は、お前さんたちが見たこともないようなものをあげるからね」農婦たちは笑って、祝い歌を歌い始めた。歌い終わると彼らは言った。

「さあ、贈り物をくれるんだろう？」

「今持ってくるよ」イワンはこう言って、種まき用の籠《かご》をつかんで森の方へ走り出した。農婦たちは「何というおばかさんだこと」と言って笑い、彼のことなど忘れてしまった。ところが驚いたことに、イワンが籠一杯に何かを持って走って戻って来る。

「これが欲しいかい？」

「ああ、分けておくれ」

イワンは金貨をひとつかみ取って農婦たちに投げてやった。大変なことになった。農婦たちは金貨を拾おうと飛びかかった。百姓たちも飛び出して来て、奪い合っている。一人のお婆《ばあ》さんなどは、押し潰されて危うく死ぬところだった。が、イワンは笑っている。

「ああ、みんな何ておばかさんなんだ。お婆さんを押し潰したりしたらだめじゃないか。落ち着いておくれ。もっとあげるから」そう言って、さらに投げ始めた。人々が走り寄って来たので、イワンは籠ごとばらまいた。人々はもっと欲しがった。が、イワンは言った。

「これで全部だ。また次の機会にあげるよ。今度は踊ろうよ。さあ、歌っておくれ」

　女たちは歌い始めた。

「君らの歌はよくないねえ」とイワン。

「じゃあどんな歌ならいいんだい？」

「これから見せてあげるよ」

イワンは脱穀場へ行き、わら束を引き抜いて、穂を振り落とした。それから切り口を地面に立ててトントンと叩いた。

「さあ下僕よ、このわら一本一本を兵士にかえておくれ」

わら束は飛び散り、兵隊が現われた。太鼓を叩き、ラッパを鳴らし始めた。イワンは兵士たちに歌うよう命じ、一緒に通りに出て行った。人々の驚いたことといったら。兵士たちが歌を歌い終えると、イワンは彼らを脱穀場に連れ帰った。彼は、誰にもついて来ないように言っておいて、兵隊をわら束に戻すと、わら山の上に投げ置いた。それから家に帰り、炉辺の隅で横になった。

## 7

朝になってこのことを知った長男の戦士セミョーンがイワンに会いにやって来た。

「一体お前はどこから兵隊を連れて来て、どこに連れ去ったんだい？」

「それを知ってどうするんですか？」

「どうするとは何だ？　兵隊さえあれば何でもできるんだよ。王国を手に入れることだって可能だ」

イワンは驚いて言った。

「何ですって？　どうしてもっと早く言ってくれなかったんですか。欲しい分だけ作ってあげますよ。幸い、脱穀も妹と一緒にほとんど済ませてありますからね」

イワンは兄を脱穀場に連れて行って言った。

「いいですか、僕が兵隊を作ったら、ここから連れ去って下さいよ。でないと、彼らを食わせてやるとなると、一日で村全体を食い尽くしかねないんです」

戦士セミョーンが兵隊を連れ去ると約束したので、イワンは兵士を作りにかかった。脱穀場でわら束をトントンとすると中隊ができた。もう一つ束をトントンとすると、中隊がもう一つできた。あんまりたくさん作ったので、野原が兵隊で覆《おお》い尽くされてしまうほどだった。

「どうです？　十分ですか？」

セミョーンは喜んで言った。

「今のところ十分だ。ありがとう、イワン」

「これでよし。もしまだ必要だったら来て下さいね。もっと作ってあげますから。今はわらがたくさんあるんですよ」

戦士セミョーンはすぐに軍隊を指揮し、しっかりと隊列を整えて戦いに出発した。

戦士セミョーンが去るや否や、今度は太鼓腹のタラスがやって来た。彼も昨日の出来事を聞き、頼みごとをしにやって来たのだった。

「一体お前はどこで金貨を手に入れているんだい？　それだけのお金が自由になれば、それを元手にして、世界中からお金を集めることができるんだが」

イワンは驚いて言った。

「本当ですか？　もっと早く言ってくれればよかったのに。いくらでも欲しいだけ擦り出してあげますよ」

タラスは喜んで言った。

「籠三つ分ぐらい作ってくれるかい？」

「ああいいですとも。森に行きましょう。ただ、馬に荷車をつけて下さいませんか。手では持って帰れないでしょうから」

彼らは森に行った。イワンは楢の葉を擦り、金貨を山と降らせた。

「もう十分ですか？」

タラスは喜んで言った。

「ああ、今のところ十分だ。ありがとう、イワン」

「これでよし。まだ必要だったら来て下さいね。また擦り出してあげますよ。葉っぱもたくさん残ってますしね」

太鼓腹のタラスは、荷馬車一杯にお金を積んで商売しに出かけて行った。

二人の兄は去り、セミョーンは戦い、タラスは商売を始めた。そうして、戦士セミョーンは王国を手に入れ、太鼓腹のタラスはお金を山ほど儲《もう》けた。

二人の兄は会って、セミョーンはどこで兵隊を手に入れ、タラスはどこでお金を手に入れたのか、打ち明け合った。

戦士セミョーンは弟に言った。

「私は王国を手に入れたし、なかなか良い暮らしをしている。ただ、お金が足りないんだ。兵士たちを食わせていかなきゃならないからね」

太鼓腹のタラスの方はこうだ。

「僕はお金を山のように稼いだが、ただ一つ困ったことに、それを見張る者がいないんだ」

そこで、戦士セミョーンは言った。

「弟のイワンに会いに行こうよ。私が兵士を作るように言うから、それをお前のお金の番兵として引き渡すよ。お前は兵士に食べさせる分のお金を擦り出すよう頼んでくれ」

彼らは共に発《た》ち、イワンのもとにやって来た。そこでセミョーンの言うことには、

「弟よ、僕には兵士が足りないんだ。わら山二つ分、兵隊を作ってくれないか？」

イワンは首を横に振った。「頼んでも無駄ですよ。兄さんのためにはもう兵隊は作りませんから」

「どういうことだい？　前に約束しただろ」

「約束はしたけど、もう作りはしませんよ」

「おばかさんよ、一体どうしてもう作ってくれないんだい？」

「それは、兄さんの兵隊が人を殺したからですよ。ついこないだ、道のそばで耕していたら、農婦が棺《ひつぎ》を運んでいたんです。彼女は泣きわめいていました。それで、『誰が死んだのかい？』って尋ねたんです。そしたら『戦争で夫がセミョーンの兵隊に殺された』って言うじゃないですか。僕は兵隊が歌を歌うもんだと思っていたのに、彼らは人を殺したんですよ。だからもう作ってはあげません」

こう言って、もう頑として兵隊を作ろうとはしなかった。

太鼓腹のタラスも、イワンのばかに金貨をたくさん作ってくれるようお願いした。

イワンは首を横に振った。

「頼んでも無駄ですよ。もう、擦ってはあげませんからね」

「どういうことだい？　約束したじゃないか」

「約束はしたけど、もう作りはしませんよ」

「だけどおばかさんよ、どうしてもう作ってくれないんだい？」

「兄さんの金貨が、ミハイロヴナの牝牛を奪ったからですよ」

「奪ったってどういうことだい？」

「それはこういうわけです。ミハイロヴナの家には牝牛が一頭いて、子供たちはそのミルクをたらふく飲んでいたんです。ところが、こないだその子供たちが僕の所にやって来て、ミルクをねだるんですよ。で、彼らに尋ねました。『君たちんとこの牝牛はどうしたんだい？』そしたらこう言うじゃないですか。『太鼓腹のタラスの番頭がやって来て母さんに金貨を三枚渡したんだ。そしたら母さんは牝牛をその人にあげちゃったんだ。だから今は飲むものがないんだよ』僕は、兄さんが金貨で遊ぶのかと思っていたけど、子供たちから牝牛を奪ったじゃないですか。もうあげやしませんよ」

イワンのばかはこう言ったきり、頑として譲らなかった。結局、二人の兄は立ち去った。立ち去った後、二人の兄はそれぞれの問題をどうしたらよいか話し合った。セミョーンが言った。

「こうするのはどうだい？ お前が私にお金をくれれば、兵士を食わせることができる。そしたら、王国半分を兵士もろとも分けてあげるよ。お前のお金の番をするためにな」

タラスは賛成した。兄弟は分け合い、二人とも王様となり、金持ちになった。

## 8

イワンの方は、実家に住み、口のきけない妹と畑で働き、父親と母親を養っていた。

ある時、イワンの老番犬が病気になった。疥癬《かいせん》を患い、死にかけていた。可哀想に思ったイワンは、口のきけない妹からパンをもらい、帽子に入れて犬に持って行き、投げてやった。すると、帽子に穴があいていたので、パンと一緒に根っこが一本落ちてきた。老犬はパンと一緒に根っこも食べてしまった。そして、根っこを飲み込むや否や、飛び上がり、じゃれ始め、吠え、尻尾を振り始めた。つまり、元気になったのだ。

父と母はこれを見て驚いた。

「お前はどうやって犬を治したのかい？」

イワンは答えて言った。

「僕は、どんな痛みも治る根っこを二本持っていたんだ。こいつはその一本を食べたというわけだよ」

この頃、王様の娘が病気にかかり、彼女を治せば褒美がもらえると、町中、村中にお触れが出されていた。特に独身の男が治してくれた場合には、お姫様を嫁にくれるということだった。イワンの村でもそのお触れが出された。

父と母はイワンを呼んで言った。

「お前は王様のお触れについて聞いたかい？　お前は根っこを持っていると言っていたな。お姫様のもとへ行って彼女を治してきなさい。そしたら一生の幸せを手にできるよ」

「いいですよ」

そうしてイワンは出発の準備をした。身なりを整えて玄関に出ると、手首の曲がったもの乞いの女が立っていた。

「お前さんが病気を治せると聞いて来たんだが、腕を治してもらえんかね。自分で靴を履くことさえできないありさまなんだよ」

「いいですよ」とイワン。

根っこを取り出して乞食女に渡し、飲み込むように言った。乞食女はそれを飲み込むと元気になり、すぐにも手を振り回せるようになった。そこへ、父親と母親がイワンを王様のもとに送り出そうと出てきた。彼らはイワンが最後の根っこをあげてしまい、もはやお姫様を治すことができないと聞くと、怒り出した。

「乞食は哀れんでも、お姫様のことは可哀想だとは思わないんだね！」

イワンはお姫様のことも可哀想になってきた。馬を荷車につなぎ、そこにわらを投げ入れると、出発しようとした。

「おばかさんよ、どこに行くんだね」

「お姫様を治しに行くんだ」

「だけど、治す術《すべ》もないじゃないか」

「それもそうだけど」こう言うと、イワンは馬を走らせた。

イワンが宮殿にやって来て入口の階段に足を踏み込むや否や、お姫様は健康を取り戻した。

喜んだ王様は、イワンを呼び寄せ、きれいに着飾ってやった。

「私の娘婿になってくれ」

「いいですとも」

イワンはお姫様と結婚した。王様はまもなく死に、イワンが王様になった。こうして、三人兄弟は皆、王様になった。

## 9

こういうわけで、三人兄弟はそれぞれ国を治めて暮らしていた。

戦士セミョーンはなかなかよくやっていた。彼は、わらの兵隊に加えて、本物の兵隊もたくさん集めたのだ。彼は、国中に、兵を十所帯につき一人ずつ出すように命じた。兵になるには背が高く、色が白く、顔がきれいでなければならなかった。セミョーンは、このような兵を多く集め、全員を訓練した。そして、彼に逆らう者があったりすると、すぐにこれらの兵士を送り、何でも思い通りにするので、皆が彼を恐れるようになった。

暮らしぶりもよかった。何か思い立つと、ちょっと目で合図するだけで彼のものとなる。兵隊を送れば、彼らがセミョーンに必要な物を何でも奪い取って持って来てくれるのだった。

太鼓腹のタラスもいい暮らしをしていた。彼はイワンにもらったお金を無駄にせず、それを元手にたんまりと稼いだのである。彼は、自分の王国に立派な秩序を築いた。自分のお金は長持の中にしまっておいて、民からお金を取り立てていた。彼は、人頭税、酒税、冠婚葬祭税、通行税、車馬税を徴収したし、わらじや、脚絆《きゃはん》、それにわらじの紐《ひも》からも税金を徴収した。彼のもとには、考えられる限りのものは何でもあった。人々は、お金のためなら何でも彼の所に持って来たし、働きにもやって来たからだ。というのも、皆がお金を必要としていたのだ。

イワンのばかもまずまずの暮らしをしていた。妻の父を葬ると、王室のお召し物は全部脱いで、長持にしまうよう妻に渡した。そして以前のように手織麻のシャツとズボンを身につけ、わらじを履いて仕事に取りかかった。

「こうしていても退屈だし、お腹も出てきた。これじゃあ食べることも眠ることもできやしない」

イワンは父と母、口のきけない妹を連れて来て、再び働き始めた。

「とはいってもあなたは王様ですよ！」と言われると、

「そうだけど、王様も食わなくちゃならないだろ」とイワン。

彼のもとに大臣がやって来て言った。

「給料を払うお金がありません」

「そうかい。ないなら払わないがいいよ」

「そうしたら、仕事を辞めてしまいますよ」

「そうかい。だったら辞めるがいいよ。その方が、彼らは好きに働けるだろうからね。肥やしを持って行かせるがいいよ。なにしろ、あまりにたくさん運び込んでしまったからね」

イワンのもとへ裁判を求めてやって来た。一方が言う。

「彼が私のお金を盗んだんです」

ところがイワンは、「そうかい、つまり彼にはお金が必要だったんだね」と言う。

皆がイワンはばかだと知った。妻が彼に言った。

「皆があなたのことをばかだと言っていますわ」

「ああそうかい」

イワンの妻は考えに考えたが、彼女もまたばかだった。

「夫に逆らっても仕方ないわ。夫唱婦随っていうものね」

彼女も王室のお召し物を脱いで長持にしまい、夫の口のきけない妹に仕事を教わりに行った。そうして仕事を覚え、夫を手伝うようになった。

イワンの国からは賢い者は皆去り、ばかだけが残った。誰にもお金はなかった。働き、食べ、善良な人を養いながら暮らしていた。

## 10

老悪魔は、小悪魔たちが三兄弟を破産させたという知らせを待ちわびていたが、何の便りもなかった。そこで、事の次第を知るために自分から出向いて行った。探せども探せども、小悪魔たちはどこにもおらず、ただ三つの穴が見つかったばかりだ。「どうやら成し遂げられなかったようだ。わしの出番だな」

三兄弟を探しに出かけたが、彼らはもといた場所にはもういなかった。彼らが、別々の国に暮らしていることが分かった。しかも、三人とも支配者として暮らしていたのだ。老悪魔にはこれがいまいましく思われた。

「こうなったら自分で取りかかるしかないな」

彼はまず、セミョーン王の所に行った。悪魔の姿で行ったわけではない。軍司令官に変身してセミョーン王のもとにやって来たのだ。

「私は、セミョーン王がたいそうな戦士だと聞いてやって来ました。この方面では私にはかなりの知識があります。王様のお役に立ちたくて参ったのです」

セミョーン王は根掘り葉掘り尋ねてみた。この司令官はどうも賢いようだ。雇うことにした。

新しい司令官は、どのように強い軍隊を編成すべきかセミョーン王に進言するようになった。

「まず、兵をもっと多く集めなくてはなりません。王様の国では多くの民があてもなくぶらぶらしています。若い者は皆、手当たり次第、兵にとらなくちゃなりません。そうすれば、軍隊は前よりも五倍は大きくなりますよ。次に、新しい銃と大砲を手に入れないといけませんな。銃は、一度に百発はぶっ放して、雨霰《あめあられ》と飛び散るようなのを用意してさしあげますよ。大砲は、火で焼き尽くしてしまうようなのを装備しましょう。人間だろうが馬だろうが城壁だろうが、何でも焼き尽くせるようなものです」

セミョーン王は新司令官の言うことを聞き、若者は誰でもかたっぱしから徴集するよう命じ、新しい工場を作った。新しい銃と大砲をたくさん作るとすぐに、隣国の王と戦うために出陣した。敵軍に出くわすとすぐに、セミョーン王は、自分の兵士たちに銃や大砲を発射するよう命じた。撃たれた者は即戦闘不能となり、敵軍の半分は焼き尽くされた。怖気づいた隣国の王は降伏し、自分の国を差し出した。セミョーン王は喜んだ。

「今度は、インド王をやっつけるぞ」

一方、インド王は、セミョーン王の話を聞きつけてそのアイディアを取り入れ、自分でも新しい戦闘法を考案した。インド王は、若者だけでなく未婚の女たちまで徴集したので、セミョーン王よりも大きな軍隊ができた。さらに、セミョーン王の銃や大砲を全部まねしただけではなく、宙を舞って爆弾を上から落とす方法を考えついた。

セミョーン王は、インド王軍との戦争へと出陣した。前と同じようにやっつけるつもりでいた。ところが強力な戦法も、今度は諸刃の剣となってしまったのだ。インド王はセミョーン軍に発砲する隙を与えなかった。先手を打ってセミョーン軍に破裂弾を投げるため、女たちを宙に放った。女たちは、ゴキブリにホウ砂［鉱物の一種で殺虫剤としても用いられる］を撒《ま》くごとく、上からセミョーン軍めがけて破裂弾を浴びせてきた。セミョーン軍はちりぢりに逃げ去ってしまい、セミョーン王がただ一人残った。インド王はセミョーンの国を奪い、戦士セミョーンは行き先構わず逃げ出した。

長男セミョーンをうまく片づけると、老悪魔はタラス王のもとにやって来た。悪魔は商人の姿でタラスの国に住みついた。彼はお店を出してお金をばらまき始めた。この商人はどんなものでも高く買うので、人々は皆、一儲けしようと彼のもとに殺到した。皆、お金が貯《た》まったので、滞納金を支払い、税金も期限内に払うようになった。

タラス王は喜んだ。「ありがとうよ、商人さん。これで僕のお金も増えるだろうし、暮らしはもっとよくなることだろう」と彼は思った。そこで、タラス王は新しい計画を思いつき、新しい宮殿の建設を始めた。国民には、材木や石を運び、働きに来るようお触れを出した。それらに対して高額な報酬を約束した。タラス王は、国民は前と同じように、王のお金欲しさに仕事をしに押し寄せて来るものだと思っていた。ところが驚いたことに、国民は材木も石も全部商人の方に運び込み、仕事も商人のところでしようと押しかけて行くのであった。タラス王は労賃を引き上げたが、商人の方はもっと値を上げた。タラス王はお金持ちだったが、商人は彼以上に金持ちだったので、商人のつける価格が王様の価格を超えてしまうのだ。宮殿事業もストップしてしまった。建設が進まないのである。タラス王は庭園を作ろうと考えた。秋になり、タラス王は、庭造りに来るよう民にお触れを出した。ところが誰もやって来ない。国民は皆、商人のため池を掘っていたからである。冬になった。タラス王は、毛皮外套《がいとう》を新調するため黒貂《くろてん》の毛皮を購入しようと考えた。使いを送ったが、戻って来て次のように言った。

「黒貂の毛皮がないんです。毛皮は全部商人の所にあります。彼はそれをもっと高値で買って絨毯《じゆうたん》を作ったようです」

タラス王が種馬を買わねばならなかった時のことである。人を送ったが、帰って来て次のように言った。「いい種馬は全部商人の所におります。池に注ぐため水を運んでいるんです」王様の事業は全部ストップしてしまった。王様のためには何もしてくれないのである。皆が商人につきっきりなのだ。国民は、商人のお金を税金として王に持って来るだけになってしまった。

王様の所ではお金が貯まりすぎて、置く場所すらないほどだった。それでも暮らしは悪くなるばかりだ。王様は、もう新しい事業を始めなくなった。ただどうにか暮らしていければよいのだが、それさえもままならない。どうにもこうにも苦しくなってきた。料理人も御者も召使いも商人のもとへと移り始めた。食料すら足りなくなってきた。市場に買い出しにやっても、何もないのである。すべて商人が買い占めてしまっているのだ。彼の所には、ただ税金を払いにお金を持って来るばかりであった。

タラス王は怒り、商人を国外に追放した。ところが商人は、ちょうど国境の辺りに居座って同じことをするばかりである。人々は、商人のお金目当てに何でもかんでも王様から商人のもとへと持って行ってしまう。王様の暮らしはもはやひどいもので、何日も食べ物すらないありさまである。しまいには、商人が王様の妻を買い取ると豪語しているという噂すら広まった。タラス王は怖気づいてしまい、どうしたらよいものか分からない。

そこへ戦士セミョーンがやって来て言った。

「僕のことを助けてくれないか。インド王に制圧されてしまったんだ」

だが、タラス王自身も窮地に追いやられていた。

「僕だって、二日間何も食べていないんだよ」

II

老悪魔は兄弟二人をうまく片づけると、イワンのもとへ向かった。老悪魔は軍司令官に姿を変え、イワンのもとへやって来て、軍隊を作るようすすめた。

「王様が軍隊を持たないのはよくないですよ。命令さえして下されば、王様の国民から兵士を集めて軍隊を作って差し上げますよ」

イワンは彼の言うことを最後まで聞いて言った。

「そうかい。じゃあ軍隊を作って歌をもっと上手に歌えるよう教えてやるがいいよ。僕はそんなのが大好きなんだ」

老悪魔はイワンの国を回って義勇兵を集めにかかった。兵になれば、ウォッカ一瓶と赤い帽子がもらえるとお触れを出した。

だが、ばかたちは笑うばかりだ。

「ここではお酒は自由に飲めますよ。自分で造っていますからね。帽子だって、まだら模様だろうと房つきだろうと、望めば女たちが何でも作ってくれるんですよ」

結局、誰も志願してこなかった。老悪魔はイワンのもとにやって来た。

「ここのおばかさんたちは、自ら志願してはやって来ませんよ。力ずくで徴集するしかありません」

「そうかい。じゃあ、力ずくで集めてくれ」

そこで、老悪魔は、国のばかどもは全員兵隊に入るようお触れを出した。入らない者があれば、イワンによって処刑されるとのことだ。

ばかたちは軍司令官のもとにやって来て言った。

「もし兵士にならなければ王様によって殺されるというが、兵士になったらどうなるかは言わないんですね。兵士になっても殺されると聞いていますがね」

「そうだ。それもあり得ぬことではない」

これを聞いたばかどもは、頑として言い張った。

「あっしらは行きませんよ。どうせなら家で殺された方がいいですよ。そうでなくったって、人間いつかは死ぬんですから」

「ばかどもめが！　何というばかなんだ！」と老悪魔は言った。「兵士になれば殺されると決まったわけでもないのに行かないなんて。イワン王は必ずあんたたちを殺すに違いないのに」

　ばかたちは考え込んで、イワン王のもとへ尋ねに行った。

「司令官がやって来て、あっしたち皆に軍隊に入るよう命令するんです。軍隊に入れば、殺されるかどうか分からないけれど、入らなければ、イワン王が必ず死刑にすると言うんです。本当のことですかね？」

　イワンは笑い出した。

「僕一人がどうやって君たちみんなを殺せるっていうんだい？　僕がばかでなかったら説明してやれるんだろうけど、自分でもよく分からないからなあ」

「だったら軍隊には入りませんよ」

「ああ、そうするがいいよ」

　ばかたちは司令官の所に行って、軍隊には入らないと言った。

　老悪魔は事態が進展しないのを見て取って、タラカン王［ゴキブリ王の意］のもとへ行き、取り入った。

「イワン王と戦ってやっつけてしまいましょう。奴の国にはお金こそありませんが、穀物や家畜などありとあらゆる財宝がありますよ」

　タラカン王は出征した。大軍隊を編成し、銃や大砲も準備し、国境に出た。そして、イワンの国に足を踏み入れようとしていた。

　イワンのもとに知らせがやって来た。

「タラカン王が私たちと戦争しにやって来ます」

「そうかい。来るがいいさ」

タラカン王は軍と共に国境を越え、イワン軍を探し出すために先遣隊を送った。ところが、探せども探せども軍が見つからない。どこそこにいやしないかと待ってはみたが、軍がいるという噂すらない。戦う相手がいないのだ。タラカン王は、村々を制圧するために兵を送った。兵隊がある村にやって来ると、ばかな男や女どもが飛び出して来て、兵士たちをもの珍しそうに眺めている。兵士たちは穀物や家畜をばかたちから奪い始めたが、ばかどもは進んで差し出す始末で、守ろうともしない。兵隊が別の村に行っても同じことだった。兵士たちは一日、また一日と歩き回ったが、どこへ行っても同じだった。何でも差し出してくれるし、誰も身を守ろうとしないばかりか、ここで暮らしなさいと兵士の方が招かれるありさまだった。

「可哀想に、あんたんとこの生活がそんなに大変なら、ここに来て暮らすがいいよ」と言われる始末なのだ。

兵士たちは歩き回ったが、軍隊など見つからない。どこに行っても人々は生活をし、食べ、人にも食べさせてやり、身を守ろうとしないばかりか一緒に暮らそうと誘ってくる。

兵士たちはつまらなくなり、タラカン王のもとにやって来た。

「これでは戦うことなどできやしませんよ。あっしどもを別の場所に連れて行って下さいよ。戦争があるならともかく、これでは虚《むな》しくてたまりませんわ。これ以上ここでは戦えません」

怒ったタラカン王は、兵隊に国中を回り、家や穀物は焼き、家畜は片っ端から殺して村という村をめちゃくちゃにするよう命じた。

「私の命令を聞かなければ、お前たち全員厳罰に処するぞ」と。

兵士たちは怖くなり、王様の命令通りに動き始めた。家という家を、穀物を焼き、家畜を殺しにかかったが、ばかどもは防衛せずに、ただ泣くばかりである。お爺《じい》さんもお婆さんも小さな子供たちも泣いているのだ。

「一体どうしてわっしたちをいじめるんだい？　どうしてわっしらの物を台無しにしてしまうんだい？　必要だったら持って行けばいいのに」

兵士たちはやるせなくなってきた。もう先に進むのは止《や》め、軍隊は方々に散り散りになってしまった。

## 12

老悪魔は兵隊でイワンを揺さぶることができずに立ち去った。今度は、老悪魔は粋な紳士の姿をして、イワンの国で暮らそうとやって来た。太鼓腹のタラスと同じように、イワンもお金で落としてやろうと思ったのだ。

「私は王様のお役に立つべく、知恵をお授けしたいんです。家を建てますし、お店も構えた

い と考えています」

「そうかい。ここで暮らすがいいよ」

粋な紳士は一晩泊まると、朝には広場に出て行った。そして、金貨の入った大きな袋と紙を一枚持ち出して言った。

「皆さんが豚のような生活をしているので、私がちゃんとした生活はどんなものかお教えしましょう。この設計図通りに家を建てて下さい。皆さんは働いて下さればいいのです。やり方は私がお教えしますし、金貨もお支払いしますよ」

こう言って彼らに金貨を見せた。ばかどもは驚いた。彼らの工場にはお金はなかったし、物は物々交換で手に入れ、支払いは仕事でしていたのだ。彼らは金貨を見てとにかく驚いた。

「何てきれいなんだ」

そして紳士のもとに、物や仕事を金貨に換えてもらおうとやって来るようになった。老悪魔は、タラスの所でやったのと同じように金貨をばらまき、人々は金貨と引換えに物を持って来たり、仕事をしに来たりするようになった。喜んだ老悪魔は考えた。「やっと仕事が調子にのって来たぞ。タラスと同じようにこのばかも落ちぶれさせてやる。ばかを身ぐるみ買収してやる」ところが、ばかたちは金貨を貯めると、女たちの首飾りにと分け与えてしまった。娘たちは皆、金貨をお下げの髪に編み込み、子供たちは金貨を使って外で遊ぶようになった。たくさん貯まったので、誰ももう欲しがらなくなった。一方、粋な紳士の所では、お屋敷がまだ半分しか建てられてなかったし、穀物も家畜もまだ一年分の備蓄はなかった。

紳士は、仕事に来るように、穀物を運び、家畜を連れて来るようにと通達を出した。そしてどんな物にも、どんな仕事に対しても金貨をふんだんに出すと約束したのだ。

ところが誰も働きに来ないし、何も持って来ない。男の子か女の子が駆け込んで来て卵を金貨に換えることがあるくらいで、あとは誰も来ないのだ。彼には食べる物もなくなってしまった。粋な紳士はお腹が空いたので、昼食に何かを買おうと村に出かけて行った。紳士はとある家に顔を出し、鶏を買おうと金貨を渡すが、そこの主婦は受け取ろうとしない。

「家にはただでさえたくさんあるんですよ」

今度は一人暮らしの貧しい農婦の所に行ってニシンを買おうと金貨を差し出した。

「お前さん、そんなものいりませんよ。子供はいませんし、誰もこれで遊べる人がいないんです。それでも珍しいから三つもらっておいたけどね」

パンのために百姓の家にも顔を出してみた。百姓もお金を受け取らない。

「いらないよ。神様のために恵むのならいいけどね。ちょっと待っておくれ。パンを切ってくれるようかみさんに言ってくるからね」

悪魔はさすがに唾をぺっと吐いて逃げ出した。神様のために施しをもらう以前に、この言葉を聞くだけで身を切られるように辛《つら》かったのだ。

結局パンは手に入らなかった。皆が金貨をたんまり持っていたので、老悪魔がどこに行っても、お金と引換えには物をくれない。ただこう言うばかりなのだ。

「何か他のものを持って来な、あるいは仕事に来るか、神様のためと思って恵んでもらうんだな」

だが、悪魔はお金しか持っていなかったし、働くのは気が進まなかった。神様のために受け取るわけにもいかない。老悪魔は腹を立てた。

「一体何が必要だっていうんだ。お金をあげるっていうのに。金貨があれば何でも買えるし、人だっていくらでも雇えるじゃないか」

ところが、ばか者たちは言うことを聞こうとしない。

「いいや、必要ないんだよ。僕たちは税金も何も取られていないし、使い道がないんだよ」

老悪魔は夕食にありつけぬまま横になった。

このことが、イワンのばかの耳に入った。人々は彼のもとにやって来て尋ねたのだ。

「一体どうしたらいいんですか？　あっしどものところに粋な紳士がやって来たんです。この人はおいしいものを食べたり飲んだりするのが好きで、きれいな格好をするのが好きなんですが、仕事をしたがらないんです。神様の名のもとに施しを受けようとはなさらないし、みんなに金貨をあげようとしなさるんです。金貨が貯まるまでは、このお方に真っ先に物をお持ちしていたんですが、今は誰も持って行かないんですよ。どうしたもんでしょうかねえ。飢え死にしやしないかと気が気でねえんです」

イワンは最後まで聞くと言った。

「そうかい。食べさせてやらなきゃいけないね。牧童のように家々を回ればいいさ」

しかたがないので、老悪魔は家から家へと回り始めた。

そして、イワンの家を訪問する番になった。老悪魔は昼食をとりにやって来たが、その頃、口のきけない娘がちょうど食事の支度をしていた。彼女はよく怠け者に騙《だま》されることがあった。働きもしないのに早めに食事にやって来て、お粥《かゆ》を全部平らげてしまう者がいたのだ。そこで口のきけない娘は、手で怠け者を見分ける術を覚えた。手にまめができていれば、食卓につかせ、まめがなければ食べ残しを与えるのだ。老悪魔は食卓に収まったが、口のきけない娘は彼の手をつかんだ。まめはなく、きれいですべすべの手をしており爪も長かった。口のきけない娘は何やら声を上げて、悪魔を食卓から引きずり出した。

イワンの妻が彼に言った。

「粋な旦那さん、どうぞ悪く思わないで下さいね。夫の妹は、手にまめができてないと食卓につかせてくれないんです。もう少し待ってくれませんか。みんなが食べ終わったら、残ったものを食べて下さいな」

悪魔は腹を立てた。王様の家で豚と一緒に飯を食べろと言われているのだ。そこでイワンに言った。

「あなたの国の法律はおかしなもんです。皆が手を使って働かなくちゃいけないとは。これはあなた方が愚かさゆえに考え出したことです。一体、人々は手だけを使って仕事してるとでもいうのですか？　賢い人たちは何を使って仕事をすると考えますか？」

するとイワンが言った。

「僕たちのようなばかにはそんなこと知るよしもないさ。僕らは手を使い、身をもって働いているんだ」

「それはあなた方がばかだからです。私が頭を使った働き方を皆さんに教えて差し上げますよ。そうすれば、頭で仕事をした方が手を使うより速いって分かるでしょう」

イワンは驚いた。

「それは本当かい？　道理で僕らはばかだと言われているわけだね」

そこで老悪魔はしゃべり出した。

「ただ、頭で働くのも楽ではないんですよ。あなた方は、私の手にまめがないからと言って食わせてくれないが、頭で働く方が百倍も難しいということはご存じないんですね。頭が割れるように痛むことだってあるんですよ」

イワンは考え込んだ。

「可哀想に、どうしてそんなに自分を苦しめるんだね。頭が割れるように痛いなんて大変なことじゃないか。いっそのこと簡単な仕事をすればいいのに。手を使って身をもって働く方がましだよ」

ところが悪魔は言う。

「私が自分を苦しめるのは、あなた方、ばかなお人たちを可哀想に思うからですよ。私が無理をしなければ、あなた方は一生ばかのままです。私は頭を使って働いてきたので、今度は皆さんにお教えしたいのです」

イワンはちょっと驚いた。

「だったら教えておくれ。手が疲れた時には、頭を代わりに使えるだろうからね」

悪魔は教えると約束した。

イワンは国中にお触れを出した。粋な紳士が現われて、その人が頭を使った働き方を教えてくれるということ、頭の方が手を使うよりも多く仕事ができるということ、そしてその働き方を学びに来るようにというわけだ。

イワンの国には高い物見やぐらがあった。それには真っ直ぐな梯子《はしご》がかけられており、上には物見台があった。そしてみんなから見えるように、イワンは紳士をそこに連れて来た。

紳士はやぐらに立ち、そこから話し始めた。ところが、ばかどもは見るために集まって来たのである。彼らは、紳士がいかに手を使わずに頭を使って働くのか、実際に見せてくれると思っていたのだ。一方老悪魔は、どうしたら働かずして暮らしていけるか、言葉で説明するだけだった。

ばかたちは何も理解できなかった。ひたすら見つめていたが、結局自分の仕事をするために立ち去った。

次の日も、また次の日も、老悪魔はやぐらに立って話し続けた。お腹が空いたが、ばかたちは、やぐらにパンを持って来ることまでは思いつかなかった。もし頭で手よりも上手に働くことができるのであれば、パンも頭で造作なく手に入れられると彼らは考えたのである。

次の日も老悪魔は物見台に立ってしゃべり続けた。人々は寄って来て、しばらく眺めると立ち去って行く。イワンは尋ねた。

「どうだい、旦那さんは頭を使って仕事を始めたかね」

「まだですよ。まだぶつぶつ言ってるだけです」

老悪魔はもう一日物見台に立ち続けたが、弱ってきた。ふらついたかと思うと、頭を柱にぶつけた。一人のばかがそれを見て、イワンの妻に伝えた。イワンの妻は畑の夫のもとに駆けつけた。

「見に行きましょうよ。あの旦那さんが、頭で仕事を始めたそうですよ」

イワンは驚いた。

「それは本当かい？」

イワンは馬の向きを変えて、やぐらに向かった。やぐらにやって来てみると、老悪魔は空腹ですっかり弱ってしまってよろめき始め、頭をコツコツと柱にぶつけていた。イワンが近づくや否や、悪魔はつまずいて落っこちた。階段の下へと頭を一段一段数えるように打ちつけながら落っこちた。

「これはこれは。粋な旦那さんが頭が割れるように痛む時もあると言ってたのは本当だったんだ。これはまめどころじゃない。こんな仕事をしたら、頭にこぶができてしまうよ」

悪魔は階段の下まで落ち、頭を土の中に突っ込んだ。イワンは、彼がたくさん仕事をしたのかどうか寄って見てみようと思ったが、突然大地が割れ、老悪魔はその隙間へと落っこちた。後には穴だけが残った。イワンは頭を掻いた。

「おやまあ、何と汚らわしい！　また奴だな。これは親父に違いない。何とまあ、大きいもんだ」

イワンは今まで通り暮らしているし、彼の国には人々が押し寄せてくる。兄たちもやって来て、イワンに養ってもらっている。来訪者は言う。「食わせて下さい」そうするとこう答えるのだ。「いいとも。ここで暮らすがいいさ。ここには何でもたくさんあるからね」ただ、彼の国には一つ慣わしがある。「手にまめがある者は食卓につくがよい。まめなき者には食べ残しを与えよ」というものだ。

（覚張シルビア＝訳）

# セルギー神父

# I

一八四〇年代のペテルブルグで、世間を驚かせる事件が起きた。近衛重装騎兵連隊中隊長で、ゆくゆくはニコライ一世のもとで侍従武官となり、華やかな出世を遂げるだろうと誰しも思っていた美青年の公爵が、皇帝の寵愛《ちようあい》を受けていた美しい女官との婚礼を一か月後に控えて辞表を出し、婚約も破棄してしまったのだ。彼は、そう大きくはない自分の領地を妹に譲り、修道士になるべく修道院へと旅立った。彼の心のうちを知らない人々にとって、この事件は奇妙で説明しがたいものであった。一方、ステパン・カサーツキー公爵本人にとっては、こうしたことすべてが自然の成り行きだったので、他にやりようがあったとは思いもよらなかったであろう。

ステパン・カサーツキーの父は近衛の退役大佐だったが、息子が十二歳の時に亡くなった。母親は、息子を家から出すのが不憫《ふびん》でならなかったが、自分が死んだら息子を家から出して陸軍幼年学校に入れるようにと言い遺《のこ》した亡き夫の意思に逆らうこともできず、彼を幼年学校へと送り出した。夫人自身は、息子と同じ地に住んで休日には彼を迎えられるよう、娘のワルワーラと一緒にペテルブルグに越して来た。

少年は、輝かしい才能と並々ならぬ自尊心によって抜きん出ていた。このため、学業、特に大好きであった数学と、教練、馬術では首席だった。並みはずれて高い背丈にもかかわらず、彼は美しく、機敏だった。怒りっぽいところさえなければ、素行においても模範的な学生であったことだろう。彼はお酒を飲まなかったし、遊び歩くこともなく、驚くほど誠実であった。唯一、彼が模範的学生になることを妨げていたのは、時として彼を襲う怒りの発作であり、そうなると全く自分を抑えることができなくなり、野獣と化すのであった。ある時など、彼の鉱物コレクションをひやかそうとした学生を、すんでのところで窓から放り出すところであった。また、カツレツを皿ごと給仕頭に投げつけたり、将校に飛びかかったりして、あやうく身を滅ぼしかねないこともあった。それも、この将校が前言をひるがえし面と向かって嘘をついたから、殴ったというのだ。学校長がこの事件を隠蔽して給仕頭を追い出していなければ、カサーツキーはおそらく一兵卒に降格されていたことだろう。

彼は、十八歳で卒業して将校となり、近衛貴族連隊に入った。ニコライ・パーヴロヴィチ皇帝は、彼を陸軍幼年学校時代から知っていて、連隊に入ってからも目をかけていたので、彼は侍従武官になるだろうと噂されていた。カサーツキー本人も、これを強く望んでいたが、それは単なる功名心によるのではなく、何よりも、幼年学校時代から熱烈に、この上なく熱烈にニコライ・パーヴロヴィチをお慕い申し上げていたからである。ニコライ・パーヴロヴィチが陸軍幼年学校を訪問する際はいつも——彼はしばしばやって来たのであるが——背が高く、胸を張り、口髭《くちひげ》の上には鷲鼻《わしばな》がせり出し、刈り込んだ頬髭を持つ軍服姿の人物が威勢のよい足取りで入って来て、力強い声で学生たちに挨拶をするたびに、カサーツキーは後になって愛する人に出会った時に感じたのと同じような歓喜を覚えるのであった。ただ、ニコライ・パーヴロヴィチに対する恋心ゆえの歓喜の方がより強かった。この人に、尽きることのない忠誠心を見せたい、何かを捧げたい、自分という全存在を捧げたいと一心に望んでいたのだ。ニコライ・パーヴロヴィチも、自分がこのような感激を呼び起こすことを知っていて、故意にそうしていた。彼は、学生たちと遊戯に興じ、彼らを自分の取り巻きとしていた。ある時は子供らしい素朴さをもって、ある時は友人として、またある時は重々しい威厳をもって、彼らに接するのだった。カサーツキーと将校の件《くだん》の事件が持ちあがった後、ニコライ・パーヴロヴィチはカサーツキーに何も言わなかった。ただ、カサーツキーがそばに来た時には、わざとらしく彼を押しのけ、顔をしかめて指で脅すような仕草をし、帰り際にこう言った。

「私には何でもお見通しだということを知っておくがよい。ただ、知りたくないこともいくつかあるのだ。といっても、それらはここにある」

彼は胸を示した。

卒業した学生たちが皇帝に謁見した際には、陛下はもう、このことには触れなかった。いつもと同じように、皆が、皇帝にも祖国にも忠実に仕えることのできるよう、直接自分と相談してよいのであり、自分は、皆にとって常に第一の友人のままである、と言った。誰もが、いつもと同じように感動したが、カサーツキーは、自分の過去を覚えていただけに、涙を流して愛する皇帝に全力を尽くして仕える誓いを立てた。

カサーツキーが連隊に入ると、彼の母は娘を連れて最初はモスクワに、その後は田舎へと引っ越した。カサーツキーは、妹に財産の半分を与えた。彼のもとに残ったのは、彼が勤務していた贅沢三昧《ぜいたくざんまい》の連隊では、何とか生活をやっていくのにこと足りるぐらいのものでしかなかった。

表面的には、カサーツキーは、立身出世を遂げつつある普通の若き輝かしき近衛兵であったが、内面では、複雑で張りつめた精神活動が営まれていた。この精神活動とは、彼の幼年時代から続いているもので、一見、極めて多様なものに思えたが、本質においては常に同じものであった。それは、彼の途上に現われるすべての事柄において、人々の賞賛と驚きを得られるほどの完璧さと成功を成就することであった。それが教練であっても、学業であっても、一旦取り組んだら、人々に褒められ、皆の手本とされるまでがんばり続けるのである。彼は、一つのことを成し遂げると、別のことに取りかかった。こうして、彼は学業において首席となった。同様に、まだ陸軍幼年学校にいた時分に、自分がフランス語の会話に幾分不得手であることに気づくと、ロシア語と同じようにフランス語を思うままに操れるところまでがんばった。また、後にチェスに取り組んだ時には、幼年学校の学生でありながら、素晴らしい打ち手となった。

皇帝や祖国に仕えるという人生の普遍的使命の他に、彼は、常に何らかの目標を立てていた。そして、この目標がどんな取るに足りないものであろうとも、それを成就するまでは、全身を捧げて、ただそのために生きるのであった。しかし、一つの目標を達成するや否や、彼の意識の中で別の目標が頭をもたげ、前のものに取って替わった。この周囲から抜きん出ようという意欲、そして抜きん出るために掲げた目標を達成しようという意欲が、彼の生活を満たしていたのである。こうして、彼は将校になると、勤務において可能な限り完璧の域に達するという目標を立て、ほどなくして模範的な将校となった。ただ、この時もすぐにカッとなる悪しき性質は消えておらず、これが勤務においても、成功を妨げかねない悪しき行為へと彼を引きずり込むのであった。その後、社交界の会話で、自分の一般教養が不十分だと感じると、これを補うと決めて腰を据えて読書に励み、望み通りに成し遂げた。今度は上流社会で輝かしい地位を築くという目標を立て、申し分なく踊る術《すべ》を身につけ、ほどなくして上流社会のすべての舞踏会といくつかの夜会に呼ばれるまでになった。しかしながら、彼がこの地位に甘んじることはなかった。一番であることに慣れていたのだが、事これに及んでは、まだ一番というにはほど遠かったのだ。

当時、上流社会は四種類の人々から構成されていた。思うに、上流社会とは、いついかなるところでも四種類の人々から構成されているものだ。第一に、裕福な宮廷貴族、第二に、裕福ではないが宮中で生まれ育った人々、第三に、宮廷貴族にへつらう裕福な人々、第四に、カサーツキーは、裕福でも宮廷貴族でもなく、第一と第二の人々にへつらう人たちである。カサーツキーは、最後の二種類の人々には喜んで受け入れられた。社交界デビューの際にも、彼はこの世界の女性と関係を結ぶことを目標に掲げた。そして、彼自身思いがけないほどすぐに、この目的は成就されたのである。しかし、ほどなくして、彼は、自分が出入りしているのが最下層の世界であり、一方最上流の階層というのがあって、この最上流の宮廷貴族の間では、彼は受け入れられていたものの、よそ者であることを見てとった。彼に対しては慇懃《いんぎん》な態度がとられていたが、その応対のすべてが、彼はいわゆる「内輪の人間」ではないということを物語っていた。そして、カサーツキーは、ここで内輪の人間になりたいと思うようになったのである。そのためには、侍従武官になるか——彼はそれを待ち望んでいたのであるが——、この階層の人と結婚することが必要だった。彼は、これも成し遂げると決めた。そして、彼は、美人の宮廷貴族で、彼が入ろうとしている社会において内輪の人間であるばかりでなく、上流社会の中で最高の揺るぎない地位にある人々も皆、お近づきになりたがるような娘を選んだ。それは、伯爵令嬢コロトコワであった。とはいえ、カサーツキーは、ただ立身出世のためばかりにコロトコワに近づいたのではなかった。彼女は稀《まれ》に見るほど魅力的な女性だったので、彼はまもなく恋に落ちた。最初のうち、彼女は彼に対してことさら冷たい態度をとっていたが、その後、突如としてすべてが一変した。彼女は愛想よくなり、その母親もとりわけ熱心に彼を家に招くようになったのである。

カサーツキーはプロポーズし、受け入れられた。彼は、これほどの幸福がいとも簡単に手に入ったことと、母娘の彼に対する何だか普通ではない不可解な態度に驚いていた。彼はあまりに惚《ほ》れ込んでいて目が眩《くら》んでいたため、町のほとんど全員が知っていたこと、彼の婚約者が一年前にはニコライ・パーヴロヴィチの愛人だったということに気づかなかったのだ。

2

予定された結婚式の二週間前、カサーツキーは、ツァールスコエ・セロー［皇帝の村の意。十八世紀初頭に建設された皇帝の夏の宮殿を中心に発展した］の婚約者の別荘にいた。五月の暑い日だった。婚約した男女は、庭をしばらく歩くと、菩提樹《ぼだいじゅ》の日陰になっているベンチに座った。白いモスリンのワンピースを着たメリーは格別きれいだった。彼女は純潔と愛の権化であるかのように思われた。彼女は座ったまま、ある時はうつむき、ある時はたくましいこの美しい青年を眺めていた。一方、美しい青年の方は、自分の言葉や身振りで婚約者の天使のような清らかさを汚すのを恐れるかのごとく、この上ない優しさと慎重さをもって彼女と話していた。カサーツキーは、現在ではもう存在しない一八四〇年代の人間の部類に属していた。この部類の人たちは、自分に対しては性的に不実であることを意識的に許容し、内心でも咎《とが》めることはなかったが、妻に対しては、この世のものとは思われぬ理想的な純潔を要求し、自分の階層の娘一人一人に、現実離れした純潔を見出し、この娘たちに対してもそうした態度をとるのであった。男性諸君が自分たちには許容している放埒《ほうらつ》を考えれば、こうした見方は大いに間違っており有害でもあるのだが、女性たちに対しては、どの娘のうちにも、パートナーを探し求める雌を見出す現代の若者たちの見方と著しく異なるこうした考え方は、私が思うに有益なものであった。娘たちは、このように神格化されると、多かれ少なかれ女神になろうと努力したものである。カサーツキーも女性に対して同じような見方をしており、自分の婚約者のことも同じように見ていた。この日、彼はことさら婚約者をいとおしく思い、官能的な感覚は全く抱いていなかった。むしろ、彼女のことを、何か手の届かないもののように感動をもって見つめていた。

彼はすっくと立ち上がり、両手でサーベルにもたれつつ彼女の前に立った。

「ぼくは、初めて人が経験することのできる幸福のすべてを見出したのです。それはあなたが、それはきみが」と彼は遠慮がちに微笑みながら言った。「ぼくに与えてくれたのだ」

彼は、この頃まだ「きみ」という言葉に慣れておらず、精神的に彼女を下から見上げていたため、この天使に「きみ」と言うのが恐ろしかった。

「ぼくはきみ……のおかげで自分というものが分かったのだ。ぼくは、自分が考えていた以上に良い人間だということが分かった」

「私はだいぶ前から分かっていましたわ。だからあなたを好きになったんですもの」

小夜啼鳥《ナイチンゲール》が近くでちっちっちっとさえずり始め、新緑の木の葉が、突然吹き出した風にそよぎ始めた。

彼は、女性の手を取って接吻《くちづけ》した。彼の目には涙が浮かんだ。彼女は、自分が彼を好きになったと言ったことに対し、彼が感謝しているのだと分かった。彼は、少し歩いて黙り込み、そして彼女のそばに来て腰を下ろした。

「実はですね、実はね、ああもうどちらでもいい。ぼくは私心なくきみに近づいたわけではない。ぼくは上流社会とのコネを作りたかったのだ。でもその後……きみを知った時、これがきみに比べてどれほど無意味なものになったことか。きみはぼくのことを怒っていないかい」

彼女は答えず、ただ片手で彼の手に触れただけだった。

彼は、これが「いいえ、怒ってなんかいませんわ」ということだと分かった。

「そうだ、きみは、ほら、言ったよね……」彼は言葉に詰まった。これはあまりに大胆に思われたのだ。「きみは、ぼくのことを好きになったと言ったね。こんなことを言ってすまない。きみのことは信じているよ。だが、この他にも何かきみを不安にし、煩わせていることがあるんじゃないかい。それは何だい？」

《そうよ、今しかないわ》と彼女は思った。《いずれこの人も知ることだもの。でも、今なら彼が私のもとを去ることはないわ。ああ、もし去ってしまうとしたら、どんなにか恐ろしいことかしら》

彼女は愛する眼差しで彼の大きく上品でたくましい姿を見た。彼女は今、彼をニコライ以上に愛していた。そして、ニコライが皇帝でなかったなら、彼ではなくニコライを選ぶこともないだろう。

「お聞き下さい。私は正直にならずにはいられません。すべてをお話ししなくてはなりません。何を？　とお思いになるでしょう。それは私がある人を好きだったということです」

彼女は祈るような仕草で手を彼の手に置いた。

彼は黙っていた。

「誰を好きだったか、お知りになりたいのですよね？　そうよ、あのお方、陛下なの」

「ぼくたちは皆、陛下のことが好きですよ。ぼくが想像するに、あなたは女学校時代に……」

「いいえ、その後よ。のぼせ上がっていたのだけど、それも終わったわ。ただ、私が言わなくてはならないのは……」

「それで？　それがどうしたというのですか」

「違うのよ。そういうことではありませんの」

彼女は顔を両手で覆《おお》った。

「何だって？　彼に身をまかせたんですか？」

彼女は黙っていた。

「愛人だったのですか？」

彼女は黙っていた。

彼は立ち上がった。顔はひどく青ざめ、頬骨を震わせて彼女の前に立っていた。彼は今になって、ネフスキー大通りでニコライ・パーヴロヴィチが彼に会った時、愛想よく祝ってくれたことを思い出した。

「ああ、私は何てことをしてしまったのかしら、スチーワ［ステパンの愛称］！」

「触らないで下さい。ぼくに触らないで下さい。ああ、何と忌まわしい」

彼はくるりと背を向けると家に向かった。家で、彼は母親に出くわした。

「あなた一体どうしたの、公爵？　私は……」彼女は彼の顔を見て沈黙した。

突如として頭に血が上った。

「みんなこのことを知っていたのですか？　それでぼくを使って彼らの後始末をしようとしたわけですか？　もし、あなた方が女性じゃなかったら」と彼は叫び、彼女に対し大きな拳《こぶし》を持ち上げたが、身をひるがえして駆け出して行った。

もし、婚約者の愛人が普通の人間であったなら、彼はその男を殺していただろう。だが、それは彼の崇拝する皇帝だったのだ。

翌日、彼は休暇と辞職を願い出て、誰にも会わなくてすむように、病気と称して田舎へと発《た》った。

彼は用事を片づけながら、夏を田舎で過ごした。夏が終わるとペテルブルグには戻らず、修道院に行き、修道士となった。

母親は、彼が決定的な一歩を踏み出さぬよう手紙を書いた。彼は、神の使命が他のいかなる判断よりも優れているし、それを感じてもいる、と母に返事を書いた。ただ、兄と同じように誇り高く、名誉を重んじる妹だけが、彼のことを理解していた。

彼女は、彼が修道士になったのは、彼に優《まさ》っていると見せようとしていた人々よりも自分が上に立つためだと理解していた。実際、彼女の理解は正しかった。修道士になることで、他の人々が、また勤務していた時には彼自身も非常に重要だと考えていたことすべてを軽蔑している、ということを示したのである。そして、以前は羨んでいた人々を上から見下ろせるような新たな高みに立とうとしていた。しかし、妹のワーレンカ［ワルワーラの愛称］が考えていたように、ただこの感情だけが彼を支配していたのではなかった。彼のうちには、ワーレンカの知らなかった別の、真に宗教的な感情があり、それが自尊心や一番になりたいという欲求と絡み合いながら、彼を衝《つ》き動かしていたのだ。最上の天使だと想像していたメリー（婚約者）に対する幻滅と屈辱は、彼を絶望へと導くほど強いものだった。では絶望は彼をどこへ導いたのか？――神のもとへ、彼のうちでは決して侵されることのなかった子供のような信仰へと導いたのだ。

3

カサーツキーは、生神女庇護祭《しょうしんじょひごさい》［正教会で聖母の庇護を祝う祭日。旧暦十月一日］の日に修道院に入った。

修道院長は貴族出身で、学識豊かな文筆家であり、長老だった。つまり、ワラキア［ルーマニア南東部の地域で、かつては十四世紀に建国されたワラキア公国があった」から続く、選ばれた指導者、師に従順に従う修道士の伝統に属していた。修道院長は、パイーシー・ヴェリチコフスキーの弟子で長老レオニードのそのまた弟子のマカーリーの、さらにその弟子で有名な長老アンブローシーの弟子だった。カサーツキーは、この修道院長を、自分の長老と仰ぎ、従った。

カサーツキーが修道院で体験した他者に対する優越感に加えて、彼は、自分がやってきたすべての事柄と同じように、修道院においても、外面的及び内面的な完成を最大限に成就することに喜びを見出していた。連隊で、彼が非の打ち所のない将校であったばかりでなく、要求される以上のことをして完成度の範囲を広げていったのと同じように、修道士としても完璧であろうと努力した。つまり、常に勤めに励み、行動だけではなく思考においても節度を守り、柔和で優しく清廉で、かつまた従順であろうとした。特にこの特質、すなわち完璧さが彼の生活を楽にしていた。首都に近く訪問者の多い修道院での生活上の多くの要求が、彼を惑わし不快にさせたとしても、それらはすべて服従の徳によって一掃された。自分の仕事は考えることではない、自分の為《な》すべきは、それが聖遺物のそばでの立禱《りっとう》であろうと、聖歌隊で歌を歌うことであろうと、宿泊所の帳簿をつけることであろうと、与えられた任務を果たすことだ。ありとあらゆる疑いの芽も、やはり長老への服従によって摘むことができた。服従の必要がなかったとすれば、長くて単調な勤行《ごんぎょう》、せわしない礼拝客、性質《たち》の悪い修道士たちに気詰まりを感じたことだろう。しかし、今ではこうしたことをただ喜んで耐えられただけではなく、これらは生活における慰めとも支えともなっていたのだった。「なぜ、一日に何度も同じ祈りを聴かなくてはならないのかは分からないが、それが必要だということは分かる。それが必要だと分かれば、そこに喜びを見出せるのだ」長老は彼に、生命を維持するためには物質としての食物が必要なのと同じように、精神生活を維持するには精神的な糧《かて》が、教会での祈りが必要なのだと言った。彼はそれを信じていたし、実際、時に早起きを強いられるつらい朝の勤行も、確実な安らぎと喜びをもたらしてくれた。自分が従順であるという意識と、長老によってすべての行動が決定され、そこに疑いの余地のないことが、喜びをもたらすのだった。生活上の関心は、たださらなる克己と謙抑の心を強めることだけではなく、始めのうちは容易に得られるように思われたキリスト教のあらゆる徳を成就することにもあった。自分の領地はすべて修道院に寄付し、それを惜しむことはなかったし、怠惰な性質でもなかった。最下層の人々に対して謙虚な態度をとることは容易であったばかりか、喜びすらもたらした。貪欲や放蕩のような肉欲の罪に対しても、彼は訳なく勝利をおさめることができた。長老は特に、この罪に用心するよう注意を促したが、カサーツキーはこうした罪から解放されていたので、それを嬉《うれ》しく思った。

ただ、婚約者の思い出だけが彼を苦しめていた。思い出だけではなく、こんな未来があり得たかも知れないというありありとした想像が、彼を苦しめていたのだ。皇帝に寵愛されている顔なじみの女性が、後に結婚して良妻賢母となった姿が思わず目に浮かぶことがあった。夫の方は重要な地位に就いていて、権力も名誉も善良で悔い改めた妻も手にしているのだ。

心の穏やかな時には、こうした考えにカサーツキーが動揺することはなかった。心の穏やかな時であれば、思い出したとしても誘惑を免れたことを嬉しく思うのであった。しかし、突如として、彼の生きがいとしているものすべてが色あせ、生きがいとしているものを信じることをやめたわけではないのに、それが見えなくなってしまい、心のうちに喚起することができなくなる時があった。そうした時には、過去の記憶と、口にするのも憚《はばか》られるが、出家したことに対する後悔の念に囚われるのであった。

この状況での救いは修行——仕事と祈りで忙殺された一日であった。彼は普段と同じように祈り、深々とお辞儀をし、いつもより多めに祈ることすらあったが、これはただ肉体的に祈っていたのであり、心は伴っていなかった。この状態が一日、時には二日続き、それから自然に過ぎ去った。だが、この一日や二日というのが恐ろしかったのだ。カサーツキーは、自身が自分あるいは神の支配下にあるのではなく、誰か他人の支配下にあると感じていた。そして、こうした時に彼がすることのできた、またやったすべてのことといえば、長老の勧めに従い、何もせず、ただじっと待って耐えるということだった。総じて、このような時には常に、カサーツキーは自分の意志ではなく、長老の意志に従って生活していた。そしてこの服従には、特別な安らぎを覚えた。

こうして、カサーツキーは、最初に入った修道院で七年を過ごした。三年目の終わりには、剃髪《ていはつ》して修道司祭となり、セルギーの名を与えられた。剃髪式は、セルギーにとって内面的に重要な出来事であった。彼は以前も、聖体拝領の際には大いなる安らぎと精神的高揚を体験したものだった。今度は、自分自身でこの勤めを果たす段になると、奉献礼儀［供物を捧げる儀式］の遂行が彼に歓喜と感動をもたらすのであった。その後、この感情は次第に鈍くなり、彼が陥りがちな消沈した精神状態で勤めを行うことになった時などには、いずれ消えてしまうだろうと感じた。実際、この感情は弱まり、習慣だけが残った。

総じて、修道生活の七年目には、セルギーは退屈になってきた。学ばなくてはならなかったものすべて、到達しなければならなかったものすべてを彼は手にし、もはや為すべきことがなかったのだ。

そのかわり、精神の麻痺《まひ》状態がより強まっていった。この間、彼は母の死とメリーの結婚について知った。どちらのニュースも彼は無関心に受け止めた。彼の全注意、全関心が自身の内面生活に集中していたのだ。

修道司祭になって四年目、総主教は彼に対してとりわけ親切に振る舞い、長老は彼に、もし高位の聖職に任命されることがあれば、断ってはいけないと言った。その時、彼自身、修道士にあってはかくも忌まわしいと思っていた功名心が心のうちに頭をもたげてきた。彼は、首都に近い修道院に任じられた。断ろうと思ったが、長老は、この任命を受けるよう命じた。そこで任命を受け、長老と別れの挨拶を交わし、別の修道院へ移ったのである。

この首都の修道院への移転は、セルギーの人生において重要な出来事だった。そこでは、あらゆる類いの誘惑が彼に襲いかかり、全精力をもってこれと闘うことになったのである。以前の修道院では、女性の誘惑がセルギーを悩ますことはほとんどなかったが、ここでは、この誘惑が恐ろしい力をもって立ち現われ、はっきりとした形をとるところまでいってしまった。不品行で有名な上流夫人がいたのだが、その彼女がセルギーの好意を得ようと仕掛けてきたのだ。彼女は彼に声をかけ、自分の家に来るようにとせがんだ。セルギーはきっぱりと拒絶したが、己れの露《あら》わな願望に気づき、愕然《がくぜん》とした。彼は怖くなり、このことについて長老に手紙を書いたが、自ら従順に振る舞うだけでは事足りず、若い見習い修道士を呼び、羞恥心に打ち勝って彼に自分の弱さを打ち明けた。そして、自分のことを監視し、勤行と服従の勤め以外にはどこにも出さないように頼んだ。

それに加えてセルギーにとっての大きな誘惑は、社交的で如才なく、聖職者として出世を遂げてきたここの修道院長が、彼にとって極めて不愉快な人物だったことだ。セルギーがどんなに自分を抑えようとしても、この反感を克服することはできなかった。彼は従順に振る舞っていたものの、心の底では非難し続けていた。そしてこの悪しき感情が爆発したのだ。

すでに、新しい修道院では二年目を迎えていた。そこで、次のようなことが起こった。生神女庇護祭に徹夜禱［祝祭日の前夜から始まって夜を徹して行われる典礼］が大教会で行われていた。よそから来た人たちも多い。修道院長が自ら勤行を執り行い、セルギー神父はいつもの自分の場所に立ち、祈っていた。つまり、彼は、大教会での勤行に際してはとりわけ、そして彼自身が勤めを行わない時にはいつもそうだったように、心の中で闘っていた。この内面的な闘いは、彼を苛立《いらだ》たせる礼拝客たち、旦那方や、特に貴婦人たちによって生じていた。彼は、極力彼らを見ないように、起こっていることとすべてに気づかないように努めた。兵士が彼らを見送るために民衆を押しのけたり、貴婦人たちが修道士たちを、とりわけ有名な美男の修道士や彼のことさえも頻繁に指し示し合っているのを見ないようにした。自分の注意力に目隠しをするかのように、イコンが飾られた壁のそばに立つ蠟燭《ろうそく》の輝きとイコンと勤行をする者たち以外には何も見ず、歌われ、唱えられる祈りの言葉以外には何も聞かないようにしていた。また、耳慣れた祈りを聴いては、それを先んじて復唱する時に常に感じる、為すべきことを為しているという意識の中で陥る忘我の境地の他は、何も感じないようにしていた。

このように、彼は立ち、お辞儀をし、必要なところで十字を切った。そして、祭服・聖器物保管者で、やはりセルギー神父にとっては大いなる誘惑であったニコディム神父――彼はニコディムが修道院長に取り入っていることを我知らず非難していた――が彼に近づき、体を二つに折り曲げてお辞儀をし、修道院長が祭壇に彼を呼んでいると言った時には、冷徹な批判に身を委《ゆだ》ねたり、意識的に思考と感情を押し殺したりして、闘っていた。セルギー神父はマントをぴんと伸ばして身なりを整え、頭巾をかぶり、用心深く群集の間を抜けて行った。

「リーザ《リーズ》、右を見て《ルガルデ・ア・ドゥロワット》、あの人だわ《セ・リュイ》」と言う女性の声が聞こえた。

「どこ《ウ》？　どこ《ウ》なの？　彼ってそれほどの美男子でもないのね《イル・ネ・パ・テルマン・ボ》」

彼は、自分のことを話しているのだと分かっていた。それを聞いた彼は、誘惑の時にはいつもするように、「我らを誘惑に導きたまうな」という言葉を繰り返し口ずさんだ。そして、頭《こうべ》を垂れ、視線を落として説教台のそばを通り、この時イコンが掛かった壁のそばを歩いていた祭服姿の聖歌隊ソリストを追い抜き、北側の扉に入って行った。祭壇に入ると、彼はいつものように、イコンの前で十字を切り、体を二つに折り曲げてお辞儀をした。セルギー神父は、何やらきらびやかな格好をした別の人物と並ぶ修道院長の姿を、そちらを向くことなく目の片隅で捉えていたのだが、頭を上げると、彼の方を見た。

正装した修道院長は、法衣の下から太った体とお腹《なか》の上に短くまるまると太った手を出し、壁のそばに立っていた。そして、祭服のモールをこすり、微笑みながら、頭文字と肩飾りの付いた――セルギー神父は、これらを習性となった軍人特有の目で見て取った――侍従武官長の制服を着た軍人と何か話していた。この将軍は、セルギーらのいた連隊の隊長だった。今、彼は明らかに重要な地位に就いていて、セルギー神父は、修道院長がこれを知っていて、頭の禿《は》げた太った赤ら顔を光らして、喜んでいるのを見て取った。これを見たセルギー神父は屈辱を感じ、悲しくなった。そして、修道院長から、彼が呼ばれたのは他でもなく、自分のかつての同僚――将軍はこう表現した――に会いたいという将軍の好奇心を満足させるためだと聞いた時には、屈辱と悲しみはさらに強まった。

「天使のような姿の貴君に会えてとっても嬉しいよ」と彼は手を差し伸べながら言った。「昔の同僚を忘れてはおらんよね」

将軍の言うことに賛同を示すかのように微笑む白髪に囲まれた修道院長の赤ら顔、いかにも満足げな微笑を浮かべた手入れの行き届いた将軍の顔、将軍の口から漂うワインの香りと頬髭に染みついた煙草の臭い――これらすべてにセルギー神父は激しい怒りを感じた。彼はもう一度修道院長にお辞儀をし、言った。

「修道院長さまは私をお呼びになられましたよね?」彼は、顔の表情と姿勢全体でもって「何のために?」と言いたげに押し黙った。

修道院長は言った。

「そうだ、将軍殿に会わせるためだよ」

「修道院長さま、私は誘惑から身を救うために俗世を去ったのです」と、彼は青ざめ、唇をわなわなと震わせながら言った。「一体何のために、修道院長さまは私を誘惑にさらすのですか。しかも神の殿堂での祈りの最中に」

カッとなった修道院長は、「行きなさい、行きなさい」と顔をしかめて言った。

翌日、セルギー神父は修道院長と修道士たちに己れの傲慢《ごうまん》さを謝ったが、それでも、一晩を祈りのうちに過ごした後、この修道院を去るべきだと決心した。彼はこのことについて長老に宛てて、長老の修道院に戻るのを許してくれるよう懇願する手紙を書き、自分は弱く、長老の助けなしに一人で誘惑と闘う力がないと感じていることを伝えた。己れの傲慢の罪を悔いたのである。次の郵便で長老からの手紙が届き、すべての原因は彼の傲慢にあると書かれていた。長老は、彼に怒りの発作が起こったのは、聖職者の高い地位を神のために拒絶しているのではなく、自らの誇りのために、『ほら、私には何にも必要ないんですよ』と謙虚に振る舞っているからなのだと、彼に説明した。だからこそ、彼は修道院長の行動を我慢できなかったというのだ。『私は神のために何もかも顧みなかったというのに、私のことは獣ように見世物にしているではないか』というわけだ。「もしお前が、神のために名誉を顧みないのであれば、耐え忍ぶことができたであろう。まだ、お前の中には俗世の誇りが消えていないようだ。わが息子セルギーよ、私はお前のことを思い、祈った。そして神がお前について私に示してくれたことは、以前と同じように生活し、従うべきだということだった。この間、隠遁僧イラリオンが隠遁所で清らかな生涯を終えたことが明らかになった。彼はそこに十八年間暮らしていた。折しも、タムビノの修道院長が、そこに住みたいと望んでくれる修道士がいないか尋ねてきたところへ、お前の手紙が来たのだ。タムビノ修道院のパイーシー神父のもとに行くがよい。私はこの方に手紙を書くから、お前はイラリオンの僧庵を使わせてもらえるよう頼みなさい。お前がイラリオンの代わりを務めるためではなく、傲慢を静めるために隠遁生活が必要だ。神さまの祝福がありますように」

セルギーは長老の言うことに従い、彼の手紙を修道院長に見せて許可を願い出た。そして自分の庵室の持ち物をすべて修道院に引き渡し、人里離れたタムビノ修道院へと発った。

タムビノ修道院の男子修道院長は、商人出身の素晴らしいお方で、セルギーのことを簡素に、穏やかに迎えてくれた。そして、彼をイラリオンの庵室に住まわせ、始めのうちは雑用係をつけたが、しばらくすると、セルギーの望み通り一人にしてくれた。庵室は、山の中に掘られた洞窟であった。そこには、イラリオンが葬られていた。イラリオンは洞窟の奥に葬られ、手前にはわら布団《ぶとん》が敷かれた寝床用のあなぐら、小さなテーブルとイコンや本が収められた棚があった。鍵の掛かっている外側の扉には棚があり、この棚に、一日一回修道士が食べ物を修道院から持って来てくれるのであった。

　こうしてセルギー神父は隠遁僧となった。

## 4

　セルギーが庵室で生活を始めてから六年目の謝肉祭のある日、隣町の裕福で陽気な男女の仲間たちが、クレープとワインを飲んだ勢いで、三頭立て馬橇《トロイカ》で滑ろうということになった。この一行は、弁護士が二人と金持ちの地主、将校、四人の女性からなっていた。一人は将校の妻で、もう一人は地主の妻だった。三人目の娘は地主の妹で、四人目は、夫と別れた婦人だったが、彼女は美人で金持ちだが変わり者で、その悪ふざけで町の人々を驚かせては、騒動を起こしていたのであった。

　素晴らしい天気で、道も床のように滑らかだった。郊外で十露里《ろり》［一露里は一・〇六七キロメートル］ほど走ると止まって、どこに行こうか、先に進むか、後に戻るか相談し始めた。

「一体この道はどこに通じているのかしら？」と、美人で夫と別れたマコフキナが尋ねた。

「タムビノです。ここから十二露里ですよ」とマコフキナにべったりの弁護士が言った。

「じゃあその先は？」

「その先は修道院を通ってLまで続いてますよ」

「あのセルギー神父の住んでいる所かしら？」

「そうです」

「カサーツキーでしょう？　あの隠遁した美男子の？」

「そうですよ」

「皆さん！　カサーツキーの所に行きましょうよ。タムビノで休憩して軽食もとりましょう」

「それでは夜までに家に帰れませんよ」

「大丈夫よ。カサーツキーの所に泊まるわ」

「あそこには修道院の宿泊所がありますし、とってもいいところではありますが。マヒン氏の弁護をした時に行ったことがあるんです」

「そうじゃなくって、私はカサーツキーの部屋に泊まるのよ」

「何ですって、それはあなたの全能をもってしても不可能ですよ」

「不可能ですって？　賭けましょうよ」

「いいでしょう。もし、あなたが彼の部屋に泊まることができたら、何でもお望み通りにしますよ」

「私の思うままに《ア・ディスクレシオン》ね」

「あなたも同じようにお願いしますよ」

「まあ、いいわ。行きましょう」

御者たちにはワインが振る舞われた。自分たちは、ピロシキ［肉や野菜、米飯、ジャムなどを詰めて焼いたロシア風のパン」やワインとキャンディーなどを一箱分取り出し、ご婦人たちは、白い犬の毛皮外套《がいとう》にしっかりと身をくるんだ。御者たちは、誰が先を走るかしばし言い争っていたが、一人の若いのが威勢よく横向きになって長い鞭《むち》を軽く動かし、叫んだ。すると、鈴が甲高い音を立てて響き出し、滑り木がキーキー鳴り始めた。

橇《そり》はわずかに震え、揺れた。飾り板のついた帯革の上に尻尾を固くゆわえられた副馬《そえうま》が、まっすぐ、陽気に疾走する。起伏のない滑らかな道はものすごい速さで後ろに走り去っていく。御者は威勢よく手綱《たづな》を動かし、向かい合って座った弁護士と将校は、隣のマコフキナと何やらおしゃべりをしていたが、彼女の方は毛皮外套にぴったりとくるまり、身動きせずに座り、考えていた。「いつも同じことばかりで、何もかもが忌まわしいわ。ワインと煙草の臭いがする赤くてかてか光る顔、同じ話に同じ考え、すべてがいやらしいものの周りを回っているわ。しかもこの人たちは満足しきっていて、こうあるべきだと確信しているのよ。こうやって死ぬまで生きていけるに違いないと。私はこんな風に生きていけない。退屈だわ。何か、こうしたことをみなぶち壊してくれるような、くつがえしてくれるようなものが必要よ。サラトフで、確か、出かけた先で凍死してしまった人たちのようにね。この人たちだったら、どうしたかしら？　どう振る舞ったかしら？　きっと卑劣な振る舞いをしたでしょうに。誰もが自分のことだけ考えて。それに、私だって卑劣な振る舞いをしたに違いないわ。でも、少なくとも私は美人だわ。この人たちもそれは知っていることだし。じゃあ、あの修道士は？　まさか、彼はもう女性の美しさを理解できないのかしら？　嘘よ。男たちが理解できるのはこのことだけだもの。秋に出会った幼年学校の学生のようにね。彼はなんて馬鹿だったのかしら」

「イワン・ニコラーイチ！」彼女は言った。

「どうなさいました？」

「一体彼は何歳なの？」

「誰のことですか？」

「カサーツキーよ」

「多分四十を超えたぐらいじゃないでしょうか」

「それで、彼は誰でも迎え入れてくれるの？」

「誰でも迎え入れてはくれますが、いつもではないそうです」

「足をくるんで下さいな。そうじゃなくて。あなたって人は何て不器用なんでしょうね。ほら、もっともっと、こんな風によ。足を押しつけたら痛いじゃないの」

こうして、彼らは庵室のある森までやって来た。

彼女は降りて、他の者たちに戻るようにと言った。彼らは彼女を思いとどまらせようとしたが、彼女は怒って発つようにと言い張った。橇は出発し、彼女の方は、白い犬の毛皮外套を着て道を歩き始めた。弁護士は降りて、様子を見るべく残った。

## 5

セルギー神父が庵室で暮らすようになって六年目のことだった。彼は四十九歳だった。彼の生活は大変なものであった。断食や祈禱が大変だったのではない。そんなことは朝めし前だった。彼は、予想すらしていなかった内的葛藤ゆえに苦しんでいたのだ。葛藤の原因は二つ。信仰に対する疑念と肉欲であった。どちらの敵も、常に一緒に持ちあがってくるのだった。これらは全く同じものであったにもかかわらず、彼は、二つの異なる敵であるかのように思っていた。疑念が消えると同時に、肉欲もなくなった。それでも、彼はこれを二つの異なる悪魔だと考え、それらと別々に闘っていた。

「ああ神よ」と彼は思った。「どうしてあなたは私に信仰を与えてくれないのですか？　そうです、肉欲とは聖アントニーや他の方たちも闘いました。でも信仰の方はどうでしょう。この方たちには信仰がありました。私の場合は、信仰のない状態が、数分、数時間、数日という具合に続いているのです。この世界もその魅力も、罪深いもので捨て去らなくてはならないのであれば、なぜ存在するのでしょう？　なぜあなたはこのような誘惑を創りたもうたのですか？　誘惑を？　だが、私がこの世の喜びから遠ざかりたいと願い、何もないところで何かを準備していること自体、誘惑なのかもしれません」彼はこう自分自身に言うと、恐ろしくなってきて、己れが汚らわしく思えた。「悪党だ！　悪党だ！　聖人になろうとするなんて」と彼は自分を責め始めた。そして祈り始めた。しかし、祈り始めるとすぐさま、彼自身が修道院にいた時のマントを着て頭巾をかぶった堂々とした姿が、まざまざと目に浮かんだ。彼は首を横に振った。「いいや、これは違う。これは欺瞞《ぎまん》だ。たとえ、他人《ひと》のことは騙《だま》せても、自分や神を騙すことはできない。私は偉大な人物などではなく、惨めで滑稽な人間にすぎない」彼は、聖衣の裾をさっと持ち上げて、ズボン下をはいたみっともない足を見た。そして微笑んだ。

それから、彼は裾を下ろしてお祈りしたり、十字を切ったり、頭を垂れたりし始めた。「まさか、この寝床が私の死の床となるのでしょうか?」と彼はつぶやいた。そしてどこかの悪魔が彼に囁《ささや》いたかのようだった。「一人きりの寝床はそれ自体が棺《ひつぎ》と同じだ。虚偽だ」彼は、想像の中で、一緒に住んでいたことのある未亡人の肩を目にした。彼は身震いをし、祈りを唱え続けた。戒律を唱え終わると、彼は福音書を手に取って開き、しばしば口ずさんでは暗記している部分を見つけた。「信じております、神よ、信仰のない私をお助け下さい」彼は、あふれ出るすべての疑念を引っ込めた。平衡の取れないものを固定する時のように、彼は、再び自身の信仰をぐらつく脚の上に固定し、押したり倒したりしないように、用心深く離れるのであった。目隠しが再びせり出してきて、落ち着きを取り戻した。彼は「神様、どうぞ私をお召しになって下さい」と幼年時代の祈りを繰り返したが、そうすると、ただ心が軽くなるばかりでなく、嬉しくなり感動すら覚えるのだった。彼は十字を切り、夏の聖衣を頭の下に敷き、細い腰掛けに敷いたわらの上に横になった。眠りに落ちた。浅い夢の中で、鈴の音を聞いたような気がした。彼にはこれが、現実のことなのか夢の中のことなのか、分からなかった。しかし、扉を叩く音が、彼を眠りから起こした。彼は、我が耳を疑いつつも起き上がった。だが、繰り返し扉は叩かれている。そう、すぐそばで、扉が叩かれているのだ。女性の声も聞こえた。

「ああ！　聖人伝で、悪魔は女性の姿をとると読んだが、それはまことであったのか……そうだ、これは女性の声だ。しかも、優しくて怯《おび》えたような心地のよい声だ」ペッと彼は唾を吐いた。「いや、気のせいだろう」そう言って、手前に経机のある部屋の片隅に行き、いつも通りの規則正しい動きでひざまずいた。彼はこの動きそのものに、安らぎと満足を見出していた。彼はひざまずき、髪の毛が顔に垂れた。そして、すでに露わになりつつあった額を冷たく湿った縞織物《しまおりもの》の敷物の上に押し付けた（床は、すきま風が吹いていた）。

彼は讃美歌を口ずさんだ。老ピーメン神父によれば、これが悪魔の誘惑から助けてくれるというのだ。彼は、そのたくましい、ぴくぴくと震える脚で、痩せ細った軽い上体をやすやすと支えて立ち上がり、先を読み続けようとした。しかし、彼は読まずに、思わず耳を傾けた。彼は聞きたかったのだ。完全なる静寂に包まれていた。隅に置かれた小さな桶《おけ》に、相変わらず屋根から水滴が垂れていた。戸外には、雪を蝕《むしば》む霧や、靄《もや》が立ち込めていた。とても静かだった。そして突然、窓のそばでかさかさいう音がし、明らかに声が、あの優しい怯えたような声が、魅力的な女性だけが持つあの声が言った。

「入れて下さい。後生ですから……」

全身の血が心臓まで上り、止まったかのように思われた。彼は息をつけなかった。「神よ、甦《よみがえ》りて悪魔を退散せしめたまえ」

「私は悪魔なんかじゃありませんわ……」こう言う口が微笑んでいるように聞こえた。「私は悪魔ではありませんわ、ただ罪深い女性なんです。迷ってしまったんです、譬《たと》えじゃなくて文字通りの意味ですけどね（彼女は笑いだした）、すっかり凍えてしまったので、休ませてもらいたいんです……」

彼は窓ガラスに顔を押し当てた。灯明《とうみよう》が反射してガラス全体が光っていた。彼は、両手のひらを顔の両側にぴったりとくっつけ、覗《のぞ》き込んだ。霧が、霾が立ち込め、木が見えた。そして、右手にその女性が見えた。そう、彼女が、白くて毛足の長い外套を着て帽子をかぶり、かわいらしい、かわいらしくて善良そうで怯えたような顔をした女性が、ここに、彼の顔のすぐ近くにいて、彼の方に屈《かが》みこむようにしていたのである。目と目が合い、互いに相手のことが分かった。といっても、二人とも会ったことがあるわけではない。彼らは一度も会ったことがなかった。ただ、眼差しを交わし合ったことで、彼らは（特に彼の方は）、互いに相手を知っており、互いを理解していると感じた。この眼差しを見れば、この女が素朴で善良な、かわいくおとなしい女性などではなく、悪魔だということは疑いようもなかった。

「あなたは誰ですか？　一体なぜ？」と彼は言った。

「とにかく開けてくださいな」と、身勝手で命令するような口調で彼女は言った。「すっかり凍えきってしまったんです。道に迷ったって言ってますのに」

「でも私は修道士です。隠遁僧なんです」

「さあ、とにかく開けて下さい。それとも、あなたがお祈りしている間に、窓の下で凍死しろとでもおっしゃいますの？」

「一体あなたはどうして……？」

「あなたを取って食べたりしやしませんわ。後生だから入れて下さいな。もう凍えきってしまいましたわ」

彼女自身、怖くなってきた。彼女は、泣き出さんばかりの声でこう言ったのだった。

彼は窓から離れ、荊《いばら》の冠をかぶったキリストのイコンの方を見た。「神よ、お助けください、神よ、お助けください」と十字を切り、深々と頭を垂れて祈りながら、扉に近寄って、玄関の間に向けて扉を開いた。玄関の間で掛け金を手探りで探り当て、それをはずそうとしたところ、向こう側から足音が聞こえた。女が窓から扉の方に向かって来たのだ。「あっ！」突然、彼女が叫び声を上げた。彼は、敷居のそばに流れ込んでできた水溜《みずたま》りに彼女の足がはまったのだと分かった。彼の手は震え、扉に引っ張られた掛け金をどうにも上げることができなかった。

「一体どうしたというんですか、中に入れて下さいってば。びしょ濡《ぬ》れなんです。凍えてしまったのよ。あなたが心の救済について考えている間に、すっかり凍えてしまったわ」

彼は扉を自分の方に引っ張り、掛け金を持ち上げ、力まかせに扉を外側に突き出したので、彼女にぶつけてしまった。

「あっ、失礼！」と、彼は突如として、かつて女性に対して習慣となっていた物腰を完全に取り戻して言った。

彼女は、この「失礼」を聞いて微笑み、「あら、それほど恐ろしい人でもないのだわ」と思った。

「大丈夫、何でもありませんわ。私の方こそ失礼しました」と彼女は、彼のそばを通り抜けながら言った。「本当なら決してこんなことしたくはなかったんですけれど。やむを得なかったものですから」

「どうぞ」と彼は彼女を通しながら言った。長いこと嗅いだことのない、芳《かぐわ》しい香水の強い匂いに彼は驚いた。彼女は玄関の間を通って部屋に入った。彼は掛け金をかけずに外側の扉をばたんと閉め、玄関の間を通り、部屋に入った。

「主イエス・キリストよ、神の御子よ、罪深きわれをお赦《ゆる》し下さい。主よ、罪深きわれをお赦し下さい」と彼は、心の中のみならず、思わず、それと分かるほどに唇をかすかに動かしながら、祈り続けていた。

「どうぞ」彼は言った。

彼女は部屋の真ん中に立っていた。身体からは水が滴っていた。彼女は彼をじっと見つめていたが、その目は笑っていた。

「隠遁生活を邪魔してしまい、申し訳ありません。だけど、私がどんな状況にあるか、お分かりでしょう。こんなことになってしまったのは、私どもは町から橇で出かけたんですが、ヴォロビヨフカから町までは私一人で歩いて行くと賭けをしたからなんですの。ただ、この辺りで道に迷ってしまって、もしあなたの庵室に行き当たらなかったら……」と彼女は嘘をつき始めた。しかし、彼の顔が彼女を当惑させたので、彼女は続けることができずに黙り込んだ。彼女は、彼がこんな感じの人だとは全く思ってもみなかったのである。思い描いていたような美男子ではなかったけれども、彼女の目には素晴らしく見えた。彼がまっすぐに彼女を見つめた時、白髪の入り混じった縮れた髪の毛と頬髭、端整な細い鼻、そして木炭のように燃える目が、彼女をはっとさせたのだった。

彼は、彼女が嘘をついていると見て取った。

「そうですか」と言って彼女を見ると、再び目を伏せた。「私はこちらにおりますから、どうぞ、ゆっくりして下さい」

そして、灯明をはずして蠟燭に火をつけ、彼女にお辞儀をすると、仕切りの向こう側の小部屋に入った。彼女は、彼がそこで何かを動かしているのを聞いた。「多分、何かで私から身を守ろうとしているに違いないわ」と彼女は考え、微笑むと、白い犬皮の婦人外套を脱ぎ、髪に引っ掛かっていた帽子とその下の手編みのスカーフをはずした。彼女が窓の下に立っていた時は、びしょ濡れになど全くなっていなかったのだが、入れてもらうための口実としてそう言ったのだった。ところが、扉の所で本当に水溜りにはまってしまったので、左足はふくらはぎまで濡れ、靴もオーバーシューズもたっぷり水を含んでしまった。彼女は、彼の寝床である、じゅうたんが敷かれただけの板の上に腰を下ろし、履物を脱ぎ始めた。なかなか素敵な庵室だった。幅三アルシン［一アルシンは約七十一センチメートル］、長さ四アルシンほどの細長い小さな居間は、ガラスのようにぴかぴかで、ここには、彼女が座っている寝床と、上方に本棚があるだけだった。片隅には経机、扉のそばには釘《くぎ》があり、毛皮外套と聖衣が掛かっている。経机の上には荊の冠をかぶったキリストの聖像と灯明が置いてあった。奇妙な香りがした。油と汗と土のにおいだった。すべてが彼女の気に入った。このにおいすらも気に入った。

濡れた足、特に片方の足が気持ち悪かったので、彼女は急いで靴を脱ぎ始めたが、その間も絶えず微笑んでいた。目的を達成できたことが嬉しかったというより、彼を、この素晴らしい、驚くべき、風変わりで魅力的な男性を動揺させたことを見て取ったがゆえに、嬉しかったのだ。「応えてはくれなかったけど、そんなこと何でもないわ」と彼女はひとりごちた。

「セルギー神父！　セルギー神父！　お名前はこうおっしゃいましたよね？」

「どうしたのですか？」小さな声が応じた。

「お願いですから、あなたの隠遁生活を邪魔したことはお赦し下さい。でも、本当に、他にどうしようもなかったんですの。だって本当に病気になりそうだったんですもの。今だってまだ分かりませんわ。全身が濡れてしまいましたし、足なんて氷みたいなんですもの」

「申し訳ありません」と低い声が答えた。「私にはどうすることもできません」

「ご迷惑をお掛けするつもりは毛頭ありません。ただ、夜明けまででも」

彼は答えなかった。彼女は、彼が何か囁いているのを聞いた。明らかに祈っているのだ。

「こちらにお入りにはなりませんよね？」彼女は微笑んで尋ねた。「体を乾かすために、服を脱がないといけないものですから」

彼は答えずに、壁の向こうで単調に祈りを唱え続けていた。

「本当に、この人たいしたものだわ」と彼女はぴちゃぴちゃと音を立てるオーバーシューズをやっとのことで引き抜きながら思った。うまく引き抜くことができないのがおかしくなってしまい、彼女はかすかに聞こえる程度に笑った。だが、彼にはこの笑い声が聞こえていて、それが彼女の望むような効果を引き起こすことを分かっていた。彼女はより大きな声で笑い出した。そして、この陽気で、自然で、善良な笑い声は実際に、望んだ通りの効果を引き起こしたのだ。

「そうそう、こんな人だったら好きになれるわ。この目にしたって。そして、この純朴で上品な、どんなに祈りをつぶやいたところで、情熱的な顔！」と彼女は考えた。「私たち女のことは騙せやしないわ。あの人は窓ガラスに顔を近づけ、私を見た時にはもう、私のことを理解し、私だと分かってくれたのだもの。目が光を放ち、刻み込まれたのよ。彼は私を好きになり、私を欲した。そう、私を欲したんだわ」と彼女は、やっとのことでオーバーシューズと靴を脱ぎ、長靴下に取りかかりながら言った。これらを、この繻子《しゅす》の裏地がついた長靴下を脱ぐためには、スカートを持ち上げる必要があった。彼女は恥ずかしくなって言った。

「お入りにならないで」

しかし、壁の向こうからは何の答えもなかった。単調なつぶやき声と何かが動く物音が続いていた。「きっと地面にひれ伏しているんだわ」と彼女は思った。「でもいくら拝んだって無駄よ」と彼女は言った。「あの人は私のことを考えているんですもの。私が彼のことを考えているのと同じようにね。彼は、私と同じようにこの足のことを考えているんだわ」と彼女は濡れた長靴下を引き剝《は》がすと、裸足で寝床の上を歩いたり、足をお尻の下に折り曲げながら言った。彼女はしばらくの間、膝を両手で抱え、考え深げに前を見て座っていた。「そう、ここは荒野で、こんなに静かなんだもの。人に知られることなど決してないでしょうに」

彼女は立ち上がり、長靴下を暖炉まで持って行き、通風孔にかけた。何だか独特の通風孔だった。彼女はそれをちょっとひねくり回し、裸足《はだし》で軽やかに歩いて寝床まで戻ると、再びその上に足をのせて座った。壁の向こうはすっかり静まり返っていた。彼女は首に掛かっていた小さな時計を見た。二時だった。「迎えは三時頃に到着するはずだわ」もう一時間も残っていなかった。

「一体、いつまで一人で座り続けていなくちゃならないのかしら。ばかげているわ。そんなの嫌だわ。すぐにも彼を呼ばなくっちゃ」

「セルギー神父！　セルギー神父！　セルゲイ・ドミートリチ。カサーツキー公爵！」

扉の向こうは静かだった。

「聞いて下さいな。これではあまりに残酷ですわ。必要もないのに、あなたのことを呼んだりしませんわ。私は具合が悪いんです。自分でもどうしちゃったのか分からないんですの」

と彼女は悲痛な声で言った。「ああ、ああ！」彼女は寝床に倒れこみながら、うめき始めた。そして不思議なことに、彼女はまさに、力が抜けていくのを、全身の力が抜けていき、全身が痛み、震えが、悪寒が襲ってくるのを感じていた。

「お聞き下さい、私を助けて下さい。自分でもどうしたものか分からないんです。ああ！ああ！」彼女は洋服のホックをはずし、胸元を開いて、肘まで露わになった腕を投げ出した。

「ああ！　ああ！」

この間、彼は物置部屋に立って祈っていた。晩の祈りをすべて読み終えると、今度は視線を鼻の先に向けてたたずみ、心の中で「主イエス・キリストよ、神の御子よ、われをお赦し下さい」と繰り返し祈りを唱えていた。

それでも彼にはすべてが聞こえていた。彼女が絹の音をさらさらと立てながら服を脱ぎ、床を裸足で歩くのも聞こえていたし、手で足をさすっているのも聞こえていた。彼は、自分が無力であり、いかなる瞬間にも、身を滅ぼしかねないと感じていたので、休むことなく祈り続けたのである。彼は、振り返ることなく前に進まなくてはならないおとぎ話の主人公と似たような感覚を覚えていた。同じように、セルギーは危険が、破滅が、間近に、彼の上に、彼の周りに迫っていると感じ取っており、ただ、一瞬たりとも彼女の方を振り向かないことによってしか、身を救うことはできないのであった。だが突如として、見たいという欲求が彼を捉えた。その瞬間、彼女は言った。

「お聞き下さい。これではあまりに無慈悲ですわ。私が死ぬかもしれないというのに」

「そうだ、行かなくては。ただ、あの、片手は淫《みだ》らな女性に当て、もう一方の手は火鉢に入れた神父と同じようにしよう。だが、火鉢がない」彼はあたりを見まわした。ランプがあった。彼は炎の上に指を突き出し、我慢すべく顔をしかめた。かなり長いこと、何も感じないかのように思われた。しかし突然、痛いかどうか、またどのくらい痛いのか、まだ判断できなかったが、いきなり顔をしかめて、手を振りつつさっと引っ込めた。

「いいや、これは私には無理だ」

「お願いですから！　ああ、こっちに来て下さい！　死んでしまいます、ああ！」

「結局、私は堕落してしまうのか？　いや、そうではない」

「今から行きますから」と彼は言い、扉を開けて彼女の方は見ずに、そのそばを、薪割りに使う玄関の間の扉へと向かった。薪割り台として使う丸太と壁に立てかけてあった斧《おの》を手で探り当てた。

「今行きますから」と彼は言い、斧を右手に取り、左手の人差し指を丸太の上に置いた。そして斧をさっと振り上げ、その第二関節の下に打ちつけた。指は、同じ太さの薪が跳ね上がる時以上に軽く跳ね、転がり、丸太の端にぽとんと落ち、それから床に落っこちた。

彼は、痛みを感じる前に、この音を聞いた。しかし、痛みがないことに驚く間もなく、焼けつくような痛みと、流れ出した血の温かみを感じた。彼は、すぐさま切り取られた関節を聖衣の裾で引っつかみ、それを太腿《ふともも》に押し当てて、引き返して部屋に入り、女性の前で立ち止まって、視線を落として静かに尋ねた。

「いかがなさいました？」

彼女は、左の頬を震わせた彼の真っ青な顔を見ると、突然恥ずかしくなった。彼女は跳び上がると外套を引っつかみ、それを急いで羽織ると、その中に身を包んだ。

「そうなの、私はつらかったんですの……私、風邪を引いてしまいました……私は……セルギー神父……私は……」

彼は、静かで喜ばしげな光に輝く眼差しを彼女に向けて言った。

「大切なる妹よ、なぜあなたはその不滅の心を滅ぼそうとしたのだね？　誘惑とは、必ずこの世にやって来るものだが、誘惑がその体を通って入って来る者にとってそれは不幸なのだよ……神が我らを赦して下さるよう、祈るのだ」

彼女は彼の話を聞きながら、彼のことを見ていた。突然、彼女は液体が滴り落ちる音を聞いた。彼女が目を向けると、手から聖衣をつたって血が流れているのが見えた。

「その手はどうしたんですか？」彼女は聞こえてきた音を思い出し、灯明をつかむと玄関の間に駆け出し、床の上に血まみれの指を見た。彼女は、彼よりも青ざめた顔で戻って来て、彼に話しかけようとした。しかし、彼は静かに物置部屋に入り、扉を閉めた。

「私をお赦し下さい」と彼女は言った。「どうしたら私の罪を償うことができるのでしょうか？」

「出て行きなさい」

「傷口を包帯で巻かせて下さい」

「ここから出て行きなさい」

彼女はあわてて、黙ったまま服を着た。そして毛皮外套を着て、出発できる状態で座って待っていた。中庭から鈴の音が聞こえてきた。

「セルギー神父。私をお赦し下さい」

「行きなさい。神が赦して下さるだろう」

「セルギー神父。私は生き方を改めます。私のことを見捨てないで下さい」

「行きなさい」

「私のことを赦し、祝福して下さい」

「父と子と聖霊の名において」と仕切りの向こう側から聞こえてきた。「行きなさい」

彼女は声を上げて泣き出し、庵室から出て行った。弁護士が彼女の方に歩いて来た。

「私の負けですよ。仕方ありません。どこに乗りますか?」

「どこでもいいわ」

彼女は乗ると、家に着くまで一言もしゃべらなかった。

一年後、彼女は剃髪式を経て修道女となり、時々彼女に手紙をよこす隠遁僧アルセーニーの指導のもと、修道院で峻厳《しゅんげん》な生活を送っていた。

## 6

セルギー神父は、庵室でさらに七年間暮らした。最初のうち、セルギー神父は持って来てくれるものの多くを、紅茶も砂糖も、白パンも牛乳も、服も薪も受け取っていた。しかし時が経《た》つにつれて、彼は自分の生活をより厳しく管理するようになり、余分なものは拒むようになった。そしてついには、週に一度の黒パン以外は、何も受け取らないようになった。彼のもとに持って来られたものはすべて、彼のもとにやって来る貧しい者たちに分け与えた。

彼は自分の時間すべてを庵室の中で祈ったり、ますます多くなっていく訪問者と会談することに費やしていた。セルギー神父が教会に行くのは一年に三回程度で、それも必要のある時に、水や薪を取りに行くためだった。

こうした生活が五年間続いた後まもなくして、ここかしこで有名になったあのマコフキナ事件、彼女の夜の訪問、この後彼女のうちに生じた変化、そして修道院入りが起こったのである。この時からセルギー神父の名声は高まる一方だった。訪れる者はますます多くなり、彼の庵室の近くには修道士たちが住み、教会や宿泊所が建てられた。セルギー神父の名声は、世の常として、その偉業を誇張しながら、さらに遠方へと広まっていった。遠方からも彼のもとに人々が集まって来るようになり、おまけに彼は病気を治せるのだとの評判も立ち、病人も連れて来られるようになった。

最初に病気の平癒が起こったのは、庵室での生活が八年目に入った時のことである。セルギー神父のもとに母親が十四歳の少年を連れて来て、息子に手を当ててほしいと頼んだところ、その少年が回復したのだ。自分が病人を治すことができるとは、セルギー神父は思いもしなかった。彼はそのような考えを傲慢という大いなる罪とみなしたであろう。しかし、少年を連れて来た母親は、彼にしつこく懇願し、足元にひれ伏して言うのだった。なぜ、他人たちのことは治して下さるのに、自分の息子は助けて下さらないのか、こう言って神の名において頼むのだった。ただ神のみが治癒できるのだとセルギー神父が言い張っても、彼女は、手を当てて祈ってくれるだけでいいと懇願するのだ。セルギー神父は断って、自分の庵室に帰った。しかし翌日（これは秋のことで、夜はもう寒かった）、彼が水を取りに庵室から出ると、再びこの母親と十四歳の青白く痩せた少年に会い、同じ懇願をされるのだった。セルギー神父は、以前は断ることにいかなる疑念も抱いていなかったのだが、不公平な裁判官の寓話を思い出すと、疑念を抱くようになったのである。一旦疑念を抱くと彼は祈り始め、心の中に結論が出るまで祈り続けた。その結論とは、彼は女性の頼みを実行すべきであり、彼女の信仰が息子を救えるだろうというものだった。ここにおいて、彼、セルギー神父は、神に選ばれた取るに足らぬ道具に他ならなかったのである。

そして、セルギー神父は母親のもとに出て来て、彼女の願いを実行した。手を少年の頭に置き、祈り始めた。

母親は息子と共に帰り、一か月後、息子は元気になった。そして、近郷近在にセルギー長老——今ではこう呼ばれていた——の聖なる治癒力について名声が広まった。この時以降、近くといわず遠くといわず、セルギー神父のもとに病人がやって来ない週というのはなかった。ある人たちには拒まなかったのに、別の人たちには拒むというわけにもいかず、手を当てては祈り、そして多くの人々が回復していった。セルギー神父の名声はさらに遠方まで広まった。

こうして、修道院での九年と庵室での十三年が過ぎた。セルギー神父は長老のような風采になっていた。頬髭は長くて白く、髪の毛は薄くなっていたが、まだ黒くて縮れていた。

## 7

セルギー神父はもう何週間もの間、頭にこびりついたある考えを抱いたまま暮らしていた。彼自身が身を置いたというより、むしろ大修道院長と修道院長によって据えつけられた立場に安住していていいのかどうか考えていたのだ。これは、十四歳の少年の回復から始まった。この時以降、セルギーは月日とともに、彼の内面生活が影を潜め、外面的な生活にとって替わられていくのを感じていた。まさに、内面と外面がひっくり返された具合であった。

自分は訪問者と寄進者を修道院に引き寄せるための手段であり、それゆえ、修道院の上層部は、自分が最も役に立つような環境を整えようとしているのだと分かっていた。例えば、もう、彼には労役の自由が与えられていなかった。必要であろうものはすべて準備されていて、為すべきことといえば、彼のもとにやって来る礼拝者たちが、彼の祝福を受けられないことがないようにすることだけだった。便宜上、応接日が定められ、男性用の応接室と、女性たちが駆け寄って彼を突き倒すことのないよう、手すりで仕切られた場所、つまり、礼拝者を祝福するための場所が設けられた。

もし、彼が人々にとって必要であり、キリストの愛の掟《おきて》を実行するためなら、彼に会いたいという人々の要求を拒絶することはできず、これらの人々を遠ざけるのは心ない仕打ちだ、と言われれば、同意せざるをえなかった。しかし彼自身は、このような生活に身をまかせるにつれて、内に向かうべき精神が外に向かい、彼のうちにある生命の水の源泉は枯渇し、自分のやっていることは、神のためではなく、人々のために行っているにすぎず、時とともにその度合いが強くなるのを感じていた。

人々に訓戒を垂れる時でも、祝福する場合でも、病人に祈りを捧げる時でも、人々に人生の進路について助言を与える時であっても、彼のおかげで病気が治ったとされる人々や説教を垂れた人々の感謝の言葉を聞いている時でも、彼は喜ばずにはいられなかったし、自分の為しえたことやそれが人々に与える影響について心を砕かずにはいられなかった。自分は人々を照らす燭台だと思いはするものの、そう感じれば感じるほど、自分の内面で燃える神の真実の光が弱まり、消えゆくのを感じるのであった。「私はどれだけを神のために働き、どれだけを人々のために働いているのだろう？」というのが、常に彼を悩ましていた問題であり、彼はその問題に一度も答えることができなかった。いや、むしろ答えを出す決心がつかなかったのだ。心の底では、悪魔が神のための活動すべてを、人々への活動にすりかえたと感じていた。以前、隠遁生活から引き出されるのがつらかったのと同様に、隠遁生活がつらく思われたからこそ、そう感じたのである。彼は訪問者を重荷と感じ、彼らのせいで疲れることになるのであったが、それでも心の奥底では、彼らの来訪が嬉しかったし、彼を賞賛で包んでくれることが嬉しかったのである。

彼は、立ち去ろう、身を隠そうとした時もあった。実際にどうやって身を隠すべきか、考えを巡らしたほどであった。彼は、施しを求める者にあげるために必要なのだと言って、百姓風のシャツにズボン、上着《カフタン》と帽子を自分のために用意した。そして、その服を取っておき、どうそれに着替え、髪を切り、立ち去ったらよいか考えていた。最初は列車で発ち、三百露里行ったら、降りて村々を回るのだ。彼は老兵士に、どこをどう行き、どのように施しをもらい、家に入れてもらえるのか、ということを根掘り葉掘り尋ねた。兵士は、どこでどうすればうまいこと施しが得られ、家に入れてもらえるのか教えてくれたが、これこそ、セルギー神父が望んでいたことだった。一度など、夜中に着替えて出ようとしたことがあったが、行くべきか、残るべきか、どちらがいいのか分からなかった。最初のうちは決断できずにいたのだが、その後、この優柔不断な状態も過ぎ去ると、慣れてしまって悪魔に服従した。百姓の服は、ただ彼に、こうした思いつきと感情を呼び起こすばかりであった。

日増しに、彼のもとにやって来る訪問者は増え、祈りと精神的な強さを培うのに必要な時間は減るばかりだった。時折、心が晴れわたっている時には、彼は、かつて泉のあった場所に自分が似てきたと考えることがあった。「弱々しい生命の水が湧き出《い》だす場所があって、その水が内側から私を通って静かに流れ出ていたのだ。彼女が（彼はいつも、あの夜と彼女、今では修道女アグニヤを、歓喜をもって思い出すのだった）彼を誘惑した時には真実の生があった。彼女はその清らかな水の味を知ったのだ。しかしその後、水がたまる間もなく渇望する者たちがやって来て、ひしめき、それを奪い合う。彼らはすべてを粉々に砕こうとし、ただ泥だけが残るのである」たまに訪れる晴れ晴れとした気持ちの時には、このように考えるのだったが、平生は疲労とこの疲労感がもたらす自己陶酔感に満たされていたのであった。

五旬中節の水曜日［復活祭後第四水曜日の祭日］前夜のことだった。セルギー神父は、その洞窟内の教会で徹夜禱を行っていた。そこに入りきる二十人ほどの人々がいた。皆、地主や商人など金持ち連中であった。セルギー神父は誰でも通そうとするのだが、彼にあてがわれた修道士と毎日修道院から彼の庵室へと送られてくる当直が参拝者を選んで通していた。八十人ほどの巡礼者からなる庶民の群衆、特に女たちは、セルギー神父が出てきて祝福してくれるのを待ちかまえながら、外で群がっていた。セルギー神父が祈禱を執り行っている最中、礼賛の言葉を唱えながら前任者の墓に足を向けた時、彼はよろめき、背後に立っていた商人と、輔祭《ほさい》の代わりに祈禱を行っていた修道士が彼を受け止めなければ、倒れるところだった。

「一体どうしたのですか？　神父さま！　セルギー神父！　お可哀想に！　まあ！」と女性の声が一斉にざわめき始めた。「ハンカチのように真っ青になってしまったわ」

しかし、セルギー神父はすぐに姿勢を立て直し、まだすっかり青ざめたままだったが、商人と輔祭を自分から引き離し、歌い続けた。セラピオン神父と輔祭、下級聖職者たちと、常に庵室のそばに住んでいてセルギー神父の世話役を務めるソフィヤ・イワーノヴナ夫人は、彼に祈禱をやめるようにと頼み込んだ。

「大丈夫、大丈夫」とセルギー神父は、口髭の下でかすかに分かる程度に微笑んで言った。

「祈禱を中断させないで下さい」

「そうだ、聖人もこうするものだ」と彼は考えた。

するとすぐに、「聖人だ！　神々しい天使だ！」と彼は背後からソフィヤ・イワーノヴナと彼を支えたあの商人の声を聞いた。彼は説得されても聞かず、祈禱を続けた。皆、再び押し合いへし合いしながら狭い通路を通って小さな教会へ戻り、神父セルギーは、ここで徹夜禱を、少し短縮はしたものの、最後まで勤め終えた。

神父セルギーは、勤行の後すぐにその場にいた者たちを祝福し、洞窟の入口そばに立つ楡《にれ》の木の下にあるベンチの方に出た。彼は休憩して新鮮な空気を吸いたかったし、それが必要だと感じていた。しかし、彼が出てくるとたちまち、民衆が群になって押し寄せてきて、祝福してくれと頼んだり、助言や助けを求めたりするのである。ここには、常に聖地から聖地へ、ある長老から別の長老のもとへと遍歴し、あらゆる聖地や長老を前に、いつも感動せんばかりの巡礼女たちがいた。セルギー神父は、このよくいる最も信心が薄く、冷徹で心変わりしやすいタイプの者を知っていた。ここにはまた、大半が退役兵士で一つ所に落ち着くことなく困窮した巡礼者――その多くは、ただ食べていくために修道院から修道院へと渡り歩く飲んだくれの老人たちが占めていた――がいた。ここには、病気の治癒の他に娘の嫁入り、店の賃貸、土地の購入、さらに、子供を窒息死させた、または私生児を産んだ罪を拭うといった、極めて実利的な事柄に関する疑問点の解決という独善的な要求を持った無学な農民や農婦たちがいた。セルギー神父には、こうしたことはもうだいぶ前からおなじみとなっていたし、興味もなかった。彼は、こうした人々から何も新しいことを得られないし、これらの面々が彼のうちにいかなる宗教的感情も呼び起こさないことを知っていたが、それでも彼とその祝福や言葉を必要としてくれ、それを尊いと考えてくれるこれらの群衆に会うのはまんざらでもなかった。それゆえ、これらの群衆を重荷と感じてはいたが、それと同時に、心地よい存在でもあったのだ。セラピオン神父は、セルギー神父が疲れているからと言って彼らを追い払おうとしたが、その際彼は、「彼ら（子供たち）がわたしのところに来るのを妨げてはならない」という聖書の言葉を思い出して、自分自身に感動してしまい、彼らを入れてやるようにと言った。

彼は立ち上がり、参拝者が群がっている手すりに近づき、彼らを祝福し、その質問に答え始めたが、そのか細い声に彼自身が感動を覚えるのだった。しかし、その望みとは裏はらに、彼ら全員に応えることはできなかった。また目の前が暗くなり、ふらついて、手すりにしがみついた。彼は、再び頭に血が上ってくるのを感じ、最初は青くなったが、その後、急に真っ赤になった。

「そうですね、また明日にしましょう。どうやら、今日は無理みたいです」と彼は言って、全員まとめて祝福し、長椅子に向かった。商人がまた彼を受け止め、手を取って連れて行き、座らせた。

「神父さま！」という声が群衆の中から聞こえてきた。「神父！　神父さま！　わたしどもを見捨てないで下さい。あなたさまがいなけりゃ、わたしどもはもう終わりです！」

商人は楡の木の下の長椅子にセルギー神父を座らせると、自ら警官の役を買って出て、極めて断固とした態度で民衆を追い出しにかかった。実際、彼は小声で話していたので、セルギー神父には聞こえなかったのであるが、怒った断固とした調子で言うのだった。

「とっとと出て行って下さいよ。出て行くんですよ。祝福してもらったというのに、まだ何が必要だというんですか？　解散して下さい。でないと、本当にぶん殴りますよ。ほらほら！　そこの黒い巻靴下をはいたおばさんも、さあ行った行った。あんた一体どこに行く気かね？　終わりだと言われたんだから。明日どうなるかは、神様の思《おぼ》し召《め》し次第ですが、今日はとにかく終わったんですよ」

「でもあんた、ほんの一目でいいから、あの方のお顔を拝見したいんだよ」と婆《ばあ》さんが言った。

「だめと言ったらだめだ。こら、どこに行くんだ？」

セルギー神父は、商人が何だか厳しい態度を取っていることに気づいたので、侍者に弱々しい声で、人々を追い払わないよう頼んだ。セルギー神父は、商人がそれでも追い払うと分かっていたし、一人になって休みたいと切に願っていたが、にもかかわらず侍者に言伝《ことづて》させたのは、人々に感銘を与えるためだった。

「分かりました、分かりましたよ。私は追い払ってるんじゃなくて、彼らの良心に訴えてるんですよ」と商人は答えた。「だって彼らは困らせるだけじゃないですか。あいつらには哀れみの心っていうのがないんです。自分のことばかり考えてますからね。駄目ですよ、もう終わりなんですからね。行きなさい。また明日ですよ」

商人は皆を追い払った。

商人がかくも熱心だったのは、彼自身が規律を好んだからであり、民衆を追い立て、こき使うのが好きだったからでもあり、そして何よりも、彼自身がセルギー神父を必要としていたからだ。彼はやもめで、病気で嫁に行けない一人娘がいた。彼は、セルギー神父に娘を治してもらうために、千四百露里もの距離をはるばる、娘を連れてやって来たのだ。娘が病気になってから二年間というもの、すでに様々な所で治療を試みていた。最初は県都の大学附属病院に行ったが、功を奏さなかった。その後、サマーラ県の百姓のもとに連れて行ったら、少しだけよくなった。それから、モスクワの医者にも診せたが、お金をたくさん払ったにもかかわらず、何の効果もなかった。今度は、セルギー神父が病気を治せるらしいと聞いたので、彼女を連れて来たというわけである。そういうわけで、商人は皆を追い払うと、セルギー神父のもとにやって来て、いきなりひざまずき、大声で言った。

「聖なる神父さま、私の病める娘に祝福を与え、病気の苦しみを癒してやって下さい。あなたの聖なる御御足《おみあし》にすがる無礼をお許し下さい」

そして彼は、両の手のひらを杯のような形に重ね合わせた。彼は、こうしたことすべてを、まるで法や慣習によって明確にきっちりと決まっているかのように話し、やったのだが、娘の回復を懇願するのに他のやり方はなく、まさにこの方法でなくてはならないと言わんばかりであった。彼はこうしたことを確信を持ってやってのけたので、セルギー神父にも、まさにこんな風に話したり振る舞ったりしなければいけないかのように思われた。しかし、それでも彼は商人に、立ち上がって事情を説明するように言った。商人の話では、彼の二十二歳になる娘が、二年前に病にかかったということだった。母親の急死後、彼曰く、ああ、と叫んでそれ以来、気が触れたというのだ。それで、彼は彼女を千四百露里も離れた所から連れて来たのだが、その娘は、セルギー神父が彼女を連れて来るよう命じるまで、ホテルで待っているということだ。昼は、彼女は光を恐れて出歩かないが、日没の後は出歩けるという。

「どうなんでしょう、娘さんはとっても弱っているんですか?」セルギー神父は言った。

「いいえ、特に衰弱しているわけではなく、むしろ太っているくらいなんです。ただ、医者が言うにはノイローゼなんです。もし、セルギー神父さまが今日にも娘を連れて来るよう命じて下されば、私は一瞬で飛んで行って帰って来ますよ。聖なる神父さま、親心を甦らせて下さい。一門を再興させて下さい。あなたの祈りで病める娘を救って下さいまし」

そして、商人は再び勢いよくひざまずき、杯のような形に組み合わせた両手のひらのうえに頭をかしげると動かなくなった。セルギー神父はもう一度、彼に立つよう言った。そして、自分の仕事がいかに耐え難いものか、そして、それにもかかわらず素直にこうした仕事を担っていることを思い、重々しくため息をつき、数秒黙り込むと言った。

「いいでしょう、晩に娘さんを連れて来て下さい。彼女のことを祈ってあげます。ただ、今は疲れてしまいました」と彼は目を閉じた。「その頃には人を送りますから」

商人は爪先立ちで砂の上を歩いて行ったが、そのせいで長靴はぎゅっぎゅっとより大きな音を立てた。彼は立ち去り、セルギー神父が一人残った。

セルギー神父の全生活は勤行と訪問者で満たされていたが、今日は特につらい一日だった。朝は、よその土地からやって来たおえらい高官が、長いこと彼と話し合った。その後は、息子を連れた婦人がやって来た。この息子は若い教授で、神を信じていなかったが、その母は信仰も篤《あつ》く、セルギー神父に身も心も捧げていて、息子をここに連れて来て、その息子と話をしてくれるようにとセルギー神父に頼み込んだのだった。会話は非常に耐え難いものだった。若者は、明らかに修道士と口論したくないようで、弱い者を相手に話す時のように、すべてにおいて彼に賛意を示していた。セルギー神父は、若者には信仰心がないにもかかわらず、その心は晴れやかで軽く、穏やかだと感じた。セルギー神父は今、この時の会話を、不快感をもって思い出していた。

「食事をなさいますか、神父さま」と侍者が言った。

「はい、何か持って来て下さい」

侍者は、洞窟の入口から十歩ほどのところに建てられた小さな庵室に行き、セルギー神父は一人になった。

セルギー神父が一人で生活し、自分のことはすべて自分でやり、ただ聖餅《せいへい》かパンだけを食べていた時期はとっくに過ぎていた。もうだいぶ前に、彼には自分の健康をぞんざいに扱う権利などないと言い渡され、精進用とはいえ、体によい食事が与えられていた。彼は、食事を少ししかとらなかったものの、以前に比べるとはるかに多く、以前のような嫌悪感や罪の意識はなしに、大いなる満足をもって食べるのであった。まさに今もそうであった。彼はお粥《カーシャ》を食べ、紅茶を飲み、白パンを半分食べた。

侍者は立ち去り、彼は楡の木の下の長椅子に一人取り残された。

素晴らしい五月の夕暮れだった。白樺やヤマナラシ、楡の木、ウワミズザクラ、楢《なら》の木に、葉が芽吹いたばかりの頃であった。楡の木の背後にあるサクラの灌木は花盛りで、まだ散っていなかった。小夜啼鳥《ナイチンゲール》が、一羽はすぐ近くで、他の二、三羽は、下の川辺の灌木で、ちっちっとさえずり、高らかに鳴き始めた。川の方からは、仕事帰りと思しき労働者の歌声が遠くに聞こえていた。太陽は森の向こうへと沈み、木々の緑を通して、光が方々に差し込んでいた。こちら側は黄緑色に染まり、楡の木が立っている方は、深緑がかっていた。甲虫が飛び回り、何かにぽんと当たっては落ちていた。

夕食後、セルギー神父は、心の中で祈りを唱え始めた。「主イエス・キリストよ、神の御子よ、われらを赦したまえ」それから、賛美歌を唱え始めたが、突然、その途中でどこからか、雀が茂みから地面に舞い降り、ちっちちっとさえずって、ぴょんぴょんと彼に近づいたと思うと、何かにびっくりして飛び立った。彼は、自分の遁世について祈りを読んでいたが、商人と病気の娘を呼びにやるため、早く祈り終えようと急いでいた。彼女は、彼の関心を惹《ひ》いた。彼女が彼の関心を惹いたのは、これが気晴らしとなり、新しい顔ぶれでもあったからであり、彼女とその父親が、彼のことを、祈りを叶えることのできる聖者とみなしていたからだった。彼は、こうしたことを認めなかったが、心の底では、自分のことを聖者だと考えていたのである。

彼はしばしば、一体どのようにして、彼が、ステパン・カサーツキーが、このような非凡な聖者に、まさしく奇跡を行う聖者になれたのか、と驚いたものだった。しかし、彼がこうした人物であることには、いかなる疑いもなかった。彼は、衰弱した少年から彼の祈りで視力を得た最後の老婆に至るまで、自分で目にした奇跡を信じないわけにはいかなかった。どんなに不思議だろうと、実際そうだったのだ。そういうわけで、商人の娘が彼の関心を惹いていたのは、彼女が新顔で、かつ彼のことを信じており、さらには彼女によって人を治癒する自身の力と名誉を裏づけることができるからであった。「千露里もの距離を越えてやって来る者もいるし、新聞にも書かれていれば、陛下もご存じだ。そしてヨーロッパ、信仰心のないヨーロッパでも知られているのだ」と彼は考えた。そして突然、自身の虚栄心が恥ずかしくなり、再び神に祈り始めた。「神よ、天にましますわれらの神よ、慰安者よ、聖霊よ、わが身に入り来たりてすべての忌まわしきものから清めたまえ。神よ、われらが霊よ。われを虜《とりこ》にする汚らわしい名誉心から清めたまえ」彼はこう繰り返すと、これまで何度このことを祈り、そして、今に至るまで、この方面に関しては祈りがどれだけ無益であるか、ということを思い出していた。彼の祈りは、他者に対しては奇跡を起こすのであったが、自分のこととなると、このつまらぬ情念からの解放さえも、神に聞き入れてもらうことができないでいた。

彼は、庵室生活を始めたばかりの頃、清らかさや謙譲の心、そして愛を賜るようにと祈っていた頃の祈りを思い出した。そして、当時、彼には神が願いを聞き入れてくれたように思われたこと、自分が清らかだったこと、自分の指を切断したことを思い出した。そして、指の縮んで皺《しわ》だらけになった部分を持ち上げて、それに接吻した。彼には、自分自身がその罪深さゆえに常に忌まわしく感じられた時にも、謙譲の心を持っていたように思われた。そして、彼のもとにやって来た老人や、金を要求した酔っ払いの兵士や、そしてあの女性を大いなる感動をもって出迎えたことを思い出していた時にも、愛があったように思われた。だが今は？　そして彼は自分が誰彼を愛しているか、と自身に問うた。ソフィヤ・イワーノヴナやセラピオン神父を愛しているか、今日、彼のもとにやって来たすべての人々に対して、自分の知性と、若い人にも引けを取らない教育があるところを見せたいばかりに、説教じみた調子で語りかけた学問のある若者に対して、愛という感情を抱いたかどうか、自問した。彼には、この人たちから受ける愛が心地よく、必要でもあったが、彼らに対して、愛を感じてはいなかったのだ。今、彼には愛も、謙譲の心も、清らかさもなかった。

彼は、商人の娘が二十二歳だと知って嬉しく思ったし、彼女が美しいかどうか、知りたいとも思った。そして、彼女が衰弱しているのか質問しながらも、彼女が女性としての魅力をそなえているか否かを、まさに知ろうとしていたのである。

「まさか、私はこんなにも堕落してしまったのだろうか」と彼は考えた。「主よ、私を助けたまえ、甦らせたまえ、主よ、わが神よ」そして彼は手を合わせ、祈り始めた。小夜啼鳥《ナイチンゲール》が高らかに鳴き始めた。甲虫が飛んで来て彼にぶつかり、首筋を這《は》い始めた。彼は虫を振り払った。「一体神は存在するのだろうか？　もし、私が外側から閉ざされた扉を叩いているのだったらどうだろう……扉に錠前があれば、見えるはずだろうに。この錠前は、小夜啼鳥《ナイチンゲール》や虫、自然だ。あの若者が正しいのかも知れない」そこで、彼は大きな声で祈り始めた。そして、こうした考えが消え、再び平安と自信を取り戻すまで、長いこと祈っていた。彼は呼び鈴を鳴らし、出てきた侍者に、商人と娘を呼ぶように言った。

商人は、娘の腕をとって連れて来て、彼女を庵室に通すと、すぐに出ていった。

娘は金髪で、青白いほどの色白で、肉づきがよく背はかなり低かった。子供のようなおどおどした顔つきで、成熟した女性らしい体つきをしていた。セルギー神父は、まだ入口そばの長椅子にいた。娘が入ろうとして、彼のそばで立ち止まり、彼が彼女を祝福してやった時、自分が彼女の体を見回したことにぞっとした。彼女が入った時、自分が何かに刺されたように感じていた。彼は、その顔から、彼女が官能的で頭は弱いと見て取った。彼は立ち上がって、庵室に入った。彼女は彼を待ちながら、椅子に座っていた。

彼が入って来ると、彼女は立ち上がった。

「私、お父さまの所に行きたいわ」と彼女は言った。

「怖がらないで」と彼は言った。「どこが痛いのかね？」

「何もかもが痛いんです」と彼女が言うと、その顔は微笑みによってぱっと明るくなった。

「よくなりますよ」と彼は言った。「祈りなさい」

「何を祈るっていうんですか？　祈ったけれど、何の効果もありません」彼女は微笑み続けていた。「あなたがお祈りして、私に手を当てて下さいな。私は夢であなたのことを見たんです」

「どんなふうに？」

「こうやって、私の胸に手を当てているのを見ました」彼女は彼の手を取って、それを自分の胸に押しつけた。「ほら、ここに」

彼は、彼女に右手を委ねたのだった。

「名前は何というのかね？」と彼は、全身を震わせ、自分が打ち負かされて、もはや肉欲を制御できないと感じながら、尋ねた。

「マリヤです。でもどうして？」

彼女は手を取って、それに接吻した。それから、片手で彼の腰を抱き、その身体を自分にぴったりくっつけようとした。

「何をするんだ」と彼は言った。「マリヤ、君は悪魔だ」

「そうかしら、でもきっと平気よ」

そして、彼女は彼を抱いたまま、一緒にベッドの上に座った。

夜明けに、彼は玄関に出て来た。

「まさか、本当に起こってしまったことなのか？　父親が来たら、彼女は話してしまうだろう。彼女は悪魔だ。私は一体どうしたらよいのだ。そう、あれだ、私が指を切り落としたあの斧だ」彼は斧をさっとつかんで、庵室に戻ろうとした。

侍者が彼に出くわした。

「薪を伐るようにとおっしゃるのですね？　斧を渡して下さい」

彼は斧を渡し、庵室に入った。彼女は横になって眠っていた。彼は恐怖の念をもって彼女を一瞥《いちべつ》した。庵室に入って百姓の服を取り、それに着替え、鋏を取って、髪の毛を切った。そして彼は、四年も行ったことのない川の方へ、山を小道づたいに下って行った。

道は、川沿いを走っていた。彼は、道に沿って歩き出し、昼食時まで歩き通した。お昼時になると、ライ麦畑に入り、そこで横になった。夕方には、川辺の村までやって来た。彼は村には行かず、川の方、崖の方へと進んで行った。

早朝で、日の出まであと三十分ばかりあった。何もかもが灰色で、陰鬱で、西から冷たい夜明け前の風がかすかに吹いていた。「そうだ、けりをつけなくては。神はいないんだ。どうやって決着をつけたらいいんだ？　身投げしようか？　泳げるから溺れはしないだろう。首をつろうか？　そうだ、ここに帯がある。枝で……」これは、あまりに現実味を帯びて、身近に感じられたので、彼はぞっとした。絶望の時にはいつもそうだったように、祈りたいと思った。だが、祈る相手がいなかった。神はいなかったのだ。彼は片肘をついて横になっていた。そして突然、強い眠気に襲われたので、もはや手で頭を支えることができなくなり、手を伸ばしてその上に頭をのせ、すぐに寝入った。しかし、眠りが続いたのは、ほんの一瞬だった。彼はすぐに目を覚まし、夢とも回想ともつかぬ状態に陥るのだった。

彼の目には今、自分が子供で、田舎の母の家にいる光景が浮かんでいた。彼らの家に四輪馬車がやって来て、そこから大きな黒い顎鬚《あごひげ》をこめかみまで生やした伯父のニコライ・セルゲーエヴィチと、彼と一緒に大きくて柔和な目をした、哀れっぽいおどおどした顔つきの痩せた女の子パーシェンカが出て来る。そして、彼ら、男の子たちの仲間にこのパーシェンカが連れて来られるのだ。彼女と遊ばなくてはいけないんだが、退屈だ。彼女は馬鹿だからだ。しまいには、泳ぎができるか見せるよう無理強いして、彼女を笑いものにするのだった。彼女が床の上に寝転がり、この水のない場所で泳ぎを見せると、皆は大笑いし、彼女を馬鹿者扱いする。これを見て、彼女の顔は赤い染みで覆われ、哀れに、あまりに哀れになるので、良心が痛み、もう二度とその善良で従順そうな作り笑いを忘れることができないのだ。そしてセルギーは、この後に彼女と会った時のことを思い出していた。あれから長い時を経てのち、彼が修道士になる前に彼女に会ったのだった。彼女はある地主と結婚していたが、この地主は彼女の財産を浪費し、彼女に暴力を振るっていた。彼女には二人の子供、息子と娘がいたが、息子は小さい頃に亡くなっていた。

セルギーは、自分の見た彼女の不幸な姿を思い出していた。その後、修道院で寡婦となった彼女を見た。彼女は相変わらず、馬鹿とは言わないまでも、野暮ったく、取るに足りない哀れな存在だった。彼女は娘とその婚約者と一緒にやって来たが、彼らはすでに貧しかった。その後、彼女がどこかの郡都に住んでいて、とても貧しい暮らしをしていると聞いた。「どうして私は彼女のことを考えているのだろう？」彼は自問した。だが、彼女について考えるのをやめられなかった。「彼女はどこだろう？ どうしているだろう？ 今でも、床で泳ぎを見せた時と同じように不幸なのだろうか？ 一体なぜ彼女のことを考えるのか？ どうしたというのだ？ 決着をつけなくては」

そして、再び彼は恐ろしい考えに囚われ、それから逃れるために、またぞろパーシェンカのことを考え始めた。

こうして彼は長いこと、避け難い死について考えたり、パーシェンカのことを考えたりしながら横になっていた。彼には、パーシェンカが救いのように思われた。ようやく眠りに落ちた。夢の中で天使が彼のもとにやって来て言った。「パーシェンカの所に行って、何を為すべきか、お前の罪が何処《いずこ》にあるのか、また救いは何処にあるのか、彼女に教えてもらうがいい」

彼は目を覚ますと、これが神から賜った夢だと確信して嬉しくなり、夢のお告げを実行しようと決めた。彼は、彼女が住んでいる町を知っていて――それは、三百露里離れた所であった――そこに向かった。

## 8

パーシェンカは、もうずっと以前からパーシェンカではなく、年老いてやつれ果て、皺だらけのプラスコーヴィヤ・ミハイロヴナとなり、運のない酒飲みの役人マヴリキエフの姑《しゅうとめ》となっていた。彼女は、娘婿が最後に働いていた郡都に住んでいて、そこで家族を、娘とノイローゼを患っていた娘婿その人、そして五人の孫を養っていた。彼女は、一時間五十コペイカ［一ルーブルは百コペイカ］で商人の娘たちに音楽のレッスンをしながら生計を立てていた。一日に時には四時間、時には五時間のレッスンをしたので、一ヶ月で六十ルーブルほどは稼ぐことができた。娘婿が職につけるのを待ちわびつつも、目下のところはそうして暮らしていた。プラスコーヴィヤ・ミハイロヴナは、職を求める手紙を、セルギーも含めて親類や知人のすべてに送った。だが、手紙は彼に届かなかった。

土曜日のことだった。プラスコーヴィヤ・ミハイロヴナは、まだ父親の家にいた時分には、農奴の料理人がおいしく作ってくれたレーズン入りの味付けパン生地を、自分で捏《こ》ねていた。プラスコーヴィヤ・ミハイロヴナは、明日のお祝いの日に、孫たちに御馳走してやりたかったのだ。

彼女の娘マーシャは下の子の面倒を見ており、上の男の子と女の子は学校にいた。当の娘婿は昨晩眠ることができず、今、寝ついたところだった。プラスコーヴィヤ・ミハイロヴナは、娘の夫に対する怒りを鎮めようとして、昨日は長いこと眠れなかった。彼女は、娘婿が弱い人間で、こんな風にしか生きることも話すこともできないのだと分かっていたし、娘が彼を非難したところで、どうにもならないと分かっていたので、非難したり悪意を抱くことのないよう、彼ら夫婦の心を和らげようと全力を尽くしていた。彼女は人と人が敵対することに、ほとんど生理的に耐えることができなかった。彼女にとっては、憎しみあっても何もよくならないばかりか、むしろ万事悪くなってしまうことが、火を見るよりも明らかだったのだ。彼女はこうしたことを考えたことすらなかったが、ただ、憎しみを目にするだけで、嫌な臭いや耳障りな騒音、体を殴られるのと同じような苦しみを覚えるのだった。

彼女がルケリヤに、発酵した練り粉の捏ね方を上機嫌で教えていたところに、エプロンをつけた六歳の孫のミーシャが、つぎのあたった長靴下をはいた曲がった足で、びっくりしたような顔をして台所に駆け込んできた。

「おばあさま、怖いおじいさんが会いたがっているよ」

ルケリヤは覗いてみた。

「それも巡礼のようですよ、奥さま」

プラスコーヴィヤ・ミハイロヴナは、その細い肘と肘をこすり合わせ、手をエプロンで拭き、五コペイカを恵もうと中にお財布を取りに行こうとした。だが、その後十コペイカ硬貨より細かいのがないことを思い出し、パンを恵むことにして、戸棚の方に戻った。しかし突然、自分が出し惜しみしたことを思い出して赤くなり、ルケリヤにはパンを一切れ切り分けるように言いつけ、自分はそれに加えて十コペイカ硬貨を取りに行った。「当然の罰だわ」と彼女は自分に言いきかせた。「倍にして恵むべきよ」

彼女は、謝りながらこれら両方を巡礼に恵んでやった。恵んでやっている時には、自分の気前よさを誇らしいなどとこれっぽっちも思わなかったばかりか、むしろ、こんなにも少ししか恵めないことを恥ずかしく思った。巡礼には威厳があった。

彼は三百露里もの乞いをしながらやって来て、服はぼろぼろになり、痩せて黒くなり、髪も短く刈って百姓の帽子と長靴を身に着けていたにもかかわらず、そして、慎み深くお辞儀をしたにもかかわらず、セルギーには、人を惹きつける威厳がまだ残っていた。だが、プラスコーヴィヤ・ミハイロヴナには、彼が誰だか分からなかった。彼に会うのはほとんど三十年ぶりなので、見分けられるはずもなかった。

「どうぞ悪しからず、旦那さん。よかったら、何かお食べになりますか?」

彼はパンとお金を受け取った。プラスコーヴィヤ・ミハイロヴナは、彼がそれでも立ち去らずに彼女のことを見ているので驚いた。

「パーシェンカ、私は君に会いに来たのだよ。入れておくれ」

哀願するように彼女をじっと見つめていた黒く美しい目は、あふれる涙で光り始めた。白くなりつつある口髭の下で、唇が憐れみ深そうに震えた。

プラスコーヴィヤ・ミハイロヴナは、痩せこけた胸をつかみ、口を開き、巡礼の顔に瞳を落としたまま立ちすくんだ。

「まさか！　スチョーパ［ステパンの愛称］！　セルギー！　セルギー神父」

「そう、私ですよ」とセルギーは静かに言った。「ただ、セルギーではなくて、セルギー神父ではなくて、大いなる罪人《つみびと》ステパン・カサーツキーです。破滅した大いなる罪人です。私を入れて助けておくれ」

「まあ、何てことでしょう。どうしてあなた、ご自分をそんなに卑下なさるのですか？　とにかく中へ入りましょう」

彼女は手を差し出したが、彼はそれを取らずに、彼女の後をついて行った。

だが、どこに連れて行くというのだ。住まいはとても小さかった。最初は、ほとんど物置部屋のようなごく小さい部屋が彼女にあてがわれていたが、この物置部屋も、その後、娘に与えてしまった。今も、そこではマーシャが乳飲み子を寝かしつけながら座っていた。

「こちらにお掛け下さい、どうぞ」と彼女は台所の長椅子を指してセルギーに言った。

セルギーはすぐに座って、明らかに慣れた手つきで、最初は片方の、それからもう一方の肩から荷物をおろした。

「おやまあ、どこまでご自分をお卑しめになるのですか、神父さま！　あれほどの名声があった方なのに、こんなに突然……」

セルギーは答えずに、ただ、自分のそばに荷物を置きながら、穏やかに微笑んだ。

「マーシャ、これが誰だか分かる？」

そして、プラスコーヴィヤ・ミハイロヴナは、娘に小声でセルギーが誰なのかを話し、彼らは一緒にベッドと揺りかごを物置部屋から運び出して、セルギーのために空けてやった。

プラスコーヴィヤ・ミハイロヴナは、セルギーを小部屋に案内した。

「ほら、ここで休んで下さい。どうぞ悪しからず。私は行かなくてはならないので」

「どこに？」

「レッスンがあるんです。言うのもお恥ずかしいのですが……音楽を教えているのです」

「音楽ですか、それはいいですね。ただ、プラスコーヴィヤ・ミハイロヴナ、一つ言っておかなくてはならないんですが、私はあなたに用事があって来たんですよ。いつだったら、あなたとお話しできますか？」

「ありがたいことです。夜はいかがですか？」

「いいですよ、ただもう一つお願いがあるんです。私のことは、人に言わないで下さい。これは、あなたにだけ打ち明けたのですから。誰も、私の行き先を知らないんです。是非ともそうして下さい」

「あら、私は娘に言ってしまいました」

「では、彼女に誰にも言わないよう伝えて下さい」

セルギーは長靴を脱いで横になると、眠れない夜と四十露里もの徒歩の旅路ゆえに、すぐに寝入ってしまった。

プラスコーヴィヤ・ミハイロヴナが戻って来た時には、セルギーは自分の小部屋に座って彼女を待っていた。彼は、食事のため部屋からは出ず、ルケリヤがそこに持って来たスープとお粥《カーシャ》を食べた。

「約束の時間より早いようだが？」とセルギーは言った。「もうお話しできるのかい？」

「どうして私にこんな幸せが訪れたのでしょう。こんなお客さまがいらっしゃるだなんて。私はもう、レッスンを休みにしてしまいました。後で……私はいつも、あなたの所に行きたいと夢見ていたんですよ。あなたに手紙も書きました。それが突然、こんな幸せに見舞われるなんて」

「パーシェンカ！　お願いだから、私が今、君に話すことを、死ぬ時に神の前で告げる懺悔《ざんげ》だと思って聞いておくれ。パーシェンカ！　私は聖人なんかじゃないんだ。ごく普通のありふれた人間ですらないんだ。私は汚れた、忌まわしい人の道を踏み外した罪人だ。驕慢《きょうまん》なる罪人だ。一番悪いといえるかどうかは分からないが、最も悪いと思われている人たち以上に悪い人間なのだ」

パーシェンカは最初、目を見開いて見つめていた。彼女は信じていたのだ。それから、彼女はすっかり信じ切ると、手で彼の手に触れ、憐れむように微笑んで言った。

「スチーワ、もしかしたら、あなた誇張しているんじゃないかしら？」

「いいや、パーシェンカ。私は姦通者《かんつうしゃ》で、殺人者で、神を冒瀆《ぼうとく》した詐欺師なんだ」

「一体何てことかしら！　どういうことなの？」プラスコーヴィヤ・ミハイロヴナは言った。

「だが、生きなくちゃいけないんだ。何でも知っていると思い込み、生き方を人々に教えてきたこの私が、何も分かっていなかったんだ。どうか教えておくれ」

「どういうことなの、スチーワ。あなた、私をからかっているのね。どうしてあなたたちはいつも、私のことをからかうの？」

「ああ、分かったよ、からかっているということにしよう。ただ、君がどのような生活をしているのか、どう生きてきたのか教えておくれ」

「私が？　私はなんとも嫌な忌まわしい人生を送ってきたわ。それで、今は神さまの罰を受けているのよ。それも当然だわ。だから、こんなに、こんなに惨めな生活をしているの……」

「一体どんな結婚をしたんだい？　旦那さんとはどんな生活だったのかい？」

「何もかもうまくいかなかったわ。ただもう馬鹿みたいに夢中になってしまって結婚したのよ。パパはこの結婚を望まなかった。私は何も考えずに、結婚したの。そして結婚したら、夫のことを支えるどころか、かえって嫉妬で彼を苦しめたのよ。この感情に打ち勝てなかったの」

「彼は飲んだくれだったと聞いたが」

「そうだけど、私は彼をなだめることができずに、非難したの。これは一種の病気なのにね。今になって私は思い出すの。彼が我慢できないって時に飲ませてやらなかったことをね。ひどい喧嘩《けんか》をしたこともあったわ」

そして彼女は、美しく、追憶に苦しむ目でカサーツキーを見た。

カサーツキーは、パーシェンカが夫に殴られていたと聞いたことを思い出していた。半ば白くなった亜麻色《あまいろ》の薄い髪が束ねられ、耳の後ろに血管が浮き出た瘦せて乾き切った彼女の首を見ていると、カサーツキーには、今もその情景が目に浮かぶかのようだった。

「それから、私は一人になって二人の子供が残されたの。お金は全くなかったわ」

「だけど領地があったでしょう」

「まだワーシャが生きていた頃に全部売り払ったの……使い果たしてしまったのよ。生活していかなければならなかったのだけれど、私も、他のお嬢さん方と同じで何もできなかったものだから。それに、私はとりわけ駄目で、頼りなかったのよ。そうして全部使い果たしてしまったわ。子供たちには自分で勉強を教えたんだけど、私にとっても少しは勉強になったわ。でもそこへきて、ミーチャが病気になって、四年生で神さまに召されたのよ。マーネチカ［マーシャと同様、マリヤの愛称形の一つ］は婿のワーニャを好きになったの。でもね、彼は、人はいいんだけど不運な人で、病気なのよ」

「お母さん」と娘が彼女の話を遮《さえぎ》った。「ミーシャを抱いててちょうだい。これじゃあ体がいくつあっても足りないわ」

プラスコーヴィヤ・ミハイロヴナはびくっとして立ち上がり、かかとのすり減った靴で足早に扉の方へ出た。そしてすぐに、そっくり返ったり手でネッカチーフをつかんだりしている二歳の男の子を両腕に抱いて戻ってきた。

「そうそう、どこまで話したんでしたっけ？　ああそう、彼にはここでよい仕事があったのよ、上司もとっても感じ良かったですしね。でもワーニャには勤まらなくて、辞めることになったの」

「一体どんな病気なんですか？」

「ノイローゼなのよ、恐ろしい病気なの。私たちは相談して療養に行く必要があるということになったのだけれど、お金がないんですよ。それでも、そのうち治ると期待しているわ。特にどこかが痛いということはないんだけれど、ただ……」

「ルケリヤ！」男性の怒った弱々しい声が聞こえてきた。「あいつが必要な時にはいつもどこかに使いに出してやがる。お義母《かあ》さん……」

「今行くわ」と再び、プラスコーヴィヤ・ミハイロヴナは、自分の話を遮った。「あの人まだ食事してないのよ。私たちと一緒というわけにはいかないの」

彼女は出て行き、そこで何か急ごしらえすると、日焼けした痩せ細った手を拭きながら戻ってきた。

「こんな感じでやっているのよ。いつも不平を言ったり不満があったりはするけれど、おかげさまで孫たちは皆いい子で健康だし、なんとかやっていけるものよ。私については言うほどのこともないわ」

「では、どうやって生活しているのですか？」

「私も少しは稼いでいるのよ。前は音楽が嫌だったけど、今ではとっても役に立っているわ」

彼女は自分の座っていた小さなたんすに小さな手を置き、練習をする時のように細い指を動かしていた。

「レッスン代を払ってもらうのですか？」

「一ルーブルや五十コペイカ払ってくれることもありますし、三十コペイカのこともあります。どの方も私にとても良くして下さるの」

「それで、教え子たちは上達していますか？」カサーツキーは微かに目で微笑みながら尋ねた。

プラスコーヴィヤ・ミハイロヴナは、これが真面目《まじめ》な質問だとすぐには信じられずに、問いかけるように彼の目をちらっと見た。

「上達もしているわ。一人とってもいい子がいるのよ。肉屋の娘よ。優しくていい娘さんなの。私がしっかりしていれば、もちろん、うちのお父さまのコネで娘婿に仕事を見つけてあげられたでしょうに。何にもできないものだから、皆をこんな目に遭わせてしまっているの」

「そうですか、そうですか」とカサーツキーは、頭をかしげながら言った。「それで、どうなんですか、パーシェンカ、教会には通っていますか？」と彼は尋ねた。

「ああ、そんなこと訊《き》かないで下さいよ。罪なことに、なおざりにしてしまっているんです。子供たちと一緒に精進したり教会に行くこともありますが、ともすれば、何ヶ月も行かないことも。もちろん、子供たちだけは遣《や》りますけどね」

「どうしてご自分は行かないんですか？」

「本当のことを言うとね」と彼女は赤くなった。「娘や孫たちの手前、ぼろを着て行くのが恥ずかしいんですよ。でも新しい服もないしね。単に億劫《おっくう》だってこともあるけれど」

「では、家ではお祈りしますか？」

「祈ってはいるけどね。でも祈るといっても機械的なものだからね。こうではいけないと分かってはいるけど、真心が伴わないんですよ。自分の卑劣さを全部分かっているのがせめてもの救いでね……」

「そう、そうですよね」とカサーツキーは、賛同するかのように相槌《あいづち》を打っていた。

「はいはい、今行きますよ」と彼女は娘婿の呼びかけに答え、編んだ髪を直して部屋から出て行った。

今度は、彼女は長いこと戻って来なかった。彼女が戻って来た時には、カサーツキーは両肘を膝につき、頭を垂れ、同じ態勢で座っていた。だが、すでに荷物を背負っていた。

彼女が笠なしのブリキのランプを持って入ると、彼は、その美しい疲れた目で彼女を見上げ、深く、深くため息をついた。

「あなたが誰だか皆には言ってません」彼女はおずおずと言い始めた。「ただ、巡礼が貴族の出で私の知り合いだということだけ言いました。食堂に行ってお茶でも飲みましょう」

「いいえ……」

「では、こちらに持って来ますね」

「いいえ、何も必要ありません。神のご加護がありますように、パーシェンカ。私は行きます。私のことを憐れんでくれるのであれば、私に会ったとは誰にも言わないで下さいね。生ける神の名において頼みますよ。誰にも言わないでおくれ。どうもありがとう。君の足元に頭を垂れたいぐらいだが、君が困るだろうから。ありがとう。それでは御免《ごめん》下さい」

「祝福して下さい」

「神が祝福してくれますよ。それでは御免下さい」

そして彼は行こうとしたが、彼女は彼を行かせてはくれず、パンと輪形の菓子、バターを持って来た。彼は全部受け取って出て行った。

暗かったので、彼が二軒と離れないうちに、彼女は彼を視界から見失った。ただ、長司祭の犬が彼に向かって吠え出したことから、彼がどこを歩いているのか分かるだけだった。

「これこそ、私の夢が意味していたことだ。パーシェンカこそ、私がならなければいけなかったのに、なれなかった存在なのだ。私は神を口実に人々のために生きてきた。彼女は、自分が人々のために生きていると思い込んでいるが、その実、神のために生きている。そうだ、ただ一つの善行の方が、見返りなど考えずに差し出された一杯の水の方が、私が人々に施してきた恩恵などより尊いのだ。だが、神に仕えたいという心からの願いが一分なりともあっただろうか?」彼は自問し、答えは出た。「あった、だがこれらはみな、世間の名声によって汚され、覆われてしまった。そうだ、私のように世間の名声のために生きてきた者にとって、神は存在しないのだ。神を探し求めなくては」

それから彼は、パーシェンカのもとへやって来た時と同様、男女の巡礼たちと出くわしたり別れたりしつつ、パンの施しや宿を求めながら、村から村へと歩いて行った。たまに、意地悪な女主人に罵られたり、酔っぱらった百姓に悪態をつかれることもあったが、多くの場合、彼は食事や飲み物を与えてもらい、旅のためにとなにがしか持たせてくれることすらあった。彼の貴族のような風貌が好感を与えることもあったが、逆に、殿方がこのような極貧まで落ちたことを喜ぶ者たちもいた。だが、彼のものやわらかな振る舞いは皆の心をつかんだ。

彼は、しばしば家の中で福音書を見つけると、それを読み聞かせた。常に、どこに行っても、彼の話を聞く者は誰もが感動しては驚嘆し、彼の話を、まるで初めて聞く話のように、しかしそれと同時に、昔から知っていることのように聞くのであった。相談にのったり、読み書きを手伝ったり、口論する者たちをなだめることで人々に尽くすことができたとしても、彼は立ち去ってしまうので、自分で感謝を目にすることはなかった。少しずつ、神が彼のうちに現われてきた。

ある時、彼は、二人の老婆と一人の兵士と一緒に歩いていた。だく馬がつけられた二輪馬車に乗った旦那と奥方と、馬に乗った男性と貴婦人が、彼らを止めた。奥方の夫は娘と一緒に馬に乗っており、二輪馬車には、奥方が明らかにそれと分かるフランス人旅行者と一緒に乗っていた。

この人たちが彼らを足止めしたのは、ロシア民衆特有の迷信ゆえに、働かずに場所を転々とする巡礼《ペルリン》を、旅行者に見せるためであった。

彼らは、巡礼たちには分かるまいと思ってフランス語で話していた。

「このような巡礼が神のお気に召すものだと彼らが信じ切っているのかどうか、《ドゥマンデ・ルール、シル・ソン・ビヤン・シュール・ドゥ・ス・ク・ルール・ペルリナージュ・エ・アグレアーブル・》尋ねて《ア・デュ》下さい」とフランス人が言った。

彼らに尋ねてみた。老婆たちが答えた。

「それは神さま次第ですよ。歩いたという点ではお気に召すでしょうが、心の方はどうでしょう？」

兵士が尋ねられた。彼は、独り身で行く当てがないのだと言った。カサーツキーには、彼が何者なのか尋ねた。

「神の下僕《しもべ》です」

「何と言ったのですか？《ケ・ス・キル・ディ》彼は答えていませんね《イル・ヌ・レポン・パ》」

「彼は、自分が神の下僕だと言ったのですよ《イル・ディ・キ・レ・アン・セルヴィトゥール・ドゥ・デュ》」

「きっと、この人は聖職者の息子に違いない《スラ・ドゥワ・テートゥル・アン・フィス・ドゥ・プレートゥル》。気品がありますよ《イ・ラ・ドゥ・ラ・ラス》。あなたは小銭を《アヴェ・ヴ・ドゥ・ラ・》持ってますか《プティット・モネ》？」

フランス人が持ち合わせていた。彼は皆に二十コペイカずつ分け与えた。

「だけど、私は灯明代ではなく、お茶を飲んでもらうためにこれをあげるのだと言って《メー・ディットゥ・ルール・ク・ス・ネ・パ・プール・デ・シエルジュ・ク・ジュ・ルール・ドンヌ、メー・プール・キル・ス・レガル・》くださ《ドゥ・テ》い。お茶《チャーイ》ですよ、お茶《チャーイ》ですよ。あなたのため《プール・ヴ》ですよ、おじいさん《モン・ヴュ》」と彼は微笑み、手袋をはめた手でカサーツキーの肩を軽く叩きながら言った。

「キリストの御加護がありますように」と、カサーツキーは、帽子をかぶらず、禿げ頭でお辞儀をしながら言った。

カサーツキーにとっては、特にこの出会いが喜ばしく思われた。というのも、彼は世間がどう考えようと全く気にならなかったし、おとなしく二十コペイカを受け取ってそれを仲間の盲目の乞食に与えるという、ごく些細《ささい》で簡単なことをしたからだった。人々がどう思うか気にしなければその分だけ、神がより強く感じられた。

八か月の間、カサーツキーはこのように歩き回り、九か月目に、県都の、巡礼たちと泊まっていた施設で逮捕され、身分証明書を持っていなかったゆえに区警察署に連れて行かれた。彼の身分証明書はどこにあるのか、彼は何者なのか、という質問に対して、身分証明書は持っておらず、彼は神の下僕であると答えた。彼は浮浪者として裁判にかけられ、シベリアに流刑された。

シベリアでは、彼は裕福な百姓の開墾地に住むようになり、今もそこで暮らしている。彼は、主人の菜園で働き、子供たちに勉強を教え、病人の世話をしながら暮らしている。

（覚張シルビア＝訳）

# ハジ・ムラート

そのとき私は畑を通って家に帰る途中だった。夏の盛りの、牧草はすでに刈られ、まもなくライ麦の収穫が始まる頃のことだ。

この季節の花々の取り合わせは魅力的だ。和毛《にこげ》に覆《おお》われ、赤や白や薔薇色《ばらいろ》の、かぐわしいクローバー。人の好みも知らぬげに、つんと腐ったような悪臭を放ちながら、鮮やかな黄色い芯の周りに乳白色の花を咲かせている不遜な雛菊《ひなぎく》。蜜のように甘い香りの黄色いアブラナ。チューリップのように頭を高くもたげた、白や薄紫色の釣鐘草。地面に這《は》うように伸びているカラスノエンドウ。黄色や赤や薔薇色や藤色をした、端正な松虫草。ほのかに赤い柔毛《じゅうもう》に覆われ、かすかな芳香を放っているオオバコ。日中に咲いたばかりのときは輝くような青色だが、夕方にしおれるまでには赤色や空色になってしまう矢車菊。優しげで、甘ったるい香りがするが、すぐにしぼみだす昼顔。

私は色とりどりの大きな花束を作ると、家路をまた急ごうとしたが、そのとき、すばらしく深い赤色のアザミが、溝の中でいっぱいに花開いているのに気づいた。この地方で「ダッタン草」と呼ばれ、草刈りの際には用心して避けられるが、うっかり刈り取ったときには、手に刺さらないように捨てる種類の花だ。私はこれを摘んで花束の真ん中に挿そうと思い、溝に下りた。そして花弁に頭を突っ込んだまま甘美で怠惰《たいだ》な夢を見ていた毛深いマルハナバチを追い払うと、アザミを摘み取ろうとしたが、それはとても厄介な作業だった。茎一面に生えている小さなトゲが、どう触れても、手に巻いたショールを貫いて、ちくちくと突き刺さってくる。私は五分ほど、茎の筋を一本ずつむしって、おそろしく頑丈にできているこの植物と格闘した。ようやく花をちぎり取ったときには、茎はもうぼろぼろになっていた。花も潑剌《はつらつ》とした美しさを失っていた。粗野で不恰好《ぶかっこう》なアザミは、私の優美な花束には、そもそも似つかわしくなかったのである。私は、そのままにしておけば見事だったはずの花を、いたずらに駄目にしてしまったことを後悔しながら、捨てた。『だが、なんという活力、なんという生命力だろう』折り取るまでの苦労を思い出して、私はそう考えた。『この花は、最後まで自分の命を守り抜こうと努め、簡単に屈服しようとはしなかったのだ』

家への道は、耕されたばかりで湯気の立っている畑の間を通っていた。私は、埃《ほこり》っぽい黒土の、ゆるやかな上り坂を歩いて行った。掘り返された畑は地主の所有で、とても広かった。道の両側にも小高くなっている前方にも、まだ鋤《すき》も入らず何も植えられていない黒く滑《なめ》らかで平らな地面のほかには、何ひとつ見えなかった。見事に掘り返されていたので、一本の草木も見当たらず、辺り一面、ただまっ黒だった。『自分の命を保つために、多種多様な動物や植物を根絶やしにしてしまうとは、人間とはなんと破壊的で、残酷な存在だろう』と私は考えた。生気のない、ただまっ黒なこの平原に、なにか命あるものが見えないかと、なかば無意識に探しながら……。前方の右手に、何かの茂みが目に入った。近づいてみると、それは、さっき私が意味もなく折り取り、捨てたのと同じダッタン草だった。

茂みにはダッタン草が三株あった。一株はねじ折れ、残った枝が切断された手のように突き出ていた。他の二株には、一輪ずつ花がついていたが、以前は赤かっただろうそれらは、既にすっかりどす黒くなっていた。片方の株の茎は真っ二つに折れ、先に泥まみれの花をつけた上半分が、地面に垂れ下がっていた。だが最後の株は、黒土にまみれてはいたが、立っていた。どうやらここは茂みごと車輪の下敷きになったようだが、その茎は踏みつぶされた後で身を起こしたのだろう、傾きながらも立っていた。体の一部を引きちぎられ、腸《はらわた》を引きずり出され、手をもがれ、目を抉《えぐ》りだされたような姿でも立っていて、周囲の仲間を根こそぎにした人間になお屈してはいなかった。

『なんという活力だろう！』と私は思った。『人間はすべてに勝利し、何百万もの草を根絶やしにしてきたというのに、この茎だけは屈服しようとしないのだ』

するとふいに、ずっと以前にカフカースで起きた、あるできごとが思いだされた。その一部はこの目で見、一部は目撃者から聞き、また一部は自分の脳裏に浮かんだできごとである。私の記憶と想像から織りなされたその物語とは、次のようなものだった。

# I

一八五一年の終わりだった。

冷たい十一月の晩、ハジ・ムラートは、まだロシアに帰順していないチェチェン人の集落マフケトに入った。辺りには燃料の牛糞《ぎゅうふん》の燃える臭いが立ち込めていた。モスクの僧の張りつめた歌声が静まったばかりの時刻で、牛糞の臭いが沁《し》み通った清らかな山の空気のなかに、蜂の巣のように密集した家々に沿って歩く牛や羊の鳴き声や、のどにかかった発音で議論する男たちの声が響いていた。下の泉の方から流れてくる女子どもの声も、はっきりと聞き取れた。

このハジ・ムラートは、数々の軍功で名高いシャミールの太守《ナイーブ》で、自分の軍旗をかかげ、巧みに馬を乗りまわす何十人もの勇士《ミュリッド》を従えることなしには、めったに外出しない。ところが今は頭巾《ずきん》と袖無外套《そでなしがいとう》にくるまり、その下から銃身をのぞかせてはいたが、同行の部下《ミュリッド》は一人だけだった。できるだけ目立たないように気をつけ、道で出くわす住民の顔を、敏捷《びんしょう》に動く黒い目で用心深く見ながら、馬を進めていた。

集落の真ん中に乗り入れると、ハジ・ムラートは広場に続く道路ではなく、左手の狭い路地に入った。そして二軒目の、岩壁にめり込んでいる家に近づくと、周囲をうかがいながら馬を止めた。その家の軒下には人影がいなかったが、屋根の上の、よく磨かれた粘土の煙突のかげに、誰かが革外套にくるまって寝ていた。ハジ・ムラートは屋根の上の者に鞭《むち》の柄《え》で軽く触れ、舌を鳴らした。すると、あちこちがほころび、着古されて光沢を放っている外着を着、夜帽をかぶっている老人が、外套の下から身を起こした。老人は、睫毛《まつげ》のない赤く潤んだ目をぱっちり開けようと、何度かまばたきをした。ハジ・ムラートは、ごく普通に「こんばんは《セリャム・アレイクム》」と言うと、老人に自分の顔を見せた。

「アレイクム・セリャム」老人もそう言った。そして相手がハジ・ムラートだとわかると、歯のない口で微笑《ほほえ》みながら、痩せた足で立ち上がり、煙突のそばに置いてあった木靴を履《は》いた。履き終わると、皺《しわ》になった革外套にゆっくりと袖を通し、屋根に立てかけてあった梯子《はしご》を後ろ向きに下りてきた。服を着て下りて来るあいだ、老人は痩せて皺だらけで日焼けした首を何度も振り、歯のない口でもぐもぐと何かをつぶやいていた。彼は地面に下りると、歓迎の意を示すように、ハジ・ムラートの馬の手綱《たづな》と右側の鐙《あぶみ》を取ろうとした。だがハジ・ムラートの屈強な部下《ミュリッド》がすばやく馬から下りて押しとどめ、代わりに自分で手綱を取った。ハジ・ムラートも馬から下り、軽く足を引きずりながら軒下に入った。扉のかげから十五歳くらいの少年が飛び出してきて、熟したすぐりのように黒く光る目で、驚いたように来訪者たちを見つめた。

老人は少年に「モスクに行って、お父さんを呼んできな」と命じると、ハジ・ムラートの先に立ち、軽くきしむ家の扉を開けた。ハジ・ムラートが中に入るとすぐ内扉が開いて、青いズボンに赤い外着と黄色い上着を着た、もう若くはない痩せた女がクッションを手に出てきた。

「あなたのお越しに幸いがありますように」と彼女は言うと、腰を深くかがめて、客が座りやすいように、クッションを前方の壁近くに置いた。

「あなたの息子たちが達者でありますように」とハジ・ムラートは答え、外套を脱ぎ、銃と軍刀を外すと、老人に渡した。

老人は客の銃と軍刀を、なめらかな白壁の上で光っている二個の大鍋の間の釘《くぎ》に、この家の主人の武器と並べて掛けた。

ハジ・ムラートは、ベルトのピストルを背中に回すと、女が準備してくれたクッションに近づき、上着の前をかき合わせて腰を下ろした。老人は、その向かいに裸足で座り、目を閉じると、掌《てのひら》を上にして両手を掲げた。ハジ・ムラートも同じようにした。二人は祈りの言葉を唱えながら、両手であごひげの先から頬へと顔を撫《な》でた。

「新しい報せはないか《ネ・ハバル》?」とハジ・ムラートは老人に尋ねた。

「新しい報せはありません《ハバル・ヨク》」老人は、赤く生気のない目で、ハジ・ムラートの顔ではなく胸のあたりを見ながら、答えた。「わしは養蜂場で暮らしていて、ちょうど息子に会いにきたところだったんです。奴《やつ》なら何か知っているでしょう」

自分が知っており、相手も知る必要があることを老人が口にしたくないと思っていることをハジ・ムラートは察し、軽くうなずくと、それ以上は尋ねようとしなかった。

老人は話題を変えて話し始めた。「新しい報せに、ろくなことは、何一つありはしません。

どうやれば鷲《わし》を追い出せるかをウサギたちが話し合っている暇に、鷲の方では一羽ずつウサギの毛をむしり取っているというわけですな。ロシアの犬どもは、先週、ミチットの村で、干し草を焼き払いました」しゃがれ声で毒々しい口調だった。

ハジ・ムラートの部下《ミュリッド》が入ってくると、その屈強な足を大股に、しかし柔らかく動かして近づいてきた。そして師と同じようにピストルと短剣だけを手元に残し、外套と銃と軍刀を外すと、ハジ・ムラートの武器と同じ釘に掛けた。

「何者です？」と老人は、入ってきた男を指さし、ハジ・ムラートに聞いた。

「私の部下《ミュリッド》で、エルダルという」とハジ・ムラートは言った。

「わかりました」と老人は言い、ハジ・ムラートの横のフェルト敷きの席を指した。

エルダルは足を組んで座ると、羊のような美しい目で、話が興に乗ってきた老人の顔を、黙って見ていた。老人は、この村の若い者たちが先週、二人の兵士を捕らえたと語った。一人を殺し、もう一人はヴェデノのシャミールのもとに送ったという。だがハジ・ムラートは、扉の方を見たり、外の物音に聞き耳を立てたりして、心ここにあらずといったようすだった。やがて軒下を歩く足音が聞こえ、扉がきしみ、この家の主が入ってきた。

家の主人の名はサドといい、短いあごひげと長い鼻の四十がらみの男で、先ほど彼を呼びに行った十五歳の少年のように輝いてはいないが、同じように黒い目をしていた。少年も、父親と一緒に入って来て、扉の近くで木靴を脱ぎ、すり切れた円筒帽を長いこと散髪していない伸び放題の後頭部にずらすと、壁のそばのハジ・ムラートの向かいに急いで座った。

サドも、老人と同じように、目を閉じて掌を上にして両手を掲げ、祈りの言葉を唱えた。そして両手で顔を撫でた後で、おもむろに話しはじめた。『生死にかかわらず、ハジ・ムラートを捕らえよ』との命令が、シャミールから出ているという。命令を伝えに来た使者が立ち去ったのはまだ昨日のことで、人々はシャミールに逆らうのを恐れているから、行動には慎重を期さなければならないと、主人は言った。

「私が生きているかぎり、あなたがこの家にいるかぎり、盟友《クナーク》であるあなたに、誰ひとり、指一本触れさせはしません。ですが、外ではどうか？　考えなくてはなりません」

ハジ・ムラートは同意するように何度もうなずきながら、注意深く聞いていた。サドが話し終わると、彼は言った。

「よくわかった。ロシア側に人をやり、手紙を渡さなければならない。それには私の部下《ミュリッド》を行かせるが、ただし道案内の者が必要だ」

「弟のバタを行かせましょう」とサドは言い、息子に命じた。「バタを呼んできな」

少年はバネ仕掛けのように立ち上がると、手を振り回しながら、ものすごい速さで駆け出し、十分ほど経《た》つと、黒く日焼けして足の短い、骨ばった体格のチェチェン人と一緒に戻ってきた。その男は、ところどころ裂けて、袖もぼろぼろの黄色いチェルケス服を着ていた。足には脛当《すねあ》てを付けていたが、片方の端がはずれていた。ハジ・ムラートは、新たに入ってきたこの男とも挨拶を交わしたが、それが終わるとすぐ、余計な言葉は抜きに、ただ短くこう言った。

「私の部下をロシア人のところまで連れて行けるか？」

「行けますとも」とバタは早口で陽気に話しだした。「チェチェンで私ほど山地をよく知っている者はいません。他の者が請け合ったところで、実際には何もできないでしょう。ですが私は必ずやり遂げます」

「結構だ。報酬は硬貨三枚」と、ハジ・ムラートは、指を三本立てて言った。

バタは、理解したしるしにうなずいたが、自分は金はどうでもいい、ハジ・ムラートに尽くすこと自体が名誉なのだと付け加えた。山の民で、ハジ・ムラートが誰なのか、いかにロシアの豚どもを打ちのめしてきたかを知らない者はいない……。

「結構だ」とハジ・ムラートは言った。「縄は長いほど良く、話は短いほど良い」

「はあ、それでは黙ります」とバタが言った。

「アルグン川が曲がる場所の、崖の反対側の森の中に、草地になっているところがある。そこに干し草の山が二つある。知っているか？」

「知っています」

「そこで部下が三人、馬に乗って私を待っている」

「わかりました！」と、うなずきながら、バタは言った。

「そこで、ハン・マゴマに聞け。何をすべきか、何を言うべきかを知っているのは、ハン・マゴマだ。奴をロシアの頭目のヴォロンツォフ公爵のところに連れて行け。できるか？」

「できます」

「連れて行った後で、連れ帰るのだ。できるか？」

「できます」

「元の場所まで戻って来い。私はそこで待つ」

「必ずすべてやり遂げてご覧にいれます」とバタは言いながら立ち上がり、胸に手を当てると出て行った。

　バタが出ていくと、ハジ・ムラートは主人に「もうひとり、ゲヒにも人をやらなければならない」と言った。「ゲヒですることは……」彼は、上着に縫いつけてある薬莢《やっきょう》入れのひとつに触れ、話しだそうとしたが、二人の女性が室内に入ってきたので、口をつぐみ、手を下ろした。

　一人はサドの妻で、さっきクッションをしつらえてくれた、あの若くはない痩せた女性だった。もう一人はまだごく若い娘で、赤いズボンに緑の服を着、胸のあたりに銀貨をつないだ大きな首飾りを下げていた。肩と肩の間の痩せた背中に垂らした、短めだが太く硬い黒髪のお下げの端にも、一ルーブリ銀貨を結んでいた。まだ幼さの残る顔立ちをなんとか厳《いかめ》しげに見せようとしていたが、父親や弟と同じ、すぐりのように黒い目は明るく輝いていた。客人たちの方を見ようとはしなかったが、彼らの存在を意識していることは明らかだった。

　サドの妻が、お茶、肉入り団子、バターを塗った薄パン、チーズ、ナン、蜂蜜を背の低い円卓に載せて運んできた。娘は手洗盤と壺とタオルを持ってきた。

　サドとハジ・ムラートは二人とも、女たちが赤く柔らかい履物で音もなく歩き、運んできた食べものを客人の前に並べている間、黙っていた。エルダルに至っては、組んだ自分の足に羊のような目を据え、女たちが室内にいる間ずっと彫像のように身動き一つしなかった。女たちが出て行き、扉の向こうの柔らかな足音がすっかり聞こえなくなって初めて、エルダルはほっとしたように深く息をついた。ハジ・ムラートは上着の薬莢入れのひとつに手をやると、中の銃弾を抜き、筒状に丸めて底に隠してあった書付を取り出した。

「息子に渡してくれ」と、書付を見せながら、彼は言った。

「返事はどこに持って行けばよろしいので？」とサドが聞いた。

「お前が受け取り、私に寄こしてくれ」

「そうします」とサドは言って、書付を自分の上着の薬莢入れに押し込んだ。それから壺《つぼ》を手に取り、手洗盤をハジ・ムラートに勧めた。ハジ・ムラートは袖をまくり、手首から上は白いたくましい両手を、サドが壺から注ぐ透明な冷水で洗った。清潔だが粗いタオルで手を拭うと、ハジ・ムラートは食事をとり始め、エルダルもそれに倣《なら》った。客たちが食べているあいだ、サドは向かい側に座って、客人の滞在に対して何度も感謝の言葉を述べた。扉の近くに座っていた少年は、その輝く黒い目をハジ・ムラートから離さずに微笑んでいた。まるでその微笑で、父親の言葉を裏付けているかのようだった。

一昼夜以上、何も食べていなかったのに、ハジ・ムラートは、短剣の下からナイフを取り出して蜂蜜を塗ったパンと、少量のチーズしか口にしなかった。

「わしらのところの蜂蜜は上等です。今年は特に当たり年で、量はたっぷり、質も良いのです」どうやらハジ・ムラートが自分の蜂蜜を食べてくれたことに満足して、老人が言った。

「ありがとう」とハジ・ムラートは言い、食卓から離れた。

エルダルはもっと食べたかったが、師《ミュルシド》に倣って食卓から離れ、ハジ・ムラートに手洗盤と壺を渡した。

サドは、ハジ・ムラートを受け入れることで、自分が命を危険にさらしていることを知っていた。シャミールとハジ・ムラートが仲違《なかたが》いした後、チェチェンに住むすべての者に、ハジ・ムラートを家に泊めた者は死刑に処すという威嚇《いかく》的な達しが出されていたからである。集落の者たちがいつかハジ・ムラートが彼の家にいることを知り、引き渡しを要求してくるかもしれないことを、サドはわかっていた。けれども彼は困惑するより、むしろ喜びを感じていた。たとえ命をかけてでも、自分の盟友《クナーク》である客人を守ることを義務と考え、なすべきことをしている自分に喜びと誇りを感じていた。

「あなたが私の家にいらっしゃり、私の頭が肩の上にあるかぎり、誰ひとり、あなたに指一本触れさせはしません」と、彼はハジ・ムラートにもう一度言った。

ハジ・ムラートは、よく光る彼の目を注意深く見、その言葉が真実であると理解すると、少し厳《おごそ》かな口調で言った。

「お前は喜びと命を得ることだろう」

サドは、良き言葉への感謝のしるしに、黙ったまま手を胸に当てた。

家の鎧戸《よろいど》を閉め、いろりに枝をくべると、サドは明るい高揚した気持ちで客間を出、ふだん家族全員が暮らしている部屋に入って行った。女たちはまだ起きていて、客間に泊まっている危険な客人たちのことを話していた。

2

その同じ夜、ハジ・ムラートが泊まっていた集落から十五露里《ろり》［当時のロシアの距離の単位。一露里は一〇六七メートル］のところにあるヴォズドゥヴィジェンスク要塞《ようさい》のチャフギリンスク門に、一人の下士官と三人の兵士からなる一隊が姿を現した。兵士たちは、当時のカフカースの兵隊の典型的な服装――短い外套に細長い円筒帽、肩にはフェルト地のマントをはおり、膝上まで届く長い革靴といういでたちだった。肩に銃をかけた兵士たちは、最初はちゃんとした道を駆けていたが、そのあと五百歩ほど行ったところで道を逸《そ》れ、長靴で枯葉をがさがさ言わせながら二十歩ほど右手に進み、折れたプラタナスの木のあたりで立ち止まった。木の黒い幹は、闇の中でもはっきり見えた。要塞からの斥候《せっこう》は、このプラタナスの辺りまで足を延ばすのが慣例だった。

明るい星々は、兵士たちが森を進んでいるあいだは、木々の梢《こずえ》に沿って駆けているように見えたが、今は葉を落とした木々の枝の間で、静止して輝いていた。

「ありがたいことに、乾いているな」と言いながら、下士官のパノフが長い銃剣を肩からはずし、木の幹に乱暴に立てかけた。三人の兵士もそれに倣った。

「どうやら失くしたようだな」と、パノフが腹立たしげにつぶやいた。「忘れてきたか、さもなければ途中で落としちまったんだ」

「何をお探しで？」快活で陽気な声で兵士のひとりが聞いた。

「キセルの雁首《がんくび》さ、畜生、どこに行っちまったんだか！」

「吸口はお持ちですか？」と快活な声が聞いた。

「吸口なら、ここにある」

「じゃあ、地べたで一服しましょうぜ」

「馬鹿を言うなよ」

「今すぐ用意しますから」

斥候の途中で煙草《たばこ》を吸うことは禁じられていたが、今回の任務は斥候というより、見回りに近かった。山岳民は以前、しばしば武器をひそかに運び込み、要塞に銃撃を浴びせたものだが、彼らの偵察はそれを予防するのが目的だったのである。パノフは、ここで煙草を我慢する必要を感じなかったので、陽気な兵士の提案に同意した。陽気な兵士はポケットからナイフを出すと、地面を掘り始めた。掘り上がった穴を手でならし、その中に吸口をさしこんだ後、刻んだ煙草の葉っぱを穴に詰めて手で固めた。これで「キセル」のでき上がりだった。一瞬、マッチの火が、腹這いになった兵士の骨ばった顔を照らしだした。吸口が音を立て、パノフは燃えたマホルカ煙草の心地よい香りを感じた。

「うまくできたか？」と、立ち上がりながら、彼は聞いた。

「もちろんです」

「たいしたもんだな、アヴデーエフ！　ちょっとした手品のようだな」

アヴデーエフは、口から煙を吐きながら、体を脇にずらして、パノフに場所を譲った。

一服が終わると、兵士たちのあいだで会話が始まった。

「中隊長がまた金庫の金に手を付けたって話だぜ」と、もの憂げな声で兵士のひとりが言った。

「そのうち返すだろうさ」とパノフが言った。

「知れたこってす、良い将校さんですからね」とアヴデーエフが賛成した。

「良い将校さん、ね」と、この話題を始めた兵士が暗い口調で言った。「中隊として、隊長と話を付けなくちゃならんと思うね。手を付けたからには、いついつまでに、いくら返すってね」

「中隊として決めればいいのさ」と、「キセル」から離れながら、パノフが言った。

「知れたこってす、なにしろ中隊というのは、大きな一人の人間みたいなもんですからね」とアヴデーエフが賛成した。

「いいかい、燕麦《えんばく》を買わなくちゃならないし、春までには靴だって修理しなくちゃならないんだ。金が必要なのさ。それなのに、奴《やっ》こさんは手を付けちまったんだぜ……」相手の兵士は不満げに言い張った。

「中隊の希望どおりになると言っているだろう」とパノフはくり返した。「初めてのことじゃない。手は付けるけど、ちゃんと返してくれるのさ」

当時のカフカースでは、各中隊がそれぞれ代表を選び、経理を自主管理していた。中隊は一人当たり六ルーブリ五十コペイカの計算で国庫から金を受け取っていたが、自分たちでも生産をおこなっていた。キャベツを植え、干し草を準備し、自前の運搬車を持ち、中隊の馬がよく肥えていることを自慢し合った。中隊の金は金庫に入れられたが、その鍵は中隊長が持つきまりだったので、隊長が隊の金を無断拝借する事件がしばしば起きていた。今も兵士たちが話し合っていたのは、そのことだった。陰鬱な兵士はニキーチンといったが、彼は隊長に詳しい説明を求めるべきだと主張し、一方、パノフとアヴデーエフはその必要はないという意見だったのである。

パノフの後でニキーチンも「キセル」を吸った。その後、皆で外套を地べたに敷き、木にもたれて休息した。兵士たちは静かになった。聞こえるのは、頭上高くで風に鳴っている梢の音だけになった。この止《や》むことのない、さやさやという静かな音のかげから、山犬たちの怒号や甲高《かんだか》い鳴き声や喚声が聞こえてきた。

「畜生め、大騒ぎしていやがる」とアヴデーエフが言った。

「あいつら、顔があっち向いてるって、お前を笑っているのさ」と、四人目の兵士がウクライナ訛《なま》りの細い声で言った。

それからまたすっかり静かになった。風で木の枝がそよぐたび、星が見えたり隠れたりするだけだった。

「何ですね、アントーヌィチ」とアヴデーエフがパノフに聞いた。「寂しくなるときはありませんか？」

「寂しくなるって、どういう意味で？」と、気乗りしない口調でパノフが応じた。

「私は時々、ひどく寂しくなって、自分で自分が何をするかわからないくらいになる時があるんです」

「何をお前……」とパノフが言った。

「そういうときは、有り金全部飲んじまうんですがね、これはつまり寂しいからなんです。飲んで飲んで、ああ自分はつぶれていくなと思うまで飲むんです」

「酒だと、もっとひどくなる場合もあるな」

「まったくです。そういうときは、もう身の置き場もありません」

「何がそんなに寂しいんだ？」

「私ですか？　故郷が懐かしいんですよ」

「それはまた……。裕福に暮らしていたのかい？」

「金持ちってほどじゃないですが、まずまずきちんとした、結構な暮らしでした」

そしてアヴデーエフは、もう何度も話してきたことを、今日もまたパノフに語り始めた。

「私は兄貴の代理で軍に入ったんです」とアヴデーエフは言った。「なにしろ兄貴には子どもが五人ばかりいましたが、私の方は結婚したてでしたからね。それで、産みの母親に頼み込まれたんです。思いましたよ、俺には同じこった、俺の善行をみんな覚えていてくれるだろうってね。で、旦那のところに行ったら、旦那は良い方で、『よく言った！　行け』ってなわけで、兄貴の代わりに徴兵されたんです」

「そうか、そいつぁ良かった」とパノフが言った。

「ところがね、信じてもらえるかわかりませんが、今になって寂しくなってきたんです。何より寂しいのは、兄貴の身代わりで来たってことですね。兄貴は今でも、まずまずうまくやっているというのに、こっちはこうして苦しんでいるわけですから。考えれば考えるほど、気持ちが荒れてくる。罪なことです」

アヴデーエフは口をつぐんだ。

「もう一回吸いますかね？」とアヴデーエフが聞いた。

「よし、準備してくれ！」

だが兵士たちは、煙草を吸うことはできなかった。アヴデーエフが立ち上がり、再び「キセル」を準備しようとしたとき、風音の向こうから道を行く足音が聞こえてきた。パノフは銃を取ると、ニキーチンを足でつついた。ニキーチンは立ち上がり、外套を手に取った。三番目の兵士――ボンダレンコも立ち上がった。

「なあみんな、俺は夢を見ていたんだが……」と言いかけたボンダレンコを、アヴデーエフが「しっ！」と制した。兵士たちは全員微動だにせず、聞き耳を立てた。長靴とは違う履物を履いた人間の柔らかい足音が近づいてきた。葉っぱや乾いた枝のすれる音が、だんだんはっきりと聞こえてきた。その後、チェチェン人独特の、のどにかかったような言葉のやり取りが聞こえてきた。兵士たちは今や聞くだけでなく、木々の間の明るい場所を通り過ぎる二つの影を目にしてもいた。影が自分たちと並んだとき、パノフは手に銃を持ち、二人の部下と一緒に道に走り出た。

「誰だ、そこを行くのは」と彼は叫んだ。

「平和なチェチェン人」と背の低い方が話し出した。バタだった。「武器、ない《ヨク》。剣、ない《ヨク》」と自分を指して言った。「公爵に、用事」

背の高い方は、仲間の横に黙って立っていた。こちらも武器を持ってはいなかった。

「こいつらはスパイだな。ということは、連隊長のところに連れて行かなければならないんだ」と、パノフは仲間たちに説明した。

「ヴォロンツォフ公爵、とても会う必要。大きな用事」とバタが話した。

「わかった、わかった、連れて行くよ」とパノフが言った。そしてアヴデーエフの方を向いて、「それじゃあ、お前とボンダレンコで連れて行ってくれ。当直に引き渡して、また帰って来るんだ。だが、いいか」とパノフは続けた。「用心してな。前を歩かせるんだ。この丸剃り頭どもは、すばしっこいからな」

「いざとなったら、これですかね?」と、アヴデーエフは銃剣で刺し殺すようなしぐさをして言った。「一突きすりゃあ、血しぶきですよ」

「殺したって、一文の得にもなりやしねえ」とボンダレンコが言った。「さあ歩け!」

二人の兵士とスパイたちの足音が聞こえなくなると、パノフとニキーチンは自分の場所に戻った。

「何だって奴らは毎晩現れるんですかね」とニキーチンが言った。そして「冷えてきたな」と付け加えると、はたいてから外套にくるまり、木にもたれて座り込んだ。

二時間ほどして、アヴデーエフとボンダレンコが帰ってきた。

「どうだった、引き渡したか？」とパノフが尋ねた。

「引き渡しました。まだ寝てらっしゃらなかったので、連隊長のところに直接連れて行きました。いやあ、じつにいい奴らでしたよ」とアヴデーエフは続けた。「実際、ずいぶん話し込みました」

「お前は誰とでも話し込むからな」とニキーチンが不満げに言った。

「まったくロシア人と変わりありませんでした。片方は結婚してるんだそうで、『女、ある？』って聞いたら、『バル』って答えました。『子ども、バル？』って聞いたら、『バル《バランチュク》』『たくさん？』――『二人』そんな調子でよく話しました。いい奴らでしたよ」

「へっ、いい奴らね」とニキーチンが言った。「一対一で出くわしてみろ、腸《はらわた》を引きずり出されるから」

「そろそろ夜が明けそうだな」とパノフが言った。

「そうですね、星が消えてきました」腰を下ろしながらアヴデーエフが言った。

兵士たちはまた静かになった。

## 3

兵舎や、兵士用の小さな家々の窓は、もうだいぶ前から暗くなっていたが、要塞内でも高級な部類の一軒の家では、全部の窓がまだ煌々《こうこう》と明るかった。この家に住んでいるのは、カフカース軍総司令官の息子で、当時クリン連隊の隊長を務めていた、侍従武官セミョーン・ミハイロヴィチ・ヴォロンツォフだった。ヴォロンツォフは、ペテルブルグで美貌で知られていた妻のマリヤ・ヴァシリエヴナと一緒に、このカフカースの小さな要塞では誰も試みたことのないほど派手な暮らしをしていたが、本人たち、とりわけ妻の方は、自分たちがこの僻遠《へきえん》の地で、ただつつましいというだけでなく、欠乏だらけの生活を強いられているように思っていた。ところが彼らは実際には、その尋常ではない華やかな暮らしぶりで、この地の人々を驚かせていたのである。

時刻は夜中の十二時だったが、部屋いっぱいに絨毯《じゅうたん》が敷かれ、分厚いカーテンが下ろされている大きな客間では、主人夫婦と客たちが、四本のロウソクに照らされたカルタ卓に向かっていた。トランプ・ゲームをしているうちの一人は、この家の主その人、侍従武官のイニシャル入りの肩章を付けた、金髪で顔の長いヴォロンツォフ連隊長だった。そのパートナーは、前夫との間に生まれた小さい息子の教育のために夫人が呼び寄せたばかりの、ペテルブルグ大学の卒業生だった。髪はふさふさしているが、沈痛な面持ちの若者である。彼らの相手をしているのは、二人の士官だった。一人は近衛部隊から転属してきた、血色の良い大きな顔をした連隊付指揮官ポルトラツキー。もう一人は背筋をまっすぐにして座り、美しい顔に冷たい表情を浮かべた、やはり連隊付の副官だった。ふっくらとして目が大きく、黒髪の美人である公爵夫人マリヤ・ヴァシリエヴナはポルトラツキーの横に座り、広がったスカートの端が彼に触れるのもかまわず、カードをのぞき込んでいた。彼女の言葉やまなざしや微笑、すべての身のこなし、そして漂ってくる香水の匂いには、彼女がそばにいること以外の一切を忘れさせてしまうような何かがあったので、ポルトラツキーは失策に失策を重ね、自分のパートナーを苛々《いらいら》させていた。

「いや、それはいけません！　またエースをむだにしましたね！」ポルトラツキーがエースを捨てたとき、副官は顔を真っ赤にして口走った。

ポルトラツキーは、まるで夢から覚めたばかりで周囲のようすがよくわかっていない人のように、大きく見開いた善良そうな黒い目で、不満げな副官の顔を見つめた。

「もう許しておあげなさいよ」とマリヤ・ヴァシリエヴナは微笑して副官に言い、ポルトラツキーには「私、申し上げたでしょう」と声をかけた。

「あなたはカードのことは何もおっしゃいませんでしたよ」ポルトラツキーが微笑みながら答えた。

「そうでしたかしら？」と彼女は言い、同じように微笑んだ。この微笑の応酬に心を打たれ、喜んだポルトラツキーは顔を紫色になるほど赤らめ、カードを集めると、かき混ぜ始めた。

「あなたの番じゃありませんよ」と厳しい口調で副官が言い、まるでただもう一刻も早くトランプから解放されたいとでもいうように、宝石の指輪を付けた白い手でカードを配り始めた。

公爵の侍僕が客間に入ってきて、当直が公爵を呼んでいると報告した。

「諸君、失礼する」とヴォロンツォフは、英語風のアクセントのロシア語で言った。「マリー、私の代わりにゲームに入っておくれ」

「よろしくって？」と公爵夫人は尋ねたが、そのときにはもう絹の音をさらさら言わせ、幸福な女性特有の輝くような微笑を浮かべながら、長身の体ですばやく、軽やかに立ち上がっていた。

「私はいつでも、あらゆることに同意します」と副官が、トランプが全然できない公爵夫人が相手となることに喜んで言った。ポルトラツキーも微笑みながら、同意のしるしに両手を大きく広げてみせた。

公爵が客間に戻ってきたのは、三回目の勝負が終わろうとしているときだった。彼はきわめて陽気で、高揚しているようすだった。

「君たちにひとつ提案があるのだが」

「何でしょう？」

「シャンパンを飲まないかね」

「それはもう、いつでも喜んで」とポルトラツキーが言った。

「たいへん結構ですな」と副官も言った。

「ヴァシーリー！　持ってきてくれたまえ」と公爵が言った。

「あなた、呼び出しは何の件だったんですの？」とマリヤ・ヴァシリエヴナが聞いた。

「当直のほかに、もう一人いてね」

「誰？　何の用だったの？」マリヤ・ヴァシリエヴナが早口で聞いた。

「それは言えないんだ」肩をすくめて、ヴォロンツォフが言った。

「言えないのね」とマリヤ・ヴァシリエヴナが鸚鵡返《おうむがえ》しに言った。「それじゃ、ようすを見ることにしましょう」

シャンパンが運ばれてきた。客たちはグラスに一杯ずつ飲み、ゲームを終えて清算すると、別れの言葉を言い始めた。

「明日、森林伐採に出動するのは、君の中隊だったかな？」と、公爵がポルトラツキーに尋ねた。

「そうですが、何か？」

「それでは、君とは明日またお目にかかろう」かすかに笑いながら、公爵が言った。

「光栄ですな」とポルトラツキーは言ったが、実を言えばヴォロンツォフの言葉がよく理解できず、もうすぐマリヤ・ヴァシリエヴナの白い大きな手を握ることができるという思いで頭がいっぱいだった。

マリヤ・ヴァシリエヴナは、いつものように、ポルトラツキーの手をしっかりと握りしめただけでなく、力を込めてその手を振った。そしてゲームのときに彼がダイヤの札で犯した失策にもう一度触れた後、ポルトラツキーに微笑を――彼には魅力的で優しげで、意味ありげに思われる微笑を投げかけた。

ポルトラツキーは、陶酔したような気分で、帰宅した。それは上流社会に生まれ育ち、教育を受けてきたのに、何ヶ月も戦場で孤立した生活を送った後で、自分が以前属していた階層の女性に巡り会った者だけが感じる種類の陶酔だった。巡り会ったのがヴォロンツォフ公爵夫人のような女性だったから、なおさらだった。

同僚と住んでいる家に近づくと、彼は入口の扉を押したが、扉は施錠されていた。ノックしてみたが、扉は開かない。腹を立てた彼は、足や剣で扉をめった打ちにした。ようやく扉の向こうで足音が聞こえ、農奴《のうど》身分の召使ヴァヴィーロが急いで錠を開けた。

「馬鹿野郎、何だって鍵をかけようなんて思いついたんだ?」

「かけないわけにはいきませんや、アレクセイ・ヴラジーミロヴィ……」

「また酔っ払ってやがるな! 今すぐ目に物見せてくれるぞ……」

ポルトラツキーはヴァヴィーロを殴ろうとしたが、考え直した。

「勝手にしやがれ、だ。ロウソクをつけろ」

「はい、ただ今」

ヴァヴィーロは実際酔っ払っていたが、飲みすぎたのは倉庫番の兵士の名の日のお祝いに行ったからだった。帰宅した後、彼は自分の人生を、倉庫番のイヴァン・マケーイチに引き比べて、考え込んでしまったのである。イヴァン・マケーイチには収入があり、妻もいて、一年後には退役もできそうだった。一方、ヴァヴィーロはといえば、子どものとき、旦那がたに——すなわち上流の方々に仕えるために親元から離され、もう四十歳を超えているのに結婚もせず、だらしない主人とともに、あちこちを転々と暮らしてきたのである。旦那は良い人で、殴られることもめったになかったが、これを人生と呼べるだろうか！『カフカースから戻ったら、農奴身分から自由にすると約束してはくださったが、自由になっても、行くところなんて、どこにもない。まるで犬のような生活だ！』とヴァヴィーロは思った。そしてひどく眠たくなったが、誰かが入ってきて何かを持ち去るかもしれないと不安になり、鍵をかけてから、ぐっすりと寝入っていたのである。

ポルトラツキーは、同僚のチーホノフと共同の寝室にしている部屋に入った。

「何だ、負けたのか？」と目を覚ましたチーホノフが言った。

「いや、十七ルーブリ勝ったし、クリコも一本飲ませてもらったよ」

「それで、マリヤ・ヴァシリエヴナにはお目にかかれたかい？」

「ああ、マリヤ・ヴァシリエヴナにはお目にかかれたとも」とポルトラツキーは鸚鵡返しに答えた。

「もう少ししたら、起きなくちゃいけないぜ」とチーホノフは言った。「六時には出発しなきゃならないんだから」

「ヴァヴィーロ！」とポルトラッキーは叫んだ。「明日の五時に、まちがいなく俺を起こすんだ、わかったな？」

「どうして起こすことができましょう、あなたさまは、寝ぼけていると、殴りかかってきますから」

「俺は五時に起こせと言っているんだ。わかったか？」

「かしこまりました」

ヴァヴィーロは、ポルトラッキーの長靴と外套を持って、出て行った。

ポルトラッキーはベッドに横になり、微笑を浮かべて煙草を一本吸った後、ロウソクを消した。闇の中で彼は、マリヤ・ヴァシリエヴナのかすかな笑顔を思い浮かべていた。

ヴォロンツォフの家でも、まだ眠ってはいなかった。客たちが去ると、マリヤ・ヴァシリエヴナは夫に近づき、その前に立ち止まると、厳しい口調で言った。

「さあ、何が起きたのか、話してくださいね《エ・ビエン、ヴ・アレ・マ・ディール・セ・ク・セ》」

「だけど《マ》、愛しい人よ《マ・シェール》……」

「何が『愛しい人』よ《パ・ドゥ・マ・シェール》！ 来たのは、もちろん、密使なんでしょう《セ・アン・エミセール、ネ・セ・パ》？」

「だけど私は君に言うことはできないんだ《カーン・メム・ジュ・ヌ・ピュイ・パ・ヴ・ル・ディール》」

「言うことができない《ヴ・ヌ・プヴェ・パ》？ それじゃあ私が言ってさしあげるわ《アロール・セ・モワ・キ・ヴェ・ヴ・ル・ディール》」

「君が《ヴ》？」

「ハジ・ムラートよ。そうでしょう?」公爵夫人は数日前からハジ・ムラートとの交渉のことを耳にしていて、夫のところに今夜来たのは、ハジ・ムラート本人に違いないとにらんだのである。

ヴォロンツォフは否定はしなかったが、本人とは明日、森林伐採が予定されている場所で会う手はずになっていると説明した。夫を訪ねてきたのがハジ・ムラート自身ではなく、その密使に過ぎなかったことに、妻はがっかりした。

要塞での単調な暮らしのなかで、若いヴォロンツォフ夫妻は、今度の事件をとても喜んでいた。この報せは彼の父親である総司令官にとっても、どんなに喜ばしいことだろうかと話し合った後、夫妻が床に入ったときには、もう二時を回っていた。

4

シャミールが放った追っ手から逃れて過ごした三日三晩のあいだ、ハジ・ムラートは一睡もしていなかったので、サドが「おやすみなさい」を言って客間から出て行くと、すぐ眠りに落ちた。彼は服を身に付けたまま、この家の主人が置いていった赤い羽毛枕に肘をつき、頬杖をした恰好で眠っていた。彼からそう遠くない壁近くでは、エルダルが寝ていた。従者はその屈強で若々しい手足をいっぱいに伸ばし、仰向《あおむ》けに寝ていたので、黒い薬莢入れが付いている白いチェルケス服の下の分厚い胸が、枕からずれてのけぞっている青刈りの頭よりも高く盛り上がっていた。ようやくひげが濃くなり始めたばかりの上唇のあたりが、子どもが何かをしゃぶっているかのように、膨らんだりすぼんだりをくり返した。エルダルは、ハジ・ムラートと同じように、ベルトにピストルと短剣をはさみ、着衣のまま寝ていた。家の暖炉の枝が燃えつき、夜の灯火だけが室内をぼんやりと照らしていた。

夜半に客間の扉がきしむやいなや、ハジ・ムラートはすぐ身を起こし、ピストルに手をやった。だが、土の床を柔らかに踏んで部屋に入ってきたのは、家の主人のサドだった。

「どうした？」とハジ・ムラートは、直前まで眠っていたとは思えない、快活な口調で聞いた。

「考えなくてはなりません」と、ハジ・ムラートの前に胡坐《あぐら》をかいて、サドは言った。「屋根から、馬に乗ったあなたを見かけた女がいて、夫に話したんです。もう集落全体に知れ渡っているようです。いま隣の女が駆けつけてきて、長老たちがモスクに集まり、あなたを閉じ込めようと話し合っていると教えてくれました」

「行かなくては」とハジ・ムラートが言った。

「馬の用意はできています」と言って、サドはすばやく家から出て行った。

「エルダル」とハジ・ムラートが囁《ささや》くと、自分の名前というより、師《ミュルシド》の声を耳にしたエルダルは、その屈強な足で跳ね起き、頭の円筒帽の位置を正した。ハジ・ムラートとエルダルは外套を着て、武器を持つと、どちらも黙ったまま、家から出て軒先に立った。黒い目の少年が馬を引いてきた。踏み固められた道路に響く蹄《ひづめ》の音を耳にして、近くの家から誰かが顔を出し、木靴の音を立てて、山の方にあるモスクをめざして駆け出した。

黒い空に月は見えなかったが、星は明るく輝いていた。家々の屋根の輪郭と、集落の上方に位置する、ひと回り大きいモスクの建物と尖塔《せんとう》の影とが、暗闇のなかに見えた。モスクからは話し声が聞こえた。

ハジ・ムラートはすばやく銃をつかむと、足を狭い鐙に入れ、さりげなく身を躍らせると、馬の背の鞍《くら》に音もなく腰を下ろした。

「神がお前たちに報いてくださるだろう！」と、彼は慣れた足つきでもう一つの鐙をさぐりながら、主人に言った。そして馬を引いていた少年に鞭でそっと触れ、脇によけるように促した。少年が離れると、馬はまるで自分が何をすべきかわかっているかのように、軽やかな足取りで小路から道へと走り出た。エルダルが後に続いた。その後を、外套を着たサドが、両手を振り回し、狭い通りをジグザグに小走りで追ってきた。通りの向こうの集落の外へ続く道の起点に、一人また一人と、動く影が現れた。

「待て！ そこを行くのは誰だ？ 止まれ！」という叫び声が響き、何名かが道をふさいだ。

だが止まる代わりにハジ・ムラートは、ベルトからピストルをはずし、道をさえぎる人々に向かって、馬を速めた。道に立っていた人々が避《よ》けると、ハジ・ムラートは振り返ることなく、大股の常歩《アンブル》で馬を走らせ、下って行った。大股の襲歩《ギャロップ》で走る馬に跨《またが》って、エルダルがその後に続いた。彼らの背後で銃声が二発鳴り響き、二個の銃弾が音を立てて飛んで来たが、ハジ・ムラートにもエルダルにも命中しなかった。ハジ・ムラートは同じ走法で駆け続け、三百歩ほど進んだところで、軽く喘《あえ》ぎ始めた馬を止め、耳をすませた。行く手の下方で急流の音が響いている。後方からは、集落で鳴き交わしている鶏の声が聞こえた。だが、これらの音のかげから、近づいてくる馬蹄の音と、ハジ・ムラートを追う者たちの話し声が聞こえてきた。ハジ・ムラートは馬を蹴ると、先ほどと同じゆっくりとした走法で、滑らかに先を急いだ。

追っ手は馬で疾走し、もう少しでハジ・ムラートに追いつきそうだった。彼らは二十人ほどの騎馬の者で、集落の住人たちが、ハジ・ムラートを捕らえるか、あるいは少なくとも捕らえようとすることで、身の潔白をシャミールに証明しようと決意したのだった。近づいてきた彼らの姿が夜目にもはっきりと見えるようになると、ハジ・ムラートは馬を止め、手綱を離すと、慣れたしぐさで左手で覆いを取り、右手でライフル銃を取り出した。エルダルもそれに倣った。

「何の用だ?」とハジ・ムラートは叫んだ。「捕らえたいのか? なら、つかまえてみるがいい!」そして銃をかまえたので、集落の住人たちは馬を止めた。

ハジ・ムラートはライフル銃を手に持ったまま、谷底の方に下って行った。村人たちは、距離を保ちながら、それを追った。ハジ・ムラートが谷の向こう側に渡ったのを見ると、追っ手は、馬に乗ったまま、自分たちの言うことを聞けと叫んだ。だがハジ・ムラートは、それに答える代わりに発砲し、馬を襲歩《ギャロップ》で走らせた。彼が馬を再び止めたときには、追跡してくる音も鶏の鳴き声ももう聞こえなかった。聞こえるのはただ川のせせらぎの音と、ときたま響くフクロウの鳴き声だけになった。黒い壁のような森がすぐ近くにあったが、その中で部下たちが彼を待っているはずだった。森に近づくと、ハジ・ムラートは立ち止まり、胸いっぱいに空気を吸い込んで、高く口笛を鳴らし、それから黙って耳をすませた。一分後、森の中から同じような口笛が聞こえてきた。ハジ・ムラートは道を逸れて、森の中へと乗り入れた。百歩ほど進むと、焚火《たきび》のあかりと、そのまわりに座っている人々の影、そして馬が鞍を付けたまま幹に結わえられ、半身だけ火に照らされているのが見えてきた。

焚火のそばに座っていた者のひとりが立ち上がり、ハジ・ムラートに近づいて、馬の手綱と鐙を取った。これはハジ・ムラートの義兄弟で、これまで彼の下で兵站《へいたん》を担当してきたアヴァル人のハネフィだった。

「火を消せ」と、馬から下りながら、ハジ・ムラートは言った。その場にいた者たちは薪《まき》を火から取り出し、燃えさしを踏みつけて消した。

「バタはここに来たか？」敷いてある外套に近づきながら、ハジ・ムラートは聞いた。

「来て、だいぶ前にハン・マゴマと出かけました」

「彼らはどの道を行った？」

「この道を」と、ハネフィは、ハジ・ムラートがやって来たのとは反対の方角を指して答えた。

「わかった」とハジ・ムラートは言うと、ライフル銃を肩から下ろし、弾を込めた。

「追っ手がかかったのだ。用心しなければ」と、彼はまだ焚火を消している者の方を向いて言った。

言われたのは、チェチェン人のガムザロだった。ガムザロは外套に近づくと、その上に置いてあったライフル銃の覆いを取り、黙ったまま、草地の端の、ハジ・ムラートが今やって来た場所に立った。エルダルは自分の馬から下りると、ハジ・ムラートの馬の口も取り、二頭の手綱を強く引っ張り、頭を高く上げさせると、木につないだ。そしてガムザロと同じように銃を肩にかけると、草地のもう一方の端に立った。焚火が消えても、森はもうさっきほど暗いとは感じられなかった。かすかにではあったが、空には星が光っていた。

星座の位置、特に天頂と地面の中間あたりまで上がっている昴《すばる》を見上げ、ハジ・ムラートは、もう真夜中をだいぶ過ぎ、夜の祈禱《きとう》をする頃合いだと考えた。ハネフィがいつも袋に入れて携帯している水差しを借りると、彼は外套を着、川の方へ行った。

履物を脱いで足を洗うと、ハジ・ムラートは裸足《はだし》で外套の上に立ち、それから正座した。まず耳を指で覆い、目を閉じると、東の方角を向いて、いつもの祈りの言葉を発した。

祈りを終えると、自分の袋が置いてある場所に戻り、外套の上に座ると、手を膝に当て、頭を垂れて瞑想《めいそう》に入った。

ハジ・ムラートは、いつも自分の幸運を信じていた。何かを企図したとき、実行する以前から、彼はその成功を堅く信じて疑わなかった。そして実際、必ず成功を収めてきたのである。戦闘ばかりの彼の激しい人生は、ごく稀《まれ》な例外を除いて、いつもそんなふうだった。これから先もそうであることを彼は願った。ヴォロンツォフが与えてくれる部隊を率いてシャミールを襲い、捕虜にして復讐する自分の姿を思い浮かべ、ロシアのツァーリから褒賞《ほうしよう》を受け、再びアヴァルの地のみならず、チェチェン全土を降伏させ、支配することを想像した。そうした考えに夢中になった彼は、いつのまにか寝入ったことに気づかなかった。

夢の中で彼は、歌声と『ハジ・ムラートの進軍だ』という歓声に包まれながら、配下の勇士たちとシャミールの陣地へと飛ぶように進撃し、彼とその妻たちを捕らえていた。妻たちが号泣したりむせび泣いたりする声も耳にした。だが目が覚めてみると、『神の他に神なし《リャ・イリャハ・イリ・アラー》』の歌も、『ハジ・ムラートの進軍だ』という声も、シャミールの妻たちの泣き声も、実際には山犬たちの怒号や甲高い泣き声や笑い声であることがわかった。それらの声で彼は目を覚ましたのだった。ハジ・ムラートは顔を上げ、木々の間から既に明るんでいる東の空を見晴るかし、少し離れたところに座っていた部下《ミュリッド》に、ハン・マゴマが戻ったかどうかを尋ねた。まだ帰っていないことを知ると、ハジ・ムラートは頭を垂れ、すぐにまた、うとうとし始めた。

バタとともに使者の任務から戻ったハン・マゴマの陽気な声で、ハジ・ムラートは目を覚ました。ハン・マゴマはすぐさまハジ・ムラートの方を向いて座り、ロシアの兵士たちと遭遇し、要塞に連行され、ヴォロンツォフ公爵本人と話し合ったこと、公爵がとても喜び、明日ロシア軍が森林を伐採する予定の、ミチクの向こうのシャリンの草地のあたりで出迎えると約束してくれたことを話した。バタがときどき同行者の言葉に口をはさみ、細部を補って説明した。

ハジ・ムラートは、ロシアの側に移るという自分の申し出に対し、ヴォロンツォフが具体的にどのような言葉で答えたのかを、詳しく尋ねた。ハン・マゴマもバタも口を揃《そろ》えて、公爵がハジ・ムラートを客人として受け入れ、あらゆる便宜を図ると約束したと言った。ハジ・ムラートはさらに約束の場所までの道順を詳しく尋ね、ハン・マゴマが道はよくわかっているので、そこまで真っ直ぐに連れて行けると請け合うと、初めて金を取り出し、約束の硬貨を三枚、バタに渡した。そして部下たちには、各々の袋から金の象嵌《ぞうがん》の付いた武器と、ターバンを付けた円筒帽を取り出し、清めておくように言った。きちんとした身なりでロシア側に行くためである。一行が武器や鞍や馬具や馬をきれいにしているあいだに、星は輝きを失い、すっかり明るくなった。夜明けのそよ風が吹き始めた。

## 5

朝早く、まだ暗いうちに、斧《おの》を担いだ二中隊が、ポルトラツキーの指揮のもと、チャフギリンスク門から十露里の地点に出動し、あちこちに射撃手を配置して散兵線《さんぺいせん》を張った。そして明るくなり始めるとすぐに森林の伐採を開始した。最初のうちは、ぱちぱちと音を立てている焚火の湿った枝からのぼる芳《かぐわ》しい煙と混ざり合っていた霧も、八時前には空へと上がり始めた。五歩先も見えず、互いが立てる音だけを頼りに伐採に従事していた兵士たちの目にも、焚火の炎や、森の中の道が倒木でさえぎられている光景が、見えるようになってきた。

太陽は、霧の中に明るい斑点のように現れたり、すっかり姿を消したりをくり返した。道から少し外れた草地には太鼓が置かれ、ポルトラツキーとその下士官のチーホノフ、第三中隊の二人の将校、そして以前は近衛部隊に属していたが決闘の罪で降格になったばかりの、ポルトラツキーとは貴族幼年学校時代の同窓のフレーゼ男爵といった面々が陣取っていた。太鼓の周りには、冷菜を包んでいた紙や、煙草の吸殻や、空っぽの酒瓶などが散らかっていた。士官たちはウォッカで乾杯し、冷菜を食べ、黒ビールを飲んでいたのである。鼓手が八本目の栓を抜いたところだった。ポルトラツキーは、睡眠不足だったにもかかわらず、危険が起こりうる状況で部下や仲間の中にいる時にいつも感じる、精神の高揚と何ひとつ不安のない快い陽気さとがないまぜになった、独特な気分に浸っていた。

士官たちの間では、最新のニュースであるスレプツォフ将軍の死について、活発な会話が交わされていた。誰ひとり、スレプツォフの死に、命の終焉《しゅうえん》と、命がそこから生じてきた本源への回帰という、この人生で最も重要な契機を見てはいなかった。話題はもっぱら、剣一本で山岳民の陣中へ突撃し、敵を斬った後で命を落とした、無鉄砲な将校の放胆《ほうたん》さに集中していた。

当時のカフカースでの戦闘において、一般に思い描かれ、よく書かれているような、剣と剣での白兵戦なぞ、どんな場合にも絶対にありえないことを、その場にいた者たちは皆、とりわけ将校の任務についたことのある者は知っていたし、また知ることのできる立場にあったのだが（もし剣や銃剣による斬り合いがあるとしても、それは逃亡しようとした者を斬ったり刺したりする場合に限られていた）、それでも彼らは白兵戦というこの虚構を容認していた。自分たちに穏やかな誇りと陽気な気分をもたらしてくれたからである。今も彼らはそのような気分で、スレプツォフと同じようにいつ何どき誰を襲うとも知れない死を思うこともなく、ある者たちはさも勇敢そうに、またある者たちは逆に謙虚なようすで太鼓に腰かけ、煙草を吸い、酒を飲み、冗談を言い合っていたのだった。そして実際、会話の途中で、彼らの期待に応えるかのように、ライフルの金属的で鋭く爽快で美しい銃声が、道から左に下った辺りで響き渡った。弾丸が陽気に高い音を立てながら、霧まじりの空中のどこかを飛んで来て、木に当たった。兵士たちが敵のこの攻撃に何発か応射し、あたりには重い音が響いた。「これはこれは！」と、ポルトラツキーが陽気に叫んだ。「散兵線で撃ち合いとはな！　兄弟、君はついてるぜ」と、彼はフレーゼに言った。「自分の隊に行きな。すばらしい戦いぶりを見せやろうじゃないか！　そして後で昇進上申書を一緒に書こう」

降格されたばかりの男爵は、跳ね起きると、すばやい足取りで、煙の中の自分の中隊がいる辺りに向かった。ポルトラツキーは、引かれてきた、小柄で黒褐色のカバルダ産の愛馬に跨ると、中隊の陣容を整え、撃ち合いになっている散兵線の方角に向かわせた。散兵線は森の縁、木のないむき出しの谷へと続く勾配の前に敷かれていた。風が森に吹きつけていたので、足元から谷へ下る辺りだけでなく、谷の向こう側の斜面まではっきり見えた。

ポルトラツキーが散兵線に近づいたとき、太陽が霧のかげから顔を出した。すると谷の反対側の、小さな森が新たに始まっているあたり、直線距離で二百メートルほどのところに、数名の騎兵が見えた。これはハジ・ムラートを追撃してきたチェチェン人たちで、彼がロシア側に投降するのを見届けようとしていたのである。そのうちの一人が散兵線に向けて銃弾を放ち、こちらからも何人かの兵士が応射した。チェチェン人は後ろに退き、銃声はいったん止んだ。だがポルトラツキーが中隊とともに谷への下り坂に近づき、射撃を命じるやいなや、全散兵線から陽気で爽快なぱちぱちという銃声が切れ目なく響き、美しい硝煙《しょうえん》が立ち込めた。兵士たちは気晴らしができることを喜びながら、急いで銃弾を充塡《じゅうてん》しては、次々に発射した。見るからに激情に捉われたチェチェン人たちが、前の方に駆けだしてきて、兵士たちに向かって次々と銃弾を放った。そのうちの一発が兵士に傷を負わせた。前の晩に斥候に出ていた、あのアヴデーエフである。仲間たちが駆け寄ったとき、彼は両手で腹の傷口を押さえ、うつむけに倒れて、左右に規則正しく体を揺らしていた。

「弾を詰めだしたら、すぐに音がしたんだ」とアヴデーエフと組んでいた兵士が話していた。

「それで見たら、銃を放り出していたのさ」

アヴデーエフは、ポルトラツキーの中隊に属していた。群がっている兵士たちを見て、ポルトラツキーはその方に近づいた。

「どうした、兄弟、撃たれたのか？」と彼は言った。「どこに当たった？」

アヴデーエフは答えなかった。

「閣下、弾を詰めだしたらすぐに音がして、見たら、奴は銃を放り出していたんです」と、アヴデーエフと組んでいた兵士が話しだした。

「ちっ、ちっ」とポルトラツキーは舌打ちをした。「どうだ、痛いか、アヴデーエフ?」

「痛くはないですが、歩けません。閣下、ウォッカがあると、うれしいのですが」

ウォッカ、つまりカフカースで兵士がよく口にしていたアルコールが見つかったので、パノフがコップに注いで、ひどく顔をしかめながら運んできた。アヴデーエフは口をつけたが、すぐさま手でコップを退けた。

「飲む気にならねえ。そっちで飲んでくれ」と彼は言った。

パノフはアルコールを飲み干した。アヴデーエフは起き上がろうとしたが、また倒れてしまった。皆は彼の外套を脱がせ、その上にアヴデーエフを寝かせた。

「閣下、連隊長がいらっしゃいます」と曹長がポルトラツキーに言った。

「よし、しばらくお前が指揮を取れ」とポルトラツキーは言い、鞭を振って馬を大股の跑歩《トロット》で走らせ、ヴォロンツォフを出迎えた。

ヴォロンツォフは赤毛で純英国産の愛馬に跨り、連隊副官とコサックとチェチェン人の通訳を連れて近づいてきた。

「君のところで何かあったのかね?」と、彼はポルトラツキーに尋ねた。

「ええ、敵の一団が現れ、散兵線を襲ってきたのです」と、ポルトラツキーは答えた。

「ふん、万事、君のもくろみ通りだね」

「公爵、もくろんだのは私ではありません」とポルトラツキーは、微笑みながら言った。

「近づいてきたのは、奴らの方です」

「兵士が負傷したと聞いたが？」

「ええ、とても残念です。優秀な兵士ですから」

「重傷かね？」

「どうやら、重傷のようです。腹部をやられました」

「ところで君は、私がどこに行くところか、わかるかね？」

「わかりません」

「推測もつかない？」

「つきません」

「ハジ・ムラートが来ていて、私たちを出迎えてくれるのだよ」

「まさか！」

「昨日、彼の使者が来たんだ」ヴォロンツォフは、喜びの笑みを抑えるのに苦労しながら、言った。「彼は今、シャリンの草地で、私を待っているはずだ。君は草地まで射手を配置した後で、私のところに来てくれたまえ」

「わかりました」と、ポルトラツキーは円筒帽に手を当てて言い、自分の中隊の方に向かった。右側の散兵線は自分で定め、左側の配置については曹長に任せた。そのあいだに、四人の兵士が負傷者を要塞に運んで行った。

ポルトラツキーはその後、ヴォロンツォフのいる場所に戻ろうと道を急いだが、その途中で、後方から騎馬で追いついてくる一団がいるのに気づいた。彼は馬を止め、その者たちを待った。

先頭を駆けてきたのは、白いたてがみの馬に乗り、白いチェルケス服を着て、円筒帽の上にターバンを巻き、黄金の装飾刀を帯びた立派な風采の男だった。この者こそ、ハジ・ムラートだった。彼はポルトラツキーに近づき、山岳民の言葉で何か言った。ポルトラツキーは、わからないというしるしに、眉を上げ、両手を大きく開いて、微笑んでみせた。これに対してハジ・ムラートも微笑で答えたが、その子どものように善良な微笑にポルトラツキーは驚かされた。彼は、この恐ろしい山岳民が、そのような表情を見せるとは思ってもみなかったのである。陰鬱で冷淡でとっつきにくい相手を予想していたのに、彼の前に現れたのは、赤の他人ではなく古くからの知己、友人と感じられるほど善良な微笑を浮かべた、きわめて素朴な人間だった。ただしこの男には一つだけ特別なものがあった。それは大きく見開いた目で、対する者たちの目を注意深く、貫くように、落ち着きはらって見ているのだった。

ハジ・ムラートの随員は四名だった。その中には昨夜、ヴォロンツォフのところにやって来た、ハン・マゴマその人も含まれていた。まぶたの薄い、黒く光る目をした、赤毛で丸顔の男で、生きる喜びに満ち、輝くばかりの表情をしていた。眉毛が長く、髪を伸ばしたずんぐりした体格の男もいた。こちらはハジ・ムラートの財務のすべてを管理しているハネフィで、鞍嚢《あんのう》をぎっしりと載せた予備の馬を連れていた。だが一行の中で特に目を引いたのは、他の二人の方だった。一人は若く、女性のように腰回りがほっそりとしていて、肩幅は広く、赤いあごひげがようやく生え出したばかりの、羊のような目をした美男子で、これがエルダルだった。もう一人は片目で、眉も睫毛もないが、赤く短いあごひげを蓄え、顔と鼻に傷痕のあるチェチェン人のガムザロだった。

ポルトラツキーは、道に現れたヴォロンツォフをハジ・ムラートに指さしてみせた。ハジ・ムラートはその方に向かい、間近まで来ると、右手を胸に当てて、山岳民の言葉で何か言い、馬を止めた。チェチェン人の通訳がロシア語に訳した。

「この身をロシア皇帝の意志に委ねると言っています。皇帝陛下にお仕えしたいとのことです。以前からそう願っていたが、シャミールが行かせてくれなかったのだと言っています」

通訳の言葉を聞くと、ヴォロンツォフは鹿革の手袋をはめた手をハジ・ムラートの方に伸ばした。ハジ・ムラートはその手を眺め、一瞬ためらった後で強く握り、通訳とヴォロンツォフを交互に見ながら、さらに何か言った。

「総督《サルダリ》の子息であり、深く尊敬されているあなたにでなければ投降しなかっただろうと、彼は言っています」

ヴォロンツォフは感謝のしるしにうなずいた。ハジ・ムラートは自分の随行者たちを指さしながら、また何か言った。

「これらの者は自分の部下《ミュリッド》で、自分と同様、ロシアに仕えると、言っています」

ヴォロンツォフは彼らにも目をやり、うなずいてみせた。

まぶたが薄く、黒目で陽気なハン・マゴマは、同じようにうなずいて、何かヴォロンツォフに言ったが、それはどうやら滑稽なことらしかった。というのも、毛むくじゃらのアヴァル人が、輝く白い歯を見せて笑ったからである。だが赤毛のガムザロは、片方だけのその赤い目で、ヴォロンツォフをちらりと一瞥《いちべつ》しただけで、後はまた自分の馬の耳のあたりをじっと見ていた。

ヴォロンツォフとハジ・ムラートが、それぞれの随員とともに要塞への帰路についたとき、散兵線から任務を解かれ、一団となった兵士たちは、自分たちのあいだで感想を語り合っていた。

「どれだけの魂を滅ぼしてきたか知れないあの野郎に、今度は慈善を施してやるというわけだ」と一人が言った。

「しょうがねえさ。シャミールの片腕だった奴だからな。今はもう恐いものなしさ……」

「とにかく大した奴だ。勇士《ジギッド》だな」

「だがあの赤毛は、赤毛の野郎は、獣みたいに白目をむいてやがる」

「へっ、山犬さ。まちがいねえ」

誰もが、とりわけ赤毛の男に目を留めていた。

伐採がおこなわれていた場所でも、道の近くにいた兵士たちが、見物に走り出てきた。将校が彼らを怒鳴りつけたが、ヴォロンツォフはそれを押しとどめた。

「古い馴染《なじ》みなのだから、見させてあげたまえ。君は、これが誰か、知っているかね？」とヴォロンツォフは近くに立っていた兵士に向かって、英語訛りのロシア語で、ゆっくりと一語ずつ発音して聞いた。

「まったくわかりません、閣下」

「ハジ・ムラートだよ。聞いたことがあるかね？」

「聞いたことがあるどころではありません、閣下。私たちは彼を何度も打ちのめしましたから」

「ほう、でもこの人からも、ずいぶんやっつけられたんだろう？」

「まったくその通りであります、閣下」と、兵士は上司とうまく話せたことに満足して答えた。

ハジ・ムラートは、自分が話題になっていることを理解し、その目のなかに陽気な微笑がきらめいた。ヴォロンツォフは、きわめて愉快な気分で要塞に帰還した。

6

ヴォロンツォフは、シャミールに次いで重要で強力なロシアの敵を説得して、成功裏に迎え入れたのが、他ならぬ自分自身だったことに、とても満足していたが、ひとつだけ面倒な問題があった。それはヴォズドゥヴィジェンスク要塞の司令官メレル・ザコメリスキーの存在で、本来は全部、彼を通すべきだったのに、ヴォロンツォフは司令官に報告せず、すべてを独断でおこなったのである。そのことが面倒な事態を引き起こすかもしれないという考えが、ヴォロンツォフの満足な気分を、少しばかり曇らせていた。

家に近づくと、ヴォロンツォフはハジ・ムラートの部下たちを連隊副官に預け、本人だけを自邸に連れて行った。

公爵夫人マリヤ・ヴァシリエヴナは盛装し、微笑を浮かべて、六歳の美しい巻き毛の息子と一緒に、客間でハジ・ムラートを迎えた。ハジ・ムラートは両手を胸に当てた姿勢を取り、一緒に付いて来た通訳を通して、自宅に招いてくださった公爵は、すでに盟友《クナーク》だが、その家族も、盟友《クナーク》本人と同じほど、自分にとって神聖な存在であると、いくらか荘重な口調で言った。ハジ・ムラートの容貌やしぐさは、いたくマリヤ・ヴァシリエヴナの気に入った。自分が白い大きな手をハジ・ムラートに差し出したとき、彼が急に真っ赤になったことにも満足した。彼女は座るように彼に言い、コーヒーを飲むかどうか尋ねてから、準備させた。けれどもハジ・ムラートは、コーヒーを渡されたとき、それを断った。彼はロシア語を話せなかったが、少しは理解することができた。そして理解できなかったときには微笑んだが、その微笑は、ポルトラツキーの場合と同様、マリヤ・ヴァシリエヴナをも驚かせた。巻き毛で鋭い目つきの彼女の息子は（母親は彼をブーリカと呼んでいた）、母親のそばに立っていたが、並外れた人物であると聞かされていたハジ・ムラートから目を放さなかった。

ヴォロンツォフは、ハジ・ムラートを妻に任せて、自分は要塞の事務所に行った。ハジ・ムラートの投降を上層部に報告する手はずを整えるためだった。グローズヌイの要塞にいる左翼方面軍司令官のコズロフスキー将軍と、総司令官である父親に報告を書いた後、ヴォロンツォフは、馴染みのない恐ろしい人物を押し付けられて、妻が怒っているのではないかと心配しながら、家に急いだ。実際、今夜の客は、怒らせることも親しくなり過ぎることもなく、うまく相手をしなければならない、難しい相手だった。だが彼の心配は杞憂《きゆう》だった。ハジ・ムラートはヴォロンツォフの義理の息子であるブーリカを膝に乗せてソファに座り、マリヤ・ヴァシリエヴナが笑いながら話したことを通訳が説明するのに、目線を落としながら注意深く耳を傾けていた。マリヤ・ヴァシリエヴナはハジ・ムラートに向かって、もし盟友《クナーク》が褒《ほ》める品をすべて相手に贈っていたら、あなたはいずれアダムのような姿で歩かなければならなくなるでしょうと話していた……。

公爵が入ってくるのを見ると、ハジ・ムラートは、そのことに驚き、腹を立てているブーリカを膝から下ろし、おどけた表情をすばやく、厳しく真面目な表情に変えて、立ち上がった。彼はヴォロンツォフが座った後で初めて着席した。そして先ほどの会話の続きで、マリヤ・ヴァシリエヴナの言葉に答えて、盟友《クナーク》が気に入ったものはすべて盟友《クナーク》に与えることが、自分たちの掟《おきて》なのだと言った。

「あなたの息子さんは盟友《クナーク》です」と彼は、自分の膝にまた這い上がってきたブーリカの巻き毛を撫でながら、ロシア語で言った。

「あなたの盗賊さんは、本当に魅力的だわ」とマリヤ・ヴァシリエヴナは夫にフランス語で言った。「ブーリカが彼の短剣に見とれていたら、プレゼントしてくれたのよ」

ブーリカは剣を継父に見せた。

「これは高価《セ・アン・オブジェ・デ・プリ》な品物よ」とマリヤ・ヴァシリエヴナは言った。

「彼にお返しをする機会を見つけなくてはいけないね《イル・フォドラ・トゥルヴェ・レカジョーン・デ・リュイ・フェー》」とヴォロンツォフも言った。

ハジ・ムラートは目を伏せ、男の子の巻き毛を撫で、「勇士《ジギット》、勇士《ジギット》」とつぶやきながら座っていた。

「すばらしい剣だ、すばらしい！」と、ヴォロンツォフは剣を半分まで抜き、中央に筋の通った、よく研がれた鋼《はがね》の刀身を見て言った。「お礼を言いなさい」

「私が彼に力添えできることが何かないか、聞いてくれ」とヴォロンツォフは通訳に言った。

通訳がその内容を伝えると、ハジ・ムラートは必要なものは何もないと即座に答えたが、ただし、できれば今すぐ、お祈りができる場所を用意してほしいと付け加えた。ヴォロンツォフは召使いを呼び、ハジ・ムラートの願いをかなえるように命じた。

割り当てられた部屋で一人になるが早いか、ハジ・ムラートの顔つきが一変した。満足や愛想の良さや荘重な表情が消え、不安の影が表に現れた。

ヴォロンツォフの出迎えは、彼が予期していた以上だった。だが出迎えが好意的であればあるほど、ヴォロンツォフと将校たちに対するハジ・ムラートの信頼は揺らぐのだった。彼はあらゆることを恐れていた。捕縛され、足枷《あしかせ》をはめられ、シベリアに送られるか、あるいはあっさり殺されるかもしれないと恐れており、それゆえ用心を怠《おこた》らなかったのである。

エルダルがやって来ると、彼は部下たちがどこに泊められているか、馬はどこか、そして武器を取り上げられなかったかどうかを問いただした。

エルダルは、馬は公爵の厩舎《きゅうしゃ》につながれており、部下たちは納屋にいる、武器は手元に置くことを許され、通訳が食べ物とお茶をごちそうしてくれたと報告した。

　ハジ・ムラートは、なお疑わしいというように首を振ったが、上着を脱いで、お祈りを始めた。それを終えると、銀の剣を持ってくるように命じ、また服を着、ベルトを締めて、背の低い長いすに足を組んで座り、これから起こることを待ち受けた。

　四時を過ぎた頃、彼は昼食に呼ばれた。

　昼食の席でハジ・ムラートは、マリヤ・ヴァシリエヴナが自分用に盛り付けたのと同じ場所のピラフのほかには、何も口にしなかった。

「私たちが毒を盛るのではないかと、心配しているのよ。私が取ったのと同じところから、彼も取ったわ」とマリヤ・ヴァシリエヴナは夫に言い、その後すぐ通訳を通じて、今度はいつお祈りをするのかとハジ・ムラートに尋ねた。ハジ・ムラートは五本の指を立てて太陽にかざし、時を測った。

「おそらく、まもなくです」

　ヴォロンツォフは懐中時計を取り出して、つまみを押した。すると時計が鳴って四時十五分を知らせた。どうやらハジ・ムラートはこの音に驚いたらしく、もう一度鳴らしてから、時計を見せてほしいと頼んだ。

「いい機会よ《ヴォワラ・レカジョーン》、彼に時計を贈りなさいな《ドネ・リュイ・ラ・モーントゥル》」とマリヤ・ヴァシリエヴナは夫に言った。

　ヴォロンツォフはただちに時計を贈呈した。ハジ・ムラートは手を胸に当ててから、時計を受け取った。そして何度かつまみを押しては、音に聞き入り、満足そうにうなずいた。

昼食が終わった頃、メレル・ザコメリスキーの副官の訪問が公爵に告げられた。

副官は公爵に対して、将軍がハジ・ムラートの投降を知って、今まで報告がなかったことをたいへん不満に思っており、ただちにハジ・ムラートを自分に引き渡すように求めていると伝えた。ヴォロンツォフは、将軍の指令を今すぐ実行すると回答してから、通訳を通してハジ・ムラートに将軍の要求を伝え、自分と共にメレルのところに行くように頼んだ。

マリヤ・ヴァシリエヴナは、副官の来訪の理由を知ると、夫と将軍の間に面倒な事態が起きるかもしれないことを即座に理解し、夫に言葉を尽くして止められたにもかかわらず、彼とハジ・ムラートと一緒に出かける支度に取りかかった。

「君は残った方がいい《ヴ・フェレ・ボク・ミヨ・ドゥ・レステ》。これは私の問題で《セ・モン・アフェール》、君には関係ない《マ・パ・ラ・ヴォートゥル》」

「あなたには、私が将軍の奥様にお目にかかるのを邪魔する権利はありませんことよ《ヴ・ネ・プ・ヴェ・パ・マーンペシェ・ダ・レ・ヴォワール・マダム・ラ・ジェネラル》」

「他のときでも良いじゃないか」

「私は今お目にかかりたいの」

どうしようもなかった。ヴォロンツォフは同意し、彼らは三人で出かけた。

彼らが部屋に入ってくると、メレルはマリヤ・ヴァシリエヴナに向かって、暗く慇懃《いんぎん》な口調で、自分の妻の部屋へ行くように言い、ハジ・ムラートについては応接間に連れて行き、自分の命令があるまで部屋から出さないようにと、副官に命じた。

そしてヴォロンツォフに「入りたまえ」と言いながら、書斎のドアを開け、公爵から先に部屋に入るよう、うながした。

部屋に入るや、彼は公爵の前に立ち止まり、座るようにとも言わずに、こう切り出した。

「私はここの司令官だ。したがって、敵との交渉はすべて、私を通しておこなわれなければならない。君はなぜハジ・ムラートの投降について私に報告しなかったのかね？」

「密使が来て、私のもとに投降したいというハジ・ムラートの希望を表明したからです」興奮で顔が蒼白《そうはく》になったヴォロンツォフは、将軍が激昂《げっこう》して悪罵を浴びせてくるのを予期し、彼の憤怒《ふんぬ》に自分自身も感染しながら言った。

「私は、なぜ私に報告しなかったのかと聞いているのだ」

「そうするつもりでしたが、男爵、しかし……」

「私はここでは男爵ではなく、君の上司だ」

男爵は、これまで抑えてきた苛立ちを、ふいに爆発させた。長いこと心の中で沸き立っていたすべてを口にした。

「私が皇帝陛下に二十七年仕えてきたのは、昨日から勤務についたばかりの者が、血縁を利用して、私に隠れてこそこそと、自分の任務でもないことに首を突っ込むのを認めるためではない！」

「閣下！　真実ではないことをおっしゃらないよう、お願いします」

「私は真実を話しているのだ。そして許せないのは……」将軍はさらに苛立ちながら、話を続けようとした。

そのとき、スカートをさらさら言わせながら、マリヤ・ヴァシリエヴナが部屋に入ってきた。控えめな婦人であるメレル・ザコメリスキーの妻が、その後に続いた。

「もう十分じゃありませんこと、男爵。うちのシモンが、あなたに何か不愉快なことをしようと思ったはずはありませんわ」と、マリヤ・ヴァシリエヴナが話し始めた。

「いや、公爵夫人、私が言っているのはそういうことではなくて……」

「でも、もう止《よ》しにした方がよろしゅうございますわ。よく言うじゃありませんか――良き不和よりも悪しき争いって。あら私ったら何を申し上げているのかしら」彼女は笑いだした。

腹を立てていた将軍も、とうとう公爵夫人の魅力的な微笑に打ち負かされてしまった。その口ひげの下に微笑が浮かんだ。

「私は、自分が間違っていたことを認めます」とヴォロンツォフは言った。「しかし……」

「いや、私も少し熱くなり過ぎたようだ」とメレルは言い、公爵に手を差し出した。

和解が成立し、ハジ・ムラートはしばらくメレルの手元に置かれ、その後で左翼方面軍司令官のもとに送致されることになった。

ハジ・ムラートはすぐそばの部屋に座っていて、話されている内容はわからなかったが、理解する必要のあることはちゃんと理解していた。すなわち、彼らが自分について話していること、自分がシャミールの陣営から投降したことがロシア人にとって極めて大きな重要性を持っていること、そして、それゆえ自分が流刑になったり処刑されたりすることはなく、多くのことを彼らに求めることができるだろうことを理解したのである。その他に彼は、メレル・ザコメリスキーが、長官であるにもかかわらず、その部下であるヴォロンツォフほど重要人物ではないこと、重要なのはヴォロンツォフであって、メレル・ザコメリスキーの方ではないことも理解した。それゆえ彼は、メレル・ザコメリスキーに呼ばれ、尋問されたとき、誇り高く荘重にふるまい、自分は白いツァーリに仕えるために山から出てきたので、すべての弁明はツァーリ自身が任じた総督《サルダリ》、すなわちチフリスにいる最高司令官のヴォロンツォフ公爵に対してのみおこなうと答えたのである。

7

負傷したアヴデーエフは、要塞の出口にある、壁の薄い小さな建物の中に設置されている野戦病院に運ばれ、共同部屋の空いている釣床の一つに横たえられた。部屋には四名の傷病兵がいた。一人はチフス患者で高熱に喘いでいた。白い顔をして、目の下に青い隈《くま》があり、発作が起きるのを予感しながら悪寒《おかん》に震え、ひっきりなしにあくびをくり返している者もいた。他の二人は三週間前の襲撃の際の負傷者で、一人は手首(こちらは立っていた)、もう一人は肩に重傷を負っていた(こちらは釣床に横になっていた)。チフス患者以外の全員が運び込まれた者の周りに集まり、運び込んできた者たちに質問を浴びせた。

「霰《あられ》みたいに、ばちばち撃たれても、どうってことないときもあるんだが。今日はたったの五発だったのに、撃たれちまった」と運んできた兵士の一人が言った。

「誰も運命には逆らえねえさ!」

釣床に移されるとき、アヴデーエフは痛みに耐えきれず、「うう」とのどを大きく鳴らした。だが横たえられると、顔をしかめてはいたが、もうそれ以上は唸《うな》ろうとはせず、踝《くるぶし》から下の部分を、たえずもぞもぞさせているだけになった。両手で傷を押さえ、動かずに前をじっと見ていた。

医師が来て、負傷者をうつ伏せにするよう命じた。弾が背中から体外に出なかったかどうかを見るためである。

「これは何だ?」と、背中と尻に交差した形に残っている白い傷痕を指して聞いた。

「軍医殿、それは古傷であります」と唸りながら、アヴデーエフは言った。

それは彼が昔、飲み過ぎて、隊の金に手を付けた罰に鞭打たれた痕だった。

アヴデーエフは再び仰向けにされ、医師は探針で長いこと腹部をほじり、弾丸を探り当てようとしたが、見つけることができなかった。傷に包帯を巻き、絆創膏《ばんそうこう》で留めると、医師は出て行った。傷をほじられ、包帯を巻かれているあいだ、アヴデーエフは歯を食いしばり、目を閉じて横たわっていた。軍医が去ると彼は目を開け、驚いたように周囲を見た。その目は傷病兵と看護兵に向いていたが、まるでアヴデーエフには彼らが目に入らず、何か驚くべきものを目にしているかのようだった。

アヴデーエフと同じ隊のパノフとセリョーギンが到着した。アヴデーエフは相変わらず、驚いたような目つきで前方を見ていた。その目で直視していたにもかかわらず、彼はしばらく戦友をそれと見分けることができなかった。

「おい、ピョートルよ、家に何か言付《ことづ》けようか？」とパノフが聞いた。

アヴデーエフはパノフの顔を見てはいたが、何も答えなかった。

「家に何か言付けはないかってば」大きくて骨ばった、しかし冷たいアヴデーエフの手に触れ、パノフはもう一度尋ねた。

アヴデーエフは初めて気がついたようだった。

「おっ、アントーヌィチ、来てくれましたか！」

「ああ、来てやったぞ。家に何か言付けはないか？　セリョーギンが書いてくれるぞ」

「セリョーギン」アヴデーエフは苦労してセリョーギンの方に目を移しながら言った。「書いてくれるのか？……じゃあ、こう書いてくれ。『息子のペトルーハは、あなた方が長生きすることを望んでいます』俺は兄貴のことを嫉《ねた》んでいた……。今日、お前に話したばかりだったな。だが今はこれで良かったんだと思う。兄貴もつつがなく生きてくれれば、俺もうれしい――と、まあ、そんなふうに書いてくんな」

そう言い終わると、彼はパノフに両目をじっと据えたまま、長いこと黙っていた。

「そうだ、キセルの雁首は見つかりましたか？」と突然、彼は聞いた。

パノフは首を振って答えなかった。

「雁首、雁首ですよ。見つかったんですかい？」

「鞄の中にあったよ」

「そいつは良かった。じゃあ、そろそろ灯明《とうみょう》を持ってきてください。どうやら俺はもうすぐ死ぬようです」とアヴデーエフは言った。

このとき、ポルトラツキーが、自隊の兵士を見舞うために入ってきた。

「どうだ、兄弟、調子悪いか？」と彼は言った。

アヴデーエフは目を閉じ、否定するように首を振った。頬骨の出たその顔は青ざめ、厳しい表情をしていた。彼は問いには何も答えずに、パノフの方を向いて、もう一度くり返しただけだった。

「灯明をくだせえ。もうすぐ俺は死ぬ」

灯明を手渡そうとしたが、指がもう曲がらなかったので、指と指の間に挟んで、皆で手を押さえてやった。ポルトラツキーは立ち去り、それから五分後、看護兵はアヴデーエフの胸に耳を当て、死んだと言った。

アヴデーエフの死は、チフリスに送られた戦況報告に、次のように記載された。『十一月二十三日。森林伐採の為《ため》、クリン連隊所属二個中隊が要塞を出撃せり。日中、伐採部隊は相当数の山岳民の急襲を受く。散兵線は一時後退せるも、第二中隊は敢然と反撃し、山岳民を覆滅《ふくめつ》せり。作戦による兵卒の被害は軽傷二名、戦死一名。山岳民側の死傷者は約百名との由《よし》』

## 8

ペトルーハ［ピョートルの愛称］・アヴデーエフがヴォズドゥヴィジェンスク要塞の野戦病院で亡くなったその同じ日、年取った彼の父親と、彼がその身代わりとなって兵役に就いた兄の妻と、そろそろ結婚適齢期のその娘とが、凍てつく脱穀場で燕麦を打っていた。前夜に深く降り積もった雪は、朝までに硬く凍りついていた。老人は三番鶏が鳴く早い時刻に目を覚まし、凍った窓を照らす月の明るい光を見ると、ペチカの上の寝床から這い下り、外套を着込み、帽子をかぶって穀物小屋に向かった。そこで二時間ほど働くと、家に戻って、息子と女たちを起こした。女たちが穀物小屋に行ってみると、脱穀場はきれいに掃き清められ、木製の鋤がこまかく白い雪の中に突き刺され、その横に箒《ほうき》が逆さに立てかけてあった。穂と穂を合わせた燕麦の束が、きれいな脱穀場の床いっぱいに、長縄のように敷き延べられていた。三人は殻竿《からざお》を手に取ると、脱穀に取りかかり、燕麦の束を一人一回ずつ、調子を合わせながら、たたき始めた。老人は重い殻竿で藁《わら》を強くたたき、孫娘は滑らかに上から打ち、嫁は藁束を裏返した。

月が西の空に沈み、明るくなり始めた。ひと仕事終わりそうな頃合いになって、長男のアキームが、半外套に帽子をかぶった姿で、三人が作業している脱穀場に顔を出した。

「何をごろごろしてやがった？」脱穀する手を止め、殻竿にもたれて、父が息子にどなった。

「馬を中に入れてやんなきゃならないからな」

「馬を中に入れてやんなきゃなんねえ、だと？」と父親は鸚鵡返しに言った。「そんなこたあ、婆さんがしてくれるさ。殻竿を取りな。ばかみてえに肥えやがって、この酔っ払い！」

「あんたにおごってもらったわけじゃあるまいし」と息子はつぶやいた。

「何だと？」老人は眉をしかめ、また燕麦を打とうとしてしくじり、厳しい口調で聞き返した。

息子は黙ったまま、殻竿を取った。脱穀の作業は、今度は四人で進んだ。ダン、タタン、ダン、タタン、ダン、タタン、……ダン！　殻竿の音が三回した最後に、老人の竿の重い音が響いた。

「金持ちの旦那みたいな、ぶよぶよした顔になりやがって。俺のズボンはぶかぶかだっていうのによ」言いながら老人は脱穀の手をまた止めたが、リズムを失わないように、殻竿の柄を空中で回し続けた。

脱穀が終わり、女たちは熊手で藁を移しはじめた。

「お前の代わりにペトルーハを出すとは、我ながらばかなことをしたもんだ。お前が兵役に行っていれば、性根を叩きなおしてもらえたのにな。ペトルーハが家にいれば、お前の五人分は役に立ったろうに」

「もういいよ、お父っつぁん」と、ちぎれた縄を捨てながら、嫁が言った。

「お前みたいなのを六人、七人養ったって、何の役にも立ちゃしねえ。ペトルーハはよく一人で二人分の仕事を片付けてくれたがなあ。お前とは大違いだ……」

母屋から続いているよく踏み固められた道を、毛皮の脚絆《きゃはん》をきつく縛り、新しい草鞋《わらじ》で雪をきしませながら、老婆がやって来た。男たちは脱穀しそこねた燕麦をかき集めては積み上げ、女たちは、男たちの後から、さらに箒で掃き集めた。

「総代が寄って行ったよ。賦役で皆、レンガを運ばなくちゃなんないとさ」と老婆は言った。「朝飯は作っておいたから、行って食うがいいさ」

「しょうがねえ。葦毛《あしげ》の馬をつないで、行ってきな」と老人はアキームに言った。「この前みたいに、俺が頭を下げなくちゃならねえようなまねだけはしないでくれよ。ちっとはペトルーハを思いだすがいいんだ」

「ペトルーハが家にいるときは、奴を罵《ののし》っていたくせによ」と、今度はアキームが父親につけんどんに言った。「いなくなったら、俺の番かい」

「がみがみ言われるだけのことはあるだろうよ」と、母親も同じように腹立たしげに言った。

「ペトルーハとお前じゃ、比べもんにならねえよ」

「ふん、好きにしな」と息子は言った。

「好きにしな、だと！　穀物を全部酒代にして飲んじまったくせに、言うに事欠いて、好きにしな、だと！」

「過ぎたことを言っても、しょうがねえだろうに」嫁は言うと、殻竿をしまい、母屋に行ってしまった。

この父子の不和は、もうだいぶ以前、ピョートルを兵役に出した頃から続いていた。老人は、ピョートルを行かせた直後から、鷹《たか》をとんびと取り違えたような気がしていた。老人が理解する限りでは、子のない者が家族持ちの代わりになることは、たしかに理に適《かな》っていた。アキームには子どもが四人もいたのに、ピョートルには一人もいなかったのである。だが働き手としてのピョートルは父親そっくりだった。すばやく、察しも良く、力があって忍耐強く、それに何より働くことが好きだった。ピョートルはいつもひっきりなしに働いていた。もしも人が働いているそばを通れば、父親がよくそうしてきたように、彼もすぐに手伝いを買って出て、二列に並んで草を鎌で刈ったり、荷物を積み込んだり、木を伐《き》ったり、薪を割ったりしたのだった。老人はピョートルを失ったことを残念に思ったが、どうしようもなかった。兵役は死と同じだった。兵隊とはひきちぎられたパン切れのようなもので、思いだし、心を痛めても、何の役にも立たないのだ。ときたま、長男に嫌味を言うときにだけ、老人はもう一人の息子を思いだした。母親の方は下の息子をよく思いだし、もう二年も前から、ペトルーハに金を送ってやってくれと何度も老人に頼んでいた。だが老人はそのたび、黙って答えようとしなかったのである。

アヴデーエフ家は豊かだった。老人にはいろいろな副収入があったのだが、それでもどうしても貯えた金に手を付ける決心がつかなかった。老人が今、下の息子のことを口にしたのを聞いて、老婆は、これから燕麦を売って得る金から、一ルーブリでいいから送ってやってほしいと、夫にもう一度懇願することを心に決めた。そして実際にそうしたのである。上の息子と家族が賦役に出て行き、老人と二人きりになったとき、彼女は夫を説き伏せ、燕麦の代金から一ルーブリをペトルーハに送ることに同意させた。

そして彼女は、三台の橇《そり》の荷台の上に麻布を敷き広げ、その上に脱穀した三ヴェドロー［一ヴェドローは約六・八升］の燕麦の山をあけ、袋にした布端を木釘で丁寧に打ちつけた後で、自分の言葉を寺男が口述筆記してくれた手紙を、老人に差し出した。老人はその手紙に一ルーブリを添えて、息子の住所に送ることを約束した。

老人は、裾長の上着《カフタン》のうえに新品の外套を着込み、清潔な白い毛皮の脚絆を当てると、手紙を取り、財布に入れ、神に祈った後、一番前の橇に乗り込み、街へ出発した。後ろの橇には孫たちが座った。街に出ると老人は、手紙を読んでくれるよう屋敷番に頼み、注意深く聞きながら満足のようすだった。

ペトルーハに宛てた母の手紙に書いてあったのは、第一にまず祝福の言葉であり、次にすべての者からの挨拶と、名付け親が亡くなったことの報せ、そして最後にピョートルの嫁アクシーニヤが「私たちと住むのを嫌がり、奉公に出たが、正直で良い暮らしをしているらしい」ことも書かれていた。小遣いの一ルーブリのことも書き添えられていた。最後に付け加えられていたのは、悲嘆に暮れている母親が、目に涙を浮かべながら、自分の心からの思いを一言一句その通りに書くよう、寺男に言った言葉だった。

『それから、私のいとしい息子、可愛いペトルーシェンカ、私はお前がいないことを嘆き、目を泣き腫《は》らしています。私の眩《まぶ》しい太陽、お前はどうして私を残して行ったのか……』ここまで口にしたとき、老婆は声を上げて泣きだし、言ったのである。「これでもう十分だ！」

これらのことはその通り手紙に書いてあったが、結局ペトルーハは、彼の妻が家を去ったという報せも、一ルーブリも、また母親の最後の言葉も受け取る運命にはなかったのである。この手紙と金は、ペトルーハが《ツァーリと祖国と正教の信仰を守るために》（軍の書記がそのように書いたのである）戦死したという報せとともに戻ってきた。

老婆は、この報せを受け取ると、時間があるうちは声を上げて泣いていたが、やがて仕事に取りかかった。そして最初の日曜日に教会に出かけ、聖餅《せいへい》のかけらを《神のしもべピョートルの追善の為、良き人々に》分け与えた。

兵士の妻アクシーニヤもまた、《一年しか共に暮らさなかった愛する夫》の死を知り、声を上げて泣いた。夫を哀れに思い、自分の一生が台無しになったことを残念がった。泣きながら彼女は《ピョートル・ミハイロヴィチの赤い巻き毛と、その愛と、父なし児となったヴァーニカとの辛い生活》を思い、《兄を憐れんだくせに、他人の間をさすらう私を憐れまなかったことで、ペトルーハを》ひどく責めた。

だがアクシーニヤは心の底では、ピョートルの死がうれしかった。彼女は、奉公先の家の使用人との間に子どもを身ごもっていたが、もはや誰にも罵られることがなくなったからである。口説くたびに使用人が言っていた通り、今はもう彼と結婚することも可能なのだった。

9

ロシア大使の子息として英国で教育を受けたミハイル・セミョーノヴィチ・ヴォロンツォフは、ヨーロッパ流の教養を身に付けていたが、これは当時のロシアの高級官僚には珍しいことだった。野心家で、位の低い者に対する物腰は柔らかで優しく、高い位の者に対しては機敏な廷臣だった。彼には、権力や服従と無縁の人生というものが、理解できなかった。すでに最高の官位と勲章をすべて得ていたうえに、クラスノエでナポレオンにすら勝利した優れた軍人としても尊敬されていたヴォロンツォフは、一八五一年には七十歳を超えていたが、まだきわめて元気で、精力的に活動していた。何より重要なのは、洗練されて魅力的で機転の利く知性を、少しも失ってはいなかったということである。彼はその知性を自分の権力を維持し、声望を保ち、広めるために用いていた。ヴォロンツォフ自身とブラニツキー伯爵家出身の妻のものとを合わせたその財産は、相当なものだった。総督として受け取っている俸給も莫大な額だった。彼はそうした財産の多くを、クリミア南岸の宮殿と庭園の建設に費やしていた。

一八五一年十二月七日、チフリスの彼の邸宅に、急使を乗せた三頭立て馬車が乗りつけた。ハジ・ムラートがロシア側へ投降したことを伝えるコズロフスキー将軍の報告書を携えた使者は、埃でまっ黒になり、疲れ果てていたが、足を揉みほぐしながら衛兵のそばを抜け、総督邸の広壮な玄関の中に入っていった。急使到着の報告を受けた夕方の六時ごろ、ヴォロンツォフは晩餐《ばんさん》の席に向かおうとしていたところだったが、待たせることなく急使と面会し、そのため晩餐には数分遅刻した。彼が客間のドアに姿を現すと、公爵夫人のエリザヴェータ・クサヴェリエヴナの周りに座ったり、窓際に数名ずつ集ったりしていた三十名ほどの招待客がいっせいに姿勢を正し、顔を彼の方に向けた。ヴォロンツォフは、いつものように肩章ではなく半肩章の付いた軍人用の黒いフロックコートを着用し、白い十字架を首にかけていた。きれいにひげを剃《そ》った狐《きつね》に似た顔に愉快そうな微笑を浮かべ、目を細めて、その場に集まっていたすべての人々を見回した。

それから柔らかな、しかしすばやい足取りで客間に入ると、ご婦人たちに遅参《ちさん》を詫《わ》び、男性と挨拶を交わしてから、グルジア公爵夫人マナナ・オルベリヤーニに近づいた。彼女は東洋風の体つきで背が高く、その豊かな美貌は四十五歳となった今なお人目を引いた。ヴォロンツォフは食卓へと誘うべく、彼女に手を差し出した。ヴォロンツォフ公爵夫人エリザヴェータ・クサヴェリエヴナは、剛《こわ》い口ひげを生やし、やや赤みを帯びた髪をした新来の将軍に手を委ねた。グルジア公爵は、ヴォロンツォフ公爵夫人の友達であるシュアジョール伯爵夫人に手を差し出した。医師のアンドレエフスキーや副官や、その他の者たちは、ご婦人を同伴している者もいない者も、先に立った三組のペアの後に続いた。裾長の上着《カフタン》を着て、長靴下と短靴を履いた給仕が椅子を引いては寄せて、客人たちの着席を手伝い、執事たちが儀式のような荘重さで、銀製の鉢から湯気の立ち上るスープを注ぎ分けた。

ヴォロンツォフは長い食卓の中央の席に着いた。向かいには、妻の公爵夫人が将軍と並んで座った。ヴォロンツォフの右には、今日の彼のパートナーである美貌のオルベリヤーニが、また左には、すらりとした身体をきらきらとした装身具で包み、黒髪で血色が良く、笑顔を絶やさない、グルジア公爵令嬢が座った。

急使がどんな報せをもたらしたのかという夫人の問いかけに、ヴォロンツォフは「すばらしい《エクセラーン、》報せだよ、お前《シェール・アミ》。セミョーンは上首尾に事を運んだ《シモン・ア・ユ・ドゥ・ラ・シャーンス》」と答えた。

そして、シャミールの最も勇敢な部下、あの高名なハジ・ムラートがロシア側に投降し、今日明日中にチフリスに連れて来られるという驚くべきニュースを——投降の交渉は以前からおこなわれていたので、ヴォロンツォフには初耳というわけではなかったが——、テーブルに着いている者全員に聞こえるような声で語った。

晩餐の席に着いていた者は皆、テーブルの端の方に陣取り、それまで何か小声で笑い合っていた若者や副官や官吏たちまでもが静かになって、耳を傾けた。

「将軍、あなたはそのハジ・ムラートにお会いになったことがありまして?」ヴォロンツォフ公爵が話し終えると、彼の妻は、隣に座っている剛い口ひげと赤毛の将軍に尋ねた。

「そう、一度ならず遭遇しましたね」

そして将軍は、山岳民による一八四三年の[*1]ゲルゲビリの奪取後に、パセク将軍の部隊と出くわしたハジ・ムラートが、自分たちのまさに目の前で、ゾロトゥーヒン大佐を殺害したさまを物語った。

最初のうち、ヴォロンツォフは、将軍が話に夢中になっていることに明らかに満足しているようすで、愉快そうな微笑を浮かべて聞いていたが、しばらくすると急に、ぼんやりと物憂げな表情になった。

興に乗った将軍が、ハジ・ムラートと二度目に遭遇したときのことを話し始めたのである。

「閣下、思いだしていただきたいのですが、あの時、救援に出たわが方の輜重《しちょう》部隊を待ち伏せして襲撃をしかけてきたのも、やはりハジ・ムラートでしたよ」と将軍は言った。

「いつどこでの話かね？」と、ヴォロンツォフは目を細くして聞き返した。

将軍が勇敢にも「救援に出た」と呼んだのは、あの不幸なダルゴ会戦[*2]のことだった。この会戦では、もし新たな部隊が救援に来なければ、指揮を取っていたヴォロンツォフ公爵も含め、全部隊が壊滅していたに違いなかった。ヴォロンツォフを司令官としたダルゴ会戦が、ロシア側に多くの死傷者を出し、数台の大砲まで失った恥ずべき戦いだったことは、皆が知っていた。だからこそヴォロンツォフの前では、彼がツァーリへの報告に書いた通りに、誰もがこの会戦を、ロシア軍の輝かしい偉業として語ることになっていたのである。ところが「救援」という言葉は、これが実際には輝かしい偉業などではなく、多くの人命を滅ぼした失態であったことを如実に示していた。その場にいた者は皆、このことを理解し、将軍の言葉の意味に気がつかないふりをして、びくびくしながら、これからどうなるかを見守っていた。なかには、薄笑いを浮かべ、目配せし合う者たちもいた。

だが剛い口ひげをたくわえた赤毛の将軍だけは、自分の話に夢中になっていたので、何ひとつ気づかず、公爵に平然とこう答えたのである。

「救援のときの話ですよ、閣下」

そして自分の得意な話題に取りつかれた将軍は「このハジ・ムラートが巧みにもわが部隊を二つに分散させる作戦に出たので、もし救援が来なければ（彼は『救援』という言葉を、まるでことさら愛玩《あいがん》するかのように、くり返し使った）、誰一人脱出できなかったでしょう。なぜなら……」というようなことを、詳しく語りだそうとした。

だが将軍は自分の話を最後まで語り終えることはできなかった。事情を察したマナナ・オルベリヤーニが、将軍の話をさえぎり、チフリスの彼の宿舎が快適かどうかを、事細かに質問しはじめたからである。驚いた将軍は皆の顔を見回し、それからテーブルの端に座って、意味ありげに自分を見ている副官と目が合って――そして突然、理解した。彼はオルベリヤーニ公爵夫人の質問には答えず、顔をしかめ、黙り込んだ。それから目の前の皿の上にあった洗練された食事を嚙《か》まずに急いで食べ始めたが、その料理の名前も味も彼にはわからなかった。

誰もが気まずくなってしまったが、この気まずい状況を救ったのは、ヴォロンツォフ公爵夫人の向かいに座っていたグルジア公爵だった。この公爵は愚か者だったが、異常なほどによく気が回り、おべっかが巧みだった。彼は、あたかも何にも気がついていないような調子で、ハジ・ムラートがおこなった、メフトゥリン・ハン国のアフメト・ハンの未亡人誘拐の件を、大声で話し始めた。

「深夜に村に押し入り、必要なものを手に入れると、部下の一団と一緒に逃げ去ったのです」

「どうして彼には、他ならぬその女が必要だったんですの？」と、公爵夫人が聞いた。

「彼は夫と敵同士で、ずっと追跡していたのですが、アフメト・ハンが死ぬまで、どうしても出会えなかったのです。そこでアフメト・ハンの死後、その妻に復讐したというわけです」

公爵夫人はこの話を、グルジア公爵の隣に座っていた、自分の古い友人であるシュアジョール伯爵夫人にフランス語で説明した。

「なんて恐ろしいことでしょう《ケレ・オリュール》！」伯爵夫人は目を閉じ、首を振りながら言った。

「いや、それは違うよ」と、微笑んでヴォロンツォフが言った。「私が聞いた話では、彼は囚われの女性に騎士のような敬意をもって接し、後には解放したということだった」

「そう、身代金を受け取ってから」

「それはもちろんだが、それでもやはり彼は立派にふるまったのだよ」

公爵のこの言葉が、ハジ・ムラートに関するその後の会話の基調を決めた。廷臣たちは、ハジ・ムラートに重きを置けば置くほど、ヴォロンツォフ公爵のお気に召すことを察したのである。

「実際、驚くべき勇者ですな。非凡な人物です」

「一八四九年には、テミル・ハン・シュラに白昼押し入り、商店を略奪したこともありましたね」

テーブルの端に座っていたアルメニア人は、その当時テミル・ハン・シュラに住んでいたので、ハジ・ムラートのこのときの行動を詳しく物語った。

晩餐はハジ・ムラートの話題でもちきりになった。誰もが彼の勇気と聡明と寛大さを褒めたたえた。彼が二十六人の捕虜の殺害を命じた事件を誰かが持ち出したが、すぐさまありふれた反駁《はんばく》で切り返された。

「仕方がないさ、戦争なんだから《ア・ラ・ゲール・コム・ア・ラ・ゲール》ね」

「大人物だよ」

「ハジ・ムラートがヨーロッパで生まれていたら、ひょっとしたら、第二のナポレオンになっていたかもしれませんね」おべっかの天分に恵まれた、愚かなグルジア公爵が言った。ナポレオンを話題にすることが、ナポレオンに対する勝利の功績を称えた白十字勲章を首からかけているヴォロンツォフ公爵にとって愉快であることを、察していたのである。

「さあ、ナポレオンとまではいかないだろうが、騎兵軍の優秀な指揮官にはなっていただろうね」とヴォロンツォフが言った。

「ナポレオンが無理でも、せめてナポリ王ミュラくらいには」

「はは、名前がハジ・ムラートというだけありますな［ミュラとムラートは、ロシア語表記では綴《つづ》りが似ている］」

「ハジ・ムラートがわが方についたからには、シャミールもおしまいですな」と誰かが言った。

「今はもう（この「今」は「ヴォロンツォフが総督である今」を意味していた）持ちこたえられそうにないことを、奴らは感じているでしょう」と別の誰かが言った。

「すべてあなたのおかげですわ《トゥ・スラ・エ・グラス・ア・ヴ》」とマナナ・オルベリヤーニが言った。

ヴォロンツォフ将軍は、自分自身が呑《の》み込まれてしまいそうなほどの阿諛追従《あゆついしょう》の波を、なんとか鎮めようと努力はしていたものの、実のところは大層うれしかった。自分のパートナーを食卓から客間へと導きながら、このうえなく上機嫌だった。

晩餐の後、客間でコーヒーが配られていたときも、公爵は誰に対してもとりわけ優しい気持ちになっていたので、例の赤く剛い口ひげの将軍に近づき、自分が将軍の不調法に気づいていないことを示そうとしたほどだった。

すべての客のようすを見て回ると、公爵はトランプ卓に座った。彼が興じることのできたのは、古いゲームの「ロムベル」[*3]だけで、相手をしたのはグルジア公爵と、公爵の侍僕からロムベルを習ったアルメニア人の将軍、そしてもう一人は、大きな権限を持っていることで有名なアンドレエフスキー医師だった。

アレクサンドル一世の肖像画のついた金製の煙草入れを自分の横に置くと、ヴォロンツォフはビロードのカードを配ろうとした。だがそのとき、イタリア人の侍僕ジョヴァンニが銀製の盆に手紙を載せて部屋に入ってきた。

「閣下、また急使です」

ヴォロンツォフはトランプカードを置き、ゲームの相手に詫びてから、封を切り、読み始めた。

手紙は息子からだった。ハジ・ムラートの投降と、メレル・ザコメリスキーとの衝突について書かれていた。

公爵夫人が近づいてきて、息子が何を書いて来たのかを尋ねた。

「いつもと同じことだよ。要塞の司令官と何かいざこざを起こしたらしい《イラ・ユ・ケルク・デザグレマン・アヴェク・ル・コマンダン・ドゥ・ラ・プラス》。もちろんセミョーンの方が間違っていた《シモン・ア・ユ・トール》のだ。だが、終わり良ければ、すべて良し《バット・オール・イズ・ウエル・ホワット・エンズ・ウエル》、だ」ヴォロンツォフは妻に手紙を渡しながら言い、恭《うやうや》しく待っていた相手の方に向き直ると、カードを手に取るように言った。

賭金の最初の清算がおこなわれているあいだに、ヴォロンツォフは煙草入れを開け、フランス製の葉を年寄りじみた皺だらけの白い手でひとつまみ取ると、鼻先に近づけて、ゆっくりと揉《も》んだ。これは彼がとりわけ上機嫌のときの癖だった。

## 10

その次の日、ハジ・ムラートがヴォロンツォフの邸宅に現れたとき、公爵の応接間は人でいっぱいだった。剛い口ひげの将軍が、たくさんの勲章を付け、正装で暇乞《いとまご》いに来ていた。連隊の食糧備蓄を悪用した罪で起訴されかけている連隊長や、アンドレエフスキー医師の庇護を受けてウォッカの販売権を独占し、今はその契約の更新のために奔走しているアルメニア人の富豪や、戦死した将校の未亡人で、年金の受給か、もしくは子どもたちの学費の国庫支給を請願しに来ている女性などがいた。華麗な民族服を着ているのは零落したグルジア人の公爵で、閉鎖された教会の跡地の払い下げを画策していた。その他、カフカース征略の新計画をまとめたという大きな書類の束を携えて来た警察署長や、公爵邸を訪問したことを後で家に帰って自慢するためだけにやって来たハンなどもいた。

皆、順番に、美しく若い金髪の副官にひとりずつ呼ばれ、公爵の執務室に連れて行かれるときを待っていた。

ハジ・ムラートが、少し引きずりながらも軽やかな足取りで応接間に入ってくると、皆の目がその方に向けられ、彼は部屋の隅々で自分の名前が囁かれるのを耳にした。

ハジ・ムラートは、襟《えり》に細い銀のモールが付いた裾長の白いチェルケス服と外着を着用し、脚には黒い脛当てを着け、手袋のように足首までぴったり覆った、やはり黒い靴を履いていた。剃りあげられた頭には円筒帽をかぶり、ターバンを巻いていたが、このターバンこそ、彼がアフメト・ハンの密告によってクリュゲナウ将軍に逮捕され、後にシャミールの側に寝返る原因となったものだった。ハジ・ムラートは片方の足がもう一方より短いために軽く足を引きずり、細身の上半身全体を揺らしながら、しかし敏捷に応接間の寄木細工の床の上を歩いた。その大きく見開かれた目は穏やかに前方に据えられ、まるで周囲の誰も見えていないかのようだった。

挨拶を交わした後で、美貌の副官は、自分が公爵に報告するまで、座って待つように言った。だがハジ・ムラートは座ることを拒み、片手を剣に当て、片足を一歩引いた姿勢で、その場にいる者たちを蔑《さげす》むように見ながら、立ったままでいた。

通訳のタルハノフ公爵がハジ・ムラートに近づいて話しかけたが、ハジ・ムラートは煩《わずら》わしそうに断片的な返事をするだけだった。警察署長への苦情を進言に来たクムイク人の公爵が執務室から出て来ると、その後ろから副官が現れ、ハジ・ムラートを呼ぶと、執務室のドアまで連れて行き、室内に入らせた。

ヴォロンツォフは執務机の端に立って、ハジ・ムラートを迎えた。最高司令官の老いて白い顔は、前日のような微笑を浮かべてはおらず、むしろ厳しく重々しかった。

巨大な机が置かれ、緑色の鎧戸の付いた大きな窓のある部屋に入るとすぐ、ハジ・ムラートはその小さな日焼けした手を白いチェルケス服の襟が合わさっている箇所に当てて目を伏せ、ゆっくりと明瞭に、よく知っているクムイク語で、うやうやしく言った。

「偉大なるツァーリと、あなたの気高い庇護に身を委ねます。血の最後の一滴まで忠実に、白いツァーリに仕えることを約束します。私とあなたの共通の敵であるシャミールとの戦いでお役に立てることを希望します」

通訳の言葉を聞き終わると、ヴォロンツォフはハジ・ムラートの方を見、ハジ・ムラートもまたヴォロンツォフの顔に目を向けた。

この二人の視線は、ぶつかり合うや、言葉では言い表せない、つまりは通訳が口にしているのとはまったく違う多くのことを、たがいに語り始めた。二人の目は、言葉を介さずに直接に、たがいに相手について思っている本当のところを吐露したのである。ヴォロンツォフの両目は、ハジ・ムラートの話していることを、彼が一言も信じていないと語っていた。ハジ・ムラートがロシア全体の敵であり、いつまでもそうあり続けるだろうこと、いま恭順しているのは、単にそれが必要であるからに過ぎないことを、公爵がよくわかっていることを語っていた。ハジ・ムラートの方でも、そのことは理解していたが、それでも口では忠誠を誓ったのである。一方、ハジ・ムラートの目は、相手の老人がそろそろ戦争ではなく、死について考えるべきであること、だが相手は年を取っているとはいえ、老獪《ろうかい》であり、慎重に接する必要があると彼が判断したことを物語っていた。ヴォロンツォフの方でもそのことは理解していたが、それでも彼の口は、戦争に勝つために不可欠と思われる言葉を、ハジ・ムラートにかけた。

「彼に言ってくれ」とヴォロンツォフは通訳に言った（彼は若い士官に対しては、ぞんざいな口をきいた）。「私たちの陛下は強大であるだけでなく、慈悲深いお方でもあるので、おそらく私の願いを聞き届けてくださり、彼を許し、任務に就くことをお認めくださるだろう、となし。——訳したか？」と彼は、ハジ・ムラートを見ながら言った。「わが君主の慈悲深い決定が届くまでは、私が受け入れ、私たちのところで快適に暮らせるように便宜を図る、と彼に言ってくれ」

ハジ・ムラートは手をもう一度胸の真ん中に当てて、何か活気づいて話しだした。

通訳が伝えるところによれば、彼は次のように言った。三九年にアヴァルの地を治めていた頃、自分はロシアに忠実に仕えていた。もし敵であるアフメト・ハンが自分を滅ぼそうとして、クリュゲナウ将軍に讒言《ざんげん》したりしなければ、決して裏切りはしなかっただろう……。

「知っている、知っている」と、ヴォロンツォフは言った（本当は、知っていたにせよ、もう長いあいだ、すっかり忘れていたのだが）。「知っているとも」と彼は言い、ハジ・ムラートに向かって、壁近くの背の低い長椅子を指さした。だがハジ・ムラートは力強い両肩をすぼめてみせ、かくも重要な人物の前では着席が躊躇《ちゅうちょ》されることを示しただけで、座ろうとはしなかった。

「アフメト・ハンも、シャミールも、どちらも私の敵なのだ」と、彼は通訳に向かって続けた。「公爵に言ってくれ。アフメト・ハンは死んだので、私は彼に復讐できなかった。だがシャミールはまだ生きているのだから、彼に返報するまで、私は決して死にはしない、と」眉をひそめ、歯を強く食いしばって、彼は言った。

「ふむ、ふむ」とヴォロンツォフは穏やかに言った。「彼はどうやってシャミールに復讐するつもりなのかね」そして通訳に言った。「彼に言ってくれ、座ってよろしい、と」

ハジ・ムラートは着席を再び断ったが、通訳されたヴォロンツォフの質問に対しては、自分が投降したのはロシア軍のシャミール掃討に協力するためであると答えた。

「結構、結構」とヴォロンツォフは言った。「だが彼は具体的には、いったい何を望んでいるのだろう。座りたまえ……」

ハジ・ムラートはようやく座り、もし自分をレズギン戦線に送り、部隊を与えてくれるなら、ダゲスタン全土が蜂起し、シャミールは持ちこたえられなくなるだろうと答えた。

「それは良い、それは可能だ」とヴォロンツォフは言った。「考えておこう……」

通訳はハジ・ムラートに、ヴォロンツォフの言葉を伝えた。ハジ・ムラートは考え込んだ。

「総督《サルダリ》に言ってくれ」彼は更に付け加えた。「私の家族はまだ敵の手中にある。家族が山にいるかぎり、私はそのことに縛られ、あなたに仕えることができない。もし私が直接、兵を向ければ、シャミールは私の妻を殺し、母を殺し、子どもたちを殺してしまうだろう。公爵が私の家族を捕虜と交換し、救ってくれさえすれば、後は私とシャミールのどちらかが滅び、死ぬまで戦う、と」

「わかった、わかった」とヴォロンツォフは言った。「そのことも考えてみよう。今から彼を師団長のところにやり、そこで自分の状況と企図と希望を語らせるように」

ハジ・ムラートとヴォロンツォフとの最初の会談は、こうして終わった。

同じの日の夜、東洋風の装飾の、新しく建てられたばかりの劇場で、イタリア・オペラが上演された。ヴォロンツォフが貴賓用の特別席に座っていると、ターバンを巻き、軽く足を引きずるハジ・ムラートの印象的な姿が、一階の観客席に現れた。彼は自分に付けられたヴォロンツォフの副官ロリス・メリコフと一緒に入ってきて、最前列の席に着いた。ハジ・ムラートは第一幕のあいだ、東洋風の、イスラム教徒としての尊厳を保ち、驚きの表情を見せないだけでなく、ほとんど無関心なようすで座っていたが、幕が下りると立ち上がり、すべての観客の注視を一身に浴びながら、しかし落ち着いて観客を見渡し、出て行った。

翌日は月曜で、ヴォロンツォフ邸では夜会が催される慣わしだった。明るい照明の大広間では、屋内に置かれた木々のかげで、楽団が音楽を奏でていた。若い女性も、さほど若くない女性も、首や腕や、そして胸までもほとんど露出した服を着て、鮮やかな制服や軍服の男性に抱かれ、くるくると回っていた。ビュッフェでは燕尾服、ズボン、靴までも赤色で統一した給仕たちが、シャンパンを注ぎ、ご婦人方には菓子を配っていた。総督《サルダリ》の妻も、もう若くないのに、やはり半裸のような衣装で、愛想良く微笑みながら、客人のあいだを歩き回っていた。彼女は、昨日劇場にいたときと同じように無関心な表情で客たちを眺めていたハジ・ムラートにも、通訳を通して二言三言、優しい言葉をかけた。すると女主人に続いて、半裸のような服を着た他の女性たちもハジ・ムラートに近づいてきて、恥じるようすもなく彼の前に立ち、みな微笑を浮かべて異口同音に、ご覧になっているものがお気に召しまして、と尋ねるのだった。金色の肩章と飾り紐を付け、白い十字架を首から下げたヴォロンツォフ当人も近づいてきて、同じことを問うたが、明らかにこれまでに質問してきた誰もと同じように、ハジ・ムラートがいま目にしているものを気に入らないはずがないと確信しているようだった。ハジ・ムラートはヴォロンツォフにも、他の人たちに対するのと同じ回答をした。自分たちのところには、このようなものがない——だがそれが良いことか悪いことかの判断は、決して語らなかった。

ハジ・ムラートは、この舞踏会の場でも、自分の家族の救出について話し合おうとしたが、ヴォロンツォフは聞こえないふりをして、離れて行ってしまった。後で、ロリス・メリコフがハジ・ムラートに、ここは仕事の用件を話す場ではないと忠告した。

十一時の時計が鳴ると、ハジ・ムラートは、マリヤ・ヴァシリエヴナから贈られた自分の時計でも時刻を確かめたうえで、ロリス・メリコフに帰って良いかと尋ねた。ロリス・メリコフは、帰ることはできるが、残った方が良いだろうと言った。だがそれにもかかわらず、ハジ・ムラートは残らずに、専用に与えられた幌なし馬車で、自分に当てがわれた宿舎に戻った。

II

ハジ・ムラートがチフリスに来て五日目、総督副官のロリス・メリコフが、総司令官の委任を受けて、やって来た。

「私の頭も、この両腕も総督《サルダリ》に仕えることを喜びとしている」ハジ・ムラートは頭を下げ、手を胸に当てて、いつものように外交辞令的な表現で出迎えた。そしてロリス・メリコフの目を優しく見ながら、「命じたまえ」と付け加えた。

ロリス・メリコフは机のそばの椅子に座った。ハジ・ムラートは、背もたれのない低い長椅子に、彼と向かい合わせに腰を下ろした。そして両手を膝の上に置き、頭を垂れて、ロリス・メリコフの話に注意深く耳を傾けた。山岳民の言葉を流暢《りゅうちょう》に話せるロリス・メリコフは、ヴォロンツォフ公爵が、ハジ・ムラートの過去を知ってはいるけれども、しかし本人の口から往時のすべてを聞きたがっていると言った。

「君が語ったことを」とロリス・メリコフは言った。「私が書きとめ、後でロシア語に翻訳する。公爵はそれを皇帝陛下にお送りになるだろう」

ハジ・ムラートは黙っていた(彼は人の話をけっして遮《さえぎ》らないだけでなく、相手が更に何か言うつもりがないか、しばらく待つのが常だった)。その後で顔を上げ、円筒帽を脱いで微笑んだ。数日前にマリヤ・ヴァシリエヴナを魅了したのと同じ、彼独特の、子どものような微笑だった。

「いいだろう」明らかに自分の話を皇帝が読むことに満足して、彼は言った。

「では私に語りたまえ。すべてを最初から、急がずに」と、ポケットから手帳を取り出して、ロリス・メリコフは言った。

「それは良いが、ただし、多くのことがあった。だからとてもたくさん語らなければならない。じつに多くのことがあったのだから」とハジ・ムラートが言った。

「一日で話し終わらなければ、明日もまた話せばいい」とロリス・メリコフが応じた。

「そもそもの初めから話そうか?」

「そう、そもそもの初めから。どこで生まれ育ったか、から」

ハジ・ムラートはうつむくと、その姿勢のまま長いこと座っていた。それから金で縁取られた象牙《ぞうげ》製の短刀を柄《つか》から抜いて、長椅子に置いてあった棒状のものを、剃刀《かみそり》のように鋭い鋼の刃で削りながら話し始めた。

「書いてくれ。私はツェリメスという、あまり大きくない、私たち山の者の言い方で『ロバの頭ほどの』集落で生まれた」と彼は語り始めた。「私たちの村の近く、砲弾が飛ぶ二つ分の距離のところに、ハンたちが住むフンザフの町があった。私の家はハンの一族と近しかった。私の母が一番上のハン、アブヌンツァル・ハンの乳母だったからだ。私もハンの家に親しく出入りしていたのだよ。ハンは三人兄弟だった。一番上がアブヌンツァル・ハン。その次が、私の兄オスマンと乳兄弟《ちきょうだい》で、私にとっては義兄弟のウムマ・ハン。一番下のブラチ・ハンは、シャミールの命令で崖から落とされて死んだが、それはもっと後の話だ。私が十五歳になった頃、信徒《ミュリッド》たちが村々に姿を現すようになった。彼らは木刀で石を叩いては『ムスリムよ、聖戦の時が来た！』と叫んでまわっていたが、そのうちチェチェンの民はみな信徒《ミュリッド》たちの側につき、アヴァルの民も彼らに味方するようになった。私はその頃、ハンの宮廷で暮らし、ハンの兄弟同然だった。やりたいことをやり、豊かで、馬も武器も金もあった。満ち足りた生活だったから、何も考えずに、カジ・ムルラが殺され、ガムザトがその後を継ぐまで、そうやって暮らしていた。ガムザトはハンたちに使者を遣わし、彼らが聖戦を受け入れないのなら、フンザフを焼き払うと言って寄こした。よく考えなければならなかった。ハンの兄弟はロシア人のことも、聖戦を受け入れることも両方恐れていたが、彼らの母親は、私と二番目の息子ウムマ・ハンをチフリスに送り、ロシア軍の総司令官にガムザトから の庇護を願わせることにした。当時の総司令官はローゼン男爵だったが、彼は私にもウムマ・ハンにも会おうとはしなかった。私たちを支援するようにとの命令は出したが、実際には何一つしてくれなかった。部下の将校どもが私たちのところに来て、ウムマ・ハンとトランプをするようになっただけだ。奴らはハンにぶどう酒をたらふく飲ませ、いかがわしい場所に連れて行った。ウムマ・ハンはトランプで彼らに負け、持っていたすべてを取り上げられた。ウムマ・ハンは雄牛のように強い体を持ち、獅子《しし》のように勇敢だったが、心は水のように弱かったのだ。もし私が彼を連れ戻さなかったら、ハンは最後の馬と武器までも巻き上げられていたことだろう。チフリスの後、私は考えを変えた。若いハンたちとその母親に、聖戦を受け入れるべきだと説くようになった」

「なぜ考えが変わったのか？」とロリス・メリコフは聞いた。「ロシア人が気に入らなかったのか？」

ハジ・ムラートは少しのあいだ黙っていた。

「そうだ、気に入らなかった」やがて彼は決意したように言い、目を閉じた。「だが私が聖戦を受け入れたいと思うようになったのには、その他にも、きっかけがあったのだ」

「それはどんなことだったのかね？」

「ツェリメスのはずれで、私とハンが三人の信徒《ミュリッド》と出くわしたことがあった。二人は逃げたが、三人目は私がピストルで撃ち殺した。武器を取り上げようと近づくと、そいつはまだ生きていて、私の方を見て、こう言った。『わしを殺したのはお前か。わしは今、いい心持ちだ。だがお前はイスラム教徒で、若く、力もある。聖戦を受け入れよ。これは神の命令だ』

「それで、受け入れたのか？」

「受け入れはしなかったが、考えるようになった」とハジ・ムラートは言い、話を続けた。

「ガムザトがフンザフに近づいてきたとき、私たちは長老たちを遣わし、『学のある人物を寄こし、どうすべきかを説明してくれさえすれば、聖戦を受け入れる』とガムザトに言うように指示した。ところがガムザトは長老たちのひげを剃り、鼻に串を突き刺して、その串に丸いビスケットをぶら下げさせた姿で送り返してきた。長老たちの話では、ガムザトは神学者を派遣する用意があるが、その代わりに一番下のハンを人質に寄こすように要求しているとのことだった。ハンの母親はガムザトの言葉を信じて、ブラチ・ハンを行かせた。ガムザトはブラチ・ハンを厚遇し、上の兄弟たちも来るように言って寄こした。ガムザトは、自分の父がハンの父親に仕えたのと同じように、自分もハンに仕えたいと願っていると、使者は言った。ハンたちの母親は、すべての女と同様に弱く、愚かで厚かましかった。息子を二人とも送るのを恐れ、ウムマ・ハンだけをガムザトのもとにやった。私も同行した。あと一露里のところで信徒《ミュリッド》たちが出迎え、歌ったり、銃を空に撃ったり、周りで馬を巧みに乗り回したりして歓迎してくれた。私たちが近づくと、ガムザトが天幕から出てきて、ウムマ・ハンの鐙に近づき、礼儀を尽くしてハンを迎えた。『私はあなたの一族に悪いことは何もしてこなかったし、今後もそのような意図はない。あなた方が私を殺そうとしたり、人々に聖戦を呼びかけるのを妨害したりさえしなければ、それで十分だ。私は、私の父があなたの父に仕えたように、自分の全軍勢とともにあなたに仕えよう。私をあなたの家に住まわせてもらいたい。私はさまざまな助言であなた方を助けよう。あなた方は望んだとおりにすれば良い』と彼は言ったが、ウムマ・ハンは口下手なので、何を言えば良いかわからず、黙っていた。そこで私が代わりに『もしそうならば、ガムザトはフンザフに来るが良い。ハンとその母親は、敬意をもって出迎えるだろう』と言いかけたが、最後までは言わせてもらえなかった。私がシャミールと衝突したのは、この時が最初だった。彼はその場で教主《イマーム》の横に立っていたが、『聞かれたのはハンであって、お前ではない』と私に言った。私は黙り、ガムザトはウムマ・ハンを天幕の中へ連れて行った。その後でガムザトに呼ばれ、自分の使者とともにフンザフに戻るように命じられたので、私は出発した。使者は、一番上のハンもガムザトのところに寄こすように、母親を説得し始めた。私は裏切りがあることを見てとり、行かせないようにと母親に進言した。だが女の頭にある知恵は、卵に毛が生えているほどの量でしかない。ハンの母親はすっかり信じ込んで、出かけるように息子に命じた。アブヌンツァルが行きたがらないのを見ると、母親は「どうやらお前は恐がっているようだね」と言った。まるで蜂のように、息子がどこを刺されれば痛がるかを知っていたのだ。アブヌンツァルは真っ赤になり、それ以上は母親と話すのをやめ、馬に鞍を置くように命じた。私も同行した。ガムザトは私たちを、ウムマ・ハンよりもさらに丁重に出迎えた。ガムザト自身が山から下り、砲弾が飛ぶ二つ分の距離を出迎えに来た。その後ろには徽章《きしょう》を付けた騎兵が従い、『神の他に神なし《リャ・イリャハ・イリ・アラー》』を歌い、銃を空に向けて発砲し、馬を巧みに乗り回して、歓迎の意を示した。私たちが陣営に近づくと、ガムザトはハンだけを天幕に導き、私は馬とともに残された。ガムザトの天幕の中で銃声が響き始めたとき、私は山を少し下った所にいた。天幕に駆け寄ってみると、血だまりの中にウムマ・ハンがうつ伏せに横たわり、アブヌンツァルは信徒《ミュリッド》たちと戦っていた。その顔は半分切り裂かれ、落ちかけていたが、彼は片手でそれを押さえ、もう片方の手に剣を握って、近づいて来る者すべてを斬《き》っていた。私の目の前で、彼はガムザトの兄弟を斬り、さらにもう一人の兄弟にも斬りかかろうとしたが、そのとき信徒《ミュリッド》たちに撃たれ、ついに倒れた」

ハジ・ムラートはここで口をつぐんだ。その顔が紅潮して、どす黒いほどになり、目は血走っていた。

「恐怖に捕らわれ、私は逃げた」

「まさか！」とロリス・メリコフは言った。「君はただの一度も、何ひとつ恐れたことがないのだと、私は思っていた」

「その後はけっして恐れを抱かなくなった。そのとき以来、私はこの時の恥辱《ちじょく》をいつも思い出す。思い出せば、もう恐れるものはない」

## 12

「今はこれくらいにしておこう。祈りを捧げなくては」とハジ・ムラートは言い、ヴォロンツォフの贈物である精密時計をチェルケス服の胸の内ポケットから取り出すと、大事そうにつまみを押し、首を傾《かし》げ、子どものような微笑を浮かべて、聞き入った。時計は十二時十五分を知らせた。

「盟友《クナーク》ヴォロンツォフからの贈物《ペシュケシュ》だ」と微笑みながら彼は言った。「良い人だ」

「そう、良い人だ」とロリス・メリコフも言った。「時計も良いものだ。さて君は祈るがいい。私は待つことにしよう」

「結構《ヤクシ》だ、そうしよう」とハジ・ムラートは言い、寝室へと去った。

ロリス・メリコフは、ひとりになると、ハジ・ムラートが語ったなかでも最も重要なことを、自分の手帳に書きとめた。それから巻煙草を吸いながら、部屋の中を行ったり来たりしはじめた。寝室とは反対側のドアに近づいたとき、人々が山岳民の言葉で、早口に何かを話している活気ある声が聞こえてきた。ハジ・ムラートの部下たちに違いないと察して、ロリス・メリコフは彼らの部屋に入って行った。

部屋には、山岳民特有の酸っぱい革の臭いが立ちこめていた。窓近くの床に毛皮外套を敷いた上に、片目で赤毛のガムザロが座っていた。ぼろぼろで汚れた外套を着て、馬の轡《くつわ》を編んでいた。彼はそのしゃがれ声で、熱くなって何かを語っていたが、ロリス・メリコフが入って来ると口をつぐみ、侵入者の方を見ようとはせずに、手だけを動かし続けた。その向かいには陽気なハン・マゴマが立っていて、白い歯をむき出し、睫毛のない黒目を光らせながら、ずっと同じことをくり返し言っていた。美貌のエルダルは、その力強い腕に服の袖をまくり上げ、釘で鞍に引っかけてある馬の腹帯を掃除していた。主に家事を担い、家計も預かっているハネフィは、部屋にいなかった。台所で昼食を煮ていたのである。

「君たちは何を議論していたのかね？」ロリス・メリコフは、挨拶した後で、ハン・マゴマに尋ねた。

「奴があんまりいつもシャミールを褒めるもんだからね」ロリスに手を差し伸べながら、ハン・マゴマが言った。「シャミールが大人物で、学があり、聖者で、勇者《ジギッド》だと言うんだ」

「シャミールのもとを去ったのに、いつも褒めているのか？」

「そう、去ったのに、褒めているのさ」歯をむき出して笑い、目を光らせて、ハン・マゴマが言った。

「何かい、お前はシャミールが聖者だと思っているのか？」とロリス・メリコフは聞いた。

「聖者でなけりゃ、民が言うことを聞くはずがない」とガムザロが早口で答えた。

「聖者だったのはシャミールじゃなくて、マンスールさ」とハン・マゴマが言った。「あの方は正真正銘の聖者だった。あの方が教主《イマーム》だったときには、民もみな違っていた。あの方が村々を回ると、村人たちが出てきて、あの方のチェルケス服の裾にキスをし、罪を懺悔《ざんげ》して、もう悪いことはしないと誓ったものだ。年寄りたちがよく言うじゃないか、あの頃は誰もが聖者のように暮らしていた、煙草も吸わず、酒も飲まず、祈禱を欠かさず、侮辱されても、血が流れてさえ、たがいに許し合っていた——と。金であれ物であれ、落とし物を見つけた日には、棒にぶら下げて道に立てかけておいたもんだ。昔は、すべてのことで、神さまが民に成功を恵んでくださった。今とは違っていたよ」とハン・マゴマが言った。

「今でも山じゃあ、酒を飲まず、煙草も吸わねえじゃないか」とガムザロが言った。

「お前のシャミールは、ラマロイさ」と、ロリス・メリコフに目配せしながら、ハン・マゴマが言った。

『ラマロイ』とは、山岳民の間で通用している蔑称だった。

「ラマロイというのは、人間の場合だ。山に住んでいるのは鷲だからな」とガムザロが答えた。

「よく言った！ うまく切り返しやがった」ハン・マゴマは喧嘩《けんか》相手の巧みな答えに喜び、歯をむき出しにして笑いながら言った。

ロリス・メリコフの手に銀の吸口の煙草が握られているのを見ると、ハン・マゴマは吸わせてくれと頼んだ。ロリス・メリコフが、お前たちは煙草を禁じられているのではないかと言うと、ハン・マゴマは片目をつぶってみせ、頭でハジ・ムラートの寝室の方を指しながら、誰も見ていなければかまわないと言った。そしてすぐに、赤い唇を不器用に動かし、煙を胸深くまでは入れないように用心しながら、吸いはじめた。

「良くないことだ」とガムザロは厳しく言って、部屋から出て行った。ハン・マゴマはその方に目配せしてみせた後、なお煙草をふかしながら、絹の外套と白い円筒帽をどこで買えばいいのかを、ロリス・メリコフに事細かに聞きはじめた。

「何かい、お前はそんなにたくさん金があるのかい？」

「ある、手に入れたんだ」片目をつぶってみせながら、ハン・マゴマは答えた。

「どこから金が湧いてきたのか、聞いてみるがいいや」と、血色の良い顔に微笑を浮かべて、エルダルがロリス・メリコフに向かって言った。

「賭けに勝ったのさ」とハン・マゴマは早口で話しだした。昨日チフリスの街をぶらぶらしていたら、人々が群がっているのに出くわしたのだという。ロシア人の従兵やアルメニア人が、貨幣の裏表を当てる賭けに興じていたのだ。賭金を置く場所には、一枚の金貨と無数の銀貨が積み上げられていた。どういうゲームかをすぐに理解したハン・マゴマは、ポケットの中の銅貨をじゃらじゃら言わせながら、輪の中に入って行き、次は自分が全額賭けると言った。

「全額？ そんなに金を持っていたのか？」と、ロリス・メリコフが聞いた。

「なに、十二コペイカしか持っていなかったがね」歯をむき出して笑いながら、ハン・マゴマが言った。

「それで、もし負けたら、どうするつもりだったんだ？」

「そのときには、ほらこれさ」

ハン・マゴマはピストルを示した。

「これを渡すつもりだったのか？」

「なぜ渡さなくちゃならないんだ。逃げて、取り押さえられたら、撃ち殺すつもりだったのさ。準備万端というわけさね」

「それで、勝ったのかね？」

「へっ、全部巻き上げて帰って来たよ」

ハン・マゴマとエルダルという人間を、ロリス・メリコフは完全に理解した。ハン・マゴマは剽軽《ひょうきん》で放蕩者《ほうとうもの》だが、自分のありあまる生命力をどうすれば良いかわからないのだった。いつも陽気で、軽やかで、自分だけでなく、他人の命も弄《もてあそ》んでいる。命を賭けたこのゲームの一環として、今回はロシア側に投降したが、明日になればまた、やはりゲームの一環として、まったく同じようにシャミール側に寝返る可能性があった。エルダルもごくわかりやすかった。自分の師《ミュルシド》にすべてを委ね、それゆえに心穏やかで、強く、堅固な人間だった。

ただ赤毛のガムザロだけは、ロリス・メリコフにとって、理解の埒外《らちがい》だった。この者がシャミールに心酔しているだけでなく、すべてのロシア人にどうしようもないほどの敵意と軽蔑と嫌悪と憎しみを抱いていることは明らかだったので、ロリス・メリコフは彼がなぜロシア側に投降したのかがわからなかった。ハジ・ムラートの投降とシャミールと反目したという彼の話は偽装であり、本当はただロシア軍の手薄な場所を知り、後で再び山に逃れてロシア軍の弱点に軍勢を差し向けるために、投降したふりをしているに違いないという、上層部の一部の見解が頭をよぎった。ガムザロは、その全存在でもって、この仮説を裏付けていた。ロリス・メリコフは『他の者もハジ・ムラートも自分の意図を巧みに秘めているが、ガムザロだけは隠しがたい憎悪に身を任せているのではないだろうか』と考えた。

ロリス・メリコフは、ガムザロと話してみようと思った。ここでは退屈ではないかと聞いてみた。だがガムザロは仕事の手を止めず、ちらりと一瞥しただけで、しゃがれ声で短く、ぶっきらぼうに言った。

「いや、退屈はしていない」

他のどんな質問に対しても、彼は同様の答え方をした。

ロリス・メリコフが従者たちの部屋にいるあいだに、ハジ・ムラートの四人目の部下、アヴァル人のハネフィが入ってきた。顔も首もひげだらけで、盛り上がった胸も毛皮のように毛むくじゃらの男だった。つべこべ言わない頑丈な働き者で、特に深く考えることもなく自分の仕事に没頭しており、エルダルと同じように自分の主人に絶対服従していた。

ハネフィは米を取りに部屋に入ってきたのだが、ロリス・メリコフは彼を止め、どこの出身か、ハジ・ムラートのところにはもう長いのかなど、いろいろ尋ねた。

「五年になるね」ハネフィはロリス・メリコフの質問に答えた。「俺はあの人と同じ集落の出でね。俺の父親があの人の叔父を殺したので、あの人は俺を殺そうとしたんだ」もじゃもじゃの眉の下から、ロリス・メリコフの顔を落ち着いて見ながら、彼は言った。「そこで俺は自分を兄弟として受け入れてくれるよう、頼みに行ったのさ」

「兄弟として受け入れるとは、どういうことだね？」

「俺は二ヶ月、ひげを剃らず、爪も切らずにいてから、あの人のところに行った。そうしたら、あの人の母親のパチマトのところに通してくれた。パチマトは俺に乳をくれた。そして俺はあの人と義兄弟になったというわけだ」

隣室からハジ・ムラートの声が聞こえた。エルダルはすぐに主人の呼ぶ声に気づき、両手を拭うと、大股で、急いで客間に入って行った。

「来てくれとさ」戻って来て、そう言った。

陽気なハン・マゴマに巻煙草をさらに二本やると、ロリス・メリコフは客間に向かった。

13

ハジ・ムラートは、客間に入ってきたロリス・メリコフを明るい顔で迎えた。

「どうする、続けようか?」長椅子に腰を下ろしながら、彼は言った。

「ああ、ぜひ」とロリス・メリコフは言った。

「私は君の部下たちのところに寄って、話をしていた。一人は快活で小柄な奴だった」

「ああ、ハン・マゴマ、陽気な男だ」とハジ・ムラートは言った。

「私は、若く美しい男が気に入った」

「エルダルという。若いが鉄のように堅固な男だ」

彼らはしばらく沈黙した。

「さて先を話そうか」

「そうしてくれ」

「ハンたちが殺されたことまで話したが、彼らが殺された後で、ガムザトはフンザフに乗りこんできて、ハンの宮殿に腰を据えた」とハジ・ムラートは話しだした。「ハンたちの母親が残されていた。ガムザトは彼女を呼び寄せた。彼女が非難し始めると、ガムザトは部下のアセリデルに目配せをした。するとそいつが後ろから斬りつけて母親を殺した」

「なぜ殺したのだ？」とロリス・メリコフは聞いた。

「他にどうしようがある？　前足が一線を越えたからには、後ろ足も越えるしかない。血統を根絶やしにしなくてはならなかったから、そうしたまでのことだろう。シャミールは一番下のハンを、崖から投げて殺した。アヴァルの地はすべてガムザトに屈したが、私と兄は服従を望まなかった。私たちは、ハンの兄弟のために復讐し、ガムザトの血を流さなければならなかったのだ。私たちは服従したふりをしながら、奴の血を流すことばかり考えていた。祖父と話し合い、奴が宮殿から出て来るところを待つことにした。待ち伏せして殺すことに決めたのだ。だが何者かが盗み聞きをし、ガムザトに密告した。奴は祖父を呼びつけ、こう言った。『もしもお前の孫たちが、私に対して悪事をもくろんでいるなら、見ているがいい、お前と孫とを同じ横桁にぶら下げてやる。誰も、神の御業《みわざ》をおこなっている私を妨げることはできない。行くがいい。だが私が言ったことをよく覚えておけ』祖父は家に戻ると、私たちに語った。そこで私たちはもはや時を待たずに、祭りの最初の日にモスクの中で決行することに決めた。仲間は拒み、私と兄だけが残った。私たちはピストルを二丁ずつ持ち、長外套を着込むと、モスクに出かけた。ガムザトが三十人の部下《ミュリッド》とともに入ってきた。奴らは皆、剣を抜いて手に持っていた。ガムザトの横を、お気に入りの部下アセリデルが歩いていた。ハンの母親の首を切り落とした当人だ。奴は私たちを見ると、長外套を脱げと叫んで、近づいてきた。私は手に持っていた短剣で奴を刺し殺し、ガムザトに襲いかかったが、そのときにはもう兄のオスマンが撃っていた。ガムザトはまだ生きていて、短剣を持って兄に襲いかかったところを、私が首を切った。ガムザトの部下《ミュリッド》は三十名で、こちらは二人だけだったので、兄のオスマンは殺された。だが私は逃れ、窓から飛び出し、その場を去った。ガムザトが殺されたと知ると、民が蜂起した。信徒《ミュリッド》たちは逃げ、逃げなかった者はみな殺された」

ハジ・ムラートは話を止め、重く息をついた。

「こうしてすべてうまく行ったのだが、後ですべてが台無しになった。シャミールがガムザトの地位につき、私に使いを寄こして、自分とともにロシア人と戦うようにと求めてきたのだ。シャミールは、もし拒むなら、フンザフを破壊し、私を殺すと脅迫してきた。私は自分は彼のもとには行かないし、彼が自分のところに来ることも許さないと言ってやった」

「どうして君は彼のもとに行かなかったのだ？」とロリス・メリコフが尋ねた。

ハジ・ムラートは顔をしかめ、すぐには答えなかった。

「それは許されることではなかった。シャミールの身体には、兄のオスマンとアブンツァル・ハンの返り血が沁みついていたからな。私はシャミールに従わなかった。するとローゼン将軍は私に将校の称号を送り、アヴァルの地の司令官となるように命じた。もしもローゼンが、アヴァルの統治者として、カジクムゥイフのハンであるマホメト・ミルザの後釜《あとがま》に、アフメト・ハンを任じたりしなければ、すべてはうまく行っていただろう。アフメト・ハンは私を憎んでいた。奴は、亡くなったハン兄弟の妹であるサルタネトを自分の息子の嫁にしようとしたが、拒まれ、その責任が私にあると考えていたのだ。奴は私を憎み、殺そうとして手下を送り込んできたが、私は逃げた。すると奴はクリュゲナウ将軍に讒言して、私がアヴァルの民に、ロシアの兵士たちに薪を与えないよう命じていると吹き込んだ。奴はまた将軍に、私がターバンを巻いているのは――ほら、このターバンだが」と、ハジ・ムラートは円筒帽に巻きつけてあるターバンを指しながら言った。「私がシャミールに通じている証《あかし》だとも言った。将軍はこれを信じず、私に手を出さないように、奴に命じた。だが奴は、将軍がチフリスに出かけているあいだに、勝手にふるまった。中隊を引き連れてきて私を捕らえ、鎖で大砲に縛りつけたのだ。私は六昼夜、そうやって捕らえられていた。七日目に鎖を解かれて、テミル・ハン・シュラに連れて行かれた。移動中も、弾を込めた銃を持った四十人の兵士に監視されていた。両手は縛られたままだった。兵士たちは、もし私が逃げようとしたら、殺すように命じられており、私もそのことは知っていた。街が近づいてきた。モクソフの辺りで道が狭くなり、右側が高さ五十サージェン［当時のロシアの長さの単位。一サージェンは約二・一三四メートル］ほどの絶壁になっている場所がある。そこにさしかかったとき、私は兵士たちから離れ、右手の崖の端の方へ向かった。ひとりの兵士が止めようとしたが、私はそいつを道連れにして、崖から飛び降りた。兵士は死んだが、私はこの通り、生き残った。肋骨《ろっこつ》も頭も手も足も、全身折れていた。這って行こうとしたが、できなかった。目が回り、気を失ってしまった。目が覚めると、全身びしょ濡れになっていた――血まみれだったのだ。さいわい、羊飼いが私を見つけて、人を呼び、集落まで運んでくれた。肋骨や頭の骨は治った。足の骨も治ったが、ただ片方が短くなった」

そう言って、ハジ・ムラートは短くなった方の足を伸ばしてみせた。

「使えれば十分だ」と彼は言った。「私のことを民が知って、会いに来てくれるようになった。私は元気になると、ツェリメスに移った。アヴァルの民が、再び私に治めてもらいたいと言ってきたからだ」穏やかな確信に満ちて、ハジ・ムラートは誇り高く言った。「私はそれに同意したまでだ」

ハジ・ムラートは、すばやい身のこなしで立ち上がった。そして鞍嚢の書類入れから、黄ばんだ手紙を二通取り出すと、ロリス・メリコフに渡した。手紙はクリュゲナウ将軍からのものだった。ロリス・メリコフが読むと、一通目には次のように書かれていた。

《ハジ・ムラート准尉！　貴殿が余の麾下《きか》にあった間、余は貴殿に満足し、貴殿を善き者と見なしていた。先ごろ、アフメト・ハン少将から、貴殿が裏切者であり、ターバンを巻いてシャミールと内通し、民にロシア司令部の命令の不履行を説いているとの報告が届いた。余は貴殿を逮捕し、余のもとに連行するよう命じたが、貴殿は逃亡した。貴殿に罪ありや否やが判然としないゆえ、そのことの善悪の判断はつかぬ。今は余の言葉に耳を傾けよ。もし貴殿の良心が偉大なるツァーリを前にして恥じるところがないならば、もし自身に何らの罪なしと思うならば、余のもとに出頭せよ。誰も恐れることはない。余は貴殿を庇護する。彼自身が司令部の命に従う身であるゆえに、アフメト・ハンは貴殿に指一本触れられはせぬ。貴殿には恐れるべき何ものもないことを信じよ》

これに続けてクリュゲナウは、自分は常に約束を守り、公平な人間であると述べ、自分の側につくべきだとハジ・ムラートをさらに説諭していた。

ロリス・メリコフが第一の手紙を読み終えると、ハジ・ムラートはもう一通の手紙を手に取ったが、すぐにはロリス・メリコフに渡そうとはせずに、自分がこの第一の手紙にどのように答えたかを語った。

「私は将軍に、ターバンの着用はシャミールのためではなく、魂の救済が目的であること、シャミールは自分の父と兄と親族の殺害に関わりがあるので、私は彼の側に立つのを望まないし、立つわけにはいかないこと、だが名誉を著しく損なわれた以上、ロシア側に投降するわけにもいかないことを書き送った。フンザフで鎖にしばられていたとき、ひとりのならず者が私に、言葉にできないほどの侮辱を与えた。だから、この者が殺されないかぎり、あなた方の側につくことはできないと、私は書いた。それに、何より私は、ペテン師のアフメト・ハンを恐れていた。そこで、将軍が私にこの手紙を送ってきたのだ」ハジ・ムラートは、ロリス・メリコフに、もう一枚の黄ばんだ紙を渡した。

《余の私信に対する貴殿の返答に謝意を表する》ロリス・メリコフは読んでいった。《貴殿は、一人の不心得者がもたらした恥辱を放置して、ロシア側に戻ることはできない、恥辱がそれを禁じると書いている。余は、ロシアの法が公明正大であることを保証する。貴殿は、貴殿が侮辱を受けた者が罰せられるさまを、その目で見るであろう。すでに余は、この件の調査を命じた。ハジ・ムラートよ、よく聞きたまえ。貴殿が余を信じず、余の名誉を重んじない以上、余には貴殿に不満を抱く権利がある。だが余は、人を容易には信頼しない山岳民一般の性格を熟知しているゆえに、貴殿を赦《ゆる》す。もしも良心に疚《やま》しいところなく、ターバンの着用もただ魂の救済が目的ならば、貴殿は正しく、ロシア政府と余を直視できる道理だろう。貴殿を侮辱した者が罰せられることは、ほかならぬ余が保証する。**貴殿の財も返却されよう**。ロシアの法の何たるかを貴殿は見、認めるだろう。なかんずくロシア人の物の見方は違っている。よしんばどこかのならず者が貴殿の名誉を汚したとしても、そのことで貴殿が尊厳を失ったとは、我らは思わぬ。ギムリの民人にターバンの着用を許可し、彼らの行動をしかるべく見ているのは、ほかならぬ余だ。くり返す。貴殿には恐れるべき何ものもない。余がこの書簡を持たせて派遣せし者に同行して、再び余の麾下に参ぜよ。この者は余に忠実である。余の使者は貴殿の敵のしもべにあらず、ロシア政府内で特段の配慮を得ている者の友である》

　これに続けて、クリュゲナウは再びハジ・ムラートに投降を呼びかけていた。

「私はこの手紙を信じなかった」ロリス・メリコフが読み終えると、ハジ・ムラートは言った。「だからクリュゲナウのところには行かなかった。何よりも私はアフメト・ハンに復讐《ふくしゆう》しなければならなかったが、ロシア人を通して、それを実現することはできそうになかった。この時期、アフメト・ハンはツェリメスを包囲し、私を捕縛するか殺害するかしようとしていた。私の手の者はあまりにも少なく、私は奴の魔手から逃れられずにいた。ちょうどそのとき、シャミールの使者が手紙を持ってやって来たのだ。シャミールは私が脱出し、アフメト・ハンを殺すのを支援すると約束し、私にアヴァル全土の統治権を保証してくれた。私は長いこと考えたすえに、シャミールの側に移り、それ以来、たえることなくロシア人と戦ってきた」

そしてハジ・ムラートは自分の戦歴のすべてを語った。その数はきわめて多く、ロリス・メリコフもその幾つかは知っていた。ハジ・ムラートの行軍と攻撃はすべて、尋常ではない機敏さと驚くほど大胆な戦術で際立っており、いつも大きな成功を収めてきたのだった。

「私とシャミールのあいだに、断じて友情はなかった」ハジ・ムラートは自分の物語の最後に、こう言った。「とはいえ、彼は私を恐れていたし、私は彼に必要な人間だった。だがあるとき私は、シャミールの後で誰が教主《イマーム》になるべきと思うかと尋ねられ、鋭い剣を持った者が教主《イマーム》になるだろうと答えたことがあった。このことがシャミールに伝えられると、彼は私を遠ざけ、タバサランに派遣した。私は出かけ、千頭の羊と三百頭の馬とを奪ったが、彼は私がなすべきことをしなかったと難癖をつけ、私を太守《ナイーブ》の地位からはずし、すべての金を自分に送るように命じてきた。私は千枚の金貨を送ったが、彼は自分の手の者《ミュリッド》を送り込んできて、全財産を没収した。シャミールは私に、彼のもとに出頭するよう求めてきた。彼が私を殺そうとしているとわかったので、私は行かなかった。彼は私を捕らえようと人を送ってきた。そこで私は脱出し、ヴォロンツォフのところに来たのだ。ただ、家族を連れてくる暇はなかった。私の母も、妻も、子も、まだシャミールの手中にある。どうか総督《サルダリ》に伝えてほしい――家族があちら側にいるあいだは、私は何ひとつすることができない、と」

「伝えよう」とロリス・メリコフは言った。

「奔走してほしい、尽力をお願いする。公爵に口添えしてもらえるなら、私のものはすべて君のものだ。私はまだ手を縛られていて、その縄の一方の端はなおシャミールの手中にある」

ハジ・ムラートは、この言葉で、ロリス・メリコフに対する自分の物語を締めくくった。

## 14

十二月二十日、ヴォロンツォフはチェルヌイショフ陸軍大臣に宛てて、次のような手紙を書いた。手紙はフランス語で書かれていた。

《親愛なる公爵閣下！　しばらく手紙をさしあげなかったのは、それ以前にハジ・ムラートの処遇を決しようとしながらも、小生がここ数日、健康を害していたゆえにほかなりません。ハジ・ムラートの当地到着については、先日の書簡で報告いたしました。彼は八日にチフリスに着き、小生は翌日第一回の面会をおこなった後、八〜九日間に渡って話し合いを重ね、わが方のためにハジ・ムラートが今後なしうることを熟慮しました。とりわけ重要なのは、現時点で彼をいかに処遇するかです。ハジ・ムラートは家族の運命を深く憂慮し、あらゆる面から判断して全幅の率直さで、「家族がシャミールの手にあるかぎり、自分は行動を制限され、ロシアに奉仕できない。あなた方の歓待や寛大な処置に対するわが感謝の実を示しえない」旨《むね》、言明しています。彼にとり価値ある人々に関する情報が皆無の状況下で、ハジ・ムラートの精神は一種の興奮状態にあり、小生が任命した世話役からは、彼が毎夜眠れず、ほぼ何も口にせず、たえず祈りを捧げ、ただ数名のコサックと騎馬で野駆けする許可を求めるのみとの報告を受けています。この要求は、これが彼に可能な唯一の気晴らしであり、また長年の習慣から必要不可欠な運動となっているためと思われます。家族に関する情報の有無を知るべく、彼は連日、小生との面会を要求し、諸前線でわが軍の監視下にある全捕虜を集め、自分の家族と交換するよう、シャミールに申し入れてほしい、その際には自腹で身代金を追加しても良いと述べています。ハジ・ムラートは何よりもまず家族の救出を要求し、しかる後にロシア軍に奉仕する機会（レズギン戦線を彼は希望しています）を与えてもらいたいと述べています。その際、一ヶ月以内に顕著な戦果なき場合には、いかなる厳罰も甘受する旨、くり返し言明しております。

これに対して小生は、彼の家族が山岳民の側にあり、わが方の人質とならないかぎり、彼に不信の念を抱く者はロシア軍内にも多いこと、したがって彼の要求には道理があること、前線の山岳民捕虜を集めるべく可能な処置を取ること、彼自身提供の身代金に対する小生の財政的援助は軍規により不可であるため、別の支援策を検討することを回答しました。さらに小生は自身の見解、すなわちシャミールが彼の家族を容易に引き渡すとは考えられないこと、おそらくシャミールはこのことを直截《ちょくせつ》に宣言し、帰還した場合の全面的な赦免と以前の地位の保全を約束する一方で、帰還しない場合には、彼の母と妻と六人の子どもを殺害すると脅迫してくるだろうとの予想をハジ・ムラートに述べた後、シャミールの通告を受けた際の対処を率直に言明するよう、彼に要求しました。これに対し、ハジ・ムラートは空を見上げ、両手を掲げて、次のように述べました。「すべては神の御心《みこころ》だが、自分が敵の軍門に降《くだ》ることは決してない。シャミールが自分を赦免するはずがなく、たとえ降伏しても長くは生かされないだろうと確信するからである。自分の家族が殺害される可能性については、シャミールがそう軽率にふるまうとは思われない。第一に彼は、敵をいっそうの絶望に追い込み、危険な存在とするのを避けるはずだ。よしんばシャミールがそのように考えなくとも、甚大な影響力を持つダゲスタンの有力者の多くがシャミールを思いとどまらせるであろう」最後にハジ・ムラートは、神の思《おぼ》しめしが今後どうあろうとも、自分の現在の所信は身代金による家族の返還のみである旨を再三述べ、さらに支援とチェチェン辺境地域への移動の認可を懇願しました。チェチェンでなら、わが方の斡旋《あっせん》と許可を通して、家族と連絡を取り、彼らの状況に関する情報を恒常的に得、奪還の手段を見いだせると言うのです。「この地域は敵の領土に属するとはいえ、幾人かの太守《ナイーブ》を含む多くの者が自分を慕っている。自分が日夜考えている目的を達するべく、ロシアに帰順し、あるいは中立を宣言しているこの地域の住民と有益な関係を持つことは、ロシア軍の支援さえあれば、少しも難事ではない。家族奪還の目的さえ達せられれば、自分は安んじてロシアのために行動し、その信頼に応えられる」——以上がハジ・ムラートの主張であります。要するに彼はグローズヌイへの帰還と、その際の勇敢なコサック兵二、三十名の同行を求めています。これらのコサックは、自分には敵に対する防御となり、ロシアにとっては、彼の言明が真実の意図から発していることの保証となるだろうと言うのであります。

親愛なる公爵閣下には、こうしたすべてに対する小生の困惑をご理解いただけるものと確信しております。いかなる処置を取るにせよ、小生には重大な責任が生じます。彼を全面的に信頼することは、高次の慎重さを欠いているとのそしりを免れない一方、逃亡の可能性を皆無にするためにハジ・ムラートを監禁することは、私見では公正さを欠き、政治的にも下策であります。このような処置を取れば、直ちにダゲスタン全土に知れ渡り、ロシアに悪い影響が及ぶことでしょう。程度の差はあれ、シャミールに公然と反旗を翻す機をうかがっている者たち（その数はけっして少なくありません）は誰もが今、教主《イマーム》の最も勇敢で進取の気象に富む部下だった者が、ロシア側への投降を余儀ないことと判断した後で、我々からどのように処遇されるかを注視しております。ハジ・ムラートの監禁を知ったなら、彼らはロシア側に転じる意志を失うでしょう。我々がもしハジ・ムラートを捕虜として扱うならば、シャミールに対する彼の反抗によって生じつつある、わが方に好適な機運を霧散させる結果となります。

それゆえ小生は、従来の措置よりほかに選択肢はなかったと考えるものですが、しかし同時に、ハジ・ムラートが再び逃亡を図った場合、これを大きな過失として非難される可能性を感じております。軍務のなかでも、とりわけかくも込み入った案件において、過誤の危険をおかし、みずから責任を負う覚悟もなしに、まっすぐな一本道を進むことは、不可能とは言わないまでも困難です。しかしひとたび道がまっすぐに見えたときには、それに沿って進まねばなりません――今後ぜひ、そうありたいものです。

親愛なる公爵閣下、この件について皇帝陛下のご裁可をいただきたく、お願い申し上げます。もし偉大な皇帝陛下が小生の処置を是認してくださるなら、これに勝る幸いはありません。なお小生は、以上のすべての内容を、ザヴァドフスキー、コズロフスキー両将軍宛の書簡にもしたためました。これは特にハジ・ムラートと直接に接触しているコズロフスキーの便宜を考慮してのことです。小生はすでにハジ・ムラートに対し、コズロフスキー将軍の同意なしには何もしてはならず、外出も認められない由、注意を与えております。私はまたハジ・ムラートに対して、「ロシアの護衛兵とともに外出することは、わが方にとっても好都合である、さもないとシャミールは、我々がハジ・ムラートを監禁していると言いふらすだろうから」とも説明しましたが、ただしその際、ヴォズドゥヴィジェンスクには決して立ち寄らないとの約束を、彼から取り付けました。というのも、ハジ・ムラートが最初に投降し、自らの盟友《クナーク》と見なしている相手は小生の息子ですが、彼がこの要塞の長官ではないために、混乱が生じる可能性があるからです。そのうえ、ハジ・ムラートは自分の腹心たちと連絡を取りたいと願っていますが、ヴォズドゥヴィジェンスクは、ロシアに敵意を抱く者たちの地域に隣接しています。あらゆる面から考慮して、グローズヌイが最適と思われます。

ハジ・ムラートの希望によって選ばれた二十名のコサック兵のほかにも、騎兵大尉ロリス・メリコフが、一歩も遅れることなく、ハジ・ムラートに付き添っています。これは私が随行を命じた、際立って聡明で優秀な将校で、山岳民の言葉を解し、ハジ・ムラートをよく知っております。ハジ・ムラートの方でも彼に全幅の信頼を寄せているように見受けられます。当地で過ごした十日間、ハジ・ムラートは、シュシャ郡の長官で現在、任務の関係で当地に滞在中の陸軍中佐タルハノフ公爵と同宿しておりました。彼もまた立派な人物であり、小生は全幅の信頼を寄せています。タルハノフ公爵はハジ・ムラートからも信頼されており、我々は、最も微妙で極秘を要する問題については、山岳民の言語を流暢に操るタルハノフを通してのみ、ハジ・ムラートと話し合うようにしてまいりました。

小生はハジ・ムラートの件をタルハノフとも検討しましたが、彼もまた完全に同意見です。すなわち我々の選択肢は、小生が現に取ってきたような措置か、ハジ・ムラートを牢獄に監禁し、可能な限りあらゆる厳格な手段で監視するか（ひとたび彼の待遇を悪くするなら、彼を監視するのは容易なことではなくなります）、あるいは完全にロシアから追放するかのいずれかしかないのですが、最後の二策は、ハジ・ムラートとシャミールの仲違いによって生じた、我々にとって有利な状況を灰燼《かいじん》に帰し、山岳民の間に認められるシャミールへの諸々の不満の高まりと、彼に対する反乱の芽を摘む結果になる可能性が高いのです。タルハノフ公爵は、ハジ・ムラートの言明が衷心《ちゅうしん》からのもので、たとえ帰還した場合の赦免を約束しても、シャミールが自分をけっして許さず、処刑するだろうとハジ・ムラートが確信していることに、疑いの余地はないと述べています。ハジ・ムラートとの交流のなかでタルハノフが唯一不安を覚えているのは、彼がみずからの信仰に忠実なことであり、この面ではシャミールの影響下にあることをハジ・ムラートは隠してはおりません。しかし彼は、すでに書きましたように、帰還直後であれ、一定の期間経過後であれ、シャミールが自分の命を奪わないということはありえないと確信しております。

親愛なる公爵閣下、当地におけるこの問題に関して、小生が申し上げたいことは以上であります。》

## 15

この報告書簡は、十二月二十四日にチフリスから発送された。伝令は数十頭の馬を次々と駆り、数十人の御者を血が出るまで打ち据えながら道を急ぎ、年が明けて一八五二年になる前夜、当時の陸軍大臣チェルヌイショフ公爵のもとへ手紙を届けた。

一八五二年一月一日、チェルヌイショフは、その他の案件と一緒に、ヴォロンツォフのこの報告を、皇帝ニコライに上奏した。

チェルヌイショフはヴォロンツォフを嫌悪していた。彼がいたるところで博している名声、その莫大な財産、ヴォロンツォフが真の世襲貴族なのに対して、自分が一代の成り上がり者《パルヴェニィ》に過ぎないこと、そして何より皇帝がヴォロンツォフに特に好意的であることが、その理由だった。チェルヌイショフは、可能な限りあらゆる手段を用いて、ヴォロンツォフに不利になるように努めてきた。カフカースに関する前回の報告では、一部隊が山岳民によって殲滅《せんめつ》された件を重要視して、これを司令部の怠慢に帰し、ヴォロンツォフに対するニコライの不満を引き出すことに成功していた。今日も彼は、ハジ・ムラートに対するヴォロンツォフの処置の好ましくない面を強調するつもりだった。ヴォロンツォフがいつもロシア側の損失をかえりみず、現地の人間を庇護し、悪事を見逃していると皇帝に吹き込み、ハジ・ムラートをカフカースに留め置くことが賢明な措置ではないと述べようと考えていた。あらゆる徴候から判断して、ハジ・ムラートがわが方に身を投じたのは、ロシアの防衛設備を偵察するためである。したがって当面はハジ・ムラートをロシア中央部に護送し、彼を活用するのは、家族が山から救出され、忠誠心が確認されるまで待つ方が良いと上奏する腹だった。

だが陸軍大臣の計画は、元日のこの朝、ニコライがとりわけ不機嫌で、誰からのどのような提言にも反対したい心もちであったため、あえなく頓挫《とんざ》することになった。それに、そもそもニコライには、チェルヌイショフ陸相の提言を取り上げようとしない傾向があった。皇帝は、デカブリスト裁判の際に、ザハール・チェルヌイショフを死刑にして、その財産を我が物にしようと画策したこの男を大卑劣漢であると見なしていたが、今のところ代わりになるような人材が見当たらなかったので、我慢しているだけだったのだ。要するに、ハジ・ムラートがカフカースに残留することになり、彼の運命が変わらなかったのは、この日、ニコライが不機嫌な精神状態だったからである。もしチェルヌイショフが別の日に報告をしていたなら、ハジ・ムラートの運命もまた違ったものになっていたのかもしれない。

マイナス二十度の寒さによって生じた霧の中を、ひげもじゃで太ったチェルヌイショフの御者が、瑠璃《るり》色のビロード地のとんがり帽をかぶって、ニコライ皇帝ご愛用と同じような小型の橇を冬宮《とうきゆう》の小さな出入口に乗りつけ、自分の友人であるドルゴルーキー公爵の御者に向かって親しげにうなずいてみせたのは、午前九時半ごろのことだった。ドルゴルーキー公爵の御者は、主人を下ろした後、分厚い綿入れ外套の尻の下に手綱を突っ込み、凍えた手をこすり合わせながら、もう長いこと宮殿の出入口のそばに止まっていたのである。

チェルヌイショフは、柔らかなビーバーの襟のついた外套を着込み、羽毛の詰まった三角帽を型どおりにかぶっていた。熊皮のひざ掛けを取り、オーバーシューズを履いていないために凍えきった両足（彼はオーバーシューズを一度も用いたことがないのを誇りとしていた）を慎重に橇から下ろすと、絨毯の上をさも元気そうに、拍車をがちゃがちゃ鳴らしながら歩き、門番がうやうやしく開けたドアの中に入って行った。玄関の間で駆け寄ってきた老侍僕に外套を渡すと、チェルヌイショフは鏡に近づき、巻き髪の鬘《かつら》の上から慎重に帽子を脱いだ。鏡に映った自分の姿を眺め、年寄りじみているが慣れた手つきでもみ上げと前髪を整え、十字架勲章や徽章、頭文字の入った大きな肩章などを正すと、年のために言うことを聞かなくなった両足を弱々しく動かして、なだらかな絨毯敷きの階段を上っていった。

礼装でドアのところに立ち、卑屈にお辞儀してみせる侍僕たちの横を通り過ぎて、チェルヌイショフは応接室に入った。その日の当番は、輝くばかりに真新しい制服と徽章と肩章を身に付けた、まだ任命されたばかりの侍従だった。血色が良いその顔にはまだ疲労の影もなく、口ひげともみ上げをたくわえ、目のあたりまで撫でつけた髪型はニコライ皇帝とそっくりだった。侍従はうやうやしくチェルヌイショフを出迎えた。陸軍大臣の友人ヴァシーリー・ドルゴルーキー公爵が立ち上がって近づいてきたので、チェルヌイショフは彼と挨拶を交わした。彼もまたニコライ皇帝と同じような頬ひげと口ひげともみ上げを、ぼんやりと退屈そうな表情の顔に生やしていた。

「皇帝陛下《ラームプリュール》は？」チェルヌイショフは、執務室のドアを問うように目で指しながら、侍従に尋ねた。

「陛下はたった今、お戻りになったところです《サ・マジェステ・ヴィエーン・ドゥ・ラーントゥレ》」と、侍従は明らかに自分の声の響きに満足しながら答え、まるで頭上に置かれたコップから水をこぼすまいとでもしているかのように滑らかで柔らかな足取りで、音もなく開いたドアの方に近づき、自分が入っていく場所に対する崇敬を全身で表現しながら、室内へと姿を消した。

その間、ドルゴルーキーは自分の鞄を開けて、中の書類を調べていた。

チェルヌイショフは顔をしかめ、足をほぐし、皇帝に報告すべきことを反芻《はんすう》しつつ、応接室の中を行ったり来たりして、呼ばれるのを待った。ちょうどチェルヌイショフがその近くに来たとき、再びドアが開き、中から侍従がさっきよりもいっそう恭しい、輝かんばかりの表情で現れ、大臣とその友人を陛下の執務室へと招き入れた。

冬宮[*4]が火災の後で再建されてから、もうだいぶ時が過ぎていたが、ニコライはまだ上の階で生活していた。彼が大臣や最高司令部からの報告を聞くことにしていた執務室は、天井がきわめて高く、大きな窓が四つもあった。皇帝アレクサンドル一世の大きな肖像画が、正面の壁に架かっていた。窓と窓の間には、大きな机が二台あった。壁沿いに椅子が数脚並び、部屋の中央には巨大な机が据えられ、その前にはニコライのための肘掛け椅子と来訪者用の椅子が置かれていた。

ニコライは肩章なしで留金だけが付いている黒いフロックコートを着て、せり出した腹のせいで服がぴんと張り切った巨大な上半身を椅子の背に深く沈めたまま、身動きもせず、生気のないまなざしで、入ってきた者たちをじっと見ていた。巧みに撫でつけられ、頭の禿《は》げた部分を隠した鬢に違和感なくつながっているもみ上げの後ろから、巨大な額が迫り上がるように緩やかな曲面を描いており、その下の長くて白っぽい顔は、今日はとりわけ冷ややかで動きがなかった。つねに生気のない彼の両目は、ふだんよりもいっそうどんよりとして、先がはね上がっている口ひげの下の唇は固く結ばれていた。背の高い襟に圧迫されている太った頬は、正しくドイツ風のひげの部分を残して、きれいに剃りあげられていた。襟に貼りついたようになっているあごひげのせいで、ニコライの顔は単に不満足というだけでなく、ほとんど憤怒に近い表情を浮かべていた。それというのも、彼は疲れていたのである。そして更にその疲れの理由はと言えば、昨夜顔を出した仮面舞踏会の席で、いつものように、てっぺんに鳥が止まっている近衛重騎兵の兜をかぶって歩き回っているとき、彼の巨大で自信に満ちた姿を見てひしめき押し寄せてくる人々と、おどおどと遠ざかろうとする人々のあいだに、前回の仮面舞踏会で、まぶしいほど白くすばらしい肢体で彼の中に老いらくの欲望を目覚めさせた後、次の舞踏会でまた会うことを約束して姿を消したのと同じ仮面を見いだしたことだった。昨夜の舞踏会で近づいてきたこの女性を、ニコライはもうそばから放そうとはせず、その目的のためだけにあらかじめ準備してあった特別の仕切席に連れて行った。その席では、彼は、貴婦人と二人きりになることができるはずだった。無言のまま仕切席のドアまで行き着くと、辺りを見回し、座席係を目で探したが、なぜかその場に係の者はいなかった。ニコライは眉をひそめ、仕切席のドアを自分で押すと、貴婦人を先に室内に入らせた。「ここには誰かいますわ《イリャ・ケルカーン》」仮面の婦人は、足を止めて言った。実際、仕切席には人がいた。軽騎兵士官と、仮装服姿で金の巻き毛の若くて美しい女性とが、どちらも仮面をはずし、ビロードのソファに身を寄せ合って座っていた。背を真っ直ぐに伸ばし、憤怒に燃えているニコライの姿を見て、金髪の女性は慌てて仮面の下に顔を隠し、軽騎兵士官の方は恐怖に固まり、ソファから立ち上がることもできずに、凍りついた目でニコライをただ見つめていた。

自分の存在が人々に恐怖を引き起こすことには慣れていたが、それでもこの恐怖はニコライにとって、いつも快いものだった。そして恐怖に打ちひしがれている者たちに、予想外の柔らかな言葉をかけて驚かせることは、ニコライがしばしば好むところだった。この時の彼は、まさにそのようにふるまった。

「さて兄弟、君は私よりも少し若いようだから、席を譲ってくれても良いのではないかね」

彼は恐怖で凝固している士官に向かって言った。

士官ははじかれたように立ち上がると、青くなったり赤くなったりしながら、身をかがめ、仮面で顔を隠すようにして、無言で仕切席の部屋から出て行った。ニコライは意中の婦人と二人きりになった。

仮面の下から現れたのは、スウェーデン人家庭教師の美しく汚れない二十歳の娘だった。この娘は、自分はまだ子どもの頃から、肖像画で見たニコライを愛し、崇拝してきたので、たとえどんな手段を使ってでも、皇帝の注意を惹《ひ》こうと決意していたのだと言った。そしてついに目的を達したので、彼女によれば、もうこれ以上は何も要《い》らないのだった。娘は、ニコライが女性との逢瀬《おうせ》の際に、いつも使っている席に座らされた。ニコライは彼女と一時間以上の時を一緒に過ごした。

この晩、自室に戻り、誇りとしている小さくて固いベッドに横たわり、ナポレオン帽と同じくらい有名であると自負し、そう口にもしていたマントにくるまってからも、ニコライは長いこと眠れなかった。彼は先刻の娘の白い顔が浮かべた怯《おび》えと恍惚《こうこつ》の表情と、馴染みの愛人であるネリードヴァのむっちりとたくましい肩とを思いだし、頭のなかで両者を比較していた。妻帯者の放蕩が良くないおこないであるということは、ついぞ彼の頭には浮かばなかった。もしそのことを非難する者がいたら、ニコライはひどく驚いたことだろう。とはいえ、自分はしかるべくふるまっているとの確信にもかかわらず、彼の心には何か不愉快な思いが、燃えかすのように残っていた。その感情を忘れるために、彼はいつも自分を落ち着かせる考え、すなわち自分が偉大な人間であるという問題に意識を集中させた。

寝入ったのが夜遅くだったのにもかかわらず、ニコライはいつものように七時過ぎには起きた。ふだんどおり、大きく太った体を氷でこすり、身だしなみを整え、神に祈った後、少年時代から唱え、習慣になっている『聖母へ』『我信ず』『我らが父よ』といった祈禱文を、いかなる意味も感情も込めずに唱えた。それから外套をまとい、つば付きの帽子をかぶって、小さな出入口からネヴァ河に沿って延びている道路に出た。

河岸道路の真ん中でニコライは、彼と同じくらい背が高く、帽子をかぶり、制服姿の法律学校生と行き会った。自由思想の蔓延のために好意を持てないでいる法律学校の制服を見て、ニコライ・パヴロヴィチは眉をひそめたが、この学生が敬意を表すために大きな体を直立不動にし、ひじを鋭く曲げて敬礼の姿勢をとったので、不愉快な気分はだいぶ和らいだ。

「名は何と言うのかね?」と彼は尋ねた。

「ポロサートフであります、陛下!」

「うむ、立派な態度だ!」

法律学校生は、なおも帽子に手を当て、敬礼を続けた。ニコライはふと足を止めた。

「君は軍務に就きたいと思うかね?」

「いいえ、陛下、私は断じて……」

「でくのぼうめ!」そう言うと、ニコライは彼に背を向け、さらに先へと進んで行った。そして脳裏に浮かんだ最初の言葉を大声で言い始めた。「コペルヴェイン、コペルヴェイン……」気がつくと、何度もくり返し発音していたそれは、昨夜の娘の姓だった。『忌まわしい、忌まわしいことだ……』彼は自分が口にしていることについて考えていたわけではなく、口にしていることに注意を向けて、自分の感情を打ち消そうとしていたのである。『そうだ、私なしで、ロシアはいったいどうなることだろう』再び不満足の感情が打ち寄せてきているのを感じながら、ニコライは自分に言い聞かせた。『ロシアだけではない、私がいなくなったら、ヨーロッパもどうなってしまうことだろう』そして義兄に当たるプロイセン王［フリードリヒ・ヴィルヘルム四世。在位一八四〇—六一。妹シャルロッテがニコライ一世の妻であった］のことを——その弱さと愚かさとを思いだして、首を振った。

宮殿の出入口に近づくと、赤い制服を着た侍僕を乗せた、エレーナ・パヴロヴナの箱馬車が、サルトゥイコフの車寄せに入っていくのが見えた。エレーナ・パヴロヴナは、ニコライにとって、空虚なくせに、学問や詩だけでなく、統治についても理屈をこねる人々の典型だった。彼らは、自分たちがニコライよりも良い統治ができると考えているのである。こうした人々は、どんなに圧《お》しつぶしても、何度でもまた浮かび上がってくることを、ニコライは知っていた。最近亡くなった弟のミハイル・パヴロヴィチのことを思いだし、腹立たしく侘《わび》しい感情に捉われた皇帝は陰鬱に顔をしかめ、脳裏に浮かんだ最初の言葉を再び声に出してつぶやき始めた。ニコライは宮殿に入るまでぶつぶつ言い続けたが、自室に戻り、鏡の前に立って頬ひげともみ上げと頭頂部の鬘を整えると、唇をかみしめ、報告者と面会する執務室へと直行した。

チェルヌイショフは、その日の最初の謁見者だった。陸軍大臣はニコライの表情、とりわけその目つきから、皇帝が今、きわめて不機嫌であることを即座に見て取り、昨日の彼の情事についても知っていたので、何がその原因かも理解した。ニコライは冷たく挨拶をして、着席するように言うと、生気のないまなざしを陸軍大臣にじっと据えた。

チェルヌイショフの報告の第一の案件は、発覚したばかりの主計将校たちの横領の問題であり、第二がプロイセン国境における軍隊移動の件だった。その次が前回のリストで洩れていた何人かの人物に対する新年褒賞の件、四番目がハジ・ムラートの投降に関するヴォロンツォフの報告について、そして最後が、医科大学生による教授殺人未遂という、不愉快極まりない事件についてだった。

ニコライは唇をかみしめて無言のまま、薬指に金の指輪をはめた大きく白い手で書類の束を撫でながら、チェルヌイショフの額と前髪から目を離さずに、横領に関する報告を聞いていた。

誰もが横領や着服をしていることを、ニコライは信じて疑わなかった。彼は今、主計将校たちを罰しなければならず、関係者全員を一兵卒に降格すると決めていたが、こうした処置にもかかわらず、後任の者たちがやはり同じことをするだろうこともわかっていた。官吏とはそもそも横領をおこなうことにその特性があり、彼らを罰することが皇帝の責任だった。そしてニコライは、どんなにうんざりしていようとも、良心的にこの責任を果たしていたのである。

「どうやら、わがロシアには、清廉な人間は、ただ一人しかいないようだね」と彼は言った。

チェルヌイショフは、このロシアにただ一人の人物が当のニコライであることをただちに理解し、同意するように微笑を浮かべた。

「陛下、どうやら、仰せのとおりのようにございます」と彼は言った。

「待ってくれたまえ、いま決裁の署名をするから」とニコライは言うと、最初の案件の紙を手に取り、机の左側にそれを移した。

その後、チェルヌイショフは褒賞と軍の移動に関する報告を始めた。ニコライはリストにざっと目を通してから、いくつかの氏名に線を引き、次に短く決然とした口調で、プロイセン国境地帯における二個師団の移動を指示した。

ニコライは、義兄であるプロイセン国王が、一八四八年[*5]の後で憲法を制定したことをどうしても許せなかったので、書簡や口頭では最も深い友誼の感情を表してはいたけれども、万が一の場合に備えて、プロイセン国境に軍を配置することは必要であると考えていた。その軍はプロイセンで民衆の反乱が起きた場合（ニコライはいたるところに反乱の兆しを見ていた）、かつてハンガリーが蜂起した際にオーストリアを守るために軍を動かしたときと同様に、義兄の王冠を守るために必要なのだった。国境に部隊を配置することは、プロイセン王に対する自分の忠告に、より大きな重みと意義を持たせるためにも、重要なことだった。

『まったく、私がいなくなったら、ロシアは今すぐにでも、どうにかなってしまうのだろうな』と、彼はまた考えた。

「さて、他にもまだ何かあるかね？」とニコライは尋ねた。

「カフカースから伝令が来ました」とチェルヌイショフは言い、ハジ・ムラートの投降についてヴォロンツォフが書いてきたことを報告した。

「ふむ」とニコライは言った。「良い兆候だね」

「明らかに、陛下のご計画が、実り始めているのでございます」とチェルヌイショフが言った。

自分の戦略的な才能に対するこの賛美は、ニコライには特に心地よかった。というのも、彼は自分の戦略立案能力を誇りにしていたが、心の底ではそのような能力の欠如を自覚していたからである。彼は、自分への賛美を、もっと詳しく聞きたいと思った。

「君はどのように考えるかね？」と彼は聞いた。

「森林を伐採し、敵の食糧を収奪して、ゆっくりとでも着実に前進するという陛下の戦略が以前から遂行されていたなら、カフカースはもうだいぶ前に屈服していたでしょう。ハジ・ムラートの投降も、正にこのことに関係しています。もはや持ちこたえられないと、理解したのでしょう」

「まったくだな」とニコライは言った。

森林伐採と食糧収奪によって敵の支配地に緩慢に浸透していくという戦略は、本来はエルモーロフとヴェリヤミノフが立てたもので、シャミールの本拠地を一挙に叩き、この盗賊の巣窟を破壊するというニコライの計画に完全に反するものだった。あれほどの人的被害を出した一八四五年のダルゴ会戦は、ニコライの企図に基づき、強行されたのである。ところがニコライは今では、漸次的な進出、体系的な森林伐採《ばっさい》と食糧収奪という戦略も、自分の立案であると見なしていた。この戦略が彼自身のものであると信じさせるためには、他ならぬ彼が正反対の戦略に基づく一八四五年の戦闘を主導した事実を隠す必要があるはずだったが、彼はこれを隠そうとはせず、一八四五年の遠征計画と、緩慢な前進という戦略の両方を誇っていた。明らかに、この二つの計画が、たがいに矛盾しているにもかかわらずである。取り巻きの者たちによって、歴然たる事実に反してまでも、露骨なまでにたえずくり返されてきた阿諛追従のため、ニコライはすでに自分の矛盾を悟ることも、自分の言動を現実や論理や、あるいはごく単純な良識とすら照合できなくなっていた。自分の指示は、たとえどんなに無意味で不公正で整合性を欠いていようとも、意味深く公正で整合性を帯びているのだとニコライは全面的に確信していたが、それは自分の指示だからという、ただそれだけの理由によるのだった。

カフカースに関する報告の後でチェルヌイショフが上申した、医科大学の外科の学生に対する決定も、まさにそのようなものだった。

事件は、試験を二度しくじった若者が、三度目の正直をめざして努力したが、試験官がまた彼を不合格にしたため、これを不公平と感じて逆上し、机からペンナイフをとって教授に襲いかかり、数ヶ所に軽傷を負わせたというものだった。

「その生徒の姓は？」とニコライが尋ねた。

「ブジェゾフスキと申します」

「ポーランド人かね？」

「ポーランドの出で、カトリック教徒でございます」とチェルヌイショフは答えた。

ニコライは眉をひそめた。

ポーランド人に対して、彼は多くの悪をなしてきた。自分の悪事を正当化するためには、彼はすべてのポーランド人がろくでなしであると確信している必要があった。そしてニコライは実際に彼らをそのような者と見なし、自分がポーランド人におこなった悪行と同じ程度だけ、彼らを憎悪していたのである。

「少し待ってくれたまえ」とニコライは言うと、目を閉じ、頭を垂れた。

皇帝からこの言葉を一度ならず聞いてきたチェルヌイショフは、何か重要な決定を下さなければならないとき、ニコライは数秒間だけ集中する必要があることを知っていた。そうすれば彼に啓示が訪れ、まるで何か内なる声が何をなすべきかを語りかけるように、最も正しい裁定がおのずと下される。ニコライは、この学生の話によってうごめき始めたポーランド人への憎悪の感情で、できるかぎり自分の心をいっぱいにした。そしてやがて内なる声が、彼に次のような決定を示唆したのである。ニコライは報告の書類を取ると、余白に大きな筆跡でこう書いた。『死刑に相当す。されど神に栄光あれ、わが国に死刑制度は存在せず、これを余が導入すべきとも思われぬ。千人から成る隊列の間を十二度歩ましめよ。ニコライ』

そして皇帝は、不自然なまでに大きな飾りひげの付いたサインをしたためた。

一万二千回の鞭打ちが、苦痛に満ちて免れがたい死を意味するだけでなく、過度な残虐となることをニコライは知っていた。どんなに頑強な者でも、殺すには五千回も鞭打てば十分だったからである。だが彼には、断固として苛酷であることと、ロシアでは死刑がおこなわれていないと考えることとの両方が、心にかなっていたのである。

ニコライは学生の処分に関する裁定を書くと、その紙をチェルヌイショフの方に滑らせた。

「読みたまえ」と彼は言った。

チェルヌイショフは読み終えると、決定の聡明さに対する驚きと敬意を表して、深々と頭を垂れた。

「なお、その際には学生全員を練兵場に集め、刑の執行に立ち合わせるように」と、ニコライは付け加えた。

『それは彼らによく効くだろう。私は革命的精神とやらを根こそぎにし、駆逐するのだ』と彼は考えた。

「承知しました」とチェルヌイショフは答え、数秒間沈黙し、自分の前髪を整えた後、カフカースの問題に戻った。

「ミハイル・セミョーノヴィチには、どのように書けばよろしいでしょうか？」

「チェチェンにおいて、住居の破壊と食糧の根絶という私の戦略を断固として継続し、襲撃によって敵の不安を増大させよ、と書きたまえ」とニコライは言った。

「ハジ・ムラートの件はいかがしましょう」とチェルヌイショフが尋ねた。

「だがヴォロンツォフは、ハジ・ムラートをカフカースで活用したがっているのではないかね？」

「それは危険ではないでしょうか？」チェルヌイショフは、ニコライの視線を避けるようにして言った。「ミハイル・セミョーノヴィチは、彼を信頼しすぎているのではないでしょうか」

「では君はどのように考えるのかね？」ヴォロンツォフの処置を愚鈍に見せようというチェルヌイショフの意図に気づいたニコライは、鋭い口調で問い返した。

「彼をロシア本国に移送する方が安全であろうと考えます」

「君はそう考えるのだね」と、ニコライは嘲《あざけ》るように言った。「だが私はそう考えず、ヴォロンツォフと同じ意見だ。彼にそのように書きたまえ」

「承知しました」とチェルヌイショフは言い、椅子から立ち上がると、お辞儀をしてから、後ずさって退室した。

ドルゴルーキーもお辞儀をして退室した。彼はチェルヌイショフの報告のあいだを通じて、軍の移動に関するニコライの質問に二言三言答えたほかは、何ひとつ発言しなかった。

チェルヌイショフの次に謁見を受けたのは、任地への出発挨拶に来た西部地域総督のビビコフだった。ニコライは、正教への改宗を拒んで反乱を起こした農民に対し、ビビコフが取った処置を是認したうえで、服従しない者はすべて軍事法廷で裁くようにと命令したが、これは事実上、彼らに鞭打ち刑を宣告せよとの意味であった。それからニコライは、数千人の国有農民の帝室領編入に関するニュースを報道した新聞の編集者を、一兵卒として徴兵するように指示した。

「私はそれが必要なことだと判断したから、そうしたのだ」とニコライは言った。「そのことに対する批判は許さぬ」

ビビコフは、ユニエイト教徒[*6]に対する措置の苛酷さと、国有農民、すなわち当時唯一の自由民を帝室領民、すなわち皇室の農奴身分に移すことの不当さをよく理解していたが、これに反対するわけにはいかなかった。ニコライの指令に同意しないということは、彼が四十年かけて獲得し、享受してきた輝かしい立場のすべてを失うことを意味していたからである。総督は、苛酷で分別がなく、尊敬に値しない至高のご意志を、自分が従順に遂行することのしるしに、そのごま塩頭を深々と下げた。

ビビコフを下がらせると、ニコライは、自分の義務をよくなしえたと感じながら、大きく伸びをし、時計を見ると、出口に行って身支度をした。肩章と徽章と綬《じゅ》の付いた制服を着て、応接間に出た。そこには百人ほどの制服姿の男性と、襟ぐりの大きな華麗なドレスを着た女性が決められた場所に立ち、胸をときめかせて、皇帝陛下のお出ましを待ち受けていた。

生気のない目つきと分厚い胸、そして強く締め上げたベルトの上と下からはみ出て突き出ている腹が印象的なニコライは、待っていた人々の前に現れると、自分に向けられているまなざしがどれもおののきと追従に満ちているのを感じ、いっそう厳かな態度をとった。知った顔と目が合うと、それが誰であったのかを思いだしながら立ち止まり、ときにロシア語、ときにフランス語で二言三言話しかけ、冷たく生気のない、刺すようなまなざしを向けながら、相手が自分に話す言葉を聞いていた。

挨拶を受け終えると、ニコライは教会に行った。

神もまた俗世の人々と同じように、自分のしもべを通してニコライを歓迎し、褒めたたえた。ニコライにはそれが退屈だったが、この歓迎と賛美を義務として受け取った。こうしたすべては、正にこのとおりでなければならなかった。全世界の安寧と幸福がニコライの双肩にかかっており、彼はもはやそのことに疲れていたけれども、なお世界に対する支援を惜しんではいなかったからである。礼拝の終わりに、壮麗な衣服を着て、髪型を整えた輔祭《ほさい》が「陛下がご長命でありますように」と唱え、歌い手たちがすばらしい声で、その言葉に唱和したとき、ニコライは振り向いた。窓の近くに立っているネリードヴァの優美な肩つきが目に留まった。ニコライは昨夜の娘と比較して、やはりネリードヴァの方が良いと思った。

礼拝が終わると、ニコライは皇后のところに行き、子どもたちや妻と冗談を言い合って、家庭的な雰囲気の中で数分を過ごした。その後、エルミタージュを通って、ヴォルコンスキー宮内大臣の部屋に行き、自分の裁量経費の中から、昨夜の娘の母親に年金を支給することを、さりげなく委託した。そしてそこから、いつもどおり散歩に出た。

この日の昼餐《ちゅうさん》はポンペイの間でとることになっていた。下の子どもたち――ニコライとミハイルのほかに、リヴェン男爵、ルジェブスキー伯爵、ドルゴルーキー公爵、プロイセン大使とプロイセン王の侍従武官が招かれていた。

皇帝と皇后のお出ましを待つあいだ、プロイセン大使とリヴェン男爵は、最近のポーランドの不穏な情勢について興味深い会話を交わしていた。

「ポーランドとカフカースは、ロシアにとって二つの癌と言えましょうな《ラ・ポローヌ・エ・レ・コカーズ、セ・ソーン・レ・デュ・コテール・デュ・ラ・リシ》。我々は、それ《イル・ヌ・フォ・》ぞれの国に、少なくとも十万人ずつ駐留させておかなければならないのです《サーン・ミル・オム・ア・ポ・プレ・ダーン・シャカン・ドゥ・セ・デュ・ペイ》」

事態がそのようであることに対して、大使は驚きの表情を繕い、顔に浮かべた。

「あなたはポーランドとおっしゃいましたね《ヴ・ジット・ラ・ポローヌ》」と彼は言った。

「ええ、そうです《オウイ》。これは私たちに困難をもたらすために、メッテルニヒがしかけた巧妙な《セテ・アン・ク・デ・メトル・デ・マエテルニシュ・デ・ヌ・アーン・アヴォワール・レセ・》罠でした《ダムバラーゼ》……」

会話がここまで来たとき、凍りついたような微笑を浮かべ、頭を揺らしながら、皇后が、そして続いて皇帝が入って来た。

食卓に着くと、ニコライはハジ・ムラートの投降について語り、森林伐採と要塞の建設によって山岳民を圧迫するという自分の指揮の結果、カフカース戦争がもうまもなく終わるに違いないとの見通しを述べた。

プロイセン大使は、自分を偉大な戦略家と見なすというニコライの不幸な弱点について、侍従武官と今朝話し合ったばかりだったので、武官にすばやく目配せした後で、カフカース戦線に対するニコライの指示を、またしても彼の偉大な戦略眼を示すものであると言って褒めたたえた。

昼餐の後、ニコライはバレエを観劇した。そこでは、ぴったりと貼りついた衣装を着て、肌をあらわにした百人ほどの女性が足取りを揃えて歩いていた。そのうちの一人がいたく気に入ったので、ニコライは振付師を呼び、感謝の意を表してから、彼女への贈り物としてダイヤモンドの指輪を託した。

次の日、陸軍大臣による報告の席上で、ニコライはチェルヌイショフに対し、ハジ・ムラートが投降した今こそ、チェチェン側の動揺をかき立て、包囲網を狭めていくよう、ヴォロンツォフに指示せよと再度言明した。

チェルヌイショフは皇帝のご意志をヴォロンツォフへの書簡にしたためた。往路とは別の伝令が、馬を駆り立て、御者の顔をひっぱたきながら、チフリスへと道を急いだ。

## 16

ニコライ・パヴロヴィチのこの命令をただちに実現するべく、一八五二年の一月、チェチェンに対する襲撃が実施された。

襲撃部隊は、四個大隊と二百人のコサック兵、そして八台の大砲から編成されていた。部隊は縦列になって山道を進んだ。丈の高い軍靴と円筒帽を身に着け、半外套の上から銃を肩にかけ、負い革に弾薬を入れた狙撃兵が、間断ない鎖のように両脇をぎっしりと固め、谷間を下ったり、勾配を上がったりしながら、部隊に随行していた。いつものように部隊は敵の勢力圏を、可能なかぎり静寂を保ちながら移動していた。溝を飛び越えた兵士の武器が揺れてかちゃかちゃ鳴る音や、沈黙遵守の指令を理解しない砲兵隊の馬が立てる鼻息といななき、狙撃兵の列が延び過ぎ、部隊との距離が一定しないことに腹を立てた隊長の、抑え気味のしゃがれた怒鳴り声などが、ときたま聞こえるだけだった。静寂が一度だけ大きく破られたのは、狙撃兵と部隊との間にあった有刺植物のさほど大きくない茂みから、腹と尻が白く、背中が灰色の雌山羊と、同じような、しかし背の方にそり返った小さな角をつけた雄山羊とが飛び出してきたときだった。この美しい獣たちは脅え、前脚を曲げて大きく跳躍し、縦列のごく近くに着地した。数名の兵士が、叫んだり笑ったりしながら、銃剣で突き刺そうと二頭を追いかけた。だが山羊たちは向きを変えると、狙撃兵の列をかき分けて逃げた。その後を騎兵隊や歩兵隊の数匹の犬が追ったが、山羊たちは一目散に山中へと駆け去った。

まだ冬だったが、太陽が空高く昇る季節になっていた。朝早く出発した部隊が十露里ほど進んだ正午ごろには、暖かいどころか、暑くすらなってきた。陽射しもとても強くなり、銃剣の刀身や、小さな太陽のように輝きだした大砲の銅の部分を見ていると、目が痛くなるほどだった。

背後には部隊がたった今通り過ぎてきた小川の速く清らかな流れ、前方には耕された畑や穏やかに起伏している草地、更にその先には森におおわれた神秘的で黒い山々、そしてそのかなたには、いっそう高くそそり立つ断崖が見えた。地平線のように連なっている尾根のさらに上方には、永遠に魅力的で宝石のように光と戯れ、永遠に変貌し続ける雪山がそびえていた。

第五中隊の先頭を、黒いフロックコートに円筒帽という服装の立派な風采の将校が、肩に剣を担いで歩いていた。これはブトレルという、近衛隊から最近移って来たばかりの将校で、死の危険と隣り合わせの生の喜びや、活動への希求、そしていま自分が一つの意志に統御されている巨大な全体に属しているという意識を、潑剌と感じているところだった。ブトレルは今回が二度目の出撃だったが、『今にも敵がこちらめがけて撃って来るかもしれないが、自分は砲丸が飛んで来るのを見て頭を抱え込んだり、風を切って飛んでくる銃弾を意に介したりはしないだろう。前回もそうだったように、頭を高く上げ、目に微笑を浮かべて将校仲間や兵士たちを振り返り、ごく淡々とした声で何か関係ないことを話せるだろう』と考え、むしろ愉快な気持ちだった。

部隊はまともな道路から外れ、トウモロコシ収穫後の畑の真ん中を通っている、数人ずつでしか進めないほど狭い道にさしかかった。やがて森に近づいたとき、不吉な音とともに砲丸がどこからともなく飛んできて、小道を進んでいた隊列の真ん中辺りに落ちた。トウモロコシ畑の土が四方に飛び散った。

「さあ始まったぞ」と、ブトレルは陽気な微笑を顔に浮かべて、一緒に歩いていた仲間に言った。

実際、砲丸に続いて、徽章を付けたチェチェン人騎兵の密集した一団が、森の陰から姿を現した。その真ん中には、大きな緑色の旗が見えた。あれはシャミール本人に違いないと、遠目の利く中隊の老曹長が、近眼のブトレルに言った。敵の一団は山を駆け下り、右手の最も近い窪地の上に現れると、小道を行く縦隊めがけて更に駆け下りてきた。暖かそうな黒いフロックコートと白い大きな房のついた円筒帽というでたちの小柄な将軍が、馬を常歩《アンブル》で走らせ、ブトレルの中隊に近づいてきて、右手から下りて来る敵の騎兵に対処するよう命令した。ブトレルは命じられた方角へとすばやく自分の中隊を進めたが、窪地の下に達する前に、後方から、一発また一発と大砲の音が響いた。ブトレルが振り返ってみると、二台の大砲の上方に、青みを帯びた煙が二つの雲のように立ち込め、窪地に沿ってしだいに棚引いていくところだった。明らかに敵の一団は大砲を予期していなかったらしく、退却し始めた。ブトレルの中隊は、逃げる山岳民の兵士を追って、射撃を開始した。窪地全体が火薬の煙に覆われた。煙のさらに上の方でだけ視界がきいて、山岳民が、追撃して来るコサックに応射しながら、撤退を急ぐようすが見えた。中隊が山岳民を更に追いかけていくと、谷間の勾配に貼り付いているような集落の光景が、目の前に開けてきた。

ブトレルとその中隊は、コサック兵に続いて、駆け足で集落に入った。人っ子一人いなかった。穀物や藁、そして住居にも火を放てとの命令が、兵士たちに出された。彼らは、集落じゅうに煙と鼻をつく臭いがたちこめるなかを駆け回った。略奪すべき品を住居から引っ張り出し、山岳民が持ち去ることができなかった鶏を捕まえたり撃ったりした。将校たちは煙から少し離れたところで、朝食を兼ねた酒宴を始めた。曹長が板台に載せて、蜂の巣を何個か運んできた。チェチェン人の声はもう聞こえなかった。正午を過ぎて、しばらくすると、撤退の命令が出た。各中隊は集落を出たところで、再び縦隊になった。ブトレルの中隊に、しんがりの任務が割り当てられたが、歩き始めるや、チェチェン人が姿を現し、追いかけるように発砲してきた。

部隊が開けた場所に出た時点で、山岳民は追撃をやめた。自分の中隊から、死者どころか負傷者も出なかったので、ブトレルはきわめて陽気な、雄々しい気分で帰還した。

部隊がトウモロコシ畑と草地いっぱいに延び、今朝通った小川の浅瀬を逆に渡りつつあったとき、各中隊から歌い手が出て、歌が響き始めた。風はなく、空気は冷たく清らかで、とても澄んでいたので、百露里もかなたの白い峰がごく近くにあるように見えた。歌がとぎれると、規則正しい軍靴の足音と武器ががちゃがちゃ鳴る音が、まるで歌が終わり、また始まるまでのあいだの間奏のように響いた。ブトレルの第五中隊が歌っていたのは、見習士官が作曲した連隊讃歌で、「いいのか、いいのか、狙撃兵よ!」というリフレーンが合いの手に入るのだった。

ブトレルは、同居人で、最も親しい上司でもあるペトロフ少佐と並んで、馬を進めた。近衛部隊を離れ、カフカースに移籍した自分の決断を、彼はこのうえなく喜ばしく思った。ブトレルが近衛部隊から移籍した最大の理由は、トランプ賭博で大負けし、無一文になったことだった。隊に残っているかぎり、いずれまた賭博を我慢できなくなるだろうことが恐かったし、それに賭けられるものなど、すでに何一つ残ってはいなかった。だが今では、こうしたすべてにケリがついたのだった。別の生活が――かくもすばらしく、雄々しい生活が始まったのだ。彼は自分が破産状態にあることも、負債をまだ全額返済していないことも忘れていた。カフカース、戦闘、兵士たち、将校たち、そして酔っ払いでお人好しのペトロフ少佐――こうしたすべてがとてもすばらしいことのように思えた。自分が今たばこの煙が立ち込めているペテルブルグの部屋にいて、胴元に憎悪を覚え、重苦しい頭痛に悩まされながら、カードの角を折っているのではないこと、そうではなく、おとぎ話のようなこの地方で、ここでの生活が長い勇者たちと共に暮らしていることが、われながら信じられない気持ちだった。

「いいのか、いいのか、狙撃兵よ!」ブトレルの部隊の歌い手たちの声に合わせて、彼の馬も陽気な足取りで進んだ。中隊付きの馬である毛深い葦毛のトゥレゾルカは、まるで自分自身が隊長であるかのように尻尾を丸め、心配そうなようすで、中隊の先頭を駆けていた。ブトレルの心は勇気に満ち、穏やかで明るかった。彼には戦争というものが、もっぱら危険と死の可能性に自分をさらすことであり、それゆえに当地の仲間やロシアの友人たちからの尊敬や、褒賞に値することと思われた。戦争のもう一つの側面である兵士や将校や山岳民の死や負傷のことは、こう言うと奇妙に聞こえるかもしれないが、彼の想像力には訴えてこなかった。ブトレルは、戦争についての自分の詩的なイメージを保つため、戦死者や負傷者を見るのを避け、そのことを自覚すらしていなかったのである。今回もやはりそうで、じつはわが方では三名の戦死者と十二名の負傷者が出ていたが、ブトレルは仰向けに横たわっている死体のそばを通り過ぎるとき、蠟《ろう》のように白くなった両腕の奇妙な姿勢と頭部の赤黒い斑点を片目でちらりと見ただけで、絶対に熟視しようとはしなかった。彼にとって、山岳民とはただ巧みな馬乗りというだけであり、自分がなすべきは彼らの攻撃から身を守ることだけだった。

「ねえ君」と、歌の合間に少佐が言った。「ここは、君たちのペテルブルグのようではないんだ。俺達は今『右へならえ、左へならえ』式の訓練をしているのではなく、実地にひと働きして、家路を急いでいるところなのさ。うちではマーシュカがピローグ［ロシア風パイ］や、おいしいスープを、俺たちに出してくれるだろう。これこそ人生というものさ、そうじゃないか！――おい、『曙《あけぼの》のとき』をやってくれ！」彼は自分のお好みの歌を命令した。

少佐は曹長の娘と夫婦のように暮らしていた。最初は「マーシュカ」だったが、今では「マリヤ・ドミトリエヴナ」と呼ばれている金髪の美人である。顔いっぱいにそばかすがあり、三十歳だが子どもはなかった。たとえ過去がどのようなものだったにせよ、彼女は今では少佐の忠実な伴侶であり、まるで乳母のように世話を焼いていたが、しばしば意識を失うまで飲んでしまう少佐にとっては、それこそが必要なことだった。

要塞に着いてみると、すべてが少佐の予見どおりだった。マリヤ・ドミトリエヴナは少佐とブトレルと、さらに部隊から招かれた二人の将校を、大量のおいしい昼食でもてなしてくれた。少佐はたらふく飲み食いし、もはや話すことさえできなくなって、自分の部屋に寝に行った。ブトレルも疲れてはいたが、やはり満足で、自家製の赤ぶどう酒を少し過ごした後で、自室に行った。そして服を脱ぐやいなや、腕を美しい巻き毛の頭の下に入れて、たちまちぐっすり寝入ってしまった。夢も見ず、ふと目を覚ますこともなかった。

## 17

今回の襲撃で破壊されたのは、ハジ・ムラートがロシア側に投降する前夜を過ごした、あの集落だった。

ハジ・ムラートを泊めてやったサドは、ロシア軍が迫ると、家族と一緒に山へ逃れた。戻ってきたとき、彼が目にしたのは、破壊されたわが家だった。屋根は崩れ、回廊の扉も柱も焼かれ、室内は荒らされていた。彼の息子――美しいきらきらした目でハジ・ムラートをうっとりと見ていたあの少年は、銃剣で背中を刺され、死体となって袖無外套の下に横たわり、馬でモスクに運び込まれた。ハジ・ムラートが滞在した折に給仕を務めたあの端整な女性は、胸まで裂けた服のあいだから年取って垂れた乳房をあらわにして、ぼさぼさの髪で息子の前に立ち、自分の顔を引っ掻いては血をにじませ、ずっとむせび泣いていた。サドはつるはしとシャベルを取り、息子の墓穴を掘るために、親族と共に出て行った。祖父である老人は、壊された小屋の壁近くに腰かけ、棒を削りながら、ぼんやりと前方を見ていた。彼は自分の養蜂場から戻ったばかりだったが、そこに積んであった二つの干し草の山も焼かれたのだ。老人が植え、育てあげた杏《あんず》やさくらんぼの樹、そして何より蜂の巣が全部、燃えてしまった。女たちの号泣がすべての家から、さらにまた新たに二人の遺体が運び込まれた広場から聞こえた。幼子は母親と一緒に泣いていた。飢えた家畜も唸り声を上げていたが、与える餌は何もなかった。子どもたちも遊ぼうとはせず、脅えた目つきで年長者を見るだけだった。泉も明らかに故意に汚されて、水を汲むことすらできなかった。同じようにモスクも汚され、僧が神学校の教師と一緒に掃除していた。

家長である老人たちが広場に集まり、しゃがんだ姿勢で、自分たちの置かれている状態を議論していた。ロシア人への憎しみは、誰も口にしなかった。幼児から成人に至るまで、すべてのチェチェン人が抱いている感情は、憎しみよりも強かったのである。それはもはや憎しみではなく、これらロシアの犬を人間とは認めたくないという気持ち、そうした存在による不条理と残虐を前にしての反感と嫌悪、そして困惑といったものであった。彼らはロシア人を殲滅したいと願ったが、それはネズミや毒グモや狼《おおかみ》の類《たぐい》を駆逐したいというのと同じ願望であり、自分を守ることと同じくらい、ごく自然な感情だった。

住民たちは選択をしなければならなかった。この地に留《とど》まり、非常な労力を費やして作り出したにもかかわらず、かくもたやすく、意味もなく根絶されたすべてを、いつ何どき、また同じことがくり返されるかもしれないと思いつつ、恐ろしいほどの努力を傾けて再建するか、それとも神の戒律とロシア人に対する嫌悪と蔑視の感情にもかかわらず、彼らに恭順するかという選択である。

長老たちは神に祈りを捧げてから、シャミールに使者を送り、救援を乞うことを満場一致で決めた。そしてただちに、破壊された一切の再建に取りかかった。

## 18

襲撃の次の日、ブトレルは、もう朝早いとは言えない頃合いに、裏口の階段から通りに出た。ふだんからペトロフと一緒に飲んでいる朝のお茶の時刻まで、ぶらぶら散歩し、新鮮な空気を吸おうと考えたのである。太陽はすでに山かげから顔を出し、通りの右側に並ぶ家々の白壁が、目に痛いほど、その光に照り映えていた。その代わり、左側に見える、遠ざかるにつれて高まっている森林に覆われた黒い山々、それらの峡谷からのぞいている、まるで常に雲のふりをしているかのようにぼんやりとした雪峰の連なりを見ていると、いつものように快活で穏やかな気持ちになった。

ブトレルはこれらの山々を見て、胸いっぱいに空気を吸い込み、自分が生きていること、他ならぬ自分がこのすばらしい世界に生きていることを思って、うれしくなった。彼はまた、自分が昨日の襲撃の際、とりわけ状況が激烈を極めた撤退時に、しかるべく任務を遂行できたことも、少しうれしかった。さらにまた、行軍から戻ったとき、ペトロフと同棲しているマーシュカあるいはマリヤ・ドミトリエヴナがごちそうしてくれ、いつにもまして率直で親切に皆に接してくれたけれども、特に自分に対して優しかった（と彼には思われた）ことも思いだして、喜ばしい気持ちになった。健康で若い独身者であるブトレルは、豊かな髪をお下げにして、がっちりとした体格に胸が高く盛り上がっているマリヤ・ドミトリエヴナ、そばかすでいっぱいの善良そうな顔にいつも輝くような微笑を浮かべているマリヤ・ドミトリエヴナに、それとははっきりと意識しないままに惹かれていたのだった。彼は、マリヤ・ドミトリエヴナが自分を欲しているような気さえしていたが、善良で純朴な戦友に対して不道徳であると考えて、彼女とは最も素朴で礼儀正しい関係を保っていた。ブトレルは今もそのことを思い、自分自身にとっても喜ばしいことであると考えていた。

彼の物思いは、前方から埃っぽい道を歩んでくる多数の馬の蹄の音によって破られた。ブトレルが顔を上げると、通りの端の方から、馬を速足で走らせ、近づいてくる一団が見えた。二十人ばかりのコサック兵の先頭を、二人の者が馬を進めてくる。一人は白いチェルケス服に、ターバンを巻いた円筒帽といういでたちの男で、もう一人は青いチェルケス服を着て、その衣服にも武具にも銀細工をふんだんに施した、鷲鼻の浅黒い顔をしたロシア軍の将校だった。ターバンを巻いた騎手は、美しい目をして頭の小さな、明るい赤毛の馬に、将校の方は大柄で粋なカラバフ産の馬に乗っていた。ブトレルは馬好きだったので、最初の馬のただならぬ精力にすぐさま気づき、彼らが誰なのかを知ろうと思って、立ち止まった。将校がブトレルに話しかけてきた。

「ここ、隊長の家？」彼は、イヴァン・マトヴェーエヴィチの住居を鞭で指しながら質問したが、不自然な話し方と発音から、ロシア人でないことは明らかだった。

「ここがそうです」とブトレルは言った。

「こちらはどなたです？」と、将校に近づき、ターバンを巻いた男を目で指しながら、彼は尋ねた。

「これ、ハジ・ムラート。ここに来ました。これから隊長のうち滞在します」と将校が言った。

ブトレルはハジ・ムラートのことと、彼がロシア側へ投降したことを知ってはいたが、この小さな要塞で会うことになろうとは思ってもみなかった。

ハジ・ムラートは愛想よく彼の方を見ていた。

「こんにちは、あなたに健康と平安のあらんことを《コシュコリドゥイ》」とブトレルは、覚えたての現地語で挨拶した。

「どうぞよろしく《サウブル》」とハジ・ムラートは、うなずいて答えた。

そしてブトレルに近づき、手を差し伸べた。その二本の指には、鞭がぶら下がっていた。

「隊長ですか?」と彼は言った。

「私は違いますが、隊長は在宅しています。呼びに行ってきます」とブトレルは将校に言い、階段を上がって、玄関のドアを押した。

だがマリヤ・ドミトリエヴナいうところの「正面玄関」のドアには、鍵がかかっていた。ブトレルはノックしたが、返事がないので、裏口へ回ってみた。二人いる自分の従卒の名前を呼んだが、やはり返事はなく、どちらも見当たらなかったので、台所に行ってみた。そこではマリヤ・ドミトリエヴナがスカーフを頭に巻き、袖をまくりあげ、むっちりとした白い腕を露わにして、真っ赤な顔で、自分の腕と同じくらい白く丸いパン生地を、ピローグ用に小さく切り分けていた。

「従卒どもはどこに雲隠れしたんでしょうね?」とブトレルは言った。「何かご用だったんですか?」

「飲みに出かけましたよ」と、マリヤ・ドミトリエヴナは言った。「ドアを開けてください。お宅の前に、山岳民がたくさん来ています。ハジ・ムラートです」

「他にも何か思いつきまして?」とマリヤ・ドミトリエヴナがにやりとして言った。

「冗談を言っているんじゃありません。本当です。玄関前に立っています」

「じゃあ本当なんですの?」とマリヤ・ドミトリエヴナが言った。

「何だって私があなたに嘘《うそ》をつかなくちゃならないんです。行ってご覧になるといい。玄関の前に立っていますよ」

「あんまり思いがけないことだから」と、マリヤ・ドミトリエヴナは言うと、まくり上げていた袖を下ろし、豊かな髪にヘアピンを留め直した。「それじゃ、今すぐイヴァン・マトヴェーエヴィチを起こしてきます」

「いや、それは私が行きましょう。おいボンダレンコ、玄関のドアを開けてくれ」ブトレルは、ちょうど顔を出したペトロフの従卒に言った。

「まあいいわ」とマリヤ・ドミトリエヴナは言うと、また自分の仕事に取りかかった。

自分のところにハジ・ムラートが来たと知っても、彼が既にグローズヌイにいると聞いていたイヴァン・マトヴェーエヴィチは驚かなかった。起き上がると、煙草を巻き、一服してから、大きな声で咳《せ》きこんだり、自分のところに「あの悪魔」を送り込んできた上層部のことをぼやいたりしながら、身支度を始めた。そして服を着終わると、従卒に「薬」を求めた。従卒は、それがウォッカを意味すると知っており、さっそく手渡した。

「ちゃんぽんほど悪いものはないな」と、ウォッカを飲み、黒パンをかじりながら、彼はぼやいた。「昨日、自家製ワインを飲み過ぎたせいで、頭が痛い。だが、うん、もう大丈夫だ」

迎え酒を終えると、彼は、ブトレルがすでにハジ・ムラートと同行の将校を案内していた客間に向かった。

ハジ・ムラートを送ってきた将校は、イヴァン・マトヴェーエヴィチに、ハジ・ムラートを滞在させよとの左翼方面軍司令官の命令書を手渡した。そこには、ハジ・ムラートがスパイを通して山岳民と連絡を取ることを許容すること、ただしコサック兵の護衛なしには、断じて彼を要塞から出してはならないことが書かれていた。

命令書を読んでいるあいだ、イヴァン・マトヴェーエヴィチはときおりハジ・ムラートを見つめ、それからまた書類に目を戻した。そのように何度か書類と客人とを交互に見た後で、最後にようやくハジ・ムラートに目を据えて、こう言った。

「結構《ヤクシ》だ、大人《ベク》、結構《ヤクシ》だ。当地に住まわせることにしよう。ただし、私は彼に外出の許可を与えてはならないと命じられている。命令は神聖なものだと彼に伝えてくれ。さて彼をどこに住まわせたものか……。ブトレル、君はどう思う？　隊の本部に泊めるべきだろうか？」

ブトレルが答えるより先に、台所から出て来てドアの近くに立っていたマリヤ・ドミトリエヴナが、イヴァン・マトヴェーエヴィチに言った。

「何だって、本部に連れて行くんです？　ここにお泊めなさいな。客間と納屋を貸しましょう。その方が目が行き届くでしょう」言いながら、彼女はハジ・ムラートの方を見たが、彼と目が合ったので、慌てて向きを変えた。

「そうだね、私もマリヤ・ドミトリエヴナが正しいと思う」とブトレルが言った。

「ふん、あっちへ行きな、女の出る幕じゃない」と、イヴァン・マトヴェーエヴィチは眉をひそめて言った。

この会話の間じゅう、ハジ・ムラートは、手を短刀の柄にかけ、少し疑わしげな微笑を浮かべて座っていた。「自分はどこに住もうと同じことだ。ただし、山の者との接触だけは、自分にとって必要なことであり、総督《サルダリ》からも許可を得ている。彼らが来たら、面会させてほしい」と彼は言った。イヴァン・マトヴェーエヴィチはそのことを請け合うと、食事と部屋の用意ができるまでの客人の相手をブトレルに頼んで、自分は必要な書類を整え、必要な措置を取るために本部に向かった。

新しい知己に対するハジ・ムラートの態度は、すぐに明らかになった。イヴァン・マトヴェーエヴィチに対しては、彼は初対面から嫌悪と侮蔑を感じ、いつも高慢な態度で接した。食事を準備し、運んできてくれるマリヤ・ドミトリエヴナは、とりわけ彼のお気に入りだった。彼女の素朴さと異民族独特の美しさが気に入っていたが、彼女が彼に惹かれていることが、無意識のうちに彼自身にも伝播《でんぱ》していたのだった。ハジ・ムラートは彼女を見ず、話もしないように努めていたが、その目はいつのまにか彼女の方を見、彼女の動きを追っているのだった。

ハジ・ムラートは、ブトレルとは初めて会ったときから、すぐに友人として打ち解けた。好んで彼と多くを話し、彼の人生についてあれこれ尋ね、自分の人生を物語った。スパイがもたらす家族の状況に関する情報も、ブトレルには伝えた。今後どうすべきかを、相談することさえあった。

スパイによってもたらされる情報は、芳しいものではなかった。ハジ・ムラートが要塞に滞在していた四日のあいだにスパイが二度訪ねてきたが、どちらも報せは良いものではなかった。

## 19

ハジ・ムラートがロシア軍に投降した後、彼の家族は直ちにヴェデノに移送され、監禁されてシャミールの決定を待った。女たち――ハジ・ムラートの老母パチマトと二人の妻、彼女たちが産んだ五人の小さな子どもたちは、部隊長イブラヒム・ラシドの家で監視されながら暮らしていた。ハジ・ムラートの息子で、十八歳になる若者ユスフは牢獄、すなわち一サージェン以上もある深い穴に、彼と同じように自分の運命の決定を待っている四人の犯罪者とともに置かれていた。

決定はなかなか下されなかった。というのも、シャミールが出かけていたからである。彼はロシア人に対する行軍に出ていた。

一八五二年一月六日、シャミールはロシア人との戦闘を終えて、ヴェデノの自宅に戻ってきた。ロシア人に言わせれば、彼は打ち砕かれてヴェデノに逃れたということになるが、シャミールと彼のすべての部下たちの意見によれば、彼らの側こそが勝利し、ロシア人を撃退したのだった。今回の戦闘では、きわめて稀なことに、シャミール自身がライフル銃で狙撃をおこない、軍刀を手にして、ロシア軍めがけて馬で突っ込もうとしたが、随行していた部下たちに止められた。そして、近くにいた部下のうち二人が、彼をかばってその場で撃ち殺された。

護衛の部下たちは、騎上からライフル銃やピストルを空へ向けて発砲し、『神の他に神なし《リャ・イリャハ・イリ・アラー》』をやむことなく歌っていた。彼らを従えて、シャミールが自分の住居に近づいたのは、真昼ごろだった。

大集落のヴェデノのすべての住民が、通りや家の屋根の上に出て、自分たちの統治者を出迎え、凱旋《がいせん》を歓迎するしるしに、やはり銃やピストルをぶっ放した。シャミールは白いアラブ種の馬に乗っていた。馬も家に近づいたことで興奮していた。馬の飾りはごく質素であり、真ん中に筋の入った精巧な革製の轡、円筒状の金属製の鐙、鞍の下から覗《のぞ》いている赤い鞍褥《くらしき》が目につく程度で、金銀の飾りは付いていなかった。教主《イマーム》は、細い長身に煉瓦色《れんがいろ》の外套を着込み、短刀を付けた黒いベルトを締め、首と袖のあたりに黒い毛皮をのぞかせていた。黒い房の付いた、てっぺんが平らな円筒帽をかぶり、その上には白いターバンを巻いていた。ターバンの端が首まで垂れていた。足には緑色の柔らかな靴を履き、黒い脛当てを飾りのない紐で縛っていた。

教主《イマーム》自身は金銀や貴金属を何一つ身に付けていなかった。金や銀の飾りは付けず、ひとり装飾のない衣服をまとい、真っ直ぐで力強いその姿は、服にも武器にも金銀の装飾を施している部下《ミュリッド》たちに囲まれていることで、かえっていっそう偉大な印象を醸し出していた。そしてそのような印象こそ、彼が民衆に与えたいと願い、また実際に与えてきたものだったのである。短いあごひげに縁どられた蒼白な彼の顔と、つねに細めている小さな目は、石でできているかのように、まったく動かなかった。集落を通過しながら、彼は自分に注がれている何千もの視線を感じていたが、しかし彼の方からは誰のことも見ようとはしなかった。ハジ・ムラートの妻子も、捕らわれている家の住人たちとともに回廊に出て、教主《イマーム》の到着を眺めていた。ただハジ・ムラートの母である老いたパチマトだけは部屋から出ようとせず、いつものように灰色の髪をぼさぼさにしたまま、痩せた両膝を長い両手で抱えて家の床にじかに座り、暖炉の内で燃え尽きていく木の枝を、刺すような黒い目で見つめていた。彼女は、息子と同じように、シャミールをずっと憎んでいたが、今は以前にもまして、彼の姿を見たくなかったのである。

ハジ・ムラートの息子も、やはりシャミールの凱旋行列を見ることはなく、自分が置かれている暗く臭い穴の中で、歌と銃声を耳にしただけだった。彼は、生命力に満ちあふれていながら、自由を奪われている若者だけが感じる苦痛にさいなまれていた。臭い穴に座ったまま、自分と一緒に監禁され、ほとんどが互いに憎しみ合い、不幸で汚くて憔悴《しょうすい》しきっている同じ顔ぶれをじっと見つめながら、空気や光や自由を満喫し、指導者の横で颯爽《さっそう》と駿馬を走らせ、宙に向かって発砲し、『神の他に神なし《リャ・イリャハ・イリ・アラー》』をともに歌っている人々を、狂おしいほどに羨んでいた。

集落を通り過ぎ、シャミールは大きな中庭に入った。その奥にさらに内庭があり、シャミールの住居はそこに置かれていた。中庭への門のところで、武装した二人のレズギン人が、シャミールを出迎えた。この中庭にもひとが満ちあふれていた。それは用向きがあって遠い土地からやって来た人々や嘆願者、そして裁判や裁決のためにシャミール自身から呼び寄せられた人々だった。シャミールが入ってくると、庭にいた者たちはみな立ち上がり、手を胸に当てて、うやうやしく教主《イマーム》に挨拶した。跪《ひざまず》いて、シャミールが最初の外側の門から、もう一つの内門へと庭を通り過ぎるあいだ、ずっとそのままの姿勢でいる者もいた。シャミールは、待ち受けていた人々の中に、自分にとって愉快ではない顔や、特段の配慮を要求している退屈な嘆願者たちを認めたが、それでも表情を石のように変えることなく通り過ぎ、内庭に入ると、自分の住居の回廊に入り、左手の入口から身をかがめて中に入った。

行軍の後で、シャミールは肉体的にというよりも、精神的に張りつめていた。今回の行軍を大勝利と宣言してはいたけれども、実際には作戦は失敗であり、多くのチェチェン人集落が焼かれたり破壊されたりした結果、移り気で軽率なチェチェンの民が動揺しはじめ、ロシア側に近い一部の者たちが寝返るだろうことを知っていたからである。こうしたすべては深刻な事態であり、何らかの措置を取るべきだったが、彼は今この瞬間、何もしたくなかったし、考えたくもなかった。彼が望んでいたのはただ休息と、妻たちのなかでも最愛の、黒い目をして身のこなしの機敏な十八歳のキスチン族の娘、アミネトの愛撫だけだった。けれども今は、内庭で男と女の居住区の間の塀のすぐ向こう側にいるアミネトを目にしたり（馬から下りているこの瞬間、アミネトが他の妻たちと一緒に、塀の割れ目からこちらをのぞいていることを、シャミールは確信していた）、彼女のところに行ったりすることはおろか、自室で羽根布団に横になり、疲れを癒すことすらできなかった。まずは昼の祈禱をおこなわなければならなかった。彼はいま神に祈りたい気持ちではなかったが、民衆の宗教的指導者という立場上、それは許されないことであり、彼自身にとっても毎日の食事と同様に必要不可欠なものとなっていたので、潔斎と祈禱をおこなった。それを終えると、自分を待っていた者たちを呼んだ。

部屋に最初に入って来たのは、血色の良い顔に雪のように白いあごひげと灰色の髪の、背の高い端整な老人だった。シャミールのかつての教師で義父でもあったジェマル・エディンである。老人は神に祈りを捧げ、行軍中のできごとをシャミールに尋ねると、彼の不在中に山で起きたことについて話し始めた。

「血の報復」による殺人、家畜の盗難、イスラムの戒律を遵守しなかった者――喫煙者や飲酒者――の告訴といった多種多様な事件の一つとして、ジェマル・エディンは、ハジ・ムラートが自分の家族をロシア側に連れ出そうと手の者を送り込んで来たが発覚し、家族はヴェデノに移されて監視下にあり、教主《イマーム》の決定を待っていることを伝えた。隣の貴賓室には、こうしたすべての問題を討議するために長老が集まっていた。彼らはもう三日も待機していたから、今日じゅうに家に帰してやらなければならないと、ジェマル・エディンはシャミールに助言した。

鉤鼻《かぎばな》で醜い、愛してはいないが正妻のザイデトが運んできた昼食を食べると、シャミールは貴賓室に出て行った。

シャミールの評議会は六人の長老から成り、あごひげの色は白や灰色や赤毛などまちまちで、ターバンも付けている者と付けていない者とがいたが、高い円筒帽をかぶり、短刀をはさんだ革帯で新しい外着とチェルケス服を締めているところは、みな同じだった。彼らは立ち上がって教主《イマーム》を迎えた。シャミールは長老たちより頭一つ分、背が高かった。皆で同じように手の平を上にして両手を掲げ、目を閉じて祈りの言葉をつぶやくと、顔を拭いながら両手をひげに沿って下ろし、あごの辺りで組み合わせ、これを終えると着席した。シャミールが真ん中の最も高いクッションに腰を下ろすと、差し迫ったすべての問題に関する討議が始まった。

犯罪で告訴されている者たちに対する罰は、イスラム法に基づいて決められた。盗みを働いた二名は手を、殺人を犯した一名は首を切られることになった。三名が赦免された。その後、最重要の問題である、チェチェン人のロシア側への投降に対する方策が話し合われた。投降を食い止めるために、ジェマル・エディンによって、次のような布告が書かれた。

《全能の神とともに、皆に永遠の平和のあらんことを。ロシア人が甘言《かんげん》を弄《ろう》し、皆に服従を呼びかけていると聞く。奴等を信じ、服従してはならない。耐えよ。もしこの世で報いがなければ、来世で報われるであろう。以前に武器を取り上げられたときのことを思いだすが良い。もし、あの一八四〇年に、神が教え諭してくださらなければ、皆、兵隊に取られ、短刀の代わりに銃剣を持ち運ばねばならなかっただろう。そして女たちはズボンの着用を許されず、辱めを受けていたことだろう。来し方によって行く末を思え。異教徒と生きるよりは、ロシア人への敵意のうちに死ぬ方が良い。いま少し耐えよ。余は剣とコーランもて汝《なんじ》らのもとに出向き、ロシアとの戦いを導くであろう。今はロシアへの降伏を企図するのみならず、ただ思うことさえ、固く禁ずる。》

シャミールはこの布告を認め、署名すると、これを各地に送った。

これらの案件の後、ハジ・ムラートの問題も議論された。この問題はシャミールにとって非常に重大だった。自分でもそれを認めたくはなかったが、もし機敏で大胆で勇敢なハジ・ムラートがなおこちら側にいたならば、いまチェチェンの地で起きているような動揺は起きなかっただろうことを、シャミールは知っていた。ハジ・ムラートと和解し、再び彼の忠誠を得られるなら、それが最善の道だったが、もしそれが不可能だとしても、彼がロシア軍に協力することだけは許すわけにはいかなかった。したがって、いずれにせよ彼を呼び出し、呼び出した後で殺さなければならない。そのための手段は、適任の者をひそかにチフリスに派遣し、その地でハジ・ムラートを殺させるか、彼をこの地に呼び出して、けりをつけるかのどちらかしかなかった。そして、後者を選択した場合の手段はただ一つ——彼の家族、とりわけ息子だった。ハジ・ムラートが息子を溺愛していることを、シャミールは知っていた。息子を通じて、働きかけるべきだった。

長老たちがこの問題について協議しているとき、シャミールは目を閉じ、沈黙した。

長老たちは、これはシャミールが今、何をなすべきかを語りかけ、指示する預言者の声を聞いているのだということを知っていた。五分間の厳粛な沈黙の後、シャミールは目を開け、先ほどよりいっそう目を細めて言った。

「ハジ・ムラートの息子を連れて来てくれ」

「待たせてあります」とジェマル・エディンが言った。

実際、ハジ・ムラートの息子ユスフは、痩せて青ざめ、ぼろを着て、悪臭を放ちながらも、なお身体も顔も美しく、祖母のパチマトそっくりの黒い目を燃えるように光らせながら、外庭の門のところで、呼び出される時を待っていた。

シャミールに対するユスフの感情は、父親とは違っていた。彼は過去の経緯《いきさつ》を知らなかったし、たとえ知っていたとしても、それを自分で体験したわけではなかったので、父親がなぜあれほど頑なにシャミールと反目しているのかが理解できなかった。太守《ナイーブ》の息子としてフンザフで過ごしていた気ままで自由な生活を続けることだけが望みの彼には、シャミールとの敵対は、まったく必要のないことのように思われた。父親に反して、彼はシャミールに強く魅せられており、山間部で根強いシャミールに対する熱狂的な崇敬心を分かち持っていた。彼は今、震えるような特別の畏敬の念を心に抱いて、教主《イマーム》のいる客間に入り、ドアのところで立ち止まって、目を細めてはいるが、力強いシャミールの視線を受け止めた。ユスフはしばらくその場に立ちつくした後、シャミールに近づき、その大きくて白く、指の長い手にキスをした。

「お前がハジ・ムラートの息子か？」

「さようです、教主《イマーム》」

「お前は、父親が何をしたか、知っているか」

「存じています、そして残念に思っております、教主《イマーム》」

「字は書けるか？」

「律法学者になる準備がございました」

「では父親に書くが良い。もし彼が大祭までに余のもとに戻って来たなら、許しを与え、すべてを元通りにすると。だがもし戻らずに、ロシア人のもとに残るなら――」シャミールは、ここでいかめしく眉をしかめた。「その時には、お前の祖母と母親を村に引き渡し、お前の首を打つ」

そう聞いてもユスフは表情を少しも変えなかった。彼は、シャミールの言葉を理解したしるしに、頭を下げた。

「そのように書き、私の使者に手渡すが良い」

シャミールは黙り、長い間、ユスフを見つめた。

「私はお前を憐れんでいるので殺しはしないが、あらゆる裏切り者にするように、両目を抉り取るだろう。そのように書くが良い。行け」

ユスフは、シャミールのいる前では冷静に見えたが、客間から連れ出されるやいなや、付き添いの兵を襲い、その鞘から短剣を奪って自殺しようとした。だが両手を押さえられ、縛られて、また穴に連れて行かれた。

この晩、夕べの祈禱が終わり、辺りが暗くなりだすと、シャミールは白い外套を着て、塀の向こう側の妻たちが居住している区画に入り、アミネトの部屋に向かった。だがアミネトは自室ではなく、年上の妻たちのところにいた。そこでシャミールは、気づかれないようにアミネトの部屋のドアの陰に隠れ、待つことにした。だがアミネトは、シャミールが絹織物を自分ではなく、ザイデトに贈ったことに腹を立てていたので、シャミールが訪ねて来て、自分を探しに部屋に入って行くのを見たにもかかわらず、わざとそのままにしておいた。彼女はザイデトの部屋のドアの近くに長いこと立っていて、自分の部屋を出たり入ったりしている白い姿を、しのび笑いしながら眺めていた。シャミールは彼女を待ち続けたが、深夜の祈りの時刻が近づいてきたので、空しく自分の部屋に戻った。

## 20

ハジ・ムラートは要塞のイヴァン・マトヴェーエヴィチの家で一週間を過ごした。マリヤ・ドミトリエヴナは、毛むくじゃらのハネフィと折り合いが悪く（ハジ・ムラートはハネフィとエルダルの二人だけを同行させていた）、一度などは台所から彼を叩き出した。そしてそれをうらみに思ったハネフィに、すんでのところで斬り殺されそうになったことさえあったのだが、それでも彼女はどうやらハジ・ムラートに対して、特別な感情と尊敬と好意を抱いていた。彼に昼食を出すのは既に自分の仕事ではなく、今ではエルダルに譲っていたにもかかわらず、彼女は何かと機会を見つけてはハジ・ムラートに会い、喜ばせていた。マリヤ・ドミトリエヴナはまた、彼の家族に関する会話に活発に加わり、今では妻子が何人いて、何歳かということまで熟知していた。そしてスパイがハジ・ムラートを訪ねてきた後には、交渉の結果について、可能なかぎり根掘り葉掘り聞くのだった。

ブトレルも、この一週間のあいだに、ハジ・ムラートとすっかり親しくなった。ハジ・ムラートが彼の部屋に来るときもあれば、ブトレルがハジ・ムラートの部屋に行くときもあった。通訳を介して話し合う場合もあれば、身ぶりや、あるいは微笑という自分たちだけにわかる手段で、意思を疎通させる場合も多かった。ハジ・ムラートは、明らかにブトレルが気に入っていた。ブトレルに対しては、エルダルもまた主人と同じ気持ちのように見えた。ブトレルがハジ・ムラートの部屋に入っていくと、エルダルが出迎え、輝く歯を見せてうれしげに笑い、急いで彼に着座用のクッションをしつらえるのだった。もっともブトレルが剣を帯びているときには、それを外させるのを忘れはしなかった。

ブトレルは、ハジ・ムラートの義兄弟である毛むくじゃらのハネフィとも知り合い、親しくなった。ハネフィは山の歌をたくさん知っており、上手に歌うことができた。ハジ・ムラートはブトレルを喜ばせようと、ハネフィを呼んでは、自分がお気に入りの歌の名を挙げ、歌うように命じた。ハネフィの声は高いテノールで、このうえなく明瞭に、表現豊かに歌うのだった。そうしたなかでも、ハジ・ムラートが特に気に入っている歌は、荘厳でもの寂しい旋律によって、ブトレルを驚かせた。ブトレルは歌の内容をもう一度説明してくれるよう通訳に頼み、それを書き留めた。

歌は血の報復についてのものだった。ハネフィとハジ・ムラートとの間にもかつてあった慣習である。

歌詞はおおむね次のようなものだった。

《私の墓の土が乾いたら、産みの母よ、あなたは私を忘れるでしょう！ 墓場に草が生えたなら、年老いた父よ、草はあなたの悲しみを阻むでしょう。わが妹の目の涙は乾き、悲しみは彼女の心から飛び去ってしまうでしょう。

だが、わが長兄よ、あなたは私を忘れまい――私の死の復讐を果たすまでは。次兄よ、あなたも忘れまい――私の側に身を横たえるまでは。

熱い銃弾よ、死を運んでくるお前は、かつて私の忠実なしもべではなかったか？　私を覆っている黒い土よ、かつて私は騎馬でお前を踏み固めていたのではなかったか？　冷たい死よ、かつて私はお前の主人ではなかったか。大地が私の体を受け取り、空が私の魂を受け入れてくれる。》

ハジ・ムラートはこの歌を、かならず目を閉じて聞き、ゆっくりと長く、次第に旋律が消えて歌が終わると、いつもロシア語で「良い歌、賢い歌」と言った。

ハジ・ムラートが到着し、彼や彼の部下たちと近しくなるにつれ、独特の活力に満ちた山の生活の詩情が、ますますブトレルを捕らえるようになった。彼は常時、外着とチェルケス服と脛当てを着用するようになった。そうしていると、自分自身が山の民であり、彼らと同じような暮らしをしているような気持ちになったのである。

ハジ・ムラートが出発する日、イヴァン・マトヴェーエヴィチは見送りをさせるため、数名の将校を呼んだ。将校たちは、マリヤ・ドミトリエヴナがお茶を注いでいるティー・テーブルと、ウォッカと自家製ワインと前菜が置かれているもう一つのテーブルの、どちらかに陣取った。旅装して武器も帯びたハジ・ムラートが、軽く引きずりながらも、すばやく柔らかな足取りで部屋に入ってきた。

全員が立ち上がり、手を差し出して、ハジ・ムラートと挨拶を交わした。イヴァン・マトヴェーエヴィチが背もたれのない低い長椅子を勧めたが、彼は、感謝はしたものの、窓辺の椅子に座った。自分が入ってきたときに室内に広がった沈黙は、明らかに彼を少しも困惑させなかったようだ。彼は全員の顔を注意深く眺めた後、サモワールとつまみのあるテーブルに無関心な目を向けた。初めてハジ・ムラートを見た、はきはきした性格の将校ペトロコフスキーが、通訳を介して、チフリスが気に入ったかどうか、彼に尋ねた。

「アイヤ」とハジ・ムラートは言った。

「彼は、気に入ったと言っています」と通訳が答えた。

「特に何が気に入りましたか？」

ハジ・ムラートは何かを答えた。

「何よりも劇場が気に入ったようです」

「それでは総司令官のところでおこなわれた舞踏会も気に入りましたか？」

ハジ・ムラートは眉をひそめた。

「どんな民族にも、それぞれの風習があります。私たちのところの女性は、あのような服装はしません」と、マリヤ・ドミトリエヴナに目をやりながら、彼は言った。

「いったい何が気に入らなかったのでしょうね？」

「私たちには、こういうことわざがあります」と彼は通訳に言った。「犬がロバを肉でもてなし、ロバが犬を干し草でもてなそうとしたが、どちらも空腹のままだった……」ハジ・ムラートは微笑んだ。「それぞれの民にとって、自分たちの風習が一番です」

会話はそれ以上、先には進まなかった。将校たちはお茶を飲んだり、つまみを食べたりした。ハジ・ムラートは、差し出されたお茶のコップを手に取り、自分の前に置いた。

「何か食べませんか？　クリームか白パンをいかがですか？」食べ物を差し出しながら、マリヤ・ドミトリエヴナが言った。

ハジ・ムラートは頭を下げた。

「さあ、それではお別れだね！」彼の膝に触れて、ブトレルが言った。「今度はいつ会えるだろうね？」

「お別れ！　お別れ！」ハジ・ムラートも、微笑みながら、ロシア語で言った。「君は盟友《クナーク》。私も君の固い盟友《クナーク》……。出かける時刻だ」進んで行かなければならない方向を頭で指して、彼は言った。

部屋のドアのところに、エルダルが現れた。手に剣を持ち、肩には何か白い大きなものをかけていた。ハジ・ムラートが手招きすると、エルダルは大きな足取りでハジ・ムラートに近づき、白い袖無外套と剣を手渡した。ハジ・ムラートは立ち上がり、外套を取ると、腕にかけ、通訳に何か言った後で、それをマリヤ・ドミトリエヴナに差し出した。通訳が言った。

「あなたはこの外套を誉めてくれたので、受け取ってほしいと、彼は言っています」

「何で、そんな？」マリヤ・ドミトリエヴナは赤くなって言った。

「そうでなければなりません。古くからの慣わしです」とハジ・ムラートが言った。

「それなら、どうもありがとう」マリヤ・ドミトリエヴナは、受け取ると、そう言った。

「あなたが息子さんを取り戻せますように。きっと良い若者《ウラン・ヤクシ》でしょう」彼女は付け加えた。

「ご家族を取り戻せますようにと、この人に伝えてください」

ハジ・ムラートはマリヤ・ドミトリエヴナを見つめ、同意するようにうなずいた。それから彼はエルダルの手から剣を取り、イヴァン・マトヴェーエヴィチに渡した。イヴァン・マトヴェーエヴィチは剣を受け取り、通訳に言った。

「褐色の馬を受け取ってほしいと言ってくれ。他にお返しにできるものがないんだ」

ハジ・ムラートは顔の前で手を振り、何も必要ではないし、受け取るつもりもないことを示した。それから山々と自分の心臓を指さしてから、出口に向かった。多くの者がその後について行った。部屋に残った将校たちは剣を抜き、刀身をよく見て、これは正真正銘、名匠グルダの作だと鑑定した。

ブトレルはハジ・ムラートと一緒に玄関口に出たが、そのとき誰も予期していなかった事態が生じた。もしハジ・ムラートに洞察力と決断力と機敏さがなければ、彼は死んでいたかもしれなかった。

クムイク人の集落タシュ・キチュの住民は、ハジ・ムラートを非常に尊敬していたので、高名な太守《ナイーブ》をひと目見るためだけに、次々と要塞にやって来た。そしてハジ・ムラートの出発の三日前に使者を送って寄こし、金曜礼拝のとき、自分たちのモスクを訪れてほしいと懇願してきたのである。一方、タシュ・キチュに住んでいたクムイクの貴族たちは、ハジ・ムラートを憎み、彼に対して血の報復をなすべき理由があったので、これを知るや、自分たちはハジ・ムラートのモスク来訪を認めるつもりがないことを宣言した。民衆には不穏な動きが広がり、彼らと貴族を支持する者たちとの間で衝突が生じた。ロシアの当局はこれを鎮め、ハジ・ムラートにはモスクを訪問しないように言い渡した。ハジ・ムラートはこの指示に従い、問題はこれで解決したと誰もが思っていた。

だがハジ・ムラートが出発しようとしていたまさにそのとき、馬が昇降口に回され、彼が玄関のテラスに出てきた瞬間に、ブトレルやイヴァン・マトヴェーエヴィチの知人であるクムイク貴族のアルスラン・ハンが、こちらの方角めざして馬を走らせて来たのである。ハジ・ムラートを見ると、彼はベルトからピストルを出して、狙いを定めた。だがアルスラン・ハンが発射するより早く、ハジ・ムラートは、足が不自由であるにもかかわらず、猫のようにすばやくテラスから飛び下り、アルスラン・ハンに襲いかかった。アルスラン・ハンが発射した弾は当たらず、ハジ・ムラートは彼に駆け寄り、片手で相手の馬の手綱をつかみ、もう片方の手で短刀を抜くと、何か山岳民の言葉で叫んだ。

ブトレルとエルダルは、敵同士が組み合っているところに同時に駆け寄り、彼らの手を押さえた。銃声を聞いて、イヴァン・マトヴェーエヴィチも外に出てきた。

「私の家でこのような愚行をもくろむとは、アルスラン、いったいどういうつもりかね」何が起きたのかを知って、彼は言った。「兄弟、これは良くない。広野でなら好きにするがいいさ、だが私の家で人殺しをもくろむのは、やめてもらいたいね」

アルスラン・ハンは黒い口ひげを生やした小柄な男だったが、蒼白になって全身をぶるぶる震わせながら馬から下り、悪意のこもった目でハジ・ムラートをにらんでから、イヴァン・マトヴェーエヴィチと一緒に部屋に入って行った。ハジ・ムラートは息遣いが荒くなっていたが、しかし微笑を浮かべて、自分の馬の方に戻った。

「アルスランはなぜ君を殺そうとしたのだろう」と、ブトレルは通訳を介して尋ねた。

「自分たちの掟なのだと、彼は言っています」通訳がハジ・ムラートの言葉を伝えた。「アルスランは私に血の報復をする義務がある。そこで私を殺そうとしたのだ――と」

「なるほど。だがもし彼が道中、追いかけてきたら?」とブトレルは尋ねた。

ハジ・ムラートは微笑した。

「うん、もしそれで殺されるなら、それが神の思し召しということだよ。――さてお別れだ」彼は再びロシア語で言い、馬のたてがみをつかむと、見送りの者すべてを見回した。そしてマリヤ・ドミトリエヴナの視線を優しく受けとめた。

「奥さん、お別れですね」と彼は彼女に言った。「いろいろとありがとう」

「ぜひともあなたがご家族を取り戻せますように」マリヤ・ドミトリエヴナがまたくり返した。

ハジ・ムラートは言葉はわからなかったが、彼女が自分に同情していることを理解して、うなずいてみせた。

「いいかい、盟友《クナーク》を忘れないでくれ」とブトレルが言った。

「私は彼の永遠の友だ、けっして忘れない、と言ってくれ」ハジ・ムラートは通訳を通して答え、足を鐙にかけたかと思うと、足が不自由であるとはとても思えないほどにすばやく軽やかに、高い鞍にひらりと飛び乗った。そして剣の位置を正し、慣れた手つきでピストルに触れると、山岳民が馬上で見せる独特の誇り高く勇壮な姿で、イヴァン・マトヴェーエヴィチの家から離れて行った。ハネフィとエルダルも同じように馬に乗り、家の者や将校たちと愛想よく別れの挨拶を交わすと、自分たちの師《ミュルシド》を追って馬を走らせた。

いつものことだが、去った者についての品定めが始まった。

「たいした奴だ！」

「狼のようにアルスラン・ハンに襲いかかったときには、顔つきがまったく違っていたぞ」

「また、だましてくるかもしれないよ。たいへんな食わせ者に違いない」とペトロコフスキーが言った。

「それならロシアにも、食わせ者が、たくさんいてもらいたいものですよ」突然、マリヤ・ドミトリエヴナが腹立たしげな口調で、話に割って入った。「あの人は、私たちのところに一週間いましたけど、良い面しか、目にしませんでしたよ」と彼女は言った。「慇懃で、聡明で、公正な人ですよ」

「どうして、それがわかったんです」

「さあ、とにかくわかったんです」

「惚《ほ》れ込んだな、え？」と入ってきたイヴァン・マトヴェーエヴィチが言った。「図星だろう？」

「ええ、惚れ込みましたよ。それが何だって言うんです？　あなた方は何だって、あんなに良い人のことをあげつらうんです。あの人は異教徒だけど、良い人ですよ」

「その通りです、マリヤ・ドミトリエヴナ」とブトレルが言った。「よくぞ言ってくれましたね」

## 21

チェチェン方面の最前線にある要塞での生活は、襲撃の実施後も、特に変わりはなかった。あれからも二度の敵襲があり、そのたび中隊が出動し、コサック兵や民兵が馬を走らせたが、どちらの場合も山岳民を捕らえることはできなかった。ヴォズドゥヴィジェンスクでも山岳民は一度、水飲み場にいたコサックの馬を八頭連れ去り、コサック兵一名を殺害した。集落を破壊した最後の襲撃以来、ロシア側からの攻撃はおこなわれていなかった。ただし左翼方面軍の新しい司令官にバリャチンスキー公爵が就任したのを機に、大チェチェン［当時シャミールが支配していたチェチェンの山岳地域を指す］方面への大規模な遠征が予定されていた。

バリャチンスキー公爵は皇太子の友人で、前職はカバルダの連隊長だったが、左翼方面軍全体の司令官となり、グローズヌイに赴任するとすぐ、チェルヌイショフがヴォロンツォフに書き送った皇帝の指示の遂行を継続するために、部隊を召集した。ヴォズドゥヴィジェンスクに集められた部隊は、要塞からクリン方面の陣地へ出動し、そこに駐留して森林伐採に従事した。

息子のヴォロンツォフは豪華な羅紗《らしゃ》製のテントで暮らしていた。彼の妻マリヤ・ヴァシリエヴナもしばしば陣地にやって来ては、泊まって行った。バリャチンスキーとマリヤ・ヴァシリエヴナの関係は公然の秘密だった。廷臣ではない将校や兵士たちは、彼女が陣地に宿泊するたび、夜の斥候に出されるので、彼女を恨み、口汚く罵っていた。というのも、山岳民はしばしば、ひそかに大砲を運び込み、陣地に向かって砲撃してきたが、砲弾の大部分は命中しなかったので、こうした攻撃に対しては、いかなる対応策も取らないのがこれまでの通例だったのである。ところが山岳民が大砲を動かし、マリヤ・ヴァシリエヴナを脅かしたりすることがないようにと、最近は斥候が出されるようになったのだ。奥様を脅えさせないために毎晩斥候に出るのは屈辱的で嫌なことだったから、上流社会に関わりのない将校たちや兵士は品のない言葉で、ひそかにマリヤ・ヴァシリエヴナを罵倒していたのである。

ブトレルは休暇を取って、自分が勤めている要塞から、この陣地にやって来た。今では司令部付の伝令将校や副官になり、この地に集まっている中央幼年学校時代の同窓や、クリン連隊に勤務している仲間に会うためである。到着した直後から、彼はとても陽気な気分になった。ポルトラツキーのテントに泊まり、そこで歓待してくれる多くの知人に会った。一時期は同じ連隊に勤めていた関係で、顔見知り程度ではあったヴォロンツォフのところにも出かけた。ヴォロンツォフは彼をたいへん愛想よく出迎え、バリャチンスキー公爵にも紹介してくれた。バリャチンスキーが赴任するまで左翼方面軍司令官だったコズロフスキー将軍の送別の昼食会にも招待してくれた。

昼食会は豪華なものだった。天幕が六枚運び込まれ、並べて設置された。その下にテーブルがいっぱいに並べられ、テーブルクロスが敷かれた上に、食器や酒類の瓶が置かれた。すべてがペテルブルグの近衛時代の暮らしを思いださせた。二時になると皆が着席した。テーブルの中央には、コズロフスキーとバリャチンスキーが向かい合って席を占め、コズロフスキーの右側にはヴォロンツォフ、左側にはその妻が座った。テーブルの両側に、端の席までぎっしりと、カバルダ連隊とクリン連隊の将校たちが顔を並べた。ブトレルはポルトラツキーと並んで座り、どちらも近くの将校たちと陽気にしゃべり、よく飲んだ。宴がたけなわになり、従卒たちがグラスにシャンパンを注ぎだすと、ポルトラツキーが深い心配と同情の表情を浮かべて、ブトレルに言った。

「われらが『いわば』将軍は、きっと恥をかくぜ」

「なぜ？」

「だって今日はスピーチをしなくちゃならないだろう。あの人にできるわけがない」

「確かにな、兄弟。そいつは、銃弾をかいくぐって、敵の防御線を突破するのとは訳が違う。しかも近くの席には、貴婦人や廷臣の方々がいらっしゃる。とても見ちゃいられないね」将校たちは、ひそひそ声で話しあった。

やがてセレモニーの時間となった。バリャチンスキーが立ち上がり、グラスを掲げ、コズロフスキーの方を向いて、簡潔なスピーチをした、バリャチンスキーが終えると、コズロフスキーが立ち上がり、かなりしっかりとした声で話し始めた。

「将校諸君、偉大なる皇帝陛下のご意志により、私はこの地を離れ、君たちとお別れすることになった。だが私は常に、いわば君たちと共にあると思ってもらいたい……。諸君、君たちは、いわば真実をよく知っている――戦場でひとは一人ではないということをだ。それゆえ、私がこの任にあったあいだに受けた、いわば褒賞も、皇帝陛下から賜った品々も、いわば私の地位も、いわば私の名声もすべて、すべては決定的に、いわば……」ここで彼の声は震えはじめた。「私はいわば、親愛なる友よ、諸君だけに、ただ君たちだけに負っているのだ！」彼のしわだらけの顔がいっそう、皺くちゃになった。彼はすすり泣き、その目には涙があふれた。「衷心をこめて、いわば真実の、心からの感謝を諸君に捧げる……」

コズロフスキーは、それ以上はもう話すことができなかったが、再び立ち上がって、近づいてくる将校たちと抱擁し合った。みな深く感動していた。公爵夫人はハンカチで顔を覆った。将校たちの多くも涙を流していた。ブトレルは、コズロフスキーをよく知らなかったが、やはり涙を堪《こら》えることができなかった。彼は、こうしたすべてが、たいそう気に入った。この後、バリャチンスキー、次にヴォロンツォフ、さらに将校たち、兵士たちのための乾杯が続いた。そして列席した者たちは、ワインを飲み干し、酔い、戦闘的で恍惚とした気分で宴《うたげ》の席を離れた。実際、誰もが強く何かと戦いたいような気分になっていた。

さわやかで新鮮な風が吹き、静かに晴れたすばらしい天気だった。焚火のぱちぱちいう音や、歌が四方八方から聞こえた。誰もが何かを祝っているように思われた。ブトレルは最も幸福で感動的な気分のまま、ポルトラツキーのところに行った。ポルトラツキーのテントには将校たちが集まり、トランプ卓が広げられていた。一人の副官が胴元として百ルーブリを置いた。ブトレルはズボンのポケットに手を突っ込み、財布を握りしめて、二度ほどテントを出たり入ったりしたが、とうとう我慢できなくなり、もうギャンブルはしないという、兄弟と自分自身に立てた誓いを破って金を賭け、勝負に加わった。

それから一時間後、ブトレルは真っ赤な顔をして、汗と白墨にまみれ、テーブルに両肘をついたまま、角が折られたり、次のゲームへの繰越金と賭金が何度も書き込まれたりして、もみくちゃになっているトランプカードに、なおも自分の賭金を書き込んでいた。彼はひどく負けが込んでいたので、もう自分の負債がいくらなのか、数えるのも恐ろしいくらいだった。それに、給料を前借りし、愛馬を売り払ったところで、胴元の副官に負った全額を支払えないことを、ブトレルは数えるまでもなく、よくわかっていた。彼はそれでもなお賭けを続けかねなかったが、厳しい顔つきの副官は、白い清潔な指でカードを置き、黒板のブトレルの名前の横に白墨で書きつけられた金額を数えはじめた。ブトレルは当惑して、負債の全額を今すぐには支払えないことを詫び、自宅に戻ってから送金すると釈明した。彼がこう言ったとき、その場の誰もが彼を憐れみ、皆、ポルトラツキーですら視線を逸らしたことに、ブトレルは気づいた。これはヴォズドゥヴィジェンスクでの彼の最後の晩だった。賭事などにうつつを抜かすのではなく、ヴォロンツォフの招待に応じるべきだったのだ。『そうすれば万事問題なしだっただろうに……』と彼は思った。事態は今や、問題ないどころか、恐ろしいことになっていた。

友人や知人に別れを告げると、彼は自分の勤務地に帰り、家に着くとすぐ横になり、賭けで負けた後の常として十八時間ぶっ続けに眠った。マリヤ・ドミトリエヴナは、護衛してきてくれたコサック兵へのお茶代五十コペイカを彼が無心したことや、その寂しげな表情や、応答を手短に切り上げたようすから、ブトレルが賭けで大負けしたことを察知し、彼を休暇に送り出したことで、イヴァン・マトヴェーエヴィチに食ってかかった。

次の日、ブトレルは十二時に目覚めた。自分の状況を思いだすと、今そこから出てきたばかりの夢心地へと再びもぐり込みたい気がしたが、そういうわけにもいかなかった。胴元の副官に負った四百七十ルーブリを支払う方策を見つけなければならなかった。方策のひとつは兄に手紙を書き、懺悔して、兄弟の共同所有として残っている製粉所を担保に、もう一度だけ五百ルーブリを送金してくれるように頼むことだった。彼はまた、金にうるさい親戚の女性にも手紙を書き、どれくらいの利子なら五百ルーブリ貸してくれるかを問い合わせた。それからイヴァン・マトヴェーエヴィチのところに行き、彼にというよりむしろマリヤ・ドミトリエヴナに金があるのを知っていたので、五百ルーブリを貸してくれないかと頼んだ。

「そりゃ俺としては、今すぐにでも貸してやりたいが」とイヴァン・マトヴェーエヴィチは言った。「マーシュカは出してくれないだろう。女というのは、しわいものだからな。もちろんこの苦境は脱しなければならん。酒保の店長なら、それくらいの金、持っていないかな」

だが頼んだところで酒保の店長が金を貸してくれるはずもなく、兄弟かケチな親類から救いの手が届くのを待つよりほかに、道は残されていなかった。

## 22

チェチェンでの目的を達せられないままにチフリスに戻ったハジ・ムラートは、ヴォロンツォフのもとに毎日足を運び、面会を許されたときには、山岳民の捕虜を集めて自分の家族と交換してくれるようにとの懇願をくり返した。彼はまた、そうしてもらえなければ、自分は望んでいるような行動が取れない、ロシア側に仕え、シャミールの息の根を止めることができないと言明した。ヴォロンツォフは、できる限りのことをするという曖昧《あいまい》な約束をくり返すだけで、アルグチンスキー将軍がチフリスに来たら、話し合って決めるからという口実で、実質的な結論を先延ばしにしていた。するとハジ・ムラートは、ザカフカース地方［大カフカース山脈以南一帯を指す。現在のアゼルバイジャン、アルメニア、グルジアなどの地域］の小さな街ヌハに行き、一時的に滞在する許可を、ヴォロンツォフに求め始めた。この街でなら、自分の家族について、シャミールやその帰依者たちと交渉することが、今より容易になるだろうと考えたのである。それに、イスラム教の街であるヌハにはモスクがあるので、イスラムの法が定めている祈禱をおこなうにも便利なはずだった。ヴォロンツォフはこの提案についてペテルブルグに書き送る一方で、ハジ・ムラートのヌハへの移住を許可した。

ハジ・ムラートの問題は、ヴォロンツォフやペテルブルグの当局にとっては、経緯を知っていた大部分のロシア人にとってと同じように、カフカース戦争の一齣《ひとこま》か、単に興味深い事件というに過ぎなかった。だがハジ・ムラート自身にとっては、特に最近の経緯は、恐ろしいほどの人生の大転換だったのである。いくらかは自分の命を救うために、またいくらかはシャミールへの憎しみから、彼は山から逃亡した。この逃亡は困難なものだったが、ハジ・ムラートは目的を達した。最初のうち、彼は成功を喜び、シャミールを攻撃する計画を実際にあれこれ立ててもいた。だが当初は簡単に思えていた家族の救出は、実際にはきわめて難しいことがわかってきた。シャミールは彼の家族を捕らえて虜囚にし、女たちを集落に引き渡し、息子は殺すか目を抉ると伝えてきた。ハジ・ムラートはヌハに移ってから、ダゲスタンにいる自分の崇拝者たちの手を借りて、策略か実力行使で家族の奪還を試みるつもりだった。最後に訪ねてきたスパイは、彼に忠誠を誓っているアヴァルの民が、家族を奪い返し、一緒にロシア側に寝返るつもりであると伝えてきた。だが人数があまりにも少ないので、彼らはヴェデノで実行する決意がつかず、奪還は、家族が監禁されているヴェデノから別の場所に移された場合にのみ可能であるという。アヴァルの民は、その場合には、誓って移動の途中を襲うと言って寄こした。ハジ・ムラートは、家族を取り戻してくれたら三千ルーブリ贈ることを約束し、このことを友人たちに伝えるよう、スパイに命じた。

ヌハでは、モスクとハンの邸宅の近くにある、五部屋のそれほど大きくない家が、ハジ・ムラートにあてがわれた。監視将校たちと通訳、そして彼の部下たちも同居した。スパイが山間部から来るのを待って面会することと、辛うじて許されていたヌハ近郊での騎馬による散歩とが、ハジ・ムラートの現在の生活のほぼすべてだった。

四月八日、散歩から帰ったハジ・ムラートは、留守の間に、チフリスから役人が到着したことを知った。役人がどんな用件で来たのかを一刻も早く知りたいとの思いが強かったが、それでもハジ・ムラートは役人と監視将校が待つ部屋に行く前に自室に行き、正午の祈禱をおこなった。そして祈りを終えてから、客間兼応接室にしているもう一つの部屋に出てきた。チフリスから着いた役人は、太った四等文官のキリーロフで、彼はアルグチンスキー将軍との会談のために、十二日までにチフリスに戻るようにとのヴォロンツォフの要望を、ハジ・ムラートに伝えた。

「結構《ヤクシ》だ」とハジ・ムラートは腹立たしげに言った。

官僚のキリーロフが、気に入らなかったのだ。

「金は持ってきたか？」

「持ってきた」とキリーロフは言った。

「では二週間分もらいたい」とハジ・ムラートは言い、十本と、その後でさらに四本の指を示した。「くれ」

「今すぐやろう」と役人は言い、自分の旅行鞄から財布を取り出した。「何だって、こいつに金がいるんだ？」彼は、ハジ・ムラートにはわからないだろうと思って、監視将校にロシア語で言った。だがハジ・ムラートはその言葉を理解したので、腹立たしげに役人を見た。帰ったときにヴォロンツォフ公爵に何か報告できるように、ハジ・ムラートとも話をしようと思ったキリーロフは、金を出しながら、通訳を介して、この土地が気に入ったかどうかを尋ねた。だがハジ・ムラートは、文官の制服を着て、武器を持っていない小柄で太った男を蔑むように横目で見ただけで、何も答えようとはしなかった。通訳が質問をくり返した。

「私は彼とは話したくないと伝えてくれ。さっさと金をもらいたい」

そう言って、ハジ・ムラートは、金を数えるためにテーブルに着いた。

キリーロフは金貨を十枚ずつ束ねて棒状にしたものを七本取り出すと(ハジ・ムラートは一日当たり金貨五枚を支給されていた)、それをハジ・ムラートの方に寄こした。ハジ・ムラートは金貨をチェルケス服の袖に突っ込むと立ち上がり、まったく唐突に四等文官の禿げた頭のてっぺんをぴしゃりと叩いて、出て行こうとした。四等文官はただちに立ち上がって、自分は大佐に相当する位階なのだから、そのようなことをすべきではなかったと言えと通訳に命じた。監視将校も同じ考えを表明した。だがハジ・ムラートは、わかっているというしるしにうなずくと、部屋から出て行った。

「どうしようもない奴ですな」と監視役の将校が言った。「剣で人を突き刺すことしか考えていない。ああいう悪魔とわかり合うことはできません。どうも最近、凶暴になっている気がします」

暗くなるとすぐに、防寒頭巾を目深にかぶった二人のスパイが山から下りてきた。監視将校は彼らをハジ・ムラートの部屋に連れて行った。スパイのひとりはでっぷりとした浅黒い山岳民で、もうひとりは痩せた老人だった。彼らがもたらした報せは、ハジ・ムラートにとって喜ばしいものではなかった。家族の奪還に着手していた友人たちが、ハジ・ムラートを助ける者には最も残酷な処刑を課すとのシャミールの達しに恐れをなし、協力を完全に断ってきたというのである。スパイたちの話を聞き終わると、ハジ・ムラートは組んだ足にひじをつき、円筒帽をかぶった頭を垂れて、長いこと黙っていた。ハジ・ムラートは考えていた。決断が必要だった。今こそ最終的に決断しなければならないことを、彼は知っていた。ハジ・ムラートは頭を上げ、金貨を二枚取り出すと、一枚ずつスパイに与えた。

「行きなさい」

「どう答えましょう?」

「答えは神がくださる。行きなさい」

スパイたちは立ち上がり、去った。ハジ・ムラートは膝にひじをついた姿勢のまま、絨毯に座り続けた。そのようにして長いこと座って、考えていた。

『どうすべきか? シャミールを信じて、彼のもとに帰るべきか?』ハジ・ムラートは考えていた。『奴は狡猾《こうかつ》だ、欺《あざむ》くに違いない。もし奴が欺かないとしても、あの赤毛の騙《かた》りに服従するわけにはいかない。ひとたびロシア側についたからには、いずれにせよ奴はもう私を信じないだろう』とハジ・ムラートは思うのだった。

彼は山間部に伝わる、捕らわれて人間のもとで暮らした後、故郷の山に戻ってきた鷲の物語を思いだした。鷲は鈴のついた足枷をつけたまま、故郷に戻ってきたが、故郷の鷲たちは彼を受け入れずに言った。「お前は銀の鈴を付けられたその場所へと飛んで行くが良い。私たちは鈴も要らぬし、足枷も要らぬ」鷲は故郷を捨てたくはなかったので、居残ったが、他の鷲たちは彼を受け入れずに、つつき殺してしまった――。

『そのように、私もつつき殺されるだろう』とハジ・ムラートは考えた。

『ここに残るか？　カフカースをロシアの皇帝に従わせ、栄光と官位と富を得ようか？』

『それは可能だ』ヴォロンツォフとの会見と、老公爵の好意的な言葉とを思いだしながら、ハジ・ムラートは判断した。

『だが今こそ決断しなければならない。さもないと家族が殺されてしまう』

彼は夜遅くまで眠らずに考えていた。

23

彼の考えは夜半までにまとまった。山へ逃れ、忠実なアヴァルの民とともにヴェデノに攻め込み、死ぬか家族を解放するかしなければならないと決意した。家族をロシアの側に連れて行くか、家族とともにフンザフに逃れ、そこでシャミールと戦うかはまだ決断がつかなかったが、いますぐロシア人のところから山間地域に逃亡すべきだということだけはわかった。彼はこの決断を、ただちに実行に移しはじめた。クッションの下から自分の黒い木綿の外着を取り出すと、部下たちのところに向かった。彼らは干し草置場の奥の部屋で暮らしていた。ドアを開け放ち、干し草の中に足を踏み入れると、露のおりた月夜の新鮮な空気が彼を包み、家に面している庭から数羽のうぐいすの鳴き声とさえずりが聞こえてきた。

干し草のあいだを通り抜け、ハジ・ムラートは部下たちの部屋のドアを開けた。この部屋にはあかりがなく、三日月の光が窓から差し込んでいるだけだった。テーブルと二脚の椅子が脇に置かれ、四人の部下が絨毯や、床に外套を敷いた上に横になっていた。ハネフィは馬と一緒に庭で寝ていた。ドアがきしむ音を耳にしたガムザロが上半身を起こしたが、ハジ・ムラートの方を見て、彼だとわかると、また横になった。そのそばに寝ていたエルダルは跳び起きると、命令を予期して、外着を着込み始めた。クルバンとハン・マゴマは眠っていた。ハジ・ムラートが自分の外着をテーブルに置くと、天板にぶつかり、固い音を立てた。これは外着に縫い込まれている金貨の音だった。

「これも縫い込んでくれ」と言いながら、ハジ・ムラートは今日受け取ったばかりの金貨を、エルダルに渡した。

エルダルは受け取るとすぐ、明るい場所に移り、短剣の下から小刀を取り出して、外着の裏地をほどき始めた。ガムザロが身を起こし、胡座を組んで座った。

「ガムザロ、お前は他の者に、銃とピストルを点検し、弾を込めておくように命じてくれ。明日は遠くまで行く」とハジ・ムラートは言った。

「火薬もあるし、弾もあります。すぐに準備できます」とガムザロは言い、それからも何かつぶやいたが、聞き取れなかった。

ガムザロは、ハジ・ムラートが何のために銃弾の装塡を命じたのかを理解した。彼はそもそもの最初から、そして時が経つにつれてますますいっそう強く、ひとつのことだけを願っていた。ロシアの犬どもをひとりでも多く撃ち、斬り殺して、山に逃亡することである。ハジ・ムラートもまさに同じことを望んでいると見て、彼はいま心から満足だった。

ハジ・ムラートが立ち去ると、ガムザロは仲間を起こした。四人はみな夜どおしで、ライフル銃やピストル、発火装置や火打石を調べて、具合の悪いものは取り替えた。ライフル銃の薬池には新しい火薬を入れ、火薬を充塡して油の沁みた布で巻いた弾丸を服に付いている薬莢入れに詰めた。剣と短刀を研ぎ、刀身に油を塗った。

ハジ・ムラートは陽が昇る前に、朝の浄めのための水を汲みに、干し草置場にもう一度行った。干し草のあいだに立つと、朝の気配を察したうぐいすたちが、夜よりもいっそう大きな声で、さかんに鳴いているのが聞こえた。部下たちの部屋からは、短剣の鉄の刃を砥石にあてるしゅっしゅっという音や、甲高くきしむ音が等しい間を置いて聞こえてきた。ハジ・ムラートは桶から水を汲むと、すぐに自分の部屋に向かおうとしたが、そのとき部下《ミュリッド》たちの部屋から、刀を研ぐ音の他に、ハネフィの高い歌声が聞こえてきた。それは自分も知っている歌だったので、ハジ・ムラートは足を止め、聞き入った。

歌は勇士《ジギット》のガムザトが、配下の勇者たちとともに、ロシアから白馬の群を略奪したことをうたっていた。ロシアの首長がテレク川を越えてガムザトに追いつき、森のように大勢の軍勢で取り囲む。歌はその後、ガムザトが馬を斬り殺し、殺した馬の血の海のなかに配下の者たちと共に立って、銃に弾が、ベルトに剣が、血管に血があるかぎり、ロシア人と戦ったさまを物語った。死ぬ前にガムザトは空行く鳥を目にして叫ぶ。『渡り鳥よ、私たちの家まで飛んで行き、姉妹と母と白い肌の娘たちに、私たちがみな聖なる戦いで死んだと伝えてくれ。私たちの体は墓に横たわるのではなく、貪欲な狼たちが引きずり回し、骨までしゃぶるだろうと、黒いカラスが私たちの目をつつくだろうと伝えてくれ』

この言葉で、ガムザトの歌は終わった。悲しげな旋律で歌われるこの言葉に、陽気なハン・マゴマの快活な声が加わった。彼は歌の最後に大声で『神の他に神なし《リャ・イリャハ・イリ・アラー》』と叫び、鋭く甲高い声を上げたのである。その後はまたすっかり静かになり、庭からはうぐいすのさえずりと鳴き声が、ドアの向こうからは鉄の刃が砥石《といし》の上をすばやく滑るしゅっしゅっという音と、ときおりきしむ音が聞こえてくるだけになった。

ハジ・ムラートは深い物思いにふけっていたので、水差しが傾き、水が零《こぼ》れ落ちたことに気がつかなかった。彼は首を振り、自室に入った。

朝の祈りを終えると、ハジ・ムラートは自分の武器を点検し、寝床の上に座った。これ以上はもう何もすることがなかった。出発するには監視将校の許可を得る必要があったが、庭はまだ暗く、監視役の士官はまだ眠っていた。

ハネフィの歌が、ハジ・ムラートに、また別の歌を思いださせた。それは彼の母親が作ったもので、実際にあったできごとを物語っていた。それはハジ・ムラートがまだ生まれたばかりの頃のこと、母親が彼に何度も語って聞かせたことだった。

歌は次のようなものだった。

『あなたの鋼の短剣が私の白い胸を切り裂いた。だが私は胸に私の太陽である赤子を抱き、自分の熱い血で洗った。草や薬を用いなくても、傷は治った。私は死を恐れなかった。息子も勇士《ジギッド》となり、死を恐れないだろう』

この歌詞は、ハジ・ムラートの父親に向けられていた。歌は、ハジ・ムラートが生まれた頃の、次のようなできごとを歌っていた。ハジ・ムラートと同じ頃、ハンの妻も二人目の息子ウムマ・ハンを産み、最初の息子アブヌンツァルの乳母だったハジ・ムラートの母親に、今度もまた乳母になってもらいたいと願った。だが、わが子を置いて行きたくなかったパチマトは、今回は断ろうとした。ハジ・ムラートの父親は腹を立て、行くように母に命じた。彼女が再び拒絶すると、父は母に短剣で斬りつけた。もし引き離されなければ、父は母を殺してしまっていただろう。母は息子を誰にも渡さずに、自分で養った。歌はそのときのことを歌ったものだったのである。ハジ・ムラートは、家の屋根の上で母親と一緒に横になり、外套にくるまれて眠ったときのことを思いだした。そのとき母は彼にこの歌を歌ってくれ、彼は母親に、わき腹に残っている傷痕を見せてくれるように頼んだのだった。まるで現身《うつしみ》のように、彼は眼前に母親の姿を見た——ただしそれは彼が山に残してきた、皺だらけで白髪で歯も何本か抜けている現在の姿ではなく、若くて美しく、力強かった頃の母親だった。実際、昔の母は、すでにかなり重くなっていた五歳のハジ・ムラートを籠《かご》に入れて背負ったまま山を越え、祖父の家に行くほどに力があったのである。

そして彼は、皺だらけで白いあごひげを生やしていた祖父の顔や、銀細工師だった祖父がむっちりとした手で銀に彫りを入れていたようすや、しばしば孫に祈りの言葉を唱えさせたことなどを思いだした。母親のズボンの裾をつかんで、一緒に水を汲みにかよった、山のふもとの泉も思いだされた。顔をなめてきた痩せ犬の姿や、母親について納屋に行き、乳を搾《しぼ》ったり煮たりするようすを見ていたときの、煙と酸っぱい牛乳の香りも甦ってきた。母親に初めて髪の毛を剃られ、壁にかかっていた光沢のある銅の水盤に映った、自分の丸く青い頭に驚いたときのことも思いだした。

こうして小さかった頃の自分を思いだしたあとで、ハジ・ムラートは、自分の手で最初にその髪の毛を剃ってやった、愛する息子ユスフのことも思い浮かべた。今ではこのユスフも、もう、若くて美しい勇士《ジギット》だ。彼は最後に見た息子の姿を目に浮かべたが、それは彼がツェリメスから立ち去った日のことだった。息子は彼に馬を渡すと、見送る許しを求めた。きちんとした身なりをして、武器を帯び、自分の馬の手綱を手にしていた。ユスフの血色の良い、若く美しい顔立ちと、背が高く細身の姿は（彼は父より更に背が高かった）、勇気と若々しさに満ち、生きることの喜びに息づいていた。若いにもかかわらず広い肩、若者らしくがっちりとした腰、細い体つき、長く力強い腕、そしてすべての挙動が力強く柔軟で、しかも機敏であることを喜びながら、彼はいつも息子に見とれるのだった。

「ここで戻った方がいい、これからはお前しか家にいないのだから。母と祖母を守れ」とハジ・ムラートは言った。

そう言った時の、若さと誇りに満ちたユスフの表情が思いだされた。ユスフは、喜びで頬を染め、自分が生きているかぎり、誰ひとり、母にも祖母にも悪事をなしえないだろうと言った。それでもユスフは自分も馬に乗って小川まで父を見送り、やがて戻って行った。その日以来、彼は妻も母も息子も見ていないのだった。

シャミールは、その息子の目をつぶそうとしているのだ！　妻がどういう目に遭わされるのかは、考えたくもなかった。

このように考えたことでひどく動揺し、ハジ・ムラートはこれ以上、座っていられなくなった。立ち上がり、足を引きずりながら、すばやくドアに駆け寄り、開け放つと、彼は叫ぶようにエルダルを呼んだ。太陽はまだ昇っていなかったが、もうすっかり明るくなっていた。うぐいすは相変わらず鳴きやまなかった。

「監視役のところに行って、私が散歩に出かけたがっていると言ってくれ。それから馬に鞍を置くように」と彼は言った。

## 24

この当時のブトレルの唯一の慰めは、戦いの詩情とでも言うべきもので、彼はそれに軍務だけでなく、私生活においても没頭していた。チェルケス服を着て馬を乗り回し、ボグダノヴィチとともに待ち伏せにも二度出かけた。どちらのときも誰ひとり捕らえられず、殺害することもできなかったが、こうした大胆な行動と、勇敢さで名を馳《は》せているボグダノヴィチとの友情は、ブトレルにはとても快く、たいせつなことに思われた。賭博の負債は支払ったけれども、それはただユダヤ人から高利で借りた金を充てただけなので、いっときの猶予を得、破綻を先延ばしにしているに過ぎなかった。彼は自分の陥っている状況について考えないように努め、戦いの詩情にふけるほかに、酒でも我を忘れようとした。酒量がしだいに増え、公徳心も日ごとに衰えていった。彼はマリヤ・ドミトリエヴナに対して、今ではもう「すばらしきヨセフ」ではないどころか、露骨に言い寄り、はっきりと拒絶された。ブトレルはそのことに驚き、深く恥じ入った。

四月の末に、増強部隊が要塞に到着した。バリャチンスキーはこの部隊を、これまで侵攻不可能と見なされていたチェチェン全土に展開させようと考えていた。新たな部隊はカバルダ連隊所属の二個中隊から成り、これらの中隊は、カフカースの慣例によって、すでにクリン要塞に駐在していた中隊から客人として歓待された。兵士たちは兵営ごとに分宿し、夕食と粥《カーシャ》と牛肉だけでなく、ウォッカまでふるまわれた。将校たちも将校の宿舎に分宿し、前例にならって、以前からこの要塞に駐屯していた将校たちが、新来の将校たちをもてなした。

歓待は最後には酒盛りと歌になった。泥酔したイヴァン・マトヴェーエヴィチの顔色は、すでに赤色を通り越して蒼白になっていた。椅子に馬乗りになり、剣を抜いて、想像上の敵に斬りつけ、罵ったり、大笑いしたり、抱き合ったり、お好みの歌『シャミールが反乱を起こしてから幾年月、タラ・ラ・ララタ、幾年月』に合わせて踊ったりしていた。

ブトレルもその場に居合わせた。彼はこうしたどんちゃん騒ぎにも戦いの詩情を見いだそうと努めたが、心の底ではイヴァン・マトヴェーエヴィチを哀れに感じていた。しかし彼を止めることは、もうできそうになかった。そこでブトレルは酔いを感じながら、そっと外に出、帰路についた。

満月が白い家や道の小石を照らし出していた。とても明るかったので、路上の小さな石も、草の茎も、獣の糞まで、すべてが見えた。ブトレルは、もうすぐ家に着くというところで、頭から肩まですっぽりとショールをかぶったマリヤ・ドミトリエヴナに行き会った。拒絶されて以来、少しく良心に恥じるところのあったブトレルは、彼女と会うのを避けていた。だがワインを飲み過ぎた後で、月の光を浴びている今、ブトレルはこの出会いを喜び、彼女にまた甘えたいと思った。

「どちらへ？」と彼は尋ねた。

「うちの年寄りを迎えにね」と、彼女は愛想よく答えた。マリヤ・ドミトリエヴナは、言い寄ってきたブトレルをまったくの衷心から、きっぱりとはねつけたのだが、彼から最近いつも敬遠されていることを、うれしく思っていたわけではなかった。

「迎えに行くまでもありません。帰ってきますよ」

「帰って来られるかしら？」

「そうですね、自分で帰ってくるのではなく、運ばれてくるかもしれませんね」

「そうでしょう、それが嫌なんです」とマリヤ・ドミトリエヴナが言った。「やっぱり迎えに行った方がいいんじゃないかしら？」

「いや、行かれても、どうしようもないでしょう。一緒にお家に戻りましょう」

マリヤ・ドミトリエヴナは向きを変え、ブトレルと並んで家に向かった。月がとても明るく輝いていて、二人が歩くにつれ、道に伸びて動いていた影の頭のあたりの光輪も移動するのだった。ブトレルは自分の影の頭のまわりのこの光輪を見ながら、自分が今でもやっぱり彼女に惹かれていることを告げようとしたが、どう切り出せば良いか、わからなかった。彼女は、彼が何か言いだすのを待っていた。そんなふうに黙ったまま、二人がもうすぐ家に着きそうになったとき、物かげから騎馬の者たちが飛び出してきた。将校と護衛兵だった。

「どなたです?」とマリヤ・ドミトリエヴナは言って、脇に退いた。月が来訪者を後ろから照らしていたので、マリヤ・ドミトリエヴナは相手が自分たちのほとんど真横に来るまで、それが誰かわからなかったのだ。相手は将校のカーメネフだった。イヴァン・マトヴェーエヴィチと一緒に勤務していた時期があったので、彼はマリヤ・ドミトリエヴナとも顔見知りだった。

「私ですよ」とカーメネフは言った。「おや、ブトレル! 久しぶり! まだ寝てなかったのですか? マリヤ・ドミトリエヴナとお散歩とはね。後でイヴァン・マトヴェーエヴィチに大目玉を食らいますぜ。彼はどこです?」

「聞こえまして?」とマリヤ・ドミトリエヴナが、太鼓の音や歌声が聞こえてくる方を指さしながら、言った。「大騒ぎでしょう」

「これはまた、あなた方の部隊の酒宴ですか?」

「いいえ、ハサフ・ユルトから部隊が来たので、その歓迎の宴です」

「ああ、それはいいですな。私もどうやら間に合いそうだ。でもその前に、彼と少し話をしなくてはなりません」

「なにか、任務ですか？」

「まあ、ほんのちょっとしたことなのですがね」

「良いことですか、悪いことですか？」

「それは人によりますよ！　私たちにとっては吉報だが、がっかりする奴もいるかもしれない」カーメネフは笑いだした。ちょうどこのとき、徒歩の者もカーメネフも、イヴァン・マトヴェーエヴィチの家に着いた。

「チヒリョフ！」とカーメネフはコサック兵に叫んだ。「こっちへ来い」

随行していた者たちの中から、ドン・コサックが一名進み出、近づいてきた。ドン・コサックの通常の服装に革の長靴、外套といういでたちだった。馬の鞍の後ろには、鞍嚢がぶら下げられていた。

「あれを出せ」と、カーメネフが、馬から下りながら言った。

コサック兵も馬から下りると、鞍鞄のひとつから、何かの入った包みを取り出した。カーメネフはコサックの手から受け取ると、自分の手に中身を開けた。

「さて、あなたにもニュースを見せるべきですかな？　恐くはないですか？」彼はマリヤ・ドミトリエヴナに向かって言った。

「何を恐がるって言うんです」とマリヤ・ドミトリエヴナが言った。

「これです」カーメネフは、手にしていた人間の首を、月の光に当てるようにした。「わかりますか？」

その首は髪の毛を剃り、目の上の骨が大きくせりだしていた。黒いあごひげを短く刈り、口ひげも刈り込まれていた。片目は開いたままで、もう片方の目は半ば閉じていた。剃り上がった頭蓋は、切り分けようとして、うまく行かなかったらしく、鼻には乾いてかさかさになった黒い血がこびりついていた。首には血だらけの布が巻きつけられていた。首はいたるところ傷だらけだったが、青くなっている唇のあたりには、子どものように善良な表情が浮かんでいた。

マリヤ・ドミトリエヴナは首を見ると、何も言わずに向きを変え、急いで家へと歩き去った。

ブトレルは恐ろしい首から目をそらすことができなかった。それは彼がつい最近まで夜ごと、あれほど親しく語り合っていたハジ・ムラートの首だった。

「どうしてこんな？　誰が彼を殺したんです？　どこで？」と彼は尋ねた。

「逃げようとして、追いつかれたのです」とカーメネフは言い、首をコサックに返すと、ブトレルと一緒に家に入った。

「立派な最期でした」とカーメネフは言った。

「いったいどうして、こんなことになったのです？」

「少し待ってください。イヴァン・マトヴェーエヴィチが来てから、すべて詳しくお話ししましょう。私が派遣されたのは、そのためですからね。すべての要塞と集落を回って、見せて歩かなければならんのです」

イヴァン・マトヴェーエヴィチに使者が出され、彼は酔ったまま、やはりひどく飲みすぎた二人の将校と一緒に帰宅し、カーメネフと抱擁しあった。

「私はあなたにハジ・ムラートの首をお持ちしたのです」とカーメネフは言った。

「まさか！　殺されたのかね？」

「ええ、逃亡しようとしたのです」

「俺は前から、あいつは俺たちをだましていると言っていたんだ。それで、首はどこにある？　見せてくれ」

大声で呼ばれたコサック兵が、首の入った袋を運んできた。取り出された首を、イヴァン・マトヴェーエヴィチは酔った目で、長いこと見ていた。

「とはいえ、立派な奴だったよ」と彼は言った。「奴にキスをさせてくれ」

「そう、本当に、勇敢な首ですね」将校のひとりが言った。

全員が点検した後で、首はまたコサックの手に戻された。コサックは首を袋に入れ、ぶつからないように気をつけて、そっと床に置いた。

「カーメネフ、それで君は、首を見せるとき、皆に何と言うのかね？」将校のひとりが聞いた。

「いや、俺は奴にキスをするよ。奴は剣を贈ってくれたんだ」とイヴァン・マトヴェーエヴィチが叫んだ。

ブトレルはテラスに出た。マリヤ・ドミトリエヴナは地面に下りる階段の二段目に座っていた。彼女はブトレルの方を見たが、すぐさま腹立たしげにそっぽを向いた。

「どうしたんです、マリヤ・ドミトリエヴナ」とブトレルは聞いた。

「あなた方は皆、人でなしよ。耐えられないわ。人でなし、本当ですよ」立ち上がりながら、彼女は言った。

「いつ誰に同じことが起きないとも限りませんよ」ブトレルは何を言うべきか、自分でもよくわからないままに言った。「戦争ですからね」

「戦争ですって！」と、マリヤ・ドミトリエヴナは叫んだ。「これのどこが戦争なんです。人でなしというだけのことだわ。遺体は大地に返さなくてはならないのに、せせら笑っているんですからね。人でなしよ、本当に」と彼女はくり返すと、テラスを下り、裏口に回って、家の中に入ってしまった。

ブトレルは客間に戻り、すべてを詳しく話してくれるよう、カーメネフに頼んだ。

カーメネフは話してくれた。

経緯は次のようだった。

## 25

ハジ・ムラートは街の近郊で馬を走らせることを許されていたが、それは必ずコサックの護衛とともにという条件付きだった。ヌハにはコサックが五十人ほどしかいなかったが、そのうち十名が上層部の護衛の任務についていたので、もし命令どおりにハジ・ムラートにも十名の監視を付けるとすれば、残りの者はほとんど一日おきに任務につかなければならないことになる。そこで初日こそ十名の警護を出したが、その後は五名ずつにして、ハジ・ムラートには、出かける際に自分の部下全員を連れてはいかないようにと頼んでいた。だが四月二十五日、ハジ・ムラートは、部下の全員と一緒に出かけようとしたのである。ハジ・ムラートが馬に乗ったとき、部隊長は五人の部下がすべて随行しようとしていることに気づき、それは許されないと言ったが、ハジ・ムラートがまるで聞こえていないかのように出発したので、それ以上に強くは言わなかった。その日、護衛のコサック兵に付いていた下士官は、ゲオルギエフスク十字勲章の保持者だが、おかっぱ髪のまだ若い紅顔の青年、小柄だが健康な赤毛のナザーロフだった。彼は貧しい旧教徒の家庭の長男で、父親がいないので、母親と三人の妹と二人の弟を養っていた。

「いいか、ナザーロフ、遠くまでは行かせるな!」と部隊長が叫んだ。

「わかりました、閣下」とナザーロフは答え、鐙に足をかけ、肩にライフル銃を引っかけて、がっしりとした赤毛で鼻筋の通った愛馬を跑歩《トロット》で走らせた。四人のコサック兵がその後を追った。ひょろ長く痩せたフェラポントフ――横流しで稼ぐ腕は一流で、ガムザロに火薬を売ったのもこの男だった――、もう若くはなく退役目前のイグナートフ、力が弱くて皆にバカにされている年少のミーシキン、そして若く金髪で、母ひとり子ひとりで育ったので、いつも優しく陽気なペトラコフの四人だった。

朝から霧が立ち込めていたが、皆が朝食をとる頃には晴れ上がった。太陽は若葉だけでなく、新鮮で清らかな草や、穀物の苗や、道の左手に見える急流の波立つ水の上にも輝いていた。

ハジ・ムラートは並足で馬を進め、彼の部下もコサック兵も、遅れずにその後をついて行った。皆、通常の速度で、道なりに要塞の外に出た。籠を頭に載せた女や、輸送馬車に乗った兵士や、きしみながら引かれていく二輪の牛車などに行き会った。要塞から二露里ほど離れたところで、ハジ・ムラートがカバルダ産の白馬の速度を上げ、彼の部下たちも大股の跑歩《トロット》に移った。コサックたちも同じようにした。

「ああ、奴のは良い馬だな」とフェラポントフが言った。「奴が恭順しているのでなかったら、撃ち殺して手に入れたいところだ」

「そうだ、兄弟、あの馬は、チフリスでなら、三百ルーブリはするだろう」

「だけど、俺は自分の馬で追い越してやる」とナザーロフが言った。

「もちろん、あんたならやるだろうさ」とフェラポントフが言った。

ハジ・ムラートはますます速度を上げた。

「おい、盟友《クナーク》、そいつは駄目だ。もっとゆっくり!」ハジ・ムラートを追いながら、ナザーロフが叫んだ。


ハジ・ムラートは振り返ったが、何も言わなかった。速度を下げずに、同じテンポで進み続けた。

「おい、奴らは何を考えてるんだ、くそっ!」とイグナートフが言った。「見ろ、飛ばしてやがる」


そのまま、山の方向へ、一露里ほど進んだ。

「駄目だと言っているんだ!」ともう一度、ナザーロフが叫んだ。

ハジ・ムラートは答えようとも振り返ろうともせず、ますます速度を上げて、明らかに跑歩《トロット》から襲歩《ギャロップ》に移った。


「だましやがったな、これ以上行くな!」虚を突かれたナザーロフが叫んだ。

彼は鐙の上に足を踏ん張り、立ち上がると、がっちりとした赤毛の愛馬に鞭を当て、身体を前かがみにして、全速力でハジ・ムラートを追った。

明るい空の下、さわやかな空気の中を、気立てがよく、力に満ちた馬と融け合って一つになり、ハジ・ムラートを追って平らかな道を飛ぶように駆けながら、心が生命力の躍動と生きることの喜びとで満たされていたので、何か良くないこと、悲しいこと、恐ろしいことが起こりうるなどとは、ナザーロフは思ってもみなかった。一歩ずつハジ・ムラートに迫り、近づいて行くことに喜びを感じていた。ハジ・ムラートは、近づいてくるコサックの大きな馬の蹄の音から、もうすぐ追いつかれるだろうと判断し、右手でピストルをつかむと、自分の後ろに聞こえる蹄の音に興奮しているカバルダ産の馬を、左手で軽く抑え始めた。

「駄目だと言っているだろう！」ナザーロフはハジ・ムラートとほとんど並ぶと、そう言いながら、相手の馬の手綱を取ろうと手を伸ばした。だが彼の手が手綱に届く前に、銃声が鳴り響いた。

「何だって、こんなことを？」ナザーロフは胸を押さえながら叫んだ。「みんな、奴らを倒すんだ！」そう言いながら、ぐらぐらとよろめくと、鞍の上に崩れ落ちた。

だが山岳民の方がすばやく手に武器を取り、ピストルでコサック兵を撃ち、剣で斬りかかった。ナザーロフは、仲間のまわりで脅えている愛馬の首にもたれかかったまま、どこへともなく運ばれていた。イグナートフは馬の下敷きとなり、足を押さえられて動けなくなったところを、馬上で剣を抜いた二人の山岳民によって、頭と腕を斬られた。ペトラコフは仲間に駆け寄ろうとしたところを、背中と脇腹に一発ずつ銃弾を受け、焼けるような痛みを感じながら、袋のようにもんどりうって馬から落ちた。

ミーシキンは馬首を転じて、要塞に向かって駆けだした。ハネフィとハン・マゴマが追ったが、ミーシキンが既にだいぶ先まで進んでいたので、追跡をあきらめた。

コサックに追いつけそうにないことを悟って、ハネフィとハン・マゴマは仲間のところに戻ってきた。ガムザロは短剣でイグナートフの喉笛を斬り、ナザーロフも馬から下ろして、とどめをさした。ハン・マゴマは、銃弾の袋を死体から奪った。ハネフィはナザーロフの馬を連れて行きたがったが、ハジ・ムラートは大声でその必要はないと言い、先に進んだ。部下たちは、後をついて駆けてくるペトラコフの馬を追い払いながら、彼に続いた。要塞の塔から、緊急事態を意味する銃声が鳴り響いた時、彼らはすでにヌハから三露里ほど離れた稲田に達していた。

ペトラコフは、腹から血を流して、仰向けに横たわっていた。その若々しい顔は空に向いていたが、彼は魚のようにすすり泣きながら、死んでいった。

「ああ、なんてことをしでかしてくれたんだ！」要塞の司令官は、ハジ・ムラートの逃亡を知ると、頭を抱えて、叫んだ。ミーシキンの報告を聞いたときには、「厳罰に処してやる。取り逃がしたんだからな！　ごろつきどもが！」と喚《わめ》いた。

緊急事態はいたるところに伝えられ、要塞にいたすべてのコサック兵だけでなく、一般の集落からも可能なかぎり民兵が集められ、逃亡者の追跡に差し向けられた。ハジ・ムラートを連行した者には、その生死にかかわらず、千ルーブリの褒賞金が与えられるとの布告が出された。ハジ・ムラートが仲間とともにコサックの手から逃れて二時間の後には、二百名以上の者が、監視将校の指揮のもと、騎馬で走り回って、逃亡者を探し出し、捕らえようとしていた。

ハジ・ムラートは、広い道を数露里過ぎたところで、重く喘ぎ、灰色に見えるほど汗ばんだ白馬の速度を緩め、立ち止まらせた。道の右手には、メラルジクの集落の住居や尖塔が見え、左手には畑が広がり、その端には川が見えた。右手が山に続く道であるにもかかわらず、ハジ・ムラートは反対に、左に進路を取った。これは追っ手が、自分たちが右手に進んだと判断して、その道を行くだろうと計算してのことだった。道がなくとも、アラザニ川を渡れば、誰も待ち伏せするはずもないだろう大道に出ることができる。その道に沿って森まで行けば、後はもう一度川を渡り、ひそかに森を抜けて山間部に到達できるだろう、そう判断して、彼は左に向きを変えたのだった。だが最初の川に行きつくのすら、不可能であることがすぐにわかった。通過すべき稲田が、春にはいつもそうであるように水が張られ、沼地と化していたので、馬は蹄の上の関節まで、ずぶずぶと埋まってしまったのである。ハジ・ムラートと部下たちは、少しでも乾いた場所を見つけようとして、右に左に向きを変えたが、彼らがはまった稲田は、どこも同じくらい水が張り、ぬかるんでいた。馬はぼこぼこと音を立てながら、沈んでいく足を泥濘《ぬかるみ》から引き抜いたが、数歩進んでは苦しげに喘ぎ、立ち止まってしまうのだった。

そのようにして彼らは長いこと、泥濘と格闘していたが、暗くなり始めても、なお川には行きつけなかった。左手に島のように小高くなった場所があり、そこには何かの植物が葉を繁らせていた。ハジ・ムラートはこの茂みに入り、疲れ果てた馬を休ませて、夜までそこに留まることに決めた。

茂みに乗り入れると、ハジ・ムラートと部下たちは馬から下り、その脚を縛ると餌を食わせてやり、自分たちも持参のパンとチーズを食べた。最初は若い月が空に輝いていたが、山の陰に沈むと、辺りは暗闇になった。ヌハにはうぐいすがとりわけ多く、この茂みにも二羽がいた。ハジ・ムラートと部下たちがざわめいているあいだ、うぐいすたちは黙っていたが、人間が静かになると、再びさえずり、鳴き交わしはじめた。ハジ・ムラートは夜の響きに耳を傾け、我知らずそれに聞き入った。

うぐいすの声は、彼に前夜、水を汲みに行ったときに聞いたガムザトの歌を思いださせた。今や彼自身が、いついかなる瞬間に、ガムザトと同じ状況に陥るかもしれなかった。むしろ必ずそうなるだろうと思われ、するとふいに彼は真剣な心持ちになり、外套を敷き広げると、その上に座って祈禱を捧げた。祈り終えるか終えないかのうちに、茂みに近づいて来る物音が聞こえた。それは沼地でぴちゃぴちゃと鳴っている、多数の馬の足音だった。機敏なハン・マゴマが、茂みの片方の端に走り出、暗闇の中を近づいてくる騎兵と歩兵の黒い影を認めた。ハネフィも、反対の端の方から、同じような人影を目にした。それは配下の民兵を引き連れた郡司令官のカルガノフだった。

『そうか、ガムザトと同じように、戦うことになるのだな』と、ハジ・ムラートは考えた。

緊急事態が伝えられた後、カルガノフは百人ほどの民兵とコサックとともに、ハジ・ムラートの追跡に取りかかったが、本人どころか、その足取りも、まったくつかむことができなかった。カルガノフはあきらめて、もう家に帰ろうとしていたが、日暮れ前に、年を取った土地の者と出会った。カルガノフが六名ほどの騎馬の者を見なかったかと尋ねると、老人は見たと答えた。騎兵が稲田で右往左往したすえに、自分が薪を取るつもりでいた茂みに入って行くのを見たというのだった。カルガノフは老人に同行を命じて取って返し、脚を縛られている馬を見つけて、ハジ・ムラートがそこにいることを確信した。茂みは深夜までに包囲されたが、ハジ・ムラートを生死にかかわらず捕らえるために、朝まで待機することになった。

包囲されていると察したハジ・ムラートは、茂みの真ん中に古い溝が掘られているのに気づき、ここに腰を据えて、弾薬と力のあるかぎり抵抗することに決め、このことを仲間たちに伝え、溝のうえに土塁を作るように命じた。部下たちはすぐさま枝を切り、短刀で地面を掘り、盛土をする作業に取りかかり、ハジ・ムラートも彼らと一緒に働いた。

明るくなり始めるとすぐ、民兵隊長が茂み近くまで来て叫んだ。

「おい、ハジ・ムラート！　降伏しろ！　私たちは大勢で、お前たちは無勢だぞ」

これに答えて、溝の辺りから煙が上がり、ライフル銃のかちりという音が聞こえ、弾丸が隊長の馬に命中した。馬はよろめき、崩れ落ちた。これに対して、茂みの縁に立っていた民兵たちのライフル銃が火を噴き、銃弾が風を切り、音を立てて葉っぱや小枝を叩き落とした後、土塁に命中したが、その奥に座っている者たちまでは届かなかった。ただし、一頭だけ離れて立っていたガムザロの馬が弾に当たって、頭部を怪我した。馬は倒れなかったが、縛られていた紐をひきちぎって、枝をなぎ倒しながら、他の馬めがけて走り出した。そして仲間に身を寄せるようにしたが、足元の若草には点々と血がこぼれ落ちていた。ハジ・ムラートと部下は、包囲陣から前進してくる者にだけ発砲し、ほとんど狙いを外すことがなかった。

三名の民兵が負傷した。包囲側はハジ・ムラートに向かって突撃しないどころか、しだいに後退し、遠くから当てずっぽうに撃つだけになった。

一時間以上、そのような状態が続いた。太陽が昇り、木々の間から光が射してきたが、新たに到着した大軍の叫びを耳にしたとき、ハジ・ムラートは馬に乗って、なんとか川まで行き着くという希望を捨てた。メフトリン・ハン国のガジ・アガが、総勢二百人ほどの部下を連れて到着したのだった。ガジ・アガはかつてハジ・ムラートの盟友《クナーク》であり、山で一緒に暮らしていたが、その後、ロシア側に寝返った男だった。ガジ・アガの軍勢には、ハジ・ムラートの敵の息子であるアフメト・ハンも同行していた。ガジ・アガも、カルガノフと同じく、最初にまず投降を呼びかけたが、ハジ・ムラートは一回目と同様に、狙撃でもって、これに答えた。

「全員、抜刀!」ガジ・アガが、自身も剣を抜きつつ、叫んだ。茂みに向けて、数百人の甲高い叫喚が響きわたった。

民兵たちは茂みに駆け込んだが、土塁から次々と銃声が上がり、三名が倒れた。突撃は中止され、茂みの縁からの銃撃も止んだ。包囲側は発砲しながら、茂みから茂みへと走りぬけ、少しずつ土塁に近づく戦術に転じた。走りぬけることに成功する者もいれば、ハジ・ムラートや部下に撃たれて倒れる者もいた。ハジ・ムラートは狙いを外さず、同じくガムザロも弾を無駄にすることがほとんどなく、命中するのを見るたびに、うれしそうに高い声を上げた。クルバンは土塁の端に座り、『神の他に神なし《リャ・イリャハ・イリ・アラー》』を歌いながら、ゆっくりと撃っていたが、ほとんど命中しなかった。エルダルは短刀を抜いて敵に突撃したくて、うずうずしていた。全身を震わせ、ひっきりなしにハジ・ムラートの方を見、土塁から身を乗り出しては、次々と手当たり次第に撃っていた。毛むくじゃらのハネフィは、袖をまくり上げて、補佐の作業に当たっていた。ハジ・ムラートやクルバンから銃を渡されると、油紙に巻かれていた弾を槊杖《さくじょう》で銃身に押し込んだり、乾いた火薬を薬池に入れたりして、装填する作業に没頭していたのだ。ハン・マゴマは、他の仲間のように溝に腰を下ろすこともなく、溝から馬の方に走り、より安全な場所に追って行ったが、その間もひっきりなしに声を上げながら、銃を支えもなしに、手に直接持って撃ち続けていた。最初に傷を負ったのは彼だった。弾が頬に命中したハン・マゴマは思わず尻餅をつき、血をぺっと吐きながら、なにごとかを罵った。次に負傷したのはハジ・ムラートだった。弾が彼の肩を貫通した。ハジ・ムラートは外着から綿を引きちぎり、それを傷口につめると、また撃ちはじめた。

「剣で突撃しましょう」とエルダルが、これでもう三度目の叫びを上げた。

彼は土塁から飛び出し、敵に向かって襲いかかろうとしたが、その瞬間に弾が命中し、よろめくと、仰向けにハジ・ムラートの足の上に倒れた。ハジ・ムラートは彼を見た。山羊のように美しい目が、真剣なまなざしで、じっとハジ・ムラートを見ていた。子どものように突き出した上唇が震えたが、もはや開くことはなかった。ハジ・ムラートはエルダルの体の下から足を抜くと、また狙いを定めはじめた。ハネフィは死んだエルダルの上にかがみこむと、そのチェルケス服から、まだ使用されていない銃弾をすばやく取った。クルバンはその間も、ゆっくりと装塡し、照準を合わせながら歌っていた。

敵は、鬨《とき》の声や、甲高い叫びを上げながら、茂みから茂みへと走り、ますます近づいてきた。新たな銃弾が、ハジ・ムラートの左腹部に命中した。彼は再び溝に横になり、また外着から綿を引きちぎって、傷に詰めた。だが腹部の傷は致命的で、彼は自分が死につつあることを感じた。さまざまな記憶や情景が、異常な速度で次々と彼の脳裏に立ち現れた。大力のアブヌンツァル・ハンが、斬られてぶら下がった自分の頰を片手で押さえながら、もう片方の手に短刀を持って、敵に突撃するのが見えた。弱々しく、血の気のないヴォロンツォフ老人の狡猾そうな白い顔と柔らかい声を見聞きしたように思った。息子のユスフや妻のソフィアト、目を細めている宿敵シャミールの赤いあごひげと青ざめた顔などが、次々と浮かんでは消えた。

こうしたすべてが脳裏を駆け抜けても、彼にはもはや何の感情も湧かなかった。憐れみも、悪意も、いかなる望みもなかった。自分に起こり始めていることに比べれば、過去のすべては取るに足らないことのように思えた。だがその一方で、彼の強靭《きょうじん》な体は、始められたことをなお続けていた。最後の力を振り絞って土塁から立ち上がると、駆け寄ってくる者にピストルを発射し、命中させた。相手は倒れた。それから彼は穴から這いずり出て、短刀を抜くと、足を大きく引きずりながら、敵に向かって真っ直ぐ歩いて行った。数発の銃声が鳴り響き、よろめくと彼は倒れた。何人かの民兵が勝利の歓声を上げ、倒れた体に殺到した。だが、すでに死んでいるものと思われた体は、突然また動きだした。まず帽子がぬげて、血まみれになっているのが見える、丸剃りの頭がもたげられ、次に上半身が持ち上がると、ハジ・ムラートは木の幹につかまって立ち上がった。その姿があまりに恐ろしかったので、駆け寄りつつあった者たちは、思わず立ち止まった。だがハジ・ムラートは痙攣《けいれん》し、よろよろと木から離れると、刈り取られたアザミのように頭から倒れ、もはや動かなかった。

彼はもう動かなかったが、なお感じていた。最初に近づいてきたガジ・アガが、大きな短剣で彼の首に斬りつけたとき、ハジ・ムラートはハンマーで頭を殴られたように感じたが、誰がなぜそうするのかを理解できなかった。これが彼の、自分の肉体と結びついた最後の意識だった。もはや彼は何も感じず、敵に踏みにじられ、切り刻まれても、それはもう彼とは何の関係もないことだった。ガジ・アガは、骸《むくろ》の背中に足を乗せ、二回で首を切った後、履き物を血で汚さないように気をつけながら、足でそれを転がした。真っ赤な血が頸動脈から噴き出し、首からは黒い血が流れて草にこぼれた。

カルガノフも、ガジ・アガも、アフメト・ハンも、民兵たちも、獣をしとめた狩人のように、ハジ・ムラートと部下たちの体のまわりに集まり（ハネフィとクルバンとガムザロは縛り上げられていた）、火薬の煙が立ち込める茂みに立って、陽気に語り合い、勝利を祝っていた。

射撃戦のあいだは黙っていたうぐいすが、またさえずり始めた。最初は近くで一羽だけ鳴いていたが、後には茂みの別の端で、他のうぐいすも鳴き始めた。

耕された畑で、押しつぶされたアザミを目にしたとき、私に思いだされたのは、この死であった。

（中村唯史＝訳）

# 「ハジ・ムラート」訳注

1—**ゲルゲビリの奪取**　一八四三年十—十一月の戦闘でシャミール軍はダゲスタンにあるゲルゲビリ要塞を奪取した。ロシア側の要塞守備隊は壊滅した。

2—**ダルゴ会戦**　一八四五年五—六月に、ヴォロンツォフの主導で行われたシャミールの逮捕を主目的とする軍事作戦。チェチェンの集落ダルゴが主戦場となった。ロシア軍は多大の損失を蒙り、撤退を余儀なくされた。

3—**ロムベル**　十六世紀スペイン発祥の三人で行うトランプ・ゲーム。ロシアではエカテリーナ二世の時代に流行し、十九世紀にはかなり古風で、賭博には向かないと見なされていた。

4—**冬宮が火災**　一八三七年十二月十七日の大火災を指す。冬宮の二階と三階がほぼ全焼し、多くの絵画や文書が焼失した。

5—**一八四八年の後で憲法を制定**　フリードリヒ・ヴィルヘルム四世は、当初は憲法の制定を拒否したが、一八四八年の三月革命時にベルリンで市民と軍隊が衝突したのを見て、同年十二月に言論の自由や司法権の独立など、比較的開明的な内容を含む欽定憲法を制定した。

6—**ユニエイト教徒**　東方典礼カトリック教会、すなわちローマ教皇権を認めてカトリック教会の教義を受け入れるも、正教会の典礼を維持した人々。ロシア帝国内では、特にウクライナを中心に広がりを見せた。

# 舞踏会の後で

――物語――

「それでは、あなたがたは、ひとは物事の善悪を自分では判断できない、すべては環境によるのであって、環境がひとに悪影響を及ぼすのだというご意見なのですね。ですが私は、すべては偶然によると考えるのです。自分の体験をお話ししましょう」

誰からも尊敬されているイヴァン・ヴァシリエヴィチは、人格の向上のためには、まず人間が暮らしている環境を変えることが絶対に必要だという私たちの議論を聞いて、こんなふうに話しだした。実のところ、ひとが物事の善悪を判断できないなどとは誰も言わなかったのだが、イヴァン・ヴァシリエヴィチには、会話のあいだに生じてくる自分の考えに自分で答え、話題に即したエピソードを自分の人生から探し出して語る癖があったのだ。話しているうちに夢中になり、本来の話題を忘れてしまうこともたびたびあったが、それほどまで誠実に、心を込めて語るのだった。

このときの彼もそうだった。

「私自身の体験をお話ししましょう。私の人生を決めたのはおそらく環境ではなく、まったく別のものだったのです」

「それは何だったのですか」と私たちは尋ねた。

「長い話になりますよ。ご理解いただくには、たくさんのことを語らなければなりません」

「かまいません、どうぞお話しください」

イヴァン・ヴァシリエヴィチは物思いに沈み、首を振った。

「そう、人生のすべてが、ある晩の――いや正確にはむしろ、ある早朝のできごとで変わってしまったのです」と彼は話し始めた。

「いったい何があったのです？」

「その頃、私は恋に落ちていました。それまでにも何度も恋愛を経験してはいましたが、そのときの愛が私の人生で最も真剣なものでした……。もっとも、もう昔のことです。私がそのとき愛した女性の娘さんが、今ではもう結婚していらっしゃるのですからね。その女性はB嬢、そう、ヴァレニカ・B嬢といいました……」イヴァン・ヴァシリエヴィチは女性の姓を口にした。「彼女は五十歳になった今でもすばらしく美しい方ですが、若いとき、十八歳の頃には、もうただただ魅力的でした。すらりと背が高く、優美で、そして堂々としていました。そう、まさしく堂々としていたのです。いつも頭を少し後ろに反らして、まるで自分には他の姿勢などないとでもいうように、不自然なほど背すじをまっすぐに伸ばしていました。そのためか、彼女は美しく、背が高く、骨ばっていると言っていいほど痩せていたけれど、その姿は一種の威厳を帯びていたのです。もし優しげで快活な微笑をいつも口元に浮かべ、魅力的な目を輝かせて、愛らしさと若々しさを振りまいていたのでなければ、皆近寄りがたく感じただろうほど、凛《りん》としていました」

「イヴァン・ヴァシリエヴィチ、あなたはたいそう巧みにお話しになりますね」

「いいえ、どんなに語りつくそうとしても、当時のあのひとの魅力をわかってはいただけないでしょう！　ですが、お話ししたいのは、そのことではありません。一八四〇年代に、私はある地方大学の学生でした。その良し悪しはともかくとして、この大学には当時、学生サークルやら主義やらといったものは一切なかったので、私たちはただ若く、相応に青春を謳《おう》歌《か》していました。つまり、よく学び、よく遊んでいたわけです。私自身もたいへん陽気で元気な若者でね、財産もそれなりにありました。元気いっぱいの馬を一頭飼っていまして、よくご婦人方を乗せては小山から駆けおりたものです（橇《そり》すべりは、その頃はまだ流行《はや》っていませんでした）。友人たちと、よく大酒も飲みましたよ（その頃、私たちはシャンパン以外は飲みませんでした。金がないときは飲まないだけのこと、当時は今のようにウォッカを飲む習慣はありませんでした）。最も楽しみにしていたのは、晩餐会《ばんさんかい》と舞踏会でした。踊るのは得意でしたし、見かけもまあ、器量が悪いというほどではありませんでしたから」

「ご謙遜にならなくてもいいじゃありませんか」と、聞いていた女性のひとりが口をはさんだ。「まだダゲレオ・タイプの頃の、あなたの肖像写真を存じあげていますわ。器量が悪いどころか、とてもハンサムでいらっしゃった」

「それはどうかわかりませんが、重要なのは、そんなことではありません。お話ししたいのは、私がその真剣な恋をしていたとき、県の貴族会の会長さんのお屋敷で、謝肉祭《マースレニツァ》の最後の日に催された舞踏会のことなのです。会長さんはかつて宮廷侍従だった方で、とても人が好《よ》く、お金持ちで客好きの老人でした。奥さまも同じように善良なご婦人で、頭には宝石の付いた額飾り《フェロニエール》をはめ、年齢相応に白く柔らかい肩や胸が、後染めのビロードのドレスからのぞいている、まるでエリザヴェータ・ペトローヴナ［エリザベータ一世のこと。一七四一―六二年の在位中に、上流社会の西欧化が進み、サロン文化が開花した］の肖像画のような姿で、私たちを歓迎してくださいました。華やかな舞踏会でした。会場は目をみはるような大広間で、合唱隊もおりました。音楽は好事家《こうずか》の地主が提供してくれた当時評判の農奴出の楽士たち、ビュッフェも見事で、まるでシャンパンの海を泳いでいるようでした。もっとも、私はシャンパン好きでしたが、その日は酒なしでも愛に酔っていましたからな、飲まずに、へとへとになるまで踊り続けました。カドリールも、ワルツも、ポルカもね。できるかぎり、ヴァレニカとペアで踊ったことは、言うまでもありません。彼女は白いドレスに薔薇《ばら》色のベルト、痩せて尖《とが》った肘に少し足りないくらいの白く光る長手袋をはめ、白い繻子《しゅす》の舞踏靴をはいていました。けれどもマズルカのときには、ヴァレニカを奪われてしまいました。嫌味なアニシーモフ技師が（このことで私は今に至るまで彼を許せないのですが）、彼女が会場に入るなり、パートナーを申し込んだのです。手袋を取りに化粧室に立ち寄ったせいで遅れを取った私は、マズルカをヴァレニカとではなく、以前に少し言い寄ったことのあるドイツ人の令嬢と踊るはめになりました。その晩、この令嬢には、たいへんな失礼をしてしまったのではないかと思います。なにしろ話しかけようとも、顔をきちんと見ようともせずに、白いドレスに薔薇色のベルトのすらりとしたヴァレニカの姿、その輝くような、えくぼの浮かんだ紅潮した顔、優しく愛らしい目ばかりを追いかけていましたからな。私だけではありません、誰もが彼女に釘《くぎ》づけになって、見とれていました。男女を問わず、皆、彼女の輝きの前に影が薄くなり、くすんでいたにもかかわらずです。見とれずにはいられなかったのです。

私は、いわゆるルールの点からいえば、マズルカだけは別の女性と踊ったわけですが、実際には、ほとんどずっとヴァレニカと踊っていたようなものでした。彼女はためらうことなく、大広間をまっすぐ近づいて来て、まだ申し込まれてもいないのに私が跳びあがるように立つと、察しの良さに感謝するかのように、ほほえんでくれました。彼女が私の性質を言い当てられず〔舞踏会では、二人の男性の仮に決めた性質を女性が言い当て、当てた方と踊る習慣があった〕、他の者に手を与えなければならなかったときには、細い肩をすぼめ、残念そうな微笑を私に向けて、慰めてくれました。ワルツの曲でマズルカを踊ったときには、二人で長いこと大広間を回りました。ヴァレニカは、息が切れてきましたが、それでも微笑を浮かべて、『もっと《アンコール》』とささやいたのです。

そこで私はもっともっとワルツを踊り、自分の身体を感じないほどにまでなりました」

「でも、どうして身体を感じないなどということがあるでしょう。ワルツを踊りながら、あなたはヴァレニカ嬢の腰を抱いていたのですから、自分だけでなく、令嬢の身体も、しっかりと感じていらっしゃったのではないですか？」と客人のひとりが言った。

イヴァン・ヴァシリエヴィチは急に真っ赤になり、ほとんど叫ぶように、腹立たしげに言った。

「ああ、これですからな、あなたがた現代の若者は！　肉体の他には、何一つご覧になろうとしない。私たちの時代には、そうではありませんでした。肉体のほかにはなにも、私にとって彼女は肉体のない、霊的な存在となっていったのです。真剣に愛すれば愛するほど、私にとって彼女は肉体のない、霊的な存在となっていったのです。現代のあなたがたは、足とか、くるぶしとかいったものしか見ようとしない。好きになった女性の服を脱がそうとなさる。ところが私にとっては、アルフォンス・カールが言ったように（良い作家でしたよ）、愛の対象はいつもブロンズの衣服をまとっていたのです。私たちは服を脱がそうとするのではなく、反対に、裸体をくるもうと努めたものです。そう、ノアの良き息子のようにね。しかしまあ、あなたがたにはおわかりにならんでしょう……」

「あの人の意見など、放っておけばいいのです。それから、どうなったのですか？」と、その場にいた別のひとりが言った。

「そうしましょう。私はヴァレニカとさらに踊り続け、時が過ぎたことにも気づきませんでした。ご存じのとおり、舞踏会の終わりにはよくあることですが、楽士たちは疲れはて、捨てばちになって、ずっとマズルカの同じ旋律をくり返していました。令嬢たちのお父上やご母堂がトランプ卓から立ち上がって、夜食はまだかと客間から広間に移り、召使いたちが、いろいろな物を運んで行ったり来たりする姿が、目につくようになりました。もう午前二時を過ぎていました。残された時間をむだにするわけにはいきません。私はもう一度、彼女にパートナーを申し込み、私たちはこれでもう百回目のペアを組んで、大広間を回りました。

『夜食の後で、私とカドリールをいかがですか？』席までエスコートしながら、私は彼女に言いました。

『もし家に帰ることになりさえしなければ、もちろんお受けしますわ』と、彼女はほほえんで言いました。

『帰宅なんぞ、させませんよ』と私が言いました。

『そこのヴェールを取ってくださいな』と彼女が言いました。

『お渡ししなければならないのが、残念です』と、私は安っぽい白のヴェールを手渡しながら言いました。

『それじゃあ、残念にお思いにならないように、あなたにこれを』彼女はそう言って、ヴェールから鳥の羽根を一本抜いてくれました。

私はその羽根を受け取ると、自分の恍惚《こうこつ》と感謝の情を、ただまなざしだけで表現しました。満ち足りて快活な気持ちであっただけでなく、幸せでした。至福の時を過ごし、善良な気持ちに満たされていました。そのときの私は、いつもの自分ではなく、悪を知らず、ただ善《よ》いことしかできないような、何かこの世ならぬ存在になっていたと思います。羽毛を自分の手袋の内側に隠しましたが、彼女から離れられなくて、そのまま立っていました。

『ご覧になって、お父さまが、踊りに誘われていますわ』女主人や、その他の女性に囲まれてドアの辺りに立っていた、すらりと背の高い自分の父親を指して、彼女が言いました。彼女の父親は、陸軍大佐の銀色の階級章を肩に付けていました。

『ヴァレニカ、こちらにいらっしゃって』宝石の付いた額飾り《フェロニエール》と、エリザヴェータ女帝風に露《あら》わになった肩とが目立つ女主人の大きな声が聞こえました。

ヴァレニカはドアの方に行き、私もそれについて行きました。

『ねえあなた《マ・シェール》、あなたと踊るよう、お父さまを口説いてくださいな。さあどうぞ、ピョートル・ヴラジスラヴィチ』女主人は大佐に向かって言いました。

ヴァレニカの父親はとても美しく、すらりと背の高い、溌剌《はつらつ》とした老人でした。血色の良い顔に、ニコライ一世風《ア・ラ・ニコラ・プレミエ》のぴんとはね上がった白い口ひげと、それにつながっている、やはり白いあごひげをたくわえ、こめかみから耳のあたりの髪は、きれいに前の方に撫《な》でつけられています。輝くような目と口元には、愛娘《まなむすめ》と同じ、優しげで楽しそうな微笑が浮かんでいました。さりげなく勲章を付けた頑丈そうな上半身、軍人らしく分厚い胸、力強い肩、すらりと長い両脚……。つまりは体格もすばらしく、一言で言うなら、ニコライ一世時代の流儀が身についた古風で精勤型の将校でした。

私とヴァレニカがドアに近づいたとき、大佐は、自分はもう踊り方を忘れてしまったからと断っていましたが、それでもやがて、ほほえみながら手を左に回してベルトから剣をはずし、そばにいた世話好きな若者に渡すと、柔らかな鹿革の手袋を右手にはめました。そして微笑して、『すべてルールに則らなくてはね』と言い、娘の手を取ると、四分の一ほど体をねじった姿勢を取って、音楽が始まるのを待ちました。

マズルカの旋律が鳴りだすと、彼は待ちかねたように、すばやく片足を踏み鳴らし、もう片方の足をさっと突き出しました。その背の高い、しかしやや重たげな姿が、ときに静かに滑《なめ》らかに、ときに荒々しく靴底を踏み鳴らしたり両脚を打ち鳴らしたりしながら、大広間を回り始めました。その横には、流れるように、優美なヴァレニカの姿があります。彼女はさりげなく、しかし父親の動きに的確に合わせて、白くて小さな繻子の舞踏靴の先を出したり引いたりしました。広間じゅうが、このペアの一挙一動を見守っていました。私はといえば、見守るどころの話ではなく、ほとんどうっとりと感動して二人を見つめていたのです。とりわけ感銘を受けたのは父親の紐長靴《ひもながぐつ》で、上質の牛革製でしたが、流行遅れで古くさく、先が四角に角張り、かかとも付いていませんでした。明らかに、軍靴を作り直したものでした。『愛する娘を着飾らせて社交界に出すため、流行の靴も買わずに、お手製をはいているんだな』と考えて、この四角形の靴先にとりわけ感動を覚えたものです。父親がかつて踊りの名手だったことはよくわかりました。今では身体もやや重くなり、すらりと長い両脚も、思いどおりに美しく迅速なステップをすべてこなすほど敏捷《びんしょう》には動きませんでしたが、それでもきびきびと大広間を二周回りました。最後に父親がすばやく両脚を広げて再び閉じ、少し重そうではあったものの、膝を突いて礼をし、娘が踏まれてずれたスカートをほほえみながら直して、滑らかに父親のまわりをくるりと回ると、誰もが心から拍手喝采しました。父親は少し苦労して立ち上がると、可愛くて仕方がないようすで娘の耳に優しく両手で触れ、ひたいにキスをしました。それから娘を私の方にエスコートして来ました。私が娘と踊るだろうと思ったのですね。私は、自分は彼女の騎士ではないと言いました。

『うん、まあ、それでも次は娘と踊ってやってください』と彼は優しく微笑して言い、剣をまたベルトにさしました。

壜《びん》から酒を注ぐと、最初に一滴がこぼれ出てから、中身が勢いよく流れ出るものですが、ちょうどそのように、ヴァレニカに対する愛情が、私の心の底に秘められていた愛の力を解き放ちました。私はこのとき、世界のすべてを自分の愛で抱きしめていました。頭に額飾り《フェロニエール》をはめた女主人、そのエリザヴェータ女帝風の胸元にも、彼女の夫や召使いにも、その夜の客人たちにも、さらには私にふくれ面を見せているアニシーモフ技師にすら愛を感じていました。そして、お手製の長靴をはいて、娘にそっくりの優しい微笑を浮かべている父親に対しては、なにか恍惚とするほどに温かな感情を覚えていました。

マズルカが終わると、主人夫妻は夜食の席に着くように客たちに勧めましたが、B大佐は明日の朝は早いのでと言って辞退し、主人と別れの挨拶を交わしました。私はヴァレニカも一緒に連れて帰られるのではないかと心配しましたが、彼女は母親と残りました。

夜食の後、彼女と約束のカドリールを踊りました。それまでに無限の幸せをすでに感じていたのに、幸福感はますます強まりました。愛については、私たちはたがいに何も話しませんでした。私は、彼女が愛してくれているかどうかを、彼女にも、自分自身にさえ、問いかけようとはしませんでした。自分が彼女を愛していることだけで十分だったのです。何かが私の幸福をそこなうことがないようにと、ただそれだけを恐れていました。

帰宅して外套《がいとう》を脱ぎ、眠ろうと思いましたが、とてもじゃないが眠れそうにもありません。

私の手には、彼女のヴェールから抜かれた鳥の羽根と、それから両の手袋がありました。舞踏会から帰ろうとして、まず母親が、次に彼女が箱馬車に乗り込むのを手伝った後で贈られたものでした。これらの品を見つめていると、目を閉じてもいないのに、彼女が踊りを申し込んだ二人のうちから一人を選ぶとき、私を指さして『あなたは誇り高い人ね、そうでしょう？』と私の性質を言い当てたときの姿が浮かび、その愛らしい声が聞こえてきます。あるいは夜食の後で、シャンパンのグラスに唇をつけ、眉の下から優しい目でこちらを見ていた彼女……。ですが、何よりも思い浮かんだのは、ペアを組んだ父親のそばで流れるように踊っていた彼女の姿、自分と父親を誇りに思い、うれしさでいっぱいになりながら、見とれている観衆にちらちらと目をやっていた彼女の姿でした。優しく柔らかな思いのなかで、私はひとりでに彼女と父親を結びつけて考えていたのです。

私は当時、今は亡き兄と一緒に暮らしていました。兄は社交界をまったく好まず、舞踏会にも足を運ぼうとはしませんでした。その頃は修士課程に入る試験勉強をしていて、ごく規則正しい生活を送っていました。兄は眠っていました。枕に頭を埋《うず》め、フランネルの夜具で半分覆《おお》っているその寝顔を見ているうちに、慕わしい気持ちと一緒に、かわいそうでたまらなくなりました。私がそのとき体験していた幸福を知らず、分かち合おうともしない兄が、哀れでしかたなかったのです。農奴出の召使いのペトルーシャがろうそくを手に出迎え、私が外套を脱ぐのを手伝おうとしましたが、下がらせました。彼の眠そうな顔や、もじゃもじゃになった髪を見ているうち、なんだかひどく感傷的な気持ちになったからです。音を立てないように、爪先立ちで自室に行き、ベッドに腰を下ろしましたが、あまりにも幸福感に満たされていたため、眠れませんでした。そのうえ暖まった室内にいるのが、ひどく暑く感じられたので、制服を脱がずに、そっと玄関に行き、外套を着込むと、ドアを開けて外に出ました。

舞踏会から家路に着いたのは午前四時過ぎで、家まで戻り、しばらく過ごすうちに、さらに二時間ほどが経っていたので、外に出たときには、もう明るくなっていました。いかにも謝肉祭《マースレニツァ》の頃らしい天候でした。路上では水っぽい雪が融けかけ、どの家の軒先からもしずくがぽたりぽたりと落ちていました。B家の住居は当時、一方の端に野外公園が、もう一方の端に女子学校がある、街はずれの広い野原の縁にありました。私はひとけのない小路を通り、大きな通りに出ました。大通りでは通行人や、滑《すべ》り木《ぎ》が道路の舗石《ほせき》にじかに当たってい る、薪を積んだ荷橇などが行き交っていました。光沢を放っている頸木《くびき》の下で、濡《ぬ》れた頭をリズミカルに振っている馬や、筵《むしろ》にくるまり、大きな靴をはいた運び屋が荷馬車の周りをどすどすと歩き回っているのも目にしました。通りに面した建物は霧の中でどれもたいへん高く見えました。こうしたすべてが、とりわけ慕わしく、意義深いことに思えました。

彼らの家がある野原に出ると、遊歩場の方角の端に、何か大きな黒いものが見え、そこから横笛と太鼓の音が聞こえてきました。私の心のなかでは、マズルカの旋律がずっと鳴り響き、ときには実際に耳元で鳴っているようにさえ思えたのですが、これはまた何かそれとは違う耳ざわりで不快な音楽でした。

『いったい何だろう』と思い、野原のまん中の滑りやすい道を、音の鳴る方へ歩いて行きました。百歩ほど進むと、霧の中に、たくさんの黒い人影が見えてきました。明らかに、兵隊です。『きっと訓練に違いない』と考え、汚れた半外套に前掛けを付け、何かを運んでいる鍛冶屋《かじや》の後から、さらに近づいて行きました。兵士たちは黒い軍服を着、小銃を脚にぴったり添えて、二列に向き合って並《なら》んでいます。その後ろに横笛と太鼓の奏者が立っていて、不愉快で甲高い同じメロディを止《や》むことなくくり返していました。

『彼らは何をしているのだね？』と、一緒に立ち止まった鍛冶屋《かじや》に聞きました。

『逃亡したタタール人の処罰ですよ』と鍛冶屋は、兵士たちの列の向こう端に目をやりながら、怒ったように言いました。

私もその方に目をやると、兵士たちの列のあいだを、何か恐ろしいものが近づいて来るのが見えました。それはベルトのところまで上半身を裸にされた人間で、二人の兵士が持つ銃に縄でつながれ、引かれていました。その横を、外套を着て制帽をかぶった背の高い軍人が歩いていましたが、その姿にはなんだか見覚えがあるようでした。罪人は、両脇から降り注ぐように打擲《ちょうちゃく》を受け、全身を震わせながら、融けかけた雪の上をぴちゃぴちゃと、こちらに近づいて来ます。しばしば後ろにひっくり返りそうになったり、前方につんのめったりしましたが、そのたびに彼を銃で引いている下士官が、前に押したり、あるいは逆に倒れないように引っ張ったりしました。背の高い軍人は、しっかりと規則正しい歩調で、罪人の横を一歩も離れずに歩いていました。それは、血色の良い顔に白い口ひげとあごひげをたくわえた、あの人の父親でした。

打擲を受けるたびに、罪人は苦痛で顔をゆがめ、殴った者を驚いたように見ます。白い歯をむき出しにして、何か同じ言葉をずっとくり返していました。その言葉が聞き取れるようになったのは、ごく近くまで来たときです。彼は、話していたのではなく、『兄弟、ご慈悲を、ご慈悲を』とすすり泣いていたのでした。ですが、『兄弟』たちが慈悲を垂れることはありませんでした。一行が私の真横に来たとき、向かい側に立っていた兵士が決然とした足取りで一歩前に進み、振り上げた鞭《むち》を、口笛のような音を立てて、タタール人の背中に向けて思いきり振り下ろすのが見えました。タタール人は前につんのめりましたが、下士官が彼を引っ張ると、今度は反対側の兵士が、同様の一撃を加えます。その後も両側から、順々に打擲が続きました。大佐は、自分の足元と罪人とに代わる代わる目をやりながら、その横を歩いていました。頰をふくらませて空気を胸いっぱいに吸い込んでは、突き出した唇のあいだから、ゆっくりと吐き出していました。一行が私の立っていた場所の横を通り過ぎたとき、兵士の隊列の合間から、罪人の背中がちらりと見えました。じくじくと濡れて、赤くまだらになり、何かあまりにも自然に反していたので、私はそれが人間の体であるとは信じられませんでした。

『ああ、神様』と、私の横にいた鍛冶屋が言いました。

一行はしだいに遠ざかっていきましたが、その間もずっと、つまずいたりよろめいたりしている人間に向けて、両側から交互に鞭が振り下ろされ、太鼓が叩かれ、横笛は甲高い音を立てていました。大佐のすらりと背の高い姿は、あいかわらずしっかりした足取りで罪人の横を歩いていましたが、ふと足を止め、一人の兵隊にすばやく近づきました。『お前に殴り方を教えてやる』彼の怒声が聞こえました。『こうやって打つんだ。いいな？できるな？』

そして彼が鹿革の手袋をはめた屈強な手で、非力そうな小ロシア人の兵士の脅《おび》えきった顔を殴りつけるのが見えました。この兵士は、タタール人の真っ赤な背中に、力いっぱい鞭を振り下ろすことができなかったのです。『新品の鞭をよこせ！』と大佐は叫びながら、周囲を見回し、そして私に気がついたようでした。しかし彼は、私がわからないようなふりをして、いかめしく毒々しい渋面を作って、すばやくそっぽを向きました。私はまるで自分の最も恥ずべき行為を見つけられたようで、目のやり場に困るほど恥ずかしい気持ちでいっぱいになり、顔を伏せ、急いで帰路に着きました。道すがら、断続的な太鼓の音や、横笛の甲高い音が耳元で鳴り響き、『兄弟、ご慈悲を、ご慈悲を』という声が聞こえてきました。そうかと思うと、自分に疑念を持たない大佐の『こうやって打つんだ。いいな？　できるな？』という憤怒《ふんぬ》の叫びが聞こえたりもしました。そのうち、吐き気をもよおすほど身体に直接こたえる憂鬱《ゆううつ》が心に満ちてきたので、私は何度も立ち止まり、さきほどの光景から押し寄せてくる、今にも身体が引きちぎられそうな恐怖に耐えなければなりませんでした。自分がどうやって家に帰りつき、横になったのか、記憶にありません。しかし横になってからも、うとうとするたび、耳元でさきほどの音や声が聞こえ、光景が目に浮かんできて、何度もベッドから跳ね起きました。『彼はきっと、私の知らない何かを知っているに違いない』大佐について、そう考えました。『もし彼が知っていることを、私もすべて知っているのなら、さきほど見たことを理解できずに、苦しむはずはないのだから』しかし、いくら考えても、大佐が何を知っているのか、どうしてもわかりませんでした。ようやく眠ることができたのは夕方のこと、友人のところに行って一緒に痛飲し、すっかり酔っぱらった後でした。

私がそのとき見たことを、悪いことだと決めつけたとお思いですか？　けっしてそうではありませんでした。『それがあれほどの確信をもって行われ、必要不可欠なことと皆に認められているからには、彼らはきっと私の知らない何かを知っているに違いない』と考え、その何かを知ろうと努めたのです。しかし、どんなに努力しても、それが何なのかを知ることは、その後もありませんでした。知ることができない以上、それまで望んでいたように、軍務に就くわけにはいきません。軍隊どころか、私はどこにも勤めることなく、ご存じのように、まったくの役立たずのまま、これまで生きてきたのです」

「あなたがどういう役立たずになられたかを、我々は知っていますよ」と、私たちのひとりが言った。「ですから、もしあなたという方がいなければ、いったいどれほどの人間が役立たずになっただろうかを、お話しになる方がいいと思いますね」

「いや、それはもうまったくの愚言というものですよ」と、心から忌々《いまいま》しそうにイヴァン・ヴァシリエヴィチは言った。

「それで、恋のゆくえは、どうなったのですか？」と私たちは尋ねた。
「恋ですか？　やはり、その日から気持ちが薄れていきました。よくあることでしたが、ヴァレニカが顔に微笑を浮かべて何かを考え込んでいるのを目にするたび、すぐに野原での大佐が思いだされて、なんだか落ち着かない、不愉快な気分に陥るようになったのです。そんなわけで、彼女と会う回数も減っていき、愛の気持ちもいつしか失せてしまいました。ねえ皆さん、人生とは、こんなふうに変わり、別の方向を向いてしまうものなのです。それなのに、あなた方は、環境云々《うんぬん》などとおっしゃる……」イヴァン・ヴァシリエヴィチは話を終えた。

ヤースナヤ・ポリャーナ［モスクワ南方約一九〇キロ、トゥーラ近郊にあるトルストイの生地。作家は亡くなる直前までここを生活の拠点とし、執筆を行った］　一九〇三年八月二十日

（中村唯史＝訳）

# 壺のアリョーシャ

アリョーシャは末弟《すえっこ》だった。彼が壺《つぼ》というあだ名を頂戴したのは、母親が牛乳壺を輔祭《ほさい》［正教会で主教、司祭に次ぐ聖職者で、彼らの助手を務める］の奥さんのもとに持たせた時、躓《つまず》いて壺を壊してしまったからだ。母親は彼を叩《たた》き、子供達は彼のことを「壺」と言ってからかい出した。こうして、彼のあだ名は壺のアリョーシャとなったのである。

アリョーシャは、痩せっぽちで耳の垂れた（耳が翼のように突き出ていた）子で、鼻が大きかった。子供達は、「アリョーシャの鼻は丘の上の犬のようだ」と言ってからかうのだった。村に学校はあったものの、アリョーシャは読み書きを覚えることができなかった。それに勉強する時間もなかったのだ。長男は町の商人のもとで暮らしていたので、アリョーシャは小さい時から父親の手伝いをするようになった。六歳の時にはもう、ちっちゃな姉と一緒に牧場で羊と牝牛《めうし》の番をした。もう少し大きくなると、昼も夜も馬の番をするようになった。十二歳になるともう、土地を耕したり荷物を運んだりしていた。力はなかったものの、要領がよかったのだ。彼はいつも陽気だった。子供達が彼のことを馬鹿にしても、黙っているか笑っているだけだった。父親に叱られた時でも、黙って聞いていて、叱られ終わるや否や、またにこにこして目の前の仕事に取りかかるのだった。

兄が兵隊に取られた時、アリョーシャは十九歳だった。父親は、アリョーシャを兄の代わりに商人のもとへ庭番として遣わした。アリョーシャは、兄から譲り受けた古い長靴に、父親の帽子と半外套《はんがいとう》を身に着けると、町に連れて行かれた。アリョーシャは自分の格好が嬉《うれ》しくて仕方なかったが、商人の方はアリョーシャのいで立ちが気に食わなかった。

「セミョーンの代わりに一人前の奴をよこすもんだと思っていたが」と商人はアリョーシャを睨《ね》め回して言った。「こんな洟垂《はなた》れ小僧を連れてきやがって。こいつが何の役に立つというんだ」

「こいつは何でもできますよ。馬車に馬をつけるのも遠くにでかけて用事を足すことも、一生懸命働くこともできるんです。見かけは編み垣みたいにひょろっとしてますが、なかなかたくましいんです」

「そうかい？　では様子を見るとするか」

「何よりこいつは聞き分けがいいんです。熱心に働きますよ」

「そう言われちゃ仕方ない。置いていくがいい」

こうしてアリョーシャは商人の家で暮らすことになった。

商人の家は大家族ではなかった。女将《おかみ》さんに年老いた母親、あまり教育がなく、父親と一緒に働いている所帯持ちの長男と、頭が良くて、中等学校《ギムナージヤ》を卒業して大学で学んでいたが、大学を追い出されて家で暮らしている息子がもう一人。それに加えて中等学校生の娘がいた。

最初のうち、アリョーシャは好かれなかった。見るからに百姓じみていてみすぼらしい身なりをし、礼儀作法を知らず、誰に対しても「お前さん」と呼びかけていたからだが、そのうち、みんな彼に慣れてしまった。彼は兄以上によく働いた。従順そのもので、どんな仕事にも彼が遣わされ、次から次へと休む間もなく仕事に取りかかり、何でも進んで手際よくこなすのだった。自分の家でもそうだったように、商人の家でも、仕事は全部アリョーシャにふりかかってきた。彼が多くの仕事をこなせばこなすほど、皆が、さらに多くの仕事を押し付けるのである。女将さんに主人の母親、主人の娘や息子、そして番頭に料理女までもが彼をあっちへこっちへと遣いにやり、あれやこれやと仕事をやらせるのであった。「ひとっ走りしてきな、兄弟」、かといえば「アリョーシャ、お前がこれをうまくやっておくれ。——何だアリョーシャ、忘れたのかい？——忘れないよう気をつけるんだよ、アリョーシャ」と言う声がひっきりなしに聞こえてくる。アリョーシャは駆け回り、仕事をこなし、ちゃんと気を配っていたので、仕事を忘れるようなことはなく、すべてをこなしていた。いつも微笑《ほほえ》みを浮かべながら。

彼は、兄の長靴をまもなく履《は》きつぶしてしまった。主人は、彼がぼろ長靴から足の指を晒《さら》して歩いていることに文句を言って、市場で新しい長靴を買うように命じた。アリョーシャは、長靴を新調できて喜んだが、自分の足は古いままだったので、駆けずり回った挙句に夕方になって足が疼《うず》き出すと、腹を立てたものである。アリョーシャは、商人が長靴代を給料から差し引いたら、彼の労賃を受け取りにやって来る父親が怒るのではないかと不安だった。

冬、アリョーシャは夜明け前に起き、薪《まき》を割り、それから中庭を掃き、牝牛と馬に飼料を与え、水を飲ませてやった。そして暖炉を焚《た》き、ご主人達の長靴を磨き、服の汚れを払い、サモワールを沸かしたり、磨いたりした。その後は、番頭に商品の蔵出しで呼び出されるか、料理女にパン生地を捏《こ》ねるよう、あるいは鍋を磨くように命じられる。それが終わると、町に手紙を持たされたり、中等学校《ギムナージヤ》に主人の娘の迎えに行ったり、おばあさんのためにオリーブ油を買いに遣わされたりした。誰もが、「一体どこに行ってやがるんだ、いまいましい奴めが！」と言う。「自分で行くこともないでしょうに。アリョーシャがひとっ走りしてくれますよ。アリョーシャ、おい、アリョーシャ！」そしてアリョーシャが走るのであった。

彼は、朝食を歩きながら摂《と》ったし、皆と一緒の昼食に間に合うことはめったになかった。料理女は、彼が皆と一緒に食べに来ないことを叱ったが、それでも哀れに思い、昼食にも夕食にも温かい料理を残してやるのだった。特に、祝祭日の前やその当日には、仕事が多くあった。それでもアリョーシャが祝祭日をとりわけ喜んだのは、少ないとはいえ、お茶代をもらえるからだ。全部で六十コペイカ程だったが、それでも彼自身のお金だったので、このお金は好きなように使うことができた。自分の給料はといえば、目にしたこともなかった。父親がやって来て商人から受け取り、アリョーシャには長靴をすぐに駄目にしてしまったと小言をいうばかりだったのだ。

彼はこのお茶代で二ルーブル貯《た》めると、料理女が勧めてくれた通り、赤い手編みの上着を買った。これを身に着けた時には、嬉しさのあまり、ついつい口元がゆるんでしまうほどだった。

アリョーシャは口数が少なかったし、話す時はいつも途切れ途切れで、言葉も短かった。そして、何か言いつけられたり、あれやこれやのことをできるかどうか尋ねられると、戸惑うことなく「それならできるさ」と言って、すぐさま取りかかり、そして実際にやってみせるのだった。

彼はお祈りの言葉を全く知らなかった。母親が教えてくれたのも忘れてしまった。それでも朝も晩もお祈りをし、手で十字を切りながら祈った。

アリョーシャはこうして一年半を過ごした。ここで、二年目も半ばを過ぎて、思ってもみなかった大事件が起こった。この事件というのは、自分でも驚いたことに、お互いを必要とすることから生じる人間関係以外に、それとは全く別の関係があると知ったことだった。長靴を磨いたり、買物を運び下ろしたり、馬をつけたりするために人に必要とされるのではなく、理由もなく人が必要と感じ、仕え、優しくせずにはいられない、そういった関係があり、他ならぬアリョーシャがその対象だと知ったのだ。そのことを、彼は料理女のウスチーニヤを通して知った。ウスチューシャ〔ウスチーニャの愛称〕は孤児だったが、若くてアリョーシャと同じように働き者だった。彼女はアリョーシャを不憫《ふびん》に思うようになり、アリョーシャは初めて自分が、仕事ではなく彼自身が他の人に必要とされていると感じた。母親が彼のことをいたわっていた時には、それに気づかなかった。というのも、それは当然のことで、彼が自分自身をいたわるのと同じことだと思われたからだ。そこへ突然、赤の他人であるウスチーニヤが彼のことをいたわり、壺の中にバター入りのお粥《かゆ》を残してくれたり、彼が食べている時には、腕まくりした片手に頰杖《ほおづえ》をついて彼を眺めたりしていることに気づいたのだ。そして彼女の方を見ると、ウスチーニヤが笑い出すので、自分もまた笑い出してしまうのだった。

こうしたことには全く馴染《なじ》みがなく、奇妙に思えたので、最初、アリョーシャはびっくりしてしまった。このせいで、今までと同じように働くことができなくなるのではないか、と感じたほどだ。それでも彼は嬉しかったし、ウスチーニヤが繕ってくれたズボンを見ると、頭を満足げに揺すってにこにこするのだった。仕事をしながら、または歩きながらウスチーニヤのことを思い出しては「可愛いウスチーニヤ！」と口にすることがよくあった。ウスチーニヤは、できる限りアリョーシャを手伝ってやり、彼のほうも彼女を手伝ってやった。彼女は自分の生い立ちを語った。孤児になって、おばに引き取られたいきさつや、町に奉公に出されたこと、商人の息子が彼女をそそのかして愚かな真似をさせようとしたこと、彼女がこの息子をたしなめてやったことなどを話した。彼女はおしゃべりが好きだったし、彼はその話を聞くのが楽しかった。働きに出ている百姓は、しばしば料理女と結婚するものだと、彼は耳にしていた。ある時、ウスチーニヤはアリョーシャに、もう嫁をもらう予定はあるのかいと尋ねた。彼は、そんなことは知る由もないし、村の娘とは結婚したくないと言った。

「どうして？　好いた娘でもいるのかい？」と彼女は言った。

「うん、お前さんとなら結婚したいけど。してくれるかい？」

「あれまあ、壺、壺ってばかにされてるかと思ったら、こんなことも言えるなんて」と彼の背中を手拭いで叩いて言った。「もちろんいいわ」

大斎《たいさい》［冬を送り春にそなえる祭］前週に、老人はお金を受け取りに町にやって来た。商人の妻は、アレクセイ［アリョーシャはアレクセイの愛称］がウスチーニヤと結婚するつもりだということを知ったが、彼女はこれが気に入らなかった。「妊娠して子供でもできたら、何の役に立つというんだい」彼女は夫に言った。

主人はアレクセイの父親にお金を渡した。

「どうです、うちのはちゃんとやってますかね？」と百姓は言った。「聞き分けがいいと言った奴のことですが」

「聞き分けがいいことはいいんだが、ばかなことを考えついたもんだよ。急に料理女と結婚する気になったんだ。でも、うちは所帯持ちを置いとくことはできないからね。うちの条件には合わないんだよ」

「ばかだばかだと思っていたら、そんなことを考え出すとはね」と父親は言った。「気にしないで下さいよ。そんな考えはうっちゃっとくように言い聞かせておきますから」

父親は台所にやってくると、息子を待とうとテーブルの前に座った。用事で駆け回っていたアリョーシャは、息せき切って帰って来た。

「お前は物わかりのよい奴だとわしは思っておった。それがこんなことを思い立つとは」と父親は言った。

「おいらは別に何にも」

「何も、とはどういうことだ。結婚しようとしてるっていうじゃないか。なに、いずれ、嫁をもらってやるよ。それも町の遊び女じゃなくてちゃんとした嫁をな」

父親はまくし立てた。アリョーシャは立ちつくしたまま、ため息をついていた。父親が話し終えると、アリョーシャは微笑んだ。

「じゃあ、しないよ」

「分かったならそれでいい」

父親が帰り、ウスチーニヤと二人きりになると、彼は彼女に言った(父親が息子と話している間、彼女は扉の向こうに立って、話を聞いていたのだ)。

「うまくいかねえな。無理みてえだ。聞いたかい? 叱られたよ。駄目だってね」

彼女は黙ったまま、エプロンに顔を押し当てて泣き出した。

アリョーシャは舌打ちをした。

「言うことは聞かないとね。諦めるしかないんだよ」

晩に、商人の妻が鎧戸《よろいど》を閉めさせるためにアリョーシャを呼んだ時、彼女は尋ねた。

「お父さんの言うことを聞いたかい、ばかげたことは諦めたかい」

「そりゃ、諦めましたよ」とアリョーシャは言って笑い出し、その場で泣き出した。

＊　＊　＊

この時から、アリョーシャはウスチーニヤとの結婚話をしなくなり、以前通り暮らすようになった。

精進期間［教会によって定められた断食または節食の期間］中に、番頭は、彼に屋根の雪降ろしをさせた。彼は屋根によじ登り、雪をすべて払い、樋《とい》の辺りに凍りついた雪を剝《は》ぎ取り始めた。すると、足が滑って、シャベルと一緒に落ちてしまった。不幸にも、雪ではなく、鉄張りの庇《ひさし》がついた出口の上に落ちてしまったのだ。ウスチーニヤが彼のもとに駆け寄ると、主人の娘もそれに続いた。

「けがはなかった、アリョーシャ？」

「けがだって。何でもねえ」

彼は立とうとしたが、そうできずに、にこにこと笑い始めた。彼は屋敷番の部屋に運ばれた。准医師がやって来て診察し、どこが痛いか尋ねた。

「体じゅう痛いけど平気さ。ご主人様は怒るだろうけど。父さんに知らせないとね」

アリョーシャは二日二晩にわたって床に臥《ふ》せっていたが、三日目になると、司祭が呼びにやられた。

「何だい、まさか逝ってしまうのかい？」とウスチーニヤは尋ねた。

「仕方ないよ。いつまでも生きられるわけじゃなし。いつかはその時がくるんだ」とアリョーシャはいつものように早口で言った。「ウスチューシャ、憐《あわ》れんでくれてありがとな。結婚するなと言われてよかったんだ。だってもう死ぬんだから。これでよかったんだよ」

彼は司祭と共に、ただ手を合わせ、心で祈った。彼の心にあったのは、人の言うことを聞き、怒らせなければ、この世でうまくいったのと同じように、あの世でも大丈夫だろうということだった。
彼はあまり話さなかった。ただ、水を飲みたがり、ずっと何かに驚いている様子だった。何かに驚いて、伸びをし、そして死んだ。

（覚張シルビア＝訳）

# 解説——加賀乙彦

## トルストイの魅力

私が最初に読んだトルストイの作品は、『幼年時代』である。幼い子供が自然と接する驚き、とくに蟻や蝶と遊ぶ喜びが新鮮な描写であった。大人の会話を盗み聴き、自分も早くあの仲間に入っていろいろと喋ってみたいというませた心理が見事に書かれていた。人生の最初の悲しみ、母や祖母の死が、人間というものはやがて死ぬものだという知識になる。大人たちは泣いていたが、子供は大人に負けたくないという自尊心のために泣いてみせるというくだりなど、幼い少年の心理を鮮やかに描いていて、敬服した。

つぎに読んだのは『少年時代』である。ここには、女性への好奇心が芽生えて、それが羞恥心をおこす過程の描写が鮮やかである。他人に負けたくないという自尊心が芽生え、他方、優れた大人に対する強い尊敬の念が芽生えてきて自尊心との争いとなる。こういう少年の心理が以前より大人びていて、この作品も何度も読み返したものだ。

ところで、トルストイの数多い文学作品のうち、私に大きな影響を与えたのが『戦争と平和』である。このナポレオン戦争を活写した大長編に夢中になった。

本書に収録した私の要約『戦争と平和』は、トルストイの小説の持つ、史実とフィクションの関係をなるべくわかりやすく読者に伝えたくて試みたものである。これを読んで面白さを覚えた人はぜひとも大長編の全部を読んでいただきたい。友情と裏切りの織りなす複雑な人間関係や戦争という不条理な殺戮《さつりく》が、史実とたくみに連結されたロマンとともに展開する。読者はナポレオンのロシア侵攻の時代を、フィクションとして活躍する登場人物たちの心で生きていく。戦争を味方の視線で見るだけでなく敵方のナポレオン軍の内部の細密描写が、周到な取材と想像力で描かれている。この大作を再読するたびに、小説がいかに面白いものであるか、とくに大長編小説が表現してくれる人間の多様な性格、思想の差異、社会の複雑な構成がよくわかるのだ。

『戦争と平和』については、本巻冒頭の『戦争と平和　ダイジェストと抄訳』の初めに、その小説の構造を解読して、さらにダイジェストによって、物語の概要を示したので、そちらをご覧いただきたい。

次にトルストイの長編の傑作として忘れてはならないのが、『アンナ・カレーニナ』である。アンナとヴロンスキーは不倫の関係だが、アンナの兄の陽気なオブロンスキーも家庭教師と不倫をして、それが女房のドリイに知られて家の中は大騒ぎになっている。対照的にモスクワにきているリョーヴィンという陰気で怒りっぽいが善良な男とドリイの妹キチイの恋がある。これら三組の異なった恋をトルストイは巧みに書き分けている。

結局、リョーヴィンはキチイと結婚して幸福な家庭を作るが、ヴロンスキーとアンナの恋は社交界のスキャンダルになり、アンナの夫、ペテルブルクの高級官僚カレーニンは怒って妻を家から追い出す。アンナは息子にも会えず、ヴロンスキーとの仲にも隙間風が吹くようになってくる。次第に恋に飽き、世間を嫌う。アンナがついに生きる望みも失って自殺する最終場面は、馬車に乗っているアンナの意識を描いて、二十世紀風の意識の流れの手法を先取りしているかのように見事な描写になっている。『アンナ・カレーニナ』については、別に「『アンナ・カレーニナ』の構造」の項で後述する。

最後の大長編が『復活』である。彼が七十一歳（一八九九年）の時の作品である。帝政末期、ネフリュードフ公爵は、陪審員として法廷に出て、被告人マースロワが、かつて自分が犯したカチューシャであると気がつき、慙愧《ざんき》の念に駆られる。彼は昔犯した自分の罪をあがなおうとして、カチューシャをシベリア徒刑の判決取り消しの処置にする。しかし、彼女は政治犯シモンソンとともにシベリアへの旅を続ける。そして、ネフリュードフは、二人を追って旅を続ける。この作品は、帝政末期の堕落した支配層の様子を厳正なリアリズムの手法で描いていて、トルストイが晩年になっても、すこしも小説の筆力が衰えていないことを示している。

作家としてのトルストイはこれら三大作品のほかに中小さまざまな作品を残している。本巻にもその時どきの代表作の新訳を収録してある。

『五月のセヴァストーポリ』は、二十七歳（一八五五年）の作品である。戦場における、人びとの心理が、迫真の筆致で描かれる。勇敢さを持つべき将校や兵隊において、実際には臆病な人間の恐怖に満ちた様子が活写される。戦場の勇者が実は実利と出世を求めるだけであったり、不意の敵の砲撃で死んでいく死の描写など、のちに『戦争と平和』の戦場で書かれている描写の先取りであったりして、この短編から、大作が生まれてくる様子がよくわかる。

この作品の翌年発表されたのが『吹雪』である。若い時にコーカサスで軍務に服していたトルストイは、三年ほどの滞在ののち、故郷のヤースナヤ・ポリャーナに帰ってきた。その途中に遭遇した大吹雪の体験を克明に描いてみせた作品である。馬橇《ばそり》に乗って、雪嵐の中を迷い、凍死の危険をおかしながら、馬橇は疾駆する。凍死寸前の状態になって、主人公は回想と空想との幻視を見る。まずは七月の真昼の美しい景色。ハエの大群に悩まされるところなど、面白い。つぎに、誰かが池に落ちたという幻影。溺死者を引っ張りあげる、薄気味の悪い映像も夢とは思えぬ実在性のある描写で書かれている。目が覚めると吹雪はなおも荒れ狂っている。御者は力つきたので、別な橇に乗るように勧めてくる。無事に目的地に行きついた主人公は、夜明けの美しい景色を見てうっとりする。ともかく猛吹雪と故郷の景色とが入りまじり、トルストイの自然描写力をフル活用した傑作である。

『イワンのばか』はおそらくトルストイを好む人が必ず読むほど有名な作品である。これが書かれたのは、作者が五十七歳（一八八五年）の時で、民話風の物語が集中して書かれている。『悪魔の業は美しく、神の業は固い』、『二人の兄弟と黄金』、『ろうそく』、『二老人』などがあるが、『イワンのばか』が傑出した名作である。この作品は「昔々ある国ある所に」で始まる。小悪魔が仲のよい兄弟をだましてなんとか喧嘩に持っていこうとするのだが、すべてにおいて、他人と争わず、金銭への欲もなく、兄弟や近所の人々と平和に生きて行くイワンだけは、悪魔の意地悪も歯がたたない。

六十二歳（一八九〇年）の時に書き始められた『セルギー神父』は変わった小品である。何事によらず、その仕事に一生懸命になるカサーツキーは輝かしい才能と大きな自尊心で、友人たちの間で抜きんでた存在であった。最初は軍人になるが、ふとしたはずみで修道院にはいった。三年後、セルギーの名前を与えられた。彼は熱心な隠遁僧になった。そして、奇蹟《せき》をおこす徳のある神父として有名になった。大勢の人々が奇蹟《き》で病気を治してもらいに来た。彼はこの群衆が嫌になり、隠遁していた所から逃げ出して巡礼者の群れと暮らすようになった。しかし、身分証明書を持っていなかったので、巡礼者の宿泊所から連れ出され、浮浪の罪でシベリアに流刑された。そこで裕福な百姓の召使になり、菜園で働き、子供たちに勉強を教え病人の世話をしながら、生きるようになったという。

この小説の主人公に似て、トルストイは社会事業、貧民や凶作地の人々の救済事業に夢中になる。多くの宗教論、国家論、労働者論が書かれる。こういう社会事業への発言をしているうちに、六十八歳（一八九六年）で『ハジ・ムラート』を着想し、少しずつ書き始める。ロシア軍がチェチェンを攻撃する話で、両者の血なまぐさい争いは現在も続いているから、現代人にとっても興味深い作品である。執筆は毎年少しずつ進み、完成したのは七十六歳（一九〇四年）の時である。ハジ・ムラートというチェチェンの将軍が、ロシア軍と和解しようとして、仲間を裏切ったと憎まれ、家族への圧迫、部下の虐殺などを受け、最後は惨殺される話である。迫力のある場面が沢山ある秀作である。

七十五歳（一九〇三年）に書かれた『舞踏会の後で』は、イヴァン・ヴァシリエヴィチという人の昔の舞踏会の思い出話である。彼は舞踏会で出会ったヴァレニカという女性に恋をしたけれども、女の父親の大佐が優しく話しかけてくれたので、幸福が近いと喜んでいた。しかし、この父親は早朝の野原でタタール人の鞭打ち刑を指揮している残酷な大佐であった。そこでヴァレニカへの愛も消えていくという作品である。

ここに集められた小説の中で『壺のアリョーシャ』は、七十七歳（一九〇五年）の作品である。両親の言いつけを忠実にする末っ子のアリョーシャの話である。彼が「壺」と呼ばれるのは、母親の言いつけで牛乳の壺を輔祭の妻に届けさせたときに、躓《つまず》いて壺を壊してしまったからだ。アリョーシャは、子供たちに馬鹿にされても、陽気で笑っていた。父に叱られれば黙って聴いていた。十九歳のときに、ある商人にやとわれたが、身なりが貧しいし、言葉遣いが乱暴なので、礼儀作法を知らないと好かれなかった。しかし、仕事はよくするし、いつも微笑んでいた。給料は全部父親がもっていくので、アリョーシャはいつも一文も持っていなかった。屋根の雪おろしをさせられたとき、足を滑らして出口の上に落ちた。彼は全身が痛かったが、黙っていた。そして、三日目に黙って死んだ。

八十二歳（一九一〇年十月）にヤースナヤ・ポリャーナの家を出たトルストイは旅の途中で病にかかり、アスターポヴォ（現レフ・トルストイ駅）という寒駅で帰天した。

ところでトルストイがヤースナヤ・ポリャーナに伯爵家の四男として生まれたのは、一八二八年である。私は約百年後の一九二九年に東京新宿に生まれた。ほぼ百年の年齢差で不思議な暗合である。

## 『アンナ・カレーニナ』の構造

トルストイは登場人物に対照的な特徴を持たせる。ある人物を描く時に、その人物と全く違った人物を登場させることによって、おたがいの性格が対立して、生き生きと表現されるからだ。人物だけではない。自然でも、風俗でも、出来事でもいい、極端に違うものを描くことによって、小説の世界がはっきりとした表現として定着する。

読者を長編小説に引き入れる方法としてもこの対照性は有効に用いられる。『アンナ・カレーニナ』の冒頭は、とくに有名である。「すべての幸福な家庭はたがいによく似たものであるが、不幸な家庭はすべて皆それぞれに不幸である」と、いきなり喝破されて、読者は小説の世界にぐいっと引き入れられてしまう。

アンナの兄のオブロンスキーが家庭教師と不倫の関係を持ったというので、奥さんのドリイがつむじを曲げて、家の中は混乱のさなかである。そこにアンナが登場して、オブロンスキーとドリイの仲を取り持とうとする。オブロンスキーは生来快活な人で、物事をいい方に考える。適当に自由主義者で、自分の意見はすべて新聞から取るという、つまり自分で考えた意見がないという人物である。反面自分とは意見の違うリョーヴィンという人物とも付き合っていて、ドリイの妹のキチイに紹介したりして世話を焼いている。リョーヴィンは憂鬱《ゆううつ》症《しょう》気味で、楽天家のオブロンスキーとは正反対である。こちらが職業を選ばず気楽に世渡りをしたいと思っているのに、憂鬱者リョーヴィンは田舎で農民の生活をするために、哲学者のような努力をしているという変わり者だ。

このオブロンスキーの妹のアンナは、兄に似て快活で世渡り上手である。ペテルブルクの高官カレーニンと結婚しているが、家庭内は暗い。そこにヴロンスキーとの不倫の恋をする隙間がある。一方、リョーヴィンのほうは、キチイに対して真剣な恋をして二人はめでたく結婚して、幸福な家庭をつくる。

アンナの恋人であるヴロンスキーと、キチイの愛したリョーヴィンとを比較してみると、前者はヨーロッパかぶれの西欧主義者の美男子で世故《せこ》にたけた社交家であるのに、後者はスラブ主義者で、そう美男子でもなく、世渡りがうまくできない。この二人の差異が、二人の運命を分けていくので、トルイストイはたくみな語りの技術で、アンナとキチイの運命を正反対の方向に切り分けていく。それが、この小説の独創性であり面白さである。

物語の最初は、二つの三角関係でなりたっている。ひとつはアンナとカレーニンとヴロンスキー、もうひとつはキチイとヴロンスキーとリョーヴィンだ。最初はキチイとヴロンスキーは好き合うのだが、ヴロンスキーはキチイを離れてアンナのほうに行ってしまう。そこで、カレーニンとヴロンスキーの確執が生まれてくる。ここで注意しなくてはならないのは、アンナとカレーニンはペテルブルクという政治の中心で、オペラや競馬も催される西欧風の町にいるのに、キチイはモスクワという、政治離れした古都に住んでおり、リョーヴィンは田舎暮らしの人だということである。

この小説の次の面白さは、それぞれ気風も性格も生活や政治感覚も違う人々が、モスクワ、ペテルブルク、田舎という三つの風土で暮らしていることにある。この三つの場所を移動しながら物語が進行していくところが、作者の腕のみせどころである。ロシアの大地の四季の変化を物語の進行と結びつけているのが、トルストイの小説作法の勝れたところである。

この作品は冬で始まる。真冬の雪のモスクワからペテルブルクへ向かう列車で、アンナを追いかけてきたヴロンスキーとアンナが出会って二人は愛しあうことになる。二人が恋人同士になったと知ったキチイは、失恋して病気になって寝込んだ。春には、競馬に出場したヴロンスキーが落馬して、馬が背骨を折るという事件がおこる。その瞬間のアンナのとりみだしようを、カレーニンに見られてしまった。噂《うわさ》のようにアンナがヴロンスキーと不倫の関係にあることを、夫のカレーニンは見極めたのだ。それ以来、夫婦でありながらアンナとカレーニンは他人同士の関係になってしまった。

また冬になってアンナはヴロンスキーの子を出産する。そのあと産褥熱《さんじょくねつ》で命があぶなくなるが、何とか持ちこたえる。ヴロンスキーは、さんざん悩んだすえ、ピストル自殺をこころみるが、弾がそれて一命はとりとめる。要するに二人は死ぬほどの苦しみを経験する。結局、二人は保養のためにイタリア旅行にでかける決心をした。三か月ほどして二人は帰国するが幸福な気持ちにはなれない。

春がきて、リョーヴィンはキチイに結婚の申し込みをする。二人の結婚式が幸福な二人の心と大勢の人々の祝福のなかに行われる。

夏は田舎の平原でリョーヴィンとキチイは快い生活をする。キチイは妊娠してモスクワの実家に帰る。キチイの赤ん坊が生まれた時に、アンナが轢死《れきし》の方法で自殺する。馬車に乗って、死を求めながら、生きている人々の生活している村や町を見る。線路端で列車に飛び込もうとするが、先頭の機関車は通り過ぎてしまい、二両目の列車に首を差し入れて死ぬ。ひとり残されたヴロンスキーはトルコの戦線にでかける。この出征で自分は死ぬかもしれないと思いながら。

トルストイは当時の最新の文明の汽車を作品で巧みに利用している。モスクワ駅で線路工夫が汽車に轢《ひ》かれる事故、吹雪の中を突進する蒸気機関曳きの列車で、ヴロンスキーがアンナに恋を打ち明けるところ、さらにアンナの自殺が進行してくる汽車への飛び込みであることなど、この小説は汽車なしには成立しない。

トルストイの文章のすばらしさは、人間の意識と肉体の綿密な描写である。アンナが自殺のために馬車を走らせる最後の場面では、死に行く人の意識を疾走する馬車から見るというゆがんだ感覚で描いている。ヴロンスキーがピストル自殺を実行する場面の意識のゆがみも迫真の文章で書かれている。この作品には、キチイとアンナの出産が書かれているが、女性の肉体の描写が詳細に描かれている。アンナとヴロンスキーの接吻や性交の場面も、実になまなましい。トルストイは人間の意識と肉体を描く小説の巧手である。いやいや、天才というべきである。

# 作品解題

『戦争と平和』Война и мир（1865-69）

十九世紀の世界文学を代表する歴史小説『戦争と平和』だが、その構想の最初期にはトルストイの同時代が舞台となっていた。一八二五年に首都ペテルブルグで専制打倒を目指し蜂起した青年貴族、デカブリストたちのひとりが、流刑されていたシベリアからおよそ三十年ぶりにモスクワへ現れる、という筋である。しかし一八六〇年にその小説に着手してまもなく、やはりデカブリストの乱そのものを描かなければならないとトルストイは思いなおし、さらに、反乱を描くためには主人公の人格形成期にさかのぼらねばならない、と考えを改めた。そこで見出されたのが、一八一二年のボロジノ会戦をクライマックスとするナポレオン戦争である。

当時、ロシアは国運を賭けたクリミア戦争に敗れ、新帝アレクサンドル二世のもと、国家制度の抜本的改革に乗りだしていた。かつて国を変えようとした先達と、クリミア戦争とは逆にロシアが西欧を撃破したナポレオン戦争（ロシアでは「祖国戦争」と呼ばれる）への興味は、改革をめぐる議論に沸き立つ社会の雰囲気に促されたものでもあった。

一八六二年九月の結婚の直後から、トルストイは初めての長編小説執筆の意欲を周囲に漏らしている。着手は翌年二月ごろとみられるが、出だしが定まるまでには、一年以上にわたり十五回もの書きなおしが重ねられた。主要人物たちが一堂に会して自説をぶつけあう、そんな出だしの場面のイメージは明確だったものの、その具体的な舞台を求めてトルストイは、一八〇五年のアウステルリッツ会戦の前へとさらに時代をさかのぼる。「ボナパルトのフランスに対する勝利を、〔その前の〕わが国の敗北と恥辱を描かずに書くのは気が咎《とが》めた」とトルストイはのちに記しているが、歴史的事件にしろ人物にしろ民族にしろ、つねによい面だけでなく、否定面も含めて多面的に描きださねばならないという信念は一貫したものだった。ナポレオン戦争がトルストイを惹きつけた理由として、ロシア民族が身分を超えて一体となった稀有の機会であったことがしばしば挙げられるが、『戦争と平和』には戦役のさなかの農民反乱も描かれている。民族が一丸となった「祖国戦争」の記憶はロシアで神話化され、第二次世界大戦（ロシアでは「大祖国戦争」と呼ばれる）と重ねられたうえで、現代にいたるまで民族意識発揚の礎となった。『戦争と平和』はいわばその聖典となったわけだが、執筆当時すでに形成されつつあったそんな神話に対する批判意識も、作品のなかに認めることができる。

執筆は約七年にわたってたゆみなく進められ、一八六八―六九年に単行本として刊行された（第一部第二編までは一八六五―六六年に《ロシア報知》誌に「一八〇五年」のタイトルで発表された。同誌では同じ時期、ドストエフスキーの『罪と罰』の連載が始まっている）。執筆途中には、「終わりよければすべてよし」のタイトルのもと、アンドレイ・ボルコンスキイもペーチャ・ロストフも命を落とさず、エピローグではアンドレイとニコライ・ロストフが戦役から帰還するのをみなが待ちうけている……というプランもあった。最終的に定まったタイトル「戦争と平和」をめぐっては、「平和」と訳されているロシア語「ミール」の解釈が問題とされる。現代ロシア語では、「ミール」には「平和」と「世界」「（世界に住まう）人々」という二つの系統の意味があるが、十九世紀にはこれらは別の綴りで区別されていた（ロシア革命後の文字改革でこの区別はなくなる）。一八六七年にトルストイが作成した出版社との契約案では、「ミール」の綴りは「世界」「人々」のほうになっており、「平和」で定着したのは誤りだというのだ。とはいえ、刊行時のタイトルが「平和」の綴りとなったことにトルストイは異議を唱えていないし、原稿を通じてみると、二つの綴りを明確に使い分けてはいなかったともいわれる。

『戦争と平和』の執筆期は、トルストイの作家人生のなかで最も気力が充実していた時期で（この点、もうひとつの代表作『アンナ・カレーニナ』が、精神的な危機に見舞われ、作品に対する不満を募らせながら書かれたのと対照的である）、徹底した下調べと推敲《すいこう》が行われた。多数の歴史資料を読み込んだだけでなく、ナポレオン戦争の経験者に話を聞いたり、ボロジノ会戦を描くにあたっては、戦場跡へ足を運んでメモやスケッチをとったりもした。

原稿の練りあげにかけるトルストイの意気込みは凄まじく、彼の癖のある筆跡で埋めつくされた手稿をソフィヤ夫人が清書し、そこにまたトルストイが真っ黒に手を入れる、というプロセスが幾度となくくりかえされた。原稿を印刷する段にいたっても、ゲラをふたたび真っ黒に校正してくるので（本書口絵を参照）、編集者は悲鳴をあげた。清書には、子育ての最中だったソフィヤ夫人だけでなく、夫人の家族、親戚、さらには領地管理人の妻や養蜂係まで駆り出されたという。写しまちがいや脱落が生じることも少なくなく、夫人や編集者がみずからの判断で修正を加えることもあった。そうした異同を直す際（異同に気づかない場合も多かった）、トルストイは以前の原稿を参照して元に戻すのではなく、新たに書きあらためるのが通例であり、草稿は他者の介入のもとに生成していった。その複雑膨大なプロセスのため、唯一完成したアカデミー版全集であるソ連初期の九〇巻全集でも、『戦争と平和』だけは手稿にさかのぼった校訂ができず、一九六〇年代の二〇巻著作集を待たねばならなかった。

書きなおしは初版の刊行後も続く。初版とほぼ間をおかずに第二版が出たあと、一八七三年に著作集の一部として刊行された第三版には、大きな変更が加えられた。全体が六部構成から四部に改められ、随所に挟まれた歴史をめぐる評論のうち、一部は削除され、一部は「一八一二年戦役をめぐる論文」としてまとめられ付録扱いとなる。登場人物たちが話すフランス語の台詞はロシア語に替えられた。さらに、トルストイに校正を依頼された友人の批評家ストラーホフが、ときには校正の域を超える修正をほどこす。これら一八七三年版での修正の多くは、部分け以外は一八八六年に出た版で元に戻され、以降はこの版がスタンダードになるが（正確を期すと、フランス語も元に戻した版と、ロシア語に替えたままの版が同じ一八八六年に刊行され、この点についての対応はその後の版でも分かれた）、九〇巻全集は一八七三年版の修正も一部反映するなど、『戦争と平和』の「確定稿」といえるものは存在しない。トルストイが『戦争と平和』で論じた歴史の運動と同じく、作品もまた特権的な英雄／作者の意志のみでつくられるのではなく、それに関わる数多《あまた》の人間の行為の結果として生成してゆく。

※ダイジェストは、『グラフィック版　世界の文学14　戦争と平和』（加賀乙彦編、世界文化社、一九七九年）所収のものを、今回の収録にあたって手を入れたもの。抄訳は、『世界文学全集　ベラージュ47—49　戦争と平和1—3』（原久一郎／原卓也訳、集英社、一九七八年）から抜粋したもの。翻訳の底本については、「生誕百年記念全九十巻全集（一九二八—五八）の第九—十二巻をテ

キストとして使用した」とある。

（乗松亨平）

『五月のセヴァストーポリ』 Севастополь в мае (1855)

*Толстой Л.Н.* Полное собрание сочинений в ста томах. Т.2. М.: «Наука», 2002.

トルストイはデビュー作『幼年時代』（一八五二）を、カフカース（コーカサス）前線で従軍中に執筆した。評判となったこの作品の続編『少年時代』（一八五四）、『青年時代』（一八五七）を書き継ぐかたわら、カフカースからクリミアへと転戦した若き作家は、戦場の厳しい現実を描いた諸短編により名声を得る。とりわけ『セヴァストーポリ』三部作（一八五五—五六）は、ロシア帝国の命運を賭けたクリミア戦争に、周囲の愛国的トーンとは一線を画して迫り、作者の特異な文学的才能を世に知らしめた。『十二月』『五月』『八月』の三部作のなかでも、ここに訳出した第二作『五月』は、後年の作品を予感させる傑作である。

二〇一四年にロシアがウクライナから併合して国際問題となった黒海北岸のクリミア半島は、十八世紀末の領有以来、冬にも凍結しない外海への出口として、ロシア帝国の外交戦略上の重要地点だった。半島の南端にあるセヴァストーポリ港は、当時もいまも、ロシア海軍の要たる黒海艦隊の拠点である。バルカン半島をめぐるロシアとオスマン帝国の対立に、ロシアの勢力拡大を警戒する英仏が干渉したクリミア戦争（一八五三—五六）では、このセヴァストーポリの攻防が焦点となった。

クリミア戦争は、ナポレオン戦争から第一次世界大戦のあいだの百年におけるヨーロッパ最大の戦争であり、「最初の近代戦」ともいわれる。遠く離れた場所から多数の人間を殺傷する長距離火砲の威力は、『五月のセヴァストーポリ』でも克明に描かれているが、この作品を含め、戦況を刻々と銃後に伝えるメディアの発達も重要な特徴である。発明されて間もない写真機が戦場にもちこまれたのも、このときが初めてだった。

トルストイが前線から伝えようとするのは、しかし、そんなニューメディアが報じることのない戦場の「真実」である。将校たちの虚栄心や包帯所の凄惨な様子は、国民の熱狂を煽《あお》るような報道からは程遠い。デビュー以来、トルストイの作品を掲載してきた月刊誌《同時代人》の編集者パナーエフは、作品に感銘を受けると同時に検閲による介入を危ぶみ、いくらかの部分を削除したうえ、作品の末尾に愛国的言辞を付け加えた。「……この恐るべき流血を引き起こしたのはわが国ではない……セヴァストーポリを防衛するこれらすべての人々の集まりは、英雄といって過言ではない。『死のう、皆よ、だがセヴァストーポリは渡すまい』というコルニーロフとナヒーモフの言葉が、ひとりひとりの胸にある……」トルストイを憤慨させた編集者のこんな努力にもかかわらず、『五月のセヴァストーポリ』は雑誌発売直前に差し止めにあい、ようやく翌九月号に掲載されたときには大幅な削除をこうむっていた(初出時のタイトルは『一八五五年セヴァストーポリの春夜』)。一般読者がこの作品の全貌を目にするには、翌一八五六年、ロシアの敗戦後に刊行された『L・N・トルストイの軍記物語』集を待たねばならなかった。

外面を正確無比に伝える写真の向こうを張るように(とはいえクリミア戦争の報道写真には早くも「やらせ」のあったことが知られている)、トルストイは戦場の人々の内面に分け入る。その心理描写の特異性を捉えた批評家チェルヌイシェフスキーの評言は、つとに有名である。「トルストイ伯がなにより注意を向けるのは、ある感覚や思考がどのように別のものから展開するかということだ。彼が興味をもって観察するのは、所与の状況や印象から直接生じた感覚が、記憶の影響や想像のもたらす連想の力によって、別の感覚に移行したり、以前の出発点にふたたび戻ったり、何度も何度もさまよって、記憶の連鎖をめぐり変化するありさまである」このような思考以前の感覚の変化の描写（チェルヌイシェフスキーはそれを「魂の弁証法」と呼ぶ）は、二十世紀のモダニズム文学による「意識の流れ」の先駆とみなされている。

『五月のセヴァストーポリ』で「魂の弁証法」が最も発揮されるのは、大砲に被弾したプラスクーヒンの死の場面である。「感情、思考、希望、記憶の一大世界」が彼の内面で展開された果てに、その死が「即死」であり、すべては一瞬の出来事であったことが告げられる。死を前にした人間の内面は、トルストイをのちのちまで捉える問題となった。『戦争と平和』のアンドレイの死の場面や、後期の傑作『イワン・イリイチの死』（一八八六）といった文学作品を生みだしただけでなく、作家の実人生においても、死に対する深甚な恐怖がその宗教的「回心」のきっかけとなりもした。「回心」以降の非暴力無抵抗主義、反戦運動の根本には、若き日の戦争体験がある。

（乗松亨平）

**『吹雪』** Метель（1856）

*Толстой Л.Н.* Полное собрание сочинений в ста томах. Т.2. М.: «Наука», 2002.

一八五四年、従軍していたカフカースから、故郷ヤースナヤ・ポリャーナへの帰路での実体験を踏まえた作品。トルストイの多くの作品につきまとうモラリスティックな語りとは無縁に、その文学的手腕が存分に発揮されている。とりわけ、橇《そり》のなかでまどろむ主人公の意識に展開される「魂の弁証法」はみごとで、降りつのる雪がハエへ、水へと、あるいは水辺の洗濯の音が橇の鈴の音へというふうに、幾重にも張られた連想の鎖が、とりとめのない記憶を繋ぎあわせる。

『吹雪』が執筆・発表された一八五六年、前年に退役しクリミアから首都ペテルブルグに現れたトルストイは、文壇の新星として時代の寵児となっていた。それまでおもに「L・N・T」の頭文字だけで活動していた作者の本名も、『吹雪』発表時に明らかとされる。デビューのときからその才能に惚れこんできたツルゲーネフが、首都のあれこれの名士のもとへと若い作家を引っ張りまわし(ツルゲーネフはこののちトルストイと深刻な不和に陥るが、その才能への賛嘆は終生変わらず、死の直前にも、「回心」後のトルストイに文学への復帰を訴えている)、発表前の『吹雪』の原稿も、文壇の長老ヴァーゼムスキー邸のパーティーで朗読された。

しかし『吹雪』の朗読は、作品自体の出来にかかわらず不首尾だったようだ。名家の出自のトルストイだが、幼年時代の多くを田舎の屋敷で過ごし、学生時代も帝国南方のカザンで送った。首都の文壇の雰囲気に馴染めなかった彼は、まもなくヤースナヤ・ポリャーナへ帰り、文学よりも農地経営や農民教育に情熱を傾ける(華々しいデビューからほどなくして文壇で爪はじきにあうという経験は、その十年前にドストエフスキーも味わった)。一八八一年に子供の教育のためモスクワへ移り住むまで、トルストイが都会に定住することはなかった。

この時期はトルストイの「放蕩時代」でもあり、作品の原稿料は重要な収入源だった。《同時代人》誌から前借りしていた四百ルーブルを、トルストイは『吹雪』で返済するつもりだったが、別に金が入用になって果たせず、逆に五百ルーブルをさらに前借りしている。こうしたことは、賭博で負けて《ロシア報知》誌の編集者カトコフに千ルーブルを前借りし、中編『コサック』によって返済した一八六三年まで続く。その前年秋の結婚が、ようやくトルストイの「放蕩」と青春を終わらせることになった。

（乗松亨平）

『イワンのばか』Сказка об Иване-Дураке и его двух братьях: Семене-воине и Тарасе-брюхане, и немой сестре Маланье, и о старом дьяволе и трех чертенятах（1885）

*Толстой Л.Н.* Полное собрание сочинений в 90 томах. Т. 25. М.: «Терра», 1992.

一八八四年に民衆のために創設された出版社「ポスレードニク」のために翌八五年に書かれた一連の民話、童話風の短編の一つである。一八八五年九月、ソフィヤ夫人は妹に宛てた手紙に、「リョーヴォチカが素晴らしい物語を読んでくれたの。私たちはみな、大喜びよ」と書いているが、トルストイ自身もこの民話が気に入っていた。

この時代に書かれた他のトルストイの民話や歴史的物語には主題の借用が見られる。それに対して、この作品は、二人の狡猾な兄と純朴な弟が登場し、最後には末弟が勝利するという民話特有の三人兄弟のモチーフと「人間と悪魔の闘い」というモチーフを使ったトルストイ創作の政治風刺作品である。

イワンという名の農民を主人公にした民話は、ロシアには昔から無数にあり、誰にでも馴染みがあるが、トルストイの『イワンのばか』には、この一見親しみやすい題名からは想像できないほど、深い思想と社会批判が込められている。そのため一八八五年の九月から十月にかけて執筆されたが、この作品が入った作品集が検閲によって出版の許可を得たのは一八八六年四月のことであった。

主人公イワンの二人の兄は、その資格がないにもかかわらず親に財産を要求するが、イワンの無欲さゆえにその財産分割は平和裏に行われる。しかし、人間同士の対立を好む老悪魔にはこれが気に入らず、小悪魔たちを彼らのもとに送り、仲違《なかたが》いさせようとする。だが、戦《いくさ》好きのセミョーンと強欲なタラスを負かすことはできても、働き者で忍耐強いイワンの前には小悪魔たちも降参し、その結果、三人兄弟はみな、別々の王国の支配者となる。これだけでも、「無欲な者は、その勤勉と善良さによって狡猾で強欲な者に打ち勝つ」という教訓を含んだ民話として成立しそうだが、検閲の目を引くのは、この後である。

二番目の兄、商人のタラスは、自分の王国に「立派な秩序」を築く。この「立派な秩序」というのは、自分のお金は長持にしまっておいて、民からは、人頭税、酒税、冠婚葬祭税、通行税、車馬税を徴収し、わらじや脚絆、わらじの紐からも税金を徴収するということだった。このように瑣末な物からの税の徴収を「立派な秩序」と呼ぶことで、作家が国の課税システムを嘲笑《あざわら》っていると検閲側は考えたのである。

セミョーン王とタラス王の二人の兄を打ち負かした老悪魔はイワンの王国にやってくる。ここでもセミョーン王の国と同様に徴兵制度を敷いて戦争をしようとするが、イワンの国に住むばかな住人たちは兵になろうとしない。他国の王を唆《そそのか》して、軍隊をイワンの王国に進軍させるも、敵国の兵士たちは戦う気のない民を攻撃することに虚しさを覚え、自ら退散してしまう。正教会でも戦争と死刑による人殺しは「殺すなかれ」という戒《いまし》めの例外とみなし、兵役拒否が厳罰に処せられる時代に、見事なまでに徴兵制度を失墜させたのである。

さらには、物々交換と助け合いによって生活し、貨幣価値を理解しないイワンの国のばかな民のために、逆に老悪魔が困窮する事態が生じる。老悪魔は、肉体労働しか知らぬイワンの国の民に頭脳労働の仕方について講義を始めるが、民に話を理解されないままに腹をすかせた悪魔は、遂に自滅する。まさに頭脳労働を愚弄する内容である。

こうした内容のため、初版では、出版許可は出たものの、間接税について列挙された部分や、皇帝権力と君主国家に対する不敬の念を吹き込み、兵役や課税システムを嘲笑う言葉や表現は検閲によって削除された。一八八七年二月に第二版が出ると、すぐにモスクワ検閲委員会によって押収され、再版禁止の憂き目となったのである。一八九二年、この作品を始めとするトルストイの民話が民衆の間に広まるのを恐れた帝政検閲は、通りや広場など公共の場所で彼の民話の小売販売を禁じる政令を発布した。

当時は、一般的な検閲のほかに宗教検閲、軍事検閲など管轄ごとに検閲があった。その厳格さで有名であった、時の宗教検閲は、この作品を禁じる理由を次のように説明している。『「イワンのばか」』は戦争、お金、学問、売買（商取引）がなく、そして皇帝がいなくても、それも百姓と何ら変わりのない皇帝がいなくとも国が成り立つという思想、さらには肉体労働のみが正当で価値ある仕事だという思想を提示する。これは、現代の生活条件、つまり政治的（軍の必要性）、経済的（お金の意味）、社会的（頭脳労働の意義）状況を嘲笑うものである」この通り、この物語は同時代のロシアを風刺する作品として危険視され、一九〇六年にようやく自由に出版する権利を得た。

（覚張シルビア）

『セルギー神父』 Отец Сергий (1911)

*Толстой Л.Н.* Полное собрание сочинений в 90 томах. Т. 31. М.: «Терра», 1992.

一八八九年から九〇年にかけて構想された。一八九〇年から九一年にかけて執筆したが、その後中断する。一八九八年、ドゥホボール派の人たちをカナダに移住させるための資金を援助するため再び着手した。ドゥホボール派とは、十八世紀に生まれた分離派教徒の一派で、公式な正教会特有の華美な儀式や、神と人間の間に介在する聖職者、記録された聖書を有害とみなし、口承で伝えられる聖詠や宗教詩を信仰の基盤とする。一八八七年、彼らが主に居住するカフカースに兵役制度が敷かれると、その信条ゆえに兵役拒否をするドゥホボールの多数派は迫害され、国外への避難を余儀なくされた。トルストイは、彼らの正教会に対する立場や非暴力の精神に共感し、ドゥホボールを救うため世論に訴え、自分でも『復活』（一八九九）の原稿料を移住のため供与した。この作品自体はトルストイの生前には出版されず、一九一一年に初めて『トルストイの死後作品集』として出版された。

一八九〇年六月六日（ロシア旧暦、以下同）、この作品の面白さは「主人公が経験していく心理的段階」にあると作家の日記に記されている。主人公カサーツキーの内面は、常に葛藤に満ちているが、その本質は、他者よりも優位に立ちたいという欲求であった。何事においても「人々の賞賛と驚きを得られるほどの完璧さ」を目指し、社交界では最上流階級に仲間入りするため、結婚によってその目的をも達成しようとする。しかし、婚約者と皇帝との過去を知って絶望したカサーツキーは、この俗世間より上に立つために、修道士となるのであった。修道院に入ってからも、外面的および内面的完成の最大限の成就に心を砕く。しかし、修道院においても、俗世間と同様、形式だけで心の伴わない儀式、嘘、偽善、虚栄、社会的不平等を目にし、不快感や怒りを抑えることができない。それは高みを目指して入った修道院が、俗世間と同じ社会であり、その一員であるセルギー神父(カサーツキー)もまた、決して他の人々よりも優れた人間ではないことを示していたからなのである。長老からそう指摘されて隠遁僧《いんとんそう》となったセルギー神父は、今度は女性の誘惑に打ち勝ち、十四歳の少年の病を治癒に導いたことで、予想もしていなかった名声を獲得する。ここまで主人公は、目の前の課題を完璧にやり遂げ、名声においても頂点に達するのであったが、その過程においてどうしても克服できない問題が持ち上がるのであった。それは、信仰に対する疑念と肉欲であった。カサーツキーは、美しくもない商人の娘に対する肉欲に打ち負かされると、庵室を出て、本当の信仰によって生きるパーシェンカのもとへと導かれる。

この作品を、『クロイツェル・ソナタ』や『悪魔』と並んで性の問題を取り上げたものと捉える見方もあるが、トルストイ自身は、「この作品の根本思想は、肉欲との闘いではなく、虚栄心や誇り、名誉との闘いである」と述べている。「世間の目から見て破滅して初めて、神の意志に従い、確固として生きることができる」と作家は記しているが、肉欲への敗北は、その契機となったにすぎない。

作家としての名声も家庭的幸福も手にしていた一八七〇年代半ば、トルストイは精神的危機を迎える。彼は、民衆が信仰する正教会のうちに真の信仰を求め、実践にも努めるが、その結果、教会と聖職者のうちに欺瞞を見出し、疑念を募らせていく。セルギー神父の葛藤には作家自身の精神的葛藤の痕跡も見られるが、それと同時に教会や聖職者に対する批判的な態度が滲《にじ》み出ている。資料を集めるために訪れたオプチナ修道院は、トルストイのうちに否定的な印象を残した。彼は長老について、「彼らは悪魔とともにある」、「彼らは人の労働によって生活している。隷属によって教育された聖人だ。有名なアンブローシーは、その誘惑によってあまりにみじめだ」と語っている。トルストイの正教会に対する批判的な態度も、真の信仰を求める姿勢から発していたのである。

　小説では聖人ではなく、何の取り柄もない寡婦パーシェンカが、神のために生きる者として描かれているが、作家はその由来となる話を二十年も前に読んでいた。トルストイは、一八七〇年からギリシア語を熱心に学び、半年足らずでホメロスの『イリアス』と『オデュッセイア』を原文で読み通してしまうほどだったが、ソフィヤ夫人によれば、トルストイはこれらの作品の印象を受け、ロシアの歴史か聖人伝をもとに作品を書きたいと夢見ていたという。「彼は、『チェーチイ・ミネイ（聖人伝）』の美しい版を購入し、それを毎日読み、私にもよく語り聞かせてくれました。次のような話をしてくれたのを覚えています。ある聖人が、神に気に入られるような生活をしている人を教えてもらいたいと神に頼みました。神は、彼に、ある町のある女性のもとへ行くよう言いました。この寡婦である女性は、何の取り柄もなく、朝から子供たちのために働いていましたが、誰に対しても善良で情け深く、祈る暇もないほどでした。敬虔《けいけん》な生き方を求めていた者は、この例に満足することができませんでした。レフ・ニコラエヴィチは、この話を『セルギー神父』のために使ったのです」

　一八九一年八月十二日、『セルギー神父』の基盤となる思想が次のように記されている。「善行や偉業を求めるべきではなく、あなたが今なすべきことを、今置かれた状態で、最もよい方法で行うべきである」と。善行や偉業を求めていたセルギーが、パーシェンカに救いを求めたのも、彼女が今なすべきことを、今置かれた状態で当然のように遂行しながら生活する人物だったからなのであろう。

（覚張シルビア）

## 『ハジ・ムラート』 Хаджи-Мурат (1912)

*Толстой Л.Н. Собрание сочинений в двадцати двух томах. Т. 14. М.: «Художественная литература», 1983.*

『ハジ・ムラート』は、晩年のトルストイが、何度か中断しながらも、くり返し立ち戻って推敲を重ねた作品である。その筋立てはほぼ史実に即し、実在の人物が数多く登場しているので、まず作品の歴史的な背景を簡単に見ておこう。

ロシア帝国は、十八世紀後半のエカテリーナ二世の時代から黒海沿岸への南下政策を進めていたが、その波は十八世紀末から十九世紀前半にかけて黒海とカスピ海にはさまれたカフカース地方にも及んだ。一八三〇年頃までには現在のグルジアやアルメニア、アゼルバイジャンに当たる地域が帝国に編入され、一八四〇年代半ばにはチフリス（現在のグルジアの首都トビリシ）に総督府設置、かつて対ナポレオン戦争で勇名を馳せたヴォロンツォフ将軍がその長に任命された。

こうした中でロシアの支配に激しい抵抗を示したのが、おもに山岳部（現在のチェチェンやダゲスタン内陸部）で勢力を伸ばしたミュリディズムと呼ばれる運動である。彼らはロシアの支配を脱する一方で、村落共同体を基盤とする伝統的な封建的割拠状態をも打破して、イスラム教に基づく神政統一国家の樹立を目ざしていた。とりわけ一八三四年にシャミールが教主《イマーム》となり、指導権を確立してからは、一八四五年のダルゴ会戦をはじめとして、しばしばロシア軍に大きな打撃を与えた。

主人公ハジ・ムラートは、シャミールに任命された太守《ナイーブ》の一人で、ロシアとの戦闘で戦果を重ね、軍事的天才を謳われた人物である。一八五一年十一月に突如ロシア側に投降したが、翌年四月に逃亡を図り、阻止しようとしたロシア軍によって殺害された。本作が描いているのは、その間の経緯である。

ミュリディズムは、ハジ・ムラートの死後も抵抗を続けたが、しだいに弱体化し、一八五九年のシャミールの降伏によって終息した。ロシア帝国は半世紀以上を費やして、ようやくカフカースにおける覇権を確立したわけだが、それまでの頑強な抵抗や、カフカースの風景や人々のエキゾチシズムは、ロシアの作家たちに強い印象を与えた。たとえば、その晩年にカフカース駐留軍に配属され、実戦にも参加した詩人のミハイル・レールモントフは、この地域を舞台とした小説『現代の英雄』を遺している。トルストイもまた一八五一年春から二年半にわたってカフカースに滞在した。若きトルストイがこの地方に抱いていた憧憬と、現地で目のあたりにした現実は、一八五〇—六〇年代に書かれた『襲撃』『森林伐採』『コサック』などの中短編に反映されている。

『ハジ・ムラート』が生前に活字化されることはなかったが、その創作の過程は、作家の日記や書簡などによって辿ることができる。トルストイが、カフカース滞在から四十年以上を経た後に、ハジ・ムラートを主人公とする作品の執筆を思い立ったのは、ある体験がきっかけだった。一八九六年七月十九日の日記には、次のような記述がある。

「昨日私は、まだ鍬《くわ》の入れられていない、黒土の休耕地に沿って歩いていた。見渡すかぎり、黒土のほかには何も——一本の緑草すらなかった。埃っぽい灰色の道の端に、ダッタン草（アザミ）の茂み、三本の若株。一株は折れ、白いが汚れた花が垂れ下がっていた。もう一株も折れ、泥を浴びて黒くなり、茎も割れて汚れていた。三株目も脇に傾き、埃でどす黒くなっていたが、しかしなお生きていて、中ほどが赤く見えた。この株はハジ・ムラートを思い出させた。書きたいと思う。最後まで自分の命を存《なが》らえ、この平原の中でただ一本、かろうじてとはいえ、それを貫いたのだ」

後に本作冒頭部に生かされることとなったこの体験以降、トルストイはハジ・ムラートを主人公とする小説の準備に取りかかった。実証を重んじる彼は、一八四〇―五〇年代のカフカース地方の歴史や風俗に関する文献、当時の軍人たちの回想などを収集し、読破している。なかでも当時の総督付副官ロリス・メリコフ（出自はアルメニア人だが、後にロシア陸軍で昇進を重ね、アレクサンドル二世治世末期には内相として開明的な政策を試みた）の回想や、ハジ・ムラートの投降に関するヴォロンツォフ将軍とチェルヌィショフ陸相の往復書簡などは、そのままの文面ではないが、作中で活用されている。『ハジ・ムラート』は、まず何よりも事実に根ざした歴史小説なのである。

だがその一方で、冒頭部で話者が「私の記憶と想像から織りなされたその物語」と明言しているとおり、トルストイは史実を尊重しつつも、その枠内で想像力と構成の妙を存分に発揮している。実際、宗教的な回心以降の作品であるにもかかわらず、『ハジ・ムラート』には、トルストイの若い頃からの嗜好や傾向が強く現れている。

たとえば二章と七章に登場する兵士アヴデーエフは、生と死を淡々と受け入れるロシアの民衆という、トルストイがくり返し描いてきた形象の敷衍《ふえん》である。ハジ・ムラートと親交を結ぶブトレルは、その性格や、トランプ賭博でこさえた借金から逃れてカフカースにやって来たという経緯などから、明らかに五十年前のトルストイ青年を彷彿させるが、自分の似姿を作中に忍び込ませることも、この作家の初期からの性癖である。

トルストイは元来、自分の好悪を人物描写や作品構成に滲ませる傾向の強い作家だが、この傾向は『ハジ・ムラート』において特に顕著である。人間的な共感を寄せ合うマリヤ・ドミトリエヴナとハジ・ムラートのような素朴で庶民的な人々を描く温かな筆致は、ニコライ一世とシャミールという二人の権力者に対する皮肉と悪意に満ちた描写と鋭い対照をなしている。批評家のシクロフスキーは、『ハジ・ムラート』でトルストイがロシアとカフカースの対立よりも「庶民の生活と上流生活との衝突」を前景化し、「権力の悪、圧制の悪」を糾弾しようとしたのだと述べているが、これは『ハジ・ムラート』の構成や人物配置の図式性に対する指摘として妥当なものだろう。

ただし、『ハジ・ムラート』において、こうした図式にうまく収まりきらない場面や人物が少なくないことも事実である。たとえばアヴデーエフの上司であるポルトラツキーや、二十一章に登場するコズロフスキー（「いわば」将軍）などは、「庶民の生活」と「圧制の悪」の間のどこに位置づけられるべきだろうか。そもそも主人公のハジ・ムラート自身、もちろん概して好意的に扱われてはいるけれども、名誉心も狡猾な打算も持ち合わせており、けっして理想的な人物としてばかり描かれているわけではない。

『ハジ・ムラート』の戦闘場面はいずれも生彩に富み、トルストイが情熱的に筆を走らせたことがよくわかるのだが、そのような戦闘描写の充溢《じゅういつ》と、その戦闘がカフカースの民衆にもたらした惨禍（十七章）とを結びつけて考えることも、読者にとって感情的に容易なことではないだろう。シクロフスキーが指摘したような政治的・倫理的な意図は確かに執筆時にあっただろうが、トルストイはその意図を鮮明にするために枝葉を整理するよりも、ハジ・ムラートの運命を縦糸として、自分が青春を過ごした当時のカフカースを多面的かつ詳細に描き出すことを優先したように思われる。
作家は次兄セルゲイ宛の一九〇二年六月二十九日付の手紙の中で、「ハジ・ムラートについての物語」の執筆を「悪ふざけ、愚行のたぐい」と自嘲しつつ、それでもやはり完成させたいと述べている。回心以後のトルストイは、『芸術とは何か』等の論考で、自作をも含めた近代小説一般を否定し、教訓譚や宗教寓話、あるいは社会批判だけに価値を認めるかのような主張を展開し、また事実、その実践を心がけてもいたのだが、『ハジ・ムラート』に限っては例外とせずにはいられなかったようだ。これは、トルストイが自身に課していた宗教的・倫理的要請を括弧にくくり、純粋に創造の喜びのために書いた作品である。晩年のトルストイには珍しく、倫理的な要請よりも芸術家としての喜びを充溢させた、美しい佳編である。

（中村唯史）

**『舞踏会の後で』** После бала（1911）
*Толстой Л.Н. Собрание сочинений в двадцати двух томах. Т. 14. М.: «Художественная литература», 1983.*
『牛乳屋テヴィエ』などで有名なイディッシュ語作家ショロム・アレイヘムからアンソロジーへの寄稿を求められて、トルストイが一九〇三年に書いた短編。何らかの理由で作者の生前には発表されず、初めて活字となったのは没後のことである。
鞭打《むちう》ちはロシア帝国において正式の刑罰であり、特にニコライ一世治下で盛んに行われた。この作品は、作家の次兄セルゲイが一八四〇年代に体験した実話に基づいているという。
トルストイは一八九五年に「恥じよ！」と題する論考を発表し、鞭打ちの刑の残虐さ、非人道性を糾弾したことがあるが、『舞踏会の後で』はその延長線上にある。明確に体制批判の目的で書かれ、晩年の傾向を顕著に示している作品である。
もっとも、そのような非芸術的な動機から書かれた本作でも、トルストイの筆は冴えている。前半部の華やかな舞踏会の記述は、自宅での兄や召使いとの場面をはさんで、後半部の陰鬱な朝や刑罰の描写と対照的である。
ただし大佐が、舞踏会のときと刑罰を科しているときとで、ジキル氏とハイド氏のような二面性を示しているわけではないことに留意したい。大佐は舞踏会で愛娘と踊る直前に「すべてルールに則《のっと》らなくてはね」と述べているが、ある意味では、この信条を翌朝の刑罰の際にも貫いているのである。イヴァン・ヴァシリエヴィチは、必ずしも大佐という人間を糾弾しているのではない。むしろ、おそらく人間としては愛すべき大佐を残虐な行為に走らせ、非人間的な存在と化してしまう軍隊という機構、国家という体制そのものに戦慄しているのである。

（中村唯史）

『壺のアリョーシャ』Алеша Горшок (1911)

*Толстой Л.Н. Полное собрание сочинений в 90 томах. Т. 36. М.: «Терра», 1992.*

一九〇五年二月二十四―二十八日の間に書かれた作品。トルストイは、一九〇四年から〇六年にかけて『読書の輪』を編纂していた。『読書の輪』には、古今東西の哲学者・思想家の言葉が日替わりで三百六十五日分と、週毎に読み物が収められている。『壺のアリョーシャ』もこの週の読み物のために書かれたと考えられる。しかし、二月二十八日付の日記に、「アリョーシャを書いたが、あまりに出来が悪いのでやめてしまった」とある通り、トルストイによって出版されることはなく、一九一一年に、『トルストイの死後作品集』として初めて出版された。福音書のテクストとフォークロア（『粘土小僧』）が、実在の人物と融合してできた作品である。

一八六〇年代、ヤースナヤ・ポリャーナのトルストイの屋敷で料理人の助手と屋敷番を務めていた者が、実際に、この「壺のアリョーシャ」というあだ名で呼ばれていた。ソフィヤ夫人の妹タチヤナ・クズミンスカヤは、この実在の人物とトルストイの作品との関係について次のように語っている。「おばかさんの壺のアリョーシャは、料理人の助手で屋敷番でもありました。彼は、どうしたものか、あまりに美化されていたので、彼のことを読んでいる間、それが、うちの頭がおかしくて醜い『壺のアリョーシャ』だとは分かりませんでした。でも、私の覚えている限り、彼は大人しく、言いつけられたことは愚痴をこぼさず実行する人でした」

これは、誰に何を言われようと、不満すら抱かずに言いつけ通りにする素直な少年の短い生涯が描かれた作品である。若い料理女のウスチーニヤと愛し合い、結婚しようと思い立つアリョーシャには、ようやく自分の意思が現れたかのように思われたが、周囲の抵抗にあうと、説得したり反抗してまで結婚する必要性を認めずに諦め、また以前のような暮らしを続けていく。そして不慮の事故によって死を余儀なくされても、運命を嘆くことなく、自分の人生の途上で起きることを、必然的なこととして捉えている。ここには、アリョーシャという個人の意思は存在しないかのようだ。

この作品を書いて間もない一九〇五年三月七日付の手紙で、トルストイは次のように書いている。「侮辱されても気を悪くせず、批判せず、腹を立てず、助けを必要としている人を手伝うこと、ただこうしたことを人に褒められるためではなく、神のためにして下さい」これは、アリョーシャの生き方そのものであり、それを人にも勧めるべき模範的な生き方だと作家自身が考えていたことが窺える。

その四日前の三月三日の日記にはこうある。「人間は、その本質において苦しむようにはできていないし、苦しむべきではない。というのも、あらゆる人の生は、魂の本質を成す永遠なる神の本質を、自分は分け隔てられているという誤った個の自覚から解放することに他ならないからだ」アリョーシャには、自分が周りから隔てられた個人であるという意識がなく、それゆえに対立を望まないのであり、だからこそ誰に対しても、どんな要求に対しても従順なのである。

さらに、三月一日から十四日の間に書いたとされる手紙には、次のような一節が見られる。「人間とは、神という名の至高の力の下僕であり、この力の意志を実行すべきである。この力が意図するのは、愛によって到達されるすべての人々の団結である。これを遂行する者は、生前も死後も悪を知ることがない」

アリョーシャがウスチーニヤに対して抱いたのは個人の愛であったが、彼は、神の本質を通して周りと融合しながら生きていたため、この愛がより大きな次元の生と矛盾すると感じたのか、その愛を諦める。アリョーシャは、常に神の本質を自身のうちに備えた全体の一部として生きていたため、不幸を不幸と捉えず、あるがままに生き、あるがままに死んでいく。

藤沼貴は、トルストイが『イワン・イリイチの死』で、『生命論』の趣旨（「人のために生きる真の生は喜びであり、無限の幸福である」）を否定的な人物と、その誤った生活を通して描き出したことに触れ、肯定的な方法で表現するより否定的な方法で表現するほうが迫力があり、説得力があると指摘している。『壺のアリョーシャ』は、この『生命論』を肯定的に描き出した作品であるが、そのためか、優れた芸術には不可欠な感染力（『芸術とは何か』）が不十分で、説得力に欠ける印象がある。この短編がその簡潔さと独特の深みを持つゆえに高く評価されながらも、トルストイが満足できなかったのはそのためかも知れない。

（覚張シルビア）

# トルストイ　著作・文献案内

トルストイの著作の邦訳と日本語で読めるトルストイ論については、日本トルストイ協会のホームページ(http://chobi.net/~tolstoy/)に、七千点以上にわたる詳細な目録がある。ロシア・ソヴィエトにおける文献については、河出書房新社版『トルストイ全集』別巻に、法橋和彦編の目録が収録されている（刊行時の一九七八年まで）。英語文献は、以下の二冊にコメント付きで網羅されている。David R. Egan and Melinda A. Egan. *Leo Tolstoy: An Annotated Bibliography of English Language Sources to 1978*. Metuchen and London: Scarecrow Press, 1979; David R. Egan and Melinda A. Egan. *Leo Tolstoy: An Annotated Bibliography of English Language Sources from 1978 to 2003*. Lanham: Scarecrow Press, 2005.

ここでは外国語文献は最低限にとどめ、日本の読者が手にとりやすい（といってもほとんどが絶版なので図書館や古書店で）本を中心に選んだ。

## 〈トルストイの著作〉

### 【ロシアの全集・選集】

• *Толстой Л.Н.* Полное собрание сочинений. М.-Л., 1928-1958.

ロシアではトルストイの生前からさまざまなかたちで著作集が出版されてきたが、学術的校訂を経た全集は、生誕百周年から三十年をかけて編まれたこの九〇巻集のみである。ソヴィエト時代には、この全集にさらに校訂を加えた著作選集が幾度か出版された。代表的なものは以下の二点。

• *Толстой Л.Н.* Собрание сочинений в двадцати томах. М., 1960-1965.

- *Толстой Л.Н.* Собрание сочинений в двадцати двух томах. М., 1978-1985.

左記はソヴィエト後に企画された新たな全集。手稿から校訂しなおし全一〇〇巻となる予定だが、はじめの数冊が刊行されたにとどまっている。

- *Толстой Л.Н.* Полное собрание сочинений в ста томах. М., 2000-.

【邦訳】

- 『トルストイ全集（全一九巻＋別巻一）』中村白葉／中村融訳、河出書房新社、一九七二—七八年。

トルストイの著作集は大正時代からさまざまな訳者と出版社によって刊行されてきた。この全集はその最後のもので（一九五九—六九年刊行の全集の増補版）、多くの公共図書館で手にとることができる。文学作品のほか、評論や日記、書簡の一部が収録されている。それ以前のおもな全集は以下。特に講談社版には、河出版にはない評論や日記・書簡も多数収められている。

- 『トルストイ全集（全一三巻）』植村宗一編、春秋社、一九一九—二〇年（一九二四—二五年に全一四巻の増補版、一九二六—二九年に全六一巻の普及版）。
- 『トルストイ全集（全二二巻）』岩波書店、一九二九—三一年。
- 『大トルストイ全集（全二二巻）』原久一郎訳、中央公論社、一九三六—四〇年。
- 『トルストイ全集（全二三巻）』米川正夫訳、創元社、一九四六—五二年。
- 『トルストイ全集（全四七巻）』原久一郎訳、大日本雄弁会講談社、一九四九—五五年。

- 『戦争と平和（一—六）』藤沼貴訳、岩波文庫、二〇〇六年。
- 『アンナ・カレーニナ（一—四）』望月哲男訳、光文社古典新訳文庫、二〇〇八年。

近年、文庫で出版されたこれら二大長編の新訳は、訳文が現代的なだけでなく、時代背景について詳しい解説が付されており、読書をおおいに助けてくれる。

•『文読む月日（上・中・下）』北御門二郎訳、ちくま文庫、二〇〇三―〇四年。

•『トルストイの日露戦争論』平民社訳、国書刊行会、二〇一一年。

河出版全集に未収録の著作のうち、近年刊行されたもの。『文読む月日』（世界の名著からのアンソロジー。原題『読書の輪』。『一日一善』とも）は啓蒙家としての、『日露戦争論』（原題『悔い改めよ』）は平和運動家としてのトルストイの顔を伝えている。

## 〈トルストイに関する文献〉

### 【総論】

•『トルストイ全集　別巻』河出書房新社、一九七八年。

トルストイをめぐる回想・評論のうち、短文の代表的なものを収めており、まず参照すべき一冊。トルストイのデビュー時にすでに「意識の流れ」に似た手法を見てとったチェルヌイシェフスキーの評論から、名高いゴーリキーの回想、トルストイを在所ヤースナヤ・ポリャーナに詣でた徳富蘇峰・蘆花の回想などに加え、ロマン・ロラン『トルストイの生涯』やシェストフ『善の哲学』といった、日本で親しまれてきた著書の抄訳も含む。詳細な年譜と文献目録も収録。

• *Бурнашева Н.И.* (сост.) Л.Н. Толстой. Энциклопедия. М., 2009.（N・I・ブルナショワ編『L・N・トルストイ百科』）

作品、生涯、執筆活動、教育活動、世界観、ロシア文学・世界文学との関わり、詩学、文化との関わり、トルストイ研究史のカテゴリーに分け、トルストイにまつわる事項を解説した浩瀚《こうかん》な百科事典。

• Donna Tussing Orwin, ed. *The Cambridge Companion to Tolstoy*. Cambridge: Cambridge University Press, 2002.

トルストイ研究の入門書。作品や社会活動に関するベーシックな議論からフェミニズム的分析まで、英語圏で現代を代表する研究者たちが寄稿し、年譜や文献紹介も付されている。編者は英語によるトルストイ研究誌 *Tolstoy Studies Journal* の元編集長。

【伝記・回想】

- ビリューコフ『大トルストイ(一—三)』原久一郎訳、勁草書房、一九六八—六九年。
最初の本格的な伝記。膨大な資料を引きつつその生涯をたどる。トルストイ主義を信奉する弟子の手によるだけに、作家の「回心」以降の後半生に焦点が合わせられている。
- シクロフスキイ『トルストイ伝(上・下)』川崎浹訳、河出書房新社、一九七八年。
二十世紀の文学理論の先駆として名高いロシア・フォルマリストのひとりであった著者が、晩年に著した伝記。かつてのような理論的志向は希薄だが、一般に理論的分析になじまないように思われがちなトルストイの作品に、フォルマリストたちがその運動盛期から強い関心を示していたことは注目されてよい。
- 藤沼貴『トルストイ』第三文明社、二〇〇九年。
日本を代表するトルストイ研究者による大部の伝記。最新の学術的成果を活かすとともに、作家の書簡や日記の引用に偏したかつての伝記と違って、親しみやすい語り口で綴られており、読み物としても優れている。
- 糸川紘一『トルストイ　大地の作家』東洋書店、二〇一二年。
作家の前半生に重点をおき、トルストイとカフカースやアジアとの関わりにも目配りした伝記。
- トルストイ夫人、ドストエフスキイ夫人『良人の追憶』井田孝平訳、春秋社、一九二六年。
ソフィヤ夫人の回想を収録。夫との不和をもたらした弟子チェルトコフの家庭干渉にときに恨みを漏らしつつも、結婚から夫の死までを穏やかに振りかえっている。
- アレクサンドラ・トルスタヤ『トルストイの思ひ出——原題・父と私との生活』八杉貞利/深見尚行訳、岩波書店、一九三〇年（八六年再版）。

• タチヤーナ・トルスタヤ『トルストイ――娘のみた文豪の生と死』木村浩／関谷苑子訳、TBSブリタニカ、一九七七年。

• イリヤ・トルストイ『父トルストイの思い出』青木明子訳、群像社、二〇一二年。
トルストイの子供たちによる回想。長女タチヤナと次男イリヤの回想は、幸福だった幼年時代と、後年の父母の不和の記述のコントラストが際立つ。一方、トルストイの「回心」にともなう夫人との不和のあとに生まれ、父に忠実な娘となった三女アレクサンドラの回想は、幼年時代からすでに暗い影に覆われている。いずれも家族ならではの日常的なエピソードに富み、作家の姿を生きいきと伝えてくれる。アレクサンドラが克明に記す、作家晩年の家族の軋轢は凄惨である。自転車やタイプライター、蓄音機といった同時代のテクノロジーとの出会いも興味深い。

• チェルトコフ『晩年のトルストイ』寿岳文章訳、岩波書店、一九二六年。
家出のあげくの客死という文豪の最期は、世の関心を煽ることになった。「回心」後のトルストイから全幅の信頼を獲得し、家族、とりわけ夫人から激しい憎悪を買った高弟チェルトコフが、夫人の死後、みずからの回想にトルストイの書簡・日記を交えて、家出にいたった作家の家庭不和を開示したもの。

• *Гусев Н.* Летопись жизни и творчества Л.Н. Толстого. М.-Л., 1936.（N・グーセフ『L・N・トルストイの生活・創作年譜』）
トルストイ晩年の秘書を務めたグーセフが、書簡・日記などをもとに、作家の日ごとの行動を生涯にわたってまとめたもの。

• *Бурнашева Н.И.* (сост.) Лев Толстой и его современники. Энциклопедия. М., 2008.（N・I・ブルナショワ編『レフ・トルストイと同時代人百科』）
トルストイと関わりのあった同時代人たちの事典。

【作家論・作品論】

・川端香男里『人類の知的遺産52　トルストイ』講談社、一九八二年。
生涯や受容史の簡にして要を得たまとめのほか、トルストイの思想のエッセンスを示す引用集を収め、作家の全体像を一望できる。

・八島雅彦『トルストイ　人と思想162』清水書院、一九九八年。
トルストイの生涯と、教育・宗教・芸術をめぐる思想が読みやすくまとめられている。いくつかの評論の翻訳も収める。

・ボリス・エイヘンバウム『若きトルストイ――初期作品群の研究』山田吉二郎訳、みすず書房、一九七六年。
ロシア・フォルマリストのひとりであり、スターリン期ソ連を代表するトルストイ学者となった著者が、一九二〇年代前半のフォルマリズム運動のさなかに発表した研究。十八世紀や同時代の文学との関わりに注目し、トルストイの初期作品を鋭利に読解する。

・ジョン・ベイリー『トルストイと小説』海老根宏訳、研究社出版、一九七三年。
西欧近代で生まれた小説というジャンルに、西欧近代とは異質なロシアの作家トルストイがいかにとりくんだのか、という問いを起点に、西欧の作家やプーシキン、ドストエフスキーとの比較をとおし、広い視野でトルストイの作品を読解してゆく。随所に慧眼が光る。

・イワン・ブーニン『トルストイの解脱』高山旭訳、冨山房、一九八六年。
トルストイ主義の信奉者であり、生前のトルストイと面識もあったノーベル賞作家ブーニンが、近親者による記録やみずからの回想を交えつつ、作家の家出と死を仏教でいう「解脱」として解釈する。

・ジェイ・パリーニ『終着駅――トルストイ最後の旅』篠田綾子訳、新潮文庫、二〇一〇年。
右のブーニンの著作も含め、トルストイの最期をめぐっては、近親者から遠く日本の文学者たちまでもが（小林秀雄と正宗白鳥の「思想と実生活」論争が有名。河出版全集別巻を参照）、膨大な言説を紡いだ。パリーニのこの小説はそうした状況自体を主題化し、近親者たちの手記のコラージュという形式で、トルストイの最後の日々を万華鏡的に描きだす。マイケル・ホフマン監督で映画化され、日本でも公開された。

●ふみ子・デイヴィス『トルストイ家の箱舟』群像社、二〇〇七年。
トルストイ最後の秘書ブルガーコフの日記をおもな手がかりに、作家が家出にいたる過程を追ったエッセイ。ブルガーコフの日記の部分訳が収録されている。

●トーマス・マン『ゲーテとトルストイ』山崎章甫／高橋重臣訳、岩波文庫、一九九二年。
トルストイをめぐる評論はしばしば類型論のかたちをとる。トルストイをゲーテとならぶ「自然」の作家とみなし、「精神」の作家たるシラーとドストエフスキーに対置したマンも、この伝統に連なる。シラーによる「素朴文学」と「情感文学」の対置とともに、トルストイとドストエフスキーをそれぞれ「肉体」の作家、「精神」の作家として対置した、ロシア象徴主義の文学者メレジコフスキーの評論も影響を与えている。

●ジョージ・スタイナー『トルストイかドストエフスキーか（新装復刊）』中川敏訳、白水社、二〇〇〇年。
メレジコフスキー以来、定番となった二大作家の対置を、壮大な文学史的視野のもとに論じなおす。二人はともに十九世紀リアリズム小説の枠には収まらず、トルストイはホメロスに発する叙事詩の伝統、ドストエフスキーはシェイクスピアに連なる悲劇の伝統と結びついているという。

●ヴェ・ア・ヴェイクシャン『トルストイと教育』佐藤清郎訳、新評論社、一九五六年。
トルストイの教育へのとりくみは、教育学の分野でも研究されてきた。ペスタロッチやルソーに発する近代の教育思想史のなかで、トルストイの試みを理解することができる。

●バーリン『ハリネズミと狐――「戦争と平和」の歴史哲学』河合秀和訳、岩波文庫、一九九七年。
ロシア文学に造詣の深い政治哲学者バーリンが、『戦争と平和』を中心にトルストイの歴史哲学を解釈したもの。多様な現象をひとつの普遍原理に還元する「ハリネズミ」タイプと、現象をその多様性のままに感受する「狐」

タイプとに芸術家を分類し、両者のあいだでのトルストイの葛藤を追う。歴史は普遍的法則によってあらかじめ決定されているという決定論と、人間はそれぞれみずからの意志で行動する自由をもつという主意論のあいだでの葛藤としてそれは表れた。

・法橋和彦『古典として読む「イワンの馬鹿」』未知谷、二〇一二年。
『イワンのばか』の翻訳と詳細な注釈に、トルストイの反戦思想や、『イワンのばか』にも登場する悪魔のモチーフをめぐる評論を付したもの。

（乗松亨平＝編）

# トルストイ年譜

※記載の日付はすべてロシア旧暦による

一八二八年　八月二十八日(新暦九月九日)、レフ・ニコラエヴィチ・トルストイ、トゥーラ県のヤースナヤ・ポリャーナ(モスクワの南約百九十キロ)で伯爵家の四男として生まれる。トルストイの祖父イリヤは派手な生活でトルストイ家を破産させてしまった。この祖父が莫大な負債を残して死ぬと、父ニコライは、借金を返済して財政を立て直す必要に迫られた。彼は、莫大な資産を持つヴォルコンスキー家の唯一の相続人マリヤ(トルストイの母)と結婚することで窮地を脱した。トルストイの父母は、政略結婚によって結ばれたわけだが、その結婚生活は愛に満ちた幸せなものであった。

一八三〇年(二歳)　三月、妹マリヤ誕生。八月、母マリヤの死。母の死後は、トルストイの父と一緒に養育された遠縁のタチヤナ・ヨールゴリスカヤが子供たちに深い愛情を注いで育てた。

一八三七年(九歳)　一月、トルストイ家モスクワへ転居。六月、父ニコライがトゥーラ市の路上で急死。生死の問題を前に衝撃を受け、宗教的感情を覚える。

一八三八年(十歳)　五月、父方の祖母ペラゲーヤ死去。

一八四一年(十三歳)　十一月、トルストイ家の子供たちは叔母で後見人となったペラゲーヤ・ユシコーヴァが住むカザン市へ移る。

一八四四年(十六歳)　九月、カザン大学哲学部東洋学科アラブ・トルコ語専攻に入学。

一八四五年(十七歳)　進級試験に失敗したため法学部へ転部。

一八四七年(十九歳)　三月十七日、日記をつけ始める。日記は、トルストイにとって文学的修練の場となる。四月、遺産分割によりヤースナヤ・ポリャーナを相続。退学届を提出。五月、生まれ故郷のヤースナヤ・ポリャーナに戻り、農村経営を試みる。この時期から一八五一年までトゥーラやモスクワ、ペテルブルグで社交生活や博打に夢中になる。

一八五〇年（二十二歳）　六月、三部作『幼年時代』『少年時代』『青年時代』の原案となる「雑記」が日記で開始される。

一八五一年（二十三歳）　四月、休暇で帰省していた兄ニコライが軍隊に戻る際、一緒にカフカースへ行く。五月、カフカースの村スタログラトコフスカヤに到着。六月、義勇兵として襲撃に参加し、初めて戦闘を体験する。『幼年時代』の執筆（—一八五二年）。この時期、文学的修練のためローレンス・スターンの『センチメンタル・ジャーニー』を翻訳。

一八五二年（二十四歳）　一月、砲兵士官として入隊。五月、『襲撃』を書き始める。七月、処女作『幼年時代』が完成、《同時代人》誌（一八四七年から六六年まで月刊）へ送る。九月、『私の幼年時代の物語』と改題されて発表される。十一月、『少年時代』の執筆に着手。この年、ルソーを読み、強い感銘を受ける。

一八五三年（二十五歳）　一月、戦闘参加。三月、『襲撃』が《同時代人》誌に掲載される。八月、後に『コサック』となる小説の執筆に着手（—一八六二年）。この夏、軍務を退く決意をするが、クリミア戦争勃発により、退職が不可能となる。そのため、モルダヴィア、ワラキア方面の実戦部隊への転属を願い出る。

一八五四年（二十六歳）　三月、ドゥナウ方面軍参謀本部に到着。十月、『少年時代』が《同時代人》誌に発表される。十一月、包囲されたセヴァストーポリに到着。十一—十二月、『十二月のセヴァストーポリ』の執筆を開始。

一八五五年（二十七歳）　三月、『青年時代』に着手。六月、『十二月のセヴァストーポリ』が《同時代人》誌に掲載される。八月、セヴァストーポリの陥落。九月、『森林伐採』が《同時代人》誌に掲載される。同じ号に掲載された『一八五五年セヴァストーポリの春夜』には、検閲の指示による大幅な改変があったため、作者の頭文字は付記されなかった（翌年秋に出版された『L・N・トルストイの軍記物語』集に『五月のセヴァストーポリ』の題名で発表される）。十一月、セヴァストーポリを去り、ペテルブルグに到着する。イワン・ツルゲーネフをはじめとする同時代人サークルの文学者たちに温かく迎えられる。

一八五六年（二十八歳）

一月、『八月のセヴァストーポリ』が《同時代人》誌に掲載される。兄ドミトリーの死。三月、『吹雪』が《同時代人》誌に発表される。アレクサンドル二世が上からの農奴解放の必要性について言及。五月、『二人の軽騎兵』が《同時代人》誌に掲載される。ヤースナヤ・ポリャーナの農民たちを農奴制の束縛から解放しようと試みる。九月、『L・N・トルストイの軍記物語』集が出版される。十一月、この年に単行本として出版された『幼年時代と少年時代』と『軍記物語』集に関するN・G・チェルヌイシェフスキーの論文が発表された。十二月、『地主の朝』が月刊誌《祖国雑記》第十二号に掲載される。

一八五七年（二十九歳）

一月、『青年時代』が《同時代人》誌に発表される。『アルベルト』の執筆を開始する。第一次西欧旅行（―八月）。三月、パリでギロチンによる公開死刑を目撃し、衝撃を受ける。ロシアでは、クリミア戦争で英仏（土）連合軍に敗北したことにより、国の後進性を実感し、文明と進歩の必要性を認識し始めたところであった。しかし、ここで文明国家の体制に疑問を抱き、まもなくパリを去る。六月、スイスのルツェルンで、やはり文明国家であるイギリスからの観光客が大道芸人を侮辱する光景を見て憤激する。それをもとに短編『ルツェルン』を執筆する。

一八五八年（三十歳）

一月、『三つの死』を執筆（翌年一月発表）。三月、『アルベルト』完成（八月発表）。この年、《同時代人》誌との契約を解除。

一八五九年（三十一歳）　四月、『家庭の幸福』完成（月刊誌《ロシア報知》四月号に発表）。十一月頃、ヤースナヤ・ポリャーナの屋敷内に学校を開き、農民の子供たちの教育を始める（―一八六二年）。

一八六〇年（三十二歳）　六月、第二次西欧旅行。西欧各地の教育施設を視察。ロンドンでゲルツェンに会う（翌年四月帰国）。九月、兄ニコライの死。生きる意味を揺るがすほどの衝撃を受ける。十月、『デカブリスト』着想（―一八六三年、七〇年代後半に再び着手するが、未完成に終わる）。

一八六一年（三十三歳）　二月、農奴解放令発布。地主と農民の係争の解決などにあたる農地調停官が各地で選任される。トルストイも、この年より翌年四月まで、調停官として農民のために奔走する。三月、中編『ポリクーシカ』の執筆開始（―一八六二年）。五月、ツルゲーネフの娘の慈善事業をめぐって口論となり、ツルゲーネフとは以後十七年間、絶交状態となる。

一八六二年（三十四歳）　二月、教育雑誌《ヤースナヤ・ポリャーナ》第一号を発行し、十編以上の教育論文を発表。七月、トルストイが馬乳酒療法で不在中に、家宅捜索を受け、学校の閉鎖を余儀なくされる。九月、宮廷医師の娘ソフィヤ・ベルスと結婚（新婦十八歳）。

一八六三年（三十五歳）　『コサック』と『ポリクーシカ』が《ロシア報知》誌の一月号と二月号にそれぞれ掲載される。二月、新しい小説（後の『戦争と平和』）を着想。六月、長男セルゲイ誕生。十月、『戦争と平和』の執筆開始について最初の言及。

一八六四年（三十六歳）　十月、長女タチヤナ誕生。

一八六五年（三十七歳）　後の『戦争と平和』の最初の二章が「一八〇五年」という題名で《ロシア報知》誌に掲載される。

一八六六年（三十八歳）　五月、次男イリヤ誕生。

一八六七年（三十九歳）　九月、ボロジノを訪問し、『戦争と平和』の舞台となった一八一二年の戦場をめぐる。

一八六八年（四十歳）　三月、『「戦争と平和」について数言』を発表。この年、初めてショーペンハウアーの思想に触れ、強い印象を受ける。

一八六九年（四十一歳）　五月、三男レフ誕生。九月、旅先のアルザマスで死の恐怖に襲われる（後にこの体験をもとに『狂人日記』を書く）。十月、『戦争と平和』完成（十二月発表）。

一八七〇年（四十二歳）　二月、『アンナ・カレーニナ』着想。しかし、その翌日にはピョートル大帝時代を主題にした歴史小説に着手（一八七一年、未完成）。

一八七一年（四十三歳）　二月、次女マリヤ誕生。

一八七二年（四十四歳）　一―四月、邸内で家族とともに農民の子供たちの教育に従事。六月、四男ピョートル誕生。十一月、『初等教科書』出版。

一八七三年（四十五歳）　三月、『アンナ・カレーニナ』に着手。七月、飢餓に直面したサマーラ地方の実情について新聞等で世に知らしめ、それによって多くの命を救った。十一月、ピョートル、一歳半で死亡。

一八七四年（四十六歳）　四月、五男ニコライ誕生。六月、両親に代わる存在であったヨールゴリスカヤが死去（享年八十二）。

一八七五年（四十七歳）　一月、『アンナ・カレーニナ』、《ロシア報知》誌に連載開始。二月、五男ニコライ、生後十か月で死亡。五―六月、『新初等教科書』出版、好評を博し、教育省によって国民学校図書として認可される。十月、女児ワルワーラ、早産で生まれ死亡。十二月、かつての後見人ペラゲーヤ・ユシコーヴァ死去。この年、トルストイ夫妻は、『アンナ・カレーニナ』に対する称賛に包まれる一方で、体調不良や近親者の死を続けて経験したことで、無気力な状態に陥る。

一八七六年（四十八歳）　真の信仰を求める気分が芽生え、その答えを、民衆が信仰するロシア正教とその儀式に見出そうとし始める。十二月、チャイコフスキーに会う。『アンナ・カレーニナ』執筆と児童教育に打ち込む。

一八七七年（四十九歳）　四月、露土戦争開戦。五月、《ロシア報知》誌の編集主幹カトコフ、『アンナ・カレーニナ』第八編の露土戦争批判を理由に掲載拒否（翌年一月、単行出版する）。七月、オプチナ修道院を訪れる。十一月、宗教の必要性を論証するため、宗教研究を始める。十二月、六男アンドレイ誕生。

一八七八年（五十歳）　一月、デカブリストとニコライ一世の時代を主題とした歴史小説を構想。直接デカブリストと会うなど、熱心に資料収集を行う。四月、宗教的気分の深まる中、ツルゲーネフとの和解を求めて手紙を出す。八月、ツルゲーネフがヤースナヤ・ポリャーナを訪れ、十七年ぶりに和解する。

一八七九年（五十一歳）　六月、キエフのペチェルスキー大修道院を訪れるが、ロシア正教の形骸化した姿に嫌悪感を覚え、まもなく立ち去る。十月、モスクワに近い三位一体セルギー大修道院を訪れ、副院長と宗教について論じ合う。その後、『懺悔』や『教義神学研究』に発展する宗教論文を書き始める。十二月、七男ミハイル誕生。

一八八〇年（五十二歳）　五月、ツルゲーネフの来訪。プーシキン記念像除幕式典へ誘われるが、トルストイは辞退する。

一八八一年（五十三歳）　三月、アレクサンドル二世が暗殺される。トルストイは、アレクサンドル三世に悪は善で滅すべきだという主旨の書簡を送り、暗殺者を処刑しないように求めた。七月、『人は何によって生きるか』を書き始める。九月、年長の子供に学校教育を受けさせるため、モスクワに転居する。十月、八男アレクセイ誕生。

一八八二年（五十四歳）　一月、モスクワ人口調査に参加。資本主義が発展するこの時代に、民衆が農村から都市に流入し、貧窮していく実態を目の当たりにし、『では、われわれは何をするべきか』を書き始める。三月、『懺悔（告白）』完成。《ロシア思想》誌第五号に『未刊行作品への序文』という題名で掲載されるも、発禁処分となり没収される（一八八三―八四年にジュネーヴで初めて発表される）。七月、モスクワ、ハモーヴニキの屋敷を購入する（現トルストイ邸宅博物館）。

一八八三年（五十五歳）　一月、『わが信仰は何処にあるか』を書き始める。十月、後にトルストイの弟子となるチェルトコフと知り合う。

一八八四年（五十六歳）　一月、『わが信仰は何処にあるか』完成（翌年パリで発表）。六月、家出を決行し、引き返した翌朝、三女アレクサンドラ誕生。十一月、民衆向けに安価な本を出版するポスレードニク出版所を設立。

一八八五年（五十七歳）　一月、作品著作権をソフィヤ夫人に譲る。三月以降、『イワンのばか』『人間にはどれだけの土地が必要か』『イリヤス』『ろうそく』などの短編がポスレードニク出版所より発表される（―一八八六年）。

一八八六年（五十八歳）　一月、八男アレクセイ四歳で死去。四月、『イワン・イリイチの死』発表。十一月、『生命論』に着手。

一八八七年（五十九歳）　二月、ポスレードニク出版所より戯曲『闇の力』を発行。十月、トルストイの作品に感化されて手紙を寄こした学生ロマン・ロランに返事を書く。『クロイツェル・ソナタ』に着手。十二月、『生命論』完成。

一八八八年（六十歳）　三月、九男イワン誕生。四月、『生命論』が発禁処分にされる。

一八八九年（六十一歳）　十月、『クロイツェル・ソナタ』完成（発禁処分となるが、アレクサンドル三世により、ソフィヤ夫人が出版する全集に限り掲載を許可される）。翌年、反響を受けて、思想を明確にするため後書きを付ける。十一月、『悪魔』を執筆。十二月、後に『復活』となる『コーニの小説』に着手。

一八九〇年（六十二歳）一月、喜劇『文明の果実』完成。一月、『セルギー神父』の構想についてチェルトコフに語る。その後、チェルトコフ宛の手紙に草稿を書く。七月、『神の国はあなたのうちにある』執筆開始。

一八九一年（六十三歳）九月、一八八一年以降の作品に対する著作権放棄について《ロシア報知》誌で発表。この年、ロシアが大飢饉に見舞われる。トルストイは、娘や仲間とともに食堂開設、救援物資の分配、募金等の活動に取り組む（—一八九三年）。十二月、モスクワのマールイ劇場で『文明の果実』初演。

一八九三年（六十五歳）五月、『神の国はあなたのうちにある』完成（ロシアでは発表できず、国外で発表）。八月、知人ポポフの翻訳による老子を読む。その影響で、ゾラの演説とデュマの手紙の翻訳、そして、それに対するトルストイ自身の意見を表明した論文を執筆。九月頃、ポポフと共に老子の翻訳を推稿する。十月、チャイコフスキーの死を悼む。

一八九四年（六十六歳）一月、『神の国はあなたのうちにある』がベルリンでドイツ語とロシア語によって発表され、その後、ロシアでも広まる。

一八九五年（六十七歳）二月、九男イワン、六歳で死去。三月、『主人と下男』が出版される。八月、チェーホフの来訪。十一月、マールイ劇場で『闇の力』初演。

一八九六年（六十八歳）七月、『ハジ・ムラート』着想。

一八九七年（六十九歳）一月、『芸術とは何か』に着手。

一八九八年（七十歳）一—三月、『芸術とは何か』を発表。三月、「社会への手紙」でドゥホボール派の援助を呼びかける。彼らのカナダ移住資金調達のため『復活』『セルギー神父』『ハジ・ムラート』

一八九九年（七十一歳）　を一挙に執筆、出版しようとする。

一九〇〇年（七十二歳）　三月、『復活』が《ニーワ》誌で連載開始。十二月、『現在の奴隷制』を着想、その後執筆を開始（翌年にイギリスで発表）。

一九〇一年（七十三歳）　一月、ゴーリキー来訪。五月、戯曲『生ける屍《しかばね》』に着手。死後に発表されるとすぐにいくつかの劇場で上演される。七月、『殺すなかれ』執筆。

一九〇二年（七十四歳）　二月、トルストイに対する宗務院の破門決定が発表される。四月、『宗務院への回答』脱稿。九月、病のため、クリミア、ガスプラに一家で移住（―一九〇二年六月）。

一九〇三年（七十五歳）　七月以降、『ハジ・ムラート』執筆（一九〇四年末頃まで修正を続ける、死後発表）。六―八月、『舞踏会の後で』執筆（死後発表）。九月、『シェークスピアと戯曲について』着手（―一九〇四年一月）。

一九〇四年（七十六歳）　一―四月、日露戦争に反対して『悔い改めよ』執筆。日本でも大きな反響をよび、与謝野晶子は詩「君死にたまふことなかれ」を書く。八月、兄セルゲイ死去。

一九〇五年（七十七歳）　一月、第一次ロシア革命勃発。暴力による変革に否定的な態度をとる。二月、『壺のアリョーシャ』執筆（死後発表）。六月、『世紀の終わり』着想（十二月にイギリスで発表）。

一九〇六年（七十八歳）　一―二月、『何のために』執筆。この年、トルストイによって編纂された『読書の輪』が刊行され、その第二巻に掲載される。二―九月、『ロシア革命の意義について』執筆（ポスレードニク出版所から出版されるが、すぐに没収される）。六月、徳富蘆花、ヤースナヤ・ポリャーナに滞在。十一月、次女マリヤ三十五歳で死去。

一九〇七年（七十九歳）　八月、『殺すなかれ』完成、九月、《言論》紙に掲載される。

一九〇八年（八十歳）　五―六月、死刑制度廃止を訴え、『黙すあたわず』執筆（七月発表）。生誕八十周年。トルストイは、祝賀を拒否したが、農民や労働者を含む多くの人々や団体から祝辞が届く。

六—十二月、『インド人への手紙』執筆（ロシアでは一九〇九年四月、英語では一九一〇年一月にガンジーが編集する《Indian Opinion》誌に発表される）。

一九〇九年（八十一歳）
一月、『キリスト教と死刑』完成。

一九一〇年（八十二歳）
九月、ガンジーにキリスト教と非暴力の関係について述べた手紙を送る。十月二十八日、朝六時に医師マコヴィツキーとともに家出を決行する。十月二十八—三十一日、オプチナ修道院、シャモルディノ修道院、最後の訪問。十月三十一日夕方、体調が悪化し、リャザン・ウラル鉄道のアスターポヴォ駅で下車。十一月七日（新暦十一月二十日）、午前六時五分、アスターポヴォ駅の駅長宿舎で死去。十一月九日夕方、遺体は、「スタールイ・ザカースの森」の窪地のはずれに埋葬される。トルストイの兄ニコライが子供の頃、「あらゆる人々が不幸を知らず、けんかしたり怒ったりすることなく、いつも幸せでいられる秘密」を緑の杖に書いて埋めてある、と言ったまさにその場所である。

年譜の作成にあたっては、以下の文献を参考にした。

*Толстой Л.Н.* Полное собрание сочинений в 90 томах. М.:ТЕРРА, 1992.
*Бурнашева Н.И. (Сост. и науч. ред.)* Л.Н.Толстой: Энциклопедия. М.:Просвещение, 2009.
*Толстая С.А.* Моя жизнь: в 2 т. М.: Кучково поле, 2011.
藤沼貴『トルストイ』第三文明社、二〇〇九年。

（覚張シルビア＝編）

## 執筆者紹介

### 加賀乙彦

（かが・おとひこ）1929年東京生まれ。小説家・精神科医。東京大学医学部卒業後、東京拘置所医務部技官となり、死刑囚や無期囚に数多く面接する。その後、フランスへ留学し、彼の地の精神科病院に勤務。帰国後、初の長編『フランドルの冬』（筑摩書房）を発表し、芸術選奨文部大臣新人賞を受賞。以後、精神科医と小説家として活躍。主な著書に、『帰らざる夏』（講談社、谷崎潤一郎賞）『宣告』（新潮社、日本文学大賞）『湿原』（朝日新聞社、大佛次郎賞）『永遠の都』（新潮社、芸術選奨文部大臣賞）『雲の都』（新潮社、毎日出版文化賞特別賞）ほか。

### 原 久一郎

（はら・ひさいちろう）1890-1971年。新潟県生まれ。ロシア文学者。早稲田大学英文科、東京外国語学校露語科卒業。個人全訳による『大トルストイ全集』（中央公論社）、ビリューコフ『大トルストーイ伝』（新潮社）など、トルストイ文学研究に大きな業績を残した。

### 原 卓也

（はら・たくや）1930-2004年。東京生まれ。ロシア文学者。東京外国語大学ロシヤ語卒業。東京外国語大学名誉教授。主な著書に、『スターリン批判とソビエト文学』（白馬出版）『オーレニカは可愛い女か――ロシア文学のヒロインたち』（集英社）『ドストエフスキー』（講談社現代新書）、訳書にトルストイ『アンナ・カレーニナ』（中央公論社）、ドストエフスキー『カラマーゾフの兄弟』（新潮社）など。

光文社文庫

長編時代小説

夜《や》叉《しゃ》萬《まん》同《どう》心《しん》 親《おや》子《こ》坂《ざか》

著 者 辻《つじ》 堂《どう》 魁《かい》


2017年5月20日 初版1刷発行
2019年5月25日 4刷発行

発行者 鈴木広和
印 刷 堀内印刷
製 本 ナショナル製本

発行所 株式会社 光 文 社
〒112-8011 東京都文京区音羽1-16-6
電話 (03)5395-8149 編集部
8116 書籍販売部
8125 業務部





落丁本・乱丁本は業務部にご連絡くだされば、お取替えいたします。
ISBN978-4-334-77476-9 Printed in Japan





組版 萩原印刷